Richard Schwartz
Die Eule von Askir

PIPER

Zu diesem Buch

Die alte Reichsstadt Askir ist ein Ort des Handels und des Reichtums, aber auch der dunklen Geschäfte. Im Hafenviertel wird ein Toter gefunden, der entsetzlich zugerichtet ist. Seine Kehle wurde mit scharfer Klinge durchschnitten, der Kopf abgerissen. Das Opfer ist der Kammerdiener Jenks, der in der Botschaft des Nachbarstaates tätig war. Stabsleutnant Santer, der mit den Ermittlungen beauftragt wird, bekommt Unterstützung von der »Eule« Desina, der einzigen Magierin Askirs. Desina kann die Ereignisse der Tatnacht sehen, als wäre sie selbst dabei gewesen. Und bald erkennt sie, dass in den dunklen Gassen Askirs ein weitaus mächtigerer und gefährlicherer Feind lauert als befürchtet. Ein unwiderstehliches Abenteuer für Askir-Fans und Neueinsteiger, das in die magische Welt von Richard Schwartz' hoch gelobtem Fantasy-Zyklus führt.

Richard Schwartz, geboren 1958 in Frankfurt, hat eine Ausbildung als Flugzeugmechaniker und ein Studium der Elektrotechnik und Informatik absolviert. Er arbeitete als Tankwart und Systemprogrammierer. Der passionierte Rollenspieler schreibt gern in der Nacht, so auch sein erfolgreiches und von Lesern und Kritikern hoch gelobtes Fantasy-Epos »Das Geheimnis von Askir«. »Die Eule von Askir« zeigt eine bislang unbekannte Seite von Richard Schwartz' faszinierender Welt.

Richard Schwartz

Die Eule von Askir

Roman

Piper München Zürich

Entdecke die Welt der Piper Fantasy:

Piper-Fantasy.de

Von Richard Schwartz liegen bei Piper vor:
Das Erste Horn. Das Geheimnis von Askir 1
Die Zweite Legion. Das Geheimnis von Askir 2
Das Auge der Wüste. Das Geheimnis von Askir 3
Der Herr der Puppen. Das Geheimnis von Askir 4
Die Feuerinseln. Das Geheimnis von Askir 5
Der Kronrat. Das Geheimnis von Askir 6
Die Eule von Askir
Die Rose von Illian. Die Götterkriege 1
Die Weiße Flamme. Die Götterkriege 2

FSC
www.fsc.org
MIX
Papier aus verantwortungsvollen Quellen
FSC® C083411

Originalausgabe
1. Auflage Mai 2009
4. Auflage Dezember 2011

Umschlagkonzeption: semper smile, München
Umschlaggestaltung: www.guter-punkt.de
Umschlagabbildung: Uwe Jarluig
Satz: Uhl + Massopust, Aalen
Papier: Pamo Super von Arctic Paper Mochenwangen GmbH, Deutschland
Druck und Bindung: CPI – Clausen & Bosse, Leck
Printed in Germany ISBN 978-3-492-26674-1

Es ist Nacht in Askir, der Stadt des Ewigen Herrschers. Eine dunkle Nacht, verhangen mit schweren Wolken, die beide Monde verdecken, als ob selbst die Götter nicht hinsehen wollen.

Es ist ein ungleicher, aussichtsloser Kampf dort unten am Hafen der alten Stadt. Ein Mann, eher dürr als kräftig, ringt um sein Leben, und sein Gegner ist er selbst.

Er ist nicht allein an diesem Ort. Wenn es Nacht wird, drücken sich in den dunklen Löchern die Hafenratten herum, die das Licht des Tages scheuen. Zwei dieser düsteren Gesellen betrachten staunend den bizarren Kampf des Dieners.

Die klammen Hände, mit sich selbst ringend, umfassen einen Dolch, wie ihn ein Krieger trägt und nicht ein Diener. Keuchend sinkt der Mann zu Boden. Der dunkle Stoff seiner kostbar bestickten Hose saugt das Wasser der Pfütze auf, in die er gefallen ist.

Die Lippen des Mannes bewegen sich, er hält den Dolch mit beiden Händen, zitternd, aber unerbittlich bewegt sich die Spitze weiter voran, auf seinen Hals zu. Flucht er, oder ist es ein Gebet, das er da aufsagt? Die Ratten in ihren Löchern sind zu weit entfernt, um es zu hören, sie können nur staunen, als der Dolch seinen Weg zum Hals des Mannes findet, die Spitze eindringt und das Blut fließt. Ein langer Schnitt von Ohr zu Ohr verursacht einen Schwall von Blut, der sich über den teuren Stoff ergießt. Das Röcheln hört man kaum, nur kurz sieht man blutige Blasen. Der Dolch fällt. Die Hände umgreifen nun den Hals, als ob sie retten wollten, was sie eben noch zerstört haben. Langsam sinkt der Mann auf den kalten Stein, schlägt hart auf und bleibt liegen. Sein Blut ist nicht minder salzig als das Wasser, mit dem es sich mischt. Einmal zuckt er noch, dann liegt er still.

Wie Aasgetier lauern sie in ihrem dunklen Loch und warten mit verschlagenem Blick darauf, ob der Körper noch einmal zucken wird. Der eine Leichenfledderer fragt sich schon, ob ihm die Schuhe dieses Dieners wohl auch passen werden, als der Tote sich erneut bewegt, um mit beiden Händen an seinen Kopf zu greifen und ihn ganz langsam nach hinten zu drehen! Ein schreckliches Knirschen und Knacken ist zu vernehmen, dann erst liegt der Tote wieder still.

Die beiden Mordgesellen sind hartgesotten und haben schon viel gesehen – mehr als andere Augen sehen wollen –, doch dieser Anblick erschreckt auch sie. Sie warten einen Moment, dann noch einen, aber als der eine endlich seinen Mut wiederfindet, hört er von Norden her schon die Geräusche von vielen Sohlen. Der Schein von Fackeln warnt die Ratten. Sie haben zu lange gezögert, diese Beute ist verloren.

Mit einem Fluch drückt sich der eine in den Schatten, der andere folgt ihm, aber er flucht nicht, er betet.

1

Schwertkorporal Fefre kam der Hafen in dieser Nacht besonders unheimlich vor. Die Masten der Schiffe, die hier vertäut waren, bewegten sich leicht in der Dunkelheit, wie ein Wald, durch den ein Wind fährt, dazu kam noch das unheilvolle Knarren von Holz und Seil auf Stein und Metall, das leise Gurgeln des schwarzen Hafenwassers, das nur wenige Schritte von ihm entfernt gegen die steinerne Mole schlug. Ein kalter Wind wehte vom Seetor her, wirbelte den Nebel auf dem Wasser auf, drückte ihn wieder zur Seite und ließ den Korporal seinen Umhang fester um sich ziehen.

In der Ferne sah Fefre die beiden großen Leuchtfeuer auf den Türmen zu beiden Seiten der Hafeneinfahrt, die den Schiffen auch in dunkelster Nacht den Weg wiesen.

Und es konnte kaum eine dunklere Nacht als diese geben, mit den tiefen Wolken, die den Himmel und die beiden Monde verbargen, als ob selbst die Götter den Blick von dem abwenden wollten, was hier auf den kalten Steinen der Hafenmole lag.

Wie alle Seeschlangen trug auch Fefre ein festes Hemd aus lindgrünem Leinen, dazu Hosen aus dem gleichen Material, die in weichen, halbhohen Lederstiefeln endeten, mit Bändern festgeschnürt. Anders als die legendären Bullen der Reichsstadt trugen die Seeschlangen, die Marinesoldaten des Alten Reichs, nur eine leichte Panzerung, einen Brustpanzer aus gehärtetem Leder und mit sechs Wurfdolchen daran, deren Klingen genau über dem Herzen einen zusätzlichen Schutz boten. Nur gegen den kalten Wind half es nicht viel. Ein leichtes Rapier auf der linken Seite, ein mit Leder umwickelter schwerer Knüppel auf der rechten und an beiden Armen mit Stahl verstärkte Armschützer aus Leder vervollständigten die Ausrüstung. Ein langer Umhang gehörte ebenfalls dazu, wofür Korporal Fefre dankbar war, denn ohne ihn hätte er jetzt noch jämmerlicher gefroren, als er es ohnehin schon tat.

Abgesehen von dem Gurgeln des Wassers und dem Knarren der unzähligen Schiffe war es still hier im Hafen, so still, dass Fefre die Atemzüge seiner Kameraden hören konnte und das Knistern und Zischen der Fackel in seiner Hand laut in seinen Ohren klang.

»Halte die Fackel höher, Fefre«, riss die tiefe Stimme des Stabsleutnants ihn aus seinen Gedanken. »Und achte darauf, wohin sie tropft.« Der Mann, der neben dem Leichnam auf dem kalten Stein der Hafenstraße kniete, war groß und bullig, beinahe zu groß für die Lederrüstung einer Seeschlange, deren Schnallen sich fast nicht um den massiven Brustkorb schließen lassen wollten. Der Vorgesetzte besaß ein kantiges Gesicht, das wie aus Granit gemeißelt schien, und hellgraue Augen, die nur selten ihre Ruhe verloren.

Stabsleutnant Santer war ein Mann, von dem die abenteuerlichsten Geschichten erzählt wurden. Manche von ihnen entsprachen sogar der Wahrheit. Wie die, dass er sich einmal vor Jahren, als er noch ein junger Rekrut war und es nicht besser wusste, mit einer ganzen Hafenbande angelegt hatte, und er zum Schluss als Einziger noch stand. Eine wahre Legende, das konnte Fefre selbst bestätigen, bis auf das Ende. Denn Santer stand nicht, als Fefre ihn fand, sondern saß an eine Hauswand gelehnt, die Hand auf einen blutenden Einstich gepresst.

Legenden gab es viele im Hafen dieser alten Stadt, so auch die von den Seeschlangen, den Meeresungeheuern, die den kaiserlichen Marineinfanteristen ihren Namen liehen. Ungeheuer, die man bei ruhiger See und vollen Monden des Nachts tief im Hafenbecken kreisen sah, ein ferner Schimmer tief im Wasser, als ob die Kreaturen Laternen bei sich tragen würden. Im Hafen galt das Wort, dass man sich besser nicht mit Stabsleutnant Santer anlegen sollte, ebenso gut könnte man auch gleich mit den Seeschlangen um die Wette schwimmen.

Der Mann, der hier zu ihren Füßen lag, war niemand, der sich des Nachts hier hätte aufhalten sollen. Im Leben war er groß und schlank gewesen, fast schon dürr, und er trug die reichbestickte

Livree eines vornehmen Dieners. Jetzt im Tod war sein Gesicht eine Fratze, die Fefre nur ungern in seinen Träumen wiedersehen wollte.

»Nun, Fefre, bist du immer noch sicher, dass es eine gute Idee war, den beiden Bullen Seife ins Bier zu werfen?«, fragte Santer, während er mit spitzen Fingern dem Toten eine blutige Silberkette aus dem Kragen nestelte. Der Streich hatte ihnen als Strafe diese zusätzliche Nachtschicht eingebracht.

»Nun«, antwortete Fefre, »so dreckig, wie deren Mundwerk war, konnte ich einfach nicht anders!« Ein paar der anderen Seeschlangen, die zu ihrem Trupp gehörten, lachten. Auch sie hatten von dem Streich gehört, den Fefre den Bullen gespielt hatte.

Santer lächelte in die Dunkelheit hinein, als er einen der anderen Soldaten fragen hörte, was denn genau gestern Nacht in der *Dunklen Laterne* geschehen war. Die Antwort des Korporals ließ neues Gelächter folgen. Fefre und er waren vor elf langen Jahren zusammen zu den Seeschlangen gegangen. Von Anfang an waren die Bullen, die schwere Infanterie der Reichsstadt, Ziel von Fefres Schabernack und Späßen gewesen, was sicherlich dazu beigetragen hatte, dass er immer noch nur ein Schwertkorporal war.

Jetzt war Santer das Gelächter, das der Korporal mit seiner drolligen Art hervorrief, nur allzu recht. Es war nicht gut für einen Soldaten, in einer schwarzen Nacht wortlos auf einen Toten zu starren und dunklen Gedanken nachzuhängen.

Endlich gelang es Santer, den Verschluss der Kette zu lösen. Das Lächeln erstarb ihm auf den Lippen, als er erkannte, was er hier in den Händen hielt.

Er fluchte leise und sah zu dem Korporal hoch. »Götter!«, sagte er dann. »Das wird eine lange Nacht, Fefre. Dafür bist du mir etwas schuldig.«

»Warum?«, fragte Fefre neugierig.

Wortlos hielt Santer ihm den Anhänger hin, den er bei dem Toten gefunden hatte.

Fefre pfiff leise durch sie Zähne, als er das Symbol erkannte.

»Vielleicht schicken sie uns die Eule«, sagte er und grinste breit. »Das wäre doch mal etwas! Das dürfte sie wohl interessieren.«

»Eine Eule? Es gibt wieder eine Eule?«, fragte Santer überrascht. Er musste sich wohl verhört haben. Seit fast siebenhundert Jahren hatte es keine Eulen mehr in Askir gegeben. »Wir haben wieder einen ausgebildeten Maestro? Jemand, der den Eid geschworen hat und in den Künsten der Magie ausgebildet ist? So jemanden?«

»Genau.« Fefre grinste. »Auch wenn ich nicht weiß, von welchem Eid du sprichst.«

»Es ist ein ganz besonderer Eid«, antwortete Santer abwesend, während sich seine Gedanken überschlugen. »Ein Eid, der magisch bindet und der verlangt, dass man sein ganzes Leben dem Reich und seinen Bürgern widmet. Ein Eid, der nicht gebrochen werden kann. Er ist ewig, und es heißt, er bindet sogar über den Tod hinaus. Ich dachte immer, es muss ein besonders mutiger und entschlossener Mann sein, der diesen Eid schwört.« Er schüttelte den Kopf. »Woher kommt dieser Maestro? Wieso habe ich noch nichts von ihm gehört?«

Fefre lachte. »Es ist kein Mann. Es ist eine junge Frau, gerade mal zwei Dutzend Jahre alt. Dass kaum jemand von ihr weiß, ist kein Wunder. Sie hat die letzten Jahre im Turm der Eulen verbracht, eingeschlossen in diesen weißen Mauern, wo sie nichts anderes tat, als die alten Bücher zu studieren, die dort verwahrt werden. Über zehn Jahre war sie dort drin.«

»Und woher willst du das alles wissen?«, fragte Santer ungläubig.

»Da gibt es diese Schankmagd, die in der *Silbernen Schlange* arbeitet. Sie sagte mir, sie habe sie selbst gesehen.« Fefre schaute ihn mit strahlenden Augen an. »Ich wette, sie schicken uns die Eule!«

Santer schüttelte lächelnd den Kopf. »Ich denke, du willst mich auf den Arm nehmen. Gut. Ich wette zwei Silberstücke, dass sie uns keine Eule schicken.«

»Die Wette gilt. Ich kann das Silber gut gebrauchen, wenn du es verschenken willst.«

Santer winkte ab. »Und jetzt, Korporal Fefre, wirst du das Signal zur Hafenwacht durchgeben.« Er wies auf einen nahen Holzstapel. »Dort oben wird man die Fackeln von der Wacht aus gut sehen.«

Fefre warf einen skeptischen Blick auf den Stapel, der feucht und rutschig aussah. »Warum ich?«, fragte er.

»Warum nicht?« Santer grinste. »Und jetzt hinauf mit Euch, Korporal!«

2

Es war gut eine Kerzenlänge nach der letzten Glocke, als ein Lanzensergeant der Federn die breite Treppe vom Dach der Zitadelle heruntereilte, wo sich die Signalmasten befanden.

Er hoffte nur, dass der Schwertobrist noch nicht zu Bett gegangen war. Am nächsten Treppenabsatz standen vor einer schweren, reich verzierten Tür zwei Soldaten des Fünften Bullen, dessen Aufgabe es war, die Zitadelle zu schützen.

»Was gibt es, Sergeant?«, fragte der eine, während der andere schon die schwere Tür aufzog, ohne auf die Antwort zu warten. Er kannte den Mann, und es konnte nur einen Grund geben, weshalb er die Treppe heruntereilte

»Nachricht für Stabsobrist Orikes, Ser«, antwortete der Sergeant hastig und eilte weiter, noch bevor sich die schwere Tür ganz geöffnet hatte.

Es war die sechste Tür auf der rechten Seite, eines der besseren Quartiere mit Blick auf den Innenhof der Zitadelle. Schließlich war Orikes, der Obrist der Federn, nur dem Kommandanten selbst unterstellt und der höchste Vorgesetzte des Sergeanten, der nun tief Luft holte und klopfte. Zumindest, so stellte der Mann erleichtert fest, gab es einen Lichtschein unter der Tür.

Fast war es, als ob der Obrist ihn erwartet hätte, so schnell öffnete sich die Tür.

»Was gibt es, Lanzensergeant?«, fragte der Obrist freundlich. Er sah kaum aus, als ob er bereit wäre, zu Bett zu gehen. Mit seiner dunklen Tunika und der grauen Hose, den blankpolierten Stiefeln und dem grauen Gürtel mit der Tasche, die das Wahrzeichen der Federn war, sah er aus, als ob er sofort eine Parade abnehmen könnte.

Orikes mochte vielleicht Mitte fünfzig sein, aber er war noch immer außerordentlich gut in Form. Kein Wunder, dachte der Lanzensergeant. Schließlich trugen auch die Federn schwere Plattenrüstungen, und der Obrist hatte die seine über drei Dutzend Jahre lang getragen.

Stabsobrist Orikes war knapp über fünf Fuß groß, besaß kurze graue Haare und auffallend buschige graue Augenbrauen, unter denen ein paar blassgraue Augen den Lanzensergeant neugierig musterten. Es war ein freundliches Gesicht, ein Gesicht, das eher zu einem Priester gehört hätte als zu einem Soldaten.

»Signal von der Hafenwacht, Ser«, antwortete der Sergeant und salutierte, bevor er dem Obristen ein kleines Schreibbrett aushändigte, das mit einer eingehakten Lederklappe vor Wetter und allzu neugierigen Blicken geschützt war.

Der Obrist klappte das Deckleder zurück, las die Nachricht und runzelte die Stirn.

»Wartet hier«, sagte er zu dem Lanzensergeanten, der nicht im Traum daran gedacht hätte, einfach so zu gehen, trat zur Seite an ein Schreibpult und tauchte seine Feder in das stets bereitstehende Tintenfass. Schnell schrieb er ein paar Zeilen und reichte dann das abgedeckte Schreibbrett an den Lanzensergeanten zurück. »Lasst dies zum Ständetor durchgeben. Sie sollen einen Läufer zur aldanischen Botschaft schicken. Danke, Sergeant.«

»Ay, Ser!«, antwortete der, salutierte erneut und eilte davon. Orikes sah ihm nach und schmunzelte. Er konnte sich noch sehr gut daran erinnern, wie er sich gefühlt hatte, als er zum ersten Mal seinem obersten Vorgesetzten gegenübergestanden hatte.

Dafür hatte sich der Mann bewundernswert gehalten, ihm selbst war damals vor Nervosität das Schreibbrett aus der Hand gefallen.

Langsam schloss er die Tür, lehnte sich von innen gegen das Türblatt, und das Schmunzeln verging. Nach Jahrhunderten gab es endlich wieder eine Eule in Askir. Und obwohl er selbst wusste, wie viel harte Arbeit es gebraucht hatte, und obwohl sie ihn selbst darum gebeten hatte, zögerte er noch.

Er konnte sich noch sehr gut daran erinnern, wie er Desina das erste Mal gesehen hatte, ein kleines Mädchen mit feuerroten kurzen Haaren, Sommersprossen und einem trotzigen Gesichtsausdruck. »Der da«, hatte sie gesagt und mit dem Daumen auf den Lanzenleutnant der Bullen gezeigt, dessen gepanzerte Hand schwer auf ihrer zierlichen Schulter lag, »soll mich loslassen! Ich hab' nichts getan!« Und mit diesen Worten hatte sie sich unter der Hand des Bullen weggewunden und ihm vors Schienbein getreten. Unter dem schweren Panzer hatte der Mann wahrscheinlich nicht einmal etwas davon bemerkt, aber auch damals war es ihr wohl schon ums Prinzip gegangen.

Von harten, gepanzerten Händen in das große Arbeitszimmer eines Obristen geführt zu werden, und das auch noch in der Zitadelle mitten im Herzen Askirs, hatte schon gestandenen Männern die Knie zittern lassen, sie jedoch hatte wenig beeindruckt ausgesehen, als sie sich die Schulter rieb und neugierig umsah. Orikes hatte dem Mann ein Zeichen gegeben, dieser war zurückgetreten, hatte salutiert, den Raum verlassen und leise die Tür geschlossen.

»Weißt du, wer ich bin?«, hatte Orikes gefragt.

»Ihr müsst eine Feder sein«, lautete ihre Antwort. »Ihr habt viele Bücher. Wo bekommt man nur so viele Bücher her?«

»Weißt du, was eine Eule ist?«, fragte er sie schmunzelnd.

Sie sah ihn verwundert an. »Natürlich weiß ich das. Ihr meint ja nicht den Vogel. Aber ich habe nichts gestohlen. Die Würste lagen da so herum. Ehrlich«, sagte sie und sah ihn mit großen grünen Augen ganz unschuldig an.

»Weißt du auch über den Eulentaler Bescheid?«, fragte Orikes und nahm eine silberne Münze aus einer Schatulle. Er hielt sie hoch, sodass sie die Prägung der Eule sehen konnte.

»Ja«, sagte sie und schaute ihn misstrauisch an. »Deshalb ging ich ja rein in den Turm. Aber da war keine Tür!«

»Genau deshalb hat man dich hergebracht.« Orikes lächelte und kniete sich vor ihr hin. »Hast du Lust, eine Eule zu sein?«

»Nein!«, rief sie und griff schneller nach dem Taler, als der Obrist ihn hatte wegziehen können. »Der Taler reicht mir.«

Ihr Blick war eine deutliche Warnung davor gewesen, auch nur den Versuch zu wagen, ihr den Taler wieder wegzunehmen.

Es waren Katzenaugen, hatte der Obrist damals gedacht, und das hatte sich bis heute nicht geändert. Dieser funkelnde Blick war manchmal noch in ihnen zu sehen. Vor allem, wenn sie ihn daran erinnerte, dass sie kein kleines Mädchen mehr war.

Also, gut. Es war ein wichtiger Fall – und vielleicht genau das Richtige für sie. Er zog an einem Klingelzug an der Wand, und nur wenige Augenblicke später stand ein Läufer der Federn vor seiner Tür und salutierte.

»Eine Nachricht für die Maestra vom Turm …«, begann Orikes.

3

Eulen jagten in der Nacht. Auch Desina, Maestra vom Turm und die Prima der Eulen, war auf der Jagd, aber sie jagte keine Mäuse. Sie war weitaus Wertvollerem als Nagetieren auf der Fährte. Wissen, das seit Jahrhunderten verloren war.

Gut ein halbes Dutzend schwerer Folianten lagen aufgeschlagen auf den großen Tischen im Lesesaal im ersten Stock des Turms, und diesmal war sie sich fast sicher, dass sie sich auf der richtigen Spur befand. Das alte Buch, das vor ihr lag, enthielt die Pläne der großen Schmiede am Arsenalsplatz. Wenn es überhaupt möglich war, nach all den langen Jahren das zu finden, was Gildenmeister Oldin von ihr wissen wollte, dann in diesen alten Texten.

Geistesabwesend schob sie mit einer Fingerspitze ein kleines Licht zur Seite, das schräg hinter ihr über ihrem Kopf schwebte. Es war anstrengend, die verblasste Schrift zu lesen, und so fiel nicht auch noch ihr eigener Schatten auf das vergilbte Papier.

Dunkel war es gewiss nicht in diesem Saal. Über vier eisernen Schalen, die in silbernen Ketten von der hohen, hell getäfelten Decke hingen, schwebten kopfgroße Kugeln, die den großen Raum in gleichmäßiges, milchig weißes Licht tauchten.

Überall in der Stadt, vor allem entlang der großen Ausfallstraßen, die die Zitadelle mit den Außenbezirken verbanden, gab es noch immer die steinernen Obelisken, die an ihren Spitzen schmiedeeiserne Körbe trugen. Einst, so hieß es, hatten über diesen Körben gläserne Kugeln von gut einem Schritt Durchmesser geschwebt, die in der Nacht aus den Körben aufstiegen und Licht spendeten. Die meisten dieser gläsernen Kugeln waren schon lange verschwunden, heruntergefallen und zersplittert, nur hier und da gab es noch eine, die ruhig und still in ihrem eisernen Korb lag. Aber geleuchtet hatten sie schon lange nicht mehr.

Nur hier im Turm der Maestros, im Eulenturm, wie man ihn landläufig nannte, wirkte noch die alte Magie, und Desina war dankbar dafür. Ohne diese magisch leuchtenden Globen hätte sie schon Hunderte von Kerzen verbraucht. Das Licht aber, das sie eben so gedankenverloren zur Seite geschoben hatte, war ihr eigenes. Und noch vor wenigen Wochen wäre es ihr nicht möglich gewesen, es zu erzeugen.

Einst war der Weltenstrom durch diese Stadt geflossen, ein mächtiger Strom der Magie, doch dann plötzlich, vor über sieben Jahrhunderten, war er versiegt. Jetzt war nur noch ein Rinnsal von dem übrig, was einst die mächtigen Werke Askannons, des Ewigen Herrschers, und seiner Baumeister angetrieben hatte.

Manche der alten Magien, einst in Stein und Stahl, Glas und Gold verankert, hatten die Zeiten überdauert, andere verbrauchten sich, wie die gläsernen Globen, die nach und nach herabsanken, bis sie ausgebrannt und leer in ihren eisernen Körben lagen, oder herabstürzten und zersplitterten.

Doch vor fünf Wochen war überraschend der Weltenstrom zur Reichsstadt zurückgekehrt, und jetzt regten sich hier und da die alten Magien wieder. Was geschehen war und wie, das vermochte sich auch Desina nicht zu erklären, und doch, es war so. Endlich war es ihr möglich gewesen, die dritte Prüfung des Wissens abzulegen, an der sie so lange verzweifelt war, eben jene Prüfung, die ihr das Recht gab, die blaue Robe einer Maestra des Turms zu tragen. Sie war jetzt eine vollwertige Eule, die einzige Eule Askirs, und doch hatte sie noch so viel zu lernen, während sie gleichzeitig immer mehr Aufträge erhalten würde, mit deren Erfüllung sie dem Wohl der Stadt zu dienen hatte. Aufträge wie den, an dem sie gerade arbeitete.

In der alten Schmiede drüben am Arsenalsplatz gab es ein großes Rad, das einst mächtige Walzstraßen und Hämmerwerke angetrieben hatte. Sie hatte es selbst ausgiebig studiert, ein riesiges Rad, hoch wie ein Haus, kunstvoll aus Stahl, Kupfer und Gold geschmiedet, gut fünfunddreißig Schritte im Durchmesser und gute sechs Schritte breit, so schwer, dass es ihr kaum vorstellbar schien, wie es einst aufgerichtet worden war, oder wie es gar möglich war, es mit seinen Lagerzapfen in den gewaltigen Rahmen aus Stahl einzuhängen, der es heute noch trug. Mit einem komplizierten Laufwerk aus breiten Lederriemen und Rädern und Stangen, die noch immer überall unter der Decke der alten Schmiede hingen, hatte dieses Rad einst die mächtigen Blasebälge, Hämmerwerke und Walzstraßen angetrieben.

Doch seit Jahrhunderten hatte es sich nicht mehr bewegt. Jetzt waren es Ochsen, die tagein, tagaus auf riesigen Tretmühlen die Bänder am Laufen hielten und doch nur einen Teil der alten Werke bedienen konnten.

Jahrhundertelang hatte man sich damit abgefunden, doch

jetzt, da die Magie wieder floss, hier und da vereinzelt sogar die Globen auf den Obelisken emporstiegen, um die Straßen mit ihrem sanften Licht zu erfüllen, hatte der Gildemeister der Schmiede, Meister Oldin, Desina gebeten, herauszufinden, ob es nicht doch möglich wäre, dieses alte Rad wieder in Bewegung zu setzen.

Sie las weiter, las von den Fundamenten und einem mächtigen Kristall, der in den Tiefen der Schmiede eingesetzt worden war. Ein Gedanke kam ihr, eine Idee ... Sie hatte von diesen Kristallen schon in alten Texten gelesen, wo nur hatte es gestanden? Sie spürte, dass sie nahe daran war, das Rätsel zu lüften ...

Die Glocke läutete neben ihrem Ohr und ließ sie zusammenzucken.

Seit zwölf Jahren studierte sie die Magie der Eulen, manches verstand sie mittlerweile, das meiste blieb ihr noch immer verborgen, darunter eine besondere Eigenart des Turms. Wenn jemand unten neben dem Eingang an der Glockenstange zog, läutete die Glocke genau dort, wo sie sich gerade in diesem Moment befand!

Sechsunddreißig Zimmer hatte sie zur Auswahl, unzählige Räume und Gänge, aber egal, wo sie sich aufhielt, und war es auch in den tiefsten Katakomben des Turms, immer läutete diese Glocke nur einen Schritt von ihrem Ohr entfernt.

Vor knapp drei Jahren hatte sie ihr jetziges Zimmer für sich auserkoren, es war das größte von allen und besaß sogar ein eigenes, sich magisch erhitzendes Bad. Es hatte dem letzten Primus der Eulen gehört, und insgeheim hatte sie sich erhofft, dass wenigstens diese Räume vor der Glocke verschont blieben, aber nein, sie läutete auch dort. Es war dieser Klang, der sie jetzt aus ihren Gedanken riss, ein hell tönender Glockenschlag, der ihre Gedanken mit einem hellen Ton zerfaserte und zugleich das kleine Licht verlöschen ließ.

Schwer ließ sie ihren Kopf auf das dicke Buch vor sich fallen und seufzte. So nahe war sie der Lösung noch nie gewesen! Und wieder, wie schon so oft zuvor, nahm sie sich vor, als Nächstes herauszufinden, wie die Glocke wirkte und, vor allem, wie sie sie endlich zum Schweigen bringen konnte.

Wenn sie bei der Arbeit war, verlor sie oft jedes Gefühl für die Zeit. Ein Blick aus dem Fenster zeigte ihr finsterste Nacht und eine ferne Laterne irgendwo auf den Zinnen der Zitadelle. Es war wohl schon spät. Also war zu vermuten, dass es wichtig sein musste. Jeder wusste, dass man die Maestra nicht leichtfertig stören sollte.

Mittlerweile erhielt sie nicht mehr oft Besuch. Die meisten ihrer Lehrmeister wussten, dass sie ihr nicht mehr helfen konnten, sie hatte gelernt, was sie ihr beibringen konnten, den Rest des Wegs musste sie allein gehen.

Es war Stabsobrist Orikes, den sie am häufigsten sah, mindestens einmal die Woche erstattete sie ihm persönlich Bericht. Wenn sie etwas von Interesse herausfand oder einen Auftrag erledigt hatte, war es mittlerweile sie selbst, die ein Treffen mit den Handwerksmeistern einberief, um es ihnen darzulegen.

Also hatte sie meist ihre Ruhe.

Aber jetzt war sie eine Eule, trug die Robe und damit auch die Verpflichtungen des Eids. Desina hatte trotzdem gehofft, dass sie nur selten aus ihren Studien gerissen würde.

Sie eilte nach unten. Für sie existierte die massive Eingangstür nicht, die ihr von anderen beschrieben wurde. Sie konnte einen Blick auf ihren Besucher werfen und herausfinden, wer der Störenfried war, ohne dass dieser sie überhaupt wahrnahm. Er sah nur eine abweisende Tür.

Es war ein Läufer der Federn, der ein Schreibbrett in den Händen hielt und unsicher den Blick gesenkt hatte. Sie zog die Kapuze ihrer blauen Robe tief ins Gesicht, bis nur noch Mund und Kinn zu sehen waren, und trat hinaus.

»Nachricht vom Obristen der Federn«, teilte ihr der Läufer mit und salutierte. Sie nahm das Brett entgegen und löste das Leder. Sie brauchte nicht lange, um zu lesen, was dort stand. Ein Lächeln spielte um ihre Lippen, als sie verstand, was diese Nachricht bedeutete. Eine arme Seele hatte dort unten am Hafen ihr

Schicksal ereilt, das war gewiss nichts Schönes, aber für sie bedeutete es ebenso, dass Stabsobrist Orikes sie endlich beim Wort nahm.

Jetzt erst war sie wahrlich eine Maestra des Turms!

»Danke, Korporal«, sagte sie und eilte nach oben, um ihr Schwert zu holen, das sie neben dem Bett vergessen hatte.

4

Santer lehnte mit dem Rücken an einem großen Holzstapel und gähnte. Es gab nichts, was ihn müder machte, als zu warten. Zudem war es eher noch kälter geworden, und er wünschte sich, dass diese Nacht bald ein Ende finden würde. Zwischenzeitlich hatten sie Gesellschaft bekommen von jemandem, der weitaus geduldiger war als Santer.

Etwas weiter entfernt saß ein alter Mann auf dem Kutschbock eines Eselkarrens, gegen die Kälte in einen schweren wollenen Umhang gehüllt. Er rauchte seine Pfeife, und mit dem breitkrempigen Hut, den er tief ins Gesicht gezogen hatte, wirkte er nicht weniger stoisch als sein Esel. Es war der Leichenputzer, der geduldig darauf wartete, dass man ihm erlauben würde, das, was hier lag, einzusammeln und zum nächsten Schrein des Soltar zu bringen. Der Mann hatte wohl nur selten Grund zur Eile.

Fefre hingegen war in seinem Element und erzählte bunt gemischt Witze und Anekdoten. So sehr der kleine Mann auch manchmal an Santers Nerven zerrte, der Stabsleutnant war im Moment dankbar um ihn, denn er brachte die anderen Soldaten zum Lachen oder Schmunzeln und ließ die Zeit schneller vergehen.

Doch noch bevor Fefre zu dem Punkt kam, an dem ein gewisser Stabsleutnant zwei Bullen in kompletter Rüstung einfach an den Kragenstücken gepackt und aus der Taverne herausgetragen hatte, bewegte sich in einiger Entfernung etwas.

Santer richtete sich auf. »Ich glaube, da kommt jemand«, sagte er leise, und selbst Fefre wurde schlagartig still, als sie in die Dunkelheit starrten.

Kaum einer von ihnen besaß Santers scharfe Augen, dennoch dauerte es eine Weile, bis er die schlanke Gestalt erkennen konnte. Es war die Eule, dessen war er sich sicher. Wer sonst trug eine solche Robe?

Als sie näher kam, konnte er das Symbol einer Eule auf ihrer linken Brust erkennen, das dort mit schweren Goldfäden in die Robe eingewoben war.

»Ich hab es doch gesagt.« Fefre grinste und hielt die Hand auf. »Hierher mit den Talern, Stabsleutnant!« Seufzend griff Santer in seinen Beutel und warf dem Korporal zwei Silbertaler zu, die dieser geschickt aus der Luft fing, mit einem Kuss versah und in seinem eigenen Beutel verschwinden ließ. Santer achtete nicht mehr darauf, sondern sah fasziniert zu, wie die Frau näher kam. Es war fast, als ob er sie gefühlt hätte, bevor er sie sah, als ob allein ihre Präsenz hier unten im Hafen alles veränderte.

Die Eule von Askir.

Sie trat in den Schein der am Boden liegenden Fackeln hinein und musterte die Soldaten, die sie gebannt ansahen. Viel konnten sie nicht von ihr sehen, nur ihr Kinn und einen fein geschwungenen Mund, der sich zu einem freundlichen Lächeln formte, der Rest ihres Gesichts war von einer Kapuze verborgen, die sie bis zur Nasenspitze ins Gesicht gezogen hatte. Wie die Frau so durch den dichten Stoff etwas erkennen konnte, war Santer ein Rätsel, dennoch schien es ihm, als ob sie ihn nicht minder sorgfältig musterte, als er sie.

»Der Götter Schutz mit euch allen«, sprach sie in einer weichen, dunklen Stimme. »Ihr müsst Stabsleutnant Santer sein.« Ihr Blick schweifte über den Toten auf den kalten Steinen und jeden einzelnen der Marinesoldaten. Ihr Lächeln weitete sich, als sie sah, wie einer der jüngeren Rekruten hastig wegsah und rot wurde. »Ich bin Desina, Stabsmajor der Eulen, Maestra und Prima des Turms«, fügte sie leise, aber vernehmlich hinzu.

»Der Götter Gnade mit Euch, Maestra«, antwortete Santer formell. »Ich bin Stabsleutnant Santer, und ich bin dafür verantwortlich, dass das Signal zur Zitadelle weitergereicht und Eure Nachtruhe gestört wurde.«

Sie sah hoch zu ihm und schmunzelte. »Eulen, sagt man, jagen in der Nacht.« Sie schaute von Santer weg auf den Toten, musterte ihn und seine vornehme Livree. Sie ging auf ein Knie herab, zog mit einem behandschuhten Finger den steifen Kragen des Toten zur Seite und betrachtete den tiefen Schnitt, der sich von Ohr zu Ohr über den Hals zog. Der Kopf war halb vom Körper abgetrennt, denn jemand hatte dem Toten auch noch den Kopf auf den Rücken gedreht.

Langsam erhob sich die Maestra, ohne den Blick von der Leiche zu wenden. »Dann lasst mich mal herausfinden, was hier wirklich geschah«, sagte sie leise und schaute zu Santer. »Stabsleutnant, weist Eure Leute an, sich mindestens fünf Schritte von dem Toten zurückzuziehen. Und lasst alle Fackeln bis auf eine löschen.«

»Ihr habt die Maestra gehört«, sagte Santer.

Die Soldaten griffen ihre Fackeln und machten Platz um den Toten. Das Licht der einen verbliebenen Fackel flackerte unstet, warf ständig neu Licht und Schatten über die Maestra und die Leiche. Fast sah es aus, als ob sich die Prima bewegte, doch sie stand still, den Kopf unter der Kapuze gesenkt, die Arme in den weiten Ärmeln vor der Brust verschränkt, als wäre sie eine Statue.

Sie stand lange so da, alle schauten sie gespannt an und warteten darauf, dass irgendetwas geschah.

»Was…«, flüsterte Fefre, doch Santer schüttelte den Kopf und legte mahnend den Finger auf die Lippen.

Endlich bewegte sie sich, und selbst auf sechs Schritte Entfernung hörte Santer, wie sie tief einatmete.

»Ich scheue mich fast, es laut zu sagen«, flüsterte sie. »Aber es war ein Seelenreiter. Der Mann kam allein hierher. Niemand sonst war bei ihm, und er kämpfte mit sich selbst. Er hatte einen

Dolch. Er hat sich selbst die Kehle durchgeschnitten. Und während er starb, brach er sich das Genick und drehte sich den eigenen Kopf nach hinten.«

»Aber…«, sagte Santer fassungslos. »Wie ist das möglich?«

»Es ist leider so. Wie das möglich ist«, sie sah den großen Stabsleutnant an und zuckte mit den Schultern, »weiß ich auch nicht.« Sie wies mit der linken Hand auf einen Stapel Kisten, der ein paar Schritte entfernt stand, derselbe Stapel, an den sich Santer eben noch gelehnt hatte. »Der Dolch ist dorthin gerutscht. Dort unter dieser Kiste muss er liegen.«

Santer gab Fefre, der die einzig verbliebene Fackel hielt, ein Zeichen. Der Korporal bückte sich vor den Kisten, die auf alten Holzbalken standen, damit man ein schweres Tau um sie knoten konnte, griff darunter und zog mit spitzen Fingern einen schweren Dolch hervor.

»Sie hat recht!«, rief Fefre erstaunt und hielt den Dolch hoch, damit ihn alle sehen konnten. »Das ist ein guter Dolch, niemand würde ihn wegwerfen.« Er schaute zu dem Toten. »Es sei denn, er hätte wahrlich keine Verwendung mehr dafür.«

»Er wurde geritten«, teilte ihm die Maestra mit sanfter Stimme mit und nahm den Dolch an sich. Sie betrachtete ihn sorgfältig, bevor sie ihn dann unter ihrer Robe verschwinden ließ. »Aber das konntet Ihr ja nicht wissen, Stabsleutnant«, meinte sie. »Warum habt Ihr mich rufen lassen?«

»Weil es noch mehr gibt«, erklärte Santer und hielt ihr die offene Handfläche entgegen. »Dies fanden wir bei dem Toten, die Kette um den Hals, die Münze in seinem Beutel. Einem Beutel, der zwanzig frisch geprägte Goldmünzen enthielt.«

Auf seiner Handfläche lag eine feingliedrige Silberkette mit einem Anhänger daran, kaum größer als der Fingernagel des Leutnants: eine stilisierte Flamme aus getriebenem Silber. Desina zog scharf die Luft ein, als sie dieses Symbol erkannte. Es war das Zeichen eines Kults, der es sich zur Aufgabe gemacht hatte, jeden der heiligen reinigenden Flamme Borons zuzuführen, der auch nur im Verdacht stand, ein magisches Talent zu besitzen.

Die heilige Flamme Borons verbrennt den Sünder und läutert den Unschuldigen, hieß es in den Tempelpredigten. Es stimmte wohl, denn Desina hatte selbst schon gesehen, wie Unschuldige unverletzt aus den Flammen hervorgetreten waren.

Aber unter den Fanatikern des Kults der Weißen Flamme gab es keine Priester des Boron … und ihre Mordbrände konnte man kaum als heiliges Feuer bezeichnen. Der Kult war in allen Reichen seit Jahrhunderten verboten, aber dennoch war er stark, und immer wieder hörte man davon, dass jemand ihm zum Opfer fiel. Ob Mann, Frau oder Kind, keiner konnte vor dieser Flamme sicher sein.

Neben dem Anhänger lag eine fein geprägte Münze, ebenfalls aus Silber und auf einer Seite das Wappen der Reichsstadt, der Drache, der eine Schlange niederdrückte, auf der anderen ein Adler im Flug. Das Wappen Aldanes, eines der sieben Reiche, die mit der Reichsstadt alliiert waren. Eine Passiermünze, wie sie an Bedienstete einer Botschaft ausgegeben wurde.

»Wir fanden auch das hier bei dem Mann«, sagte Santer und reichte ihr ein Stück gefaltetes Pergament, dreckig und brüchig an den Kanten, als wäre es oft gefaltet worden. Das Siegelband war schon ausgefranst, das Siegel selbst brüchig und fast nicht mehr zu erkennen.

»Sein Name ist Jenks«, teilte der Stabsleutnant ihr mit. »Dieses Papier weist ihn als den persönlichen Kammerdiener von Graf Altins aus, dem Botschafter von Aldane.«

»Ein Kammerdiener, der sich mit einem Vermögen von zwanzig prägefrischen Goldmünzen hierher in den Hafen begibt?«, fragte die Maestra ungläubig. Sie musterte das Datum auf dem Ausweispapier. »Der Mann ist seit fast sieben Jahren hier«, stellte sie dann fest. »Er hätte es doch besser wissen müssen.«

Dann ließ sie das Dokument sinken und sah ein weiteres Mal auf den toten Kammerdiener hinab. »Er trägt eine teure Livree, Seidenstrümpfe und Schuhe, sogar einen Ring am Finger. Und Ihr habt zwanzig Goldstücke bei ihm gefunden?«, fragte sie ungläubig. »Das muss ein Rekord sein, denn es ist wohl das erste

Mal, dass eine Leiche länger als fünf Atemzüge im Hafenviertel liegt, ohne restlos ausgeplündert zu werden.«

»So lange lag er nicht hier, bevor wir kamen«, teilte ihr Santer mit. »Genau gesagt, starb er wohl unmittelbar, bevor wir ihn fanden. Und ich bin mir sicher, dass es Zeugen für seinen Tod gab.«

»Zeugen?«, fragte Desina überrascht. »Hier?«

Wieder war es Schwertkorporal Fefre, der vorlaut Antwort gab. »Ay, Maestra. Wir sahen sie noch wegrennen. Es waren zwei Hafenratten, sie haben das Ganze wohl von dort drüben aus beobachtet.«

»Viel werden sie nicht gesehen haben«, gab Santer zu bedenken. »Es ist eine stockdunkle Nacht heute.«

Fefre rieb sich nachdenklich die Nase. »Wenn es sich so abgespielt hat, wie die Maestra sagt, haben die beiden genug mitbekommen, um es nicht so schnell zu vergessen. Irgendwo sitzen sie gerade und erzählen ihre Geschichte, versuchen ihre Zuhörer zu überzeugen, dass sie nicht geträumt haben… Diese Geschichte wird sich wie ein Lauffeuer durch den Hafen verbreiten, und morgen Abend weiß es die ganze Stadt.«

»Schwertkorporal«, knurrte der große Stabsleutnant. »Ihr redet zu viel.«

Die Maestra ignorierte das Geplänkel und warf einen letzten Blick auf den Toten. »Der Leichenputzer soll ihn zum Schrein an der Hafenwacht bringen«, sagte sie leise. »Gerolias und ein Feldscher der Federn sollen ihn sich dort noch einmal genau ansehen.«

»Ay. Maestra!«, sagte der Stabsleutnant und sah zu Korporal Fefre hin. »Korporal, Ihr habt die Maestra gehört.«

»Ay, Ser!«, rief Fefre fröhlich und winkte einen seiner Kameraden herbei, um den Toten in den Leichenkarren zu wuchten.

»Wollt Ihr uns zur Hafenwacht begleiten, Maestra?«, fragte Santer höflich.

Sie schüttelte den Kopf. »Ich denke, ich werde mich hier noch etwas umsehen. Und ein paar Fragen stellen.« Sie schaute zu ihm hoch. »Für den Moment sind wir hier fertig, Stabsleutnant. Der Segen der Götter mit Euch in dieser dunklen Nacht.«

»So auch mit Euch, Maestra.«

Fefre und Santer sahen ihr nach.

»Wo geht sie wohl hin?«, fragte der Korporal.

»Wenn du keine Seeschlange wärst, wohin würdest du gehen, wenn du über irgendetwas hier im Hafen Bescheid wissen wolltest?«, fragte Santer.

»Zu Istvan«, antwortete Fefre, ohne zu zögern. »Aber sie ist eine Eule. Ihr wird er wohl schwerlich mehr sagen als uns.«

»Vielleicht aber doch«, meinte Santer. Der Leichenkarren setzte sich in Bewegung, und die Soldaten folgten ihm, Santer war froh, dass es endlich zurück zur Hafenwacht ging, wo ein Bett auf ihn wartete.

5

Die Herberge *Zur Gebrochenen Klinge* war weit über die Grenzen der alten Reichstadt hinaus bekannt, vielleicht wäre berüchtigt auch das bessere Wort.

Einst, vor vielen Jahrhunderten, war dieser Gasthof eine Wachstation des Alten Reichs gewesen, Teil der Hafenwache, die von hier aus die Ordnung im Hafen aufrechterhielt. Er folgte demselben Bauplan wie die meisten kaiserlichen Wachstationen, die noch immer die Handelsstraßen des Alten Reichs schützten. Eine stabile Wallanlage, gut zwei Schritte dick, gute fünfzig Schritte breit und achtzig lang, die Wälle drei Mannslängen hoch. Schräg links gegenüber dem Tor befand sich der massive Trutzturm, dessen Zinnen man auch von außerhalb der Mauern sehen konnte, daran schloss sich im Vorfeld links ein dreistöckiges Gebäude an, rechts davon befanden sich die Stallungen, Nebengebäude und die Schmiede. All diese Gebäude, das wusste Desina, standen noch immer, auch wenn sie heute anders genutzt wurden.

Die Legende besagte, dass der Ewige Herrscher einst drei Kriege geführt hatte, einen davon gegen die wilden Barbaren im Norden, die mit ihren gezähmten Kriegsbestien und der magischen Macht ihrer Schamanen einen ernstzunehmenden Gegner darstellten. In einer Nacht gelang den Barbaren ein gewagter und selbstmörderischer Vorstoß in das befestigte Feldlager des Kaisers, um so Askannon selbst mit ihrer Magie in Bann zu schlagen. Hilflos musste er mit ansehen, wie die magisch verstärkten Kreaturen der Barbaren in den Reihen der Legion wüteten, während die Schamanen ihn nach und nach seiner Kraft beraubten.

Ein einfacher Legionär, ein Schwertträger der berühmten Zweiten Legion, kämpfte sich bis zum Zelt des Kaisers durch. Es hieß, dass von seiner schweren Rüstung nur noch Fetzen übrig waren, als er mit seinem Zweihänder den letzten der Schamanen erschlug und so dem Imperator erlaubte, wieder in die Schlacht einzugreifen und das Blatt für die bedrängte Zweite Legion zu wenden. Anschließend fragte Askannon den schwer verletzten Legionär, wie er ihn belohnen könne.

Die Antwort musste den Kaiser überrascht haben, denn der Legionär erwiderte, dass er nichts geschenkt haben wolle. Doch er habe gehört, dass der Kaiser Shah spielen würde. Da er noch nie einen würdigen Gegner beim Shah gefunden habe, schlug er eine Partie vor.

Würde er, der Legionär, verlieren, würde er der Leibgarde des Kaisers beitreten. Für den Fall, dass er gewinnen würde, bat der Legionär um Entlassung aus dem Militärdienst und um das Grundrecht für die südliche Hafenwacht, die damals gerade erst erbaut worden war, sowie um eine weitere, vielleicht noch größere Gnade: das Recht, auf dem Gelände der Hafenwacht unberührt zu sein von den Gesetzen und den Steuern des Reichs.

Der Krieg gegen die Nordlandbarbaren hatte drei Monate und zwei Wochen gedauert. Die drei Partien, die der Kaiser und der Legionär spielten, dauerten mit Unterbrechungen fast ein halbes Jahr.

Das Unglaubliche geschah. Der Legionär schlug den Kaiser in

einem Spiel, und die letzte der drei Partien endete in einem Unentschieden.

Der Kaiser schlug vor, dass der Legionär seine Dienstzeit als Leibgardist beenden solle, danach jedoch würde er ihm seinen Wunsch gewähren.

So geschah es auch. Nach zwanzig Jahren trat der Legionär aus dem Zweiten Bullen aus und übernahm die südliche Garnison, um darin ein Wirthaus einzurichten, das mittlerweile nicht weniger legendär war als die Geschichte selbst.

Über dem Tor, das in den Innenhof der Herberge führte, hing in schweren Ketten die gebrochene Klinge einer Kriegsbestie der Nordländer, ein gigantisches Schwert, das von einem Riesen geführt worden war, dessen gebleichter Schädel direkt darüber hing, ein Schädel gut einen Schritt im Durchmesser, mit drei Augenhöhlen, dem Gebiss eines Raubtiers und Zähnen, die eine Elle lang waren.

Später hatten sich noch andere Schädel zu diesem gesellt. Sie sollten daran erinnern, dass zwar die Gesetze des Reichs an diesem Ort nicht galten, aber der Legionär dennoch Wert darauf legte, dass die Ruhe seines Hauses nicht gestört wurde.

So wie es aussah, war in der letzten Zeit kein neuer Schädel hinzugekommen. All dies hätte ein vertrauter, vielleicht sogar willkommener Anblick für Desina sein sollen. Dennoch fröstelte sie in ihrer blauen Robe.

Wie häufig war sie durch dieses Tor gegangen, ohne den Schädeln auch nur die geringste Aufmerksamkeit zu widmen?

Noch einmal vollführte sie eine Geste, und wieder leuchteten die Fußspuren für sie in einem magischen, bläulichen Licht. Es gab keinen Zweifel, die Spuren führten durch das massive Tor in den Gasthof. Sie seufzte leise, es war nun fast drei Jahre her, dass sie Istvan das letzte Mal gesehen hatte, und das war nicht die Art und Weise, wie sie sich das Wiedersehen erhofft hatte.

Doch als sie die Gaststube betrat, lächelte sie unwillkürlich, denn es war so, als käme sie nach einer langen Zeit nach Hause. Nichts hatte sich verändert, alles war noch an seinem Platz. Die

Gaststube, ehemals die Messe der kaiserlichen Soldaten, erstreckte sich über die volle Breite und Länge des alten Hauses und war groß genug, dass fünfzig Soldaten gleichzeitig Essen fassen konnten. Anders als in vielen anderen Gasthöfen befanden sich die altersschwarzen Eichenbalken gut einen Meter über ihrem Kopf, die hohe Decke ließ den weißgetünchten Raum noch größer und lichter erscheinen. Ein junges Mädchen war gerade dabei, die schweren Fensterläden zum Hof zu öffnen, ein anderes schrubbte auf den Knien die Steinplatten auf dem Boden, auch das hatte sich nicht verändert. Desina erinnerte sich nur zu gut daran, was für eine harte Arbeit das war, oft genug war sie es gewesen, die hier den Boden schrubbte. Istvan führte zwar einen Gasthof, aber am Morgen wollte er kein altes Bier mehr riechen oder gar sehen.

Drei lange Jahre war es jetzt her, dass sie das letzte Mal nach Hause gekommen war, aber Istvan hatte sich kein bisschen verändert. Wie lange kannte sie ihn nun? Dreizehn, vielleicht vierzehn Jahre? In der ganzen Zeit schien er kaum gealtert zu sein. Man könnte sogar meinen, er hätte sich nicht einmal von der Stelle bewegt. Groß und massiv, unerschütterlich wie ein Fels in der Brandung, stand er hinter der Theke. Genau dort, wo sie ihn das letzte Mal gesehen hatte.

Die breiten Schultern sprengten fast die Nähte eines tausendfach gewaschenen Leinenhemds, und die Lederschürze spannte sich über einen beachtlichen Bauch, der allerdings an Bedeutung verlor, wenn man die massiven Schultern wahrnahm. Das weite Hemd verbarg nur unzureichend den mächtigen Bizeps, der von größerem Umfang war als ihre eigene Taille, und niemand konnte die Hände übersehen, mit denen Istvan gerade einen schweren Humpen abspülte. Wie oft hatte er sie mit einer Hand hochgehoben und sie lachend auf seine Schultern gesetzt?

Niemand konnte Istvan schön nennen, aber sein kantiges Gesicht mit den wachsamen blaugrauen Augen, der gebrochenen Nase, der breiten Narbe, die über sein linkes Auge lief und seine Augenbraue spaltete, war der willkommenste Anblick, den sie seit langem zu Gesicht bekommen hatte.

Desina blinzelte und wischte sich die Feuchtigkeit aus den Augen. Dieser Mann war das Nächste zu dem Vater, den sie nie kennengelernt hatte, und die anderen Mädchen, die damals wie sie hier gearbeitet hatten, waren ihre Familie gewesen. Diese beiden Mädchen hier waren neu, Desina kannte sie nicht, aber allein Istvans Anblick ließ sie alle Zweifel vergessen. Dies war immer noch ihr Zuhause.

Der Empfang war allerdings nicht der, den sie sich erhofft hatte. Aber was sollte sie auch anderes erwarten? Es war die Robe, die man zuerst wahrnahm. Das Oberteil war eng geschnitten und betonte für ihren Geschmack schon fast zu sehr ihre Formen, das untere Teil war an den Seiten bis hoch zur Hüfte geschlitzt. Wenn sie ging, zeigte sie Bein … allerdings in Hosen aus demselben blauen Material, das weder Leinen noch Samt war. Die Kapuze war weit, und sie trug sie so, wie ihre berühmten Vorgänger es taten, tief ins Gesicht gezogen, sodass die obere Gesichtshälfte bis knapp über dem Mund bedeckt war. Die Ärmel waren weit, und auch hier imitierte sie die klassische Pose, die sie so oft auf den alten Bildern und Gemälden gesehen hatte. Früher hatte sie gedacht, es wäre alles nur, um die Leute zu beeindrucken, heute wusste sie es besser. Es hatte alles seinen Sinn.

Um ihre schmalen Hüften lag ein schwarzer Schwertgurt mit silbernen Verzierungen, an ihrer Seite hing ein Langschwert, gut ein Drittel schmaler und deutlich leichter als ein normales Schwert, aber in ihren Händen nicht minder tödlich. Robe, Schwert, Gurt, Handschuhe und die weichen Stiefel, die knapp unter ihren Knien endeten, all das stammte noch aus der Zeit des Alten Reichs, Jahrhunderte hatte das alles in dieser magisch verschlossenen Kiste gelegen, doch als sie die Dinge ehrfürchtig aus der Kiste nahm, roch alles neu und unbenutzt. Was es für ein Stoff war, konnte niemand sagen, er schimmerte wie Samt, war so leicht wie Seide und schien an Festigkeit Leder weit zu übertreffen.

Das Wichtigste jedoch war das golden schimmernde Emblem auf ihrer linken Schulter. Es wurde erst sichtbar, nachdem sie die Robe angelegt hatte: ein Wappen und zugleich ihre Legitimation. Man konnte es nicht nachmachen oder fälschen, es war eine in die Robe gewirkte Magie, die erst dann zu sehen war, wenn eine Eule, die zumindest den dritten Grad erreicht hatte, diese Robe anlegte. Zwölf Jahre hatte sie dafür gebraucht, um die Prüfung des dritten Grads zu bestehen. Den Legenden nach hatten die alten Eulen dazu selten mehr gebraucht als ein Jahr. Aber das wusste hier niemand.

Die Bediensteten und die wenigen Gäste der *Gebrochenen Klinge* sahen nur eine der legendären Eulen von Askir.

Die beiden Mädchen sahen Desina mit weiten Augen an, sie hielten in ihrer Arbeit inne und schauten hilfesuchend zu Istvan hinüber, offenbar wussten sie nicht, wie sie sich verhalten sollten. Auch Istvan blinzelte einmal, zweimal, dann fing er an zu lächeln.

Er legte Tuch und Humpen zur Seite und kam um die Theke herum, während sein Lächeln immer breiter wurde.

»Kein Grund zur Sorge, meine Lieben!«, rief er. »Ich wusste schon immer, dass eines Tages die Eulen wiederkehren würden. Kennt ihr nicht die alten Balladen? Sie sind ihrem Eid verpflichtet, an die Wahrheit und an das Gesetz gebunden. Sucht ihren Rat, ihre Hilfe und ruft sie, wenn ihr in Not seid.«

Immer weiter kam Istvan auf Desina zu, und das Lächeln in seinem Gesicht wuchs zu einem breiten Grinsen heran. »Aber für diese Eule deckt mir meinen Tisch, schafft ein gutes Frühstück heran, zwei frische Eier, das frische Brot aus dem Ofen und einen großen Becher kalte Milch.«

Die beiden Mädchen, beide kaum älter als vierzehn, vielleicht fünfzehn, sahen sich gegenseitig verständnislos an und dann schauten sie fassungslos zu, wie Istvan mit einem weiteren Schritt diese geheimnisvolle schlanke Gestalt in der nachtblauen Robe erreichte, sie umarmte und ganz und gar ohne Respekt vor Amt und Würden hochhob, sodass ihre schwarz bestiefelten Füße in der Luft zappelten und sie verzweifelt um Luft rang.

»Istvan!«, protestierte sie mit gedämpfter Stimme. »Ich bekomme keine Luft!«

Er hörte nicht auf sie.

»Istvan!«, keuchte sie. »Lass mich runter, du riesiger Ochse!«

»Später«, meinte Istvan, dennoch ließ er sie sanft herab und streifte zugleich ihre Kapuze nach hinten. »Lass dich ansehen! Götter ... was bin ich stolz auf dich, Mädchen!«

Hastig zog sie die Kapuze wieder über ihre Augen. Es hatte lange genug gebraucht, bis sie sich an den blauen Schatten vor ihren Augen gewöhnte, jetzt fühlte sie sich mit nacktem Gesicht schutzlos.

Istvan legte eine große Hand auf Desinas Schulter und schob sie scheinbar mühelos zu einem der Tische hinüber, der etwas abseits stand. »Zuerst wird gefrühstückt!«

Für diesen Tisch gab es keine Bänke, nur bequeme geschnitzte und mit Leder gepolsterte Stühle, von denen der große Mann nun einen für seinen unerwarteten Gast herauszog, um sich dann anschließend selbst zu setzen.

»Du hast dir aber auch lange genug Zeit gelassen, mal wieder nach Hause zu kommen!«

»Da hast du recht«, sagte Desina. »Ich hatte es immer vor ... aber ...«

»Du hast zu viel zu tun gehabt«, sagte der Wirt mit einem breiten Grinsen. »Als ob ich das nicht wüsste. Aber jetzt bist du hier, das allein zählt.« Istvan klatschte in die Hände. »Also Frühstück für mich und unsere Eule hier! Etwas eilfertig, wenn ich bitten darf, Mädels! Und vergesst die Milch nicht!«

»Istvan«, protestierte sie lachend. »Ich bin etwas zu alt für Milch.«

»Unsinn. Niemand ist zu alt für frische Milch ... und sie hat dir wohl auch kaum geschadet, oder?«

Es war sinnlos, weiter zu protestieren, also ergab sie sich lächelnd in ihr Schicksal. Es war lange genug her, dass sich jemand so um sie gesorgt hatte. Wenn sie ehrlich war, musste sie zugeben, dass sie es genoss.

»Wie hast du mich erkannt? Wäre es nicht peinlich gewesen, wenn du dich getäuscht hättest?«

»Ha!«, rief Istvan. »Die Verkleidung muss erst noch erfunden werden, mit der du meine alten Augen täuschen könntest. Da frage lieber die Götter, wie es möglich sein soll, dass ich dich nicht erkenne. Zudem, es gibt nur eine Eule in Askir!«

»Ich hoffe, ich bin nicht für jeden so durchsichtig«, sagte Desina und sah mit einem Lächeln auf, als eines der Mädchen ihr vorsichtig eine Schale mit frischem, noch dampfendem Brot auf den Tisch stellte und dann Wurst, Schinken und vielerlei Sorten Käse auf einer Holzplatte daneben.

»Seid Ihr die Sera Desina, Herrin?«, fragte das Mädchen scheu, und Desina nickte.

»Dann wird alles gut!«, strahlte das Mädchen mit deutlicher Erleichterung und eilte davon, bevor Desina fragen konnte, was sie damit meinte.

»Das ist Marie«, erklärte Istvan. »Die andere ist Lenya. Von deinen alten Schwestern sind nur noch Tala und Regata übrig, sie arbeiten noch beide hier. Tala kocht fast so gut wie ich, und Regata führt nun für mich die Bücher. Und weißt du was? Regata wird demnächst heiraten! Einen Offizier von der Hafenwacht. Und sie wird außer sich vor Freude sein, dich wiederzusehen.« Tiefe Lachfalten entstanden um Istvans Augen, als er breit grinste. »Sie wird nicht eher Ruhe geben, bis du ihr den Schleier hältst.«

Desina lachte leise. »Ich freue mich darauf. Aber Istvan …?«

»Versuchst du mir gerade mitzuteilen, dass es einen bestimmten Grund gibt, weshalb du mitten in der Nacht hier auftauchst?«

Desina nickte verlegen. »Ich suche Wiesel. Ich glaube, er hat etwas gesehen, das von Bedeutung für mich ist.«

»Er ist hier, kam erst vor kurzem herein. Sah ein bisschen bleich um die Nase aus, hat sich einen Wein gegriffen und ist nach oben gegangen. Steckt er wieder in Schwierigkeiten?«

»Nein«, antwortete sie. »Wenigstens hoffe ich das.«

Der schlaksige Dieb war nur zwei Jahre älter als sie und einer der wenigen Menschen, denen sie ohne Vorbehalt vertraute. Sicher, er nahm es mit anderer Leute Eigentum nicht ganz so genau, aber im Vergleich zu einigen anderen Gesellen, die des Nachts den Hafen unsicher machten, war er ein geradezu liebenswerter Mensch.

»Gut.« Istvan biss herzhaft in sein Brot. »Und jetzt sag mir, worum es geht.«

»Ich denke, er wurde Zeuge eines Mordes«, antwortete sie, während sie sich ein Stück von dem knusprigen Brot abschnitt. Was auch immer Istvan in seine Backmischung tat, es war das beste Brot in Askir. Er besaß hinten in der ehemaligen Schmiede eine Mühle, die so fein mahlte, dass es niemals auch nur ein Steinchen in seinem Brot gab.

»Ein Kammerdiener wurde im Hafen tot aufgefunden. Ich habe so ein Gefühl, dass Wiesel gesehen hat, was geschah.«

»Und mit solchen Lappalien belästigt man die erste Eule nach Jahrhunderten?« Istvan war empört, schien fast beleidigt darüber. »Jedes Mitglied der Wache kann einen solchen Fall lösen.«

»Istvan«, sagte sie leise. »Es ist wahrscheinlich ein Nekromant gewesen.«

»Götter!«, flüsterte Istvan entsetzt. »Täuscht du dich auch nicht?«

Desina schüttete nur den Kopf. »Das ist es nicht allein«, fuhr sie fort. »Zudem gehörte der Kammerdiener zum diplomatischen Gefolge des Botschafters von Aldane. Das gibt dem Ganzen eine politische Bedeutung. All das macht diesen Fall etwas delikater.«

»Also ganz und gar das Gegenteil von dem, was ich dachte«, sagte Istvan und sah sie besorgt an. »Ein Verfluchter… warum jetzt? Götter, hätte es nicht etwas Leichteres sein können?«

Desina lächelte leicht. »Irgendwann muss ich ja anfangen.«

»Und so rühren sich die alten Legenden wieder. Seelenreiter und Eulen«, sagte Istvan. »Ich bete zu den Göttern, dass du dich täuschst.«

»Ich bin keine alte Legende«, protestierte sie. Sie hätte nie gedacht, was es für einen Unterschied machte, diese Robe zu tragen. Vorher war sie nur Desina gewesen, eine junge Frau, die ihre

Nase zu oft in die Schriftrollen und Bücher steckte und den Waffenmeister in der Zitadelle mit ihrer Ungeschicklichkeit zur Verzweiflung trieb, jetzt auf einmal war sie eine Eule, jemand, zu dem man aufsah und der auf jede Frage eine Antwort wissen sollte. Götter, sie kannte ja noch nicht einmal die meisten der Fragen!

»Ich bin ich«, versuchte sie ihm zu erklären »Mit meinen ehrwürdigen Vorgängern habe ich nicht viel mehr gemein als diese Robe, die ich nun tragen darf.«

»Das und eine gewisse Veranlagung für Magie«, entgegnete Istvan. »Du musst enorme Dinge geleistet haben, um die Prüfungen zu bestehen.«

Desina schüttelte wieder den Kopf. »So ist das alles nicht! Aber lass uns ein anderes Mal darüber sprechen.«

Istvan nickte. »Wie du willst. Mir ist nur wichtig, dass du dich hier willkommen fühlst.«

»Oh, das tue ich.« Sie lächelte. »Könntest du Wiesel Bescheid geben, dass ich hier bin und ihn sprechen muss?«

»Ich glaube, das ist nicht nötig«, sagte Istvan und sah zu der Treppe, die in die oberen Stockwerke führte. Dort kam gerade ein drahtiger junger Mann auf sie zu, gut gekleidet und mit langem blondem Haar, das er zu einem Pferdeschwanz gebunden trug. Er sah ganz und gar nicht wie ein Dieb aus, dachte Desina.

»Das wird auch Zeit, dass du hier mal wieder vorbeischaust«, begrüßte Wiesel Desina und lächelte erfreut. Er griff sich eine Flasche von der Theke, bevor er sich zu ihr und Istvan an den Tisch setzte. »Wir sollten das feiern, denke ich. Ich hoffe nur, dass dies ein Höflichkeitsbesuch ist und du nicht hier bist, um mich zu verhaften«, fügte er verschmitzt hinzu und schob ihr einen Becher mit Wein über den Tisch. »Auf jeden Fall bist du zu alt für Milch.«

»Verhaften will ich dich nicht«, entgegnete Desina und stellte fest, wie sehr sie ihn vermisst hatte, vor allem seine unerschütterliche gute Laune. »Aber ich bin dennoch aus einem bestimmten Grund hier. Es hat einen Toten im Hafen gegeben.« Sie sah ihn bedeutsam an. »Als ich die Tat durch meine Magie betrachtet habe, erkannte ich dich, wie du dich hinter einem Holzstapel versteckt hast …«

»Lass mich raten«, sagte Wiesel, als Desina den Becher ansetzte. »Hieß der Tote zufällig Jenks und war ein Kammerdiener?«

6

Beinahe hätte sich Desina an dem Wein verschluckt, sie hustete, und Tränen stiegen ihr in die Augen, als Istvan ihr auf den Rücken klopfte. Wahrscheinlich meinte er es gut und war der Ansicht, sanft vorzugehen, aber Desina empfand es anders. Keuchend hielt sie die Hand hoch. »Hör auf!«, presste sie hastig hervor. »Du bringst mich ja noch um!«

Fassungslos und mit tränenden Augen sah sie zu dem drahtigen Mann hinüber, der sich breit grinsend zurücklehnte und das Schauspiel offensichtlich genoss.

Manchmal, so wie jetzt in diesem Moment, wünschte sich Desina, sie wäre dem Dieb niemals über den Weg gelaufen. Auf der anderen Seite … Vor fast zwanzig Jahren hatte ein kleiner Junge beobachtet, wie ein reich gekleideter Herr mitten in der Nacht ein kreischendes und strampelndes Bündel in das Hafenwasser warf. Obwohl selbst kaum über vier Jahre alt und des Schwimmens nur zum Teil mächtig, sprang der Junge in das kalte Wasser und wäre beinahe selbst mehrfach ersoffen, ehe er das nasse Bündel endlich an die nächste Seetreppe gezerrt hatte. Das Bündel war ein Mädchen, vielleicht knapp drei Jahre alt, und der tapfere Junge wurde später als Wiesel zu seiner eigenen Legende.

Es war noch immer Wiesels bevorzugte Geschichte, auch wenn Istvan ihm sehr deutlich nahegelegt hatte, sie nicht mehr zu erzählen. Wie Wiesel ihr seit Jahren regelmäßig vorwarf, hatte sie ihm gründlich den Spaß verdorben, seitdem sich für sie die Tür zum Turm der Eulen, den legendären Maestros des Alten Reichs, geöffnet hatte.

Istvan wiederum war nicht der Ansicht, dass es klug wäre, in alle Welt hinauszuposaunen, dass Desina, seit Jahrhunderten die erste Eule von Askir, und Wiesel, der legendäre Dieb, fast ein Jahrzehnt lang zusammen jede Börse und Schatztruhe geplündert hatten, die ihnen unter die Finger kam.

Bis eines Tages Wiesel versuchte, einen gewissen Wirt um seinen Beutel zu erleichtern, und dieser ihn auch dann nicht losließ, als ein kratzendes, fauchendes und beißendes rothaariges Mädchen versuchte, ihm die Schienbeine einzutreten.

Ab und zu setzte Istvan es sich in den Kopf, einem der vielen verwahrlosten Mädchen aus dem Hafenviertel ein Heim zu bieten und sie als seine Tochter aufzuziehen. Oft genug hatte er damit keinen Erfolg, manche liefen ihm bald schon wieder davon, andere nutzten nicht das, was er ihnen bot, aber Desina war schon immer anders gewesen. Und, wie er nicht müde wurde ihr zu erzählen, sie hatte ihn stolz gemacht.

Diese eine Tochter allerdings kam mit einem Bruder, und notgedrungen hatte Istvan auch Wiesel sein Heim geöffnet. Seitdem wohnte Wiesel hier, sein Zimmer im zweiten Stock war noch immer das einzige Zuhause, das er kannte. Zudem gab es seiner Meinung nach keinen besseren Koch als Istvan, und auch der Weinkeller war immer gut sortiert.

Obwohl es hier im Hafen genügend Burschen gab, die sich für harte Männer hielten, reichte meist ein Blick in Istvans Augen, um den hartgesottensten Gesellen daran zu erinnern, wo er sich befand. Reichte dies nicht, nun, dann gesellte sich bald ein neuer Schädel zu den anderen auf dem Sims.

Legende und Wirt führten dazu, dass dieser Gasthof auch in anderer Hinsicht ein besonderer Ort war. Über die Jahrhunderte wurde der Gasthof zu einem neutralen Ort, an dem sich selbst die Parteien einer Blutfehde oder von häufigen Machtkämpfen im

Hafen treffen konnten, um im Schutz der erzwungenen Neutralität neu zu verhandeln oder einen alten Zwist beizulegen.

Kurz, für jemanden, der von den meisten Seeschlangen misstrauisch betrachtet wurde, war dies der ideale Ort, eine Heimat zu finden. Er hatte seinen Preis, denn für das gleiche Geld, das Wiesel für seinen einfachen Raum im Obergeschoss der Herberge bezahlte, hätte er sich ein Haus mieten können.

Ihn kümmerte es nicht, denn der drahtige Mann war genau das, was man ihm vorwarf zu sein: der erfolgreichste Dieb, den die Reichsstadt seit Jahrhunderten gesehen hatte.

Wiesel, der längst vergessen hatte, wie er in Wirklichkeit hieß, war kein alter Mann, wie man meinen könnte, wenn man von seinen Taten hörte, sondern gerade erst zwei Dutzend und zwei. Für einen Dieb war das jedoch ein gesegnetes Alter. Die meisten Diebe mussten dieses unrühmliche Handwerk entweder aufgeben oder früher oder später erst die eine und dann auch noch die andere Hand verlieren.

Er allerdings trug sein langes dunkelblondes Haar in einem Zopf zusammengebunden, um so stolz seine Ohren zur Schau zu stellen, die nicht einen einzigen Schlitz aufwiesen.

In schlichtem schwarzem Leinen gekleidet, mit weichen Lederstiefeln, deren Sohlen angeblich aus Drachenhaut bestanden und nie den Halt verloren, war es unschwer zu erraten, warum Wiesel seinen Spitznamen erhalten hatte. Es war nicht nur seine sprichwörtliche Flinkheit, auch sein Gesicht ließ einen anderen Namen nur schwerlich zu. Abgesehen von den Griffen zweier Wurfmesser, die aus seinen schwarzen Armschützern ragten, wirkte Wiesel gar nicht wie ein Dieb oder überhaupt wie jemand, der sein ganzes Leben im Zwielicht des Hafens zugebracht hatte, denn sein schmales Antlitz trug keine Narben, und die Härte und Grausamkeit, die man so oft in den Gesichtern der anderen Gesellen der Nacht sah, schienen ihm fremd.

Wenn man von seinem mehr als zweifelhaften Ruhm absah, war Wiesel ein freundlicher Geselle, dessen größte Leidenschaft ein gutes Essen und ein hervorragender Wein waren.

Oft fand man ihn hier, zufrieden zurückgelehnt an seinem gewohnten Platz in Istvans Schankraum, scheinbar ohne jede Sorge und meist guter Laune.

Desina warf Wiesel nach der überraschenden Frage einen ungläubigen Blick zu. Istvan schüttelte nur den Kopf.

»Was hast du denn damit zu tun?«, fragte sie Wiesel entgeistert, als sie endlich wieder Luft bekam, und sah sich dann unwillkürlich um. Ihr Tisch stand etwas abseits, aber um diese Zeit war es ohnehin ruhig in der Herberge. Gemurmel von Stimmen, das Scheppern von Geschirr und Essbesteck, der Knall, mit dem jemand seine Trumpfkarte ausspielte, das Lachen und Grölen waren beständige Hintergrundgeräusche zu den Stoßzeiten, aber noch war es nicht einmal Frühstückszeit.

»Dieser Kammerdiener wurde von einem Seelenreiter ermordet!«, flüsterte sie. »Nicht nur das, ich glaube, seine Seele wurde geritten. Der Verfluchte weiß jetzt alles, was der Ermordete wusste.«

»Wenn man bedenkt, wer der Mann war, ist das allein schon für einen der Verfluchten ein Grund, ihn zu töten«, meinte Wiesel unglücklich. »Leider glaube auch ich, dass ein Verfluchter in der Stadt ist. Ich habe bislang gehofft, dass der Ewige Herrscher diese Brut vollends ausgerottet hätte. Wieso taucht so einer ausgerechnet jetzt wieder auf? Und wo kommt er her?«

»Du vergisst etwas, Wiesel«, sagte Istvan. Er stellte seinen eigenen Becher vor sich und griff nach der Flasche, während er Wiesel vorwurfsvoll ansah. »Das ist Hardensteiner Jungfernlese«, sagte er bedeutsam. »Die Flasche kostet zwei ganze Goldstücke, die kannst du mir nicht einfach von der Theke stehlen!«

»Ich habe sie nicht gestohlen«, protestierte Wiesel mit Unschuldsmiene. »Ich habe sie nur mitgenommen. Was vergesse ich?«

»Eben genau die Tatsache, dass Desina ihre Robe noch nicht lange trägt. Warum sollten die Seelenreiter sich nicht schon seit Jahrhunderten in der Stadt breitgemacht haben? Es gab ja niemanden, der sie hätte erkennen können. Erst jetzt gibt es wieder eine Eule, die das zu tun vermag. Vielleicht ist der Kerl schon lange hier. Es ist möglich.«

»Götter, ich habe doch selbst gesehen, wie der Mann starb. Eine andere Erklärung gibt es nicht. Mich musst du nicht überzeugen.« Er verzog das Gesicht zu einer Grimasse.

»Also warst du wirklich dabei, als der Kammerdiener starb? Warum bist du nicht zu mir gekommen, wenn du gewusst hast, dass er Opfer eines Nekromanten wurde?«, fragte Desina.

»Beruhige dich«, sagte Wiesel. »Du hast wieder dieses Glitzern in den Augen, wie immer, wenn du besonders stur sein willst.«

»Wiesel…«, begann sie, doch der hob die Hand.

»Schon gut. Wenn ich es dir nicht hätte erzählen wollen, hätte ich nichts gesagt, oder? Tatsächlich bin ich froh, dich hier zu sehen, sonst hätte ich mich morgen auf den Weg hoch zur Zitadelle gemacht, um dir davon zu berichten.« Er verzog das Gesicht. »Und das, obwohl die Bullen am Tor mich gar nicht mögen.«

»Das könnte daran liegen, dass sie der Meinung sind, du hättest es auf den Kronschatz abgesehen«, sagte Desina in beißendem Tonfall. »Schließlich haben sie dich einmal fast dabei erwischt.«

»Ich hab dich nur besuchen wollen«, protestierte Wiesel beleidigt.

»Das behauptest du«, meinte Desina.

»Bekommt euch nicht in die Haare«, sagte Istvan ruhig, was ihm nur einen scharfen Blick von beiden eintrug. Er lächelte leicht und lehnte sich zurück, schließlich kannte er das. Sowohl Wiesel als auch Desina mochten es gar nicht, wenn man ihnen einen guten Streit verdarb, aber Istvan war es gewöhnt und besaß ein dickes Fell. »Was war jetzt mit diesem Kammerdiener, Wiesel?«, fragte er.

»Eine ziemlich seltsame Geschichte«, antwortete der Dieb. »Wie ihr ja beide wisst, mache ich solche Geschäfte nicht mehr«, fuhr er fort, was sowohl Desina als auch Istvan mit einem skeptischen Blick quittierten. »Ich höre natürlich immer noch, was so gemunkelt wird. Also habe ich auch von einem gewissen Jenks gehört, der geradezu verzweifelt versuchte, einen besonders fähigen Dieb zu finden.«

»Warte mal«, sagte Istvan. »Ist Jenks dieser Kranich, der vorgestern Abend hier auftauchte? Dunkelrote, bestickte Livree, spindeldürr, hochmütiger Gesichtsausdruck, bleich gepudert wie eine Frau?«

»Danke«, sagte Wiesel bissig. »Darf ich nun weitererzählen?« Er warf Istvan einen bösen Blick zu und wandte sich wieder an Desina. »Istvan hat recht. Der Kerl kam direkt hier herein, setzte sich an meinen Tisch und trank einen Wein. Er fragte, ob die Bardin Taride Silberklinge hier auch singen würde, ich sagte, ja, aber nicht heute. Er sagte ›Schade‹, stand auf und ging wieder.«

»Das war es?«, fragte Desina erstaunt.

»Nein«, antwortete Wiesel und lehnte sich zurück. »Natürlich nicht. Ich sah dem Kerl verdutzt nach, und als ich danach einen Schluck Wein trank, bemerkte ich, dass der Kerl es geschafft hatte, mir eine Nachricht unter meinen Becher zu schieben.«

Wie ein Schausteller, der sein Publikum verzaubern wollte, schnippte Wiesel mit den Fingern und hielt ein kleines, eng gefaltetes Büttenpapier zwischen ihnen. Er schob es zu Desina über den Tisch. »Diese hier.«

Die Maestra tippte mit dem Finger auf die Nachricht, die sich auseinander faltete, und las die sorgfältig geschriebenen Worte, während eine feine Falte auf ihrer glatten Stirn entstand.

Wenn Ihr dem Reich treu ergeben seid und Unheil von ihm wenden wollt, trefft mich heute Nacht am Turm der alten Seefeste zur ersten Kerze nach der ersten Glocke. Für die Gefahren, die ihr auf Euch nehmen müsst, werde ich Euch mit zwanzig Goldstücken entlohnen.

Istvan, der neugierig mitgelesen hatte, pfiff leise durch die Zähne. »Zwanzig Goldstücke? Das ist eine Menge. Ich frage mich, wo er diese Summe herhat«

»Es ist ein götterverdammtes Vermögen«, stellte Wiesel richtig. »Natürlich wurde ich sofort misstrauisch.«

»Natürlich«, sagte Desina zweifelnd.

Er warf ihr einen erbosten Blick zu. »Ich weiß selbst, dass bei solchen Aufträgen stets etwas faul ist. Aber neugierig hat er mich schon gemacht.«

»Was hat dich denn neugierig gemacht?«, fragte Desina.

Wiesel blickte auf die Nachricht hinab. »Während der Kerl mir gegenübersaß, habe ich meinen Wein nicht angefasst... und auch darauf geachtet, dass er ihm nicht zu nahe kam. Ich brauche keine Kopfschmerzen, weil mir irgendjemand ein Pulver in den Becher tut. Und dennoch fand ich diese Nachricht unter meinem Becher.« Er sah die Eule und den Wirt bedeutsam an. »Der Kerl war gut! Außerdem«, er grinste breit, »hat allein schon dieser erste Satz mein Interesse geweckt.«

»Wenn Ihr dem Reich treu ergeben seid...«, wiederholte Desina nachdenklich. »Eine ungewöhnliche Einleitung, um einem Dieb einen Auftrag zu erteilen, selbst wenn es sich um den besten in ganz Askir handelt.«

»Also hast du dich mit ihm getroffen«, stellte Istvan fest.

Wiesel nickte. »Was denkt denn ihr? Selbstverständlich ging ich hin! Ihr wisst ja, ich bin neugierig. Ich war schon vorher da, denn ich wollte sicher gehen, dass keine unliebsame Überraschung auf mich wartet. Du kennst die Ruine ja, Desina, vor allem bei Nacht kann man eine ganze Lanze Soldaten dort verstecken, ohne dass es jemandem auffallen würde. Ich fand jedoch nur ein paar Ratten und einen Leichnam, den man wohl vor ein paar Jahren vom Turm der Feste geworfen hat. Er hat das Meer verfehlt und fiel auf die Klippe unterhalb des Turms. Bei der Gelegenheit entdeckte ich sogar noch eine geheime Tür, aber leider war der Gang dahinter verschüttet«, fügte er bedauernd hinzu. »Kein Kranich, keine Soldaten, nicht mal ein gedungener Mörder oder Ähnliches. Nichts. Nur ein paar Fledermäuse, die etwas erbost darüber waren, dass ich sie in ihrem Revier gestört habe.« Er griff seinen Becher, hob ihn an, zog enttäuscht eine Augenbraue hoch und griff nach der Flasche, um sich nachzufüllen. »Dieser Jenks kam pünktlich. Es war gestern Nacht nicht ganz so dunkel wie heute, er kam ganz offen den Weg zur Feste hoch, allein und ohne dass er sich auch nur die Mühe machte, sich irgendwie zu verstecken. Nun, ich wusste, dass niemand da war, der uns beobachtete. Es störte mich schon ein wenig, dass es ihn nicht kümmerte, ob man ihn sah oder nicht.«

»Vielleicht ging er davon aus, dass mitten in der Nacht niemand so blöd ist, sich an einem Ort aufzuhalten, an dem es spukt«, sagte Istvan.

»Du meinst die alte Frau, die dort ihr Unwesen treibt?« Wiesel grinste. »Ich habe sie zweimal gesehen. Sie erscheint aus dem Nichts, schaut einen traurig an und verschwindet wieder. Nicht sonderlich beeindruckend. Da mag ich den Geisterwolf lieber, der manchmal nachts die Tuchstraße unsicher macht. Wenn der hinter einem auftaucht und einen anhechelt, das ist unheimlich! Aber die alte Frau tut keinem was.«

»Sie ist eine Giftmörderin, die dort vor Jahrhunderten hingerichtet wurde«, teilte ihm Desina mit. »Ich habe es nachgelesen. Angeblich steht demjenigen, der sie sieht, ein grausiges Schicksal bevor.«

Wiesel zuckte mit den Schultern. »Beim ersten Mal, als ich sie gesehen habe, verlor ich beim Kartenspiel, und das andere Mal traf mich eine hübsche Frau mit einem Dolch, den sie nach mir warf.« Er sah sie fragend an. »Zählt das? Oder kann ich weitererzählen?«

Desina schüttelte lächelnd den Kopf. »Also dieser Kammerdiener kam den Weg zur Feste hoch …«

»Und war allein. Er hatte nicht einmal einen Dolch dabei, die Nacht und die Gegend ängstigten ihn nicht. Er sah sich einmal um, nickte dann, als wäre er zufrieden damit, dass auch ich keine Verstärkung dabei hatte, und brauchte dann auch nicht sehr lange, um auf den Punkt zu kommen.«

»Am besten tust du es ihm gleich«, sagte Desina ungeduldig. »Was wollte er von dir?«

»Er wollte, dass ich jemanden bestehle.« Wiesel kratzte sich am Ohr. »Es war wahrlich der ungewöhnlichste Auftrag, den ich jemals erhalten habe.«

»Ich habe gehört, dass Diebe öfter stehlen«, teilte ihm Istvan mit. »Für so ungewöhnlich halte ich es nicht.«

Wiesel warf ihm einen undeutbaren Blick zu. »So einfach war das nicht. Eigentlich sogar recht kompliziert. Zunächst erzählte er von einer alten Gruft in einem verlassenen Tempel, und ich dachte schon, ich sollte dort hineinkriechen. Aber sie hatte mit meinem Auftrag nichts zu tun, wie sich herausstellte. Dort, so erzählte er, habe sich unter dem Altarstein eine verborgene Treppe befunden, die hinunter in einen Gang führte, der mit Fallen versehen wäre und weiteren mannigfaltigen Gefahren. Am Ende des Gangs hätte es eine Tür mit einem magischen Schloss gegeben, dahinter dann die eigentliche Gruft, und auch die wäre mit Fallen und Magie geschützt gewesen. Dort dann, in dem Sarkophag, so sagte er, lag der Körper einer Eule von einst, und an ihrem Gürtel sei ein Beutel gewesen, in dem sich zwei steinerne Skulpturen befanden.«

»Befanden?«, fragte Desina überrascht.

»Genau. Befanden. So wie es aussieht, brauchte der Kult der Weißen Flamme fast zwanzig Jahre, um so weit in diese Gruft vorzudringen, und die Fallen sollen auch recht wirksam gewesen sein. Er sagte mir, dass der Kult im Laufe der Jahre über hundert Anhänger verloren habe, bis er endlich diese beiden Skulpturen hat bergen können.«

»Er gab offen zu, dem Kult der Weißen Flamme anzugehören?«, fragte Desina erstaunt.

»Richtig«, sagte Wiesel. »Das machte mir den Mann anfangs auch nicht sympathischer. Ich habe etwas gegen Leute, die kleine Kinder verbrennen wollen oder gar meine kleine Schwester auf einen Scheiterhaufen binden würden.«

»Ich bin nicht mehr ganz so klein«, meinte Desina. »Ich bin eine Handbreit größer als du.«

»Und damit eindeutig zu groß für eine Frau«, vermeldete Wiesel breit grinsend. »Aber die Geschichte geht weiter. Diese Tempelruine und die Gruft befinden sich angeblich in Aldane, in einem Wald nicht weit von der Kronburg entfernt. Der Mann erzählte mir, dass der Kult schon seit Jahrhunderten nach diesen Skulpturen gesucht hätte. Jetzt, da er sie in seinen Besitz gebracht hatte, galt es nur noch, sie nach Askir zu bringen. Das geschah mit einem diplomatischen Kurier, der letzte Woche hier in Askir eintraf, in seinem Gepäck eben diese beiden Skulpturen.«

»Nach Askir?«, fragte Desina neugierig. »Warum nach Askir?«

»Nun«, sagte Wiesel, »das fragte ich den Diener auch. Er antwortete mir, dass es sich bei diesen Skulpturen um magische Artefakte handeln würde, die mächtig genug wären, die Reichsstadt zu zerstören.«

»Ist das so?«, fragte Istvan grimmig. »Das hätte der Kult wohl gerne! Die Pest soll den ganzen Haufen holen!«

Desina warf ihm einen mahnenden Blick zu. »Und wie soll dies möglich sein?«, fragte sie. »Ich kenne mich ja nun ein wenig in der Magie aus. So auf Anhieb fällt mir wenig ein, was das bewerkstelligen könnte.«

»Siehst du«, sagte Wiesel mit einem breiten Grinsen. »Genau das habe ich den Diener auch gefragt, aber darauf konnte auch er mir keine Antwort geben. Er meinte nur, es könne unter Umständen etwas damit zu tun haben, wer diese beiden Skulpturen letztlich empfangen sollte. Denn das war Jenks' Aufgabe. Er sollte sich heute Nacht mit jemandem treffen, um ihm diese beiden Wolfsköpfe zu überbringen.«

»Mit wem?«

»Das wusste er auch nicht. Er nahm an, dass es sich um jemanden handeln würde, der eine hohe Position im Kult bekleidet.«

»Hm«, sagte Desina. »Er hat dir all das bei diesem Treffen erzählt?«

Wiesel nickte. »Es kam mir auch seltsam vor. Du kennst mich, ich bin neugierig, also habe ich ihn gefragt. Er sagte, dass er mir das alles erzählte, damit ich es dir erzählen kann, wenn ihm etwas zustößt. Und einem Aldanen, den ich an seinem Dolch erkennen würde.«

»Einem Dolch wie diesem?«, fragte Desina und legte die Waffe des toten Dieners auf den Tisch.

»Ay«, sagte Wiesel nach einem eher flüchtigen Blick. »Das war der Plan. Ich sollte in der Nähe sein, wenn Jenks diesem Kultist die alten Steine übergibt, und sie dann zurückstehlen.«

Desina war verblüfft. »Du hast recht. Das ist ungewöhnlich. Vor allem interessiert mich eins. Warum, bei allen Göttern, sollte ein Mitglied der Weißen Flamme den eigenen Kult bestehlen wollen?«

»Tja«, meinte Wiesel. »Wir denken wohl gleich. Das wollte ich auch von ihm wissen.«

»Selbst ein Esel hätte diese Frage gestellt, wenn er sprechen könnte«, bemerkte Istvan. »Was hat er geantwortet?«

»Dass er kein Mitglied des Kults ist. Wie ihr vielleicht wisst, starb die Königin von Aldane, Elande, vor beinahe sieben Jahren nach ihrer Rückkehr von der letzten Kronratssitzung. Es heißt, es war ein Reitunfall. Was ihr vielleicht nicht wisst – zumindest war es mir unbekannt – ist, dass während des letzten Kronrats mindestens drei Attentate auf sie verübt worden sind. Sie wurden alle vereitelt. Prinz Tamin, ihr Sohn und zukünftiger Herrscher von Aldane, ist der Meinung, dass der Reitunfall kein Reitunfall war, und vermutet, dass der Kult etwas damit zu tun hatte, denn die Königin war eine erklärte Feindin der Weißen Flamme.«

»In Aldane stand sie da wohl ziemlich auf verlorenem Posten«, sagte Istvan nachdenklich. »Der Kult ist stark dort, und viel abergläubischer als ein Aldaner kann man kaum sein. Sehen wir mal davon ab, dass sie zudem stur sind, seltsame Ansichten in Bezug auf Frauen hegen und sich regelmäßig wegen irgendwelcher Ehrenhändel gegenseitig umbringen.«

Wiesel lächelte verschmitzt. »Ich glaube, dass Desina sich in Aldane ganz besonders wohlfühlen würde.«

»Wirklich?«, sagte Desina und zog eine Augenbraue hoch. »Ich denke eher, dass es dasjenige der sieben Königreiche ist, um das ich am ehesten einen Bogen machen würde. Königin Elande galt als beliebt, und dennoch hörte ich, dass es die meisten Aldaner als unnatürlich ansahen, dass eine Frau auf dem Thron saß.«

»Ser Jenks hat mir Ähnliches erzählt«, bestätigte Wiesel. »Nun, es scheint so, als hätte der Kult den Leuten den Gefallen getan, die Königin aus dem Weg zu räumen. Ihr Bruder, Herzog Haltar von Bergen, übernahm für den jungen Prinzen die Regentschaft. Der Kult tat sich aber damit wohl keinen Gefallen. Obwohl es keine Beweise dafür gab, dass die Weiße Flamme etwas mit dem Tod der König zu tun hatte, machte der Regent sie dafür verantwortlich.«

»Damit steht er nicht allein«, sagte Desina. »Ich habe mich mit Orikes darüber unterhalten, und er ist der gleichen Ansicht. Zu viele Zufälle, zu viele Ungereimtheiten. Aber letztlich doch nicht mehr als Gerüchte.«

»Nun, jedenfalls scheint der Regent überzeugt davon, dass es ein Mord war. Noch bevor die letzten Gebete für die Königin gesprochen waren, machte er sich an die Arbeit und entsandte handverlesene und königstreue Agenten aus, um den Kult zu unterwandern. Jenks war einer von ihnen. Gewiss war das keine leichte Aufgabe.« Wiesel machte eine Pause und nahm einen Schluck aus seinem Becher.

»Der Kammerdiener war ein königlicher Agent?«, fragte Desina und fluchte leise. Sie rieb sich die Schläfen und nickte dann. »Ich glaube, ich verstehe so allmählich …«

»Vielleicht zum Teil. Das Ganze kannst du noch nicht überblicken«, sagte Wiesel ernster, als es für ihn üblich war.

»Auf jeden Fall hast du jetzt meine volle Aufmerksamkeit erlangt«, sagte die Maestra.

»Jetzt erst?«, meinte Wiesel mit einem Lächeln, wurde aber schnell wieder ernst. »Wie gesagt, ich sollte diese Skulpturen stehlen, nachdem der Kammerdiener sie an den anderen Mann übergeben hatte. So wollte er verhindern, dass er entdeckt wurde, denn was kann er denn schon dafür, wenn der andere bestohlen wird? Die Taschendiebe von Askir sind eine echte Plage! Fragt jeden Bullen oder die Seeschlangen, sie werden es euch bestätigen.«

»Was ging schief?«, fragte Desina.

»Zunächst nichts. Oben im Händlerviertel, nahe der *Goldenen Rose* gibt es ein altes Handelshaus, in dem es vor ein paar Jahren brannte. Es war als Treffpunkt vorgesehen.«

»Ich weiß, welches Haus du meinst«, sagte Istvan. »Es steht nicht zum Verkauf und verfällt mit jedem Tag mehr.«

»Genau das«, bestätigte Wiesel. »Der Treffpunkt war im Innenhof des alten Gemäuers. Es gibt von dort aus eine Gasse, die zur Kupferstraße führt, dort musste der andere ja anschließend entlang kommen: die Gelegenheit für einen einigermaßen geschickten Dieb, die beiden Skulpturen zu entwenden.«

»Was geschah dann?«, fragte Desina.

»Ich war heute Nacht am vereinbarten Ort und hielt mich versteckt. Der Kammerdiener erschien und mit ihm jener andere Mann. Es war stockdunkel dort, was mir ja zugute kam. Aber sehen konnte ich ihn auch nicht richtig. Ich kann euch nicht mehr sagen, als dass dieser andere Mann groß, schlank und breitschultrig war. Er hatte eine Hand auf die Schulter des Dieners gelegt, und es sah mir nicht so aus, als ob Jenks ganz freiwillig mitkäme.«

»Ich dachte, sie wollten sich dort im Hof erst treffen?«, fragte die Maestra.

»Das war der Plan, aber ganz offensichtlich kam es anders. Der Unbekannte muss Jenks schon vorher abgepasst haben«, erklärte Wiesel. »Es war, wie gesagt, stockdunkel. Aber ich sage euch, der Diener wusste, dass er die Nacht nicht überleben würde. Ich konnte es fühlen… und ich konnte auch den anderen fühlen, auf eine Art, an die ich nicht gern zurückdenke.« Er leerte seinen Becher in einem Zug. »Jetzt weiß ich natürlich, warum der Fremde mir die Nackenhaare aufsteigen ließ.«

»Der Seelenreiter«, flüsterte Desina.

Wiesel nickte langsam. »Es muss der Verfluchte gewesen sein. Irgendetwas war an Jenks' Plan fehlgeschlagen, aber er hatte die beiden Skulpturen noch bei sich, als er dort durch die Gasse ging.«

»Woher willst du das wissen?«, fragte Istvan.

»Weil er sie fallen ließ, als er dort durchging. Es war eine Meisterleistung. Er fing den Beutel mit seiner Ferse auf, als er ihn fallen ließ, so dass er lautlos niederfiel.« Wiesel sah in seinen leeren Becher, seufzte und schob ihn zur Seite. »Wer immer dieser Jenks auch war, er war ein fähiger Mann. Und tapfer. Er muss gewusst haben, was ihn erwartete, und ließ die Skulpturen unauffällig verschwinden, statt sie dem Fremden zu übergeben.« Er sah Istvan und Desina traurig an. »Ich bin nicht blöd. Ich wusste auch, dass dort etwas nicht so ablief wie geplant und dass es einen Grund geben musste, dass er den Beutel jetzt schon fallen ließ. Also griff ich den Beutel und verzog mich auf ein naheliegendes Dach. Ich wollte wissen, was weiter geschah.«

»Und?«, fragte Desina gespannt.

Wiesel zuckte mit den Schultern. »Nichts. Ich hörte keinen einzigen Ton, nur das Quieken von Fledermäusen in dem alten Gebälk. Ich wartete eine Weile, fast eine halbe Kerze lang, dann sah ich zu, dass ich unauffällig dort verschwand.«

»Was war im Hafen?«, fragte Desina.

»Jenks und ich hatten vereinbart, uns dort am Holzlager zu treffen, wenn etwas schiefgehen sollte. Nun, schiefgegangen war es ja, also ging ich dorthin. Ich wartete fast eine ganze Kerze auf ihn. Gerade, als ich es aufgeben wollte, kam er herangestolpert … Und dann sah ich zu, wie er mit sich selbst rang und sich die Kehle durchschnitt. Ich glaube, er wurde gezwungen, es dort zu tun, damit ich es mitbekomme«, sagte Wiesel und nahm hastig einen Schluck. »Ich habe schon viele schlimme Dinge gesehen, aber ihn so mit sich selbst kämpfen zu sehen, war irgendwie ganz besonders abscheulich. Das Schlimmste jedoch war, wie er sich selbst den Kopf nach hinten drehte«, fügte er hinzu. »Das war mir dann endgültig zu viel. Ich bin so schnell ich konnte hierher gerannt. Wenn ich den letzten Teil von Jenks' Auftrag erfüllen wollte, dachte ich, dass es für mich besser wäre, ein wenig länger zu leben.«

»Welcher letzte Teil?«, fragte die Maestra neugierig.

»Der Prima des Turms diese Steine zu übergeben. Also dir, Desina«, sagte Wiesel, griff unter sein Wams und legte einen schweren Lederbeutel vor ihr auf den Tisch. »Jenks starb, weil er sichergehen wollte, dass du diese Skulpturen erhältst.«

»Ich?«, fragte Desina und musterte überrascht den schweren Beutel vor sich.

»Ja, du. Das ist, wie er mir sagte, der andere Grund, warum er mich ausgewählt hatte. Er hielt mich für einen Agenten der Reichsstadt, den Maestros vom Turm zugeteilt. Er kannte die Geschichte unserer Freundschaft, hielt sie aber für eine Mär, die uns erlauben sollte, uns unauffällig hier zu treffen. Das war auch der Grund, weshalb er mir vertraute. Deshalb stellte er sicher, dass ich zumindest einen Teil seiner Geschichte kannte, damit ich sie an dich weitergeben kann«, erklärte Wiesel und spielte mit seinem leeren Becher, während Desina ihn fassungslos ansah.

Istvan griff nach dem Krug, doch Wiesel bedeckte den Becher mit seiner Hand und schüttelte den Kopf. »Nein, Istvan, es ist genug. Ich glaube, ich brauche demnächst einen klaren Kopf.« Er sah die anderen mit ungewohnt ernstem Blick an. »So ungeschickt war der Plan des Dieners nicht. Nur einen kleinen Haken hat das Ganze jetzt. Niemand konnte ja ahnen, dass es ein Seelenreiter sein würde, mit dem er sich dort traf. Doch wenn der Verfluchte Jenks' Seele geritten hat, weiß er jetzt alles. Dass es wohl ein gewisser Wiesel war, der den Beutel in der Gasse aufhob und verschwinden ließ, und dass du der Empfänger dieses Beutels bist.« Er schüttelte langsam den Kopf. »Wisst ihr was? Das verdirbt mir gewaltig die Laune. Und genau das nehme ich diesem Mistkerl übel.«

»Ich glaube, dem schließe ich mich an«, sagte Desina und öffnete vorsichtig das Band des Beutels. Sie zog das Leder auf und legte den Inhalt frei: eine etwa faustgroße Skulptur aus schwarzem Stein. Sie zeigte auf einem groben Podest den Kopf eines Wolfs. Es war eine rohe, fast schon primitive Arbeit, aber der Stein war pechschwarz und etwas an ihm sorgte dafür, dass sich die feinen Härchen in Desinas Nacken aufrichteten. Sie streckte die Hand aus und berührte die Skulptur vorsichtig, doch nichts geschah. Eine Erinnerung regte sich, irgendwann, irgendwo hatte sie schon etwas über einen solchen Wolfskopf gelesen. Vielleicht dämpften ja die Handschuhe die Magie? Sie zog ihren Handschuh aus und berührte den Stein erneut mit ihren bloßen Fingern, aber nichts geschah. Es war nur ein Stück Stein.

»Hast du nicht von zwei Skulpturen gesprochen?«, fragte sie Wiesel.

»Ja«, sagte der und musterte den offenen Beutel überrascht. »Ich habe bis eben gedacht, es wären beide darin. Ich habe den Beutel nicht geöffnet. Ich bin nicht blöd genug, um Artefakte zu berühren, die angeblich unsere Stadt zu bezwingen imstande wären.« Er sah Desina fragend an. »Nun, ist das Ding magisch?«

Sie musterte den Wolfskopf noch einmal und schüttelte dann den Kopf. »Wohl kaum. Ich kann mir nicht vorstellen, dass es ein magisches Artefakt sein soll. Auf irgendeine Art müsste dann ja wenigstens eine Spur von Magie zu erkennen sein. Das ist nicht der Fall. Der Wolfskopf ist in etwa so magisch wie dein Weinglas, Wiesel.«

»Dann bleibt nur eine Frage«, sagte Wiesel nachdenklich, »wie, bei allen Göttern, dieser Stein eine Bedrohung für die Reichsstadt darstellen soll.«

»Das kann ich dir auch nicht sagen. Aber nur weil ich etwas nicht weiß, bedeutet es nicht, dass es nicht sein kann. Etwas muss an dem Wolfskopf dran sein, sonst wäre der Diener nicht auf diese grausame Art gestorben.«

»Je mehr ich höre, desto banger wird es mir«, sagte Wiesel leise und sah Desina prüfend an. »Ist alles in Ordnung?«

»Nein«, sagte sie und verstaute den Wolfskopf in ihrer Robe. »Solange ein Nekromant in der Stadt ist, ist nichts in Ordnung.«

7

Nicht weit entfernt, auf dem Dach der Kornbörse, wogten Dunkelheit und Schatten und verdichteten sich zu einer unheilvollen Form. Der Schatten trug die Robe einer Eule, nicht viel anders als die der Maestra, jedoch dunkel und schwer, und sie betonte schlanke Hüften und breite Schultern. Feine Runen aus einem dunkel glänzenden Metall schmückten die Säume der Robe.

Er sah zurück zu Istvans Gasthof, sah zu, wie eine schlanke Gestalt ihre Kapuze tiefer ins Gesicht zog und langsam davonging. Die Erscheinung nickte für sich und lächelte.

Der Mund, der unter der Kapuze zu erkennen war, war schmal, das Kinn gerade und hart. Obwohl die Haut glatt erschien, zogen grausam wirkende Falten tiefe Furchen hinein. Trotz alle dem war das Lächeln nicht grausam, auf diesem harten Mund wirkte es sogar seltsam freundlich.

»Es hat begonnen«, flüsterte der Mann, der einst den Namen Balthasar getragen hatte.

Er lachte, als er den Klang seiner Stimme hörte. Zu lange war er in sich selbst gefangen gewesen, seine Stimme nur ein Gedanke.

Sein Blick löste sich von der Eule, die dort unten entlangging, wanderte den Hafen entlang und blieb auf einem alten Palast liegen, der auf Pfählen in das Hafenbecken gebaut worden war.

Das Lächeln, das nun um seine Lippen spielte, war nicht mehr freundlich, sondern bitter und gefährlich.

»Ihr spielt Eure Bauern aus«, flüsterte er. »Ihr denkt, Ihr beherrscht das Spiel und habt das Brett nun freigeräumt für Eure Züge. Ich frage mich, habt Ihr sie schon gesehen? Schickt doch Eure Bauern, o Herrscher der Welt! Ich setze meine Königin gegen jede Eurer Figuren, ob Bauern, Reiter, Priester oder Festung.« Er ballte seine Faust und verzog den Mund, als er durch sie hindurch die Dachziegel sah. »So wenig ist von mir geblieben, so wenig habt Ihr mir gelassen, aber noch existiere ich! War es ein Versehen, eine Unachtsamkeit? Ein unwichtiger Fehler vielleicht? Nun, wir werden sehen ...«

Nach einem letzten Blick auf die Gestalt in Blau zerfaserte der Schatten im Wind.

8

Stabsobrist Orikes, der Kommandant der Federn, hörte Desina in aller Ruhe zu, während er sich weiter rasierte. Nur ab und zu hielt er inne, um ihr einen ungläubigen Blick zuzuwerfen.

Mit der Selbstverständlichkeit, die lange Freundschaft mit sich brachte, hatte sie in einem der bequemen Stühle des Obristen Platz genommen, sich einen Apfel aus einer hölzernen Schale gestohlen und sah nun fasziniert zu, wie die scharfe Klinge über die Wangen ihres Vorgesetzten glitt, ein Ritual, das sie schon als Kind immer wieder fasziniert beobachtet hatte.

Dann tauchte er seine Hände in die Schüssel mit dampfendem Wasser, wusch sich das Gesicht frei von Schaum und griff nach einem groben Tuch, mit dem er sich abtrocknete.

Es war kurz vor der zweiten Glocke, und die junge Maestra hatte den Stabsobristen bei seiner Morgentoilette gestört. Es gab nicht viele, die gewagt hätten, einen der hochrangigsten Offiziere der Reichsstadt solcherart zu behelligen. Aber es war nicht mehr lange bis zum Morgenappell und Desina war nicht der Ansicht, dass sie es länger hinausschieben konnte.

Orikes war nicht nur eine Feder, er war auch einer der besten Feldscher der Reichsstadt, ein Arzt, Gelehrter und Heiler, dem man nachsagte, er besäße ein ganz besonderes Talent dazu, auch die schwierigsten Operationen zu beherrschen. Oft, wenn eine

Tempelheilung vorher eine medizinische Behandlung erforderte, riefen ihn manche der Priester sogar in die Häuser ihrer Götter. Nicht umsonst gab es den alten Spruch, dass die Gnade der Götter zwar zu heilen vermochte, aber gebrochene Knochen sich kaum von selbst zu richten pflegten. Es galt jetzt schon als sicher, dass der Obrist nach seinem Militärdienst dem Tempel des Boron beitreten würde.

Als sie damals zum ersten Mal den Eulenturm betreten hatte, war sie noch ein junges Mädchen gewesen, geradezu überwältigt davon, was man jetzt von ihr erwartete. Istvan und die Herberge *Zur Gebrochenen Klinge* waren weit weg, und es gab so viel, das sie lernen musste, also hatte der Lordkommandant die Feder Orikes zu ihrem Lehrer ernannt. So war eine Freundschaft zwischen dem älteren Stabsobristen und dem jungen Mädchen entstanden, die sich auf eine gemeinsame Begeisterung für alte Bücher und Texte stützte und auf die Neugier, wie sich wohl das Wesen der Welt zusammenfügte.

So war es nicht erstaunlich, dass die beiden Wachen vor der Tür zum Quartier des Stabsobristen noch nicht einmal geblinzelt hatten, als die junge Maestra den Gang entlanggestürmt kam und ohne Umschweife an der schweren Tür klopfte. Sie hatte Mühe gehabt, ihre Ungeduld zu verbergen, aber dann, endlich, nach wenigen Atemzügen, hatte ein verwunderter Orikes, dessen Bartstoppeln gründlich eingeseift waren, ihr die Tür geöffnet.

In kurzen, knappen Worten schilderte sie ihm, wie sie den Kammerdiener tot vorgefunden hatte, was Stabsleutnant Santer ihr berichtete, was sie selbst an dem Toten hatte feststellen können. Danach teilte sie dem Obristen mit, dass sie nun wisse, dass der Tote ein Agent von Prinz Tamin gewesen sei, der versucht habe, die Weiße Flamme zu unterwandern. Und dass es ihm gelungen war, ihr eine der Skulpturen in die Hände zu spielen.

Dass dieser Teil ihres Berichts bemerkenswert ungenau war, was die Quelle ihrer Information anging, entging dem Stabsobristen nicht. Er kannte Wiesel nur zu gut. In Jahrhunderten war Desina die Einzige gewesen, für die sich die Pforte des Eulenturms geöffnet hatte. Für Orikes, für den persönliche Loyalität zu den wesentlichsten Charaktereigenschaften zählte, war es eine einfache Rechnung. Die Kaiserstadt erhielt eine Eule. Und sie hatte in ihrer langen Geschichte schon Schlimmeres überstanden als einen schlauen kleinen Dieb, der ein viel zu ernstes kleines Mädchen immer wieder zum Lachen brachte.

Wäre es nötig gewesen, hätte der Stabsobrist vielleicht sogar für Wiesel ein Auge zugedrückt. Nur war Wiesel tatsächlich so geschickt, dass er niemals gefasst worden war. Mit einer einzigen Ausnahme. Als er hinter dem Thron des Ewigen Herrschers zu intensiv den Boden studiert hatte, hatte er wohl nicht auf die Wachen geachtet – und hatte sich damit herausgeredet, dass er das komplizierte Muster dort für Desina hatte abzeichnen wollen. Genau das hatte er auch getan, nicht ohne dabei eine gewisse Kunstfertigkeit zu beweisen. Desina hatte die Geschichte ohne rot zu werden bestätigt, aber Orikes hatte auch heute noch seine Zweifel. Vor allem, weil Wiesel darauf verzichtet hatte, zu erklären, wie er es geschafft hatte, den Thronraum überhaupt zu betreten. Es gab wohl kaum einen Ort, der besser bewacht wurde.

Seitdem hatte Orikes selbst, mit Wiesels Zeichnung in der Tasche, oft vor diesem verwirrenden Muster gekniet. Wie so vieles, was der Ewige Herrscher hinterlassen hatte, gab auch dieses Geflecht aus Gold, Silber, Quarz und schwarzem Obsidian Rätsel auf. Manchmal ertappte sich Orikes sogar bei dem Gedanken, was wohl geschehen wäre, hätte man Wiesel gewähren lassen.

Kurz, der Stabsobrist hatte so seine eigenen Vermutungen, wer denn der Dieb gewesen sein könnte, der den Beutel eines Agenten des jungen Prinzen Tamin, dem zukünftigen Herrscher von Aldane und wichtigstem Verbündeten der Reichsstadt, einer gewissen Eule zugespielt hatte.

Er rieb sich seine Schläfen mit den Fingern, musterte die junge Frau vor sich und seufzte. Es war noch keine Woche her, dass sie die Prüfung für den dritten Zirkel des Wissens absolviert hatte und so das Recht erhielt, diese Robe zu tragen, und schon hatte sich alles verändert.

»Es gibt noch etwas anderes, das die Lage kompliziert«, teilte er ihr mit. »Gestern Nacht kam ein aldanischer Sondergesandter in Askir an. Ein Baronet Tarkan von Freise. Er ist der Sohn des aldanischen Regenten und Freund von Prinz Tamin, des Thronerben. Der Kommandant wünscht, dass Ihr ihn auf dem Laufenden haltet.«

»Hm«, sagte Desina. »Könnt Ihr mir etwas über den Mann erzählen?«, fragte sie dann.

»Viel weiß ich nicht«, sagte Orikes, während Desina den Apfel begutachtete, den sie gestohlen hatte, bevor sie ihn in ihrem Ärmel verschwinden ließ. »Aber ich hörte, dass der Baronet von Freise ein Stutzer ist und ein Lebemann, vor dem kein Rock sicher ist, und er sich gern durch die Hurenhäuser säuft. Wenigstens tut er so. Aber ich denke, dass mehr dahinter steckt.« Orikes legte das Handtuch zur Seite und griff nach einem sauberen Hemd. »Schließlich hat er das Turnier um die Meisterschaft des Schwerts zweimal hintereinander gewonnen.«

»Wirklich?«, fragte Desina erstaunt. »Er hört sich nicht nach jemandem an, der die Mühe auf sich nimmt, sich auf ein solches Turnier vorzubereiten.«

»Wenn er ein Säufer wäre, könnte er dieses Turnier nicht gewinnen«, sagte der Obrist und lachte leise. »Ich denke, Prinz Tamin weiß, wen er da zu uns geschickt hat. Dieser Baronet von Freise ist weder ein Säufer, noch hurt oder trinkt er. Ich frage mich nur, ob es klug ist, ihn so weit einzubeziehen, oder ihm das mitzuteilen, was Wiesel Euch erzählt hat.«

»Sprach ich von Wiesel?«, fragte Desina möglichst unschuldig.

»Das war nicht nötig.« Der Obrist schüttelte amüsiert den Kopf. »Nun, ich überlasse es Eurer Diskretion, Desina. Ich frage mich, wohin das alles führen wird.« Er sah sie stirnrunzelnd an. »Habt Ihr eine Idee, wie diese Skulpturen uns schaden könnten?«

Desina schüttelte den Kopf. »Ich weiß es nicht. Noch nicht. Mir ist auch so, als hätte ich irgendwann schon einmal etwas über diese Wolfsköpfe gelesen, aber mir fällt nicht ein, wo.« Sie schüttelte frustriert den Kopf. »So viele Bücher, wie ich jetzt schon gelesen habe… Manchmal habe ich das Gefühl, es ist zu viel für mein armes Hirn.«

»Macht Euch keine Vorwürfe«, sagte der Stabsobrist leise, aber bestimmt. »Ihr habt jetzt schon mehr für die Reichsstadt getan als manch anderer.«

»So kommt es mir nicht vor«, sagte Desina frustriert. »Ich habe einen Eid geschworen, Askir zu schützen«, sagte sie. »Ihr wisst so gut wie ich, wie bindend der Eid ist.«

»Ihr schützt die Stadt auch, wenn Ihr den Turm nicht verlasst. Auf eine andere Art eben.«

»Das mag sein. Aber ich muss ihn verlassen«, sagte sie eindringlich. »Ich bin die Einzige, die einen Nekromanten aufspüren kann.«

»Ay«, sagte der Obrist und wirkte nicht glücklich damit. »Aber das bedeutet auch, dass Ihr gefährdet seid. Durch den Kult der Weißen Flamme, der darin verwickelt sein muss, wie auch durch den Verfluchten selbst. Auch wenn ich noch immer hoffe, dass Ihr Euch darin täuscht und der Zustand des Toten eine andere Erklärung finden wird.«

»Ich glaube nicht«, antwortete Desina leise. »Aber um sicherzugehen, habe ich den Leichnam zum Schrein an der Hafenwacht bringen lassen, mit der Bitte an den Priester, sich den Toten näher anzusehen.«

»Gut«, sagte Orikes. »Im Moment gibt es dann nichts mehr zu tun. Ihr solltet schlafen, Desina. Ihr seht müde aus. Geht nach Hause und ruht ein wenig.«

Desina lächelte und schüttelte den Kopf. »Nichts wäre mir lieber. Aber ich muss mich noch mit Gildenmeister Oldin treffen. Er bat mich, ein paar Nachforschungen für ihn anzustellen. Ich hatte einigen Erfolg darin.«

Orikes seufzte. »Ihr seid auch nur ein Mensch, Desina. Manchmal denke ich, dass Ihr Euch zu viel aufladet.«

»Es ist nicht weit bis zur Ratshalle.« Sie lächelte. »Außerdem mag ich den alten Mann. Von den Haifischen im Rat ist er mir der liebste.«

Der Stabsobrist schmunzelte. »Solange Ihr nicht vergesst, dass auch er ein Haifisch ist. Er scheint Euch auch zu mögen, Desina. Er sagte mir einmal, dass Ihr eine gute Händlerin abgeben würdet.«

»Von ihm ist das ein großes Kompliment«, meinte Desina. »Ich sollte gehen, Orikes. Je früher ich Oldin aufsuche, desto früher komme ich in mein Bett.« Sie wandte sich zum Gehen, aber der Obrist hielt sie mit einer leichten Berührung am Arm zurück.

»Desina. Ich habe es schon einmal angesprochen«, sagte er. »Als Prima des Turms steht Euch ein Adjutant zu. Ich will, dass der Posten besetzt wird.«

»Ich bin nicht wirklich die Prima«, widersprach Desina, die ahnte, worauf das hinlaufen sollte. »Ich bin nur zufällig die einzige Maestra im Turm.«

»Also die erste Eule. Vielleicht auch die letzte«, sagte Orikes. »Es ändert nichts. Ihr seid zu wertvoll für uns, als dass ich das Risiko eingehen will, Euch ungeschützt zu lassen.«

»Ich kann sehr wohl auf mich selbst aufpassen«, widersprach sie.

»Desina«, sagte Orikes sanft. »Du bist für mich zu wertvoll.« Wenn der Stabsleutnant in das persönliche Du zurückfiel, dann war es ihm wichtig, dachte Desina und seufzte. »Gibt es einen Weg daran vorbei?«

Der Stabsobrist schüttelte den Kopf. »Nein. Diesmal bestehe ich darauf.«

»Und wer soll es sein?«

»Ich dachte ursprünglich an Schwertmajor Blix«, sagte Orikes und lächelte amüsiert. »Er hätte wohl am wenigsten Probleme mit Euren … unkonventionellen Methoden. Aber er ist noch im Einsatz und wird erst in einer oder zwei Wochen zurückerwartet. Habt Ihr vielleicht einen Vorschlag für mich?«

»Stabsleutnant Santer«, sagte sie nach kurzem Überlegen. »Wenn es schon sein muss, dann ihn.«

»Die Seeschlange?«, fragte der Stabsobrist überrascht. »Wieso ausgerechnet er?«

»Ich mag seine Augen«, sagte sie und schüttelte amüsiert den Kopf, als der Stabsobrist sie überrascht ansah. »Es ist etwas an ihm. Ich habe ihn unten am Hafen gespürt, noch bevor ich ihn gesehen habe.«

»Was bedeutet das?«, fragte Orikes.

»Das weiß ich selbst nicht«, antwortete sie und lächelte. »Aber ich denke, ich werde es herausfinden.«

9

Der Botschafter des Königreichs Aldane schätzte es ganz und gar nicht, so früh geweckt zu werden. Einen Moment hoffte er, dass sich Jenks der Sache annehmen würde, doch das Hämmern an der Tür ließ nicht nach, also wälzte sich der Graf schwerfällig aus seinem Bett und griff nach seiner Morgenrobe.

»Was ist?«, bellte er, als er die Tür aufriss. »Und wo, bei Astartes Bart, ist dieser Nichtsnutz von einem Kammerdiener?«

Einer der Gardisten der Botschaft stand vor ihm, er hatte wohl Dienst, denn er war vollständig gerüstet und trug sein Schwert an der Seite. Mit einer Verbeugung überreichte er dem Grafen ein versiegeltes Kuvert. Ungeduldig brach der Graf das Siegel, – ein kurzer Blick hatte gereicht, um die Feder darauf zu erkennen –, und noch während er das Pergament entfaltete, nahm er sich vor, sich darüber zu beschweren. Er war der Botschafter eines mächtigen Königreichs und sah es nicht ein, von einem Lakaien der Kaiserstadt mitten in der Nacht geweckt zu werden.

Doch dann las er den ersten Satz, wurde bleich und hielt sich am Türrahmen fest, bevor er leise fluchte. »Von Freise!«, brüllte er den Gang entlang. Dort öffnete sich auf der linken Seite die letzte Tür, und ein junger Mann trat heraus, nur mit einem Lendenschurz bekleidet, aber mit einem Schwert in der Hand.

Mit grimmiger Genugtuung stellte der Botschafter fest, dass er den Mann wohl aus dem tiefsten Schlaf gerissen hatte, so verschlafen sah er aus.

Er winkte den Baronet heran, der gerade noch rechtzeitig verhinderte, den Botschafter herzhaft anzugähnen, und drückte ihm die aufgebrochene Botschaft in die Hand.

»Ich denke, von Freise, dass dies genau das ist, weshalb Ihr hergekommen seid. Fast wie für Euch gemacht, würde ich sagen«, teilte er dem jungen Mann mit einem boshaften Funkeln mit. »Also Baronet… tut etwas dagegen!«

Der junge Adlige blinzelte zweimal und rieb sich die Augen, zuerst verstand er nicht, was dort geschrieben stand, dann sah er überrascht auf. »Was soll ich dagegen tun, Graf? Der Mann ist tot!« Im nächsten Moment hätte er alles dafür gegeben, diese Worte zurückzunehmen, als einzige Entschuldigung mochte nur dienen, dass er soeben noch im tiefsten Schlaf gelegen hatte.

»Götter!«, knurrte der Botschafter. »Seid Ihr sicher, dass Euch der Prinz nicht mit einem anderen verwechselt hat? Wenn Eure Dämlichkeit auch für andere Eures Schlags gilt, dann ist das Königreich schon lange verloren!« Er funkelte den jungen Mann mit seinem guten Auge an. »Wenn Ihr ihn nicht ins Leben zurückrufen könnt, was ich doch sehr vermute, dann begrabt ihn. Tut das eine oder andere, aber findet heraus, warum er sich dort unten im Hafen umbringen ließ, anstatt hier zu sein, wie es sich schließlich für einen Kammerdiener gehören sollte.«

Mit diesen Worten schloss sich die Tür des Botschafters mit einem lauten Knall vor der Nase des jungen Adligen. Der Gardist sah an ihm herab, nickte ihm mit einem amüsierten Lächeln zu und ging davon, während Baronet Tarkan von Freise, Cousin von Prinz Tamin, dem Erben der Krone von Aldane, auf sein Schwert und dann auf seinen Lendenschurz hinabsah. Letzterer war gerade im Begriff, sich von seinen Lenden zu lösen.

Hastig hielt er ihn fest und eilte in sein Zimmer zurück. Ein

Blick aus dem Fenster offenbarte ihm, dass es früh am Morgen war, die Morgenröte kam eben erst auf. Er nahm den Kerzenständer von der Anrichte, eilte hinaus in den Flur, wo er die Kerzen an einer Wandlampe entzündete, und zurück in sein Zimmer.

Er warf die Tür hinter sich zu, riss die Türen des Schranks auf und trat mit der Kerze in der Hand zurück, um sich über das Ausmaß des Schadens ein Bild zu machen. Doch es hatte sich nichts getan, noch immer hatte sich niemand um seine Kleider gekümmert, sie hingen noch genauso zerknittert da, wie sie am Abend zuvor ein Diener aus den Seekisten genommen hatte.

Es half nichts, dachte Tarkan frustriert, das Wams von gestern musste noch mal seinen Dienst erfüllen. Glücklicherweise sah man ihm wenigstens nicht an, dass es schon einmal getragen worden war. Die Stiefel jedoch waren ein wahres Unglück... Das Seewasser hatte einen weißen Rand auf ihnen zurückgelassen.

Er nahm Stiefel und Putzkiste aus dem Schrank, setzte sich auf sein Bett und nahm die Bürste heraus. Dann stockte er. Der Kammerdiener? Was hatte der Kammerdiener nachts im Hafen zu tun? Langsam stand er auf und ging hinüber zur Kommode, wo er eine Schublade aufzog und ein flaches, kunstvoll gefertigtes Kästchen herausnahm, das auf dem Lid das Wappen von Aldane trug. In dem Kästchen lag auf einem Bett aus Seide ein Dolch, hervorragend gearbeitet, doch in der Ausführung überraschend schlicht.

»Für Euch, Tarkan«, hatte Prinz Tamin lächelnd gesagt, als er ihm vor wenigen Tagen das Kästchen überreichte. »Eine Aufmerksamkeit Eures Prinzen, die Euch zeigen soll, wie sehr er Euch schätzt.«

Tarkan hatte ihn verblüfft angesehen und dann das Kästchen geöffnet. »Eine gute Waffe«, hatte er bekundet und seinen Prinzen misstrauisch angesehen, als dieser sich in den besten Stuhl fallen ließ, den Tarkan besaß. »Es erklärt nur nicht, warum Ihr mitten in der Nacht durch Regen und Wind Euer warmes Bett in der Kronburg verlasst, um mich aufzusuchen.« Er warf einen bezeichnenden Blick auf das zerwühlte Bett, das er hatte verlassen müssen. Es war sicher noch warm, und ganz gewiss roch es auch noch nach der schwarzhaarigen Schönheit, die ihm bis eben gerade noch geholfen hatte, die Kissen zu zerwühlen.

Das war, bevor Tarkans Adjutant an der Tür geklopft hatte, um ihn zu wecken. Spätestens das Geräusch von donnernden Hufen, mit dem der Prinz und vier seiner Leibwachen in den Hof der Jagdhütte einritten, hatte ihn alarmiert.

Der Prinz folgte seinem Blick und lächelte, während er seine schweren Reithandschuhe auszog, den Umhang löste und sich an Tarkans Wein bediente. »Ist sie hübsch?«

»Sollten die Götter gnädig sein, werdet Ihr es nie erfahren, Prinz«, antwortete Tarkan mit einer leichten Verbeugung.

»Ich hoffe, Ihr habt noch eine andere Schönheit hier, bevor wir uns diese eine teilen müssen, Tarkan«, sagte der Prinz mit einem seltsam bitteren Lächeln. »Ich habe es so eingerichtet, dass alle denken, ich wäre hier, um mich mit Euch zusammen der Wollust und dem Wein hinzugeben.« Er sah gedankenverloren auf die zerwühlten Laken herab. »Vielleicht wäre es besser gewesen, sie doch nicht hinauszuschicken.«

»Sucht Euch Eure eigene Beute, mein Prinz«, lachte Tarkan. »So schwer sollte es Euch nicht fallen.« Er wurde wieder ernst. »Und was ist der wahre Grund Eures Besuchs?«

»Wie vielen Menschen kann ich mich mit Gedanken, Herz und Blut anvertrauen, Freund?«, fragt der Prinz bedächtig und bedachte Tarkan mit einem seltsam eindringlichen Blick.

»Also ist es ernst«, meinte Tarkan und nahm dem Prinzen die Flasche aus der Hand, um sich selbst einen Becher einzugießen.

»Wo sonst kann ich mir so einen Wein einschenken und ihn trinken, ohne dass ein Vorkoster bereitstehen muss?«, fuhr der Prinz fort und nahm mit dem gleichen bitteren Lächeln einen ordentlichen Schluck.

»Besucht einfach jemanden ohne Vorwarnung mitten in der Nacht und stehlt den Wein, den er am Bett stehen hat«, schlug Tarkan vor. »Das sollte sicher genug sein. Wisst Ihr, wie teuer dieser Wein ist?«

»Ein aldanischer?«, fragte der Prinz.

»Selbstverständlich. Arensteiner Bergwacht.«

»Wenn Ihr das tut, worum ich Euch bitte, und erfolgreich darin seid und für unser beider Überleben sorgt, dann schenke ich Euch das ganze Weingut«, sagte der Prinz und setzte den Becher hart ab. »Ihr habt meine Frage nicht beantwortet, Tarkan«, fuhr der Prinz fort. »Aber ich kann es Euch sagen. Vertrauen kann ich Eurem Vater, Euch und Eurer Schwester...« Er lachte leise. »Solange ich nicht den Fehler begehe, ihr einen Antrag zu machen.«

»Das könnt Ihr so nicht sagen«, meinte Tarkan betroffen. »Was ist mit Sera Loisin? Es schien mir, als habe Euer Herz bei ihr Ruhe gefunden? Oh«, fügte Tarkan hinzu, als er sah, wie der Prinz den goldenen Becher in seiner Hand förmlich zerquetschte. »Ich sehe, ich war etwas vorschnell.«

Wortlos knöpfte der Prinz sein Wams auf und zeigte dem Baronet einen frischen Verband an der linken Schulter. »Sie war nicht besonders geschickt«, sagte er leise. »Wenn ich tiefer geschlafen hätte, säße ich jetzt nicht hier.«

»Sera Loisin? Die Tochter von Graf Balduir?«, fragte Tarkan entsetzt.

Der Prinz zog sein Gewand zurecht, sein schmales Gesicht eine steinerne Maske. »Sterbend hat sie mir drei Dinge beteuert. Zum einen, dass sie mich wirklich lieben würde und meine Seele rein zu Soltar schicken wollte. Zum anderen, dass sie sich gewünscht hat, es hätte nicht so kommen müssen, denn abgesehen von meinem Makel war ich der, den sie auf dem Thron hätte sehen wollen. Denn jetzt, wo die Tage der Reichsstadt gezählt wären, bräuchte das Land einen starken König...«

»Sie gehörte der Weißen Flamme an?«, fragte Tarkan entsetzt, und der Prinz nickte langsam.

»Ja. Sie dachte, sie rettet meine Seele, wenn sie mich ersticht.«

»Götter!«, entfuhr es Tarkan. »Habt Ihr sie getötet?«

Der Prinz sah zu ihm hoch. »Ich hätte sie sogar foltern und hinrichten müssen! Aber wie hätte ich das tun können? Ich glaubte diese Frau zu lieben, ich wäre nicht imstande gewesen, ihr auch nur ein Haar zu krümmen. Ich hätte eine andere Lösung gesucht, die Verbannung vielleicht…«

»Warum ist sie dann…?«, begann Tarkan.

»Sie starb in meinen Armen, während sie immer wieder beteuerte, wie sehr sie mich liebt.« Der Prinz sah auf den zerdrückten Becher in seiner Hand herab und warf ihn mit einer Geste des Abscheus davon. »Sie nahm das Gift, bevor sie mit dem Dolch zustieß. Wenn sie nicht aus dem Bett aufgestanden wäre, um den giftigen Wein zu trinken, ich glaube, ich wäre gar nicht erwacht.« Er schüttelte ungläubig den Kopf. »Sie sagte, sie habe nicht ohne mich leben wollen! Wisst Ihr was, mein Freund? Sie hätte *mir* das Gift geben sollen, denn das wirkte zuverlässig.« Er griff sich einen neuen Becher, und Tarkan hielt ihm wortlos die Flasche hin.

»Auch deshalb bin ich hier. Ich muss an einem anderen Ort sein, wenn man sie findet. Ihr müsst wissen, dass sie im Schlaf gewandelt ist… Aber diesmal fiel sie eine steile Treppe hinab.« Er sah mit gequälten Augen Tarkan an. »Es war der Gedanke Eures Vaters, mich hierher zu schicken, um mich der wüsten Völlerei und Wollust zu ergeben. Etwas anderes erwartet man von uns beiden ja nicht. Man wird es mir dennoch zur Last legen, dass ich mich bei anderen Weibern aufhalte, während die Frau, von der jeder dachte, sie würde meine Königin werden, einsam und verlassen auf kalten Steinen stirbt.«

»Besser als die Wahrheit. Sie würde dem alten Grafen das Herz brechen.«

»Ihr meint, es ist noch nicht gebrochen, wenn er von ihrem Tod erfährt? Vielleicht bricht es ihm aber auch nur deswegen, weil sie versagt hat. Loisin gestand mir, der Weißen Flamme anzugehören.« Der Prinz nahm einen tiefen Schluck. »Sie verehrte ihren Vater, also…«

»… gehört auch er dem Kult an«, beendete Tarkan den Satz. Er sah zu, wie der Prinz den Becher leerte. »Wenn Ihr so weitermacht, mein Prinz, dann seid Ihr bald wirklich nicht mehr bei Sinnen.«

»Wer sagt, dass ich es im Moment noch bin? Ich fühle mich gewiss nicht so. Aber Ihr habt recht, das ist das Ziel, mein Freund«, lachte er bitter. »Das ist das Ziel. Doch vorher ... nehmt den Dolch und reicht ihn mir.«

Tarkan tat wie geheißen und achtete wohlweißlich darauf, seinem Prinzen das Heft zu präsentieren.

»Seht, Freund, wenn Ihr die Parierstange etwas zur Seite drückt, und hier dreht ...« Mit einem Klicken löste sich das Heft vom Stahl der Klinge, und der Prinz zog es vom Dorn. Er klopfte mit dem Heft gegen die Stuhllehne, und ein kleines goldenes Röhrchen fiel heraus. Er nahm es auf und löste den Verschluss. Ein Stück Pergament rutschte heraus, und der Prinz reichte es an Tarkan weiter.

Der las den Text, und seine Augen weiteten sich. »Aber ...«

»Hört gut zu«, unterbrach ihn der Prinz. »Der Tod meiner Mutter war kein Unfall, jeder vermutet es, aber Euer Vater sagt, man habe nun den Beweis gefunden. Es war der Kult, der sie ermorden ließ. Aber seinen Anfang hat es in Askir genommen, als sie dort vor fast sieben Jahren dem Kronrat beiwohnte. Dort erhielt der Mörder den Auftrag. Also schicke ich Euch dorthin. Eure Aufgabe wird es sein, den Schurken zu finden. Doch ich wäre Euch auch verbunden, wenn Ihr dafür sorgen würdet, dass ich die kommende Sitzung des Kronrats überleben werde. Und vielleicht sogar noch lange genug lebe, um die Krone zu tragen!«

Er hielt Tarkan die Hand entgegen, und der gab dem Prinzen das Pergament zurück. Sorgfältig steckte dieser es wieder in das Röhrchen und setzte den Dolch zusammen.

»Der Botschafter in Askir, Graf Altins, besaß das volle Vertrauen meiner Mutter«, sprach der Prinz dann leise weiter. »Mehr als das, Euer Vater offenbarte mir, dass sie Liebende gewesen sind. Der Botschafter war es selbst, der vorschlug, ihn nach Askir zu entsenden, damit diese Liebschaft nicht den Ruf meiner Mutter zerstörte. Ich kannte ihn ganz gut, ein ruhiger, freundlicher Mann, ein tapferer Ritter und ein außergewöhnlich geschickter Diplomat.«

Der Prinz reichte den Dolch an Tarkan weiter, der ihn wortlos in das Ebenholzkästchen legte.

»Doch was ich seit einiger Zeit aus der Reichsstadt höre, hat mit dem Mann, den ich kannte und den meine Mutter wohl in ihr Herz geschlossen hatte, kaum noch etwas gemein. Euer Vater, der Regent, schlägt vor, ihn zügig auszutauschen, bevor er Unheil anrichten kann. Was es ist, das den Mann so verändert hat, kann ich Euch nicht sagen, es ist jedenfalls nicht der Suff. Ihr, mein Freund, müsst entscheiden, ob er zurückberufen werden soll. Das ist das eine. Zum anderen gibt es in der Botschaft einen gewissen Mann. Euer Vater hat ihn vor Jahren geschickt, um herauszufinden, was damals in der Kaiserstadt geschah. Sein Auftrag war es, den Kult zu unterwandern. Wenn die Botschaft frei von diesem Gezücht war, umso besser, denn dann würde der Kult erst recht ein Interesse daran haben, ihn für sich zu gewinnen. Das zumindest war der Plan.«

»Wie heißt der Mann?«, fragte Tarkan, und der Prinz schüttelte den Kopf. »Nur Euer Vater weiß es, und er schwor, dass er sich bemüht hätte, den Namen zu vergessen. Ihr kennt ihn ja. Ihr wisst von den Praktiken des Kults … und was notwendig ist, damit jemand dort eine wichtigere Position erreicht … Er wird mindestens einen Lichtbrand verursacht haben, bevor man ihm im Kult vertraut. Viel härter kann man einen Mann wohl kaum prüfen.«

Tarkan schluckte. »Ist er denn vertrauenswürdig?«

»Der Kult hat seine ganze Familie ermordet. Er durfte zusehen, wie seine jüngere Schwester und sein Bruder in den Flammen starben, seiner Mutter Gewalt angetan und sein Vater erschlagen wurde«, sagte der Prinz bitter. »Das ist das wahre Gesicht des Kults. Mord und Schandtaten!« Er griff nach der Flasche, doch Tarkan zog sie ihm weg.

»Noch nicht, mein Prinz«, sagte er leise. »Lasst uns das zu Ende bereden, dann helfe ich Euch gern bei dem größten Rausch, den Ihr jemals hattet.«

»Gut«, sagte der Prinz. »Euer Wort war schon immer bindend. Ich werde mir besonders viel Mühe geben, Euch den Wein zu stehlen und Euch im Suff zu überbieten.« Er wies auf den Dolch, den Tarkan zur Seite gelegt hatte. »Ihr werdet den Mann daran erkennen können, dass er einen Dolch wie diesen hier besitzt. Er wird Euch sagen können, was wir wissen wollen. Euer Vater meint, Ihr könntet ihm vertrauen.« Der Prinz sah hoch zu Tarkan. »Das heißt schon etwas, denn es ist Euer Leben, um das es geht. Euer Vater liebt Euch.«

»Manchmal hat es nicht den Anschein«, entgegnete Tarkan. »Askir ist weit weg von unseren schönen Frauen, und ich hörte, es sei kalt dort. Und der Wein wird schwerlich so gut sein.«

Der Prinz lachte, doch es war ein bitteres Lachen.

»Gesprochen wie ein wahrer Stutzer, mein Freund. Was meint Ihr, wie lange werden wir diese Charade noch aufrechterhalten müssen?« Er wies mit einer Geste auf das kostbar gearbeitete Schwert, das neben Tarkans Bett an der Wand lehnte. »Wenigstens habt Ihr das. Das muss man ernst nehmen und Euch dafür respektieren.«

»Ihr besitzt das gleiche Schwert«, erinnerte Tarkan den Prinzen.

»Ich habe es gewonnen, während ich Eure Rüstung trug, mein Freund«, sagte der Prinz. »Weil ich wissen wollte, ob ich den Mumm dazu besitze oder nur das Mundwerk.« Er lächelte und lachte dann laut. »Mal schauen, ob es uns irgendjemand glauben wird, wenn es so weit ist.« Er griff nach der Flasche, und diesmal reichte Tarkan sie ihm.

»Wein ist eine Art, seinen Kummer zu ertränken«, sagte der Prinz. »Es gibt auch eine andere.« Er sah bedeutsam auf das zerwühlte Bett.

Tarkan seufzte. »Sie hat eine Schwester«, sagte er dann. »Und beide haben ein großes Herz. Wenn Ihr einen Bastard zeugt…«

Der Prinz nickte ernst. »Es wäre mein erster«, sagte er dann. »In solchen Dingen weiß ich, was sich gehört, und ich bin nicht minder vorsichtig, als Ihr es seid, wie Ihr sehr wohl wisst.« Er sah Tarkan spekulierend an. »Ihr nascht an so vielen Blüten, mein Freund… doch irgendwie denke ich, dass Ihr sie alle liebt.«

Tarkan zuckte die Schultern. »Was ist nicht zu lieben an der Weiblichkeit?«

Jetzt stand Tarkan da und wog nachdenklich den Dolch in seiner Hand. So schnell würde er die Nacht wohl nicht vergessen. Als damals ein Bote mit der Kunde von dem Unfall von der Kronburg kam, hätte wahrlich jeder denken können, man hätte den Baronet und den Prinzen bei einer Orgie gestört. Großzügig wie der Prinz war, hatte er den beiden Schwestern einen Hof und Land gegeben und einen schweren Beutel Gold. Schweigegeld, aber nicht für lüsterne Geheimnisse, sondern dafür, dass sie versprechen mussten, niemandem von den Tränen des Prinzen zu berichten.

Kurz vor seiner Abreise hatte Tarkan noch erfahren, dass Graf Balduir, Vater der unglücklich gestürzten Sera Loisin, die ehrenvolle Aufgabe übernommen hatte, einen östlichen Grenzort aufzubauen und ihn gegen die Barbaren zu beschützen, die seit Jahrhunderten immer wieder versuchten, in das Land einzufallen.

Er kleidete sich hastig an, wischte sich dann doch nur kurz über die Stiefel, griff Schwert und Dolch und eilte davon. Es wurde Zeit, bei der Zitadelle vorstellig zu werden und herauszufinden, was man dort über den Toten wusste.

10

Wenn man den Legenden und Balladen von einst glauben konnte, dann hatte die Erde unter den Stiefeln der Eulen von Askir gezittert, hatten sie mit Blitz und Donner nach den Feinden des Reichs geworfen und noch ganz nebenbei die Sterne vom Himmel gepflückt.

Desina hatte daran so ihre Zweifel. Im Laufe der letzten Jahre hatte sie genügend Tagebücher der alten Eulen gelesen, um zu wissen, dass vieles von dem, was man ihnen nachsagte, wohl doch mehr auf Dichtung beruhte als auf Wahrheit.

Desina hatte erst nach langen Jahren herausgefunden, dass das Wirken von Magie mehr Schritte umfasste, als man gemeinhin denken mochte. Und ein jeder dieser Schritte musste bedacht, beherrscht und verstanden sein.

Man brauchte das Talent selbst sowie Übung darin, die unsichtbaren Ströme der Magie zu sehen, und dann musste man sie so zu lenken verstehen, dass sie das Wesen der Dinge berührten und veränderten.

Wenn ein Maestro einen Topf Wasser zum Kochen bringen wollte, gab es dazu zwei Möglichkeiten. Er entzündete ein Feuer mit Holz und Reisig und stellte den Topf darauf, oder er sammelte die Magie um sich herum, um so dem Wasser mit reinem, purem Willen das Kochen zu befehlen.

Die wahrscheinlichste Folge davon wäre aber, dass die Magie den Maestro selbst und alles in seinem Umkreis in einem gewaltigen magischen Feuerbrand vergehen ließ, der Fanal genannt wurde. Angeblich brannte das Fanal heiß genug, um den härtesten Stahl schmelzen zu lassen.

In einem der Lehrbücher an den Rand geschrieben fand Desina dazu den passenden Satz: *Es ist davon auszugehen, dass das Fanal durchaus auch das Wasser zum Kochen bringen wird.*

Jedes Wirken wurde bezahlt. Das war das erste Gesetz der Magie.

Beherrschte ein Maestro es nicht, die Magie der Umgebung zu entziehen, nahm er zu viel oder gar zu wenig, erzwang sich die Magie den Preis für dieses Wirken, und der Feuerbrand, das Fanal, war die Folge.

Das Talent lag also nicht nur in der Fähigkeit, das Wesen der Dinge verändern zu können, sondern auch im Wissen, wie man es am besten tat.

Nicht das rohe Talent hatte die Maestros vom Turm einst so mächtig werden lassen, es war das Wissen, das sie in Jahrhunderten akribischer Forschungen angehäuft hatten, ihr Verständnis um das Wesen der Dinge. Die Kunst lag also darin, genau das Richtige zum rechten Zeitpunkt mit der rechten Kraft zu bewirken. Wenn der Maestro sich irrte, folgte das Fanal.

In einem seiner frühesten Tagebücher beklagte einer der größten Maestros des Turms den Verlust eines Freundes. *Manchmal*, so schrieb er, *scheint es mir gefährlicher, eine Kerze zu entzünden, als von der höchsten Klippe zu springen.*

So selten das Talent eines Maestros auch war, weitaus seltener war es, dass es sich zur vollen Blüte entfaltete, ohne dass erst der Schüler, dann der Student oder später der Meister im Fanal verging. Das war der zweite Satz der Magie. Auf Dauer entgeht niemand dem Fanal.

Als vor knapp siebenhundert Jahren der Weltenstrom versiegte und die Magie sich von einem breiten Strom in ein Rinnsal verwandelte, gab es nichts mehr, was ein Maestro außerhalb seiner selbst finden konnte, um die Magie seines Wirkens zu speisen.

Es hatte nie viele Eulen gegeben, selten mehr als drei Dutzend, zu außergewöhnlich war das Talent zur Magie. Doch selbst die erfahrensten unter ihnen wurden mit der Zeit ein Opfer des Fanals, denn jegliche Magie musste nun von ihnen selbst bezahlt werden.

Andere Talente wirkten anders. Das Fanal bedrohte nur diejenigen, die ihre Kraft aus dem Strom der Welten bezogen. Nur die Gabe der Magie verging im Fanal.

Die Eulen starben. Knapp ein Dutzend Jahre, nachdem der Ewige Herrscher abdankte, lebte keine mehr von ihnen. Ohne Ausnahme waren sie im Fanal geendet.

Eines der am besten gehüteten Geheimnisse der Schmiedegilde war das Wissen über die Fertigung des berühmten imperialen Stahls, der nur schwer seine Schärfe verlor und so gut wie gar nicht rostete. Es waren die Eulen, die herausgefunden hatten, wie man ohne Magie einen solchen Stahl schmieden konnte. Es gab vieles, was die Maestros vom Turm herausgefunden hatten,

Wunder wie die Leuchtgloben, die einst über eisernen Körben auf hohen Säulen die Straßen gesäumt und sie nachts mit weichem Licht erfüllt hatten. Wie man aus Wasser und Sand mächtige Steine formte, oder auch nur wie man Holz daran hinderte, im Wasser aufzuquellen. Oder wie man Brücken baute, etwa die Kaiserbrücke über den Fluss Ask, der dieser Stadt den Namen gegeben hatte. Die Brücke reichte in der Spanne gute siebzig Schritte weit und ließ auch heute noch jeden Baumeister ungläubig den Kopf schütteln.

Auf diesem Wissen hatte die Macht des Alten Reichs mindestens so sehr geruht wie auf den gepanzerten Schultern seiner Legionäre, aber im Lauf der Jahrhunderte war so manches sorgsam gehütete Geheimnis unwiederbringlich verloren gegangen.

Doch es gab einen Ort, von dem man wusste, dass er dieses Wissen auch heute noch barg. Den Turm der Eulen, einen Turm aus weißem Stein, der noch höher als er über die Erde ragte in die Tiefe gebaut worden war. Sieben Stockwerke über der Erde und dreizehn darunter, wenn man das Erdgeschoss mitzählte, ergaben die Zahl einundzwanzig, in der Magie der Zahlen ein glücklicher Wert.

Dort unten, in den tiefsten Katakomben des Turms, abgesichert durch die mächtigsten Magien, von Askannon, dem Ewigen Herrscher selbst gewirkt, lag das Wissen der Eulen, die Ergebnisse ihrer Forschung um das Wesen der Dinge.

Aber nur Eulen konnten diesen Turm betreten. Oder solche, die über die Fähigkeit und den Willen dazu verfügten, ein Maestro des Turms zu werden. Zudem mussten sie der Reichsstadt gegenüber loyal und bereit sein, einen magischen, bindenden Eid zu schwören. Woher der Turm das wissen konnte, welcherart die Magien waren, die der Ewige Herrscher einst hier gewirkt hatte, um das zu bewerkstelligen, war Desina auch nach ihren langen Jahren im Turm ein Rätsel.

Eines jedoch war ganz und gar gewiss. Einem Feind der Reichsstadt oder einem, der auch nur das Talent eines Seelenreiters in sich trug, war der Zugang zum Turm verwehrt.

Es gab nur diese eine Tür zum Turm. Man wusste, dass sie Eulen passieren ließ. Aber wie genau das möglich war, wurde nie erwähnt. Jahrhundertlang wurde alles versucht, in den Turm zu gelangen, um an das Wissen heranzukommen. Nicht das magische Wissen, man hätte es ja nicht nutzen können, sondern das Wissen über die Welt, das die Eulen gesammelt hatten.

Es wurde eine Tradition daraus, die auch heute noch Bestand hatte. An ihrem sechsten Lebensjahr traten die Kinder der Reichsstadt vor diese Tür der Eulen und versuchten sie zu öffnen. Allein für den Versuch erhielten sie ein Silberstück. Manche sahen es als Glückbringer, irgendwann erhielt dieses Silberstück sogar eine eigene Prägung, das Reichswappen auf der Vorderseite, die Eule auf der Rückseite, so entstand aus dieser Tradition der Eulentaler. Desina kannte viele andere, die wie sie selbst auch noch immer ihren Eulentaler als Glücksbringer an einer Kette um den Hals trugen.

Doch über Jahrhunderte war diese Tür nicht aufgegangen. Bis vor etwas über zwölf Jahren Desina für Istvan etwas von der Schwertschmiede in der Zitadelle abholen sollte. Der Schmied machte gerade Pause, und die Gesellen wussten nicht, was es war, das sie holen sollte, oder fanden es nicht.

Desina wusste damals nicht viel über den Turm. Es war auch das erste Mal, dass sie den Außenhof der Zitadelle betrat, wo im Schutz der mächtigen Mauern der Turm der Eulen stand. Sie war damals gerade zwölf Jahre alt, weit über das Alter hinaus, in dem sich jemals ein magisches Talent gezeigt hatte.

Also ging sie neugierig zum Turm und suchte diese Tür, die man öffnen sollte. Es gab sie gar nicht, nur einen offenen Durchgang zu einer gemütlich eingerichteten Halle. Also ging sie hinein und sah sich um. Die Magie, die so überreichlich in diesen Steinen verankert war, hatte alles darin so gehalten, wie es die letzte Eule verlassen hatte, einschließlich des Fleischs im überaus großzügig ausgestatteten Vorratsraum. Desina fand dort eine Kette Dörrwurst, sie hatte Hunger, also aß sie zwei Würste und ging wieder hinaus, um sogleich von zwei Wachen ergriffen zu werden.

Sie konnte sich noch gut daran erinnern, wie sie dachte, dass sie so oft jemandem den Beutel geleert hatte, ohne erwischt zu werden, und ihr nun ausgerechnet wegen zwei Würsten das Ohr geschlitzt werden sollte.

Tatsächlich aber bot Stabsobrist Orikes, zu dem man sie gebracht hatte, ihr im Namen des Kommandanten Keralos persönlich an, die erste Eule zu werden, die man in der alten Reichsstadt seit Jahrhunderten gesehen hatte.

Dies schien ihr bei weitem besser, als zur Strafe das Ohr geschlitzt zu bekommen. So also wurde eine der besten Diebinnen Askirs zur Schülerin der Eulen.

Desina war zwölf Jahre alt, als sie dort im Turm einzog. Ein magischer Turm, ganz für sie allein. Mit Räumen und Gängen, Sälen, Kisten und Schränken, mit endlosen Regalen und Büchern, Schriftrollen, weichen oder harten Betten, magischen Räumen, in denen heißes Wasser in eine Wanne floss, einem Abort, der niemals übel roch oder geleert werden musste. Ein Turm voll mit all den Dingen, welche die Eulen in sechshundert Jahren als so wichtig, wertvoll oder schön erachtet hatten, dass sie diese in ihren Turm brachten.

Es gab Fenster, die man von außen nicht sah, es gab in den Kaminen Feuer, mit dem man reden konnte, es gab endlos viel zu finden, zu entdecken oder zu verstehen. Jedoch öffneten sich die meisten Türen nicht für sie, und es war nicht möglich, etwas mit hinauszunehmen, das ihr nicht gehörte. Es schien, als ob auch nach all den Jahren die Magie immer noch darüber wachte, dass eine Eule den Turm nur mit dem verlassen konnte, was sie sich selbst mit ihren Studien verdient hatte.

Also musste sie lernen, sich das Wissen zu verdienen.

Ein anderes Problem lag noch darin, dass niemand so richtig wusste, wie eine Eule auszubilden war. Man wusste nur, dass es für jeden Grad der Magie eine Prüfung gab. Niemand konnte ihr helfen, denn sie war die Einzige, die in der Lage war, den Turm zu betreten. Also suchte sie erst die Prüfungen, dann die Texte und Bücher, die sie einsehen konnte. Dann suchte sie nach Möglichkeiten, sich diesen Prüfungen zu stellen.

Dabei entstand ein neues Problem. Diese Prüfungen stammten aus der Zeit, als der Fluss der Welten noch floss. Ohne aus dem Weltenstrom schöpfen zu können, waren sie unermesslich schwer. Nur durch das Verständnis des Wirkens der Magie, nur durch Geschick und Wissen, nicht durch Kraft, gelang es Desina, die Prüfungen der ersten beiden Grade zu bestehen. Dies erlaubte ihr, weiter in die Geheimnisse des Turms vorzudringen und mehr zu lernen. Doch die Prüfung des dritten Grades war lange unlösbar für sie, bei allem Geschick und Verständnis, bei aller Übung und Konzentration war sie nicht in der Lage, genügend magische Kraft in sich zu sammeln, um sie zu bestehen.

Es gab einfach nicht mehr genug Magie dafür, der Weltenstrom war schon lange versiegt, und was übrig geblieben war, reichte kaum, um eine Kerze zu entzünden.

Etwas musste Desina jedoch von anderen unterscheiden, die einst hier die Magie erlernt hatten. So oft wie sie sich an diesen Prüfungen versucht hatte, war es nichts weniger als ein Wunder, dass sie nicht selbst im Fanal endete.

Istvan hatte ihr zwar die Grundlagen der Schrift beigebracht, aber das, was er sie lehren konnte, reichte bei weitem nicht aus, um die Mysterien des Turms zu ergründen. Aber Schrift und Zahlen, Sprachen und Lettern, hierfür war es Desina möglich, Lehrmeister zu finden. Von ihnen war es Orikes, der oberste Schreiber der Federn, dem sie am meisten verdankte.

Dass sie nicht imstande war, wie die berühmten Eulen große Magien zu wirken, war allerdings für kaum jemanden von Belang. Nicht um die magische Macht der Eulen ging es dem Kommandanten, sondern um jenes alte Wissen, das in den Archiven verborgen lag.

Dennoch, vor zehn Tagen war sie endlich doch imstande gewesen, die Prüfung des dritten Grads zu bestehen, und dies aus nur einem einzigen Grund: Seit etwas über fünf Wochen floss der Fluss der Welten wieder. Und erst diese Prüfung erlaubte es ihr, die Robe mit der Eule auf ihrer Brust zu tragen.

Aber noch immer sah es Desina als ihre eigentliche Aufgabe

an, das alte Wissen der Eulen zu sichten und das wiederzufinden, was vor so langer Zeit verloren gegangen war.

Wenn sie etwas herausfand, traf sie sich mit den Gildemeistern der Stadt, um ihnen geduldig zu erklären, aufzuzeigen, zu beschreiben oder gar vorzuführen, was sie entdeckt hatte. Und für jemanden, der die meiste Zeit allein in den tiefen Kellern eines alten Turms über staubigen Texten gebeugt saß, war das eine willkommene, gar heißersehnte Abwechslung, eine Gelegenheit, kurz aus dem Turm zu entkommen und etwas anderes als die weißen Mauern zu sehen.

Eine solche Ablenkung konnte Desina jetzt gut gebrauchen. Fast eine Kerze lang hatte sie nun über diesem Wolfskopf gebrütet, ihn untersucht, versucht herauszufinden, was das Besondere an diesem Stein sein könnte. Vergebens. Es blieb ein Stück Stein, grob in die Form eines Wolfkopfs gehauen.

Aber es stand einiges auf dem Spiel. Ein Mann war auf grausamste Art dafür gestorben, diesen Stein Wiesel zukommen zu lassen. Es musste etwas an ihm sein, das sie übersah.

Frustriert wandte sie sich wieder ihrem letzten Projekt zu, die Bücher lagen noch aufgeschlagen auf dem Tisch. Diesmal braucht sie nicht lange, dann schloss Desina das Buch und lächelte zufrieden, wenigstens hier war sie weitergekommen. Sie wusste jetzt, wie man das Rad an der alten Schmiede wieder in Betrieb nehmen konnte.

Desinas Treffen mit den Gildenmeistern fanden an dem Ort statt, an dem sich die wahre Macht der Reichsstadt offenbarte, der Ständekammer, oder wie man sie noch nannte, dem Gildenrat, in dem die Vertreter der Gilden und die mächtigsten Handelshäuser der Stadt um die Vorherrschaft rangen.

Wer es noch nicht wusste, dachte Desina, als sie auf das große Tor zuging, das zum Innern der Ratshalle führte, der brauchte nur einen Blick auf den imposanten Bau der Ständekammer zu werfen. Dann verstand jeder sofort, von wo aus die Geschicke der Reichsstadt in Wahrheit gelenkt wurden.

So sehr hatten die Gildenmeister am Anfang um die Gunst Desinas gebuhlt, dass Stabsobrist Orikes es sogar für nötig befunden hatte, ein Machtwort zu sprechen und Desina zwei Bullen mitzugeben, die Sorge trugen, dass sie von den Meistern nicht zu sehr bedrängt wurde.

Diese Zeiten waren längst vorbei, heute entschied Desina selbst, und sie hielt eine kühle Distanz zu den meisten der Gildenmeister. Mit einer Ausnahme.

11

»Du siehst fast schon wieder menschlich aus«, meinte Fefre fast zur gleichen Zeit, während er ein imaginäres Stäubchen von seiner frischen Uniform wischte. »Ich hätte dich beinahe nicht wiedererkannt. Obwohl die Knitterfalten in deinem Gesicht natürlich ein Hinweis sind.«

»Gibt es etwas, mit dem ich dir deine unerträglich gute Laune vermiesen kann?«, fragte Santer säuerlich, als er versuchte die Schnallen an der linken Seite seiner gehärteten Lederrüstung zu schließen. Eine größere hatte der Zeugwart nicht bereit gehabt, was natürlich Santers Schuld war. Eine Seeschlange hatte, verdammt noch mal, nicht so groß zu sein wie der Stabsleutnant.

»Ich glaube, nein, Leutnant«, grinste Fefre und half dem Stabsleutnant, die Schnalle zu schließen. »Ich habe die Erfahrung gemacht, dass ich mich auf die Götter verlassen kann. Es gibt für alles einen Grund, und es wird sein Gutes haben, dass die *Seereiter* ohne uns ausgelaufen ist. Du wirst sehen, Stabsleutnant, es wird sich noch alles zum Besten wenden.«

»Es wird Monate dauern, bis wieder ein Posten als Erster Offizier frei wird, Fefre«, sagte Santer. »Ich brauche mehr Seeerfahrung, wenn ich mein eigenes Kommando haben will. Euer dämlicher Streich hat uns diese Nachtwache eingebracht, und Rikin hat den Posten Romin gegeben!« Santer warf seinem Freund einen grimmigen Blick zu. »Jetzt erkläre mir mal, warum das gut sein soll?«

»Nun«, meinte Fefre, »es gibt Dinge, die können nur die Götter erklären.«

»Na, bestens«, seufzte Santer und fuhr sich mit der Hand über das kurze blonde Haar, das wirr nach allen Seiten abstand.

Noch immer verstand er nicht ganz, was geschehen war. Bis auf eins: In den Händen hielt er seine Versetzungspapiere. Fefre hatte sie ihm in die Hand gedrückt, bevor Santer noch ganz wach war. Er hatte das Siegel gebrochen, die Zeilen überflogen und dann nur noch fassungslos den Kopf geschüttelt.

Er sollte sich beim Turm der Eulen melden, um seinen neuen Posten als Adjutant der Eule anzutreten. Aber warum das so sein sollte, das wurde natürlich nicht erwähnt.

»Was für ein Mist«, schimpfte Santer »Weißt du, wie lange ich auf die Gelegenheit gewartet habe, Erster Offizier zu werden?«

»Beschwer dich nicht«, meinte Fefre mit einem Grinsen. »Ich habe eben erfahren, dass ich dafür den Jagdbooten zugeteilt wurde. Das wird eine nasse Angelegenheit. Brr.« Er schüttelte sich demonstrativ.

Die Jagdboote waren die Arbeitstiere der Seeschlangen hier im Hafen. Offene Langboote mit dreißig Rudern und einer kleinen Balliste im Bug, die für alles im Hafen eingesetzt wurden, von Lotsenfahrten über Schleppdienste bis zur Durchsuchung der Schiffe nach Konterbande. Ein harter Dienst, der einen dazu verdonnerte, den größten Teil des Tages auf dem kalten Wasser des Hafens und an den Rudern zu verbringen.

»Geschieht dir zu Recht! Bist du jetzt immer noch der Meinung, es hätte etwas Gutes?«, fragte Santer.

»Sicher«, antwortete Fefre. »Ich habe dir doch von Elisa erzählt? Die Tochter vom Bäcker vorn am Kornplatz? Ich glaube, sie mag mich, aber da sie wusste, dass ich mit der *Seereiter* auslaufen würde, wurde nichts draus. Jetzt denke ich, dass ich mein

Glück noch mal bei ihr versuchen werde. Ich habe so ein Gefühl bei ihr.«

»Du bist unverbesserlich«, meinte Santer und musste fast widerwillig lachen, bevor er wieder trübe auf den Befehl in seiner Hand herabsah.

»Sag schon, was ist los?«, fragte Fefre, der seinen großen Freund kaum so kannte.

»Ich werde versetzt.«

»Wie, das war alles?«, fragte Fefre erstaunt. »Bei der Unruhe, die das Signal von der Zitadelle ausgelöst hat, dachte ich, es wäre etwas geschehen! Du wirst nur versetzt, das ist alles?«

»Es kommt immer darauf an, wohin man versetzt wird«, sagte Santer. »Ich bin jetzt der neue Adjutant der Maestra.«

»Götter!«, rief Fefre beeindruckt. »Du musst sie arg beeindruckt haben.«

»Mag sein«, sagte der Stabsleutnant. »Allerdings weiß ich nicht, womit.«

12

Der Ständeplatz war neben dem Tempel- und dem Arsenalsplatz einer der größten der Reichsstadt. In seiner Mitte erhob sich die Ratshalle, ein Gebäude das wohl ganz bewusst einem Tempel ähnelte. Das Gebäude selbst war ringförmig, gut hundertzwanzig Schritte im Durchmesser und mehr als dreißig Schritte breit, und umschloss einen Hof, der etwas weniger als sechzig Schritte im Durchmesser maß. Eine gewaltige, atemberaubende Kuppel aus Stein, Stahl und Glas überdeckte diesen Innenhof, elegante, trotz ihrer Höhe fast filigran wirkende Säulen stützten die Kuppel innen ab und umsäumten das Gebäude aus weißem Marmor. Ein kleiner Garten war in dieser Halle angelegt, an einer Seite gab es einen eleganten Pavillon, in dem die Reichen und Mächtigen oft zu finden waren, wenn sie ihr Frühstück zu sich nahmen. Hier gab es Tee und Kafje in vielerlei Sorten, Gebäck und Naschereien aus den fernsten Ländern. Hier wurden viele der Geschäfte in angenehmster Umgebung und über einem Tee in kostbarem Porzellan getätigt.

Mit ihren sechs Stockwerken war die Ratshalle ein Traum aus weißem Marmor, licht und hell, mit weiten Fluren und großzügigen Räumen, von denen die begehrtesten über einen Balkon zum Innern der Ratshalle verfügten.

Andere Reiche besaßen ihren Adel, in Askir regierten der Handel und das Gold. Im Hafen, vor den inneren Mauern und so von den Stadtzöllen befreit, wurden auf dem Hart- und Weichmarkt jeden Tag enorme Mengen an Waren und an Gold umgesetzt. Wer reich werden wollte, besaß dazu gute Chancen, wenn er auf den Handelsmärkten schnell genug war, um im Hafen billig zu ersteigern und die Ware an anderer Stelle teuer zu verkaufen.

Wer aber schon reich war, den trieb es in die Ratshalle. Denn wer hier einen Sitz besaß, handelte nicht mehr mit Waren und trug kein Bündel auf seinem Rücken in die Außenbezirke der Stadt. Hier wurde nicht mit lautem Geschrei Auktionen gewonnen. Nein, in diesen Hallen waren es ruhige Gespräche und das Kratzen eines Federkiels auf teurem Pergament oder bester Bütte. Mit einem Handschlag wechselten hier ganze Schiffe ihre Besitzer, wurden Erze, Hölzer und der Ertrag von fernen Äckern verschachert, bestimmte ein Nicken oder ein geflüstertes Wort über Handelsgeschäfte, Schürfrechte oder den Ertrag ganzer Manufakturen in nah und fern.

»Wenn Ihr wissen wollt, Desina, wo das Herz der Reichsstadt schlägt, dann findet Ihr es hier«, hatte Oldin, der Gildenmeister der Schmiede, zu ihr gesagt, als er sie vor vielen Jahren stolz durch diese erhabenen Gänge führte. »Hier pocht es, pulsiert es, hier spürt man das Blut und die Kraft der Reichsstadt. Es sind nicht die Schwerter der Legion, auf die sich Askir stützt, es ist der

Handel, der uns stark macht, der Handel, das Wissen, und die Qualität der Waren aus unseren Manufakturen.«

Damals, vor vielen Jahren, war Oldin ihr wie ein Gott erschienen, ein freundlicher alter Mann, der sich für jedes Detail begeistern konnte, die weiße, goldbestickte Robe des Gildenmeisters mit Würde trug und immer ein freundliches Wort für sie bereit hielt.

Er selbst hätte nie bestritten, dass er stets auch auf seinen Vorteil bedacht gewesen war. Doch diese kleinen Gesten, die freundlichen Worte, die Zeit, die er sich oft nahm, auch nachdem er von ihr erhalten hatte, was er suchte, waren der Grund dafür, dass Oldin der einzige der Gildenmeister war, den sie gern aufsuchte.

Jetzt, nachdem sie lächelnd an seine Tür geklopft hatte, erschrak sie fast, als sie sah, wie mühsam er sich von seinem Stuhl erhob, um sie freudestrahlend zu begrüßen.

»Desina!«, rief er und umarmte sie. »Es ist viel zu lange her, dass ich Euch gesehen habe.« Seine altersblassen Augen blitzen, als er sie musterte, und sein Lächeln zeigte gelbe Zähne. »Diese Robe steht Euch, mein Kind. Und wahrlich, Ihr habt sie Euch hart verdient.«

Eine der Besonderheiten ihrer Robe war es, dass sie ihrer Trägerin die Sinne schärfte, sie tiefer und weiter fühlen ließ, als Desina es sich zuvor hätte vorstellen können. Eine der Legenden über die Eulen hatte sich bestätigt. Wenn Desina jemanden berührte und dabei die Robe trug und die Kapuze hochgeschlagen war, konnte sie die Wahrheit in den Gefühlen und Worten anderer erkennen.

Selbst für Desina, die den Gildenmeister schon immer gemocht hatte, war es eine Überraschung zu spüren, wie sehr der alte Mann sie mochte, vielleicht war sogar etwas wie Liebe mit dabei. Kein Gefühl von Erwartung trübte diese Empfindung, er musste wissen, dass sie gekommen war, um ihm von ihren Nachforschungen zu berichten, doch jetzt, in diesem Moment, dachte er nicht daran.

Wie alt mochte er sein, fragte sie sich, als er mit einer Glocke nach einem livriertem Diener läutete, der Desina den Stuhl zurechtrückte und ihr eilfertig Tee und Gebäck anbot. An die sieben Dutzend Jahre ? Vielleicht mehr ? Und in den wenigen Wochen, seitdem sie ihn das letzte Mal gesehen hatte, war er deutlich gealtert.

Desina war keine Dienerin Soltars, von denen es hieß, sie könnten sehen, wann der letzte Tag eines Menschen kommen würde. Doch auch ein einfacher Mensch trug Magie in sich, bei einem Kind strahlte sie lichterloh, bei einem Kranken barg sie dunkle Flecken, und im Alter flackerte sie nur fahl und schwach. Zu ihrer Überraschung sah sie sowohl das fahle Licht des Alters in dem Gildenmeister als auch einen gleißend hellen Kern, den unbeugsamen Willen, der ihn durch sein Leben geführt hatte. Alt mochte er sein, doch noch war Meister Oldin nicht bereit, von dieser Bühne abzutreten.

»Ich freue mich, dass Ihr mich besucht, Desina«, sagte er, als er geschäftig den Tisch, Kanne und Gedeck für sie richtete. »Aber Meister Rolkar ist zurzeit nicht da, er hat Geschäfte zu erledigen.«

»Ich erstatte auch Euch Bericht, Meister Oldin, nicht Eurem Schwiegersohn«, antwortete sie lächelnd und beugte sich vor. Der alte Mann hatte nach der Teekanne gegriffen, um ihnen beiden einzuschenken – eine besondere Ehre, die er sich nicht nehmen ließ –, doch seine Hand zitterte so stark, dass er beide Hände zu Hilfe nehmen musste.

»Bitte erlaubt«, sagte sie und berührte sanft die Teekanne.

Das Zittern ließ nach, und der alte Mann lachte erfreut, als er ihr und sich einschenkte. »Das ist ein guter Trick, Desina«, sagte er dann. »Habt Ihr die Kanne leichter gemacht?«

»Nicht ganz. Sie erscheint nur so. Danke, Ser«, sagte Desina artig, als er ihr eine Tasse reichte, in der ein Löffel leise klirrte.

»Ich habe die Führung der Gilde an ihn abgegeben«, fuhr Oldin fort und verrührte sorgsam den kostbaren Rohrzucker in seinen Tee. »Auch wenn Ihr ihn nicht mögt, was ich durchaus verstehen kann, ist er derjenige, dem Ihr Euch in Gildenangelegenheiten anvertrauen solltet.«

»Dann werde ich das bei anderer Gelegenheit tun«, sagte sie. »Doch ich hoffe, dass Ihr mir erlaubt, Euch doch noch etwas Gesellschaft zu leisten.« Sie lächelte. »Der Winter war mild genug, doch in diesem Frühjahr scheint er sich hartnäckig zu halten.«

»Ich hoffe doch, dass die legendäre Robe einer Eule Euch zumindest auch warm hält, Lysanne. Wie ist es denn so, eine Legende zu sein?«, fragte er schmunzelnd. »Hat sich die Mühe gelohnt?«

»Es ist anstrengend. Und ob sich die Mühe gelohnt hat… Fragt mich das ein anderes Mal«, antwortete Desina mit einem sanften Lächeln. Es war nicht das erste Mal, dass er sie mit dem Namen seiner verstorbenen Tochter ansprach. Schon vor Jahren hatte er erwähnt, dass Desina ihn an sie erinnerte. Es war nicht etwa so, dass der alte Mann nicht wusste, wer vor ihm saß, er brachte wohl nur manchmal die Namen durcheinander.

13

Als die Maestra den Gildenrat verließ, sahen zwei Augenpaare der schlanken Gestalt in der blauen Robe nach.

»Meinst du, sie ahnt etwas?«, fragte die Frau den schlanken, hochgewachsenen Mann an ihrer Seite. Beide saßen zum Tee in dem kleinen Pavillon im Innern der Ratshalle und sprachen einem reichen Frühstück zu, das ein eifriger Diener ihnen kunstvoll hergerichtet hatte.

Das Paar zog mehr als genügend Blicke auf sich, er in den reichen bestickten Gewändern eines Handelsherrn und mit rabenschwarzem Haar, das an den Schläfen ergraut war, sie mit ihrem

Kleid aus kostbarer, tiefrot gefärbter Seide, das ihre Figur schon fast zu vorteilhaft betonte.

Der weite Ausschnitt tat ein Übriges, und ihr langes schwarzes Haar glich den Schwingen eines Raben. Obwohl es zum Teil kunstvoll hochgesteckt war, reichte es ihr dennoch bis zur Taille, die schmal genug schien, dass ein beherzter Mann sie mit beiden Händen hätte umfassen können.

Doch ihre Schönheit war wie eine kalte Flamme, und ihr Blick versprach nichts Gutes für den Fall, dass man ihr zu nahe trat. Er schien mitzuteilen, dass ihre Schönheit nur zum Ansehen da war und eine Berührung nur denen vorbehalten, die sich Vollkommenheit auch leisten konnten.

Im Kreis der Reichen und Mächtigen, die hier ihre Geschäfte tätigten, gab es nur wenig Zweifel daran, dass der Mann an ihrer Seite dazu imstande war. Manch einer ertappte sich dabei, dass er nicht wusste, ob er den Meister wegen seiner Macht und seinem Gold beneidete, oder doch wegen der Gunst der begehrtesten Kurtisane der alten Reichsstadt.

Der Name des Mannes war Feltor, doch die Handelsherren, die ihn so freundlich grüßten, kannten ihn unter einem anderen Namen. Sie hingegen war den meisten, die sie so begehrlich ansahen, unter ihrem wahren Namen bekannt.

»Nein«, gab Feltor Antwort. »Sie ahnt nichts. Sie hält nur gern einen Schwatz mit dem alten Mann. Aus irgendeinem Grund sind sie Freunde.« Er lächelte schmal. »Hast du etwa Angst vor ihr, Asela? Sie ist nicht mehr als ein Kind.«

»Ein Kind, das eine blaue Robe trägt.«

»Dann starr sie nicht so an«, riet Feltor. »Sie könnte es bemerken.«

Eine rabenschwarze Braue hob sich, und ein feines Lächeln spielte um ihre vollen Lippen. »Bist du eifersüchtig?«

Er lachte leise und fuhr mit einem Finger sanft über ihren Handrücken. Eine rote Spur folgte der Bewegung auf ihrer Haut, und sie zog scharf die Luft ein.

»Hast du vergessen, mit wem du sprichst?«

»Nein«, gab sie zurück und atmete aus, als der Schmerz von ihr wich. »Sag«, fragte sie etwas zögerlich. »Ich hörte, man hat den Diener am Hafen gefunden.«

Er zog eine Augenbraue hoch. »Die Nachricht spricht sich schnell herum.«

»Ich habe meine Quellen, das weißt du. Aber ich war erstaunt, so schnell davon zu hören. Offenbart es unseren Einfluss nicht zu früh? War es Absicht oder ein Versehen?«

»Was meinst du?«, fragte er mit einem Lächeln.

»Also war es Absicht«, stellte sie fest. »Aber warum?«

»Jemand spielt ein Spiel mit uns«, sagte der schwarzhaarige Mann. »Vielleicht lockt es ihn heraus.«

Sie sah ihn verständnislos an.

»Der Diener hatte nur einen der Wolfsköpfe bei sich, und es gelang ihm, ihn mir vorzuenthalten. Ich merkte es erst, als es zu spät war«, erklärte er mit ausdruckslosem Gesicht. »Den anderen hält er wohl noch in der Botschaft versteckt.«

»Du hast die Wolfsköpfe nicht bekommen?«, fragte sie fassungslos.

»Genau das ist es, was ich mit Spiel meinte«, teilte er ihr mit. »Der Mann versuchte mich zu hintergehen. Und er war nicht allein daran beteiligt. Sein Tod ist eine Nachricht, und ich denke, man wird sie verstehen.«

Er nahm einen Schluck von seinem Tee und verzog das Gesicht, der Tee war schon erkaltet. Er hob die Hand und fing den Blick des Bediensteten ein. Er wartete und schwieg, bis er neuen Tee hatte, dann trank er.

»So ist das besser«, sagte er und stellte die Tasse ab. »Ich fand es angebracht, das deutlich zu machen. Wäre der Diener nur verschwunden, wo wäre da die Warnung?« Seine schmalen Lippen verzogen sich zu einem harten Lächeln. »Ich dulde es nicht, wenn man sich mir entgegenstellt.« Er sah sie an. »Vergiss das nicht. Bei allem Schein und aller Bewunderung, die man dir entgegenbringt, vergiss nicht, wer du bist und wem du gehörst. Vergiss nicht, wessen Hund du bist.«

Er erhob sich und deutete eine leichte Verbeugung vor ihr an. Seine letzten Worte hatten sie erbleichen lassen. Sie sah nur still zu ihm hoch.

»Es war wie immer ein Vergnügen, Sera.«

14

Vor drei Jahren hatte Desina jenes Zimmer für sich auserkoren, das einst dem letzten Primus der Eulen gehört hatte und voller Annehmlichkeiten war. Eine davon war ein Bad, das auf wundersame Weise immer warmes, sauberes Wasser für sie bereit hielt, die andere war, fast ebenso wichtig, ein bequemes Bett.

Nach allem, was heute geschehen war, wäre es nicht gut gewesen, den ganzen Tag zu verschlafen. Aber das musste sie auch gar nicht.

Viele der Übungen, die sie aus den Texten und Büchern der Maestros gelernt hatte, hatten sich ihr zwar noch nicht so ganz erschlossen, dennoch zog sie Nutzen aus ihnen. Eine dieser Übungen diente dazu, einen Kristall magisch einzustimmen. Wozu man das tun sollte, was anschließend mit dem Kristall geschehen konnte oder sollte, das wusste Desina noch immer nicht. Der Nebeneffekt jedoch war, dass die Meditation, die Geist und Körper des Maestros in den Einklang mit der Magie bringen sollte, sie erfrischt und ausgeruht zurückließ, als hätte sie eine ganze Nacht geschlafen.

Als Desina jetzt die Augen öffnete, verriet ihr ein Blick aus dem Fenster, dass vielleicht eine Kerze vergangen war, seitdem sie sich in den Zustand der Zentrierung begeben hatte. Sie lächelte, gähnte und streckte sich.

Sie rollte sich aus ihrem Lager, nahm ihr Schwert auf und ging die Treppe hinunter. Am Fuß des Turms befand sich ein kleines

Nebengebäude, fast ein Häuschen, mit der Küche und einem weiteren Quartier, das des Adjutanten. Jetzt aber war die Küche ihr Ziel.

Sie entzündete den Herd mit einer Geste und setzte Wasser auf. Es war Zeit für einen Tee. Danach nahm sie ihre Tasse, ging hinüber in die offene Bibliothek, nahm sich das Werk über die Macht der Sinne, an dem sie zurzeit arbeitete, und ging zurück in die Küche, die sie von allen Räumen am meisten liebte.

Desina hatte sich schon vor geraumer Zeit einen großen Ledersessel und eine Fußbank hier hereingewuchtet, darauf machte sie es sich jetzt bequem und fing an zu lesen. Schließlich bestand ihr Auftrag ja darin, Dinge herauszufinden.

Abgesehen davon war dieses Werk von dem größten Magier der Eulen verfasst worden. Er hieß Balthasar, und wenn es jemals eine Eule gegeben hatte, die an die Macht des Ewigen Herrschers heranreichte, dann war er es. Dass er damals mit der Zweiten Legion in den primitiven Südlanden verloren ging, vielleicht sogar von einem dieser ungewaschenen Barbaren, die es dort gab, erschlagen wurde, war ein großer Verlust für die Eulen gewesen. Davon hatten sie sich nie wieder erholt.

Wenn das nicht geschehen wäre, dessen war sich Desina sicher, hätte Balthasar herausfinden können, wie man den Fluss der Welten wieder zum Fließen bringen konnte.

Seine Worte berührten sie immer ganz besonders, er schrieb so klar und verständlich, zeigte den Weg mit so einfachen und dennoch genialen Beispielen, dass es ihr immer ein besonderes Vergnügen war, seine Werke zu lesen.

Deshalb hatte sie ja auch sein Zimmer gewählt. Wenn sie in seinem Bett schlief, schien es ihr oft, als wäre er ihr nah. Irgendetwas war in seinem Zimmer anders als in den restlichen. Die anderen waren tot und leer, ohne Geist und Seele. Sein Zimmer wirkte so, als ob es nur darauf wartete, dass er zurückkehrte.

Die Glocke weckte sie, sie musste wohl doch wieder eingeschlafen sein. Desina legte das Buch sorgfältig zur Seite, stand auf und sah nach, wer da störte.

Eine junge Frau stand geduldig vor dem Durchgang und wartete. Sie war einfach gekleidet, trug einen Weidenkorb am Arm und sah sich mit großen Augen im Zitadellenhof um. Sie beobachtete die Kampfübungen der Soldaten dort drüben auf dem Übungsplatz, der sich keine hundert Schritte vom Turm entfernt befand.

Desina konnte es nachvollziehen. Weiter oben im Turm gab es ein Fenster, und von dort aus hatte sie selbst oft stundenlang zugesehen. Die Soldaten, die hier trainierten, gehörten zu den besten der Reichsstadt, und oft wirkten die Waffengänge wie ein sorgsam einstudierter Tanz.

Erst als sie selbst dort hatte stehen und lernen müssen, sich gegen einen weit überlegenen Gegner zu verteidigen, verstand Desina, wie viel Arbeit, Schweiß, Schmerz und auch Blut ein Soldat dafür bezahlte, um dem Ersten Bullen anzugehören, der Einheit, die traditionell die Leibgarde des Imperators stellte und zusammen mit dem fünften Bullen den Schutz der Zitadelle gewährleistete.

Die junge Besucherin verzog das Gesicht, als ein harter Schlag mit dem stumpfen Ende eines Kampfstabs einen der jungen Soldaten in die Magengrube traf und ihn niederstreckte. Sie wandte sich ab und sah den Turm hinauf. Nicht dass es dort etwas zu sehen gab. Die wenigen Fenster waren von außen nicht zu erkennen.

Es dauerte einen Moment, bis Desina ihre Besucherin erkannte. Es war Regata, eine ihrer Schwestern, eine weitere Ziehtochter Istvans, die sie seit Jahren nicht mehr gesehen hatte. Sie war drei Jahre älter als Desina und besaß heute wenig Ähnlichkeit mit ihrem früheren Selbst. Sie war gertenschlank gewesen, jetzt verbargen sich unter dem Leinenkleid üppige weibliche Formen. Regata war zu einer wunderschönen Frau herangereift, kein Wunder, dass einige der Soldaten verstohlene Blicke zu ihr hinüberwarfen. Sie entsprach ziemlich genau dem geltenden Ideal der Schönheit.

Desina unterdrückte einen Seufzer und ein leichtes Gefühl von Neid. Sowohl die magischen Übungen als auch das tägliche

Waffentraining schienen zu verhindern, dass sie jemals diese begehrten Formen annahm. Sie konnte essen, so viel sie wollte, ihr eigener Busen würde nie mehr als eine Handvoll ausmachen, und obwohl sie an Muskeln gewonnen hatte, blieb sie dünn und dürr.

Es war eine unverhoffte Freude, Regata zu sehen. Hatte nicht Istvan etwas davon erzählt, dass sie mit einem der Soldaten der Hafenwacht verlobt war? Dieses eine Mal bedauerte Desina, dass sie ihre Besucherin nicht in den Turm bitten konnte.

Sie zog die Kapuze in ihr Gesicht und trat heraus. Für Regata musste es so aussehen, als träte sie einfach durch die geschlossene Tür. Sie ließ sich nichts anmerken, sondern strahlte übers ganze Gesicht.

»Desina! Es ist also wahr! Du bist eine echte Eule geworden!« Sie ließ den Korb fallen, und bevor Desina sich versah, fand sie sich zum zweiten Mal an diesem Tag in einer Umarmung wieder, die ihr fast den Atem raubte. Diesmal wurde Desina von den Gefühlen nicht übermannt, sie spürte nur die Freude, die Regata beim Wiedersehen empfand, eingetrübt von einem sorgenvollen Unterton.

Eines war klar, dachte Desina, als sie sich verlegen aus der Umarmung ihrer Ziehschwester löste: Die Robe stellte sicher, dass man keinen falschen Freunden auf den Leim ging.

»Was bringt dich hierher?«, fragte Desina atemlos. Und dann: »Du bist wunderschön!«

Regata lachte verlegen, wurde rot und sah verschämt zur Seite. »Danke, das sagt Karjan auch immer. Ich habe meine Zweifel, ob das so stimmt …«

Karjan musste wohl ihr Verlobter sein.

»Ich würde dich gerne hereinbitten, aber …«

»Ich weiß«, sagte Regata und musterte Desina. »Bist du gewachsen? Du kommst mir größer vor?«

»Das werden die Stiefel sein, sie haben Absätze, um besser reiten zu können«, erklärte Desina und bückte sich, um Regatas Korb aufzunehmen. »Was führt dich zu mir?« Sie hielt Regata den Korb hin, doch die hob abwehrend die Hände.

»O nein, der ist für dich«, sagte sie verlegen. »Ein paar Kleinigkeiten …«

Desina schlug das Tuch zurück und sah Obst, Brot, Schinken und Käse sowie eine Schale mit Pilzen, die sie so gern gemocht hatte.

»Lass uns dort drüben hingehen«, meinte Desina und wies auf eine Bank nicht weit vom Turm. »Und dann sagst du mir, was du von mir willst.«

»Bin ich so leicht zu durchschauen?«, fragte Regata verlegen, als sie Desina zu der Bank folgte. »Ich will beizeiten, dass du mir den Schleier hältst. Aber es hat noch Zeit, ich habe meine Aussteuer noch nicht ganz zusammen, auch wenn Istvan großzügig ist.« Sie schaute auf ihre Hände herab.

Desina hatte ganz vergessen, dass Regata selten direkt zum Punkt kam. »Was führt dich also hierher?«, fragte sie erneut.

»Abgesehen davon, dass ich dich vermisst habe?«, fragte Regata, aber auch ihr schien im gleichen Moment aufzufallen, dass es gewiss schon früher Gelegenheiten für einen Besuch gegeben hätte. Umgekehrt hätte auch Desina öfter Istvan und ihre Schwestern besuchen können, aber es gab hier immer so fürchterlich viel zu tun.

»Es geht um eine Freundin von mir«, fuhr Regata etwas eilig fort. »Sie ist die Schwester von Karjan, also Familie. Oder fast Familie. Sie heißt Marja und arbeitet in der Taverne *Zum Trockenen Anker*. Drüben auf der anderen Hafenseite, fast direkt neben der Hafenwacht.«

Desina nickte. Sie kannte den Ort. Es war eine der besseren Tavernen im Hafen, dennoch würde kaum jemand in der Oberstadt sie als respektabel ansehen. Sie wurde vorwiegend von den Soldaten der Hafenwacht frequentiert oder den höheren Dienstgraden der Handelsschiffe. Einfache Seeleute konnten sich die Preise dort nur selten leisten.

»Was ist mit ihr?«, fragte Desina, die schon ahnte, worauf das hinauslief.

»Karjan begleitet sie oft nach Hause, wenn die Taverne geschlossen wird. Meist drückt der Leutnant ein Auge zu, aber vorgestern Morgen war Karjan selbst zur Patrouille eingeteilt. Es war fast schon hell, also machte sie sich allein auf den Heimweg. Sie hat es nicht weit, sie und ihr Bruder wohnen nahe dem nördlichen Hafentor. Über der Abdeckerei, weißt du?« Sie sah wieder auf ihre Hände herab. »Karjan wird demnächst befördert, aber noch ist das Geld knapp…«

Wieder nickte Desina. Man roch die Abdeckerei schon von weitem, vor allem im Sommer stank es oft unerträglich, die Zimmer dort waren günstiger als viele andere. Obwohl der Hafen keine gute Gegend war, herrschten hohe Preise, allein schon die Seeleute trieben sie in die Höhe, dazu kam noch, dass es in der Nähe die beiden Märkte gab. Auch ein Grund, warum Istvan so guten Umsatz machte. Die Händler wussten, dass sie in der *Gebrochenen Klinge* nicht befürchten mussten, ausgeplündert oder verstorben aufzuwachen.

»Marja ist verschwunden?«, fragte Desina direkt.

Regata nickte. »Karjan ging sie zusammen mit ein paar seiner Kameraden suchen. Der Leutnant hatte viel Verständnis und stellte Karjan sogar vom Dienst frei. Aber es sind nun schon fast anderthalb Tage, und niemand hat seitdem etwas von ihr gesehen oder gehört.«

»Seid ihr sicher, dass sie nach Hause ging?«, fragte Desina vorsichtig. »Ich meine, vielleicht…«

»Du brauchst nicht darum herumzureden. Ich weiß, was du meinst«, sagte Regata bitter. »Ja, manchmal hatte sie einen Gast. Es ging mir ja auch nicht anders.«

Desina schaute ihre Ziehschwester überrascht an. »Weiß Istvan davon?«

Regata schüttelte beschämt den Kopf. »Er wäre fürchterlich enttäuscht, wenn er das wüsste. Ich habe es nur selten gemacht… und nie unter einem ganzen Goldstück.«

Unwillkürlich musste Desina an Baronet Tarkan, den aldanischen Gesandten, denken und was der Stabsobrist ihr über seine Gepflogenheiten berichtet hatte.

»Du weißt nicht, wie das ist, Desina.« Regata klang nun auch verbittert. »Du lebst hier in diesem Turm, und es mangelt dir an nichts…«

»Regata«, sagte Desina sanft, auch wenn die Worte ihrer Ziehschwester sie trafen. »Ich war nur überrascht. Also, ihr seid sicher, dass sie keinen Gast hatte?«

»Ja«, antwortete Regata ohne Zögern. »Marja war verliebt, in den Ersten Maat eines Schwerthändlers.«

»Lag sein Schiff im Hafen?«

»Nein, es wird erst in zwei oder drei Wochen wieder einlaufen.« Regata sah sie direkt an. »Sie wollte nach Hause. Nichts sonst. Es muss ihr etwas zugestoßen sein. Als ich von Marie hörte, dass du… Du bist eine Eule, du kannst sie finden!« Sie schaute zur Seite. »Du hast ja sowieso immer alles gekonnt, was du wolltest«, fuhr sie leise fort. »Hilfst du uns?«

»Natürlich«, antwortete Desina und sah ihre Ziehschwester nachdenklich an. »Was hast du eben gemeint?«

Regata sah unbehaglich hoch. »Dass Istvan immer so stolz auf dich ist. Ich wollte, er wäre auch stolz auf mich. Aber was habe ich schon erreicht? Er hat keinen Grund, stolz auf mich zu sein!«

Desina zog Regata zu sich heran. »Glaub mir, er ist stolz auf dich«, teilte sie ihr leise mit. »Ich habe gehört, wie er von dir spricht.«

Regata fing an zu weinen, leise und still, mit dem Gesicht an Desinas Schulter. Diesmal fühlte Desina, was ihre Ziehschwester fühlte, die ganzen Ängste, die Furcht, dass Karjan aufhören würde, sie zu lieben, dass Istvan sie verachten könnte… Über Regatas Schulter hinweg sah sie zu dem weißen Turm hinüber, der ihr im Moment selbst stolz und unnahbar erschien.

15

»Hier entlang, bitte«, sagte die junge Frau mit einem interessierten Lächeln.

Tarkan wusste, wer sie war, Prinz Tamin hatte ihm von ihr erzählt. Sera Melande, die Tochter des Botschafters. Sie war etwas kleiner als Tarkan, hatte langes, gewelltes, schwarzes Haar, das sie zu einer kunstvollen Frisur hochgebunden hatte, und trug ein elegantes Kleid mit bestickten Säumen, das sie hier erstanden haben musste, denn die Art, wie der feine Stoff ihre weiblichen Reize betonte, hätte man in Aldane als gewagt bezeichnet. Ihre grauen Augen musterten den Baronet interessiert. »Sie ist zwölf und vier«, hatte Tamin ihm gesagt. »Ihre Mutter ist seit Jahren tot, und sie ist genauso stur wie ihr Vater. Sie lehnt sich gegen ihn auf und scheut sich auch nicht davor, ihn zu brüskieren. Es geht das Gerücht um, dass sie bereits mehrere Affären hatte, manche nur aus dem Grund, ihn in Rage zu versetzen. Seid vorsichtig mit ihr, Tarkan, es könnte ihr einfallen, Euch zu kompromittieren.«

Die Art wie sie ihn ansah, sich bewegte, an ihm vorbeistrich, der volle leicht offene Mund, der Blick, der an ihm herabwanderte und länger als schicklich an seinem Schritt verharrte… Es war eine Einladung zu einem Tanz. Sie mochte jung sein, aber es schien ihm, als ob sie diesen Tanz besser beherrschte als manche Ältere.

»Bitte, Baronet«, sagte sie und beugte sich vor, um ihm die Tür zu den Quartieren des Botschafters zu öffnen und gleichzeitig einen verführerischen Einblick in das Tal ihres Busens zu ermöglichen.

»Danke, Sera«, sagte Tarkan in neutralem, aber höflichem Ton und trat ein. Er fühlte ihren Blick in seinem Rücken und verspürte Erleichterung, als sich die Tür mit einem leisen Klicken hinter ihm schloss.

Nach dem unliebsamen Erwachen an diesem Morgen hatte

sich Tarkan beeilt herauszufinden, was dem Diener geschehen war, hatte mit dem Feldscher und dem Priester gesprochen, die den Mann untersucht hatten, sogar einige Soldaten gefunden, die in der Nacht am Hafen Dienst getan hatten. Tarkan war der Meinung, das sein Bericht vollständig und präzise gewesen wäre. Und dennoch hatte der Graf ihn zu sich zitiert, kaum dass der Baronet den Bericht beim Sekretär des Grafen abgegeben hatte. Mit unfreundlichen Worten, wie ihm der Gardist, der Tarkan die Nachricht überbrachte, mit breitem Grinsen versicherte. Offenbar hatte der Mann, ein verdienter Veteran der königlichen Garde Aldanes, bereits etwas über den Baronet vernommen und ließ an seiner Verachtung dem jungen Stutzer gegenüber wenig Zweifel.

»Ihr seid sehr jung, Baronet von Freise«, sagte Botschafter Graf Altins jetzt, ohne sich vom Fenster abzuwenden. »Euer Vater ist der Regent. Wahrscheinlich erwartet Ihr nun von mir, dass ich Euch besonders wohlwollend behandle. Das Gegenteil wird der Fall sein, denn ich erwarte, dass ein Mann für sich selbst steht und sich nicht hinter den Rockschößen seines Vaters versteckt.«

»Das ist mir nur recht, Graf«, sagte Tarkan kühl.

»So? Ist es das?«, meinte der Graf mit einem leicht spöttischen Unterton in der Stimme. Der Botschafter war ein stämmiger Mann Ende vierzig, mit eisgrauem Haar und den Muskeln und der aufrechten Haltung von jemandem, der den größten Teil seines Lebens in einer schweren Rüstung verbracht hatte. Während der Barbarenaufstände vor über zwanzig Jahren hatte er sich auf dem Schlachtfeld einen Namen gemacht. Er war noch unter Königin Elande als Botschafter nach Askir bestellt worden. Sie zumindest hatte dem Mann vertraut.

Prinz Tamin, das wusste Tarkan, war sich nicht so sicher, ob der Graf noch immer der richtige Mann für diesen verantwortungsvollen Posten war.

»Er ist sehr konservativ«, hatte der Prinz ihm vor knapp einer Woche anvertraut, als er Tarkan zu dem Schiff begleitete, das den jungen Adligen nach Askir bringen sollte. »Er ist neuen Ideen gegenüber nicht aufgeschlossen. Für ihn gilt, dass man Dinge so handhaben sollte, wie man sie schon immer gehandhabt hat. Er ist ausgesprochen stur. Abgesehen davon gilt er als zuverlässig und besitzt einen untadeligen Ruf, den er jedoch gerade mit seinem unberechenbaren Verhalten zerstört. Du wirst ihn kennenlernen, mein Freund.«

Jetzt, als Botschafter des Königreichs Aldane, hatte der Graf seine Rüstung gegen schwere, mit Brokat verzierte Gewänder eingetauscht, und wenn sein Arbeitszimmer ein Anhaltspunkt dafür sein konnte, dann schien er dem guten Leben kaum abgeneigt. Im Verhältnis zu den Räumen des Grafen hier in Askir lebte Prinz Tamin in der Kronburg fast schon in schlichten Verhältnissen.

Viel mehr als den Rücken des Grafen hatte Tarkan jetzt noch nicht zu Gesicht bekommen, denn bislang hatte es der Botschafter noch nicht für nötig befunden, Tarkan mehr Aufmerksamkeit zu schenken als den Geschehnissen auf der Straße vor der Botschaft.

»Also, von Freise, Ihr seid demnach derjenige, der verhindern soll, dass dem Prinzen hier ein Missgeschick widerfährt. Fehlt es Euch dafür nicht ein wenig an Erfahrung?«

»Das ist wahr«, antwortete Tarkan. »Aber man sagt mir nach, ich besäße ein gewisses Talent in solchen Dingen«

»So, sagt man das? Nun, ich will hoffen, dass man sich nicht in Euch täuscht«, meinte der Botschafter und wandte sich endlich dem jungen Adligen zu.

Die tiefen Falten an Nasenflügel, Kinn und Augen ließen Tarkan vermuten, dass der Botschafter die Last seines Amtes durchaus spürte. Seine Haut wirkte teigig, und Tarkan befürchtete, dass er gesundheitliche Probleme hatte. Davon war jedoch bislang in der Kronstadt nichts bekannt geworden. Die Augen des Grafen waren grau, doch das linke zeigte eine leichte Trübung. Die Art, wie er Tarkan nun musterte, von Kopf bis Fuß jede Einzelheit zu betrachten schien, erinnerte den Baronet an einen seiner Ausbilder. Dem Mann hatte er damals auch nichts recht machen können.

»Bei der letzten Kronratsitzung wurden zwei Anschläge auf das Leben der Königin und mindestens ein Anschlag auf Prinz Tamin verübt. Jeder dieser Anschläge konnte abgewehrt werden, doch jedesmal ließ ein tapferer Mann sein Leben für seine Herrscherin und sein Land. Seid Ihr denn bereit, Euer Leben in die Waagschale zu werfen, Baronet? Das Einzige, was ich bisher von Euch gehört habe, ist, dass Ihr mehr Interesse an den Röcken der Frauen hegt als an ernsteren Dingen.« Das eine Auge funkelte Tarkan spöttisch an. »Ihr seid noch nicht einen Tag hier, und doch lese ich in Eurem Bericht allen Ernstes, diese Frau habe festgestellt, dass Jenks von einem verfluchten Seelenreiter ermordet wurde. Wir reden hier von meinem Kammerdiener, nicht wahr, von Freise?«

»Ja, Graf«, sagte Tarkan. »Das ist das, was man mir gesagt hat, als ich nachgeforscht habe.«

Er war selbst nicht zufrieden mit dem, was er bei seinem Besuch in der Zitadelle herausgefunden hatte. Die Maestra vom Turm, eine Eule, würde sich um den Fall kümmern. Sie sei diejenige, an die er sich wenden sollte, aber wo sie war, hatte man ihm nicht sagen können. Er hatte lediglich erfahren, dass sie die Leiche zum Schrein des Soltar nahe der Hafenwacht hatte bringen lassen, damit der dortige Priester sie untersuchen konnte. Dort hatte er mit dem Feldscher gesprochen, der den Priester Soltars bei seinen Untersuchungen unterstützte. Doch dieser hatte seine grausige Arbeit noch nicht vollendet. Erst dann, wenn die Untersuchungen abgeschlossen wären, so hatte ihm der Feldscher erklärt, würde man den Toten der Botschaft überstellen.

»Ihm wurde die Kehle durchgeschnitten«, sagte der Graf verächtlich. »Das ist tragisch, aber mehr wird es wohl kaum sein. Ihr wollt mir nicht ernsthaft erzählen, dass Ihr alles glaubt, was man Euch sagt! Dass er sich die Kehle durchschnitt und zum Schluss noch selbst das Genick brach? Götter, von Freise, wie leichtgläubig kann ein Mensch denn sein? Warum, bei den Göttern, sollte ein Seelenreiter überhaupt Interesse an meinem Kammerdiener haben?«

Weil ein Kammerdiener meist viel über seinen Herrn weiß, dachte Tarkan. Das allein wäre schon ein Grund. Wenn der Kult hier noch weitere Augen und Ohren besaß, oder, das mochten die Götter verhindern, der Botschafter selbst den Kult unterstützte, war dies Grund genug, jetzt nichts weiter zu sagen. Wahrscheinlich gab es wenig, was der Kult nicht ohnehin schon wusste, aber man musste ihnen ja nichts auf die Nase binden.

Der Graf bewegte sich langsam vom Fenster weg zu seinem Schreibtisch, hinter dem er sich in einen schweren Lehnstuhl fallen ließ. Tarkan wusste, dass, wenn er jetzt etwas sagte, er es wahrscheinlich bereuen würde, also stand er nur still da und beschränkte sich darauf, dem Blick des Mannes zu begegnen.

»Ich habe Euch eine einfache Aufgabe gegeben. Sorgt dafür, dass mein Diener ein ordentliches Begräbnis erhält. Jetzt höre ich, dass er erst noch von einer Feder untersucht werden und einen Segen erhalten soll.« Der Botschafter schüttelte ungläubig den Kopf. »Wisst Ihr, von Freise, was die Federn unter einer Untersuchung verstehen? Sie schneiden den Mann auf und entweihen seine sterbliche Hülle! Bei uns ist das Blasphemie, und hier reden sie sich damit heraus, dass ein Priester Soltars danach den Leichnam segnet! Ihr überlasst diesen Leuten einen unserer Landsmänner und denkt Euch gar nichts dabei!«

»Es geht wohl auch darum, festzustellen, ob es wirklich die Tat eines Verfluchten war«, sagte Tarkan standhaft.

»Ach ja? Und das habt Ihr denen geglaubt? Ihr seid wahrlich naiv, von Freise!«

Den meisten Menschen fiel es schwer, Tarkan in die Augen zu sehen, der Botschafter hatte damit jedoch keine Probleme. Sein Blick war direkt, und diesmal war es Tarkan, der von dem trüben Auge des Botschafters irritiert wurde.

»Nun, wenn Prinz Tamin es vorzieht, sein Leben in die Hände eines Weiberhelden zu legen, dann ist das seine Sache«, sagte der Botschafter missbilligend. »Wenn Ihr jedoch beabsichtigt, Eure Pflicht zu erfüllen, werdet Ihr sehr schnell feststellen, dass diese Stadt außerhalb jeder Erfahrung liegt, die Ihr bis jetzt habt sammeln können.« Sein gutes Auge funkelte erzürnt. »Bis jetzt habt Ihr mich nicht beeindruckt. Es scheint, als ob Ihr schneller lernen müsst, wie in dieser Stadt die Dinge stehen!«

»Das war mir schon vorher bewusst, Ser«, antwortete Tarkan ruhig. »Jeder sagte mir, dass die Reichsstadt nicht mit anderen Städten verglichen werden kann.«

»Askir ist die goldene Hure der sieben Reiche«, fuhr der Botschafter grimmig fort. »Sie verspricht jedem, der zwischen ihren Lenden liegt, Reichtum und Wohlstand, und dennoch ist sie es, die unser Reich aussaugt wie ein Dämon, der sich von unserem Herzblut nährt. Sie führt uns auf jede Art in Versuchung, hält für uns jede Art von Wollust bereit! Sie blendet unseren Blick und täuscht uns, während sie uns noch keck mit ihren Röcken ködert. Seit siebenhundert Jahren hält sie uns in ihrem Griff, verspricht Frieden und ungeahnte Freuden, wenn wir nur ihr Lager teilen. Dieser Vertrag ist eine Schande für unser Reich, eine goldene Fessel, die uns schwach und verweichlicht unter ihren Röcken gebunden hält. Es gibt nicht den geringsten Grund, irgendetwas zu glauben, was Euch jemand hier erzählt.«

Der Botschafter verstand es zumindest trefflich, weitschweifig mit Worten umzugehen, dachte Tarkan etwas säuerlich, während er seine gerade Haltung beibehielt und darauf achtete, dass man keinen seiner Gedanken in seinem Gesicht erkennen konnte. Jetzt ging es nicht mehr um den Diener, sondern um den Vertrag von Askir, wie ungerecht der doch das Königreich Aldane knebeln würde.

Prinz Tamin, das wusste Tarkan, dachte nicht im Traum daran, den Vertrag von Askir zu lösen. Zu groß waren die Vorteile, die dem Königreich daraus erwuchsen, auch wenn es einige Punkte gab, die schon immer für Unzufriedenheit im Reich gesorgt hatten. Dennoch wogen in Tamins Augen die Vorteile die Nachteile auf. Seine Mutter, die Königin, hatte genauso gedacht, deshalb verwunderte es Tarkan, den Botschafter so reden zu hören, denn er galt als ihr Anhänger und war einer ihrer engsten Vertrauten gewesen.

»Aber das ist nur meine private Meinung«, fuhr der Botschafter fort. »Ich weiß, wie der Prinz denkt, und auch wenn ich seine Meinung nicht teile, bin ich der Botschafter unseres Reichs und spreche für den Prinzen und nicht für mich.« Der Blick aus dem einen klaren Auge schien sich noch tiefer in Tarkans Hirn bohren zu wollen. »Ihr gehört unverständlicherweise zu den engsten Beratern des Prinzen. Ich nehme an, dass Ihr seine Meinung teilt. Nun, jetzt kennt Ihr die meine. Bevor der Kronrat tagt, werdet Ihr Zeit genug haben, Euch Eure eigene Meinung zu bilden.«

»Mit Verlaub, Botschafter, meine Aufgabe ist es, für die Sicherheit unseres Lehnsherrn zu sorgen, während er dem Kronrat beiwohnt«, antwortete Tarkan so neutral er konnte. »In allem außer dem, was meine Aufgaben direkt berührt, ist Eure Meinung für mich nicht von Belang.«

Der Botschafter musterte ihn einen langen Moment, nickte dann und lächelte überraschend. Er zeigte dabei gelbe Zähne und einen abgebrochenen Eckzahn, der ihn des Nachts sicherlich plagte. »Also hat der Welpe doch schon Zähne! Nun, Baronet, zur Sache. Ihr seid auf diesem Stockwerk einquartiert. Es ist meine private Zimmerflucht, also habt Ihr immer Zugang zu mir, wenn Ihr meine Hilfe oder meinen Rat benötigt. Um Euch zu unterstützen, stehen Euch vierzehn gut ausgebildete Soldaten der Garde zur Verfügung. Ihre Loyalität ist über jeden Zweifel erhaben, und sie sind bereit, für den Prinzen zu sterben. Wenn Ihr Informationen braucht, wendet Euch an Ser Geron, meinen Sekretär. Wenn Ihr Dinge wissen wollt, die unsere Gastgeber uns gern verheimlichen, ist er der rechte Mann für Euch. Wenn jemand in der Zitadelle hustet, hören wir es. Wir haben nicht viele Spione, aber uns gelang es vor ein paar Jahren, uns der Dienste eines hochrangigen Mitglieds des Fünften Bullen zu versichern.«

»Ich dachte, wir wären mit der Reichsstadt verbündet«, meinte Tarkan, auch wenn er nicht überrascht war. Prinz Tamin hatte so etwas angedeutet und darauf hingewiesen, dass er einen äußerst diskreten Umgang mit diesen Dingen wünschte.

»Sicherlich. Wir sind die besten Freunde, das weiß ein jedes

Kind«, schnaubte der Botschafter. »Das bedeutet allerdings wohl kaum, dass uns Kommandant Keralos über alles informiert, was für uns von Interesse wäre.« Der Graf fuhr sich mit der Hand über die Haare und lehnte sich in seinem schweren Stuhl zurück, während er Tarkan nachdenklich ansah. »Seht es so: Wir nehmen ihm die Arbeit ab, uns im Einzelnen zu unterrichten.« Sein klares Auge funkelte, als er weitersprach. »Ihr seid zu jung, und es mangelt Euch an der nötigen Reife, mit solchen Dingen verantwortlich umzugehen, von Freise. Ich habe meinen Protest gegen diese Entscheidung des Prinzen schriftlich festgehalten und habe sie bereits dem Prinzen mit der letzten Depesche zukommen lassen.«

»Ihr kennt mich nicht, Graf Altins«, sagte Tarkan mit ruhiger Stimme, obwohl es ihm schwer fiel, seinen Ärger zu verbergen. »Dennoch scheint Ihr auf Eurer schlechten Meinung über mich beharren zu wollen. Wollt Ihr mir nicht die Gelegenheit geben, Euch zu zeigen, dass Ihr Euch in mir täuscht?«

Der Botschafter stieß ein kurzes bellendes Lachen aus. »O doch, Baronet, die Gelegenheit werdet Ihr überreichlich erhalten! Aber ich kenne solche jungen Hengste wie Euch, und es wäre eine Überraschung, sollte ich mich täuschen.« Er beugte sich etwas vor. »Jetzt wisst Ihr, was ich von Euch denke und von der hanebüchenen Idee, das Leben des Prinzen in solch unreife Hände zu legen. Dennoch, oder genau deshalb, werde ich Euch jede Unterstützung zukommen lassen, die Ihr nur brauchen könnt. Zögert nicht, mich anzusprechen, und sei es mitten in der Nacht. Denkt nicht, dass eine Kleinigkeit zu klein wäre, um sie zu erwähnen. Kurz, ich werde mein Möglichstes tun, um dafür zu sorgen, dass Ihr die allerbesten Voraussetzungen erhaltet, das Leben unseres Prinzen zu schützen. Und wenn Ihr versagt, Baronet, werde ich ebenfalls mein Möglichstes tun, Euch zur Rechenschaft zu ziehen.«

»Gut«, sagte Tarkan. »Dann werdet Ihr mir sicher sagen können, welchen Umgang Euer Diener außerhalb der Botschaft pflegte.«

Der Botschafter sah ihn überrascht an und lachte dann. »Sicher kann ich Euch das sagen, von Freise! Ich habe ja sonst nichts zu tun gehabt, als meinem Diener nachzustellen und ihn auszuspionieren. Fragt andere im Haus, ich kann Euch nur sagen, dass er ein Interesse an den Künsten hatte. Da gibt es diese Bardin, um die hier so viel Aufhebens gemacht wird. Er schlug vor, sie für den Botschaftsball einzuladen, damit sie unseren Gästen aufspielt, und mir kam es so vor, als hätte er Interesse an ihr gehabt. Fragt sie. Er ist wie ein Hund hinter ihr herscharwenzelt.«

»Wisst Ihr sonst noch etwas? Wie diese Bardin heißt, vielleicht?«, fragte Tarkan und war fast schon erstaunt darüber, wie ruhig seine Stimme klang.

»Taride oder so ähnlich. Wenn ich sonst noch etwas wüsste, würde ich es Euch mitteilen, von Freise«, knurrte der Botschafter. »Ich denke, weiter haben wir uns nichts zu sagen, Baronet. Guten Tag.«

»Die Götter mit Euch«, erwiderte Tarkan, verbeugte sich knapp, machte auf dem Absatz kehrt und verließ mit kerzengeradem Rücken das Quartier des Botschafters. Ein königlicher Gardist stand an der Tür und wollte sie hinter ihm schließen, doch Tarkan zog die Tür selbst betont sorgfältig ins Schloss.

Der Gardist sah den jungen Adligen unbeteiligt an, er musste die gesamte Tirade des Botschafters gehört haben, doch nichts davon zeigte sich in der Miene des Mannes. Tarkan warf ihm einen Blick zu, straffte seine Schultern und ging gemessenen Schritts den Gang entlang. Sein eigenes Quartier lag am Ende, nahe der Treppe, die zur privaten Zimmerflucht des Botschafters führte. Er öffnete die Tür zu seinen Räumen, zog sie übertrieben sanft hinter sich zu und lehnte sich dann gegen das Türblatt, während er versuchte, sich zu beruhigen.

Er konnte sich kaum erinnern, in den letzten Jahren so wütend gewesen zu sein. Auf jeden Fall konnte man dem Botschafter nicht vorwerfen, mit seiner Meinung hinter dem Berg zu halten.

Wenn dies die Art von Diplomatie war, die der Graf pflegte, dann war es ein Wunder, dass Aldane nicht mit allen anderen Reichen im Krieg stand.

Tarkan trat an den Spiegel heran und musterte sich im Glas. Er war zwei Dutzend und zwei Jahre alt. War das wirklich zu jung für diese Aufgabe? Prinz Tamin war nur knapp drei Monate älter als er, und bald würde er die Verantwortung für das zweitgrößte Königreich der sieben Reiche übernehmen. Und er, Tarkan, trug die Verantwortung dafür, dass der Prinz seinen Aufenthalt in Askir überlebte. Er hoffte nur, dass er der Aufgabe auch gewachsen war.

Mit einem Seufzer wandte er sich ab und legte sich auf das Bett, das, wie fast schon zu erwarten war, über eine viel zu weiche Matratze verfügte.

Das Leben des Prinzen zu schützen, war nicht seine einzige Aufgabe. Bis Tamin Askir betrat, lag es an Tarkan, alles herauszufinden, was für den Prinzen während seines Aufenthalts hier wichtig sein könnte, also auch die Positionen, Stärken und Schwächen der anderen sechs Reiche und der Reichsstadt. Dabei galt es stets eines im Auge zu behalten: Aldanes Reichtum gründete sich seit jeher auf seine Kupfer- und Eisenminen.

Kaum jemand war sich bewusst, worum es bei dem Treffen des Kronrats in Wahrheit ging. Worum in diesen geheiligten Hallen alle sieben Jahre so erbittert gerungen wurde.

Handelszölle und Tarife, Vergünstigungen und Transportwege.

Blut, Kraft und Stärke eines Königreichs wuchsen auf solchen Dingen. Jedes der anderen Reiche war auf seinen eigenen Vorteil bedacht, und solche Verträge waren es, die während des Kronrats ausgehandelt wurden.

Der Vertrag von Askir mochte regeln, dass die sieben Königreiche nicht im Krieg miteinander liegen konnten, das bedeutete jedoch nicht, dass es nicht andere Kämpfe auszufechten gab.

Wie hatte es Prinz Tamin formuliert? Ein Tanz auf dem diplomatischen Parkett, weitaus mörderischer als jedes Schlachtfeld!

Das war Tarkans eigentliche Aufgabe: dem Prinzen bei diesem Kampf zur Seite zu stehen. Dass nun einer der verfluchten Seelenreiter den Kammerdiener ermordet hatte, das hatte man ja schwerlich ahnen können.

Von der langen Reise und der kurzen Nacht erschöpft, schloss Tarkan kurz die Augen. Dann seufzte er und stand wieder auf. Schlafen konnte er später noch, erst galt es, diese Bardin zu finden.

16

Santer schmunzelte, als er sich von Fefre verabschiedete, der immer noch nicht glauben konnte, dass sein Vorgesetzter zu den Eulen versetzt worden war. Er sah sich um, die Hafenwacht war nicht aus der Welt, von der Zitadelle aus war sie zu Fuß in einer halben Kerze zu erreichen, aber es kam ihm vor, als ob er eine Heimat verlassen würde.

Die guten Wünsche seiner Kameraden begleiteten ihn, als er durch das Tor ging und zum letzten Mal den Salut der Torwachen erwiderte.

Schließlich trat er durch das Tor, das diesen Teil des Hafens vom zivilen Teil abriegelte, straffte die Schultern und ging die Hafenstraße entlang in Richtung Hartmarkt und Korntor.

Er hatte es nicht eilig, er hatte bis zur Mittagsglocke Zeit, sich beim Eulenturm zu melden, was bedeutete, dass ihm noch fast zwei volle Kerzen blieben. Wie die meisten Seeschlangen hatte er sich seinen Sold nie ganz auszahlen lassen, sondern ihn beim Zahlmeister hinterlegt, eine alte Tradition bei den Marinesoldaten. Wenn das Schiff unterging, nützte es den Hinterbliebenen wenig, wenn eine volle Börse auf dem Meeresgrund lag. Jetzt hatte er sich jedoch seinen Restsold auszahlen lassen. Selbst nach dem Einbehalt der Schadenssumme von gestern Nacht, die Taverne hatte etwas gelitten, als er die beiden Bullen hinausgeworfen hatte, blieb ihm eine überraschend hohe Summe übrig, neun Goldkronen, etwas Silber und eine gute Handvoll Kupfer.

Bis die *Seereiter* mit seiner Seekiste von ihrer Patrouille zurückkam, würden noch gut und gern sechs Wochen vergehen, solange besaß er nichts außer dem, was er am Körper trug. Er konnte einen neuen Dolch gebrauchen und einen Becher. Beides gab es am Hartmarkt. Er hatte jetzt die Zeit und das Gold, also nahm er sich vor, in aller Ruhe nach einem guten Dolch Ausschau zu halten. Ein Becher ließ sich leicht finden, mit Sicherheit auch ein Schluck Wein dazu.

Hier am Hartmarkt waren Händler aus allen Reichen und anderen Ländern vertreten. Eine der Buden gehörte einem Waffenhändler aus Bessarein, und dieser führte genau die Sorte Dolche, die Santer suchte. Von den geschwungenen Schwertern, die in dem Wüstenreich üblich waren, hielt er hingegen nicht besonders viel. Ihm war die gerade Klinge eines Rapiers lieber. Das leichte Schwert sah in Santers Hand meist wie ein Spielzeug aus, doch wie alle Seeschlangen war er darauf trainiert, schnell und präzise zu sein.

Wenn man sich an Bord eines Schiffs befand, wollte man nicht unbedingt mit pfundweise schwerem Stahl behangen sein. Es ließ sich so schlecht schwimmen damit.

Das Besondere an dem Stahl aus Bessarein war die Verarbeitung: Er wurde immer und immer wieder gefaltet und erneut geschmiedet, wie der Händler ihm erklärte, über fünfhundert Mal bei dem guten Stück, das Santer nun bewundernd in seiner Hand hielt. Danach wurde der Stahl geätzt, und es ergab sich ein fließendes, gekräuseltes Muster auf der Oberfläche, das Wahrzeichen der Bessareiner Schwertschmiedekunst. Ein solcher Stahl brach extrem selten, was mit ein Grund für seine Beliebtheit war. Die fünfhundert Mal nahm Santer dem Händler nicht ab, der ihm versicherte, dass er es seinen drei Frauen und vierzehn Kindern schuldig sei, auch in fernen unfreundlichen Landen seinem Ruf als ehrlicher Händler Ehre zu machen. Aber gut zwei Dutzend Mal mochten es schon gewesen sein. Der Stahl war gut, und die Klinge lag perfekt in Santers Hand.

Die zwei Gold, die der Händler am Anfang forderte, waren natürlich nur Wunschdenken, letztlich trennte sich Santer nur von einem seiner schwer erarbeiteten Goldstücke und zwei Silberstücken – ein Geschäft, das letztlich auch den Händler zu befriedigen schien, auch wenn der beteuerte, dass es ihn ruinieren würde.

Santer verstaute gerade sein neu erworbenes Schmuckstück, als er sah, wie einer der Diebe einen jungen Mann in vornehmem schwarzem Leder geschickt um seinen Beutel erleichterte. Die meisten hätten es nicht gesehen, doch Santer hatte lange genug hier im Hafen Dienst getan, um zu wissen, woran man einen Dieb erkannte.

Er ignorierte den Dieb, der an ihm vorbeirannte, aber er streckte einen langen Arm aus und fischte ein junges, abgerissen aussehendes Mädchen aus der Menge, bevor es sich hinter einer der Buden aus dem Staub machen konnte.

Sie erkannte seine Uniform, spürte die Hand, die ihren abgemagerten Oberarm wie in einem Schraubstock hielt, und ergab sich ihrem Schicksal. Sie sah ihn nur mit großen, tränenfeuchten Augen und zitternder Unterlippe an.

»Gib ihn her«, sagte Santer nicht unfreundlich und streckte seine freie Hand aus. Das Mädchen zögerte nur kurz und ließ den Beutel in seine Hand fallen.

Die Schwere des Beutels überraschte sogar Santer, vor allem hatte er noch nie einen Geldbeutel gesehen, der so reich bestickt war und geradezu danach schrie, gestohlen zu werden.

»Wie heißt du?«, fragte Santer, während er unter seinem Umhang einen Kupfergroschen hervorholte.

»Serin«, antwortete das Mädchen schicksalsergeben. Sie wusste, was ihr bevorstand. Wenn es das erste Mal war, würde man nur ihr linkes Ohr schlitzen.

»Kennst du die *Gebrochene Klinge*?«, fragte Santer. Das Mädchen nickte zögernd. Kein Wunder, hier im Hafen kannte fast jeder Istvans Gasthof. Santer hielt den Groschen hoch. »Der hier gehört dir. Aber nur, wenn du mir bei Boron versprichst, zu Istvan zu gehen und ihn zu fragen, ob er Arbeit für dich hat.« Er schüttelte ihren dürren Körper leicht. »Hast du verstanden?«

Sie nickte. »Ja, Ser, Stabsleutnant, Ser!«, gab sie mit zitternder Stimme zurück.

Santer verbarg ein Lächeln, offensichtlich war sie schon länger im Geschäft, wenn sie seine Rangabzeichen so gut lesen konnte.

»Wirst du hingehen?«

Das Mädchen nickte verzweifelt. »Ja, Ser, ich schwöre es Euch bei Boron!«

»Na, dann geh«, sagte Santer und drückte ihr den Kupfergroschen in die schmutzige Hand.

Sie sah ihn noch einmal aus großen Augen an, als ob sie ihr Glück nicht fassen konnte, und rannte dann davon, das Kupferstück fest umklammert.

Santer schaute ihr nach, dann drehte er sich langsam um und sah in die strahlend blauen Augen eines gut gekleideten Aldaners, der ebenfalls dorthin sah, wo die junge Diebin eben verschwunden war. Anschließend wandte der sich Santer zu.

»Täusche ich mich, oder habt Ihr eben gerade den Dieb gehen lassen, der mich um meinen Beutel erleichtert hat? Müsstet Ihr ihn nicht festhalten und auspeitschen, oder so etwas?«

»Ah«, entgegnete Santer. »Habt Ihr es also doch bemerkt.«

»Etwas zu spät, zugegeben«, antwortete der Aldaner mit einem schiefen Lächeln. »Ich dachte allerdings, es wäre ein Junge gewesen. Sie ist nicht mal in meine Nähe gekommen.«

»Nein, er hat ihn weitergegeben, kaum dass er ihn hatte. Er rennt weg, und jemand anders verdrückt sich mit der Beute.« Santer lächelte. »Nur kam diesmal etwas dazwischen.«

»Habt Ihr sie deshalb laufen lassen?«

»Ja. Hier. Ich glaube, das gehört Euch.« Santer griff unter sein Wams, holte den Beutel hervor und hielt ihn dem Adligen hin.

»Danke«, sagte der und wog den Beutel nachdenklich in seiner Hand. »Ich glaube nicht, dass ich nachzählen muss, oder?«

»Ihr könnt es tun«, meinte Santer. »Es würde mich nur ein wenig beleidigen.« Er musterte den jungen Mann mit den beunruhigend intensiven blauen Augen. »Wie habt Ihr herausgefunden, dass er der Dieb war?«, fragte er neugierig.

Der Markt war voll von Menschen, und wenn der junge Aldaner den Diebstahl nicht sofort bemerkt hatte, woher wusste der Mann dann, dass es der Junge war, der ihn um seinen Beutel erleichtert hatte?

»Ich denke, ich verzichte darauf, Euch zu beleidigen«, sagte der Aldaner. »Was Eure Frage anbelangt, ich besitze ein ausgesprochen gutes Gedächtnis.« Sorgsam verstaute er seinen Beutel wieder, diesmal innerhalb seines Wamses. »Es nützt mir nicht immer etwas. Ich wurde vor den Taschendieben hier gewarnt. Die Warnung habe ich nicht vergessen, wohl aber, darauf zu achten.« Er sah zu Santer hoch. »Sagt, Ihr kennt sicherlich viele Leute hier im Hafen, nicht wahr, Leutnant?«

»Viel zu viele, die ich gar nicht kennen will«, antwortete Santer und betrachtete den jungen Adligen nachdenklich. »Wen sucht Ihr denn?«

»Eine Bardin, die den Namen Taride trägt. Ich habe gehört, sie sei ausgezeichnet.«

»Das ist sie. Eine Stimme wie eine Glocke aus reinstem Glas. Sie ist einfach zu finden. Jeder kennt sie«, antwortete Santer. »Ihr findet sie oft hier am Hafen. Versucht es mit dem Platz vor der Registratur, dort spielt sie ab und zu für die Menge auf.«

»Dann werde ich mal hingehen und schauen, ob ich sie finden kann«, sagte der Fremde. »Verzeiht meine Neugier, Ser, aber Stabsleutnant ist ein hoher Rang, nicht wahr? Wie kommt es, dass Ihr hier am Markt Dienst tut?«

»Ich habe keinen Dienst.« Santer lächelte. »Es war Zufall. Ich bin auf dem Weg zur Zitadelle und habe mir auf dem Weg nur einen Dolch gekauft.«

»Also war meine Rettung eine glückliche Fügung. Habt Ihr etwas dagegen, wenn ich Euch mit einem Schluck Wein danke?«, fragte der Aldaner höflich.

Santer sah hoch zur Sonne, er hatte zwar noch etwas Zeit, aber auch nicht mehr allzu viel. »Vielleicht ein anderes Mal«, schlug er vor, und der Aldaner nickte.

»Vergesst es nicht«, sagte er. »Ich schulde Euch etwas.«

Mit einem letzten Nicken verabschiedete sich Santer und machte sich auf den Weg. Zwar hatte er noch Zeit, aber es konnte nicht schaden, etwas früher zu erscheinen.

Kurz bevor er das Korntor passierte, hielt er an einem Schrein Borons inne, und warf dort ein Silberstück in die Schüssel. Der Priester dankte es ihm mit einem Lächeln und einem Segen.

17

Die *Silberne Schlange* war ein großes Wirtshaus und allem Anschein nach ein gutgehendes. Kein Wunder, wenn man bedachte, wie viele durstige Kehlen in der Zitadelle Dienst taten, dachte Santer, als er die Tür zum Schankraum aufstieß. Einen Moment stand er im Eingang, um sich an die Dunkelheit zu gewöhnen. Der Raum allein war schon groß genug, um einer ganzen Lanze als Messhalle zu dienen. Vor ein paar Jahren war er schon einmal hier gewesen, abends, und wenn seine Erinnerung ihn nicht trog, war der Raum damals zum Bersten voll gewesen. Das Wirtshaus war ohne Zweifel eine Goldgrube. Durstige Soldaten gab es immer.

Aber jetzt nicht. Es herrschte gähnende Leere. Ein junges Mädchen, wahrscheinlich eine der Schankmägde, war mit einem Wischmopp zugange, eine andere junge Frau, ein zierliches, junges Ding mit langen kupferroten Haaren, saß an einem Tisch und aß dort ihr Frühstück, während sie gedankenverloren aus dem Fenster starrte.

Der Tisch, an dem die junge Frau saß, befand sich an dem einzigen offenen Fenster. Überall sonst war es Santer zu dunkel und zu muffig, und fragen kostete ja nichts.

»Guten Morgen, Sera«, sagte er höflich, als er an den Tisch der jungen Frau trat. Sie sah überrascht zu ihm hoch, verschüttete beinahe die Tasse Kafje, aus der sie gerade einen Schluck getrunken hatte. Dann schenkte sie ihm ein strahlendes Lächeln, als würde sie ihn kennen und wäre erfreut, ihn zu sehen.

Ein solches Lächeln kann der Sonne den Glanz stehlen, dachte Santer und lächelte amüsiert zurück. Nur schade, dass sie ihn offensichtlich verwechselte. Das geschah so selten, dass Santer unwillkürlich schmunzeln musste.

»Darf ich mich zu Euch an den Tisch gesellen?«

Jetzt, aus der Nähe, konnte er sie besser sehen. Sie trug ein einfaches Leinenkleid mit einem alten, bestimmt hundertmal gewaschenen, ausgebleichten Umhang aus ehemals grünem Leinen. Ihr langes kupferrotes Haar war nachlässig mit einem Lederriemen zu einem Pferdeschwanz zusammengebunden, aus dem ein großer Teil ihrer Haarpracht bereits wieder entwichen war. Sie hatte ein Gesicht wie eine Katze, dachte Santer fasziniert. Ein spitzes Kinn, ein voller Mund mit überraschend roten Lippen, die bleiche Haut, die Rothaarige so oft besaßen, Sommersprossen, eine neugierige Nase, weite markante Augenbrauen, pechschwarz und im deutlichen Kontrast zu ihren grünen Augen, die zusammen mit den hohen Wangenknochen die Ähnlichkeit zu einer Katze noch verstärkten.

»Warum?«, fragte sie und riss ihn damit aus seinen Gedanken.

Er fühlte sich ertappt. Ohne es zu bemerken, hatte er sie angestarrt wie ein Tempeljunge. Außerdem war ihre Stimme überraschend. Es war eine samtene, rauchige Stimme. Götter, dachte Santer amüsiert, er mochte wetten, dass sie den Soldaten hier Lanzenweise den Kopf verdrehte. Er meinte, ihre Stimme schon einmal gehört zu haben. Irgendwo regte sich eine alte Erinnerung, vielleicht kannte er sie doch, es hatte da mal ein kleines Mädchen gegeben...

»Ich möchte ein Frühstück zu mir nehmen, wenn es Euch beliebt. Zudem mag ich Licht, die frische Luft und Euren Anblick«, antwortete Santer mit einem freundlichen Lächeln. »Aber wenn es Euch stört, ziehe ich mich an einen der anderen dunklen, muffigen Tische zurück und bewundere Euch aus der Entfernung.«

Die junge Frau blinzelte, dann lächelte sie und zeigte eine Reihe ebenmäßiger weißer Zähne.

»Also nehmt Platz, Stabsleutnant«, sagte sie dann, anscheinend selbst amüsiert, »und erzählt mir, ob Ihr auf diese Art schon viele Herzen gebrochen habt.«

Santer lachte leise und zog sich einen Stuhl heran. »Ich dachte eben, als ich Euch sah, dass Ihr den jungen Burschen in der Zitadelle reihenweise den Kopf verdrehen müsst. Jetzt denke ich, dass Ihr schon zu oft belagert wurdet.«

Sie neigte den Kopf leicht, und ihre Augen funkelten, als sie ihn musterte. Santer wusste, was sie sah. Er war beileibe keine Schönheit. Zu groß, zu kantig. Kurze, dreckig blonde Haare, eine Nase, die einmal zu viel gebrochen worden war, ein Kinn, das selbst seine Mutter einmal mit einem Granitblock verglichen hatte. Zurzeit kam noch ein geschwollenes Auge hinzu, das wahrscheinlich anfing, in allen Farben zu schimmern, und ein paar andere Blessuren, die er sich gestern Abend bei der kleinen Auseinandersetzung mit den Bullen zugezogen hatte. Eigentlich ein Wunder, dachte er, dass sie nicht schreiend davonrannte. Für ihn sprach nur, dass er frisch gewaschen und rasiert war und eine nagelneue Uniform trug.

Sie stellte die Tasse ab, legte ihre Hände auf den Tisch und sah ihn neugierig aus diesen Katzenaugen an. »Schreckt Euch das ab, oder spornt es Euch an?«, fragte sie, ohne den leicht amüsierten Blick von ihm zu wenden.

»Weder noch«, entgegnete Santer. »Ich hoffe auf das Herz einer anderen.«

»In jedem Hafen eins?«, fragte sie.

»Mitnichten. Das ist eine böswillige Unterstellung. Jede Frau sollte wissen, dass eine Seeschlange im Grunde ein treues Tier ist.« Santer grinste. Das Geplänkel bereitete ihm unverhoffte Freude. Die junge Schankmagd erschien und sah ihn fragend an.

»Dasselbe wie die junge Sera«, teilte Santer ihr mit. Sie nickte und entschwand so unauffällig, wie sie gekommen war.

»Jetzt habt Ihr mich enttäuscht«, sagte die junge Frau. »Es ist seltsam, aber ich glaube Euch. Ihr tragt nicht diesen Blick in Euren Augen.«

»Wirklich enttäuscht?«, fragte Santer schmunzelnd.

»Nein«, antwortete sie lächelnd. »Ich bin erleichtert. Ich habe weder Lust, belagert zu werden, noch einen Ansturm zu erleben.« Ihre Augen musterten ihn neugierig. »Sind alle Seeschlangen so direkt?«

»Ich fürchte, ja. Ich denke, es liegt wohl daran, dass man manchmal nicht allzu lange in einem Hafen ist. Man lernt, entweder direkt zum Ziel zu kommen oder es sein zu lassen«, sagte er. »Ich habe mir einfach angewöhnt, das zu sagen, was ich denke. Entweder gefällt es oder eben nicht. So oder so sehe ich nicht ein, mich zu verstellen.«

»Sagt Ihr denn immer die Wahrheit?«

»So gut es geht. Manchmal ist es nicht ratsam. Meist scheint es mir jedoch der bessere Weg.« Er seufzte. »Diplomatie dürft Ihr nicht von mir erwarten. Ich ecke zu oft an.«

Die Schankmagd kam heran und stellte einen dampfenden Becher Kafje vor ihn sowie eine Holzscheibe mit reichlich Brot, Käse, gekochten Eiern und einem Tiegel Butter. Ein gutes, solides Frühstück, genug sogar für ihn. Vorsichtig nahm er einen Schluck von dem Kafje, der erstaunlich gut war.

Sie musterte ihn nachdenklich. »Ich wünschte, mehr Männer wären so«, sagte sie dann. »Ich finde es ermüdend, immer hinter Worten die wahre Bedeutung erraten zu müssen. Ich kann einen Mann wie Euch gebrauchen.«

Santer verschluckte sich und fing an zu husten. Nur mit Mühe kam er wieder zu Atem, wischte sich die Tränen aus den Augen und sah sie fassungslos an. »Nun«, sagte er dann mit rauer

Stimme. »*Das* war direkt. Aber ich muss ablehnen. Auch wenn ich mich geschmeichelt fühle.«

Einen Moment sah sie ihn überrascht an, dann wurde sie zu seiner Überraschung rot.

»O Götter«, rief sie dann. »So war das nicht gemeint!«

»Wie dann?«, fragte er neugierig, während er fasziniert zusah, wie ihr die Röte weiter ins Gesicht stieg.

»Ich arbeite in der Zitadelle. Und oft habe ich das Gefühl, dass man mir nicht alles sagt oder falsche Rücksicht auf mich nimmt. So meinte ich das. Ich könnte jemanden gebrauchen, der ehrlich zu mir ist und mir nicht Honig um den Mund schmiert.«

»Das«, meinte Santer, »ist wohl das Los einer schönen Frau. Ständig bekommt sie unverdiente Komplimente.«

»Unverdient?« Sie lachte leise und schüttelte den Kopf. »Nun gut. Mein Name ist Desina, wie ist der Eure?« Wieder sah sie ihn so an, als ob sie auf etwas warten würde.

»Sterin Santer«, antwortete er und lachte ebenfalls.

»Nun, was führt Euch hierher?«, fragte sie.

»Ich wurde in die Zitadelle versetzt und muss mich bis zur Mittagsglocke dort melden. Doch vorher dachte ich noch zu frühstücken.« Er seufzte und nahm einen Schluck Kafje. »Es ist ohnehin kein besonders guter Neuanfang. Aber in der Hinsicht geht es immer schief bei mir.«

»Neuanfang? Wieso das?«

»Ich wurde von den Seeschlangen zu den Eulen versetzt. Ich soll dort wohl das Kindermädchen für die Maestra spielen.«

Ihre Augen weiteten sich überrascht.

Santer nickte. »Ja, ich war auch überrascht. Ehrlich gesagt, ich bin froh, dass es wieder eine Eule gibt. Es gab zu lange keine. Die Maestra vom Turm braucht einen Adjutanten. Und genau das ist der Posten, den ich heute Mittag antreten soll.«

»Also seid Ihr ein Offizier, der seinen neuen Posten nur widerwillig antritt? Der meint, der Posten eines Adjutanten bei der Maestra vom Turm wäre dem eines Kindermädchens gleichzusetzen? Ich kann Euch sagen, Santer, dass die Maestra sehr wohl auf sich selbst aufpassen kann und kein Kindermädchen braucht.«

»Es war nur eine Redensart«, sagte Santer und hob beschwichtigend die Hand. »Ich wollte damit niemandem zu nahe treten. Warum reagiert Ihr so empört? Kennt Ihr sie?«

Sie sah ihn noch immer ungläubig an. »Sehr gut sogar.«

»Ich wollte niemanden beleidigen«, antwortete Santer etwas ungehalten.

»Ihr habt mich tatsächlich nicht erkannt?«

Santer sah sie an, blinzelte zweimal und ließ sich dann wieder in den Stuhl sinken.

»O verdammt«, sagte er mit einem flehenden Unterton in der Stimme. »Bitte, bei den Göttern, sagt mir nicht, dass Ihr die Eule seid!«

»So schlimm ist es doch gar nicht, Santer.« Desina lachte.

»Ich habe Euch wahrhaftig nicht erkannt, Maestra«, gestand er und schüttelte den Kopf. »Es war dunkel am Hafen, ich sah nur die Robe, Euer Kinn und Euren Mund. Ohne die Robe gibt es mehr von Euch zu sehen.« Das rote Haar und die grünen Augen zum Beispiel, dachte Santer. Beide konnte man wohl kaum so schnell vergessen.

»Wollt Ihr damit andeuten, ich wäre zu beleibt?«, fragte sie mit funkelnden Augen.

»Götter!«, stöhnte Santer, und sie lachte.

»Sagt, Stabsleutnant, seid Ihr immer so leicht auf dem Arm zu nehmen?«

Er blinzelte und schüttelte den Kopf. »Nur wenn ich erwarte, einer altehrwürdigen Eule gegenüberzusitzen, einer erhabenen Gestalt, die mit einer Geste das Firmament zum Wanken bringt…«

»Ich bin weder alt noch ehrwürdig, und das Firmament zeigte sich bislang recht unbeeindruckt von mir«, meinte sie. »Aber ich muss mich bei Euch entschuldigen, Santer. Ich dachte, Ihr spielt ein Spiel mit mir, und ich ging darauf ein. Spätestens als ich meinen Namen nannte, dachte ich, dass Ihr wissen müsstet, wer vor Euch sitzt.«

Santer schüttelte den Kopf. »Ich bin fürchterlich schlecht mit Namen«, gestand er dann.

Sie grinste breit. »Also flirtet Ihr mit allen Frauen so?«, fragte sie und wickelte sich scheinbar nachlässig eine lange, feuerrote Haarsträhne um einen Finger, während sie einen leichten Schmollmund zog.

Er sah sie strafend an. »Macht so weiter, Maestra, und ich fange wieder an zu glauben, dass Ihr ein Kindermädchen braucht.«

Sie lachte wieder. »Santer, ich glaube, wir werden gut miteinander auskommen.« Sie wurde wieder ernst. »Eins solltet Ihr wissen. Ich bin weder zerbrechlich noch naiv. Bevor ich zum Turm kam, wuchs ich im Hafen auf. Ich war eine Hafenratte.«

»Ich weiß«, sagte Santer und grinste nun selbst. »Es hat eine Weile gedauert, aber ich habe Euch doch erkannt… nur nicht als die Maestra. Ich erinnere mich an ein verhungert aussehendes kleines Mädchen, das Istvan und mir mit großen Augen beim Shah zusah und nach der Partie darauf bestand, jeden einzelnen Zug zu kommentieren.«

»Götter!«, sagte Desina und lachte. »Ich erinnere mich auch! Ihr wart das? Wisst Ihr, dass Istvan seit Jahren auf die Revanche wartet?«

»Bei Gelegenheit wird er sie bekommen.« Santer schüttelte ungläubig den Kopf. »Wenn die Haare und die Augen nicht wären, hätte ich Euch nicht erkannt, Maestra. Die Wege der Götter sind seltsam. Hättet Ihr damals gedacht, dass Ihr irgendwann meine Vorgesetzte werden würdet?«

»Nein«, antwortete sie. »Wenn ich mich richtig erinnere, wart Ihr damals auch nur halb so groß wie heute.«

»Ich war ja auch nur ein paar Jahre älter als Ihr.«

Sie sah auf ihr Frühstück herab und nahm die Tasse in die Hand. »Werdet Ihr damit Probleme haben, dass ich jetzt Eure Vorgesetzte bin?«

Santer lachte und schüttelte den Kopf. »Ich glaube nicht. Solange es vernünftige Befehle sind, die ich bekomme.«

»Ich bin eine Maestra, deshalb trage ich den Rang eines Stabsmajors. Aber mir fehlt jegliche militärische Erfahrung. Das ist genau der Grund, weshalb ich einen Adjutanten brauche. Ich sage Euch, was ich will und brauche, und Eure Aufgabe ist es, dafür zu sorgen, dass ich es bekomme.« Sie beugte sich vor und sah ihn ernst an. »Wir haben einen Nekromanten in der Stadt. Unsere Aufgabe ist es, ihn zu finden. Im Moment kann es keine wichtigere Aufgabe geben. Ich bin Stabsobrist Orikes unterstellt und dieser dem Kommandanten. Jeder andere ist verpflichtet, unseren Weisungen zu folgen, bis dieser Nekromant vernichtet ist.«

Santer pfiff leise durch die Zähne. »Also kann ich zum nächsten Stabsobristen gehen und ihm befehlen, mir die Schuhe zu putzen?«, fragte er.

Sie lachte, wurde aber schnell wieder ernst. »Solange Ihr mir, Orikes oder dem Kommandanten erklären könnt, wie das uns helfen soll, einen Nekromanten zu finden. Wenn dies Euch gelingt, ay, Santer, dann könnt Ihr genau das tun.«

18

»Die Bardin Taride, Ser?«, fragte einer von den Seeschlangen, den Tarkan nach der Bardin gefragt hatte. »Die kennt hier jeder. Ihr findet die Sera dort drüben hinter den hohen Kisten.«

»Wie erkenne ich sie?«, fragte Tarkan

Beide Soldaten lachten. »Ser, Ihr werdet keine Mühe haben, sie zu erkennen«, meinte der eine. »Der Götter Schutz mit Euch.«

»Und mit Euch«, antwortete Tarkan höflich und ging weiter. Während am frühen Morgen alles still und leer dagelegen hatte, herrschte jetzt auf der breiten Straße um den Hafen dichtes Gedränge. Überall waren die großen Kräne in Bewegung, schwenkten schwere Lasten in Netzen über die Köpfe der Menschen hinweg, Menschen jedweder Nation, ob groß und blond wie die Männer und Frauen aus den Varlanden, oder zierlich, mit brauner Haut und schwarzgelockten Haaren, ob reich und arm, jung oder alt: alles drängte sich durch und an den Ständen des Weichmarkts vorbei. Bäcker und Fleischer priesen ihre Waren an, alte Frauen hielten flatternde Hühner hoch, damit auch jeder sehen konnte, wie gut genährt sie waren. Dort verkaufte ein alter Mann Talismane, die gegen jedwedes Gebrechen schützen sollten, und dort oben, gute vier Mannslängen über den Köpfen der Menschen, führte eine Akrobatin ihre Kunststücke vor. Tarkan vermutete, dass sie die Gaffer weniger ihrer Kunst als den weiten Kleidern verdankte, die immer wieder kurze Blicke auf einen wohlgeformten Körper zuließen. Vom Hafen her wehte eine leichte Brise, und es war kalt an diesem Morgen, der Himmel noch immer bewölkt und trübe. Tücher und Kleider, Rollen von Seide, Hüte und Umhänge, Stiefel und Gürtel … Alles, was man tragen oder essen konnte, wurde auf dem Weichmarkt angeboten.

Als er in die Richtung weiterging, in die ihn der eine Soldat geschickt hatte, hörte er schon über den Lärm des Hafens hinweg eine Stimme, die zum Klang einer Laute eine alte Ballade sang.

Als Tarkan um die Kisten herumging, sah er sie und hielt fasziniert inne.

Für eine Frau war sie groß, mit langem blondem Haar, das sich wie ein seidener Wasserfall über Rücken und Schultern ergoss. Dutzende von bunten Schleifen befanden sich im Haar. Ihr Lächeln raubte ihm den Atem.

Sie saß breitbeinig da, zwischen ihren Beinen und auf das linke Knie gelegt eine wundervoll gearbeitete Laute, deren Holz rötlich schimmerte. Sie war in ein kostbares grünes Gewand gekleidet, mit bestimmt einem Dutzend Unterröcken aus weißer Spitze, reich bestickt und an der schmalen Taille mit geschnürten Lederstreifen verstärkt, die ihren Busen anhoben und die weiße Pracht reichlich unverhüllt darboten. Unter den gerafften Röcken konnte er eines ihrer Beine erkennen, gegen die kühle Meeresluft war es in einen reich bestickten Strumpf gehüllt, und endete in einem eleganten Stiefel mit hohen Absätzen, dieser so kunstvoll gearbeitet, dass selbst die Sohle verziert war.

Eine Frau, so hieß es in Aldane, könne nicht so breitbeinig dasitzen, ohne an Eleganz und Anmut zu verlieren. Aber das hier war Askir, und die Bardin bewies das Gegenteil. Der kostbare Stiefel wippte im Takt, schlanke Finger flogen nur so über die Saiten der Laute, und das Gesicht... Götter, dachte Tarkan, hier hatte wohl Astarte selbst das Füllhorn ausgeschüttet! Die blauen Augen, die feingeschwungenen Augenbrauen, die hohe Stirn und gerade Nase, Kinn und roter Mund – vollkommene Schönheit in einer Art und Form, die dem Baronet den Atem nahm.

Aber es waren die Augen, dachte Tarkan, als er sich wieder fing. Vielleicht waren sie zu groß für dieses Gesicht. Die Augen einer Katze. Sie tanzten fröhlich, zeigten feine Lachfältchen und begleiteten die Ballade von dem Müllerssohn, der auszog einen Drachen zu töten, mit einer Mimik, die ihr zum Teil kindliches Publikum in den Bann zog, zum Lachen brachte oder aufstöhnen ließ, als der Müllersohn gerade einen Besen zu seiner Lanze machte.

Dann fand sie ihn in der Menge, ihre Augen trafen sich, und Tarkan spürte den Blick wie einen Stich, der ihm das Herz stocken und den Bauch zusammenziehen ließ. Für einen Moment erschien auf dieser glatten weißen Stirn eine feine Falte, dann verschwand sie wieder. Die Bardin gab sich weiter der Ballade hin und lud ihre Zuhörer ein, den Abenteuern des jungen Müllers zu folgen.

Tarkan lehnte sich gegen eine der Kisten und vergaß für einen kostbaren Moment Kronrat und Prinz, Seelenreiter und Mord und lauschte versonnen einer Ballade von einem jungen Mann, der keinen Zweifel daran hatte, dass er das Richtige tat.

Als sie aufhörte zu spielen, ihren federgeschmückten Hut herumgehen ließ und von der Menge reich entlohnt wurde, war es für Tarkan, als ob er aus einem Traum erwachen würde.

Als der Hut vor ihm anhielt, griff er in sein Wams und ließ eine Goldmünze hineinfallen, während er sie unverwandt ansah. Sie schaute hinab in ihren Hut, wo das schwere Gold auf Kupfer und nur wenig Silber gelandet war, und lächelte leicht. »So gut hat es Euch gefallen?«, fragte sie.

»Kommt wieder«, sagte Tarkan nur leise. Einen Moment trafen sich ihre Augen, sie nickte fast unmerklich und ging dann weiter, ein fröhliches Lächeln und einen kleinen Scherz für jedermann, der sie belohnte.

»Ihr seid nicht von hier, nicht wahr?«, fragte sie, als sie sich anschließend zu ihm gesellte. Sie wog ihren Beutel in der Hand, verstaute ihn und setzte dann den breitkrempigen Hut wieder auf, an dem die Feder keck wippte. »Ein Aldaner, würde ich meinen.«

»Ist das so leicht zu erkennen?«, fragte Tarkan mit einem Lächeln.

»Nirgendwo sonst im Reich, wird das ›r‹ so misshandelt wie in Eurer Heimat, Ser«, sagte sie. »Es ist unverkennbar.«

Sie hielt die goldene Münze hoch, die Tarkan ihr gegeben hatte. »Ist das nicht etwas viel für eine Ballade?«, fragte sie, während ihre Augen ihn musterten, als ob sie tiefer sehen würden als andere. Wie alt die Bardin war, vermochte Tarkan nicht zu sagen, obwohl er sich für einen Kenner der Weiblichkeit hielt. Ihre Haut war, von den feinen Lachfalten abgesehen, glatt und faltenlos wie die eines Mädchens, doch die Augen hatten viel mehr gesehen, als es ihre Jahre erlauben sollten. Selbst wenn er sich täuschte, so konnte sie kaum älter sein als zwei Dutzend und vier.

»Ich habe schon viele Auftritte von Barden gesehen«, sagte Tarkan mit seinem freundlichsten Lächeln. »Auch von solchen, die als die Größten angepriesen wurden. Ich hörte sie in reich geschmückten Hallen singen, und keiner von ihnen hätte sich auf eine Kiste gesetzt oder hier am Hafen aufgespielt, wo die meisten nur vorbeigehen, ohne die Kunst zu würdigen. Aber niemand hat es je vermocht, mich so zu berühren, wie Ihr es tatet. Eure Stimme und Euer Blick trafen mich bis ins Herz.«

»Ihr schmeichelt mir, und darin habt Ihr, so scheint es mir, sowohl Talent als auch Übung entgegnete die Bardin. Sie knickste leicht vor ihm. »Taride Silberklinge ist mein Name, der Gesang ist meine Kunst, und die Welt ist mein Zuhause. Wer seid Ihr, der Ihr mir so schmeichelnd den Kopf zu verdrehen versucht?«

Tarkan verbeugte sich vor ihr, so elegant, als wäre er am Hof seines Prinzen.

»Tarkan, Baronet von Freise, ist mein Name und Ihr habt recht, ich komme aus dem stolzen Aldane.«

»Was nun wieder gegen Euch spricht. Das letzte Mal, als ich Euer Land besucht habe, wollte man mich an einem Pfahl verbrennen. Ich fand es unhöflich und zog es vor zu gehen.« Ein Schatten flog über ihr Gesicht. »Jemand, dem meine Liebe gehörte, erging es schlechter. Er starb in diesem Feuerbrand.« Während sie das sagte, musterte sie ihn sorgfältig, um seine Reaktion zu prüfen.

Selten hatte es Tarkan so die Sprache verschlagen. »Ihr… Ihr seid direkt«, sagte er und versuchte sich zu fassen. »Ich bitte um Vergebung, Sera. Euer Verlust betrübt mich, und ich kann wenig zu meiner Verteidigung anbringen, außer dass es in jedem Land Menschen gibt, die verblendet sind und hassen.«

»Ihr seid also kein Freund des Kults«, stellte sie fest, und ihr Blick wurde etwas weicher.

»Nein«, bestätigte Tarkan. »Ich kann nicht sagen, dass ich Magie besonders schätze, sie erscheint mir wenig ehrenhaft, doch ein Freund des Kults bin ich nicht.«

Viel eher ein Feind, aber das, dachte Tarkan, sollte er für sich behalten. Es hieß nicht umsonst, dass der Hafen Ohren hätte, und noch wusste er nichts über diese Frau, außer dass er nun verstand, warum der Kammerdiener ihre Gesellschaft gesucht hatte. »Nicht jeder Aldaner folgt dem Kult«, fügte er noch rasch hinzu.

»Es hat wohl nur den Anschein«, stellte die Bardin fest. »Was wollt Ihr von mir, Baronet Tarkan von Freise aus dem stolzen Aldane?«

»Außer Eurer Gunst?«, fragte er mit einem gewinnenden Lächeln, doch sie zog nur die Augenbraue hoch.

»Wenn Ihr mich verführen wollt, Aldaner, seid gewarnt. Das haben schon die Besten versucht.« Ein schnelles Lächeln huschte über ihre Lippen. »Ob es Ihnen gelang, werde ich aber für mich behalten.«

»Ihr seid direkt, also bin ich es auch«, sagte Tarkan leise, nachdem er sich umgesehen hatte, ob nicht ein Paar Ohren zu viel in Hörweite war. »Da Ihr Aldane nicht mögt, erstaunt es mich zu hören, dass Ihr auf dem Ball der Botschaft singen wollt … und einem der Kammerdiener dort die Gunst Eurer Gesellschaft gewährt habt.«

»Ihr sprecht von Jenks«, sagte sie, und das Misstrauen in ihrem Blick wuchs an. »Habt Ihr mit der Botschaft zu tun?«

»Nur in gewissem Sinne. Ich bin der Gesandte des Prinzen. Meine Aufgabe ist es, dafür zu sorgen, dass ihm hier in Askir kein Unheil widerfährt, wenn er zum Kronrat erscheint.«

Sie nickte. »Ihr seid der Sohn des Regenten und der Cousin des Prinzen, nicht wahr?«, fragte sie leise.

Tarkan nickte überrascht. Aber immerhin war sie eine Bardin, und für jemanden wie sie war es unerlässlich, die Adelshäuser der Reiche zu kennen, bevor es geschah, dass ein Barde unwissentlich den Verwandten von jemandem beleidigte, vor dem er gerade sang.

»Der Prinz wird Eure Hilfe und die der Götter dringend brauchen, wenn er seine Krönung noch erleben will«, prophezeite sie düster. »Die Weiße Flamme will ihn nicht auf dem Thron dulden, weil sie ihm vorhält, dass er das Blut der Elfen in seinen Adern trägt.« Sie musterte ihn. »So wie Ihr auch, Baronet.« Sie bemerkte seinen Blick. »Oh, Ihr wusstet das nicht? Euer Vater und seine Schwester, die Königin und die Mutter von Prinz Tamin, tragen zu einem Viertel Elfenblut in sich.«

»Da wisst Ihr mehr als ich«, sagte Tarkan überrascht. Für einen Moment überlegte er, ob es wohl stimmen mochte. Wenn ja, erklärte dies so einiges.

Sie nickte, und in ihren Augen sah er etwas, das Zorn sein könnte. »Ay, Baronet, das ist mir bewusst. In anderen Reichen wäre es willkommen, aber in Eurem verfluchten Land ist es ein Makel, den die Weiße Flamme auszumerzen sucht.« Sie lachte glockenhell, aber mit einem Klang von Bitternis darin, der Tarkan schmerzte. »Also, was wollt Ihr von mir, Tarkan aus dem Land, das Elfen hasst?«

»Ich hasse sie nicht«, sagte Tarkan leise. »Ich habe nur Angst vor Wesen, die ewig leben und deren Blut mit Magie so durchtränkt ist, dass sie sogar das Land umformen, in dem sie leben.«

»Tun das Menschen nicht, wenn sie ihre Burgen und Städte bauen, Flüsse ihrer Windungen berauben und Äcker bebauen, wo einst ein Wald stand?«

Tarkan hob beschwichtigend die Hand. »Ich habe nichts gegen Elfen«, sagte er erneut. »Ich gebe nur zu, dass sie mich ängstigen. Der, den Ihr an den Lichtbrand verloren habt, war ein Elf, nicht wahr?«

Sie musterte ihn nun noch genauer, als ob sie mit ihrem Blick jede Faser seines Seins erkunden wollte. »Die Weiße Flamme duldet keine Verbindung zu einem Elfen. Unser Verbrechen war, einander zu lieben.«

Obwohl er es vermutet hatte, überraschte es Tarkan, dies von ihr zu hören. Elfen waren so selten geworden, dass viele sie für ausgestorben hielten, auch Tarkan hatte das gedacht. Bis eben.

»Also ist es kein Wunder, dass Ihr die Elfen liebt und die Menschen hasst«, bemerkte er, doch sie schüttelte den Kopf.

»Ich hasse die Menschen nicht, sonst wäre ich nicht hier. Mir geht es wie Euch, ich fürchte die Menschen und was sie mit ihrem Hass anrichten können.«

»Dann stehen wir an den Ufern desselben Flusses, nur auf unterschiedlichen Ufern«, stellte Tarkan bedauernd fest. »Dennoch, ich hoffe, dass Ihr es mir nicht persönlich nachtragt.« Er sah sich noch einmal um. »Der Kammerdiener, Jenks … Er wurde gestern Nacht hier im Hafen auf grausame und unnatürliche Weise getötet. Bei der Zitadelle erfuhr ich, dass es hier eine Maestra gibt, die den Fall untersucht. Offiziell ist es ein normaler Mord, aber ich hörte auch das Gerücht, dass sie herausgefunden hätte, ein Verfluchter der Götter sei es gewesen, der den Unglücklichen zu Tode brachte.« Er sah sie direkt an. »Alle hoffen natürlich, dass es nicht so ist.«

Die Bardin nickte. Sie schien nicht überrascht, nur betrübt, als ob sich eine Befürchtung bewahrheitet hätte.

»Ich habe auch davon gehört, ein Gerücht, das hier die Runde macht, das aber keiner glauben will. Es ist also wahr? Ein Nekromant befindet sich in der Stadt?«

»Wenn sich die Maestra nicht irrt, ja.«

»Ich habe auch gehört, dass sie sich selten irrt«, sagte die Bardin bitter. »Ich mochte Euren Jenks. Er war ein kultivierter Mann, ohne die Vorurteile, denen in Eurem Land selbst die Besten zum Opfer fallen können.«

»Könnt Ihr mir mehr über ihn sagen?«, fragte Tarkan. »Es soll Euer Schaden nicht sein.«

»Wollt Ihr mich bestechen?«, fragte sie und schien damit noch trauriger als zuvor. »Für Gold singe ich nur und spiele auf. Aber Freundschaft und Vertrauen kauft man sich damit nicht bei mir. Das will verdient sein.« Sie wandte sich ab, doch Tarkan trat schnell vor sie.

»Hört mich an«, sagte er. »Ich kenne Euch nicht… so wenig wie Ihr mich. Auch ich kann nicht zu schnell vertrauen.«

Überraschenderweise lächelte sie. »Wisst Ihr von den Seeschlangen, die es hier manchmal im Hafen gibt? Ich meine die Ungeheuer, nicht die Soldaten.«

»Nein«, fragte Tarkan überrascht. »Wieso?«

»Sie tragen mehrere Kragen, leuchtend bunt und mit langen Fasern daran. In der Nacht leuchten sie wie Laternen und locken ihre Beute an. Aber diese Fasern sind so giftig, wie sie schön sind. Wisst Ihr, wie man eine Seeschlange fängt?«

Tarkan schüttelte den Kopf. »Nein, ich weiß es nicht.«

»Sehr, sehr vorsichtig, Baronet von Freise, Sohn des Regenten von Aldane.« Sie schenkte ihm ein bezauberndes Lächeln. »Heute

Abend spiele ich in der *Goldenen Rose* auf. Ladet mich danach dort zu einem Essen mit einem guten Wein ein, vielleicht gelingt es Euch dann, meine Vorsicht etwas zu mildern.« Sie warf ihm die Goldmünze zu. »Solange ... behaltet dieses Gold.«

Sie wandte sich nun endgültig von ihm ab und ging hinüber zu der Kiste, auf der sie gesessen hatte, nahm Lautenkoffer sowie ihr Rapier auf, das dort gelegen hatte. Tarkan hatte es noch gar nicht bemerkt. Sie warf ihm einen letzten Blick durch die Mähne ihres Haars zu und ging davon.

Tarkan schaute ihr nach, diesmal konnten ihn die bunten Farben des Markts nicht erheitern. Die alte Kaiserstadt erschien ihm auf einmal so kalt und kühl wie der Wind vom Hafen, der ihm durch die Beinkleider fuhr und ihn frösteln ließ.

19

Der Eulenturm stand etwas abseits der Zitadelle, zwischen dem Übungsplatz, auf dem die Bullen morgens ihr Waffentraining absolvierten, und den Paradefeldern, auf denen sie exerzierten.

Die Eule war die ganze Zeit vorangegangen, er war ihr gefolgt, doch jetzt blieb Santer stehen, um sich den legendären Turm einmal genauer anzusehen. Bislang hatte er kaum Gelegenheit gehabt, sich in diesem Teil der Zitadelle zu bewegen, also hatte er ihn bisher nur aus der Ferne erblickt.

So imposant war der Turm gar nicht, dachte Santer und kratzte sich gedankenverloren am Kopf. Im Prinzip ähnelte er einem etwas zu breit geratenen Leuchtturm, aus weißem Stein erbaut, der ganz oben auf den Zinnen sogar noch eine Kuppel trug. Unten an der Basis war ein kleines Haus angebaut. Davor erstreckte sich, sauber durch einen niedrigen Zaun vom übrigen Areal der Zitadelle abgetrennt, ein Kräuter- und Gemüsegarten.

Ein weißer Kiesweg führte durch den Garten zu dem Durchgang unten im Turm und ließ Santer schmunzeln. Vor allem das Häuschen am Fuß sah fast gemütlich aus. Bedachte man, dass die Eulen von einst gefürchtete Kriegsmagier waren, die angeblich mit einer Handbewegung gegnerische Armeen auslöschen konnten, dann kam dieser fast schon heimelige Anblick etwas unerwartet.

Der Eulenturm ragte noch etwas weiter in die Höhe als die Zitadelle. Wenn man dort oben stand, befand man sich am höchsten Punkt der Reichsstadt, wahrscheinlich konnte man von dort aus sogar bis zu den mächtigen Außenmauern blicken, die seit Jahrhunderten die Stadt schützten.

Während das Häuschen an seinem Fuß einer kleinen Kate ähnelte und nach nichts Besonderem aussah, war der Turm irritierend. Es dauerte einen Moment, bis Santer bemerkte, was ihn bei dem Anblick störte: Es gab keine Fenster. Bis auf den Durchgang unten an der Basis gab es überhaupt keine sichtbaren Öffnungen. Nicht einmal eine kleine Schießscharte.

Bis auf ein Halbrelief, das um die beiden oberen Stockwerke des Turms herumlief, bemerkte er keinerlei Schmuck oder Zier an ihm. Wozu auch, das Relief mit den drei Eulen dort oben war beeindruckend genug, es wirkte fast, als wären die Raubvögel lebendig und würden von ihrer hohen Warte aus ganz Askir und das Reich jenseits der Mauern mit ihren großen Augen beobachten. Zweifellos, dachte Santer, ein gewünschter Effekt.

Dann stelle er fest, dass die Eule stehen geblieben war und ihn musterte.

»Ist es das erste Mal, dass Ihr den Turm seht, Leutnant?«, fragte sie.

»Gesehen habe ich ihn schon, aber nur von weitem. Aber ich dachte nicht, dass er mal wichtig werden könnte für mich.«

»Habt Ihr denn keinen Eulentaler bekommen?«

Soviel Santer wusste, war es in all den Jahren nur einem einzigen Kind gelungen, Zutritt zum Turm zu erlangen. Jetzt gerade stand sie vor ihm und sah ihn aus grünen Katzenaugen an.

»Es kam irgendwie nie dazu. Mir war schon immer bewusst, dass ich eine Seeschlange werden wollte. Wie war es bei Euch?«

Die Maestra lachte. »Ich war für meinen Ziehvater unterwegs, um für ihn etwas aus der Rüstkammer abzuholen. Der Schmied war nicht da, es hieß, er würde später wiederkommen. Ich war gelangweilt und ging etwas spazieren, sah den Turm, und neugierig wie ich war, ging ich hinein, um mich umzusehen. Als ich wieder herauskam, standen zwei Bullen da und sahen mich streng an. Im ersten Moment befürchtete ich, etwas Unrechtes getan zu haben und verhaftet zu werden.« Sie lächelte. »Es kam schlimmer! Bevor ich mich versah, stand ich vor Stabsobrist Orikes, der mir mit Nachdruck anbot, eine Eule zu werden.« Sie schüttelte den Kopf. »Wenn ich mich recht erinnere, habe ich ihm den Eulentaler gestohlen, bevor er ihn mir geben konnte.«

»Also habt Ihr das Geheimnis der Tür gelüftet?«

»Wohl kaum. Sie war für mich einfach nicht verschlossen. Der Turm ist im Innern wie ein Labyrinth oder ein Rätsel aufgebaut. Die Magie scheint zu erkennen, für welches Wissen ich reif genug bin und für welches nicht. Mir gelang es erst vor kurzem, die Prüfung für den dritten Zirkel zu bestehen. Damit öffneten sich mir neue Türen. Und im Moment bin ich vollends damit beschäftigt, das Wissen zu sichten, zu dem ich nun Zugang erhalten habe.« Sie schaute hoch zu ihm. »Jetzt da ich den dritten Grad erreicht habe, kann ich Euch sogar Zugang gewähren, damit seid Ihr nach mir der Erste, der den Turm betritt. Doch weiter als ins Erdgeschoss werdet Ihr nicht kommen, alle anderen Bereiche werden Euch magisch versperrt bleiben. Aber damals wie heute war es so, dass die Eulen Adjutanten brauchten, die sich für sie um weltliche Dinge kümmerten. Deshalb gibt es eine Ausnahme.« Sie lachte leise und schüttelte den Kopf. »Sie waren schon ziemlich misstrauische Burschen. Die Magie, die den Turm schützt, besteht darauf, dass derjenige, der eingelassen wird, auch wahrhaftig der Adjutant ist. Ich versuchte, eine der Federn hineinzuschmuggeln, damit er mir vielleicht bei meinen Forschungen helfen könnte, aber der Turm verwehrte ihm den Zutritt.«

»Vielleicht hättet Ihr diese Feder zu Eurem Adjutanten machen sollen«, schlug Santer vor. »Das hätte Eure Probleme doch mit einem Streich gelöst.«

»Nein, es hätte sie eher noch verschlimmert«, antwortete sie. »Kommt, wir bringen das Ritual hinter uns, dann erkläre ich Euch bei einem Tee, warum ich Euch brauche und warum eine Feder nicht dafür geeignet wäre, mein Adjutant zu sein.«

Er folgte ihr zu dem Durchgang und blieb stehen, als sie die Hand hob.

»Wartet hier. Ich komme gleich wieder, ich muss nur etwas holen.«

Er nickte und sah ihr zu, wie sie im Turm verschwand. Da die Tür offen stand, hatte er freien Blick in die untere Halle des Turms, die ihm überraschend geräumig erschien. Sie war eingerichtet wie ein Salon, mit Sesseln, kleinen Tischen, Regalen mit schweren Folianten, Lampen, einem Kamin an der inneren Säule, die eine Wendeltreppe in sich barg und wohl auch, wie Santer vermutete, den Abzug des Kamins. Durch hohe Butzenglasscheiben fiel helles Licht in den geräumigen Salon, der offen und gemütlich wirkte.

Santer sah sich die vier Fenster an und runzelte die Stirn. Von außen besaß der Turm gar keine Fenster. Nun gut, dachte er, er konnte die Eule ja später dazu befragen. Außerdem gab es noch mehr zu sehen. Zwei weitere Türen gingen von der Halle ab, eine davon, so vermutete Santer, führte zu dem kleinen Häuschen. Es fiel ihm nicht schwer, sich vorzustellen, wie sich die Eulen hier abends versammelt hatten, miteinander über den Tag sprachen oder Shah spielten. Vom Durchgang aus konnte Santer den Tisch mit den schwarzen und weißen Figuren erkennen, der seitlich neben einem Schreibtisch stand. Er erinnerte sich daran, dass die Maestra das königliche Spiel auch liebte. Vielleicht konnte er sie ja zu einer Partie bewegen, wenn sich die Zeit dazu bot.

Die Maestra kam leichtfüßig die Wendeltreppe herab und hielt eine Münze hoch, damit er sie betrachten konnte. Es war eine einfache goldene Münze mit einer stilisierten Eule auf der einen Seite und einem Schwert auf der anderen.

»Tragt diese Münze bei Euch«, sagte sie. »Sie wird Euch Einlass in den Turm gewähren, Euch allerdings nicht erlauben, die Treppe zu benutzen.«

»Das war es schon?«, fragte er.

»Ja«, meinte sie. »Ich will Euch nicht mit den Details langweilen, wie schwierig es war, diese Münze herzustellen. Los, worauf wartet Ihr? Kommt herein!«

Irgendwie verwunderte es Santer kaum, dass sich die schwere Eichentür hinter ihm von ganz allein schloss.

»Es mag nicht militärischer Prozedur entsprechen, aber … sagtet Ihr nicht etwas von einem Tee?«

»Richtig«, entgegnete sie. »Folgt mir.«

»Wir sollten noch einige andere Kleinigkeiten klären«, sagte die Maestra, während sie mit einer Zange die Herdringe anhob und einen Blick in den Feuerkasten warf. Sie seufzte, führte eine kleine Bewegung aus, und mit einem lauten Fauchen schlug eine orangerote Flamme durch die Öffnung. Sie nickte zufrieden, zog die Herdringe wieder über die Öffnung und stellte einen eisernen Kessel darauf.

»Das muss praktisch sein«, kommentierte Santer, der das Ganze von der Tür aus beobachtet hatte.

»Setzt Euch«, meinte die Maestra.

Er trat an den großen Küchentisch heran, hängte sein Schwert aus, zog sich einen Stuhl heraus und setzte sich erleichtert. Erleichtert deshalb, weil er sich überraschend schwach auf den Beinen fühlte. Er sah sich in der Küche um, es war ein großer, angenehmer Raum, weiß gekalkt mit hohen, vor Alter dunklen Deckenbalken. Neben dem Fenster hingen Büschel getrockneter Kräuter von der Decke, Becher, Pfannen und Töpfe baumelten von Haken an der Wand, Schränke und Nischen enthielten Gläser und Dosen. Es roch angenehm nach Kräutern, und Santer entschied, dass es ein Raum war, in dem er sich wohlfühlen konnte.

»So schwer war das nicht. Es war noch Glut von heute Nacht drin, das hilft«, erklärte die Maestra. »Aber Ihr habt recht, manchmal ist es praktisch. Meistens nicht.« Sie setzte sich ebenfalls. »Seitdem ich den dritten Grad erreicht habe, bin ich offiziell eine Maestra des Turms und zurzeit die einzige Eule der Reichsstadt. Zugleich bin ich auch zwangsweise die höchstrangige Eule, also bin ich zugleich auch die Prima der Eulen. Sagt mir, was Ihr über die Aufgaben der Eulen wisst.«

»Nun, soweit ich mich erinnere, war die wichtigste Aufgabe der Eulen die, das Reich zu schützen. Gegen innere und äußere Feinde, gegen Schwert und Magie. Hauptsächlich aber die Nekromanten zur Strecke zu bringen.«

»Wisst Ihr, warum?«

Santer schüttelte den Kopf. »Nein.«

»Durch seine Ausbildung lernte ein Maestro des Turms die magischen Flüsse wahrzunehmen, die uns und alles, was es auf dieser Welt gibt, umgeben und durchdringen. Ein Nekromant hingegen hat sich gegen den Willen der Götter vergangen und steht außerhalb ihrer Gunst, somit befindet er sich nicht in Einheit mit dem Rest der Schöpfung. Das ist die Erklärung, direkt aus den Tempelbüchern. Angeblich reicht also ein Blick, um einen Nekromanten zu erkennen.« Sie sah ihn direkt an. »In den Tagebüchern, die ich gelesen habe, steht es auch so. *Ich sah, dass er die dunkle Gabe in sich trug.* Aber wie das genau geht, weiß ich nicht.«

»Nun, ich hoffe, Ihr findet es bald heraus«, sagte Santer. »Das könnte uns sehr nützlich sein.« Er sah sie fragend an. »Könnt Ihr mir mehr über diese Nekromanten erzählen? Alles, was ich über sie weiß, sind Gerüchte und Legenden. Stimmt es, dass sie die Seele anderer rauben, damit sie sich der magischen Talente ihrer Opfer bedienen können?«

Die Maestra nickte. Ihr Gesichtsaudruck war ernst, als sie weitersprach. »Deshalb nennt man sie auch Seelenräuber oder Seelenreiter. Sie sind weitaus mehr als eine alte Legende, mit der man heutzutage die Kinder erschreckt. Was ich hier in den alten

Aufzeichnungen gelesen habe, lässt kalte Schauer über meinen Rücken laufen. Sie sind die Verlorenen, verflucht, dem Namenlosen zu dienen, dazu verführt, das Werk der anderen Götter zu zerstören, auf die der Namenlose neidisch ist.«

Sie stand auf, um den Kessel vom Herd zu nehmen, in dem hörbar das Wasser brodelte. Mit raschen, sicheren Bewegungen stellte sie zwei irdene Schalen auf den Tisch, füllte zwei silberne Tee-Eier mit Tee aus einer Dose aus Steingut, warf sie in die Schalen und goss das Wasser auf, ihre Bewegungen so schnell und sicher, dass es Santer erschien, als ob sie das alles in einem Augenblinzeln getan hätte.

Sie stellte den Kessel ab, zog den eisernen Abschluss über die Herdringe und setzte sich wieder an den Tisch.

»Die meisten Nekromanten waren nichts anderes als eine mörderische Brut, die ihrem dunklen Herrn darin diente, Leid, Schmerz und Chaos in die Welt zu tragen. Es war nicht der Namenlose, der ihnen diese Aufgabe gab, Stabsleutnant, es war ihre eigene Machtgier. Einst herrschten sie über große Teile des Landes wie eifersüchtige Kriegsfürsten, die miteinander im Zwist lagen. Aus den Unterlagen hier im Turm geht hervor, dass der König von Aldane, eben jener, den Askannon hinrichten ließ, ein Nekromant war. Sein ältester Sohn war ebenfalls mit der dunklen Gabe verflucht. Sie scheiterten bei dem Versuch, Askannon seine Gabe der Magie zu entreißen. Und so nahm alles seinen Anfang.«

»Davon«, meinte Santer und betrachtete nachdenklich den dampfenden Tee vor sich, »habe ich noch nie gehört.«

»Außerhalb dieser Mauern wird es auch nie Erwähnung finden, Stabsleutnant. Es wäre nicht gut, wenn die Menschen auf den Gedanken kommen würden, dass Prinz Tamin dieses dunkle Erbe in seinen Adern trägt. Er tut es nicht. Ich weiß nicht wie, darüber gibt es keine Aufzeichnungen, aber Askannon stellte sicher, dass das nicht geschehen konnte.«

»Wurden die anderen Reiche auch von Nekromanten regiert?«, fragte Santer neugierig.

Sie schüttelte den Kopf. »Nein. Soweit ich weiß, war nur der König von Aldane ein Nekromant. Die anderen Kriege wurden aus Angst und Neid geführt, oder schlichtweg im Versuch, sich das Land Aldane zu greifen, solange Askannon noch damit beschäftigt war, seine Regentschaft zu sichern. Das wird auch nicht oft erwähnt: Askannon ernannte sich nicht zum König von Aldane, sondern zum Regenten des Prinzen. Genauso handhabte er es mit den anderen Reichen. Er verstand sich als Regent. Der Vertrag von Askir regelt also nichts anderes als die Übergabe der Kronmacht an die rechtmäßigen Erben der sieben Reiche. Es steht alles im Vertrag. Man muss ihn nur lesen.«

»Ich frage mich, ob überhaupt jemand diesen Vertrag gelesen hat«, sagte Santer und fischte vorsichtig das Tee-Ei aus seiner Schale.

»Ich habe ihn gelesen. Und ich hoffe, dass zumindest die Herrscher der Reiche den Vertrag auch studiert haben.«

»Alle siebenhundert Seiten?«

»Alle siebenhundert Seiten«, bekräftigte sie. »Wo war ich? Ach ja. Nun, später, als man sich gegen ihre Knechtschaft erhob, konnten die Nekromanten nicht mehr offen agieren. Sie mussten sich verstecken, aus dem Dunkel heraus agieren. Oftmals rekrutierten sie ihre Diener und Anhänger aus den Reihen der Mörder, Diebe und Halunken. Vielleicht entstand der Kult des Namenlosen auf diese Art und Weise: ein Zusammenschluss von Verbrechern, die sich einbilden konnten, wenigstens einem Gott zu folgen, sei er auch noch so hinterlistig.«

»Mit so jemandem haben wir es jetzt hier zu tun?«, fragte Santer.

Sie nickte. »So sieht es aus, nicht wahr?« Ihre Augenbrauen zogen sich zusammen. »Wir haben eine Aufgabe, Stabsleutnant, die größer ist, als Ihr Euch vorstellen könnt.«

Er nahm vorsichtig einen Schluck von seinem Tee. Heiß, aber gut. »Erzählt mir mehr von dieser Aufgabe.«

»Es gibt nicht mehr viel zu sagen. Da die Seelenreiter sich oft in den Reihen der Verbrecher verbargen, manches Mal sogar Anführer eines Kults des Namenlosen waren, lag es nahe, dass die Maestros vom Turm auch zur Aufklärung von Verbrechen herangezogen wurden. Zum einen waren sie durch ihre magischen Fähigkeiten dazu bestens geeignet, zum anderen führte es sie auch auf die Spur von Seelenreitern. Außerdem waren sie unbestechlich und unparteiisch. Der Eid einer Eule ist magisch und kann nicht gebrochen werden. Er zwingt uns bis an unser Ende, ihm treu zu bleiben, nicht durch Strafe oder Zwang, sondern dadurch, dass der Wille und der Entschluss, den wir trafen, als wir den Eid sprachen, gegenwärtig bleiben und wir immer daran erinnert werden, dass wir es sind, die als Einzige zwischen den schutzbefohlenen Menschen und den Nekromanten stehen, die sich an ihnen mästen wie an unschuldigem Vieh.«

Er trank einen Schluck. »Was bedeutet das konkret für mich, für uns?«

»Indem ich den dritten Grad erreicht habe, wurde ich offiziell zu einer Maestra des Turms. Damit gelten für mich auch die Pflichten einer Maestra.« Sie seufzte leise. »Hätte ich all das besser bedacht, hätte ich mich nicht an der Prüfung versucht. Bis zu diesem Zeitpunkt hatte ich alle Zeit und Ruhe der Welt, mich meinen Studien hier im Turm zu widmen, auch wenn mir viele Dinge verborgen blieben. Aber in dem Moment, in dem ich das erste Mal meine Robe anlegte, erkannte ich, dass ich selbst es bin, die sich dieser Herausforderung stellen will. Niemand kann mich dazu zwingen, meinen Pflichten nachzukommen. Ich glaube sogar ernsthaft, dass der Kommandant vergessen hatte, dass eine Maestra vom Turm noch eine andere Aufgabe hat, als die, herauszufinden, wie man Kornsamen kreuzen kann, oder verhindert, dass Holz in Wasser aufquillt.«

»Das geht?«, fragte Santer neugierig.

Sie warf ihm einen vernichtenden Blick zu. »Es geht. Es mag auch wichtig sein, aber nichts gegen die Aufgabe, die sich uns jetzt stellt.«

»Hm«, meinte Santer. »Haben wir nicht dafür mittlerweile die Inquisitoren?«

»Ay, dafür wurden sie ins Leben gerufen«, bestätigte sie. »Nachdem die Maestros vom Turm vergangen waren, gab es niemanden, der diese Aufgabe übernehmen konnte. Das Amt der Inquisitoren wurde geschaffen, um wenigstens zum Teil diese Lücke zu füllen.« Sie trank einen tiefen Schluck von ihrem Tee und setzte die Schale dann hart vor sich ab. »Vier Inquisitoren stehen im Dienst der Reichsstadt. Ich weiß sehr genau, wie sorgfältig diese Leute ausgewählt und ausgebildet wurden, wie weit ihre Befugnisse reichen. Ich hege eine große Bewunderung für sie, ihre Aufgabe dürfte mit eine der schwersten im Reich sein. Solange ich allein bin und sich keine weiteren finden, die dem Turm beitreten können, wird das Reich sie auch brauchen. Dennoch sind sie nur ein Ersatz für die Eulen. Und da ich zugleich die Prima bin, ist es jetzt auch meine Aufgabe, mich um all die Verbrechen zu kümmern, die in irgendeiner Art und Weise ungewöhnlich oder von besonderer Wichtigkeit sind.«

»Inquisitor Pertok wird erfreut sein«, sagte Santer ironisch. »Er ist seit über vierzig Jahren oberster Inquisitor von Askir, und nun kommt eine Eule daher und beansprucht seinen Aufgabenbereich.«

Sie schaute ihn an und seufzte. »Er ist alles andere als erfreut, und das wisst Ihr. Aber ich glaube, er hat es eingesehen. Wir einigten uns darauf, dass ich nur die Fälle übernehme, die der Kommandant mir persönlich zuweist, also solche, die vielleicht magischer Fähigkeiten bedürfen, um sie zu lösen.«

»Aah«, sagte Santer. »Eine elegante Lösung. Solange es dem Kommandanten wichtig ist, könnt Ihr Euch weiterhin Euren Studien widmen. Ihr seid bereit, Eure Pflicht zu erfüllen, aber es bleibt alles beim Alten.«

Sie lächelte leicht. »In gewissem Sinne hoffe ich auch, dass es genau so bleibt. Auf der anderen Seite brenne ich darauf, mich der Robe würdig zu erweisen.«

Der Robe, die sie nicht trug, dachte Santer und verbarg sein Schmunzeln vor ihr, sie hätte es falsch verstehen können.

»Es gibt nur ein Problem«, fuhr sie fort. »Im Vergleich zu den

Maestros von einst bin ich eine blutige Anfängerin, deren Fähigkeiten nicht viel weiter reichen, als Feuer in einem Herd zu entzünden.«

»Nun, der Inquisitor erfüllt seine Aufgaben auch ohne magische Kräfte. Es ist also möglich.«

Sie nickte. »Das ist es sicherlich. Mit dem Unterschied, dass Inquisitor Pertok über Jahrzehnte an Erfahrung verfügt, die mir abgehen. Nun aber zu dem eigentlichen Problem.«

»Und das wäre?«

Sie seufzte erneut. »Meine Robe. Das Zeichen meiner Würde, die legendäre Robe einer Eule. Sie befand sich in einer Kiste, die sich geöffnet hat, als ich die Prüfung zum dritten Grad bestand. Sie stammt aus der Zeit des Alten Reichs, und jede Faser ist dicht verwoben mit Magie und, wie es scheint, direkt auf mich angepasst. Sie verstärkt meine Fähigkeiten, und zugleich sind es genau diese Fähigkeiten, die mich verletzbar machen. Bevor ich nicht gelernt habe, die Fähigkeiten auch zu kontrollieren, brauche ich jemanden, der mich schützt. Und das seid Ihr, Santer.«

»Wie?«

»Wenn ich meine Robe trage, spüre ich die Gefühle aller, die mich berühren. Es kann übermächtig sein, und noch habe ich nicht die Übung, mich dagegen zu wehren. Sorgt also bitte dafür, dass mich niemand berührt. Wenn es in einem ungünstigen Moment geschieht, kann es zur Folge haben, dass ich in einem magischen Brand vergehe, dem Fanal.« Sie sah ihn eindringlich an. »Es ist also nicht bloß eine Marotte, Santer.«

»Ich habe es verstanden«, sagte er ernst. »Ich werde dafür sorgen, dass man Abstand hält.«

»Nun gut«, meinte sie und trank einen letzten Schluck. »Dann werde ich mich umkleiden und wir gehen los.«

»Gibt es eine neue Spur?«, fragte er überrascht.

»Nein. Aber eine vermisste Frau, um die ich mich kümmern werde. Etwas, das nichts mit dem Verfluchten zu tun hat. Wofür ich überaus dankbar bin.«

20

»Götter, da habt Ihr dem armen Kerl aber eine ganz schöne Abfuhr erteilt.« Wiesels fröhliche Stimme riss Taride aus ihren Gedanken. Sie sah auf den drahtigen Mann herab, der von irgendwoher neben ihr aufgetaucht war und nun Schritt mit ihr hielt. Er war vielleicht eine Handbreit kleiner als sie und, nach Tarides Meinung, eine Last, die von den Göttern auf die Welt geschickt worden war, um die Seelen der Gläubigen zu prüfen.

»Schaut mich nicht so an, Taride«, sagte Wiesel in vorwurfsvollem Ton, aber auch mit einem breiten Grinsen. »Ihr mögt mich doch, auch wenn Ihr es nicht zugeben wollt.«

»Da habt Ihr recht«, gab sie schnippisch zurück. »Ich würde es nicht zugeben wollen.« Sie warf ihm einen scharfen Blick zu. »Ihr habt uns belauscht?«, fragte sie. »Ich frage mich, wie Ihr das macht. Ich hätte nicht gedacht, dass Eure großen Ohren mir entgehen.«

»Es ist eine Gabe«, entgegnete Wiesel. Sie sah ihn scharf an, und er schüttelte den Kopf und lachte. »Nicht das. Ich saß in der Kiste, an der unser Freund Halt suchte. Es war ein bequemer Ort, Eurem Gesang zu lauschen, ohne ständig die misstrauischen Blicke der Seeschlangen in meinem Nacken zu spüren.« Sein Lächeln war ehrlich, als er weitersprach. »Eure Stimme, Taride… Sie ist wirklich ein Geschenk der Götter, und es ist eine Freude, ihr zu lauschen.«

»Danke für das Kompliment«, gab sie zurück. »Aber ich kenne Euch. Was wollt Ihr von mir, Wiesel?«

»Das Gleiche wie der Baronet, fürchte ich. Ihr habt Jenks zu mir geschickt, nicht wahr? Jetzt ist er tot.«

Taride sagte ein paar Schritte lang nichts, vielleicht ging sie sogar schneller, doch der drahtige Mann hatte wenig Mühe, mit ihren langen Schritten mitzuhalten. Dann seufzte sie. »Er war so vorsichtig, Wiesel, wie konnte das geschehen?«

»Wie Sina sagt, ein Nekromant. Gegen so einen sind wir Sterbliche recht hilflos. Auch Jenks hatte wenig Glück. Ich war dabei, als er starb, Taride, ich habe schon viel gesehen, aber dieser Anblick ließ auch mich erzittern.«

»Es tut mir leid um ihn«, sagte Taride leise und ging langsamer. »Ich glaube, er liebte mich, auch wenn ich diese Gefühle nicht erwidern konnte. Aber es schmerzt mich, von seinem Tod zu hören. Vor allem, weil ich nun fürchte, dass seine Seele verloren ist.«

»Sina wird sie dem Verfluchten wieder entreißen«, sagte Wiesel. »Dessen könnt Ihr gewiss sein!«

»Ich hoffe es«, meinte die Bardin traurig. »Aber jetzt muss ich zusätzlich noch um Sina bangen.«

»Jeder unterschätzt sie«, sagte Wiesel im Brustton der Überzeugung. »Wenn es dazu kommt, wird sie gegen ihn bestehen. Aber, Jenks … der Diener … Hat er Euch offenbart, worum es bei alldem ging?«

Sie schüttelte den Kopf. »Er wollte es mir nicht sagen, um mich zu schützen. Ich weiß nur, dass es um etwas ging, das vor langen Jahren gestohlen wurde und von größter Wichtigkeit für das Reich ist.«

»Ihr meint die Reichsstadt, nicht wahr?«, fragte Wiesel hellhörig. »Das Reich ist lange vergangen.«

»Leider«, sagte sie und lächelte kurz. »Ich bin eine Bardin, wir leben in der Vergangenheit, für mich ist das Reich lebendig. Und ich fand es nie eine kluge Entscheidung des Ewigen Herrschers, den Prinzen ihre Kronen wiederzugeben.« Sie blieb stehen. »Als ob er sich von der Armee der Prinzen hätte bedroht fühlen müssen! Sagt, Wiesel, kennt Ihr die Bedeutung der Worte über den großen Toren der Stadt?«

Jeder im Reich kannte die Geschichte, wie die sieben Prinzen von ihrem Turm aus aufbrachen, eine Armee versammelten und Askir belagerten. Wenn man Askir nicht kannte, dann war die Geschichte vielleicht noch glaubhaft, aber hatte man erst einmal die mächtigen Mauern gesehen, konnte man über so ein Vorhaben nur den Kopf schütteln.

Wer wollte ein solches Unterfangen auch wagen? Allein der Anblick der äußeren Stadtmauer würde jeden feindlichen General enttäuscht abziehen lassen. Der Ewige Herrscher hatte die Stadt so erbaut, dass es undenkbar schien, sie zu erobern. Über den großen Toren der Stadt waren in goldenen Lettern Worte eingelassen. *Macht ist dem Frieden verpflichtet.*

Das waren wohl auch die Worte, die Taride meinte.

»Ay. Man sagt, es wären die gleichen Worte, die Askannon sprach, als er den König und den Prinzen von Aldane köpfen ließ«, antwortete Wiesel. »Ich fand schon immer, dass sie eine gewisse Ironie in sich tragen. Aldanes Krone war die erste, die er sich nahm. Es war nicht die letzte.«

»Er ließ den jüngsten Prinzen am Leben«, erklärte ihm die Bardin und sah ihn prüfend an. »Fünfhundert Jahre später war es ein Nachfahre genau dieses Prinzen, der mit sechs anderen Königskindern und einer Armee von fast vierzigtausend Mann die Stadt belagerte. Nach einer Woche Belagerung traf sich der Ewige Herrscher mit den Prinzen aus dem Turm, um mit ihnen im Verlauf der Friedensverhandlungen den Vertrag von Askir zu gestalten, der auch heute noch die Geschicke des Reichs lenkt. In diesem Vertrag wurde auch festgelegt, dass sich alle sieben Jahre der Kronrat der sieben Reiche hier in der Reichsstadt trifft, um die Politik der Reichsstadt und der Königreiche für die nächsten Jahre festzulegen.«

Sie stand vor ihm in ihrem kostbaren Kleid, die Fäuste in die Hüften gestemmt, und sah mit ihren Katzenaugen zu ihm, als ob sie erwarten würde, dass er ihre Begeisterung für alte Legenden teilte.

»Ich kenne die Geschichte«, antwortete Wiesel knapp. Er hatte wenig Lust, sich über die alten Historien zu unterhalten.

»Tut Ihr das?«, fragte die Bardin und fixierte ihn mit ihren Augen. »Habt Ihr Euch auch eine eigene Meinung dazu gebildet, oder plappert Ihr nur das nach, was Ihr in den Tavernen gehört habt?«

Wiesel sah sie überrascht an. Sie schien ihm zornig, obwohl er ihr noch nie einen Grund dazu gegeben hatte. Es musste der Tod des Dieners sein, der sie härter traf, als sie es wahrhaben wollte.

»Meine Meinung ist«, sagte er mit Ironie in der Stimme, »dass eine Armee aus vierzigtausend halbverhungerten Bauern mit vielleicht vierhundert unzufriedenen adligen Rittern und einer Handvoll halbwüchsiger verzogener Königskinder Askir binnen einer Woche erfolgreich belagerte und die Fünfte und Sechste Legion dadurch in die Knie zwang, dass sie vor unseren Mauern beinahe verhungerte. Das ging so weit, dass die Sechste Legion in ihrer Verzweiflung Katapulte mit Lebensmitteln belud und die Aufständischen damit bombardierte. Angesichts dieser verzweifelten Lage blieb dem Ewigen Herrscher selbstverständlich nichts anderes übrig, als sich den Forderungen der sieben Prinzen zu beugen. Er verhandelte einen Tag lang mit ihnen, schrieb währenddessen einen siebenhundert Seiten starken Vertrag, der den Königreichen ihre Unabhängigkeit garantierte und ihnen die Königskrone zurückgab, um danach aus reiner Verzweiflung abzudanken.« Er sah die Bardin an und schüttelte den Kopf. »Keine Ahnung, was damals vor den Toren unserer Stadt passiert ist, aber diese ganze Geschichte von der Belagerung ist reiner Humbug.« Er verschränkte die Arme vor der Brust und sah genervt zu Taride hin. »Seid Ihr nun zufrieden?«

»Hm«, sagte die Bardin und verschränkte die Arme ebenfalls vor ihrer Brust. Sie legte den Kopf schräg, fast meinte er ein leichtes Lächeln um ihre Lippen spielen zu sehen. »Was ist Eurer Meinung nach damals geschehen?«

»Ist das jetzt so wichtig?«

»Ja.«

Er seufzte. »Meine Meinung ist, dass Askannon das alles geplant hat. Den Aufmarsch der Prinzen wohl nicht, ich denke, die hatten es nur zu eilig. Askannon ging hinaus zu den Prinzen, las ihnen die Leviten, schließlich hätten die Herrschaften ihre Armee beinahe verhungern lassen. Dann unterzeichneten sie den Vertrag, und das war es dann.«

»Warum sollte Askannon so etwas tun? Er war der mächtigste

Mann seiner Zeit und offenbar unsterblich. Schließlich regierte er schon über fünfhundert Jahre lang die Geschicke des Reichs.«

Wiesel zuckte die Schultern. »Was denkt Ihr denn, Taride?«

»Dass es etwas gab, das dringend seine Aufmerksamkeit verlangte«, antwortete sie. Sie zog eine dieser pechschwarzen Augenbrauen hoch. »Würde es Euch interessieren, herauszufinden, was genau das war?«

Wiesel blinzelte. Er hörte einen Unterton in ihrer Stimme, der sein Interesse weckte. »Taride, Ihr hört Euch an, als ob Ihr glaubt, dass dies alles auch heute noch von Wichtigkeit sein könnte!«

Sie hielt seinen Blick noch immer fest. »Und wenn es so wäre, Wiesel? Was, wenn es genau darum ginge?«

»Dann ist das alles noch größer, als ich dachte. Was wisst Ihr also, Taride? Nicht nur Sina ist in Gefahr... Der Baronet aus Aldane hat offen nach Euch herumgefragt und damit das Augenmerk des Verfluchten auch auf Euch gelenkt. Dieser Verfluchte hat Jenks geritten, er weiß alles, was Euer Freund jemals von Euch erfahren hat.« Er fluchte leise. »Ihr könnt Euch denken, wie wenig mir das zusagt! Vor allem aber weiß er jetzt von mir, von Euch und auch von Sina!«

»Was auch mein Fehler ist. Jenks fragte mich, was ich tun würde, wenn ich etwas fände, das einst hier gestohlen wurde und so mächtig ist, dass es die Welt verändern könnte.« Taride sah Wiesel eindringlich an. »Ich sagte ihm, dass ich es Sina geben würde. Sie weiß über solche Dinge mehr als jeder andere.«

»Vielleicht mit einer Ausnahme«, sagte Wiesel nachdenklich. »Ihr selbst wisst auch viel, das andere nicht wissen.«

»Ich bin eine Bardin«, verkündete Taride mit einem knappen Lächeln. »Es ist meine Aufgabe, Dinge zu wissen. Genau deshalb empfahl ich ihm Sina. Aber über Jenks kann ich Euch nicht mehr sagen als das. Da dürftet Ihr mehr wissen, denn er musste Euch ja schließlich darin unterrichten, was Ihr stehlen solltet.«

Wiesel nickte, er glaubte der Bardin zumindest so weit, auch wenn er sicher war, dass sie einiges vor ihm verbarg. Aber das war ihr gutes Recht. Hier in Askir hütete jeder seine Geheimnisse, und kaum ein anderer so sehr wie Wiesel.

»Gab es nicht noch etwas, was sein Interesse geweckt hat?«, fragte Wiesel. »Irgendetwas?«

»Doch«, sagte Taride. »Zwei Dinge, eigentlich nur eins. Vor fünf Tagen kam ein Schiff hier an, vielleicht habt Ihr von ihm gehört. Es ist sehr groß und schwarz und liegt draußen an der Kaisermole.«

Wiesel nickte. Ja, von dem Schiff hatte er gehört. »Was ist mit ihm?«

»Das weiß ich nicht. Jenks hatte Interesse daran. Außerdem beschrieb er mir den Kapitän des Schiffs, ich sollte ihm Bescheid geben, wenn ich sehe, dass der Mann sich in der *Goldenen Rose* mit jemandem trifft.«

»Und, habt Ihr das getan?«

»Ich spiele erst seit fünf Tagen in der *Rose* auf. Ich musste erst einen anderen Barden ausstechen, um den Auftritt zu bekommen. Bislang ist der Mann dort nicht auftaucht.«

»Habt Ihr den Baronet deswegen in die *Rose* bestellt, Taride? Weil Ihr denkt, dass sich dort noch etwas tun wird?«, fragte Wiesel.

»Vielleicht«, entgegnete Taride mit einem Lächeln, das Wiesel nur schwer deuten konnte. »Wenn er mich überzeugt, kann ich ihm vielleicht vertrauen. Er soll gut sein mit dem Schwert.«

»Das habe ich auch gehört«, sagte Wiesel und sah sie prüfend an. »Braucht Ihr Schutz?«, fragte er dann.

»Nein«, antwortete Taride knapp. »Und jetzt verschwindet, die beiden Seeschlangen dort drüben sehen uns schon misstrauisch an, und ich will nicht, dass mein Ruf unter unserer Bekanntschaft leidet.«

»Bekanntschaft? Ich dachte, wir wären Freunde, Taride«, sagte Wiesel in übertrieben verletztem Tonfall, während er sich hinter sie duckte.

»Das hättet Ihr wohl gern … Wiesel?« Taride schaute sich um und zog überrascht eine Augenbraue hoch. Obwohl es hier dicht gedrängt zuging, hätte sie Wiesel sehen müssen, eben war er ja noch hier gewesen, aber jetzt war er spurlos verschwunden.

21

Ein klammes Gefühl beschlich Desina, als sie die Mauern der Hafenwacht vor sich liegen sah. Der gleiche Bauplan lag auch Istvans Herberge zugrunde, aber hier wehte noch der Drache über den Zinnen des Trutzturms, und schon aus der Ferne sah sie die beiden Seeschlangen, die vor dem Tor Wache hielten.

Dieser Bereich des Hafens wurde vor allem durch die Reichsflotte genutzt, zurzeit lagen hier gut ein Dutzend schnelle Schwertschiffe und vier der mächtigen Galleassen vor Anker, letztere meist mit bis zu acht schweren Ballisten bewaffnet. Die Hafengarnison bewachte auch den Zugang zur Werft, die mit ihren zehn Slips die größte bekannte Schiffsbauanlage war. Die Aktivitäten dort waren auch für Desina überraschend: Auf jedem Slip wurde mit Eifer am Rumpf einer großen Kriegsgaleone gearbeitet, weitere vier neue Galeonen lagen an den Piers vertäut und wurden ausgerüstet.

Von Istvan wusste Desina, dass die Flotte und damit auch die Seeschlangen die einzige Streitkraft der Reichsstadt war, die seit der Abdankung des Ewigen Herrschers eher noch angewachsen war.

Dementsprechend bevölkerten viele Marinesoldaten die Kaianlagen hier an der Nordseite des Hafens und sorgten bei den Geschäften, Handelshäusern und Tavernen in der Gegend für einen stetigen Umsatz. Wer es sich von den Schiffern oder Handelshäusern leisten konnte, ankerte hier, denn die Nähe zur Hafengarnison bot zumindest in der Nacht ein Minimum an Sicherheit. An den großen Kais der Handelshäuser lagen die schweren Handelsgaleonen, die oftmals mehrere Tage zum Löschen ihrer Ladung benötigten. Hier an der Nordseite war es eher üblich, dass ein schnelles Schwertschiff anlegte, die Ladung löschte, neue Ware aufnahm und noch am gleichen Tage wieder auslief.

Es war die beste Gegend im Hafenbereich, dennoch zog sich Desinas Magen zusammen, als sie und Santer sich der Garnison näherten.

Sie erinnerte sich noch sehr genau daran, wie sie vor fast vierzehn Jahren von einem Paar harter Hände genau hier entlang gezerrt worden war, hilflos im festen Griff der zwei Marinesoldaten, die sie am unteren Markt ergriffen hatten, als sie einen fetten Händler um seinen Beutel erleichterte. Woher hätte sie wissen sollen, dass der Händler keiner war, sondern ein Hauptmann der Seeschlangen?

Sie war damals noch ein Kind, doch das schützte sie nur zum Teil vor dem Gesetz. Wäre sie ein wenig älter gewesen, hätte sie ihre Hand verloren, so aber hatte sie nur zu befürchten, dass ein Scharfrichter ihr jeden Knochen in der linken Hand brach, oder ihr das Ohr schlitzte. Ihr Schicksal schien unausweichlich, und sie erinnerte sich noch viel zu gut an die Angst und die Panik, die sie damals empfunden hatte.

Doch einem Schiff, das hier die Ladung löschte, war ein Tau am Mast gerissen, und das Netz mit der schweren Holzladung fiel herab. Eine der geschnittenen Bohlen traf den Soldaten, der sie festhielt, und verletzte ihn schwer.

Desina entkam, obwohl gut ein Dutzend Seeschlangen ihr nachrannten. Es gelang ihr, sich im Wasser unter einem Schiff zu verstecken und sich stundenlang an das Ruder zu klammern, auch als man die Suche längst aufgegeben hatte.

So deutlich waren die Erinnerungen, dass sie Mühe hatte, die Ruhe zu bewahren; ihr Puls raste, und ihre Hände waren klamm. Mehr als ihr halbes Leben lag zwischen dem Moment vor über vierzehn Jahren und diesem, dennoch war die Angst geblieben und ließ sich nur schwer zügeln.

Eine Hand berührte sie an der Schulter, und Santer musterte sie mit besorgter Miene.

»Was ist, Sera? Geht es Euch gut?« Der Stabsleutnant war lange still gewesen, für den Moment hatte sie ihn vollständig vergessen. Sie hätte nicht gedacht, dass sie ihre Gefühle so deutlich zeigte.

»Es ist nichts«, antwortete sie ihm und riss sich zusammen.

Sie hatten auch schon fast das Tor der Hafenwacht erreicht, die Seeschlangen dort salutierten, und der wachhabende Schwertsergeant musterte sie fragend. Dies war wohl kein geeigneter Zeitpunkt, der alten Angst zu erliegen.

Santer trat vor. »Die Maestra vom Turm und Stabsleutnant Santer für Schwertmajor Rikin«, sagte er.

»Wisst Ihr, ob Lanzenkorporal Karjan zurzeit Dienst hat?«, fügte Desina hinzu.

Der Schwertsergeant am Tor salutierte. »Der Götter Segen mit Euch, Maestra.« Dann grinste er Santer breit an. »Als ob ich Euch nicht kennen würde, Santer, oder nichts von der Maestra wüsste! Es hat sich wie ein Lauffeuer verbreitet, dass Ihr beide jetzt den Seelenreiter jagt.« Er warf dem anderen Soldaten nur einen Blick zu – der Mann hatte genug gehört und eilte hinüber zum Hauptgebäude –, anschließend wandte sich der Schwertsergeant wieder an die Maestra und Santer. »Lanzenkorporal Karjan hatte heute bis zum Morgen die erste Wache. Ich nehme an, er wird schlafen. Soll ich ihn wecken lassen?«

»Ich bitte darum. Er soll sich beim wachhabenden Offizier melden«, sagte Desina milde und sah fragend zu Santer hoch, der nur langsam den Kopf schüttelte. Auch er hatte nichts davon gewusst, dass es jetzt dieses Gerücht schon gab.

Der Schwertsergeant salutierte. »Es wird geschehen, Maestra!« Er machte eine Geste, und eine andere Seeschlange setzte sich in Bewegung um seinen Platz am Tor einzunehmen. »Wenn Ihr mir bitte folgen würdet, Sers.«

Desina nickte, und sie und Santer folgten dem Schwertsergeanten. Sie hatte bislang mehr mit den Bullen zu tun gehabt, also nutzte sie die Gelegenheit, sich umzusehen und ein Gefühl für die Seeschlangen zu bekommen, das nicht nur von der Angst, ertappt zu werden, herrührte.

Santer trug noch immer die Uniform der kaiserlichen Marine, leichte Lederstiefel, Hemd und Hose aus festem, dunkelgrünem Leinen, mit der leichten Rüstung aus gehärtetem Leder mit den charakteristischen sechs Wurfmessern über dem Herzen. Kein Grund, ihm abgesehen von seiner Größe hier besondere Beachtung zu schenken. Dennoch fiel Desina auf, dass Santer fast so viele neugierige Blicke erntete wie sie selbst, obwohl er hier bekannt war. Vielleicht gerade deswegen, dachte Desina amüsiert.

Jede Seeschlange war imstande, in voller Ausrüstung eine ganze Kerze lang zu schwimmen. Wie schwer das war, wusste Desina, das Gleiche hatte man auch von ihr verlangt. Sie konnte schon als Kind schwimmen und wusste nicht einmal mehr, wann und wie sie es gelernt hatte, aber in vollgesogenen Kleidern war es eine wirkliche Herausforderung. Während die Bullen auf ihre Kraft und Rüstung vertrauten, meist mit Langschwertern oder sogar Bidenhändern bewaffnet waren, war für die Seeschlangen Geschicklichkeit und Ausdauer höchstes Gebot. Üblicherweise trugen sie noch sechs bis acht Wurfmesser in einer Banderole über der Brust, schräg über dem Herzen, sowie ein Kurzschwert. Höhere Ränge verfügten auch über ein Rapier an der Seite. Jeder von ihnen konnte mit einer Armbrust, Wurfäxten und Enterhaken zumindest umgehen. Es gab immer mindestens eine Tenet aus Scharfschützen an Bord eines kaiserlichen Kriegsschiffs, und ihre Fähigkeit, selbst unter ungünstigsten Bedingungen und hohem Seegang sicher zu treffen, war wohl mit ein Grund dafür, dass die Reichsflotte diesen guten Ruf genoss.

Sie verstanden sich als Elitesoldaten und waren es sicherlich auch. Die Auswahlkriterien der Seeschlangen waren in mancher Hinsicht sogar höher als die Voraussetzungen, den Bullen beizutreten. Allein schon die Vorstellung, für lange Monde in ein Schiff eingesperrt, Wind und See so schutzlos ausgeliefert zu sein, ließ Desina frösteln.

Einer ihrer Ausbilder, Lanzenmajor Fredok, war eine Seeschlange, und sein höchstes Kompliment bestand darin, ihr mitzuteilen, dass sie etwas fast so gut konnte wie eine Seeschlange.

Ein anderer Unterschied war, dass die Disziplin der Seeschlangen im Vergleich zu den Bullen eher lax erschien. Dem war nicht so, es wurde nur auf anderes geachtet. So war es für Desina auch nicht verwunderlich, dass es aussah, als ob die meisten Seeschlangen hier im Hof der Hafenwacht nur herumlungerten.

Zentrum der Aufmerksamkeit war ein Zweikampf zwischen einem bulligen Mann und einer eher zierlich wirkenden schlanken jungen Frau. Sie war mit einem Rapier bewaffnet, er mit zwei Enteräxten. Beide Kämpfer trugen keine Rüstungen, nur die lindgrüne Uniform ohne erkennbare Rangabzeichen.

Desinas Anblick lenkte die Konzentration des Kämpfers ab, und wie eine Natter schoss die Spitze des Rapiers vor, hielt am Hals des Soldaten inne und forderte dort einen kleinen Blutzoll.

»Bei Borons Bart!«, fluchte der Soldat und warf angewidert seine Äxte zur Seite. Buschige Brauen zogen sich über seinen stahlgrauen Augen zusammen, als die junge Frau lachte und ihr Rapier in der Scheide versinken ließ. »Nun, Landar, es war ein guter Versuch.«

»Von wegen Versuch! Ein Rapier ist keine Waffe gegen Äxte. Ich war abgelenkt!«

Die Frau wischte sich mit dem Handrücken den Schweiß von der Stirn, und ein Riss in ihrem linken Ärmel, knapp über dem Ellenbogen, gab den Blick auf eine frische, fast fingerlange blutende Wunde frei.

Sie wandte sich Desina und Tarkan zu, als der Schwertsergeant vor der Frau salutierte.

»Ser, Schwertmajor Rikin, Desina, Maestra des Turms und Stabsleutnant Santer für Euch, Ser!«

»Danke, Sergeant«, antwortete die Schwertmajorin und musterte die Neuankömmlinge aufmerksam.

»Netter Kampf«, meinte Santer. Er zwinkerte Landar, dem

Axtkämpfer, zu. »Du solltest dich schämen, dass du dich so von einer Frau hast vorführen lassen.«

»Sie ist keine Frau«, gab Landar zurück, der zuerst eher erzürnt gewirkt hatte, aber nun deutlich erheitert war. »Sie ist eine Seeschlange. Eine Natter. Ein gefährliches Reptil, das einem Mann in die Eier beißt, wenn er nicht aufpasst.«

Sein Kommentar löste weitum Gelächter aus, auch die Mundwinkel der Schwertmajorin zuckten. Sie sah zu Desina hinüber. »Genug gescherzt. Was kann ich für Euch tun, Maestra?«

»Mir wurde zugetragen, dass die Schwester eines Eurer Lanzenkorporale verschwunden ist. Ich will versuchen, die Frau ausfindig zu machen.«

Rikin nickte. »Karjan, ja. Er wird froh sein, zu hören, dass Ihr Euch des Falls annehmt.« Sie blickte zu dem Sergeanten von der Torwache, der immer noch bei ihnen stand. »Sergeant, habt Ihr ihn benachrichtigen lassen, dass die Eule anwesend ist?«

Der Sergeant nickte. »Ja, Sera. Ich bin überrascht, dass er noch nicht hier ist.«

Rikin nickte und sah sich suchend um. Offensichtlich war der Mann nicht zu sehen, denn sie wandte sich wieder Desina zu. »Das ist in der Tat überraschend«, teilte sie ihr mit. »In den letzten zwei Tagen gab es für ihn nichts anderes als die Suche nach seiner Schwester.« Feine Falten entstanden auf ihrer Stirn. »Karjan ist beliebt und seine Schwester auch. Ich muss Euch sagen, dass wir das Schlimmste befürchten. Es sieht Marja, so heißt die junge Frau, einfach nicht ähnlich. Sie arbeitet hier auch manchmal als Wäscherin und ist im Allgemeinen sehr zuverlässig.«

Bevor Desina etwas erwidern konnte, trat ein anderer Soldat vor sie und salutierte. »Maestra, Sers! Lanzenkorporal Karjan ist nicht aufzufinden. Der Barackensergeant teilte mir mit, dass er nach dem Dienst nur kurz hereinkam, um sich umzukleiden. Er muss dann die Hafenwacht verlassen haben.«

»Danke, Soldat. Ist etwas darüber bekannt, ob er allein ging oder von Kameraden begleitet wurde?«

»So wie ich es verstand, ging er allein, Sera. Er teilte dem Sergeanten mit, dass er weiter seine Schwester suchen wolle und zur Abendglocke wieder zurück wäre.«

»Danke, Soldat«. Der Mann salutierte kurz, und er und der Sergeant kehrten zu ihrem Posten am Tor zurück.

»Dann benötige ich Zugang zu seiner Seekiste«, teilte Desina der Majorin mit.

Die nickte nur und bedeutete ihnen, ihr zu folgen.

»Das ist sein Bett«, teilte Rikin Desina mit, als sie in der Baracke angekommen waren, in der die Mannschaften untergebracht waren. Desina nickte und kniete sich vor die Kiste am Fußende des einfachen Betts. Sie war verschlossen. Ohne darüber nachzudenken, zog sie eine Haarnadel aus ihrem Haar, bog sie um, und einen Moment später sprang das einfache Schloss der Kiste auf. Mit einer unauffälligen Geste strich sie die Haarnadel gerade, steckte sie zurück in ihr Haar und öffnete die Kiste.

Ganz oben, sorgsam auf einen gefalteten Umhang gebettet, sah sie eine kleine Miniatur in einem silbernen Rahmen liegen. Sie nahm sie auf und betrachtete das Gemälde, das einen jungen Mann und eine junge Frau zeigte, die in ihren Tempelkleidern eher steif wirkten. Die Ähnlichkeit zwischen den beiden war ausgeprägt, und sie hielten sie sich fest an der Hand. Das war viel mehr, als sie zu finden erhofft hatte.

Sie legte den Umhang zurück, schloss die Kiste und zeigte die Miniatur Rikin. »Ich brauche nicht mehr als das. Und Wasser«, teilte sie der Majorin mit und sah sich suchend um. Wie auch in der *Gebrochenen Klinge* gab es an der Stirnwand des großen Raums, in dem gut und gerne dreißig Betten standen, eine weitere Tür, sie führte in einen Waschraum. Genau das, was sie jetzt benötigte.

Sie ging hinüber, öffnete die Tür und fand, was sie suchte, ein großes Steingutbecken mit einer Pumpe daneben. Sie trat an die Pumpe heran.

»Erlaubt, Sera«, sagte Santer. »Ich kenne das Ding, es ist störrisch und braucht einen gewissen Trick.«

Sie nickte, und während sie den Abfluss mit dem Holzstöpsel schloss, fing er an zu pumpen.

»Es reicht bereits«, teilte ihm Desina nach ein paar Pumpenschlägen mit. Der Boden des Beckens war nun mit Wasser bedeckt, mehr war nicht nötig. Sie schaute über ihre Schulter, sah ein paar neugierige Soldaten in der Tür stehen, und bat diese freundlich, aber bestimmt, die Tür zu schließen.

Die Schwertmajorin blieb, wie auch der Stabsleutnant war sie gespannt darauf, was die Eule nun zu tun beabsichtigte.

Es gab nicht viel zu sehen. Desina nahm die Miniatur in die linke Hand, schloss die Augen, atmete eine Zeitlang tief und regelmäßig ein und aus und strich dann mit einer elegant aussehenden Geste einmal mit der flachen rechten Hand knapp über der Wasseroberfläche entlang. Das Wasser wurde schlagartig schwarz, schien zu wogen und glättete sich in einem dunkelgrünen Schimmer.

Schweigend musterten die drei das Bild, das im Wasser entstanden war: eine schlanke Frauenhand, die sich in einer leichten Strömung bewegte... ein Maulfisch schwamm unbekümmert vorbei, im Schlick war ein Seil zu erkennen, das die junge Frau am Grund hielt, sowie eine leere Weinflasche, nach der sie zu greifen schien. Doch die Flasche lag wohl schon länger auf dem Grund des Hafens, denn sie war mit Algen bewachsen und von Muscheln überkrustet. Eine Krabbe lief über den ausgestreckten bleichen Arm, um in dem im Wasser wehenden Ärmel des leichten Kleids zu verschwinden.

»Götter«, fluchte Rikin leise. »Ich habe gebetet, dass es nicht so ist.«

Desina nickte und ließ das Bild gehen. Es hatte sie weitaus mehr Anstrengung gekostet als gedacht. Allein die Tatsache, dass Marjas Körper unter Wasser lag, hatte das Wirken der Magie deutlich erschwert. Es war das erste Mal, dass Desina diese Form der Suche angewendet hatte, und sie war selbst überrascht davon, dass es ihr gelungen war. Dennoch war der Willensakt eine immense Anstrengung gewesen, und diesmal fühlte sie tatsächlich, wie ihre Knie zitterten.

»Sie liegt nicht weit von hier«, teilte sie Rikin leise mit, selbst in den eigenen Ohren hörte sich ihre Stimme gepresst und erschöpft an. »Wir brauchen ein Boot.«

»Das wird sich finden lassen, Maestra«, antwortete Rikin sichtlich beeindruckt. »Wir sind schließlich Marinesoldaten.«

22

Wenn ich mir das alles so ansehe, dachte Wiesel und biss in einen Apfel, *dann sollte ich mir überlegen, ob ich meine Neugier nicht besser im Zaum halte. Das hier verspricht gefährlich zu werden*. Andererseits war es natürlich auch eine Herausforderung… Wiesel schüttelte amüsiert den Kopf. Er wusste genau, wann seine Neugier ihn am Haken hatte, und das war ganz ohne Zweifel bereits der Fall.

Wiesel saß auf einem Baumwollballen, der günstig auf der Mole herumlag, und ließ die Füße baumeln. Für alle Welt sah er aus wie ein junger Mann, der sich eine kleine Pause gönnte und die Frühlingssonne genoss.

Die Seeschlangen wussten es besser, das erklärte auch den misstrauischen Blick, den ihm die zwei Marineinfanteristen zuwarfen, die nun schon zum zweiten Mal innerhalb kürzester Zeit hier vorbeikamen. Wiesel lächelte ihnen freundlich zu, aber die beiden Soldaten taten, als würden sie es nicht wahrnehmen. Wahrscheinlich, dachte Wiesel, bekam jeder Rekrut als Erstes sein Bild gezeigt, mit dem Hinweis darauf, ihn niemals aus den Augen zu lassen.

Ein legendärer Dieb zu sein, brachte auch ein paar Nachteile mit sich.

Er verbannte die beiden Soldaten aus seinen Gedanken. Von ihm aus konnten sie ihn beobachten, so lange sie wollten. Wenn es notwendig wurde, wusste er, wie er sich ihnen entziehen konnte.

Sein Problem lag da vorn vertäut, schwarz und so dick und fett, wie es nur sein konnte.

Das ist schon ein großer Bastard, dachte Wiesel und warf den Apfelbratzen ins trübe Hafenwasser. Das Wenige, was er vom Schiffsbau verstand, sagte ihm, dass dieses Gefährt dafür konstruiert worden war, der hohen See zu trotzen und weitaus größerem Wellengang zu widerstehen als die Galeeren des Reichs. Sah man genauer hin, konnte man erkennen, dass das Schiff eine harte Reise hinter sich gebracht haben musste. Hier und da waren Schäden zu erkennen, die fachmännisch ausgebessert worden waren. Wenn er sich nicht sehr täuschte, dann hatte das Schiff aber noch immer eine Erneuerung der gesamten Takelage nötig.

Von hier aus hatte er keinen guten Blick darauf, doch er konnte einen Teil des Hauptdecks und des Achterdecks einsehen. Wenn er aufstand, erlaubte das ihm auch einen Blick auf das Vordeck. Eine lange Planke verband das Schiff mit der Mole, ein schwarz gekleideter Matrose stand daneben Wache. Ein anderer Mann ging auf dem Achterdeck seine Runde, sonst hatte Wiesel bis jetzt niemanden gesehen.

Er hatte sich ein wenig umgehört und auch der Hafenbehörde einen kleinen Besuch abgestattet. Wiesel hatte von zehn Leuten gehört, vielleicht einem Dutzend, auf jeden Fall nicht viel mehr. Doch an Deck sah er nur diese zwei.

Nun, eine Galeere brauchte natürlich bis zu vier Mann an jedem Ruder. Damit kam eine große Galeere schnell auf eine Besatzung von über fünfhundert Mann. Ein Segler brauchte gewiss nicht so viel, aber kaum zwanzig Mann für ein Schiff dieser Größe? Wiesel hielt die Hand über die Augen, damit ihn die Sonne nicht blendete, und blinzelte zu den hohen Masten empor. Die schweren Segel hingen sorgfältig gerafft an den Rahen. Es brauchte gewiss mehr als ein oder zwei Hände, um in dieser schwindelnden Höhe die Segel auszubringen.

Alles sprach dafür, dass dieses Schiff eine sehr lange Reise durch widrigste Gewässer hinter sich gebracht hatte. Wenn dem so war, wo befand sich dann der Rest der Mannschaft? Unter

Deck? Wohl kaum, sonst wären sie den Seeschlangen aufgefallen, als diese das Schiff inspiziert hatten.

Es musste eine Mannschaft geben, dachte Wiesel und kratzte sich gedankenverloren am Kinn. Da man sie nicht sah, hielt sie sich verborgen. Oder sie befand sich schon nicht mehr an Bord, als das Schiff in den Hafen einlief. Wahrscheinlich brauchte es nicht viele Leute, um das Schiff notdürftig zu bemannen, während es in den Hafen geschleppt wurde. So oder so warf es die Frage auf, warum die Mannschaft sich verbergen oder nicht an Bord sein sollte.

Es gab noch etwas zu bedenken. Das Schiff lag seit fünf Tagen im Hafen. Er hatte herumgefragt. Keines der Besatzungsmitglieder hatte in den Tavernen des Hafens seine Heuer versoffen. Sie saßen an Bord und verließen das Schiff nicht.

Das, fand Wiesel, sprach für eine beachtliche Disziplin. Selbst von den Seeschlangen hatte man schon gehört, dass einige bei der Einfahrt in den Hafen ins Wasser sprangen, um an Land zu schwimmen, um so schneller bei Wein, Bier oder Weib zu sein.

Eine andere Sache war die Ladung. Es hatte etwas gedauert, das herauszufinden, aber schwer war es nicht gewesen, es erinnerten sich einige Leute daran. Erzbarren, in die klassische Schweineform gegossen. Eisen, Kupfer, Zinn, sowie eine Kiste mit Silber. Schwer und klein. Lukrativ, und man konnte sicher sein, auch in einem fremden Hafen dafür Abnehmer zu finden. Aber Erzbarren sagten wenig darüber aus, woher sie kamen. Keine Stoffe, Gewänder, Kunstwerke, Preziosen oder irgendetwas, das einen Hinweis auf den Ursprung gab. Erz gab es überall.

Auch dazu hatte der Hafenmeister mit den Schultern gezuckt. Er hatte Wiesel nur das Buch gezeigt.

»Die Kapitäne oder der Erste Offizier kommen hierher, tragen etwas ein und gehen wieder. Sie haben die Liegegebühr bezahlt für volle zwei Wochen, mehr interessiert uns nicht. Hier steht etwas …« Der Mann hatte sich vorgebeugt. »Illian, Lillian, irgendsowas. Noch nie davon gehört.«

»Ist Euch noch etwas aufgefallen?«, fragte Wiesel und ließ ein

Silberstück auf das Buch fallen. Es verschwand so schnell, als wäre es nie da gewesen. Der Hafenmeister hatte noch einmal blinzelnd auf den Eintrag gesehen und dann den Kopf geschüttelt. »Das Einzige, was mir noch einfällt, ist, dass der Kapitän wusste, was hier zu tun ist. Er hat alles ordnungsgemäß abgewickelt, sprach kaum ein Wort, hat sich nicht über die Liegegebühren beschwert, als ob er schon hundert Mal hier gewesen wäre. Aber das war er nicht.«

»Bei den vielen Schiffen, wie wollt Ihr das wissen?«, hatte Wiesel gefragt.

»Woher ich das wissen will? Ich bin selbst zur See gefahren und bin nun seit achtzehn Jahren der Hafenmeister hier. Es kommt einer Landratte wie Euch so vor, als lägen hier ständig neue Schiffe im Hafen, doch dem ist nicht so. Sie kommen immer wieder ... bis sie untergehen, die Schiffe und die Kapitäne. Ich kenne alle Kapitäne, die Askir anlaufen, die meisten schon, seitdem sie Erster Maat oder Erster Offizier waren. Und die Kleidung und die Stiefel von dem da ... Sie kommen von keinem Ort, von dem ich jemals gehört habe. Deshalb war es seltsam, dass der Kapitän sich hier so gut auskannte. Er fragte nicht einmal nach dem Weg zum Auktionshaus oder wer der Lademeister wäre. Er wusste das alles schon.«

Gut, dachte Wiesel jetzt, das war in der Tat seltsam. Seeleute tratschten gern und erzählten von der Überfahrt oder den Ungeheuern, die sie gesehen hatten. Wiesel konnte sich nur schwer einen Kapitän vorstellen, der so maulfaul war wie der Mann, den der Hafenmeister beschrieben hatte.

Und wenn das, was innerhalb der letzten fünf Tage auf den Märkten versteigert worden war, alles an Ladung war, das dieses Schiff trug, dann war es zu neun Zehnteln leer gefahren. Niemand unternahm eine lange Reise mit leerem Laderaum. Zu unsicher war die Gunst der Meere, zu riskant, und vor allem war ein solches Schiff zu teuer, um es auf eine Reise zu schicken, die nicht zumindest versprach, die Kosten zu decken.

Das größere Rätsel für Wiesel aber war die Ladung, die das

Schiff nun trug. Es mochte fast leer angelegt haben, doch jetzt war das nicht mehr das Fall. Es lag so tief im Wasser, dass Wiesel sich fragte, ob es nicht schon überladen war. Aber er war ja kein Seemann. Wozu sollte ein Schiff solch eine lange Reise tun, um dann Ballaststeine und Reis zu laden? Reis, ja, aber Ballaststeine?

»Sie haben etwa zwei Drittel an Ballaststeinen geladen und ein Drittel Reis. Viel mehr an Reis haben sie auch nicht finden können. Es trieb den Preis dafür ganz schön in die Höhe«, hatte ihm der Mann in der Registratur uninteressiert mitgeteilt. »Sie können Reis und Stein kaufen, wie sie wollen. Uns ist es egal.«

Was war das für ein Handel, Erz zu liefern und Stein und Reis zu kaufen? Außerdem war Reis hier in Askir nicht günstig, ganz im Gegenteil, denn er kam aus dem fernen Xiang. Jeder Sack hatte eine lange Reise hinter sich und hatte Dutzende von Zöllen gekostet. Nein, es ergab nur wenig Sinn hier Reis zu kaufen!

Wiesel lehnte sich zurück und machte es sich auf dem Ballen etwas bequemer. Fast jeder, mit dem er bislang gesprochen hatte, war über das Schiff verwundert. Allgemein schien jedoch die Auffassung verbreitet, dass es zwar seltsam erschien, aber nicht ernsthaft von Interesse war. Jeden Tag legten hier im Hafen Dutzende von Schiffen an, das schwarze Schiff fiel zwar auf, aber letztlich kümmerte es keinen.

Es lag nur dick und fett im Hafen und beanspruchte einen Liegeplatz, der gewiss nicht billig war.

Und was hatte das alles mit den Wolfsköpfen zu tun, wegen denen der Kammerdiener sterben musste?

Wiesel stand auf, nickte den Marineinfanteristen, die zum dritten Mal vorbeikamen, höflich zu und ging davon. Seine Nase juckte, das war ein untrügliches Zeichen. Jenks hatte wohl recht gehabt. Mit dem Schiff stimmte etwas nicht. Vielleicht sollte er ihm bei Gelegenheit einen Besuch abstatten.

Aber wenn er eins von seiner früheren Partnerin gelernt hatte, dann war es, niemals unvorbereitet zu sein. Erst galt es mehr herauszufinden. Der Kapitän wurde an Land erwartet, in der *Goldenen Rose*. Das hatte Taride ihm berichtet. In gewissem Sinne war das Händlerviertel der Reichsstadt, in der dieses als teuer und gut bekannte Gasthaus lag, Wiesels zweite Heimat. Er kannte es wie seine Westentasche, viele der reichen Handelshäuser kannte er wahrscheinlich besser als der Hausherr. Irgendetwas würde er dort wohl sicherlich herausfinden können.

Er blieb mitten auf dem Hartmarkt stehen, denn jetzt war es sein Nacken, der kribbelte. Die Marineinfanteristen? Er schaute sich unauffällig um. Selbst inmitten der Menschenmassen, die sich durch die Gassen zwischen den bunten Ständen der Händler drängten, waren sie nicht schwer zu finden. Da standen sie und taten beide so, als ob sie sich für anderes interessierten. Nein, die waren es nicht.

Sein Blick schweifte weiter und blieb an einer Sänfte hängen. In anderen Teilen der Stadt war es möglich, durch die Größe der Stadt auch notwendig, sich zu Pferd oder mit der Droschke zu bewegen. Zwar waren die Straßen, die zum Hafen führten, breiter als die Straßen, die in einem sternförmigen Muster die äußeren Bezirke der Stadt mit dem Zentrum und der Zitadelle verbanden, doch der Warenverkehr hier am Hafen war so dicht, dass die Lastkarren und schweren Ochsenwagen jedes Vorankommen erschwerten. Es war schneller und vernünftiger, zu Fuß zu gehen. Es hieß, es gebe zwei Orte, die auch der Kaiser zu Fuß betrat, das gewisse Örtchen und den Hafen. Wollte man nicht zu Fuß gehen, ließ das Gedränge am Hafen nur eine Sänfte als Transportmittel zu. Und dennoch war es ungewöhnlich, eine hier zu sehen.

Diese war zudem ein Blickfang. Allein schon die acht Sänftenträger waren ein exotischer Anblick. Muskulös und breit gebaut, ähnelten sie sich auf dem ersten Blick wie ein Ei dem anderen. Ihre nackten Oberkörper glänzten wie eingeölt, Brust, Gesichter und Köpfe der Männer waren glattrasiert, bis auf einen schwarzen Zopf, der sorgfältig geflochten fast bis auf den Boden reichte und von goldenen Bändern eingefasst war.

Sie trugen schwarze Pantalons und eine Art Lendenschurz aus Seide, der ihnen fast bis zum Knie ging, in Rot und Gold und Silber war dort ein springender Tiger eingestickt. Die weichen Lederstiefel waren mit goldenen Schnüren um die kräftigen Waden gebunden, und die Sohlen der Stiefel teilten sich zwischen dem großen Fußzeh und den anderen. Sie waren keine Sklaven, sondern Krieger, jeder von ihnen trug an seiner Hüfte zwei schlanke Messer oder fast schon Kurzschwerter, die in lackierten und verzierten Holzscheiden hinter den Schärpen staken, die den Männern als Gürtel dienten. Stählerne, ebenfalls reichverzierte Ringe und Manschetten zierten die muskulösen Arme der Sänftenträger und boten zugleich Schutz im Kampf. Ihre dunklen Augen drohten jedem, der es wagte, näher als zwei Schritte an die Sänfte heranzutreten.

Das hölzerne Gestell der Sänfte war aus prächtig lackiertem Rosenholz gefertigt, reich mit Elfenbein eingelegt, der Aufbau mit feinster roter Seide verschlossen.

Wiesel war nicht der Einzige, der den exotischen Anblick bewunderte, diese Sänfte war selbst für Askir ein ungewohnter Anblick.

So sicher war Wiesel in Geografie nicht, doch er wusste, dass das Reich Xiang tief unten im Südosten lag. Untiefen, stürmische Meere, die Piraten der Feuerinsel und vor allem die gefährlichen Wasser der Krakensee erschwerten den Handel über See, sodass der Handelsweg nach Xiang über Land verlief. Es hieß, es wären viertausend Meilen über schneebedeckte Berge, durch brennende Wüsten und mitten durch das Gebiet der Barbaren, die jeder der kostbaren Seidenballen hinter sich brachte, die oben im Weichmarkt für ein Vielfaches ihres Gewichts in Gold verkauft wurden. War ein Mann mutig und verrückt genug und zudem bereit, sich auf eine Jahre dauernde gefährliche Reise zu begeben, konnte er gutes Gold verdienen, wenn er sich den Handelskarawanen nach Xiang anschloss.

Seit den Tagen des Ewigen Herrschers unterhielt dieses ferne Kaiserreich eine prächtige Botschaft auf dem Zitadellenhügel, eine exotisch anmutende Festung mit hohen Zinnen und geschwungenen, kupferbelegten Dächern, deren Konstruktion sie wie die Haut eines goldenen Drachen aussehen ließen.

Auch die Menschen aus Xiang waren für sich schon ungewöhnlich. Meist wirkten ihre Gesichter seltsam breit, die Nasen flacher als gewohnt, vor allem aber die Augen irritierten, denn sie schienen schmaler mit ihrer ausgeprägten Lidfalte. Eine goldene Hautfarbe und pechschwarze Haare schienen üblich, jedenfalls konnte sich Wiesel nicht erinnern, jemals jemanden aus dem fernen Reich gesehen zu haben, der nicht über goldene Haut und schwarze Haare verfügte. Viele Gerüchte rankten sich um dieses Reich. Dort, so hieß es, wären die Straßen mit Gold gepflastert, die Frauen zierlich, anschmiegsam und die schönsten der Welt. Es hieß aber auch, dass die Männer entschlossene Kämpfer wären, die bis zum Letzten gehen würden, um die Ehre ihrer Frauen zu verteidigen.

Ob die Frauen so schön waren, wie es hieß, war etwas, das man glauben konnte oder nicht. Zumindest in Askir waren sie niemals auf der Straße zu sehen. Wenn eine von ihnen die prächtigen Gärten der Botschaft verließ, dann in einer solchen Sänfte und vor ungebührlichen Blicken durch dichte Seidenvorhänge geschützt. Wiesel juckte es schon seit Jahren in den Fingern, der Botschaft mal einen längeren Besuch abzustatten. Doch er wäre nicht so alt geworden, wenn er nicht auch vernünftig wäre. So exotisch die Botschaft von Xiang auch anzusehen war, sie war auch, nach der Zitadelle des Ewigen Herrschers, der am besten geschützte Ort in ganz Askir.

Nur einmal war es ihm gelungen, einen Blick über die hohen Mauern zu werfen. Er konnte bestätigen, dass die Gärten tatsächlich so prächtig waren, wie behauptet wurde. Und auch, dass die Frauen wohl wirklich zierlich sein mussten, denn er hatte eine junge Frau in den Gärten gesehen, die prächtige Seidengewänder trug, mit einer breiten Schärpe um die Taille, die ihm schmal genug erschien, um sie mit seinen Händen umfassen zu können. Die Frauen rasierten ihre Köpfe nicht, der Wasserfall aus schwarzem Haar war ihm noch gut in Erinnerung. Was Wiesel auch noch gut in Erinnerung geblieben war, war das Gefühl von kaltem Stahl, der in seine Schulter eindrang. Es war keine der

Wachen, die er mit viel Mühe hatte umgehen können, es war die Frau im Garten selbst, die, scheinbar ohne hinzusehen, den Dolch nach ihm geworfen hatte.

Wiesel besaß ihn noch immer, ein wunderschön gearbeitetes Stück aus poliertem, mit Gravuren versehenem Stahl und einem schwarzen Hartholzgriff, der hervorragend ausbalanciert war. In gewissem Sinne hatte sich sein Besuch doch gelohnt, denn ein solcher Dolch war ein Vermögen wert. Er trug ihn jetzt in einer Scheide zwischen seinen Schulterblättern, sein ganz persönlicher Glücksbringer.

Wiesel erlaubte sich ein leichtes Lächeln, als er der unsichtbaren Sera innerhalb der Sänfte eine leichte Verbeugung andeutete. Was die Botschaft an Reichtümern zu bergen schien, interessierte ihn mittlerweile weitaus weniger als die zierliche Gestalt, die ihn so treffsicher beinahe von der hohen Mauer der Botschaft geholt hätte. Vielleicht, so dachte er mit einem Schmunzeln, war es sogar die gleiche Sera, die er in seinen Träumen schon oft in ihrem prächtigen Garten besucht hatte.

Das Poltern von schweren Wagenrädern veranlasste Wiesel, zur Seite zu schauen. Er wich dem Lastkarren aus und wurde von einem Händler angerempelt, der ihn hochnäsig ansah und einen Trampel nannte, bevor er schnaubend davonstapfte.

Fast schon überrascht sah Wiesel auf seine Hand herab, die, für alle Umstehenden deutlich sichtbar, einen bestickten Lederbeutel hielt. Er war so in Gedanken versunken gewesen, dass er gar nicht bemerkt hatte, wie er den Händler erleichtert hatte. *Götter*, dachte Wiesel, *nicht das!*

»Hallo, Ihr da!«, rief er hastig dem Händler hinterher. »Ihr habt Euren Beutel verloren.«

Der Händler zuckte zusammen, griff sich schreckhaft an seinen Gürtel – nun, dieser Beutel war noch da –, dann an seine Brust, wo er seine Goldstücke sicher geglaubt hatte. Wie ein Walross schnaubend eilte er zu Wiesel zurück, riss ihm fast den Beutel aus der Hand, um wütend davonzugehen. Kein Wort des Danks, dachte Wiesel kopfschüttelnd. Wie unhöflich.

Er spürte eine harte Hand auf seiner Schulter und schaute sich um, ein Marineinfanterist stand da und sah ihn finster an.

»Habt Ihr nicht gesehen, dass er seinen Beutel verloren hat?«, sagte Wiesel eilig und verfluchte seine flinken Hände und alten Gewohnheiten. »Ich habe ihn eben zurückgegeben! Ihr müsst das doch gesehen haben!«

»Habe ich«, antwortete der Marineinfanterist grollend. »Uns ist klar, dass du weißt, dass wir dich beobachtet haben. Ich weiß nicht, wie du es gemacht hast, aber ich bin nicht erfreut darüber, dass du uns hier so vorführst.«

»Aber...«, begann Wiesel, doch bevor er mehr sagen konnte, rammte ihm der andere Marinesoldat eine stahlharte Faust in den Magen. Keuchend brach Wiesel zusammen und bekam noch einen harten Tritt auf seine Arme, als der Soldat nachlegte.

»Wenn es nach mir ginge, würde ich dir meinen Beutel zustecken und dich verhaften«, fuhr die andere Seeschlange drohend fort. »Leider ist mein Beutel so leer, dass uns das keiner glauben würde.« Er beugte sich zu Wiesel herunter und hielt ihm die Faust vor die Nase. »Schlimm genug, dass wir dich nicht kriegen, aber uns vor allen lächerlich machen zu wollen, das solltest du dir in Zukunft zweimal überlegen! Verstanden?«

Bevor Wiesel antworten konnte, griff der andere Soldat seinen Kameraden beim Arm und zog ihn fort. »Lass ihn, er ist es nicht wert«, hörte Wiesel noch. Ein letzter wütender Blick, dann waren die beiden Soldaten in der Menge verschwunden.

Langsam richtete sich Wiesel auf, sah, wie man auf ihn zeigte und ihn neugierig, aber nicht mitleidig betrachtete. Dass ein junger Dieb die Gelegenheit nutzte, einem der Gaffer den Beutel aufzuschneiden, trug dennoch nicht zu Wiesels Erheiterung bei. Er sah sich um, die Sänfte war nirgendwo mehr zu erspähen. Wiesel hoffte nur, dass die Sera nichts von seiner Niederlage mitbekommen hatte, er kam sich bei dem Gedanken seltsam peinlich berührt vor. Seufzend klopfte er sich den Staub von seinen Kleidern, fluchte noch einmal leise, als er einen Riss in seinem neuen Wams bemerkte, und ging dann weiter, als ob ihn das alles nichts anging.

Götter! Wie konnte ihm nur so etwas Dummes geschehen!

Zwei Schritte weiter blieb er stehen.

»Oh«, sagte er, drehte sich um und ging dann seufzend zurück. Vor dem Ort, an dem der Händler ihn angerempelt hatte, stand ein Schrein des Boron, daneben ein Priester in der roten Robe seines Glaubens, der ihn mit gefurchter Stirn musterte.

Wiesel sah von dem Priester zu der kleinen Statue des Gottes. »Hilft es, wenn ich ihm sage, dass es ein Versehen war?«, fragte er zerknirscht.

Der Priester musterte ihn von oben bis unten. »Ser, es ist Euer schlechtes Gewissen, das Euch hierher führt. Das lässt darauf schließen, dass es vielleicht dieses eine Mal ungerecht war, was Euch widerfuhr. Aber Ihr selbst erkennt, dass das, was Euch eben hier zustieß, im Ganzen Eures Lebens seine Rechtfertigung findet.« Der Priester verbeugte sich leicht vor Wiesel. »Mein Gott würde es sicherlich begrüßen, wenn Ihr das, was Ihr getan habt, von Herzen bereut, aber das ist wohl kaum der Fall. Sonst ständet Ihr nicht hier und würdet diese Frage stellen.«

»Lernt ihr Priester das alles in der Tempelschule?«, fragte Wiesel säuerlich, als er in seinem Beutel nach zwei Silberstücken kramte, die er in die Opferschale fallen ließ.

»Nein, Ser. Aber wenn man ein Jahr lang an dieser Stelle steht und den Leuten zusieht, wie der Anblick des Gottes sie an ihre Verfehlungen erinnert, dann lernt man es.« Der Priester legte den Kopf zur Seite und lächelte leicht. »Wenn Ihr mir die Bemerkung erlaubt, es ist schon etwas dreist, direkt vor dem Schrein meines Herrn einen Mann um seinen Beutel zu erleichtern. Was mich wahrlich glauben lässt, dass es sich um ein Versehen handelte.« Er sah auf den Beutel in Wiesels Händen herab und hob vielsagend eine Augenbraue. »Weiterhin denke ich, dass eine Handlung, die ein solches Kunststück zu einem Versehen werden lässt, langer Übung bedarf.«

Seufzend ließ Wiesel zwei weitere Silberstücke in die Schale gleiten. »Würde Euer Gott mir verzeihen, wenn er weiß, dass ich heute auf dem Pfad der Rechtschaffenen wandle?«

»Ich denke, er hat Euch verziehen. Schließlich steht Ihr hier und werdet nicht gerade in Ketten abgeführt.«

Wiesel sah den Priester nur an und schüttelte dann ungläubig den Kopf. »Wie kommt es nur, dass ihr Priester immer auf alles eine Antwort zu haben glaubt?«

»Ich weiß nicht, Ser, vielleicht, weil Ihr nur meint, dass es so ist?«

Wiesel sah den Priester nur sprachlos an.

Der lächelte und zeigte strahlend weiße Zähne. »Seid bedankt für Eure Spende und gesegnet im Namen Borons, auf dass die Tugend Eure Schritte lenken wird.«

Wiesel öffnete den Mund, überlegte es sich dann doch anders, verstaute seinen Beutel und ging kopfschüttelnd davon. Ein paar Schritte weiter lachte er leise. Wenn ihn seine Erinnerung nicht täuschte, war dies das erste Mal in seinem Leben, dass er Borons Segen empfangen hatte. *Hm*, dachte er amüsiert, *immerhin ist es ja auch wahr, ich wandle auf dem Pfad der Tugend, wenigstens im Moment.*

23

Die Jagdboote waren die Arbeitstiere der Seeschlangen, schlanke flache Schiffe mit hohen Bordwänden, einem scharfen Kiel, einer Messingramme und einer kleinen Balliste im flachen Frontkastell. Sie waren dazu gedacht, innerhalb des Hafens oder in flachen Gewässern zu operieren. Mit dreißig Rudern waren sie schneller als jedes bekannte Schiff, und sollte jemals ein feindliches Schiff die Dreistigkeit besitzen, in den Hafen einzulaufen, erginge es ihm wie einem Bären, der von einem Rudel Terrier gestellt wurde.

Diesmal waren nur zwanzig Ruder besetzt, und im flachen

Frontkastell, wo die Balliste entfernt worden war, machten sich vier Taucher bereit und schmierten sich großzügig mit Schweinefett ein. Es war ja gerade erst Frühling, und das Wasser im Hafen empfindlich kalt.

Zusammen mit Schwertmajor Rikin hatte sich auch Santer entschlossen mitzukommen. Er genoss es, hier zu sitzen und nicht zu rudern. Wenn einer seiner Seeschlangen-Kameraden ihn vorwurfsvoll ansah, dann hob er nur eine Augenbraue.

Er saß auf einer der freien Ruderbänke und beobachte die Maestra, die in grimmigem Ton dem Rudergänger Anweisung gab. Zu seiner Überraschung fuhr das Boot nicht in den Hafen hinaus, sondern an der Mole entlang, bis es im nordöstlichen Hafenbereich ein Gebiet erreichte, in dem auf schweren hölzernen Pfeilern einige Gebäude in den Hafen hineingebaut worden waren. Es handelte sich um zwei Lagerhäuser, eine Taverne und einen alten Stadtpalast, der deutliche Spuren des Verfalls zeigte.

»Es war ein Experiment des Handelsrats. Vier Liegeplätze wurden geopfert, um diese Gebäude zu errichten, es gab schlichtweg keinen Platz mehr im Hafen«, erklärte Rikin der Maestra, als das Boot näher herankam und zwischen die massiven Pfähle glitt. »Die Liegeplätze sind wie Adern, durch die das Herzblut der Stadt pulsiert, und unterm Strich war der erwirtschaftete Gewinn geringer als angenommen.« Die Majorin runzelte die Stirn, als das Boot in die trübe Dunkelheit unter den Bohlen glitt, die über ihnen die Gebäude trugen. »Soviel ich weiß, beabsichtigt der Handelsrat, diese Gebäude abzureißen, wenn die Pachtverträge der Taverne erloschen sind. Das ist in drei Jahren. Die anderen Gebäude stehen schon leer.«

»Hier«, sagte Desina und hob die Hand. Das Boot glitt ein wenig weiter, dann wurde es durch die Ruder im Wasser gebremst, vier Soldaten sprangen auf und drückten schwere Enterhaken gegen die verschiedenen Pfähle um das Boot herum, um es auf Position zu halten.

Die Taucher banden feste Seile um ihre Schultern, während Desina die Bohlen über ihren Köpfen absuchte. »Schaut«, sagte sie und wies nach oben. Dort waren die Umrisse einer Falltür zu erkennen. Sie wandte sich der Majorin zu. »Ich befürchte, dass wir nicht nur Marja hier finden werden.«

»Ich denke, die Falltür gehört zum *Schiefen Mast*«, vermutete die Majorin.

»Ich kenne die Taverne«, erklärte Santer grimmig. »Eine der übelsten Kaschemmen im Hafen. Wir hatten dort schon oft zu tun, mindestens dreimal war ich selbst dort, an eine Falltür kann ich mich jedoch nicht erinnern.«

»Sie wird versteckt sein«, mutmaßte Desina, während die vier Taucher fast lautlos in das kalte Hafenwasser glitten.

»Wie tief ist der Hafen hier?«, wollte Desina wissen.

»Gute drei bis vier Mannslängen«, antwortete der Stabsleutnant abwesend, während er verfolgte, wie die Seilmannschaften den Tauchern Seil nachgaben, jederzeit bereit, ihre Kameraden aus dem Wasser zu ziehen. Einer der Seeleute zählte langsam. Spätestens wenn er zweihundert erreichte, würde man die Seile einbringen, denn allein die Kälte des Wassers gab Grund zur Sorge. Doch so lange dauerte es nicht. Eines der Seile auf der Backbordseite ruckte zweimal, dicht gefolgt von dem zweiten Seil dort.

»Sie haben etwas gefunden«, erklärte Rikin. Eines der Seile ruckte erneut, und die Seilmannschaften fingen an, es einzubringen. Wenige Sekunden später tauchte erst der Kopf des eines Tauchers auf, dann der des anderen, zwischen ihnen ein bleicher, leicht bekleideter weiblicher Körper. Zugleich ruckte es an den Seilen auf der Steuerbordseite, auch dort hatten die Taucher etwas gefunden. Die Seilmannschaften gaben den Tauchern dort ebenfalls das Signal aufzutauchen, während die Kameraden an Backbord bereits die Tote einbrachten und dann die frierenden Taucher an Bord zogen, um sie sofort in schwere Decken einzuhüllen.

Desina beugte sich vor und musterte den Leichnam der jungen Frau sorgfältig. Ein leichter Wind hob kurzzeitig ihre Kapuze an, und Santer sah, wie betroffen die Maestra war, bevor sie wie abwesend die Kapuze wieder ins Gesicht zog.

»Sie ist seit etwa einer Glocke tot. Höchstens vier Kerzen«, erklärte Desina tonlos. Marja war eine schlanke und zierliche Frau gewesen, die auf der harten Ruderbank wirkte wie ein kleines Kind, ihre Augen waren offen und noch klar, ihr Gesicht auch im Tod voller Unglauben, als verstehe sie nicht, was ihr zugestoßen war. Sie trug nur ein leichtes Kleid, eher ein Nachtgewand. Die zahlreichen Wunden, die ihren Körper überzogen, wollte sich Desina erst später ansehen.

»Bei Borons Hammer«, fluchte Santer, als auch an der Steuerbordseite ein Leichnam aus dem Wasser gezogen wurde. »Das ist Karjan!«

»Es scheint, als habe er seine Schwester gefunden«, stellte die Majorin bitter fest.

»Soltar steh uns bei«, flüsterte Desina und ließ sich schwer auf eine der Ruderbänke sinken. »Deckt sie zu«, sagte sie, schluckte sichtbar und beugte sich anschließend über den tropfenden Leichnam von Regatas Verlobtem. Er trug ebenfalls nur noch ein Untergewand, und auch ihm war an manchen Stellen die Haut in Streifen abgezogen worden. Wie seine Schwester war auch der Korporal ausgeweidet worden.

Desina legte sorgfältig eine Decke über den Toten und wandte sich dann an Rikin. »Zurück zur Hafenwacht, Schwertmajor. Ein Bote soll nach den Priestern von Boron, Soltar und Astarte geschickt werden, wir werden sie brauchen. Wir hingegen werden den *Schiefen Mast* aufsuchen. Ich will, dass jeder, der sich im Lauf des Tages dort aufhielt, zum Verhör herangebracht wird und dass jeder Winkel der Gebäude über uns untersucht wird.«

»Es wird geschehen, Maestra«, antwortete Rikin mit steinernem Gesicht. »Karjan und seine Schwester gehörten zu den Seeschlangen. Die Mörder werden ihre Tat bereuen.«

»N-nicht… n-nur d-diese T-tat«, brachte ein vor Kälte zitternder Taucher mühsam hervor. Seine Lippen waren blau angelaufen, und er schien keine Wärme gewinnen zu können, obwohl seine Kameraden ihn in dicke Decken gehüllt hatten und kraftvoll abrubbelten. »Es… es i-ist e-ein g-gan-zer T-to-ten-a-acker d-d-dort u-unten!«

»Das haben wir befürchtet«, gab Rikin Antwort. »Wir werden die Täter stellen.«

»Ich hoffe es«, sagte Desina tonlos, und Santer bemerkte, dass sie ihre Hände zu Fäusten geballt hatte. Auch die Majorin sah Desina scharf an.

»Es gibt noch mehr, nicht wahr?«, fragte die Majorin, und Desina nickte widerwillig. »Hier ist Magie am Werk gewesen ... Ich spüre noch den Nachgeschmack ... Es war Blutmagie. Die Arbeit eines Verfluchten.«

»Wir werden ihn finden«, sagte Santer kalt, während das Boot aus dem Schatten unter den Bohlen hervorschoss und mit hoher Geschwindigkeit in Richtung Hafenwache fuhr.

Sie sah seinen entschlossenen Blick und nickte, während sie die Kapuze wieder vorzog. »Das werden wir.«

Desina war tief in Gedanken versunken, als das wendige Boot mit kraftvollen Ruderschlägen über das gekräuselte Wasser des Hafens getrieben wurde. Sie bemerkte nicht einmal den kalten Wind. Alles, was sie gelesen hatte, jedes einzelne Buch und jeder Bericht, der im Turm der Eulen verwahrt wurde, stammte aus der Zeit, bevor der Weltenstrom zusammengebrochen war, und vieles davon beschäftigte sich mit Dingen, von denen man seit Jahrhunderten nichts mehr gehört hatte.

Die abscheuliche Art, wie Nekromanten ihre Macht ausübten, allein schon die unsagbare Tat des Seelenraubs, ließ sie wie das personifizierte Böse erscheinen. Schon um sich von diesen Ungeheuern zu distanzieren, legten die Eulen großen Wert darauf, die andere Art der Magie, ihre Art, als gut erscheinen zu lassen. Das war jedoch nicht so ganz richtig. Magie war nur ein Werkzeug, ob sie zum Schlechten oder zum Guten verwendet wurde, lag immer in der Hand derer, die das Werkzeug benutzten.

Jetzt lagen in dem Boot zwei tote Menschen, Opfer einer Art der Magie, die vielleicht älter war als die Menschen selbst. Einst, so stand es in den Archiven, hatte es ein Volk der Elfen gegeben, das einem dunklen Gott diente. Die magische Form des *e'nsira*, der Raub des Wissens, war bei diesen dunklen Elfen entstanden.

Immer wieder führten ihre Gedanken sie zu der größten aller Eulen zurück, zu Balthasar. In seinem Tagebuch schrieb er von der Befürchtung, dass eine abgewandelte Form des *e'nsira* dazu verwendet werden könnte, anderen nicht nur das Wissen, sondern auch den Geist zu rauben. Dass vielleicht in dieser uralten Form der Magie die Keimzeile der Nekromantie verborgen lag.

24

Kalte Augen folgten dem Jagdboot, als es über das Wasser des Hafens glitt, dann ließ der Mann den vergilbten Vorhang fallen. Er griff unter sein Wams und zog das schwere Amulett heraus, das auf seiner Brust lag. Seine Finger verkrampften sich, als er jenen Schmerz spürte, der ihn immer ereilte, wenn er das tat.

Er stand noch immer an dem zugenagelten Fenster, fand sich aber auf mysteriöse Weise zugleich in einer fernen Turmkammer wieder. Feine Seidenvorhänge wehten dort in einem lauen Wind. Der, den er suchte, stand auf dem Balkon und schaute hinaus in die Nacht, ein feingeschliffenes Glas aus dünnstem Kristall in seiner Hand. Er bemerkte die Anwesenheit des anderen, drehte sich gemächlich um und nahm einen Schluck von seinem Wein. Dunkle Augen musterten die durchscheinende Gestalt vor ihm nachdenklich.

»Feltor? Was führt Euch her? Ich hoffe, Ihr bringt gute Kunde.«

»Nein, Herr. Es gibt… Schwierigkeiten.«

Eine feine Augenbraue hob sich fragend. »Schwierigkeiten? Ihr wisst, das höre ich nicht gern. Schwierigkeiten welcher Art?«

»Eine Eule hat den Ort am Hafen gefunden, Herr.«

Die Hand, die gerade das Glas an die feingeschwungenen Lippen führen wollte, erstarrte, und das Gefäß zerbarst in der schlanken Hand, die sich zu einer Faust ballte und dann wieder entspannte. Fast nachlässig zog der Mann mit der anderen Hand einen Glassplitter aus seiner Handfläche und betrachtete nachdenklich, wie sich die Wunde schloss. »Es gibt in Askir keine Eulen mehr«, stellte er fest.

»Und dennoch ist da eine. Sie folgte der Form des Suchens. Trotz des Wassers, trotz der Siegel, die es hätten verhindern müssen…«

»Sie?« Die feingezeichneten Gesichtszüge entspannten sich ein wenig. »Es ist kein Mann?«

»Nein, Herr. Es ist eine junge Frau. Sie ist schon lange im Turm und durchforstet die alten Texte dort. Ich hatte Euch von ihr berichtet. Jetzt hat sie wohl die Prüfung bestanden und trägt die blaue Robe. Eine Gefahr ist sie nicht, aber sie hat den Ort gefunden…«

»Das war unachtsam von Euch.«

»Ja, Herr.«

»Hm«, sagte der junge Mann nachdenklich. »Wie konnte sie dem Fanal entgehen?«

»Ich weiß es nicht, Herr. Es…«

»Feltor?«

»Ja, Herr?«

»Es war keine Frage an Euch.«

»Ja, Herr. Verzeiht, Herr«

Einen Moment schwieg der junge Mann, dann ging er hinüber zur Anrichte und füllte ein neues Glas mit dem süßen Wein und trank. Eine feine Falte erschien auf seiner makellosen Stirn, dann verschwand sie wieder. »Ist das Schiff angekommen?«, fragte er.

»Ja, Herr.«

»Nun«, sagte er und lächelte, ein wenig nur. »Dann brauchen wir den Ort nicht mehr. Es macht kaum einen Unterschied.«

»Ja, Herr.«

»Gut. Ihr könnt Euch entfernen… Und, Feltor? Seht zu, dass die Maestra Euch nicht zu nahe kommt. Und gebt unseren Freunden etwas zu tun. Sie hassen so leidenschaftlich, gebt Ihnen ein Ziel für ihre Verblendung.«

»Wie Ihr es wünscht, Herr.«

Die durchscheinende Gestalt verbeugte sich tief und verschwand, um weit entfernt an jenem anderen Ort keuchend auf die Knie zu fallen. Die Distanz war zu groß, die Kraft, die es Feltor kostete, gewaltig.

»Verdammte Eule«, keuchte er, als er sich mühsam aufrichtete. Er lehnte sich an die Wand und wartete, bis der Schmerz ihn verlassen hatte. Er sah sich um, musterte noch einmal prüfend das Wirken seiner Macht, erst dann erlaubte er sich ein kaltes Lächeln. Sein Umhang wehte, dann schien es, als ob Feltor sich in Rauch verwandelte und verging.

Eine Weile später trat Balthasar aus den Schatten des alten Stadtpalasts und sah sich langsam um. »Keinen Körper zu haben, hat auch einen Vorteil. Es kann einem dann auch nicht schlecht werden«, stellte er bitter fest. »So sieht also das Übel aus, wenn man nicht verblendet ist.« Er schaute dorthin, wo Feltor verschwunden war.

»So, hast du deinem Herrn Bericht erstattet, ja?« Seine Fäuste ballten sich. »Wenn sie dein Werk sieht, Feltor, wird sie dich und deinen Herrn bis ans Ende der Welt jagen. Und sie wird dabei nicht allein sein, das schwöre ich dir!«

Ein letzter Blick, dann verschwand der geisterhafte Maestro so leise, wie er gekommen war.

25

Als das Boot die Mole der Hafenwacht erreichte und dort auf die Schräge auflief, hörten sie schon Regatas Schrei, als sie oben auf dem Kai in die Knie brach und bitterlich zu weinen anfing. Desina war die Erste, die das Boot verließ, dicht gefolgt von Santer, dessen Gesicht einer steinernen Maske glich, und der Majorin, die anfing Befehle zu erteilen, noch bevor sie festen Boden unter den Füßen hatte.

Desina zog ihre Ziehschwester an sich, die hemmungslos schluchzte. Gemeinsam sahen sie zu, wie die Soldaten den Toten aus dem Boot bargen. Karjan und seine Schwester wurden in das Innere der Garnison gebracht und dort im Krankenlager aufgebahrt. Gemeinsam folgten Regata und Desina ihnen. Langsam löste sich Regata von ihrer Ziehschwester und betrat den kleinen Raum, Desina folgte ihr. Einer der Soldaten wollte Regata zum Gehen bewegen, aber Desinas Kopfschütteln ließ ihn zurücktreten. Eine weitere Geste der Maestra leerte den Raum bis auf Regata und Desina selbst.

Regata trat an den Toten heran, strich ihm sanft über das nasse Haar, beugte sich über ihn und gab ihm einen Kuss auf die kalte Stirn. Dann richtete sie sich auf und sah Desina mit vorwurfsvollen, tränenfeuchten Augen an. »Warum hast du ihn nicht gerettet?«, fragte sie. »Du bist doch eine Eule. Du hättest es doch tun können!«

»Regata«, antwortete Desina sanft. »Er war schon tot, als du zu mir kamst. Marja auch… Sie starben beide etwa vor vier Kerzenlängen. Es scheint, als habe er sie gefunden. Er war aber nicht imstande, sie zu retten.«

Regata sah sie verständnislos an. »Aber er hatte doch heute die erste Wache. Er wollte sich schlafen legen und dann… Ich habe ihm doch gesagt, dass ich zu dir gehen würde!«

»Es tut mir leid«, antwortete Desina und griff nach den Händen ihrer Schwester. »Ich verspreche dir, dass wir den Mörder finden werden.«

Einen kurzen Moment lang drückte Regata die Hände ihrer Schwester so fest, dass Desina fast um ihre Knochen fürchtete, dann ließ Regata sie los und trat an den Leichnam ihres Verlobten heran. Sie nahm seine klamme Hand.

»Ich kenne dich ja«, sagte sie zu Desina, während ihr noch Tränen die Wangen herabliefen. »Du hältst immer deine Versprechen. Aber sag mir … Was wird mir das nützen? Hast du schon einmal geliebt, Schwester? Kannst du verstehen, was ich gerade fühle? Wie mein eigenes Herz gerade zerreißen will?«

Desina schüttelte den Kopf. »Das kann ich nicht«, antwortete sie. Sie machte einen Schritt auf Regata zu, doch diese hob abwehrend die Hand.

»Nein, nicht«, sagte sie. »Du konntest ihn nicht retten, und mich kann niemand trösten. Tu das, was du kannst: Richte seinen Mörder.«

Sie kniete sich neben den Toten, drückte ihre Wange gegen seine kalte Hand und senkte den Kopf. Ihre Schultern bebten.

Desina spürte Santer an ihrem Arm, der sie leicht in Richtung Tür zog. Sie folgte ihm. Er schloss die Tür hinter ihnen und musterte Desina. »Wie geht es Euch?«, fragte er leise. »Ihr seht mitgenommen aus.«

»Woher wollt Ihr das wissen?«, fragte Desina bitter. »Könnt Ihr durch meine Kapuze blicken?«

»So schwer ist es nicht«, antwortete der Stabsleutnant leise. »Es wird leichter, je länger man Euch kennt.« Jetzt war er es, der nach ihren behandschuhten Händen griff. »Ihr könnt mir vertrauen, Maestra.«

»Das weiß ich, Santer«, sagte sie mit einem müden Lächeln.

Er schaute an ihr vorbei, sie wandte sich um und sah sich Schwertmajorin Rikin gegenüber, die nun vollständig gerüstet war.

»Wir sind so weit, Maestra«, teilte ihr die Majorin mit. »Ein Schwertschiff und zwei Jagdboote werden vom Wasser aus das

Gebiet absperren, vier Tenets stehen bereit, den Bereich abzusichern und die Durchsuchung zu beginnen.«

Desina warf der geschlossenen Tür zum Krankenlager noch einen letzten Blick zu und nickte. Die Majorin bemerkte den Blick. »Die Tempel wurden benachrichtigt, die Priester werden bald eintreffen. Habt Ihr noch eine Nachricht für sie?«

Desina überlegte kurz. »Sie sollen auf mich warten, wenn es ihnen möglich ist.« Sie straffte ihre Schultern. »Schauen wir, ob wir etwas finden können. Schwertmajor …«

»Ja?«

»Schärft Euren Leuten ein, Gruppen zu bilden. Immer mindestens drei Mann, einer davon mit einer Armbrust bewaffnet. Niemand soll einzeln vorgehen.«

Die Schwertmajorin nickte. »Es wird geschehen.«

»Haltet Ihr den Mörder für so gefährlich?«, fragte Santer etwas später, als sie zusahen, wie die Marinesoldaten um die alten Pfahlgebäude herum Stellung bezogen. Der Stabsleutnant hatte einen großen Schild mitgebracht, den er bereithielt, um die Maestra zu schützen, sollte etwas Unvorhergesehenes geschehen.

Die Tür der Taverne zum *Schiefen Mast* sprang auf, eine Gruppe zwielichtiger Gestalten versuchte den Ausbruch, noch bevor sich der Ring um die Gebäude ganz geschlossen hatte. Passanten wichen erschreckt zurück, einer der Flüchtenden griff einen der Marinesoldaten sogar mit einem Langmesser an, wurde jedoch schnell überwältigt.

Desina sah nur kurz hin, dies war ein Geplänkel. Nach einem Taschendieb suchten sie ganz gewiss nicht.

»Ja«, beantwortete Desina Santers Frage, während die Soldaten die Schaulustigen zurücktrieben, sodass ein freier Platz vor den Gebäuden entstand. »Ich erwarte nicht, dass wir ihn hier finden werden. Vielleicht eine Spur, die zu ihm führt. Dennoch …«

Der Stabsleutnant nickte zustimmend. »Vorsicht ist immer gut.« Er sah zu, wie die Marinesoldaten den Bereich abschlossen und sich eine Gruppe darauf vorbereitete, in den *Schiefen Mast* einzudringen.

»Sagt, Maestra, das, was Ihr vorhin gesagt habt, im Boot, meine ich … Haltet Ihr es für möglich, dass es etwas mit dem Verfluchten zu tun hat?«

»Ay«, sagte sie leise. »Es wäre wohl ein seltsamer Zufall, wenn diese ganzen Morde, die von und mit Magie verübt wurden, nicht zusammenhängen würden.« Sie schaute hoch zu ihm. »Es sollte heutzutage, nach so vielen Jahrhunderten, niemanden mehr geben, der diese Form der Magie, die Wissen rauben kann, beherrscht. Es ist eine Magie der dunklen Elfen. Ihnen sagt man nach, dass ihre Augen im Dunkeln rot leuchten und sie dazu imstande wären, sich in Rauch aufzulösen.«

»Wieso sollen sie hier morden?«, fragte Santer überrascht. »Wo ist da die Verbindung?« Er schüttelte den Kopf. »Ich habe auch von diesen Elfen gehört, aber sie sind nicht mehr als eine Legende.«

»An mancher Legende ist etwas Wahres dran.«

Desina sah zu Schwertmajor Rikin, die ihren Leuten ein Zeichen gab. Daraufhin wurde die Tür zur Taverne aufgerissen, sechs Mann stürmten mit erhobenen Schilden hinein, während sich jeweils vier Soldaten Zugang durch die drei Fenster verschafften. Das Geräusch von berstendem Glas wurde hörbar, dann Schreie … dann Kampfeslärm, der nicht lange anhielt, dann folgte Stille.

In der Tür erschien eine der Seeschlangen und gab der Schwertmajorin ein Zeichen, woraufhin diese einen weiteren Befehl gab und eine zweite Tenet in die Taverne eindrang, während die restlichen Soldaten mit Armbrüsten im Anschlag die Vorderseite bewachten. Es dauerte nicht lange, bis ein anderer Soldat in der Tür erschien und ein weiteres Zeichen gab, erst jetzt entspannte sich Rikin. »Wir können hinein«, teilte sie Desina und dem Stabsleutnant mit. »Das Gebäude ist gesichert.«

26

Das war es in der Tat. Im großen Schankraum knieten gefesselt knapp zwei Dutzend Leute, unter ihnen der Wirt und drei Schankmägde und zwei bullige Männer, die hasserfüllt aufsahen, als Desina, Rikin und Santer die Taverne betraten. Einer der Soldaten war am Arm verletzt, ein weiterer kräftiger Mann lag in einer Blutlache vor dem Fuß der Treppe, die hinter der schweren Theke nach oben führte. Der Rest der Gefangenen bestand aus dem üblichen Abschaum des Hafens, hartgesottene Halunken und Seeleute, die es nicht gewohnt waren, Ärger aus dem Weg zu gehen.

Ein Korporal trat vor und erstattete Rikin Meldung. »Das Gebäude ist gesichert. Nur einer der Halunken leistete Widerstand, Marin hat einen leichten Kratzer abbekommen, das war es schon.« Er sah zu dem Toten hinüber. »Dämlicher Hund.«

Desina musterte die Gefangenen. Die meisten von ihnen waren eingeschüchtert, vor allem die drei Schankmädchen. Kaum eines von ihnen war viel älter als Regata oder sie selbst, aber sie sahen verbraucht und verlebt aus, jeder Funken in ihnen erloschen. Sie knieten hier und warteten ergeben auf ihr Schicksal. Ein paar der Seeleute sahen sowohl wütend als auch unverständig drein, einer von ihnen hob den Kopf und funkelte sie an. »Wir haben nichts getan! Ich verlange, freigelassen zu werden! Und zwar bald, mein Schiff läuft mit der Ebbe aus!«

»Dann hättet Ihr an Bord sein sollen«, antwortete Rikin ungerührt. »Wir werden euch schon aussortieren.« Sie wies mit der Spitze ihres Schwerts auf einen der Gefangenen. »Nur dich nicht, Joakin. Dich suchen wir schon lange.«

Der Gefangene, ein hagerer Mann in dunklen Kleidern, warf ihr einen hasserfüllten Blick zu, und versuchte sie anzuspucken. Rikin wich nicht aus, aber der Auswurf verfehlte sie ohnehin. Santer trat einen Schritt vor. Es sah fast nachlässig aus, wie er den

Mann mit einer Hand ohne erkennbare Mühe hochhob und ihm mit der anderen einen Hieb an die Schläfe versetzte. Er ließ den Mann los, und bewusstlos schlug der Kerl vor den Füßen der Schwertmajorin auf den dreckigen Boden auf, dann schob Santer ihn mit einem Fuß in die Reihen der Gefangenen zurück.

Die meisten der anderen verkniffen sich weitere Proteste, doch der Wirt und seine zwei Handlanger schienen ungebrochen.

»Ich führe ein ehrliches Haus«, protestierte der Wirt. »Ihr werdet hier keine Kontrabande finden.« Er funkelte den bewusstlosen Joakin an. »Den hier kenne ich nicht, er ist kein Freund von mir, nur ein Gast. Ich bin nicht verantwortlich für meine Gäste.«

Desina ignorierte ihn. Sie trat vor die Gefangenen und musterte sie der Reihe nach, der Blick des Wirts war nachgerade hasserfüllt. Desina wusste nur zu gut, wie man sich fühlte, wenn einen die Seeschlangen im Griff hatten.

»Wer von euch ist erst während der letzten zwei Kerzen hier eingetroffen?«, fragte sie, und gut zwei Drittel der Gäste, darunter auch der Seemann, der soeben protestiert hatte, sahen hoffnungsvoll zu ihr auf und gaben an, erst vor kurzem eingetroffen zu sein.

»Lügt einer von ihnen?«, fragte Desina die restlichen Gefangenen.

»Der hier lügt«, spuckte einer der Männer verächtlich aus. »Er war schon hier, als ich ankam.«

»*Du* lügst!«, protestierte der andere. Der erste lachte bitter. »Du warst schon immer eine feige Ratte.« Bevor es weiter eskalierte, gab Rikin den Soldaten ein Zeichen und ließ die Gäste herausbringen, die erst kurz hier verweilt hatten.

Sie würden befragt werden, ob ihnen etwas aufgefallen war. Desina ging nicht davon aus. Egal wie schlecht der Ruf der Taverne war, es war nicht zu erwarten, dass die Morde vor den Augen aller Gäste stattgefunden hatten. Es blieben, neben dem Wirt und seinen zwei Schlägern, zwei weitere männliche Gäste und die drei Schankmägde, die immer ängstlicher schauten. Und dieser Joakin.

Desina sah zu Rikin. »Die hier schafft zur Hafenwacht«, wies sie die Majorin an. »Bis auf die Mädchen bringt ihr sie besser getrennt voneinander unter.« Sie beugte sich zu dem Wirt hinab, der sie immer noch hasserfüllt ansah. So nahe, wie er nun war, spürte sie seine Wut, die Angst… und die Hoffnung. Er erwartete tatsächlich, dass er ungeschoren davonkommen würde. Sie sah dem Mann durch den Schleier ihrer Kapuze tief in die Augen und versuchte zu fühlen, was er verbarg. Ja, der Mann war sich sicher, dass man ihm nichts nachweisen konnte. Das Gefühl war so deutlich, dass es daran keinen Zweifel gab. Und dennoch wusste er etwas, wusste, weshalb eine Eule vor ihm stand. Er wusste, was hier geschehen war, und war sich dennoch sicher, nicht belangt zu werden.

»Du heißt Brokan, nicht wahr?«, flüsterte Desina und gab ihrer Stimme einen fernen Widerhall, bei dem sich die Augen des Wirts weiteten. Sie erinnerte sich schemenhaft daran, den Namen einmal gehört zu haben, es war nicht der Name, unter dem er damals bekannt war… und sie spürte, wie ihn jetzt die Angst ergriff… nicht vor dem, was heute geschehen war, sondern vor etwas anderem, das lange zurücklag und das er vergessen glaubte.

Sie suchte in ihrer Erinnerung. Es gab da etwas, das sie gehört hatte, als sie noch ein Kind gewesen war. Sie fand es. Eine Unterhaltung zwischen zwei Mordgesellen, die sie vor vielen Jahren unweit von hier belauscht hatte, als sie zitternd zwischen Baumwollballen verborgen lag. Es war der erste Mord, dessen Zeuge sie wurde. Es kam alles wieder, sie sah erneut, wie die beiden Männer die Tote über den Rand des Kais in das Hafenbecken warfen, wie der eine lachte und sagte, dass er nun sicher wäre, dass ihn nach dem Tod der Hausmagd niemand mehr mit dem Mord an der Tochter des Gildenmeisters in Verbindung bringen könnte.

Ein hartes Lächeln spielte um Desinas Lippen.

»Meister Oldin wird erfreut sein, dass wir den Mörder seiner Tochter nun doch gefasst haben.«

Der Wirt wurde bleich, stieß einen unartikulierten Schrei aus und versuchte sie mit der Stirn zu rammen. Einer der Soldaten wollte ihn zurückreißen, aber es war nicht nötig, Desina wich dem Stoß ohne Mühe aus. Im nächsten Moment hatte ihn Santer mit einer Hand bei den Fesseln gepackt und hochgehoben.

»Wir werden uns gut unterhalten, du und ich«, teilte sie ihm mit dem gleichen harten Lächeln mit und richtete sich dann wieder auf. Sie ignorierte Santers nachdenklichen Blick und die Flüche des Wirts, der in Santers harten Händen baumelte, bevor der ihn wortlos an zwei Seeschlangen weiterreichte.

»Schafft sie weg!«, ordnete Rikin an.

Unsanft wurden die Gefangen nach draußen gebracht, während sich Desina mit gerümpfter Nase in dem dunklen Gastraum umsah. Es stank erbärmlich nach Bier, saurem Wein und anderen unangenehmen Gerüchen. Die Tische waren verdreckt, die Bänke nicht weniger, und sie nahm sich vor, um die Theke einen weiten Bogen zu machen.

Sie warteten. Der Stabsleutnant zog sich einen der saubereren Stühle heran, setzte sich, lehnte sich an die Wand und schloss die Augen. Aus dem Hintergrund drang das Geräusch von berstendem Holz, als die Soldaten die Taverne durchsuchten, sie waren nicht sonderlich zimperlich dabei.

Doch die Falltür fanden sie nicht.

»Das verstehe ich nicht«, sagte Rikin überrascht. »Ich war mir sicher!«

Desina nickte nachdenklich. Sie versuchte den Gestank zu ignorieren, als sie die Küche betrat, einen Raum, der noch entsetzlicher stank als der Gastraum. Zwei Ratten flitzten quiekend davon, und eine fingerlange Kakerlake suchte Zuflucht unter einem Schrank. Desina schüttelte fassungslos den Kopf, als sie sah, wie verwahrlost all das hier war. Wer würde etwas essen wollen, das hier zubereitet wurde?

Sie schloss die Augen, konzentrierte sich und sammelte ihre Kräfte für die Form des Suchers. Sie spürte, wie die Magie sie umhüllte, sowie den Druck auf ihren Augen. Als sie sie wieder öffnete, sah sie für einen kurzen Moment eine Unzahl an Spuren auf dem dreckigen Boden… und ein Teil der Spuren führte dort in die Wand.

Sie blinzelte, als die Magie sie verließ. So oft wie heute hatte sie noch nie Magie gewirkt, und sie spürte die herannahende Erschöpfung. Das Wasser unter ihren Füßen tat ein Übriges dazu. »Dort muss ein Durchgang sein«, teilte sie Rikin mit.

»Götter«, sagte die Majorin voller Inbrunst. »Der alte Palast. Natürlich!« Sie wies zwei Soldaten an, den Durchgang aufzubrechen, und eilte nach draußen, Santer und Desina folgten.

Türen und Fenster des alten Palasts waren zugenagelt, aber die Tür hielt nicht lange stand. Vorsichtig betraten zuerst Santer mit dem Schild und dann Rikin und Desina das dunkle Innere. Santer war der Erste, der etwas fand.

»Hier«, rief er mit belegter Stimme.

Desina eilte zu ihm, und als sie den ehemaligen Salon betreten wollte, hielt Santer sie am langen Arm zurück.

»Das braucht Ihr Euch nicht anzutun«, sagte er leise. »Ein Blick genügt.«

Hinter sich hörte Desina, wie Schwertmajor Rikin würgte.

Der Geruch von Blut zog wie ein Nebel durch diesen Raum. Ein mächtiger Stein, so schwer, dass Desina sich wunderte, dass das alte Gebäude ihn überhaupt trug, stand im Zentrum des Salons. Blutrinnen führten zu großen Gefäßen, aus denen dieser unerträgliche Gestank aufstieg. Blutige Runen bedeckten Wände und Decken. In einer Ecke knäulten sich Gedärme und Innereien ineinander, in einer Schale lagen gut drei Dutzend menschliche Herzen, die meisten von ihnen bereits verrottet.

Der Altarblock selbst schien das Blut und zugleich das Übel geradezu in sich aufgesogen zu haben. Es fiel Desina schwer, den Blick auf ihn zu konzentrieren.

Und nur mit Mühe vermochte sie es, ihren Magen unter Kontrolle zu halten.

»Ihr habt recht, Santer«, sagte sie leise, als sie sich abwandte. »Das ist ein Anblick, den kein Mensch sehen sollte.«

Sie warteten, bis die Majorin wieder stand, dann gingen sie hinaus.

»Wir können dort nicht viel tun«, sagte sie leise. »Das wird die Aufgabe der Priester sein.«

»Gut, dass ich kein Priester bin«, sagte Santer leise.

Ja, dachte Desina. Um nichts in der Welt würde sie mit ihnen tauschen wollen. Dennoch, etwas in ihr fühlte die Macht der alten Magie, die hier geübt worden war. Blutmagie. Nicht aus Wissen und Vernunft gewoben, sondern aus Instinkt, Wille und Talent. Nicht mit dem Weltenstrom verbunden, sondern dem, was diese dunkle Seite nährte… Einem Strom von Blut.

Sie wandte den Blick ab und sah zu Santer auf, der sie sorgsam musterte.

»Gehen wir«, sagte sie, bevor sie noch die Gier übermannte, tief in das Gespinst von Blut und Macht einzutauchen, zu spüren, wie es in ihren Adern loderte. Sie schluckte und spürte den Geschmack von Blut und Eisen. Ein Schritt nur, und sie konnte es berühren… Hastig wandte sie sich ab und floh.

Niemand schien es zu verwundern, der Anblick war wahrlich nichts für schwache Nerven, doch noch immer meinte sie Santers nachdenklichen Blick zu spüren.

27

Draußen wartete die Schwertmajorin und sah zu, wie die Gefangenen in einen Gitterwagen verfrachtet wurden.

»Wohin werden sie gebracht?«, fragte Desina Schwertmajorin Rikin.

Diese war noch immer bleich, aber sie schien nun gefasster. »Zurück zur Hafenwacht«, antwortete sie. »Lasst uns herausfinden, ob die Befragung der Gefangenen etwas bringen wird.«

»Die beiden Schläger des Wirts wissen gar nicht, worum es geht«, erklärte Stabssergeant Hartung, als er Santer, Rikin und die Maestra etwas später zum Zellentrakt begleitete. »Dafür haben sie sich fleißig gegenseitig verschiedener Dinge bezichtigt.« Der Sergeant schüttelte nur den Kopf. »Der Wirt hingegen«, fuhr er fort, »ist ein ganz anderes Kaliber. Er fragt nur immer wieder, ob schon jemand gekommen wäre.« Der Soldat sah zu Desina hinüber. »Ihr müsst ihm einen ordentlichen Schrecken eingejagt haben, er flucht die ganze Zeit.«

»Dann wollen wir mal sehen«, sagte Desina, als der Soldat die schwere Zellentür aufschloss. Doch der Wirt würde nichts mehr sagen, er lag in seinem eigenen Urin auf dem Boden. Während Desina und Rikin einen überraschten Blick wechselten, näherte sich der Soldat mit gezogenem Schwert vorsichtig dem Wirt, stieß ihn mit dem Fuß an und beugte sich dann über ihn. Als er sich wieder aufrichtete, schüttelte er den Kopf. »Er ist tot«, stellte er verwundert fest. Er sah sich zweifelnd in der leeren Zelle um. »Nur, wie ist dies möglich?«

Desina trat an die Leiche heran, und der Soldat half ihr, den Mann auf den Rücken zu drehen.

»Wenn ich es nicht besser wüsste«, meinte Hartung verwundert, »würde ich sagen, er ist erdrosselt worden. Doch es gibt keine Spur von Würgemalen!«

»Doch«, widersprach Desina. »Die gibt es. Ihr könnt sie nur nicht sehen.« Sie hielt ihre Hand an den Hals des Toten, sorgsam darauf bedacht, ihn nicht zu berühren. Ein dunkles Mal wurde dort sichtbar. Sie spürte wieder dieses seltsam kalte Gefühl, den Geschmack von Blut in ihrem Mund. Als sie die Hand wegnahm, verschwand das Mal. Sie sah sich um. Es gab in der Zelle nur eine Öffnung, die Tür.

»Hatte er denn Besuch?«, fragte sie, als sie sich wieder erhob.

»Nein«, antwortete der Stabssergeant. Er musterte Schloss und Scharniere der Tür. »Nichts«, sagte er. »Nichts zu erkennen. Aber, Maestra, als ich eben hochging, um Euch Bericht zu erstatten und Euch zu ihm zu führen, lebte er noch. Das schwöre ich!«

»Ich glaube Euch, Stabssergeant«, sagte Desina. Sie schloss müde die Augen und massierte sich den Nacken. »Also war alles umsonst.« Sie sah den Soldaten an. »Oder wussten die Mädchen etwas?«

»Ich habe eine unserer Rekrutinnen zu ihnen in die Zelle gesperrt. Die Schankmägde haben sich über alles Mögliche unterhalten, wild herumspekuliert, aber es war leicht zu erkennen, dass sie nicht die geringste Ahnung hatten. Die anderen Gäste wussten auch nichts, ich habe sie wieder laufen lassen. Bis auf Joakin. Der bleibt hier.«

»Was hat dieser Joakin denn ausgefressen?«, fragte Desina neugierig.

»Er ist ein gerissener Mörder«, antwortete Rikin für den Sergeanten. »Wir haben ihn schon eine Weile gesucht. Er benutzt eine ganz besondere Methode... Er bringt andere dazu, unwissentlich für ihn zu töten.«

»Wie das?«, wollte Desina wissen.

»Er brachte die Frau seines letzten Opfers dazu, ihrem Mann ein Pulver in den Tee zu rühren, damit er sie ausdauernder lieben konnte. Der Mann starb daran. Die Frau bestand darauf, vor Boron zu treten, um ihre Unschuld zu beweisen, und konnte Joakin genau beschreiben«, erklärte Santer. »Wir haben den Kerl schon lange gesucht.«

»Wie hat Boron entschieden?« Wie viele andere auch war Desina von der Gerechtigkeit des Gottes fasziniert. Die Urteile waren oft so überraschend und so unterschiedlich, dass man nur schwer erkennen konnte, wie der Gott dachte. Manchmal war er wirklich unberechenbar.

Rikin schmunzelte. »Er trug ihr auf, weltlichen Dingen zu entsagen und sich den Priesterinnen der Astarte zu unterwerfen.« Sie lachte leise. »In gewissem Sinne leuchtet es mir ein. Ich habe gehört, sie sei jung, schön und sehr begabt... in gewissen Dingen.«

»Joakin wird es anders ergehen«, sagte der Sergeant grimmig. »Wir wissen nun von sieben Fällen, in die er verwickelt ist. Zwei sind ohne jeden Zweifel bewiesen. Er wird morgen Inquisitor Pertok vorgeführt. Pertok hat weniger Humor als Boron, ich zweifle nicht daran, dass Joakin mit Blei gefüllt werden wird.«

Das traditionelle Urteil für Giftmörder. Ihnen wurde durch einen Trichter flüssiges Blei eingeflößt, bis sie starben.

Einen Moment lang fühlte sich Desina schwach, dann riss sie sich zusammen. So hart das Gesetz in der alten Reichsstadt auch war, es war meist gerechter als in den anderen Reichen, wo es nicht immer sicher war, dass die Beweise überhaupt geprüft und der Fall verhandelt wurde.

28

Von den Geschehnissen am Hafen hatte Wiesel noch nichts mitbekommen. Dafür hatte das Geräusch von Stahl auf Stahl aus einer seitlichen Gasse nicht weit von der *Goldenen Rose* seine Aufmerksamkeit erregt.

Einer seiner größten Fehler, dachte Wiesel wider Willen, als er sich eilig durch die Schatten bewegte, war seine Neugier. Er konnte es einfach nicht lassen, ihr nachzugehen. Noch war die Sonne nicht untergegangen, dennoch gab es in den Gassen des Handelsviertels genügend tiefe Schatten. Es lag in seiner Natur, sie zu nutzen, denn es war immer von Vorteil, zu sehen, ohne selbst gesehen zu werden.

Der Anblick, der sich ihm bot, als er den Kopf um eine Ecke steckte, war keine Seltenheit, überraschend war nur, dass so etwas hier im Händlerviertel stattfand. Drei Schläger hatten eine junge Frau in die Ecke getrieben, was sie von ihr wollten, war unklar, wahrscheinlich alles: Geld, Leib und Leben.

Aber diesmal war das Opfer Taride, und die Bardin war ganz und gar nicht wehrlos, wie Wiesel beeindruckt feststellen konnte.

Der Anblick, der sich ihm bot, zeigte einen Mann am Boden, der gerade röchelnd seinen letzten Atemzug tat und schon auf dem Weg zu Soltar war, und zwei weitere Spitzbuben, die fluchend versuchten, mit ihren Knüppeln an ihr Opfer zu gelangen. Das jedoch tanzte leichtfüßig vor ihnen hin und her, wob mit einem schlanken, scharfen Rapier ein Netz aus Stahl in die Luft und verhöhnte mit gepflegten Worten ihre Abstammung und Männlichkeit.

Im nächsten Moment zuckte eine scharfe Klinge vor und bohrte sich in die Schulter des einen Angreifers. Mit einem Stöhnen und einem Fluch ließ der Mann seinen Knüppel fallen und taumelte zurück, was den letzten der Männer veranlasste, noch etwas weiter von der Bardin zurückzuweichen.

Er griff unter sein Wams und zog zwei Wurfmesser heraus, während sein verwundeter Kamerad ihn fluchend dazu anstachelte, diese tollwütige Hündin endlich kaltzumachen, damit sie abhauen konnten …

»Versuch es erst gar nicht«, rief Taride und hob drohend ihr Rapier. »Bislang war es Spaß, ein kleines Schwätzchen unter Freunden, aber wenn du mit dem Messer nach mir wirfst … Hoppla!«, protestierte sie, noch während ihr Rapier hochzuckte und den mit voller Wucht geworfenen Dolch zur Seite schlug, so dass er harmlos gegen die Wand hinter ihr prallte. »Ich habe dich gewarnt!«

Sie führte eine schnelle Handbewegung aus, wie eine Natter, die zustieß, und ein Gespinst aus gleißenden Blitzen schoss aus ihren Fingern, wickelte sich um den überraschten Räuber und ließ ihn zucken, während grollender Donnerhall die enge Gasse erfüllte.

Der Unglückliche zitterte noch einmal, Rauch stieg von seinen Haaren auf, dann fiel er stocksteif zu Boden, während der andere, dem Taride die Schulter durchstoßen hatte, sie erst fassungslos ansah und dann davonrannte. Wiesel brauchte nur die Hand mit seinem Dolch auszustrecken, als der Kerl an ihm vorbeilief.

Geschickt wich Wiesel der Fontäne aus Blut aus. Ein ungläubiger Blick, dann fiel der Kerl röchelnd neben ihm zu Boden.

»Gleich drei Verehrer auf einmal, Taride?«, fragte er höflich und bückte sich, um seine blutige Klinge an der Kleidung des Sterbenden zu säubern. Die Bardin zuckte zusammen, als sie seine Stimme hörte, erhob das Rapier, um es gleich wieder zu senken, als sie ihn erkannte.

»Ihr seid es«, stellte sie schwer atmend fest und sah stirnrunzelnd auf den Sterbenden hinter ihm. »Was macht Ihr denn hier?«

»Ich war in der Gegend«, sagte Wiesel und lehnte sich an die Wand, um die Bardin mit vor der Brust verschränkten Armen zu betrachten. Sie war ein angenehmer Anblick, denn sie trug ein enganliegendes Kleid mit einem tiefen Ausschnitt, der ihre Reize vorteilhaft betonte. Ihr langes gelocktes Haar war eine wogende Mähne, die noch Reste einer kunstvollen Frisur zeigte, aber mehr als die Hälfte der Klammern und Nadeln hatte sich bei dem Kampf gelöst.

Ihr Busen hob und senkte sich, als sie ihre Klinge an dem Toten abwischte und hinter sich zwischen den Schulterblättern wieder in die Scheide einführte.

»Wollt Ihr etwas von mir?«, fragte sie, als sie sich bückte, vorsichtig den Lautenkasten anhob und sorgfältig studierte. Erst als sie sah, dass ihrem kostbarsten Besitz nichts weiter geschehen war, atmete sie erleichtert auf. Sie klemmte sich den Kasten unter den linken Arm und schob sich das Haar aus dem Gesicht, als sie den Dieb prüfend musterte.

»Ay«, sagte Wiesel. »Euch um einen Gefallen bitten. Sagt, wisst Ihr, wer sie waren? Wir sind im Händlerviertel, hier macht man so etwas nicht. Zu viele Wachen. Entweder waren sie dumm, oder sie hatten einen Grund, Euch aufzulauern. Hat es etwas mit dem Kammerdiener zu tun?«

»Nein«, sagte sie frustriert. »Mit Alamir de Gerson!« Sie verzog geringschätzig das Gesicht. »Er hat die drei angeheuert und war dumm genug, mir von ihnen ausrichten zu lassen, dass er es nicht gutheißen würde, wie ich ihm seinen Auftritt in der *Goldenen Rose* abgenommen habe.«

Von dem Barden Alamir hatte Wiesel schon gehört, ihn auch einmal spielen sehen. Er war recht gut, aber affektiert und hochnäsig, und er spielte, wie man so sagte, gern auf der Flöte anderer Männer. Wiesel hatte ihn noch nie gemocht.

»De Gerson war der Kerl, dem Ihr den Auftritt in der *Rose* weggeschnappt habt?«, fragte Wiesel überrascht nach.

»Genau der. Er hat es mir wohl krummgenommen.«

»Hättet Ihr Euch nicht einfach einschüchtern lassen können?«, fragte Wiesel. »Oder wenigstens so tun können?«

»Ich dachte daran, aber sie wollten mehr von mir, als ich zu geben bereit war.«

»Dumm von ihnen«, meinte Wiesel. »Und auch von de Gerson. Das Trinkgeld in der *Rose* muss gut sein.«

»Es ist nicht schlecht«, antwortete sie und bückte sich, um ein paar Haarnadeln aufzuheben. Sie ordnete ihre Haare, sah ihn dabei an und seufzte. »Was mache ich denn jetzt?«, fragte sie. »In einer solchen Situation habe ich mich noch nie befunden.«

»Tut einfach so, als wäre nichts geschehen.« Wiesel sah sich um, sammelte noch drei weitere Haarnadeln auf und reichte sie ihr. »Als Erstes solltet Ihr meinen Arm nehmen und mich begleiten. Mir erscheint es eine schlechte Idee, hier weiter zu verweilen.«

»Werden die Wachen sie nicht finden?«

»Schon, aber erst morgen früh. Sie gehen nicht durch diese Gasse, nicht, wenn sie keinen Grund dazu haben.« Wiesel bückte sich und zerrte die Toten tiefer in den Schatten, sodass vom Eingang der Gasse aus nichts von ihnen zu sehen war. Anschließend bot er ihr mit einem beruhigenden Lächeln den Arm.

»Folgt mir, ich weiß, wie wir von hier aus unauffällig die Hauptstraße erreichen. Wartet, lasst mich Euch ansehen …« Er hielt inne, musterte sie und beugte sich vor. »Nur hier, dieser kleine Tropfen …« Er wischte mit dem Daumen an ihrem Mundwinkel entlang. »So … Perfekt, besser geht es nicht«, fügte er mit einem gewinnenden Lächeln hinzu. Gemeinsam traten sie aus dem Halbdunkel einer Gasse auf die Hauptstraße, von hier aus konnte man die *Goldene Rose* bereits sehen.

»Sagt, Wiesel«, meinte die Bardin wie nebenbei. »Ihr seid ein Dieb und ein Schuft. Muss ich nun befürchten, dass Ihr mich erpressen werdet?«

Er spielte Empörung. »Ich mag ein Dieb sein, aber das bedeutet nicht, dass ich so tief sinken will! Aber einen Gefallen, genauer derer zwei, könntet Ihr mir schon tun.«

»Aha«, sagte sie und musterte ihn mit aufmerksamen Augen. »Und, an was habt Ihr dabei gedacht, Freund Wiesel?«

»Einen Kuss, Sera.« Wiesel grinste. »Eine solche Gelegenheit kann ich mir doch nicht entgehen lassen ... Und eine Auskunft.«

»Ich wusste gar nicht, dass Ihr an mir interessiert seid«, sagte sie kokett.

»Besitzt Ihr keinen Spiegel? Das will ich doch bezweifeln!«

Sie seufzte. »Nun denn ...« Sie spitzte die Lippen, doch Wiesel lachte bloß.

»Doch nicht so! Ich werde diese Gunst nicht einfach so verschwenden. Leistet mir einen Abend bei gutem Wein und Essen Gesellschaft, und wenn wir uns dann trennen, erst dann würde ich dieses Unterpfand einlösen wollen.«

Die Bardin hob eine Augenbraue und schmunzelte, als sie sein Grinsen bemerkte. »Ich sehe, Euer Ruf ist nicht ganz zu Unrecht erworben. Einverstanden, ich gebe Euch Bescheid. Es dürfte ein paar Tage dauern, ich habe die nächsten Tage jede Nacht einen Auftritt, darunter einen sehr wichtigen.«

»Ich freue mich darauf.«

»Und welche Auskunft wünscht Ihr von mir?«, fragte sie.

Er sah hinüber zur *Goldenen Rose*. »Es geht um den Kapitän, der sich dort mit jemandem treffen wollte. Ich bitte um denselben Gefallen wie Jenks. Sagt mir, wenn Ihr ihn seht.«

»Das will ich gern tun. Ist das alles?«

»Ay. Nur eines interessiert mich noch. Seid Ihr eine Maestra?«, fragte Wiesel leise.

Sie schüttelte den Kopf. »Nein, Wiesel, das bin ich nicht. Was ich vermag, ähnelt dem, ist aber nicht dasselbe. Es ist aber auch nicht die dunkle Gabe.«

»Das hätte ich auch nicht von Euch gedacht. Ich glaube nicht, dass jemand, der Seelen reitet, zu solcher Hingabe in der Musik fähig ist, wie Ihr es seid. Eure Seele liegt in Eurem Gesang, und wenn Ihr dem Dunklen dient, bin ich der Ewige Herrscher.«

»Danke, aber ich bitte Euch, bewahrt Stillschweigen darüber.« Sie sah zu der Herberge. »Ich weiß gar nicht, ob ich jetzt noch dort aufspielen soll.«

»Tut es, sonst wundert man sich«, sagte Wiesel. Er deutete eine Verbeugung an. »Vergesst bitte nicht, mich zu informieren, wenn Ihr den Kapitän seht.«

»Es scheint, als wäre das kein besonders großer Gefallen«, sagte sie und sah stirnrunzelnd an ihm vorbei. »Ich glaube, da kommt er gerade! Seht Ihr den Mann mit dem schwarzen Lederumhang? Er geht gerade in den Gasthof. Er muss es sein, denn Jenks Beschreibung passt genau.«

Wiesel traf eine rasche Entscheidung. Er verbeugte sich vor ihr. »Ihr müsst mich nun entschuldigen!«

Die Bardin sah ihm nach, wie er einen Schritt zur Seite machte, in einen Schatten hinein. Ihre Augen zogen sich zusammen, als sie dort keine weitere Bewegung sah. »Seid vorsichtig, Ser Wiesel!«, rief sie ihm leise hinterher, doch aus dem Schatten gab es keine Antwort.

Hastig sah sie die Straße hoch, dorthin wo der Fremde ging, und war erleichtert festzustellen, dass er seine Schritte in eine andere Richtung lenkte.

Auf jeden Fall, so nahm sie sich vor, würde sie heute zum letzten Male in der *Rose* spielen.

Überraschend musste sie lächeln. Wiesel war anders, als seine Legende vermuten ließ. Es könnte interessant sein, ihn näher kennenzulernen. Sie wartete noch, bis der Fremde um eine Häuserecke bog, dann griff sie ihren Lautenkasten und machte sich auf den Weg.

29

»Eure Stimme ist beeindruckend«, sagte Tarkan galant, als er dem Wirt das Zeichen gab, ihr das Glas erneut aufzufüllen. Die *Goldene Rose* hatte das gehalten, was die Bardin ihm versprochen hatte: Gläser aus geschliffenem Kristall, bester Wein, ein hervorragendes Essen und angenehme Gesellschaft.

Vor allem Letzteres.

Taride war eine Überraschung. In der Kronburg von Aldane waren schon viele, zum Teil auch berühmte Barden zu Gast gewesen, doch sie besaß eine Stimme so klar und rein wie der Klang einer kristallenen Glocke, die Stimme einer Elfe. Er hatte sie am Hafen singen gehört, und da hatte sie ihn schon verzaubert. Als sie wegging, hatte er versucht sich einzureden, dass es nur der Zauber des Moments war, dass es nicht sein konnte, dass eine Frau ihn so in ihren Bann zu ziehen vermochte. Vielleicht waren ihre Augen gar nicht so schön, wie es ihm erschienen war, die Haut nicht so rein, das Lächeln nicht so … Ihm fielen die Worte nicht ein, und er tröstete sich damit, dass es eine Laune des Augenblicks gewesen sein musste.

Der Trost war ihm nun genommen. Hier, ohne die Geräusche des Hafens und in der andächtigen Stille des gebannt lauschenden Publikums, hatte sich ihre Stimme erst richtig entfaltet … Außerdem war es ihm vorgekommen, als ob sie nur ihn angesehen und dieses Lächeln auf ihren Lippen nur ihm allein gegolten hätte.

Das alleine wäre schon genug gewesen, um ihn in Bann zu schlagen, aber sie besaß auch noch ein Repertoire von schnellen Tänzen, lustigen Trinkweisen und traurigen Balladen, das frisch und unverbraucht war und einen einfach zwang, ihr zuzuhören.

Manche dieser Balladen spielten vor langer Zeit und erzählten davon, wie die Menschen und Elfen miteinander leben mussten. Ihre Worte und die Töne, die sie ihrer Laute entlockte, entführten die begeisterten Zuhörer in diese seltsam magische Zeit, in der die Welt noch den Elfen gehörte und die Menschheit eine junge Rasse war.

»Aber noch beeindruckender als Eure Stimme sind Eure Lieder. Das eine oder andere meine ich schon einmal gehört zu haben, aber nur die Melodie, nicht die Worte«, fuhr Tarkan bewundernd fort, während er das Glas erhob, um mit ihr anzustoßen. »Wie ist es Euch gelungen, in so jungen Jahren solch hohe dichterische Kunst zu entwickeln?«

Sie trank einen Schluck, lächelte leicht und zeigte dabei perlweiße Zähne. »Ich bin älter, als ich aussehe, und ich beschäftige mich seit langem mit den alten Sagen und Legenden. Schon immer hat es mich gedrängt, diese Geschichten mit Musik zu verbinden.«

»Das ist Euch auch hervorragend gelungen. Es ist mir eine Ehre, Euch an meinem Tisch zu bewirten.«

»Die Ehre ist auf meiner Seite, Baronet«, gab sie höflich zurück, aber ihr Blick wanderte ab und blieb an einem der anderen Tische hängen, wo sich ein schweigsamer Mann niedergelassen hatte, der Einzige, der sich von ihrem Gesang ganz und gar unberührt gezeigt hatte.

Vor ihm stand ein Weinglas aus edel geschliffenem Kristall, und obwohl die Stunde fortgerückt war und er von Zeit zu Zeit daran nippte, war es immer noch mehr als halbvoll.

Die Art, wie der Mann mit kalten Augen die Menschen um sich herum musterte, ließ Tarkan frösteln. Es war, als ob der Fremde anderes sehen würde als er, als gäbe es eine gläserne Wand zwischen ihm und der Welt um ihn herum.

Es war nicht leicht, den Blick auf diesen Mann gerichtet zu halten. Immer wieder fand sich Tarkan fast genötigt, von ihm wegzusehen – eine Tatsache, die sein Interesse nur noch steigerte.

»Sera, nichts würde ich lieber tun, als weiterhin Galanterien mit Euch auszutauschen«, sagte Tarkan leise. »Aber deswegen bin ich nicht hier, und das wisst Ihr auch.«

»Jetzt bin ich aber enttäuscht«, meinte sie und zog eine bezaubernde Schnute. »Ist Euch meine Gesellschaft nicht Grund genug?«, fragte sie mit einem feinen Lächeln und trank, während Tarkan fasziniert zusah.

»Doch, sie wäre es unter jedwedem anderen Umstand. Ihr habt mich verzaubert, Taride«, sagte Tarkan und räusperte sich, seine Stimme klang ungewohnt belegt.

»Genau das wird es sein«, sagte sie leise. »Auf meinem Instrument, das vor Jahrhunderten von Elfenhand gefertigt wurde, liegt eine alte Magie. Vielleicht seid Ihr der verfallen.«

Die Art, wie sie ihn ansah, ließ Tarkan blinzeln. Meinte sie ihre Worte vielleicht sogar ernst? Er blickte zu der Laute hinüber, die noch immer auf der Bühne lag, und schüttelte sachte den Kopf. »Nein, das ist es nicht. Ich kenne mich, und es würde mich wundern, wenn ich etwas anderes denke und fühle, als ich will. Es ist viel eher so, als ob ich Euch in meinen Träumen gesehen hätte... Als wir uns heute Morgen verabschiedet haben, versuchte ich mir einzureden, das wäre nicht der Fall, aber...«

Sie sah ihn lange an und lächelte sanft. »Ihr meint das, was Ihr sagt, Baronet«, stellte sie fest. »Das macht den Meister aus in diesem Spiel, er glaubt es selbst. In der Wahrheit liegt ein anderer Zauber verborgen, aber auch der verfliegt oft nach dem ersten Tanz im Laken. Nachdem das Ziel erreicht ist, setzt man einen neuen Kurs, um sich einer anderen zuzuwenden, einem neuen Stern, der den Kurs bestimmt.« Sie lächelte traurig. »Ich kenne solche wie Euch, Baronet. Sagt mir, dass es nicht so ist, und seht mir in die Augen dabei. Wenn Ihr sicher seid, gehöre ich Euch für diese Nacht... Und vielleicht auch in anderen Nächten.«

Ihr Mund war leicht geöffnet, perlweiß glänzten ihre Zähne im Schein der Kerzen, ihre Augen waren geweitet, die Pupillen groß und unendlich tief, als ob Tarkans Seele endlos tief in diese fallen könnte. Sie war so nah, so klar zu sehen, dass er den feinen Flaum in ihrem Gesicht sehen konnte und jede einzelne der Wimpern, die diese schönen Augen umrahmten, das leichte Beben ihrer Nasenflügel, als sie atmete... Tarkan blinzelte und schüttelte den Kopf, der Moment war verflogen. Er spürte ein tiefes Bedauern dort, wo sein Herz schlug, und einen Schmerz, den er nicht wahrhaben wollte. »Ihr habt mich ertappt, Taride«, sagte er leise, und jedes eine Wort trug mehr Gewicht als das Wort davor. »Wie soll ich das versprechen können? Es war viel zu oft schon so, wie Ihr sagt…«

Er hatte es ausgesprochen, und sie sah ihn lange an und senkte dann den Blick. Als sie ihn wieder hob, war es, als säße eine andere vor ihm, die Augen waren wieder klar, sie lehnte sich etwas zurück und griff mit einer ruhigen, schlanken Hand nach ihrem Weinglas.

»Eine Faszination also, nicht mehr«, sagte sie und nickte leicht, vielleicht sogar bedauernd. »Wenigstens seid Ihr ehrlich, Baronet.«

»Zu meinem Leidwesen«, gab Tarkan preis, auch wenn es ihm nicht leicht fiel. »Der Kammerdiener, um ihn geht es«, fuhr er fort. »Um das, was er gefunden hat, das, was ihm den Tod brachte. Er war mehr als ein Diener, Taride.«

»Ich habe es geahnt. Die Rolle des Dieners hat sich mehr und mehr verloren, wenn man mit ihm sprach.« Ihre Finger glitten über das Weinglas, dann sah sie wieder auf zu ihm. »Seine Familie wurde von der Weißen Flamme ermordet. Wisst Ihr das?«

Tarkan nickte.

»Dann wisst Ihr vielleicht auch von dem kalten Hass, den er gegen den Kult in sich trug. Er versuchte ihn zu unterwandern und nahm Dinge auf sich, von denen er nicht sprechen wollte. Es gelang ihm, das Vertrauen anderer zu gewinnen. Er gestand mir, dass er auf der Suche nach demjenigen war, der den Tod Eurer Königin verursacht hat. Er muss ihn auch gefunden haben.«

»Hat er Euch gesagt, wer es ist?«, fragte Tarkan atemlos.

»Nein«, antwortete sie. »Aber er fragte mich, ob ich die Ordinade kennen würde.«

»Die alte Ballade von der Schöpfung der Riesen?«, fragte Tarkan erstaunt.

»Ihr habt mehr in Eurem hübschen Kopf, als ich dachte«, meinte die Bardin. »Wir unterhielten uns über die Riesen und über die, welche vor ihnen da waren, und die, die nach ihrem Untergang die Welt bevölkerten. Darüber, wie alt der Text wohl sein könnte und ob er einen Sinn ergeben würde. Ich kenne die Ordinade«, sagte sie. »Ich singe sie sehr selten. Sie dauert gute zwei Kerzen lang, hat ein schlechtes Versmaß, und danach schläft ein ganzer Saal tief und fest. Aber diese eine Strophe hatte es ihm angetan.«

Leise deklamierte sie den Text, die Sprache der Varlande klang ungewohnt und rau auf ihren Lippen. Tarkan hob die Hand, und sie hielt inne.

»Verzeiht, ich sehe, der Diener hat mich an Bildung übertroffen, denn ich verstehe diese Sprache leider nicht«, sagte er entschuldigend.

»Es ist ihre alte Sprache. Sie behaupten ja selbst, dass sie von den Riesen abstammen. In der Übersetzung geht der Text in etwa so«, sagte sie und deklamierte den Vers erneut.

»Ein Rabe fliegt und landet,
auf des Riesen weißem Haupt,
das Feuer in der Esse brandet,
als heißer Stahl ein Licht ihm raubt.
Ein Aug des blauen Himmels Farbe,
das zweite schwarz und dunkel wie die Nacht,
Hat der Schmied dem Tag die Nacht gebracht.«

»Und was bedeutet es?«, fragte Tarkan. »Nichts Gutes, denke ich. Es hat mir eben einen Schauer über den Rücken gejagt!«

»So schlimm ist es nicht«, meinte Taride. »Man muss bedenken, woher der Text stammt. Ich habe gehört, in den Varlanden sei es Brauch, dass sich zwei alte Freunde zur Begrüßung gegenseitig niederschlagen.« Sie lachte leise. »Der Text ist ein Teil ihrer Schöpfungsgeschichte. Der Rabe bringt dem Allvater Nachricht, dass es Zeit geworden ist, das Gefüge der Welten neu zu schmieden. In der Esse des Himmelfeuers spritzt das Eisen auf und raubt ihm ein Augenlicht, nun sieht er mit einem Auge den

Tag, mit dem anderen die Nacht. Weil er es so sieht, ist es auch so geschehen, und die Welt, der Tag und die Nacht sind neu erschaffen.« Sie zuckte die Schultern. »Alle anderen Schöpfungen beginnen in der Dunkelheit, zu der das Licht hinzukommt. Diese hier ist die einzige, die ich kenne, in der das Licht den Anfang darstellt und die Dunkelheit dazustößt.« Sie nahm einen kleinen Schluck aus ihrem Weinglas.

»Und was …?«

»Was hat das mit dem Ganzen zu tun? Nun, Jenks lachte bitter, als er diesen Vers hörte. Dann sagte er, dass das der Mann sei, der seine Königin ermorden ließ.« Sie sah ihn aufmerksam an. »Sagt Euch das etwas?«

Tarkan schaute sie an und schüttelte langsam den Kopf. »Nein. Nicht das Geringste. Der Allvater, der Gott der Riesen, ließ meine Königin ermorden? Was ergibt das für einen Sinn? Seid Ihr sicher, dass er es so gesagt hat?«

»Natürlich bin ich sicher! *Das ist der Mann, der meine Königin ermorden ließ*«, sagte Taride. »Das waren seine exakten Worte. Ich bin eine Bardin, und Worte sind mein Handwerk.« Sie sah ihn an. »Ich habe ihn gefragt, was er damit meinte, und er sagte *nichts* und bat mich, weiterzuspielen. Als er ging, wirkte er sowohl grimmig entschlossen als auch niedergeschlagen. Ich konnte ihn nicht aufmuntern, obwohl ich es wirklich versucht habe.«

Tarkan überlegte. »Vielleicht ist diese Beschreibung nur ein Bild. Vielleicht meint er einen Geblendeten, einen Mann mit nur einem Auge …«

Taride schaute lange auf den Tisch herab. »Oder jemanden mit unterschiedlichen Augenfarben. Hell und dunkel.«

»Das wäre eine Möglichkeit. Aber wo sollen wir so jemanden finden? Warum musste er sich nur so rätselhaft ausdrücken?« Tarkan verzog missmutig das Gesicht.

Sie zuckte mit den Schultern. »Wie auch immer. Ich mochte diesen Mann, der kein Diener war. Könnt Ihr mir sagen, wer er war?«

Tarkan schüttelte den Kopf. »Nein, Sera, das kann ich nicht. Ich weiß nichts weiter über ihn, nur, dass er der Königin und dem Prinzen loyal ergeben war.«

Sie nickte, schaute aber wieder zur Seite, ihre Aufmerksamkeit gefangen von dem unhöflichen Gast. Der Wirt stand dort und beugte sich gerade vor, er wollte die Zeche kassieren. Der Gast jedoch stand auf, ließ verächtlich ein Goldstück auf den Tisch fallen, der Wirt sagte etwas, und der andere schlug mit der flachen Hand zu. Es war eine derart harte Ohrfeige, dass sie den Wirt taumeln ließ und er beinahe gegen einen anderen Tisch geprallt wäre, wo die Gäste erschreckt ihre Weingläser festhielten.

Der Mann ergriff seinen breitkrempigen Hut und stürmte aus dem Gasthof. Auch Tarkan hatte das Spektakel verblüfft verfolgt. Beinahe wäre er aufgesprungen, um dem Wirt zur Hilfe zu eilen, doch das war nicht mehr nötig. Schon flog die Eingangstür hinter dem Mann zu.

Tarkan schüttelte ungläubig den Kopf. »Welch ein ungebührliches Verhalten«, meinte er zu seinem schönen Gegenüber. »Ich muss gestehen, dass ich froh bin, diesen Herrn gehen zu sehen.«

Sie nickte nachdenklich und schenkte ihm ein Lächeln, doch er hatte nicht das Gefühl, dass sie ihn überhaupt ansah. Das, dachte Tarkan, geschah selten genug. Die holde Weiblichkeit erlag üblicherweise schneller seinem Charme und seinem strahlenden Blick. Die Bardin schien aus anderem Holz geschnitzt.

»Es war überaus angenehm, Eure Bekanntschaft zu machen, Baronet«, teilte sie ihm mit einem der verführerischsten Lächeln mit, dessen er jemals teilhaftig geworden war. »Doch ich fürchte, ich muss mich nun verabschieden.«

Sie trank ihr Glas aus und erhob sich elegant, während Tarkan versuchte, seine Enttäuschung hinter einem gewinnenden Lächeln zu verbergen.

»Erlaubt mir wenigstens, Euch zu Eurer Unterkunft zu begleiten. Ich habe gehört, die Straßen hier seien sicher, aber trotzdem bin ich besorgt um Euch«, sagte er ernsthaft.

Was an seinen Worten nun amüsant war, verstand er nicht, doch ihr entfuhr ein glockenhelles Lachen, bevor sie fast erschreckt die Hand vor den Mund hielt und ihn um Entschuldigung heischend ansah. »Verzeiht, Baronet, aber das ist nicht möglich. Dennoch, habt Dank für das Angebot Eures starken Arms zu meinem Schutz.«

Sie vollführte einen tiefen, perfekten Hofknicks vor ihm, schenkte ihm ein letztes strahlendes Lächeln, eilte dann zu der Bühne, wo sie ihren Lautenkasten deponiert hatte, ergriff ihn und ihr Rapier und eilte fast so schnell aus der Schankstube wie der finstere Geselle kurz zuvor.

Bedauernd sah Tarkan ihr nach. So bezaubernd Frauen auch sein mochten, manchmal wünschte er sich, sie wären weniger sprunghaft. Er blickte auf sein Glas hinab, seufzte, trank noch einen Schluck und winkte den Wirt herbei. So vielversprechend der Abend eben noch ausgesehen hatte, nun hatte sich das Blatt gewendet und er konnte ebenso gut zurück zur Botschaft gehen.

30

So lange hatte Wiesel im Schatten auf den Mann gewartet, dass er fast überrascht war, als die Tür des Gasthofs aufgestoßen wurde und der Seemann mit schnellen Schritten davoneilte.

Sich schnell ungesehen zu bewegen, war eine wahre Kunst, und wenn es jemanden gab, der sie meisterhaft beherrschte, dann war es Wiesel.

Schnell wurde ihm klar, wo der Weg des Kapitäns hinführte, zu eben jenem Hinterhof, in dem er in der Nacht zuvor Jenks verloren hatte. Doch diesmal kannte Wiesel das alte, halbverbrannte Haus und dessen Hof, wusste wo sich ein guter Ort finden ließ, um sich ungesehen zu verstecken. Mit leichten Schritten und lautlos wie eine Katze suchte er sich einen dunklen Winkel, von dem aus er den Zugang gut im Auge hatte.

Der Kapitän des schwarzen Schiffs war zu früh. Ungeduldig lief er auf und ab, um plötzlich zusammenzuzucken, als sich etwas tief im Schatten regte.

Wenigstens war er nicht der Einzige, der erschrocken war, dachte Wiesel mit rasendem Herzen, denn über genau diesen dunklen Fleck im Hof hatte er sich eben angeschlichen, und dort war gar nichts gewesen! Jetzt aber stand im tiefen Schatten ein Mann mit einem ähnlich langen Umhang wie der, den der Kapitän des schwarzen Schiffes trug. Der wandte sich langsam dem Neuankömmling zu.

Wiesels Augen zogen sich zusammen, als er versuchte zu erkennen, wer sich dort im Schatten verbarg, aber viel mehr als erahnen konnte er den anderen nicht.

»Ist alles vorbereitet, Hiras?«, fragte der Mann.

Es war schon etwas beunruhigend für Wiesel, festzustellen, dass es noch andere gab, die sich die Dunkelheit so zunutze machen konnten.

»Ja, Herr«, antwortete Hiras und schien nun nicht mehr halb so arrogant wie zuvor. In der Dunkelheit konnte sich Wiesel nicht sicher sein, doch er meinte, dass der Kapitän vor Angst fast zitterte.

Der andere dort im Schatten hatte etwas Unheimliches an sich. Es lag nicht so sehr an der Stimme, die kalt genug war, den Hafen zu vereisen, es war vielmehr etwas, das man in den Tiefen der Seele spürte, eine dunkle Bedrohung, wie eine namelose Angst, die einen ergriff und zu erdrücken suchte. Beide sprachen die Sprache des Kaisers, aber mit rauem Unterton und einem harten Akzent. Mit Mühe bannte Wiesel die Angst aus seinen Gedanken und konzentrierte sich auf das Gespräch.

»Die Krieger wissen, was zu tun ist, sie erwarten Euer Wort mit Ungeduld. Aber es gibt ein Problem«, fügte Hiras etwas zögerlich hinzu.

»Was ist es?«

»Sie sind nach der langen Reise überaus hungrig. Es reicht ihnen nicht, was sie an Futter erhalten.«

»Es muss ihnen reichen«, teilte der andere Hiras mit. »Sorgt dafür.«

»Ja, Herr.«

»Haben die Sklaven die Halle schon gefunden?«

»Noch nicht, Herr. Sie haben Angst vor den Seeungeheuern, und das Erdbeben hat viele der Gänge zerstört. Sie müssen sich einen Weg bahnen. Doch der Sprecher der Mutter sagt, dass sie den Ort bald erreichen werden.«

»Habt Ihr den Weg von der anderen Seite schon geöffnet?«

»Es war schwierig, Herr, wir …«

»Habt Ihr oder habt Ihr nicht?«

»Der Gang liegt frei, Herr!«, sagte Hiras hastig. »Wir mussten nur zwei der Marinesoldaten entsorgen. Man wird sie bald vermissen.«

»Wird man sie finden?«

»Nein, Herr. Ich habe sie den Kriegern als Futter gegeben.«

»Was geschieht, wenn Ihr nicht zum Schiff zurückkehrt, Hiras? Habt Ihr die richtigen Anweisungen gegeben?«

»Ich verstehe nicht …«

»Beantwortet mir die Frage, Hiras.«

»Sie werden ohne mich handeln, noch in dieser Nacht.«

»Eine Nacht zu früh. Nun, das lässt sich verkraften. Also seid Ihr imstande, Eure Order zu erfüllen.«

»Was meint Ihr, Herr?«

»Habt Ihr eigentlich darauf geachtet, ob Ihr verfolgt werdet, Hiras?«

»Ja, Herr, ich habe niemanden gesehen.«

»Das glaube ich Euch gern«, sagte der Mann im Schatten, und Wiesel hatte plötzlich das Gefühl, als wäre er amüsiert.

»Lebt die Klingentänzerin noch?«

»Ja, Herr. Sie ist eine Schlange. Heute Morgen hat sie Weras das Genick gebrochen, gefesselt, wie sie war! Die abergläubischen Narren denken, dass sie eine Art Magie besitzt.«

»Wir wissen es besser, nicht wahr?«, fragte der Mann im Dunkeln, und Hiras nickte hastig.

»Sorgt dafür, dass sie sich von ihr fernhalten. Noch weiß ich nicht, ob ich sie noch brauche.« Eine Pause folgte, in der Hiras mit gebeugtem Haupt vor dem Mann im Schatten verharrte.

»Hiras?«

»Ja, Herr?«

»Ihr wollt mehr, nicht wahr? Mehr an Macht, mehr an Wissen.«

»Ja, Herr, ich brenne darauf.«

»Dann solltet Ihr Euren Fehler wiedergutmachen.«

»Herr, welchen Fehler meint Ihr?«, fragte Hiras ängstlich.

Bah, dachte Wiesel, der Mann hörte sich ja erbärmlich an!

»Ihr wart nachlässig. Ihr habt erlaubt, dass Ihr verfolgt wurdet. Nehmt ihn Euch, sein Talent könnte nützlich für Euch sein.«

Einen Moment wusste Hiras wohl nicht, was der andere meinte, auch Wiesel verstand es nur einen Wimpernschlag vor ihm.

Er rollte sich zur Seite und ließ einen Dolch in seine Hand gleiten, doch als er ihn werfen wollte, war sein Ziel verschwunden. Hiras war nicht mehr da, wo er eben noch gekniet hatte.

»Hier, kleiner Mann«, zischte eine Stimme über ihm, und Wiesel sah überrascht hoch. Dort auf der Mauer über ihm kauerte Hiras, als wäre es normal, derart der Schwerkraft zu trotzen. Auf einmal erschien er nicht mehr furchtsam, sondern furchteinflößend. Ein helles Schimmern im Dunkeln zeigte das Band seiner Zähne, als er lächelte. »Mir zu folgen, war dein letzter Fehler.«

Das glaube ich *nicht*, dachte Wiesel, als er sich zur Seite rollte und die Klinge warf. Doch der Dolch prallte nur an der Wand ab, dafür traf Wiesel ein fürchterlicher Schlag in die Seite, der ihn wie einen Ball über den alten Hinterhof schleuderte, bis er in einem Haufen Schutt und Dreck kopfüber liegen blieb.

Gerade noch rechtzeitig gelang es ihm, sich zur Seite zu rollen, denn neben ihm fuhr eine behandschuhte Faust auf die Steinplatten hernieder, wo eben noch sein Kopf gewesen war.

Ungläubig blinzelnd sah Wiesel, dass die Faust den Stein zersplittern ließ. Doch Wiesel hatte nicht vor, wertvolle Zeit damit zu verschwenden, über Derartiges lange nachzudenken. Also wich er zur Seite aus, aber das war nur eine Finte, und beinahe schneller, als man zuschauen konnte, zog sein Dolch eine schimmernde Spur durch die Nacht, die in Hiras Hals endete. Zu Wiesels Entsetzen fühlte es sich jedoch an, als hätte er die Klinge in einen Block aus Holz gerammt.

Anstatt tödlich getroffen zu Boden zu sinken, zog der Mann Wiesels Dolch aus seinem Hals, warf ihn beiseite und lachte. »Willst du spielen, kleiner Mann?« Er schlug wieder zu, doch Wiesel trug seinen Namen nicht umsonst. Der Mann war schnell, wesentlich schneller, als er es sein dürfte, aber Wiesel war ebenfalls nicht träge. Der andere traf ihn nur fast. *Fast* war jedoch genug, um Wiesel wieder quer über den Innenhof zu schleudern. Sein neues Wams riss, mindestens eine Rippe brach, und er wunderte sich, woran man so alles denken konnte, während ein Ungeheuer einen in den Boden zu rammen versuchte. Einer dieser Gedanken war, dass es vielleicht besser wäre zu fliehen, aber er glaubte nicht daran, dass das helfen würde. Also konzentrierte er sich auf einen anderen Gedanken. Was auch immer der Kerl war, er konnte nicht unbesiegbar sein. Daran, verlieren zu können, dachte Wiesel nicht. Denn dann hätte er schon verloren.

In den nächsten Sekunden, den längsten seines Lebens, lernte Wiesel ein paar Dinge über seinen Gegner. Wie immer das auch möglich war, die Haut des Mannes war hart wie Holz. Außerdem war er unglaublich behende.

Aber noch wichtiger: Er war auch unvorsichtig. Ohne die erstaunliche Härte seiner Haut hätte ihn Wiesels nächster Dolchstoß direkt vor die Tore Soltars geworfen. Aber es war Wiesel, der wieder durch die Luft flog und diesmal sogar einen Teil der Mauer mitnahm, als er durch sie hindurchkrachte.

Man nimmt, was man bekommen kann, dachte er, also warf er einen der Mauersteine nach dem Ungeheuer, während er eilig zur Seite rollte und den Dolch, den er beim Sturz verloren hatte, aus dem Schutt fischte. Der Mann schrie auf, und Wiesel lernte noch etwas über den Gegner: Seine Augen waren verletzlich.

Blutend, mit gebrochenen Rippen, einem Auge, das bereits anschwoll und ihm die Sicht zu rauben drohte, lachte Wiesel grimmig.

Doch wieder war der Gegner schneller als erwartet, oder Wiesel war langsamer geworden. Der nächste Schlag traf ihn hart an der Brust, und während sein Dolch zur Seite davonflog, landete er erneut auf harten Steinen. Wieder hörte er eine Rippe brechen.

Er spuckte Blut and grinste breit. »Komm doch«, rief er, konnte aber nicht verhindern, dass er auf seinen Füßen wankte. Wie konnte ein Mann nur so hart zuschlagen? Der Gegner grinste breit zurück und griff sich an den Hals, um dort seinen Umhang zu berühren. Ungläubig sah Wiesel zu, wie sich der Umhang von den Schultern löste und sich wie eine riesige Fledermaus auf ihn stürzte. Vielleicht hätte Wiesel es sogar geschafft, dem Ding auszuweichen, aber zuvor erfüllte plötzlich ein Knattern wie von tausend Donnerschlägen die Luft, gleißend helle Blitze durchbohrten den lebenden Umhang, und ein schreckliches, hohes Quietschen ließ beinahe Wiesels Ohren bluten. Zuckend und qualmend fiel der schreckliche Umhang zu Boden.

Taride landete federnd neben Wiesel und warf ihm ein schnelles Lächeln zu, ohne dass sie die Augen von Hiras nahm, der entgeistert die Reste des Umhangs ansah, der sich noch immer auf dem Boden wand und diese schrecklichen Laute von sich gab. Dann, mit einem lauten Schrei, stürzte sich Hiras auf die Bardin, und wieder erschütterte Donner den verlassenen Hinterhof und gleißten die Blitze.

Der Mann stand still und schüttelte sich, dann lachte er laut. Er streifte sich ein Stück qualmende Kleidung von den Schultern, bleckte die Zähne und hob die Hand zum Schlag. Das war dann der Moment, in dem Wiesel ihn von hinten ansprang und ihm seinen Glückbringer, den Dolch der Dame aus Xiang, in das rechte Auge rammte.

Etwas Erstaunliches geschah. Für einen Moment erschien es Wiesel, als ob die Gravur des Dolches, ein springender Tiger, rot aufleuchtete. Dann, als stände er in der Esse einer großen Schmiede, zerbarst der Mann in einer Säule aus Feuer und mit einem lauten Fauchen. Langsam hob die brennende Gestalt die Hände an den Dolch in ihrem Auge. Wiesel befürchtete schon, der Gegner würde auch das überleben, dann geschah etwas ganz und gar Unerwartetes: In den lodernden Flammen formte sich plötzlich das Antlitz eines jungen Mädchens, das Wiesel zulächelte, gefolgt von dem eines ernsten jungen Mannes, der dem Dieb einen langen Moment dankbar in die Augen schaute, bevor auch er verschwand.

Wie ausgeglühte Asche fiel der Mann zu Boden und zerbrach in tausend Stücke.

Langsam beugte sich Wiesel vor und nahm seinen Dolch beim Heft. Noch immer steckte die Klinge in dem ausgeglühten Schädel. Wiesel schlug den Schädel auf den Boden, bis er auseinanderbrach und den Dolch freigab, den Wiesel an seinem ruinierten Wams abputze und dann wieder in der Scheide hinter seinem Nacken verschwinden ließ.

»Was, bei allen Göttern, war das?«, hauchte er, während er sich mit zitternden Knien an die nächste Wand lehnte, um langsam daran herabzurutschen, bis er auf dem Boden saß und mit großen Augen zu der Bardin hochsah. Sie erschien ihm ebenfalls seltsam verändert. Es war unbestreitbar Taride, doch ihre Gesichtszüge waren noch ebenmäßiger als sonst, und ihre Augen leuchteten rot im Dunkel der Nacht. Vielleicht hatte er es sich auch eingebildet, denn als sie sich vor ihn hinkniete, war sie wieder so, wie er sie kannte, die Frau mit der schönsten Stimme von Askir.

»Das, mein Wiesel«, teilte sie ihm leise und fast ehrfürchtig mit, »war das, was ihr Menschen einen Verfluchten nennt. Einen Seelenreiter, einen Nekromanten.« Sie schaute Wiesel fragend an. »War es der Verfluchte, der Jenks ermordet hat?«

»Ich glaube nicht«, antwortete er und sah zu der Stelle im

Schatten, wo der andere Mann gestanden hatte. »Sonst hätte er mich meinen eigenen Dolch fressen lassen.«

Sie schaute zu den Resten des Mannes und seufzte. »Es wäre zu schön gewesen, wenn Ihr die Brut damit zerstört hättet. Aber Ihr habt wohl recht, der hier war noch jung. Wie wir gesehen haben, hat er sich nur zwei Seelen genommen. Ich denke, er hätte gern Eure als nächste geholt.«

»Dumm von ihm«, merkte Wiesel an und tastete vorsichtig seinen Brustkorb ab. Es tat weh, was ihn nicht überraschte. Er sah noch immer zu der Stelle, an der der andere im Dunkeln gestanden hatte, aber dort regte sich nichts. Wiesel war erleichtert.

»In der Tat«, meinte die Bardin mit einem breiten Grinsen, als sie ihm die Hand hinhielt, um ihm aufzuhelfen. »Ich denke, es war das erste Mal, dass ein gewöhnlicher Dieb einen Seelenreiter im Kampf bezwungen hat.«

»Taride«, sagte Wiesel, als er sich mühsam an ihrer Hand hochzog und sich dann schwer an sie lehnte.

»Ja?«

»Ich bin kein gewöhnlicher Dieb.«

Sie lachte. »In der Tat, das seid Ihr nicht! Geht es wieder?«

»Ich denke schon«, meinte er. »Das wird schon wieder. Dennoch, ich denke, ich werde einen Tempel aufsuchen.«

»Verzeiht, dass ich Euch jetzt allein lasse«, sagte die Bardin. »Aber ich habe heute noch einen weiteren Auftritt. Ich hoffe, Ihr versteht.«

»Einen besseren als den eben werdet Ihr schwerlich hinlegen können«, meinte Wiesel trocken. »Aber versucht es dort besser mit Singen.«

Sie lachte und eilte davon. An der nächsten Ecke blieb sie kurz stehen und warf ihm eine Kusshand zu, bevor sie verschwand.

Wiesel sah ihr nach, hustete und stöhnte, als seine Rippen protestierten, und lachte dann leise, auch wenn es wehtat. Bei den Göttern, er mochte diese Frau! Auch wenn er noch einige Fragen an sie hatte.

Aber jetzt … Er machte einen Schritt und fluchte, als ihn der

Schmerz durchfuhr. Es half nichts, er hatte heute Nacht noch einiges zu tun. Also tat er den nächsten Schritt und dann den nächsten.

Eigentlich tut es nicht weh, dachte er zähneknirschend, als er lautlos wie ein Schatten die Außenwand der aldanischen Botschaft erklomm. *Ich muss es mir nur oft genug sagen, vielleicht glaube ich es dann auch.* Er erreichte die Kante der Mauer und gönnte sich dort eine kleine Atempause, die brauchte er auch, denn gebrochene Rippen besaßen die schlechte Angewohnheit, beim Atmen zu stören. Er sollte nicht hier sein, sondern in einem Tempel, oder, was billiger wäre, einen Arzt aufsuchen. *Warum mache ich das nur?*, fragte er sich und gab sich sogleich selbst die Antwort: Weil die Botschaft auf dem Weg lag und er neugierig war. Außerdem hoffte er, Hinweise auf den zweiten Wolfskopf zu finden. Vielleicht lag er ja in Jenks Zimmer versteckt. Welches das war, wusste Wiesel nicht, aber irgendwo musste er ja mit der Suche anfangen.

Gute vier Mannshöhen unter ihm ging einer der Gardisten vorbei, natürlich kam er nicht auf die Idee, nach oben zu schauen. Dass so wenige Menschen nach oben sahen, überraschte Wiesel immer wieder.

Wie viele Häuser in Askir war die Botschaft um einen großen Innenhof herum gebaut. Wenn man erst einmal die Mauer hochkam, stand einem das ganze Haus offen. Also eilte er lautlos die Mauerkrone entlang zum Dach, von dort aus hinüber zum Hauptgebäude, bis er über dem Quartier des Botschafters kauerte. Dass es die Räume des Botschafters waren, entsprang nur einer Vermutung, aber wer sonst sollte die Räume mit dem Balkon besitzen?

Geschickt ließ er sich von der Dachkante aus auf den Balkon herab, musterte die Fensterläden und schüttelte den Kopf, als er bemerkte, dass gleich der erste nicht verriegelt war. Beinahe hätte er sein Glück dort versucht, überlegte es sich anders und probierte die Balkontür. Auch dort hatte man vergessen, den Riegel vorzulegen, etwas, das Wiesel als sehr zuvorkommend empfand, schließlich hatte er zwei gebrochene Rippen.

Er öffnete sie vorsichtig, schlich sich hinein und zog die Tür sofort wieder hinter sich zu. Das hier war wohl der Salon des Botschafters, es gingen drei Türen ab, eine wohl zum Flur, eine mit Sicherheit zum Schlafzimmer, denn von dort erklang sonores Schnarchen. Die dritte Tür musste also zum Arbeitszimmer führen. Händler, Prinzen, Fürsten oder Botschafter… Wenn sie ein Arbeitszimmer besaßen, war das auch der Ort, an dem sich die Geldtruhe befand. Wegen der war er zwar nicht hier, aber… Irgendwie musste er ja in Übung bleiben!

Keine drei Atemzüge später hatte er sie gefunden, sie stand breit und dick direkt hinter dem massiven Stuhl des Botschafters an der Wand. *Nett von ihm*, dachte Wiesel, *so gibt mir der Schreibtisch wenigstens Sichtdeckung*. Kaum hatte er das gedacht, hörte er, wie im Salon verstohlen eine Tür geöffnet wurde.

Heute war die Nacht nicht so bewölkt, und Wiesel konnte schemenhaft die Gestalt erkennen, die in das Quartier des Botschafters geschlichen kam. Der Mann war gerüstet, einer der Gardisten der Botschaft. Aber warum schlich er hier herum wie ein Dieb in der Nacht?

Trotz der Schmerzen in seiner Seite musste Wiesel grinsen, es gab ja nur eine Erklärung: Der Soldat versuchte sich ebenfalls im Diebeshandwerk! Er entschied sich, erst einmal abzuwarten, was jetzt wohl geschehen würde.

Vorsichtig und blind tastete der Mann sich durch das Dunkel des Arbeitszimmers, stieß sich prompt ein Schienbein an dem schweren Stuhl und fiel mit lautem Scheppern vor der Geldtruhe zu Boden.

Wäre der Mann anders herum gefallen, hätte er Wiesel unter dem Schreibtisch bemerkt. Der hingegen schaute nur ungläubig zu, denn so viel Tollpatschigkeit hatte er schon lange nicht mehr erlebt. Es war ein Wunder, dass der Botschafter nicht erwachte. Oder aber, und das erschien Wiesel wahrscheinlicher, man hatte ihn betäubt.

Es klirrte leise, als der nächtliche Besucher mit einem Schlüssel die Truhe aufschloss. Er griff hinein, fluchte verhalten und begann die Truhe abzutasten. Das Geräusch von Papier und klingenden Münzen drang an Wiesels Ohr.

Was auch immer der andere in der Kiste suchte, es war dort nicht zu finden. Der Mann ließ die Schultern hängen, raffte sich dann aber auf, schloss die Geldtruhe wieder ab und begab sich auf leisen Füßen hinüber in den Salon, wo er vorsichtig die Balkontür öffnete, dieselbe, durch die Wiesel eben Zugang gefunden hatte.

»Habt Ihr den Wolfskopf gefunden?«, fragte plötzlich eine kalte Stimme von draußen, die Wiesel vor Schreck erstarren ließ, denn sie gehörte dem Mann im Schatten, mit dem der Nekromant Hiras vorhin gesprochen hatte.

»Nein, Herr«, antwortete der Gardist gedämpft. »Ich hätte schwören können, dass er sich in der Truhe des Botschafters befindet, aber da war er nicht. Aber er muss hier irgendwo sein.«

»Dann bemüht Euch mehr«, befahl die kalte Stimme.

»Ja, Herr!«, beeilte sich der Gardist zu versichern. Einen Moment stand er dort am Balkonfenster, dann schloss er es, atmete erleichtert auf und schlich sich aus dem Quartier des Botschafters.

Im Nebenraum knarrte das Bett, als der Botschafter sich unruhig herumwälzte. *Ich glaube*, dachte Wiesel, *jetzt ist es Zeit zu gehen.* Als er fast schon am Balkon war, fiel ihm etwas ein. Der aldanische Gardist war der Meinung gewesen, der Botschafter hätte den Wolfskopf in seinem Besitz. Doch der Mann war kein Dieb, sonst hätte er gewusst, dass die Menschen das, was ihnen wichtig ist, nahe bei sich haben wollten.

Leise schlich er ins Schlafzimmer des Botschafters, achtete nicht weiter auf die schlafende, schnarchende Gestalt und zog die Schublade am Nachttisch auf. Dort lag der Wolfskopf. Mit einem breiten Grinsen steckte Wiesel die Statuette ein.

Einen Moment später war er durch die Balkontür hindurch, mit einem Sprung erreichte er das Dach, mit dem nächsten war er über die Kante hinweg und spurtete über die flachen Dachziegel, um mit einem gewagten Sprung den tiefen Abgrund zwischen sich und dem Dach des Nachbarhauses zu bezwingen.

Wiesel kam unsauber auf, rutschte ab, konnte sich gerade so festhalten und zog sich auf das Dach hinauf. Jetzt, wo er in Sicherheit war, fielen ihm seine gebrochenen Rippen wieder ein. Sie brachten sich auch gerade vehement genug in Erinnerung.

Wiesel lächelte grimmig, als er keuchend auf dem Nachbardach kniete und wartete, bis der Schmerz etwas nachließ. *Diese Methode funktioniert sogar*, dachte er und versuchte den unheimlichen Anblick von eben zu vergessen. *Wenn man vor Angst fast stirbt, dann interessieren einen gebrochene Rippen nicht.* Er raffte sich auf und eilte davon.

31

»Eine echte Eule in Askir«, hauchte der Stabssergeant der Wache beeindruckt und sah immer wieder zu der Maestra hinüber, die bewegungslos mitten in der Gasse stand. Nur eine Fackel, die eine der Seeschlangen neben den Leichen in den Boden gerammt hatte, spendete Licht, und Desina stand schon länger so da, still wie eine Statue. »Die ist doch echt, Leutnant, nicht wahr?«, fragte der Soldat hoffnungsvoll.

»Sie ist eine echte Eule«, bestätigte Santer und unterdrückte einen Seufzer. »Echter geht es nicht.«

Als Desina und er von der Hafenwacht zurückkehrten, hatten sie eigentlich vorgehabt den Turm aufzusuchen, es gab dort noch mehr als genug Arbeit für Desina. Es war auch schon spät genug, die Abenddämmerung und die hohen Mauern hüllten viele Teile der Stadt bereits in tiefe Schatten.

Aber kaum, dass sie die Zitadelle betreten hatten, kam ein

Schreiber der Federn herangeeilt und berichtete, dass man im Händlerviertel einen Toten gefunden hatte, der vielleicht durch Magie gestorben war. Schon der erste Blick auf die Leiche machte Magie als Todesursache wahrscheinlich. Wenigstens redete der Tote nicht so viel wie der Sergeant, dachte Santer und rieb sich die Stirn. Er hatte bislang kaum Schlaf bekommen und war rechtschaffen müde.

»Irgendwie ist sie auch unheimlich. Ist es wahr, dass Eulen in der Nacht besser sehen können als am Tag?«

»Stabssergeant?«

»Ja, Ser?«

»Hört auf zu plappern.«

»Ja, Ser!« Der Mann schloss den Mund und nahm Haltung an, aber es fiel ihm sichtlich schwer, sodass Santer ein Einsehen mit ihm hatte. Er gab dem Mann ein Zeichen, ihm zu folgen, und begab sich dorthin, wo die anderen drei Seeschlangen der Patrouille standen.

Dort stand auch schon der Karren des Leichenputzers. Weder der Kutscher noch der Esel hatten je einen Grund zur Eile.

»Sie darf nicht gestört werden, wenn sie ihre Magie wirkt«, erklärte Santer leise. »Es braucht hohe Konzentration.«

»Aber sie steht doch nur so da.«

»Oh, könnt Ihr das Wirken von Magie beurteilen, Stabssergeant? Vielleicht solltet Ihr Euch besser bei ihr melden, die Stadt braucht noch mehr Eulen.«

»Nein, Ser. Ich meinte nur … ja, Ser!«

Santer seufzte. »Sie ist eine ganz normale junge Frau. Nur dass sie magische Talente besitzt. Weder sieht sie in der Nacht besser als andere, noch wachsen ihr Federn, verstanden? Die Eule ist nur ihr Wappentier, nicht mehr. Und jetzt erklärt mir noch mal, wie es zu dem Leichenfund kam.«

»Wir erhielten einen Hinweis. Dort drüben, das Haus.« Der Soldat wies auf ein Gebäude auf der anderen Straßenseite, ein Haus in typisch imperialer Bauweise, zwei Stockwerke hoch, um einen Innenhof gebaut, mit Fenstern nur im ersten Stock. »Ein

Händler namens Olmann wohnt dort. Er ist etwas ängstlich, Ser, kann nachts nicht schlafen, weil er ständig damit rechnet, von Wiesel bestohlen zu werden.«

»Aha«, meinte Santer.

Zwei der Fenster des Hauses waren erleuchtet, die Läden offen, an einem dieser Fenster stand ein Mann in Nachthemd und Nachtmütze, und wenn sich Santer nicht irrte, dann war das, was vor ihm auf einem Stativ stand, ein Sehrohr. Der Händler ließ es sich wohl nicht nehmen, alles genau zu beobachten. Santer widerstand der Versuchung, dem Mann zuzuwinken. Nicht, dass der noch durch den Schrecken aus dem Fenster fiel.

»Und weiter?«

»Nun, er ist so ängstlich, dass er der Nachtwache immer gern mal ein Silberstück zusätzlich gibt, wenn wir um sein Haus herumgehen und prüfen, ob alle Türen und Fenster verschlossen sind. Ihr müsst verstehen, Ser ...«

Santer nickte. »Ich verstehe.« Ein Silberstück für vier Mann, das waren fünf Kupferstücke für jeden, zwei Biere und ein Brot nur dafür, dass man seine Pflicht tat. Die Leute wären dumm, diese Zuwendung abzulehnen.

»Nun, heute Nacht war er ganz aufgeregt. Er stand dort oben und konnte sich gar nicht beruhigen, er behauptete, er habe dort dunkle Schatten gesehen, Schreie gehört und dann ein gleißend helles Licht aus dieser Gasse kommen sehen, dazu noch einen Donner gehört, als ginge die Welt unter. Er flehte uns an, hinüberzugehen und nachzusehen. Das taten wir. Wir fanden drei Tote, und einer davon war schrecklich verbrannt.«

»Wie viel hat er Euch gegeben?«

Der Sergeant zögerte.

»Raus damit!«

»Er warf uns ein Goldstück hinunter, damit wir nachsehen ...« Der Sergeant schaute zu Santer hoch. »Das ist doch nicht schlimm, Leutnant, Ser?«

»Nicht, solange Ihr Eure Pflicht auch ohne solche Spenden erfüllt«, meinte Santer. Das musste eine beliebte Wachstrecke sein. Warum hatte er eigentlich immer nur unten im Hafen Dienst geschoben?

»Was habt Ihr dann getan?«

»Nichts, Ser, außer dass ich einen meiner Leute zur Zitadelle geschickt habe, um den Federn Bescheid zu geben und den Leichenputzer anzufordern. Wir haben nichts angefasst, nur die Fackel ist von uns, damit wir besser sehen konnten.« Der Mann sah immer noch fasziniert in die Gasse, wo Desina stand. Sie hatte sich nicht eine Haaresbreite bewegt. »Wir konnten ja nicht wissen, dass eine Eule kommt.«

»Gut.« Santer überlegte kurz und kam zu einer Entscheidung. »Ihr könnt Eure Patrouille fortsetzen, Stabssergeant. Wenn Ihr nachher der Feder Euren Bericht diktiert, teilt ihr mit, dass die Maestra vom Turm eine Abschrift wünscht.«

»Ja, Ser«, rief der Sergeant und gab seinen Männern ein Zeichen. »Ihr habt es gehört. Wir haben noch was zu tun diese Nacht.«

Mit einem letzten Blick hinüber zu der Maestra führte der Sergeant seine Leute die Straße hoch, während Santer langsam zu Desina zurückging. Sie stand noch immer so da. Er räusperte sich leise.

»Es waren zwei Goldstücke«, teilte ihm Desina mit, ohne von dem Toten zu ihren Füßen aufzusehen. »Der Sergeant hatte Angst, Ihr würdet einen Anteil fordern.«

Santer lachte leise. »So etwas habe ich mir fast gedacht. Und, Maestra? Ist es das Werk eines Nekromanten?«

»Ich habe meine Untersuchungen abgeschlossen«, sagte sie und sah zu ihm hoch, ein feines Lächeln spielte um ihren Mund. »Ihr habt einige Erfahrung, Santer. Was denkt Ihr, was hier geschehen ist?«

Sie hatte ihre Untersuchungen abgeschlossen? Wieder, indem sie einfach nur neben den Leichen stand? Magie musste wirklich nützlich sein.

Dennoch … irgendwie packte ihn jetzt der Ehrgeiz. Langsam sah auch er sich um. Alle drei Leichen waren bewegt worden.

»Es geschah kurz vor Sonnenuntergang«, sagte er. »Denn alle Toten wurden bewegt und in den Schatten gezogen. Unnötig, wenn es schon Nacht gewesen wäre.« Santer trat an den Toten heran, der etwas weiter weg lag, und beugte sich nieder. »Keine Magie hier. Ein Stich in die Schulter, wie von einer langen geraden Klinge, ein schlankes Schwert oder ein Rapier. Und ein glatter Schnitt durch die Kehle.«

Er wollte gerade aufstehen, um die Fackel zu holen, als über seinem Kopf ein kleines weißes Licht erschien, nicht zu grell, aber hell genug, um den staubigen Boden zu beleuchten. »Danke«, sagte er. Abgesehen von dem Feuer im Herd war es die erste Magie, die er von der Maestra sah, eine Kleinigkeit nur, aber dennoch beeindruckend. Und praktisch. »Der Mann rannte hier entlang, und dort stand ein anderer. Der war es, der diesem Burschen die Kehle aufschlitzte.« Santer musterte die Blutspritzer an der Wand und die Lache am Boden. »Er wich dem Blut aus ... Er trägt Stiefel mit weichen Ledersohlen, keine Absätze. Er ging dann hier hinüber.« Das Licht folgte Santer und den Spuren. »Das hier sind Stiefel mit Absätzen, kleine Stiefel, eine Frau. Die beiden Toten hier tragen Sandalen aus altem Schiffstau. Billiges Schuhwerk, aber die Abdrücke sind gut zu erkennen. Hier ... Die drei haben die Frau in die Ecke gedrängt, aber es kam nicht sofort zum Kampf, sie standen eine Zeitlang herum. Dann geschah etwas, und es geschah schnell, denn der hier schaut immer noch überrascht.« Santer musterte den Toten sorgfältig und nickte dann beeindruckt. »Ein sauberer Stoß, direkt in die Kehle, durch sie hindurch in die Wirbelsäule. Er hatte Zeit beim Sterben, aber an dem Kampf nahm er nicht mehr teil.« Santer bückte sich und hob einen der schweren, lederumwickelten Knüppel auf. Er war nicht besonders sauber, doch an zwei Stellen war das dreckige Leder gespalten, und das Holz darunter zeigte helle Kerben.

»Ein Rapier. Ein Langschwert hat eine schwere Klinge und hätte tiefere Kerben geschlagen. Sie wehrte zweimal einen Angriff ab. Also, bis jetzt haben wir drei Schläger, die einer Frau auflauern. Es kommt zum Kampf, einer stirbt sofort, der andere rennt weg und wird von unserem Freund da drüben an der Ecke aufgeschlitzt, und der dritte …«

Nun, dachte Santer und rümpfte die Nase, der dritte sah aus wie ein Spanferkel, das zu lange über dem Feuer gehangen hatte. Der süßliche Geruch von verbranntem Fleisch war immer noch deutlich zu riechen. Santer fragte sich, ob die Robe Desina auch einen besseren Geruchssinn bescherte, und wie sie das aushielt. Er musterte den Toten genauer. Auch wenn es durch die Hitze verzogen war, zeigte das verbrannte Gesicht noch immer einen wütenden Ausdruck.

»Der hier hat gar nicht gemerkt, dass er tot ist«, stellte Santer fest. Er erhob sich wieder, sah sich weiter suchend um und fand dann einen Wurfdolch mit verbogener Spitze. Er hob ihn nachdenklich auf, sah dorthin, wo sich die meisten Spuren der Frau befanden, und musterte dann sorgfältig die Wand. Das magische Licht der Maestra schoss vor und hoch und zeigte eine helle Stelle am Stein.

»Der Kerl hat den Dolch nach ihr geworfen«, stellte Santer fest. Das Licht zuckte zur Seite und zum Boden, wo es etwas anderes beleuchtete, das dort halb begraben von Dreck und Staub lag und glitzerte.

Santer bückte sich und hob es auf. Es war eine silberne Haarnadel, etwa so lang wie seine Hand. Das letzte Drittel der Nadel war flach gewalzt und mit feinen Gravuren versehen.

»Die Frau war wohlhabend und achtet auf ihr Äußeres«, sagte Santer nachdenklich und wog die Haarnadel in seiner Hand. »Das ist reines Silber, und die Gravuren stammen aus Meisterhand. Die Absätze ihrer Stiefel haben scharfe Kanten und sind nicht abgelaufen. Sie kann sich gutes Schuhwerk leisten.«

»Die Haarnadel und die Stiefel sind elfische Arbeit«, teilte ihm die Maestra mit. »Die Sohlen der Stiefel sind ebenfalls verziert, wie man an diesem Abdruck hier sehen kann …« Santer bemerkte, wie sie unter ihrer Kapuze lächelte. »Menschen sparen sich meist die Mühe. Ihr habt etwas übersehen, Santer. Dort hinten.«

Das Licht schwebte vor, um ihm den Weg zu zeigen. Im ersten Moment dachte er, es wäre eine übergroße Fischschuppe. Dann erkannte er, was es war: ein Stück poliertes Elfenbein, wie es ein Lautenspieler manchmal benutzte, um die Saiten anzuschlagen.

»Wir suchen eine Frau mit langen Haaren, die sie gern hochgesteckt trägt, von gepflegter Erscheinung, die ein Rapier mit sich führt und Laute spielt. Taride, die Bardin.« Die Maestra lachte leise, als sie Santers Gesichtsausdruck sah. »Es hilft, wenn man die Leute kennt«, erklärte sie. »Ich habe die Bardin erst letzte Woche wieder gesehen. Sie beeindruckt mich immer aufs Neue. Mit ihrer Stimme, ihren Kleidern und den Stiefeln mit den verzierten Sohlen. Sie besitzt auch ein Rapier.« Die Maestra grinste ihn an. »Außerdem bin ich neidisch auf ihre Haare. Meine weigern sich, eine Frisur zu halten.«

Das, dachte Santer mit einem Lächeln, war etwas, das ihm schon aufgefallen war. »Wisst Ihr auch, wer der andere Mann ist?«, fragte er, und ihr Lächeln schwand.

»Seht Euch seine Fußabdrücke genauer an.«

Santer runzelte die Stirn und beugte sich nieder, das Licht folgte. Es war schwer zu erkennen, nur an einer Stelle, wo der Dreck auf dem Boden fein genug war, konnte man etwas erahnen.

»Raue Sohlen«, stellte Santer fest. »Mehr kann ich nicht sagen.«

»Es gibt nur ein Leder, das rau bleibt und sich kaum abnutzt«, sagte die Maestra. »Drachenleder. Solche Stiefel sind fast unbezahlbar. Und ich kenne nur einen, der sie trägt.«

Er bemerkte ihren Gesichtsausdruck. »Was ist?«, fragte er.

»Er ist ein Freund.«

Santer sagte erst einmal nichts dazu. Er drehte sich um und ging zu dem dritten Toten zurück, den mit der aufgeschlitzten Kehle. »Ich glaube, ich kenne den hier. Er ist ein gedungener Schläger. Er wird schon den einen oder anderen auf dem Gewissen haben. Schade ist es nicht um ihn …« Er blickte zu dem verbrannten Mann. »Aber was mit dem da geschehen ist, verstehe ich nicht.«

»Das war Taride.« Die Maestra ließ ihren Blick über den Ort und die drei Toten schweifen und schüttelte den Kopf. »Ich wollte, man hätte mich nicht gerufen.«

»Nun. Es scheint klar«, sagte Santer nachdenklich. »Die drei lauerten der Bardin auf, sie wehrte sich, und Euer Freund kam ihr zu Hilfe. Mehr ist es nicht. Bis auf unseren gebratenen Freund hier ist das kein Grund, großes Aufhebens darum zu machen.« Santer stand auf. »Seid Ihr sicher, dass es die Bardin war?«

»Es ist die einzige Erklärung«, antwortete die Maestra. »Und ihr Geheimnis.«

»Ist sie eine Maestra?«, fragte Santer. Das war es, was er selbst vermutete.

Zu seiner Überraschung schüttelte Desina den Kopf. »Nein. Sie ist keine Maestra. Sie ist eine Elfe. Ich weiß sogar, welche Magie sie verwendet hat. *T'i'stit'a.* Der Fluss der Funken. Eine Magie, die viele Elfen lernen, noch bevor sie richtig laufen können. Sie wird nur zur Verteidigung eingesetzt und nur dann, wenn die Lage verzweifelt ist. Sie ist sehr anstrengend, sozusagen die letzte Möglichkeit, einen Kampf für sich zu entscheiden.«

»Eine Elfe?«, fragte Santer. Er war nicht überrascht. Wenn Taride keine Maestra war, lag dieser Schluss nahe. Trotzdem war es ungewöhnlich. Mittlerweile sah man die Elfen so selten, dass es Leute gab, die glaubten, sie wären nur eine Legende. »Dann ist doch alles gut, oder?«

Sie schaute hoch zu ihm. »Wie meint Ihr das?«

»Der Fall hier ist geklärt. Keine Nekromantie. Das ist das Wichtigste. Eine junge Frau wurde angegriffen, und sie hat sich gegen ihre Angreifer erfolgreich zur Wehr gesetzt.« Santer zuckte mit den Schultern. »Die drei Kerle hier sind nicht einmal das Papier für den Bericht wert. Und die Bardin Taride? Ich kenne sie. Sie ist seit zwei Jahren hier und singt sich die Seele aus dem Leib. Wenn sie verbergen will, dass sie eine Elfe ist, dann ist das ihre Sache. Soll sie doch, das schadet niemandem. Wenn es anders gelaufen wäre, läge sie jetzt hier … und das wäre schade gewesen, denn sie hat eine Stimme, die selbst die Götter zum Weinen bringen kann.«

»Und was schreibe ich in den Bericht?«

»Genau das. Und dann legt Ihr den Bericht im Archiv des Turms ab. Magie ist die Sache der Eulen. Den Federn wird es reichen, wenn wir ihnen berichten, dass der Fall geklärt ist.« Santer sah noch einmal auf die Toten herab. »Wisst Ihr, Maestra, den Kerlen hier weine ich keine Träne nach. Aber ihre Opfer … das ist etwas anderes. Von denen habe ich schon zu viele gesehen. Taride und Euer Freund haben hier ein gutes Werk getan und wahrscheinlich einigen Menschen das Leben gerettet.«

Die Maestra wollte etwas erwidern, doch dann hielt sie inne und sah zum Eingang der Gasse. Dort war nichts zu sehen, und Santer wollte sie schon fragen, was denn los sei, als ein Fackelschein auftauchte. Es war wieder der Sergeant der Wache.

»Maestra, Stabsleutnant!«, rief er in die Gasse hinein. »Wir haben noch einen gefunden!«

Santer seufzte. »Ich sage mal eben dem Leichenputzer Bescheid, dass er die Kerle hier aufladen kann. Und dass es noch weitere Arbeit für ihn gibt.«

Der nächste Fundort lag nicht weit entfernt von dem ersten, es dauerte nicht lange, bis sie ihn erreichten und der Sergeant auf einen dunklen Hofeingang verwies.

Die Maestra folgte dem Sergeanten langsam und blieb dann am Eingang des halb zerfallenen Hinterhofs stehen. Vor vielen Jahren hatte es hier gebrannt, und das zu dem Hinterhof gehörende Haus war nicht viel mehr als eine Ruine.

»Ich wundere mich, dass es keiner gekauft hat«, meinte Santer. »Ich dachte, Grundstücke hier im Handelsviertel wären sehr begehrt.«

»Das Grundstück steht nicht zum Verkauf«, antwortete Desina abwesend. Sie musterte die verkohlten Reste vor sich auf dem Boden und nickte langsam. »Stabssergeant, ich danke Euch. Wenn Ihr nun bitte zu Euren Männern zurückgehen würdet.«

Der Sergeant warf Santer einen hilfesuchenden Blick zu. Es war klar, dass der Mann darauf brannte, alles genau mitzuverfolgen. Santer gab ihm ein Zeichen, und enttäuscht zog sich der Sergeant zurück, um aus der Entfernung zuzusehen.

»Das hier«, sagte Santer leise, »ist etwas ganz anderes, nicht wahr?« Vor ihm lagen die verkohlten Reste eines Mannes, so heiß verbrannt, dass nur noch graue Asche übrig geblieben war, die teilweise noch die Form der Gliedmaßen hatte. Er bückte sich und berührte den Rest eines Oberschenkels vorsichtig mit dem Finger. Die Stelle bröckelte, und feiner Staub fiel herab.

»So ist es«, sagte die Maestra leise. »Ich weiß von einer Quelle, dass Jenks, das Opfer von gestern Nacht, vor seinem Tod auch hier gewesen ist. Vielleicht sollte hier wieder ein Mord stattfinden, aber diesmal nahm es einen anderen Ausgang.«

»Der hier sieht mir nicht sehr nach einem Opfer aus«, sagte Santer und deutete auf den ausgeglühten Leichnam. Welche Magie das auch immer gewesen war, sie war ungleich mächtiger als das, was den anderen Kerl ein paar Gassen weiter niedergestreckt hatte. »Wir werden nie herausfinden, wer er war. Es ist einfach nicht mehr genug übrig. Ein wenig Regen und Wind, und es bleibt nichts von ihm«, stellte Santer beeindruckt fest. »Ich glaube, der Leichenputzer kann gehen. Ein Besen tut es hier auch.«

»Santer«, meinte die Maestra leise. »Gebt mir etwas Zeit und Ruhe. Und Abstand.«

Santer nickte und ging hinüber zu den Wachen, die ihn neugierig musterten.

»Interessante Wache heute Abend«, sagte er im Plauderton und lehnte sich in der Nähe an eine Hauswand. »Kennt Ihr das Viertel eigentlich gut, Sergeant?«

Der nickte eilfertig. »Ja, Ser. Ich habe hier seit vier Monaten Dienst. Ja, ich denke, ich kenne es.«

»Gibt es in der Nähe etwas, wo man gute Unterhaltung finden

kann? Ein gutes Essen, vielleicht sogar einen Barden, der aufspielt?«

»Die *Goldene Rose*, Ser. Es ist einer der besten Gasthöfe hier im Viertel. Ihr findet ihn drei Straßen weiter, wenn Ihr am Töpferbrunnen links abbiegt. Nicht zu übersehen.« Der Sergeant seufzte. »Wenn wir hier fertig sind, müssen wir dorthin. Der Wirt hat einen Knecht geschickt, um uns zu bitten, ihn mal zu besuchen. Ich weiß noch nicht, weshalb, der Knecht sprach nur von einem Gast, der dem Wirt Angst gemacht hat.« Der Sergeant sah zu Santer. »Ich bin froh, wenn diese Wache zuende geht. Die ganzen Wochen nichts … und heute …«

»Ich weiß, was Ihr meint, Sergeant«, sagte Santer, doch der Soldat schüttelte den Kopf.

»Das ist es nicht, Ser. Diese verbrannte Leiche dort und der andere Kerl … Wenn ich jemandem mit Stahl in der Hand gegenüberstehe, weiß ich, was ich tun kann. Aber wie, bei den Göttern, verteidigt man sich gegen Magie?« Er warf einen schnellen Blick zu Desina hinüber, die wieder still wie eine Statue dort stand. »Ich bin froh, dass sie da ist, Ser. Sie weiß wenigstens, wie man gegen Magie kämpft. Auch wenn ich nicht verstehe, was sie da tut.«

»Sie weiß, was sie tut«, sagte Santer beruhigend. »Das reicht.«

»Ich habe nicht die geringste Ahnung, was hier los war«, sagte die Maestra etwas später, nachdem sie Santer wieder zu sich gerufen hatte. »Es gab einen Kampf, das ist klar zu erkennen. Taride war wieder mit dabei und auch mein Freund mit den Stiefeln.« Sie hielt Santer einen Dolch hin. Ein gut gearbeitetes und ausbalanciertes Stück. Jedenfalls war er es einmal gewesen. Jetzt war der Stahl verdreht und verbogen wie ein Korkenzieher.

Sie ging in die Hocke und drehte mit dem behandschuhten Finger ein Stück verkohlte Hirnschale zur Seite. »Wiesel hat ganz schön Dresche bezogen«, sagte sie leise. »Aber zum Schluss … Hier hat eine Klinge im Auge gesteckt. Und entlang der Klinge ist der Knochen noch mehr verkohlt.«

»Wiesel ist Euer Freund?«, fragte Santer überrascht. Seit Jahren träumte jede Seeschlange davon, den Kerl dingfest zu machen, der sie und die ganze Stadt an der Nase herumführte.

»Ja. Aber das ist unwichtig«, meinte die Maestra abwesend. »Was hier geschehen ist, ist weitaus bedeutsamer. Zwei Dinge sind von besonderem Interesse: wie es möglich war, dass der Mann so heiß verbrannte… und, noch wichtiger, wer er war. Ich habe nur die Antwort auf die zweite Frage.«

»Ihr wisst, wer er war?«

»Genauer, ich weiß, *was* er war«, sagte die Maestra so leise, dass er sie kaum verstand. »Darf ich?«, fragte sie, und Santer gab ihr den verbogenen Dolch zurück. Sie bedeute ihm, sich ebenfalls in die Hocke zu begeben, und rief wieder das Licht herbei, damit er besser sehen konnte. Dann legte sie mit der Spitze des Dolches etwas in der Asche frei, das in das verkohlte Leder eines Wamses eingebacken und schwer zu erkennen war. Für Santer sah es aus wie eine schwarze Münze an einer schweren, geschmolzenen Silberkette. Die schwarze Scheibe selbst war nicht geschmolzen. Die Münze trug keine Prägung, es war nur ein Stück schwarzes, poliertes Metall.

Er streckte die Hand aus, doch die Maestra hielt ihn zurück.

»Nicht anfassen!«, zischte sie leise.

»Was ist das?«, fragte Santer.

»Ich habe davon bislang nur gelesen. Es ist ein Medaillon der Nacht. Es heißt, Priester des Namenlosen tragen solche Anhänger. Oder Nekromanten. Je nachdem, wie mächtig der Nekromant war, soll es gefährlich sein, diese Münzen zu berühren.«

Sie tippte die Münze mit der Spitze des verbogenen Dolchs an. »Das hier war kein Priester. Dann wäre die Münze nicht glatt. Der hier war ein Nekromant.«

Santer konnte gar nicht glauben, was Desina ihm gerade mitgeteilt hatte. »Wollt Ihr sagen, dass die Bardin und Wiesel den Nekromanten aufgespürt haben, der diesen Kammerdiener ermordet hat, und ihn dann tatsächlich besiegten?«

Sie schaute ihm in die Augen. »Es wäre zu schön, nicht wahr? Doch irgendwie glaube ich es nicht.«

»Wenigstens ist der hier erledigt«, meinte Santer. »Einer weniger, um den wir uns kümmern müssen.« Er grinste freudlos. »Immerhin wissen wir nun, dass man sie besiegen kann.«

»Ich bin so froh, dass es nicht Wiesel ist, der hier liegt«, sagte sie leise. »Wir sind seit frühester Kindheit miteinander befreundet.«

»Eine ungewöhnliche Freundschaft«, bemerkte Santer. »Der Meisterdieb von Askir und die Eule.«

Sie sagte nichts dazu, und er sah zu, wie sie in ihre Robe griff und einen schweren Beutel herausnahm, der metallisch glänzte. Er war aus sehr feinen Kettenringen gefertigt, das Innere mit feinem Leder und Samt bezogen. Sie stülpte den Beutel um, und vorsichtig ergriff sie damit die Münze. Als sie sicher im Beutel war, zog sie ihn zu, zögerte noch einen Moment und steckte ihn dann ein.

»Ist das nicht auch gefährlich für Euch?«, fragte er.

»Ich hoffe nicht. Der Beutel ist magisch geschützt. Es sollte sicher sein. Hier auf der Straße herumliegen lassen kann ich das Ding ja nicht.« Sie richtete sich wieder auf und ließ den verbogenen Dolch fallen. »Es wird Zeit, dass wir uns mit Taride und Wiesel unterhalten.«

»Leichter gesagt als getan«, meinte Santer zweifelnd. »Wiesel ist dafür bekannt, Unterhaltungen mit den Seeschlangen zu meiden.«

»Ihr seid keine Seeschlange mehr, Santer.« Sie trat einen Schritt zurück und bedeutete ihm, es ihr gleichzutun. »Ich weiß, wo ich ihn finde. Hier gibt es nur noch eins zu tun …«

Sie breitete die Hände vor sich aus, ein fahler Schein entstand um ihre Fingerspitzen, weitete sich aus, bis er die verbrannten Überreste vor ihnen vollständig einhüllte. Einen langen Moment geschah nichts, dann leuchteten die Überreste auf und verschwanden in einem Meer von leuchtenden Funken, die einen Moment später ebenfalls verblassten. Schwer atmend ließ sie die Hände wieder sinken.

Nichts war mehr übrig von dem Nekromanten.

Sie schaute zu Santer und lächelte zufrieden. »Santer, was haltet Ihr von einem Schluck Wein?«
»Das, Maestra, ist eine hervorragende Idee.«

32

Askir, dachte Wiesel, als er sich vorsichtig um eine Hausecke schlich, war die Stadt der Wunder. Es gab hier alles zu kaufen, wenn man nur wusste, wo. Und das galt auch, wenn es um das Richten gebrochener Knochen oder die Heilung von Blessuren ging.

Ein ehrbarer Bürger suchte einen Medikus auf und ließ sich den Knochen richten. Wenn er Geld hatte und die Priester ihn mochten, konnte er in einen der Tempel gehen, wo ein Priester ihm die Heilung erleichterte, ihn vielleicht sogar ganz heilte, je nachdem, wie hoch die Gunst oder vielleicht auch die Laune des Gottes war. Wenn man hingegen ein Dieb war, der mit den Göttern nicht so ganz auf gutem Fuße stand, wandte man sich an Mama Maerbellinae.

Wiesel war darüber nie ganz glücklich. Sie war seltsam und … gewöhnungsbedürftig. Manchmal konnte sie auch streng riechen, aber einige behaupteten, sie hätte ein Herz aus Gold. Tatsache war, dass ihre Hände wahre Wunder vollbrachten.

Wiesel duckte sich tiefer in die Schatten, bis der Vierertrupp Seeschlangen um die nächste Ecke verschwunden war. Wahrscheinlich überflüssige Vorsicht, dachte er, niemand konnte wissen, dass er einen Stein aus der Botschaft von Aldane gestohlen hatte, aber im Moment wollte er sich nicht mit den Seeschlangen auseinandersetzen.

Mama Maerbellinae wohnte in einem kleinen Haus an der inneren Mauer, nicht weit vom Korntor entfernt. Es zählte noch zum Hafenviertel, aber durch die Nähe zum Korntor galt dieser Bereich als bessere Gegend. Wenn man schon im Hafen wohnte, dann hier. Das Haus war alt, die Stufen, die zu der niedrigen Tür führten, ausgetreten, aber der Stein war stabil, das Dach mit Schiefer gedeckt und dicht, und sogar der Kamin zog, wie eine Rauchfahne bestätigte, die aus dem Schornstein stieg. Es brauchte nicht den Rauch, um Wiesel zu zeigen, dass Mama da war. Sie verließ das Haus nicht, und soweit Wiesel das wissen konnte, schlief sie auch nie.

Er klopfte.

Keine Reaktion.

Er klopfte erneut, diesmal stärker. Die Tür wurde aufgerissen, und er sah sich Mama Maerbellinae gegenüber, die drohend ein Nudelholz in der Hand hielt.

»Was will Wiesel, he?«, fauchte sie und griff mit einer großen Hand nach ihm. Im nächsten Moment verlor er den Boden unter den Füßen, als sie ihn an seinem zerfetzten Wams hochhob.

Gerade hatte Wiesel Dinge gesehen, die ihn das Fürchten gelehrt hatten, aber Mama Maerbellinae sah heute beinahe noch erschreckender aus.

Mama war groß, fast so groß wie Istvan. Wenn das alles wäre, gäbe es keinen Grund, sie zu fürchten. Aber sie war so… so… *viel!* Nicht fett, sondern mächtig. Mama zu beschreiben war schwer. Die langen schwarzen Haare waren wie eine wilde Mähne, lang genug, um den Boden zu erreichen, die Stirn darunter schwarz wie Ebenholz, mit weißen Narben verziert, darunter große dunkle Augen, die einem in das Herz der Seele zu blicken schienen, eine breite Nase mit einem Knochen darin, der mit goldenen Runen verziert war, und ein weiter Mund mit wohlgeformten Lippen, die Mama zur Zierde mit in Gold gefassten Knochensplittern durchstoßen hatte. Die Zähne, kräftig wie die eines Raubtiers, hatte sie geschwärzt, und wenn sie lächelte, konnte einem das Blut in den Adern gerinnen. Sie hatte ein grünes Tuch, wahrscheinlich groß genug, um als Segel zu dienen, um sich geschlungen und es betonte die gewaltigen Brüste, die wie Katapultkugeln abstanden. Eine goldene Schärpe umfasste eine überraschend schmale Taille. Ihren Händen war zuzutrauen, dass sie Saft aus Steinen pressen konnten. An jedem ihrer massiven Finger trug sie genug Gold, um den halben Hafen zu kaufen. Wie groß die Nudeln waren, die sie mit diesem Holz auswalzte, konnte sich jedermann selbst ausmalen, Wiesel hatte jedenfalls auf dem Hartmarkt schon kleinere Kriegskeulen gesehen. Aber seit wann war ein Nudelholz aus schwarzem Ebenholz und trug seltsame magische Zeichen?

Kurzum: Wenn man Mama Maerbellinae auch nur ein einziges Mal gesehen hatte, vergaß man sie nie wieder. Wäre sie nicht so groß, nicht so gewaltig, nicht so... so... dann wäre sie vielleicht sogar eine schöne Frau. Tatsächlich wusste Wiesel, dass es Männer gab, die davon träumten, zwischen diesen Schenkeln zu liegen. Wiesel nicht. Er zog es vor, nicht von etwas zu träumen, das ihn zermalmen konnte.

»Ich freue mich auch, dich zu sehen, Mama Maerbellinae«, sagte er gepresst, als ihm die Luft ausging. »Lässt du mich runter, damit ich wieder atmen kann?«

Wortlos schwenkte sie ihn wie einer der gewaltigen Kräne des Hafens in ihre Hütte hinein und ließ ihn dann fallen. Doch Wiesel wäre nicht Wiesel, wenn er nicht auf seinen Füßen gelandet wäre. Er wartete, bis der Schmerz vergangen war und er wieder Luft bekam, klopfte dann die Reste seines zerstörten Wamses ab und sah sie vorwurfsvoll an. »Ich bin verletzt.«

»Ja, ja«, sagte Mama Maerbellinae und wies mit einem Finger auf einen Stuhl, der, wie alles hier bei ihr, viel zu groß war. »Sitz!«

Wiesel setzte sich. Mama beugte sich vor und schnupperte an ihm, verzog dann das Gesicht, um angeekelt vor ihm zurückzuweichen

»Wiesel stinkt nach *Ma'b'r'mngta*!«

»Was auch immer das ist...«

»Schwarzer Mann!«, fauchte sie und wirbelte herum, um eine große, goldverzierte Kiste aufzureißen, aus der sie etwas herausnahm, das Wiesel verdächtig nach einem menschlichen Oberschenkelknochen aussah, an dem der Panzer einer Schildkröte, der Schädel einer Echse und einige lange Federn befestigt waren. »*Fde'teee*!«, rief sie, wedelte mit dem Ding vor Wiesels Nase herum und fauchte ihn an.

Noch während ihr massiver Kopf nach vorne ruckte, verwandelte sie sich, sodass es nicht mehr Mama war, die ihn da anfauchte, sondern eine riesige schwarze Sandkatze mit glühenden Augen und einem Furcht einflößenden, fahl schimmernden Gebiss, groß genug, um ihn mit einem Happs zu verspeisen. Es kam ihm vor, als ob das Fauchen der Katze ihn wie eine Steinlawine überrollte. Damit, dachte er mit einem letzten Rest schwindenden Bewusstseins, war geklärt, vor wem er mehr Angst haben müsste…

Als Wiesel wieder zu sich kam, saß er in einem von Mamas übergroßen Stühlen, in denen er sich immer wie ein kleines Kind vorkam. Er war halbnackt, trug nur noch seine Hose und die Stiefel, und seine Haut kribbelte. An manchen Stellen war sie rosa wie die Haut eines Neugeborenen. Die Rippen schmerzten nicht mehr, und die Kratzer und Schürfwunden an seinen Händen waren auch verschwunden. Er konnte sogar wieder aus dem linken Auge sehen.

Ihm gegenüber saß Mama Maerbellinae und schaute ihn vorwurfsvoll an, während sie etwas aus einem in Silber gefassten menschlichen Schädel trank.

»Schwarze Mann, *baa'ta*!«, teilte sie ihm vorwurfsvoll mit. »Was hast du zu tun mit schwarze Mann?«

»Zu Soltars tiefsten Höllen habe ich ihn geschickt«, meinte Wiesel in nicht minder vorwurfsvollem Ton. »Was, bei Borons Hammer, war das eben?«

»Du mich gesehen in mein wahr Form«, sagte sie und bleckte ihre schwarzen glänzenden Zähne. »Katze vertreibt *Ma'b'r'mngta* besser!«

»Ja, danke«, sagte Wiesel etwas unwirsch. »Mach das nie wieder! Ich dachte, ich gehe vor Schreck ein.«

»Schreck gut gegen *Ma'b'r'mngta*«, teilte sie ihm mit. Sie beugte sich vor und sah ihn prüfend aus diesen dunklen Augen an. »Du schwarze Mann getötet?«

»Und wie!«, sagte Wiesel und schüttelte sich, als er sich daran erinnerte. Dann blinzelte er, als er etwas verspätet verstand, was sie eben gerade gesagt hatte.

»Du bist die Katze?«

»Nein. Ich Göttin. Du mich anbeten?«, fragte sie hoffnungsvoll.

Wiesel schüttelte grinsend den Kopf. »Du bist keine Göttin!«

»Wenn Wiesel mich anbeten, dann ich Wiesels Göttin«, erklärte sie ihm ernsthaft.

»Danke, nein, ich halte es mit Boron, Soltar und Astarte und habe mit ihnen gerade gut genug zu tun«, meinte er. »Die könnten mir das am Ende noch übel nehmen.« Er sah sie an und lachte, als er ihren schmollenden Gesichtsausdruck sah. »Aber ich liebe dich trotzdem.«

Er kratzte sich an einer Stelle, die vor nicht allzu langer Zeit noch eine blutende Wunde gewesen war. Die neue Haut juckte fürchterlich. Nun, damit konnte er leben. Was man von blutenden Wunden nicht immer sagen konnte.

»War es schlimm?«, fragte er.

Sie nickte. »Wiesel kleines Knochen … wie sagt man, Stück von Knochen?«

»Splitter?«

Sie nickte. »Wiesel Splitter von Knochen in Niere, viel Blut innen … du morgen tot.«

Wiesel erschrak. Wenn Mama Maerbellinae sagte, dass er morgen tot gewesen wäre, dann traf das zu. Er musterte sie nachdenklich. Die Katze war verdammt überzeugend gewesen. Und Mama konnte heilen wie die besten Priester der Tempel, nur dass es sie nicht anzustrengen schien.

»Bist du wahrhaftig eine Göttin?«, fragte er vorsichtig.

Sie nickte. »Ich Göttin *Ne'fahte'Al*«, teilte sie ihm mit. »Ich alte Göttin.«

»O nein.« Er lachte. »Wenn du eine Göttin wärst, wüsstest du alles und könntest unsere Sprache besser«, meinte Wiesel mit einem Grinsen und schüttelte den Kopf. »Beinahe hätte ich dir geglaubt.«

Sie sah ihn mit dunklen Augen an und lächelte. »Weißt du, Wiesel, nur deine Impertinenz ist größer als deine Behändigkeit«, sagte sie dann in einer glasklaren Stimme, die in seinen Ohren wie eine Glocke klang. »Du kommst zu mir mit zerschmetterten Knochen, einer Niere, die dich morgen umgebracht hätte, dem Gestank eines Seelenreiters an dir, sitzt an meinem Tisch und lachst mich aus, wenn ich mich dir offenbare, weil ich dich kleines Wiesel mag.«

Wiesel sah sie mit großen Augen an, öffnete den Mund und schloss ihn wieder.

Sie hielt ihm mit einem Lächeln den Schädel hin. »Tee?«

»Äh… Nein, danke«, sagte er höflich und schüttelte sich. »Sag, bist du denn nun wahrhaftig eine Göttin?«, flüsterte er, und sie lachte und fuhr ihm mit einer riesigen Hand durch die Haare, als wäre er ein Kind.

»Nein, ich machen Spaß… Spaß gut gegen alles Krankheit«, radebrechte sie, ihre Stimme klang noch immer ungewohnt klar, aber wenigstens hallte sie nicht mehr wie eine Tempelglocke nach.

»Und die Sprache?«

Sie seufzte. »Ich lebe seit dreißig Jahren hier. Natürlich spreche ich die *ling't'nata*.«

»Die was?«

»Die hiesige Sprache. Die Katze… Nun, du kommst doch zu mir, weil ich ein paar kleine Tricks beherrsche. Meinst du, wenn ich eine Göttin wäre, würde ich in einem Loch wie diesem hausen?«

»Und warum…«

»Spreche ich so komisch?« Sie lachte leise. »Vielleicht bereitet es mir Vergnügen, Erwartungshaltungen zu bestätigen.«

Wiesel kratzte sich am Kopf.

»Die Leute erwarten, dass ich mich so ausdrücke. Ich sprach so, als ich herkam, und jetzt gehört es irgendwie dazu wie der Knochen in meiner Nase.« Sie legte den Kopf auf die Seite und sah ihn mit unergründlichen Augen an. »Wenn ich eine Göttin wäre, hätte ich es schwer hier. Boron, Astarte, vor allem aber Soltar sind übermächtig. Wer glaubt schon an eine schwarze Göttin, die zu groß ist?«

Nun, immerhin hatte sie es geschafft, dachte Wiesel, ihn zu verunsichern.

»Du hast nach dem Preis gefragt. Acht!«, riss ihre Stimme ihn aus seinen Gedanken.

Er blinzelte verständnislos.

»Der Preis für deine Heilung«, erklärte sie lächelnd. »Wenn du mich schon nicht anbeten willst, dann musst du eben in Münzen zahlen. Das ist nur gerecht.«

Da konnte Wiesel kaum widersprechen. »Silber?«, fragte er hoffnungsvoll.

Sie schüttelte langsam den Kopf.

»Du meinst doch nicht etwa Gold?«, rief er entsetzt.

»Geh zu Boron, frag doch ihn das nächste Mal«, meinte sie. »Stelle ich etwa Fragen, was du wieder getrieben hast? Befehle ich dir in salbungsvollen Worten, dein Leben zu ändern? Du kommst halbtot hierher, bringst den Gestank von *Ma'b'r'mngta* in mein Heim und beschwerst dich darüber, dass ich acht Goldstücke fordere?«

Wiesel hob hastig die Hand. »Mama Maerbellinae! Ich war nur überrascht. So viel nimmst du doch sonst nicht.«

»Das war auch nicht für die Heilung, mein kleines Wiesel«, sagte sie. »Es ist wegen des Gestanks, der an dir haftete. Er hätte deine Seele vergiftet und dich in den Bann des Anderen, des Dunklen gezogen.« Sie lehnte sich zurück und schmollte. »Wenn du wüsstest, wie viel Arbeit das war, würdest du dich nicht beschweren.«

»Schon gut. Du bekommst ja das Gold«, sagte Wiesel. »Meinen Dank hast du auf jeden Fall. Und nein, ich habe keine Lust, mir jedes Mal einen Vortrag von einem Boronpriester anzuhören, wenn ich mir meine Knochen richten lasse.«

»Dachte ich es mir doch«, bestätigte Mama. »Und jetzt erzählst du mir, wo du *das* her hast!«

Von irgendwoher erschien der steinerne Wolfskopf in ihrer Hand, den sie mit einem lauten Schlag vor ihm auf den Tisch knallte, so dass Wiesel zusammenzuckte. Auf einmal schien es ihm, als würden kleine Funken um den Wolfskopf und ihre Hand tanzen.

»Ach den...«, meinte er so unschuldig wie möglich und streckte die Hand nach dem Wolfskopf aus, doch ein Blick aus dunklen Augen ließ ihn erstarren und die Hand wieder ganz vorsichtig zurückziehen, bevor sie ihm die noch abbiss. »Es ist eine lange Geschichte.«

»Wenn du glaubst, Wiesel, dass du hier verschwinden kannst, ohne Mama Maerbellinae ihre Frage zu beantworten, dann irrst du«, meinte Mama lächelnd. Irgendwie, so dachte Wiesel, hatte ihr Lächeln wahrhaftig Ähnlichkeit mit dem Grinsen einer hungrigen Raubkatze.

»Ist der alte Stein so wichtig? Ich habe ihn gestohlen, damit ein schwarzer Mann ihn nicht bekam«, erklärte er wahrheitsgemäß. Göttin oder nicht, Mama Maerbellinae anzulügen wäre ein schwerer Fehler.

»So. Das nennst du eine lange Geschichte?« Sie zog eine mit weißen Narben verzierte Augenbraue hoch und lachte. »Ein schwarzer Mann wollte ihn haben, und der Stein ist nicht wichtig?« Sie fixierte ihn streng. »Was willst du mit dem Stein tun?«

»Ich dachte, ich gebe ihn Sina.«

»Das, mein kleines Wiesel, ist eine gute Entscheidung!«, sagte sie und bleckte ihre schwarzen Zähne. »Richte ihr aus, dass Mama sie vermisst. Sie besucht mich kaum mehr.«

»Ich werde es ausrichten. Sie hat viel zu tun, weißt du?« Er sah den Wolfskopf an, dann sie. »Kann ich ihn wiederbekommen?«, fragte er höflich.

Sie schob ihm den Wolfskopf mit einem spitzen Finger herüber.

»Nimm ihn. Aber verliere ihn nicht.«

»Das habe ich nicht vor«, sagte Wiesel. »Danke«, fügte er artig hinzu.

»Weißt du, was das ist?«, fragte er dann.

»Möglicherweise.«

»Was denn?«

Sie schüttelte den Kopf und lachte leise. »Finde es selbst heraus«, sagte sie und lächelte geheimnisvoll. »Wiesel sicher, dass Wiesel mich nicht anbeten will?«, fragte sie dann wieder in dem Singsang, den er von ihr gewöhnt war, und ihre Augen musterten hungrig seine drahtige Form, als ob er eine Maus wäre. »Anbeten machen auch Spaß …« Sie leckte sich über die Lippen.

»Aber, Mama Maerbellinae, ich habe dich immer angebetet«, meinte er hastig, aber so gewinnend er konnte. »Das müsstest du doch wissen!«

»Mama Maerbellinae weiß. Und jetzt du gehen, bevor Mama dich fressen!«

Kurz darauf schloss sich Mamas Tür hinter ihm. Die Nacht war noch kälter geworden, und ein eisiger Wind fegte durch die engen Gassen. Die Frage war nur, dachte Wiesel, als er fröstelnd sein zerfetztes Wams um sich hüllte, ob sie es nicht vielleicht doch ernst meinte. Er wog den Wolfskopf in seiner Hand, der Stein war viel schwerer als vermutet, und wenn er ihn länger in den Fingern hielt, schien es ihm, als ob seine Fingerspitzen kribbelten.

Wenn Mama Maerbellinae so auf diesen Stein reagierte, dann war der Wolfskopf wichtig. Also galt es Sina zu finden. Auf der anderen Seite war da dieses schwarze Schiff, und jetzt, da es ihm wieder besser ging, juckte ihn seine Neugier wieder.

»Immer diese Entscheidungen«, murmelte Wiesel, warf den Wolfskopf hoch, fing ihn auf, steckte ihn ein und verschwand in der Dunkelheit.

33

Zuerst hatte Santer gedacht, die Maestra hätte vor, den versprochenen Schluck Wein in der *Goldenen Rose* zu sich zu nehmen, doch sie schlug die andere Richtung ein, zurück zum Zitadellenhügel. Sie ging schweigsam an seiner Seite, die Kapuze tief ins Gesicht gezogen, die Arme innerhalb der weiten Ärmel ineinander verschränkt. Santer war es recht so, auch er war tief in Gedanken versunken.

Seit elf Jahren war er bei den Seeschlangen, den größten Teil seiner Dienstzeit hatte er unten im Hafen verbracht, den Rest auf See, was ihn auch in ferne Länder und andere Häfen geführt hatte. Er hatte schon viel gesehen, und mittlerweile bildete er sich ein, einen guten Instinkt für manche Dinge entwickelt zu haben. Die Eulen vom Turm hatten einst die alte Reichsstadt vor Feinden, die der Magie mächtig waren, geschützt, aber seit Jahrhunderten waren sie vergangen, und es hatte auch keine Bedrohung durch Magie gegeben. Solange er sich erinnern konnte, hatte er noch nie von einem Fall gehört, in dem Magie im Spiel war. Aber in den letzten zwei Nächten hatte es nun schon drei Todesfälle gegeben, die sehr wohl mit Magie in Verbindung standen.

Es gab Magie in Askir, das wusste jeder. Aber weitaus weniger als zur Zeit des Alten Reichs. Überall in der Stadt, vor allem entlang der großen Ausfallstraßen, die die Zitadelle mit den Außenbezirken verbanden, gab es Säulen, über denen einst magische Lampen geleuchtet hatten. In der großen Schmiede drüben am Arsenalsplatz existierte ein großes Rad, das Walzstraßen und Hämmerwerke angetrieben hatte. Er hatte es selbst gesehen, als er noch ein grüner Rekrut war.

Solche Spuren vergangener Macht fand man allerorten in der Reichsstadt. Was an Magie oder magischen Werken nach den Jahrhunderten übrig war, wurde bewundert und bestaunt, aber keines dieser Werke warf Blitze oder verbrannte einen Mann zu Asche.

Warum jetzt, nach all den Jahrhunderten? Manchmal, dachte Santer, war das Leben wie ein Teich. Wenn ein Steinchen hineinfiel, gab es Wellen. Und so fühlte sich Santer gerade. Als ob er nur die Wellen sehen würde, aber nicht das Steinchen.

»Ich befürchte, dass das kein kleines Steinchen ist, sondern ein viel zu großer Brocken«, sagte Santer zu sich selbst, und die Maestra schaute ihn fragend an.

»Nichts«, meinte er. »Ich habe nur laut gedacht. Was, bei Borons Hammer, suchen diese Nekromanten in unserer Stadt?«

»Reichtum und Macht, wie jeder andere auch«, antwortete sie. »Seit Jahrhunderten gab es niemanden mehr, der sie hätte erkennen können, warum sollten sie nicht kommen? Wer hätte sie hindern sollen?«

»Ich hatte gehofft, der Ewige Herrscher hätte ihnen allen den Garaus gemacht«, sagte Santer. »Aber es gibt sie wohl noch immer. Was ist überhaupt mit diesem Kult, der Weißen Flamme? Behaupten die nicht, sie würden die Welt rein halten vom Gezücht des Namenlosen? Haben die denn Erfolg, weiß man das, oder ermorden sie nur sinnlos unsere Kinder?«

Die Maestra blieb stehen, ihr Mund hart und verbittert. »Das Letztere, Santer. Jeder ihrer Morde ist frei von Sinn und eine Schandtat, die von viel zu vielen in den Reichen geduldet wird. Das Einzige, was dieser mörderische Kult je erreicht hat mit seinen Jahrhunderten von Bränden, war, dass er die ermordet, die ein Schild gegen die Seelenreiter sein könnten. Vor Jahrhunderten, als es das Reich noch gab, war das schon so. Damals haben Eulen festgestellt, dass es nie den geringsten Hinweis darauf gegeben hat, dass die Weiße Flamme auch nur einen einzigen Nekromanten verbrannt hätte! Die Angst, dass Kinder, die ein magisches Talent entwickeln, zu Nekromanten werden, ist eine obszöne Verdrehung dessen, was wahr ist«, fuhr sie bitter fort. »Es sind gerade die von den Göttern beschenkten Kinder, die Opfer von Nekromanten werden. Das Einzige, was der Kult vielleicht erreichte, war es, den Seelenreitern diejenigen vorzuenthalten, deren Seelen sie sich hätten nehmen können.« Sie blieb stehen, und Santer erkannte, dass sie vor Empörung oder Zorn fast am ganzen Körper zitterte. »Vielleicht war es dem Kult zu verdanken, dass die Seelenreiter die sieben Reiche mieden, um sich ihre Opfer anderswo zu suchen. Vielleicht halfen die Lichtbrände, die Reiche sicher zu halten, doch um welchen Preis? Tausende von unschuldigen Kindern mit magischen Talenten fielen diesen unheiligen Feuern zum Opfer, sodass es heutzutage kaum noch jemandem gibt, der ein Talent besitzt.« Sie holte tief Luft. »Der Kult ist nahe daran, sein Ziel zu erreichen und die Magie aus unserem Leben zu verbannen. Aber, Santer, glaubt mir, die Welt ist dadurch weitaus ärmer geworden.«

»Hat der Kult denn auch versucht, Euch zu töten, Desina?«, fragte Santer.

»Nein«, gab sie zur Antwort. Mit sichtlicher Mühe sammelte sie sich wieder und ging weiter, Santer an ihrer Seite. »Ich habe niemals auch nur ein Anzeichen von magischem Talent gezeigt«, erklärte sie. »Glaubt mir, Santer, niemand war überraschter als ich, als der Turm mir Einlass gewährte.«

»Vielleicht sind andere dem Kult auch so entkommen«, meinte er nachdenklich.

»Das ist möglich«, stimmte sie zu. »Nein, es ist sogar mit Sicherheit so. Es hilft ihnen nichts, denn die Maestros braucht der Kult ja gar nicht zu jagen. Die Kinder mit diesem Talent vergehen im Fanal, wenn sie ihre Fähigkeiten das erste Mal entdecken. Es braucht dazu nicht einmal die unheilige Hilfe der Weißen Flamme.«

»Was ist das eigentlich genau? Das Fanal, meine ich«, fragte Santer.

»Es ist einfach zu erklären«, sagte sie. »Einst ist die Magie in den Reichen viel stärker geflossen. Hier in Askir trafen sich damals sogar vier Ströme des Weltenflusses. Genau dort, wo der Turm der Eulen steht, befand sich ein Nexus von magischen Energien, wie es ihn in der Welt wohl kaum ein zweites Mal gab.

Er war der Ursprung der Macht des Ewigen Herrschers und erlaubte ihm und den Eulen, diese magischen Werke zu vollbringen. Sagt, Santer, wisst Ihr, was die Talente eigentlich sind?«

Er schüttelte den Kopf. »Nicht so genau.«

»Es sind Gaben, die manche Menschen von den Göttern erhalten. Einige weniger, andere mehr. Ein Talent könnte es sein, im Dunkeln zu sehen oder über Wasser zu gehen, oder auch nur zu wissen, wo ein Baum am besten wächst. Ein solches Talent ist von den Göttern gegeben und liegt innerhalb des Wesens des Beschenkten. Weiter braucht es nichts, denn es ist der Wille der Götter, dass diese Gabe wirken soll. Das Talent eines Maestros ist anders, es ist nicht definiert. Es erlaubt ihm, magische Ströme zu sammeln und zu formen und zu verwandeln, aus sich heraus und aus der Magie, die unsichtbar für andere um uns herum fließt. Doch es ist eine mörderische Gabe, denn ein Maestro führt diese Kraft durch sich selbst hindurch, er ist selbst das *Contuit't'arcanis*, die Seele der Magie, wie es die Elfen nannten. Vertut er sich, nimmt er zu wenig oder zu viel, misslingt das magische Werk mit allen Folgen, die daraus entstehen können. Wenn er nach zu viel greift, kann er hoffen, dass er die Kraft bändigen kann, doch greift er zu wenig, wird die Magie immer ihren Preis fordern. Die Elfen hatten ein Wort dafür: *L'ceoste'fini'tae*, was so viel heißt wie: Der Preis ist endlich, er steht fest. Oder auch: Jedes Werk fordert seinen Preis. Das ist der oberste Lehrsatz eines Maestros. Wenn ein Kind nun das Talent eines Maestros besitzt, wird es sich ihm irgendwann offenbaren, irgendwann wird ein Kind wollen, dass etwas geschieht … und instinktiv die Magie so formen, dass es geschehen wird. Mit Glück kann es die Magien formen, die sich um es herum befinden. Wenn nicht, wird das Wirken seinen Preis aus dem Kind selbst fordern. Das ist das, was dann Fanal genannt wird. Das Kind verbrennt im Feuer der Wandlung, der weißen Flamme, dem Fanal. Daher kommt der Name des Kults. Und das ist das Schicksal, das der Kult allen zugedacht hat, die von den Göttern je die Gnade eines Talents erhielten.« Sie schaute zu ihm hoch. »Als der Strom der Welten, wie die Elfen das Geflecht der magischen Ströme nannten, versiegte, gab es nicht mehr genügend von der Magie, um für einen ungeübten Magier von Nutzen zu sein. Und trotzdem, selbst wenn sein erstes Wollen nur gering war, verlangte die Magie unerbittlich ihren Preis, und das Schicksal des Fanals wurde unausweichlich.« Die Maestra lachte bitter. »Das ist die Ironie des Kults. Die Kinder mit dem Talent der Maestros vergehen im Fanal, die Träger anderer Talente, so unschuldig sie auch sein mögen, landen auf diesen unheiligen Scheiterhaufen. Nur ein Talent bleibt stets verborgen, weil es sich anderen kaum offenbart, die unheilige Gabe der Seelenreiter, der Nekromanten: anderen das Leben und die Seele zu entreißen.«

»Wie war es denn früher, als der Kult noch nicht so mächtig war?«, erkundigte sich Santer.

»Es hat nie viele Eulen gegeben«, antwortete Desina. »Mehr als dreißig waren es selten. Das Talent eines Maestros ist nach dem der Seelenreiter wohl das seltenste. Als es die Eulen noch gab, waren viele von ihnen jahrelang im Reich unterwegs, um Kinder zu suchen, die im Turm ausgebildet werden konnten. Aber auch, um danach zu sehen, ob sich in einem Kind die dunkle Gabe bilden würde. Wenn sie ein solches Kind fanden, versuchten sie, es davon zu befreien, etwas, das nur selten gelang, ohne das Kind zu töten.« Die Maestra seufzte. »Es musste getan werden, aber es war … ungeschickt, denn die Eltern verbargen die Kinder nun auch vor den Eulen. Schon damals war es nicht einfach, Kinder zu finden, die man zum Turm der Eulen berufen konnte. Zwischen der Weißen Flamme und dem Fanal werden wohl die allermeisten vergangen sein. Selbst der Kult muss heute lange suchen, um Opfer zu finden. Denn die Talente werden vererbt, auch wenn sie oft Generationen überspringen. Heute wird es nur noch wenige geben, denn die Kinder, die diese Talente trugen, wurden selten alt genug, um selbst Kinder zu zeugen.«

»Müsste dann der Kult nicht doch irgendwann bemerkt haben, dass er die falschen Opfer tötet?«, fragte Santer entsetzt. Wie fanatisch und wie verblendet musste man sein, um Kinder auf Scheiterhaufen zu verbrennen! Manche Dinge, dachte Santer, würde er wohl nie verstehen.

»Oh, sie wissen es«, sagte die Maestra bitter. »Sie wissen es, doch sie geben es nicht zu. Sie denken, wenn sie den Nekromanten ihre Opfer vorenthalten, behindern sie diese dunkle Brut. Aber genau darin irren sie, denn jeder kann das Opfer eines Seelenreiters werden, auch wenn er kein magisches Talent besitzt. Denn ein Seelenreiter übernimmt alles, was sein Opfer gelernt hat. Warum Jahre mit dem Schwert üben, wenn man sich die Seele eines Ritters greifen kann? Warum in den Tempelschulen lesen lernen, wenn ein Gelehrter dieses Wissen besitzt? Diese Brut mästet sich an uns allen, Santer. Nur diejenigen, die ein magisches Talent besitzen, können sich ihrer manchmal erwehren. Andere sind so gut wie schutzlos.«

»Ihr macht mir Angst, Maestra«, sagte er leise, als sie das Nordtor der Zitadelle erreichten.

»Ich mache mir selbst Angst«, antwortete sie und erwiderte abwesend den Salut der Torwachen. »Bis vor kurzem dachte auch ich, die Bedrohung durch diese Brut sei gebannt.«

34

Als Wiesel die *Gebrochene Klinge* betrat, blieb er erst einmal erstaunt im Türrahmen stehen und fragte sich, ob er nicht vielleicht doch am falschen Ort war. Es war nichts Ungewöhnliches, auch zu später Stunde den Schankraum der *Klinge* gut besucht vorzufinden, aber heute Nacht schien es ihm, als wäre der halbe Hafen hier, vor allem aber wurde lautstark und energisch miteinander diskutiert. Wer hier heute Nacht auf ein ruhiges Würfel- oder Kartenspiel hoffte, konnte nur enttäuscht werden. Der große Raum war heller erleuchtet, als es üblich war, der Rauch von Kerzen und Öllampen zog in dichten Schwaden umher und vermischte sich mit dem Qualm aus Dutzenden von Pfeifen. Jeder Zweite schien heute zu rauchen. Vor allem kam es ihm so vor, als ob alle hier zusammengezuckt wären, als er die Tür aufstieß. Die meisten schienen nicht besonders glücklich, eher ängstlich, vielleicht sogar der Panik nahe. Jedenfalls gab es genug, die ihr Heil in einem Bierkrug suchten oder einer Schnapsflasche aus gebranntem grauen Ton. Immer wieder vernahm er Worte wie »Ungeheuer«, »Bestien«, »Echsen«. Es hörte sich beinahe so an, als ob hier jeder Angst hätte, die Meeresungeheuer würden aus dem Hafen steigen und über die Stadt herfallen.

Einige der Leute waren hartgesottene Kerle, die ihrer eigenen Mutter ohne zu zögern die Augen ausstechen würden, und gerade sie, so schien es Wiesel, hielten sich am ängstlichsten an ihren Humpen fest. Wiesel reichte die Begegnung mit dem Seelenreiter, für Ungeheuer hatte er jetzt keine Zeit.

»Was ist denn hier los?«, rief er über den Lärm hinweg, als er sich endlich seinen Weg zu der massiven Theke gekämpft hatte, hinter der Istvan regierte. Eines der Schankmädchen drängte sich mit einem Tablett in der Hand an Wiesel vorbei und warf ihm einen unheilverkündenden Blick zu, als er sich einen der Bierkrüge vom Tablett stahl. »Man könnte meinen, Soltars Tore hätten sich geöffnet«, rief der Wirt zurück, während er geschickt Humpen um Humpen mit dem Gerstensaft füllte. »Plötzlich ist jeder abergläubisch geworden und sieht Unheil in jedem Schatten… Thorvis!«

Einer der Kellner eilte herbei, und Istvan zog ihn am Arm heran und drückte ihm ein Tablett mit Bierkrügen in die Hand. »Mach du hier weiter«, rief er seinem Bediensteten zu und griff sich eine Laterne. »Ich habe was zu tun.«

Er gab Wiesel ein Zeichen, und der kämpfte sich an der Theke vorbei, bis er die Tür zu einem Nebenraum erreichte, die Istvan für ihn aufhielt. Als die schwere Tür hinter ihnen ins Schloss fiel, atmete Istvan erleichtert auf. Es war ein kleiner Lagerraum, in dem er Bierfässer und andere Dinge aufbewahrte, die er häufig im Schankraum brauchte. Zwei der Fässer boten sich jetzt als Sitzgelegenheit an, während Istvan die Laterne an einem Haken an der Wand aufhängte.

»Du siehst aus, als hättest du deinen Spaß mit einer Sandkatze gehabt«, stellte er fest.

Wiesel schaute auf und grinste, während er den Kopf schüttelte. »Eher hatte sie ihren Spaß mit mir«, entgegnete er. Dann sah er Istvans Gesicht und schluckte. »Istvan... was ist los? Ist Sina etwas zugestoßen?«

»Nein«, sagte der Wirt. »Aber Regata ist verschwunden.«

»Vielleicht hilft sie ihrem Verlobten, seine Schwester zu suchen«, sagte Wiesel.

Istvan sah ihn an. »Du hast es noch nicht gehört?«

»Nein, was denn?«

»Desina hat Karjan und seine Schwester gefunden. Im Wasser unter dem alten Palast neben dem *Schiefen Mast*«

»Sie sind tot?«

»Ja. Sie wurden geopfert. Ein Blutopfer an den Namenlosen, hier mitten im Hafen«, sagte Istvan gepresst.

»Götter«, hauchte Wiesel. »Das kann man kaum glauben!«

»Aber so ist es. Als Regata davon gehört hat, ist sie weggerannt und bis jetzt noch nicht wieder aufgetaucht.« Der Wirt schüttelte den Kopf. »Desina versucht einen Nekromanten aufzufinden, und jetzt muss ich mir auch noch Sorgen um Regata machen!«

»Es ist schwerer, sich um Sina Sorgen zu machen«, meinte Wiesel. »Aber das mit Regata verstehe ich nicht. Viele kennen sie doch, jemand muss sie doch gesehen haben.«

»Nein, nichts. Ich habe heute Abend sogar den Schrein am Hafen besucht, aber dort habe ich sie auch nicht gefunden.«

Wiesel nickte. Schon vor Jahrhunderten hatte man den Priestern des Todes ein kleines Lagerhaus nahe der Marinegarnison zur Verfügung gestellt, in dem sie die Toten salbten, die im Laufe eines Tages von den Seeschlangen aus den kalten Wassern des Hafens geborgen wurden.

»Wiesel, was ist mit dir passiert?«, fragte der Wirt.

»Nichts weiter«, meinte er übertrieben fröhlich. »Ich hatte nur eine kleine Unterhaltung mit einem Nekromanten, und er weigerte sich etwas zu lange, tot umzufallen.« Wiesel zerrte mit spitzen Fingern an seinem Wams. »Ich bin noch immer ungehalten, das war ein neues Wams.«

Istvan sah ihn forschend an, studierte den Blick in den Augen des drahtigen Diebs und nickte dann langsam. Wiesel sagte die Wahrheit. »Woher weißt du, dass er ein Nekromant war?«, fragte der Wirt.

»Der Kerl hatte die Kraft von zehn Männern, eine Haut so hart wie Holz, und er ging zum Schluss in Flammen auf. Ich denke mir, das ist Hinweis genug. Ach ja, mir stellten sich die Haare auf.« Wiesel schaute in seinen leeren Bierkrug und seufzte. »Ich gebe es ungern zu, aber ich habe mir vor Angst fast in die Hosen gemacht. Und das war, bevor es richtig losging.« Er stellte den Humpen auf dem Fass neben sich ab.

»War es der Kerl, der den Diener ermordet hat?«, fragte Istvan.

»Ich glaube, das wird mich noch jeder fragen. Nein, wenigstens sagt Taride, dass er es nicht war.«

»Was hat Taride damit zu tun?«, fragte Istvan überrascht.

»Sie war dabei«, entgegnete Wiesel und warf dem Wirt einen Blick zu, der deutlich machte, dass er nicht mehr über Taride sagen würde. »Es gibt noch mindestens einen weiteren Nekromanten in der Stadt, Istvan. Der wird der Mörder des Dieners sein. Gegen den war der Kerl, den ich umgelegt habe, harmlos. Der war nur der Kapitän des schwarzen Schiffs, über das sich hier jeder gewundert hat. Aber keiner genug, um sich mal richtig um den Kahn zu kümmern. Ich weiß mittlerweile, dass Ser Jenks Interesse an dem Schiff und dem Kapitän hatte, aber warum, das konnte Taride mir auch nicht sagen. Irgendwie hat es etwas hiermit zu tun.« Wiesel holte den Wolfskopf heraus und hielt ihn hoch, so dass Istvan ihn ansehen konnte.

»Der zweite Wolfskopf!«, rief Istvan überrascht. Er musterte ihn mit gefurchter Stirn. »Woher hast du den?«

»Aus der aldanischen Botschaft. Ich war in der Gegend und dachte, ich könnte mal schauen, ob ich etwas finde. Dieser andere Nekromant hatte wohl dieselbe Idee. Ich war dabei, als er einen Gardisten der Botschaft befragte, ob er den Stein gefunden hätte. Hatte er nicht, sonst hätte der Seelenreiter ihn nun in der Hand. Der Kerl ist ein Gardist und kein Dieb, er wusste nicht, wo er suchen sollte. Ich schon. Aber es war hauptsächlich Glück. Ich hörte, dass der Wolfskopf sich in der Botschaft befinden müsste, aber wo ich suchen sollte, wusste ich nicht. Ohne den Gardisten hätte ich ihn wohl auch nicht gefunden. Doch hier ist er, der zweite Wolfskopf!« Wiesel sah den großen Wirt an. »Wenn du Desina vor mir siehst, richte ihr aus, dass der Botschafter in die ganze Geschichte verwickelt sein muss. Er hatte den Wolfskopf in der Schublade seines Nachttischs.« Er holte tief Luft. »Als ich gestern sah, was der Seelenreiter mit dem Diener anstellte, wurde auch mir Angst und Bange. Ich war nur froh, dass es nicht mich getroffen hatte. Seitdem habe ich es mehr mit der Angst zu tun bekommen als in meinem ganzen Leben zuvor!«

Er hielt Istvan den Lederbeutel hin. »Ich muss noch mal los. Kannst du den für mich aufbewahren? Gib ihn Sina, wenn du sie siehst.«

»In Ordnung«, sagte der Wirt und steckte den Beutel ein. »Willst du nicht besser jemandem Bescheid sagen?«

»Nein«, meinte Wiesel. »Wenn ich es überhaupt jemanden erzähle, dann Sina. Aber vorher schaue ich mir dieses Schiff noch einmal an, denn der Kahn wirft Fragen auf. Er hat eine geringe Ladung aus Eisen- und Kupfererz und etwas Silber gelöscht, dann hat er Reis und so viel Ballaststeine aufgenommen, dass selbst eine Landratte wie ich bezweifelt, dass man ihn noch segeln kann. Warum sollte jemand das tun? Nein, da steckt mehr dahinter, und ich will wissen, was.«

»Sina zu informieren ist die beste Idee, die du bis jetzt hattest«, meinte Istvan. »Ich vergesse immer wieder, wer sie ist. Und das mit dem Schiff, das solltest du lassen. Sina wird sich darum kümmern.«

»Ich weiß. Aber bis da etwas geschieht, vergeht mir zu viel Zeit.« Wiesel stand auf. »Ich ziehe mich jetzt um und schaue mir das Schiff an. Danach gehe ich zu Sina. Versprochen.«

Istvan erhob sich behäbig und nahm die Laterne vom Haken. Er legte dem kleinen Mann eine schwere Hand auf die Schultern. »Sei vorsichtig, Wiesel. Wie soll ich es Sina erklären, wenn dir etwas geschieht?«

»Du selbst machst dir keine Sorgen um mich?«, fragte Wiesel.

»Um dich? Du bist das Wiesel.« Istvan lachte. »Mir Sorgen um dich zu machen, geht gegen meine Prinzipien.« Aber in seinem Blick stand etwas anderes zu lesen.

35

So ist das mit Istvan, man darf ihn eben nicht ernst nehmen, dachte Wiesel, als er sich wenig später durch das Fenster seines Raums im ersten Stock der Herberge davonstahl. Er nickte einem der Knechte Istvans, der am Tor der Herberge Wache hielt, freundlich zu und machte sich auf den Weg.

Genauso wenig wie Istvan es zugeben würde, fiel es auch ihm schwer, sich einzugestehen, wie wichtig ihm der Wirt war. Für Sina und Wiesel war er so etwas wie ein Vater.

Wiesel war vielleicht vier Jahre alt gewesen, als er sah, wie des Nachts ein gut gekleideter Mann ein verschnürtes Bündel in das Hafenbecken warf, das erbost aufschrie, als es ins kalte Wasser fiel. Damals konnte Wiesel noch nicht schwimmen, und er wäre beinahe selbst ersoffen, bevor er das Bündel herausfischen konnte – und das noch zu der Zeit, als dieses Meeresungeheuer sich im Hafen geaalt hatte!

Das Bündel war ein Kind, ein Mädchen, vielleicht ein Jahr jünger als Wiesel selbst. Mit roten Haaren und grünen Katzenaugen. Sie trug ein Nachtgewand aus Seide und ein goldenes Armband, reich verziert und mit Diamantsplittern besetzt. Er ärgerte sich noch heute darüber, dass er es für ein paar Silberstücke versetzen musste. Vielleicht hätte das Armband später geholfen, herauszufinden, wer Sina war.

Andererseits hatte es ihnen beiden geholfen zu überleben.

Sina war um ein Vielfaches neugieriger und schlauer als er. Es dauerte eine Weile, bis er es einsah, aber ab dann war ihre Partnerschaft ein voller Erfolg. Bis Wiesel versuchte, einem gewissen Wirt den Beutel vom Gürtel zu schneiden und dieser viel zu schnell für einen Mann seiner Größe reagierte – und auch nicht losließ, als Sina auf ihn zugestürmt kam und ihm empört gegen die Schienbeine trat.

Das war sieben Jahre später gewesen, und schon damals waren Wiesel und die Sandkatze, wie andere Diebe Sina respektvoll nannten, mehr als erfolgreich gewesen.

Immerhin, dachte Wiesel, als er leichtfüßig zu der Mole eilte, wo das schwarze Schiff vertäut war, waren die folgenden zwei Jahre die besten seines Lebens gewesen.

Aber dann musste Sina natürlich schnurstracks in den Eulenturm hineinspazieren. Nicht, dass es ihn überraschte, dass die Tür des Turms für sie offen stand. Irgendetwas an Sina war schon immer besonders gewesen. Warum sonst sollte jemand ein Kind im Hafen ersäufen wollen?

Alles zusammen genommen, dachte er, als er sich in den Schatten einiger passend aufgestellter Kisten drückte, schuldete er es Istvan und Sina, das hier zu Ende zu bringen. Vor allem Sina, die nicht besonders erfreut darüber schien, dass er nichts Besseres mit seinem Leben anfing. Früher hatte sie zu ihm aufgesehen, jetzt wirkte sie immer besorgt, wenn sie ihm begegnete.

Wenn er ehrlich war, dann war sie der Grund, weshalb er sich dieses Schiff jetzt vornahm. Vielleicht würde sie ihn dann auch mal wieder mit Respekt betrachten. *Vielleicht*, dachte Wiesel bitter grinsend, *habe ich dann auch mal wieder selbst Respekt vor mir.*

Außerdem schuldete er ihr etwas dafür, dass sie ihn damals

rausgehauen hatte. Auch wenn es ihn wurmte, dass er ihr hatte versprechen müssen, nie wieder in die Zitadelle einzubrechen.

36

So eine große Herausforderung war das schwarze Schiff gar nicht, dachte Wiesel. Nach wie vor befanden sich drei Wachen auf dem Deck, auf dem Vor- und Achterkastell und auf dem Hauptdeck jeweils eine. Während die Deckwachen auf den meisten Schiffen hier im Hafen dazu neigten, irgendwo träge vor sich hinzudösen, war es bei diesen anders. Wie Wiesel schnell herausfand, standen sie nicht still, sondern gingen auf und ab und wechselten auch untereinander ihre Positionen. Die Planke, die das Schiff am Tag mit der Mole verbunden hatte, war eingezogen, nur zwei dicke Taue spannten sich zwischen dem Schiff und den eisernen Pollern der Mole. Dicke Bündel aus altem, in Pech getränktem Tau hingen von der Mole halb ins Wasser, immer wieder trieb es das schwarze Schiff dagegen.

Das Schiff war so schwer, dass es die Bündel fest zusammendrückte und das Wasser, das die alten Taue aufgesaugt hatten, in einem kleinen Sprühregen herausgepresst wurde. Zwischen Schiffswand und Mole zu fallen, konnte kein gutes Ende nehmen, also musste der erste Sprung gelingen ... Als sich das Schiff das nächste Mal knarzend gegen die Mole stemmte, verschwendete Wiesel keine Zeit. Er rannte los, sprang hoch, Stiefel und Hände fanden Halt an dem dicken Tau am Bug, im nächsten Moment hing er unter dem Bugspriet und lauschte den Schritten des Wächters über ihm. Unter ihm gluckerte das Wasser, es war so dunkel, dass er es kaum sehen konnte, nur ab und an glitzerte das Mondlicht auf der Oberfläche. Wiesel brauchte nicht hinabzusehen, um zu wissen, wie viel Unrat dort trieb, Holzteile von Schiffen oder kaputte Kisten, Seile, vielleicht auch leere Fässer oder die eine oder andere Leiche.

Die Schritte entfernten sich, und im nächsten Moment war er über die Reling gehechtet und kauerte im Schatten hinter zwei fest verzurrten Fässern. Er wartete auf eine günstige Gelegenheit und schlich sich zum nächsten Abgang. Die Luke quietschte etwas, als er durch den Spalt glitt, doch das wurde von den Geräuschen des Schiffs übertönt, als es sich an den Taurollen rieb.

Hier unten war es dunkel wie in Soltars Reich, doch Wiesel war nicht unvorbereitet. Aus einer Tasche an seinem Gürtel zog er einen Beutel heraus, der einen grünlich schimmernden Stein enthielt. Der reichte vollauf, um etwas zu sehen.

Was es zu sehen gab, war ein langer Gang. Wiesel grübelte nicht lange darüber nach, dazu kannte er sich auf Schiffen zu wenig aus. Der Gang musste irgendwo hinführen, und wenn er erst dort war, konnte er sich immer noch den nächsten Schritt überlegen. Mit schnellen, aber leisen Schritten eilte er weiter. Sein Ziel war die Kajüte des Kapitäns, die befand sich üblicherweise am Heck, also die ganze Länge des Schiffs entfernt. Die Fenster der Kapitänskajüte waren groß genug, dass er hindurchpasste, vorhin hatte er sogar gesehen, dass eines leicht geöffnet war und immer wieder anschlug, wenn das Schiff in den Wellen schwankte, aber Wiesel hatte solch offensichtlichen Einladungen schon immer misstraut.

Hätte das Schiff eine Mannschaft besessen, die zur Größe des Kahns passte, wäre es sogar für ihn schwierig geworden, so aber behinderte ihn nichts. Tatsächlich passierte er einen niedrigen Raum, der wohl eine Mannschaftsunterkunft war, doch die Haken, an denen die Hängematten hätten befestigt sein sollen, waren leer, von einer Mannschaft keine Spur. Dafür lag ein seltsam scharfer und fast schon beißender Geruch in der Luft, den Wiesel nicht einordnen konnte. So etwas hatte er ganz sicher noch nie gerochen.

Das erste Anzeichen dafür, dass das Schiff nicht völlig verlassen war, hörte er erst, als er schon das Heck erreicht hatte. Es war ein dumpfes Poltern, gefolgt von einem rauen Fluch und Gelächter von mindestens zwei weiteren männlichen Stimmen. Es kam aus einem Raum, der hier links vom Gang abging. Die Tür war geschlossen, aber was Wiesel aufmerken ließ, war die Kette, mit der die Tür verschlossen worden war… Jetzt baumelte sie lose von einem Haken herab. Ein Fass stand dort, auf dem Boden daneben lag ein Becher, der hin und her rollte, zusätzlich eine dickbäuchige Flasche und eines dieser schweren Messer, die Seeleute so gern bei sich trugen.

Für Wiesel sah das so aus, als hätte man in dem Raum jemanden eingesperrt und bis vor kurzem bewacht. Die Vermutung stimmte wohl, denn…

»Du kleines Biest, dir werde ich beibringen, mich so zu treten, du falsche Schlange!«, rief eine wütende Stimme. Es hätte bedrohlicher geklungen, hätte der Mann nicht zugleich auch schmerzhaft gestöhnt.

»Lass es sein, Kisar. Es geht bald los. Und Hiras hat gesagt, wir sollen die Finger von ihr lassen«, sagte eine andere Stimme. Wie bei der Unterhaltung der beiden Nekromanten zuvor verstand Wiesel die Sprache gut genug, es klang wie eine Abart von Imperial, der Handelssprache des Alten Reichs, allerdings konnten einem beim Zuhören die Ohren bluten, so wie sie hier misshandelt wurde.

»Hiras ist nicht da, und dem Drecksstück zeig ich's noch«, hörte Wiesel und danach ein paar dumpfe Schläge, als ob jemand in einen Sack hauen würde. Einen Sack, der nach jedem Schlag pfeifend die Luft einsog.

»Schluss jetzt«, sagte der andere. »Sie wird ohnehin bald mit dem Schiff absaufen. Und jetzt hör auf und komm mit, bevor ich richtig wütend werde.« Als die Tür sich öffnete, war Wiesel nicht mehr zu sehen, er hing zehn Schritte entfernt hinter einem Balken, der die niedrige Decke stützte. Das Licht einer Laterne fiel in den Gang unter ihm und warf lange Schatten. Wiesel hörte das Klirren einer Kette und dann schwere Schritte, die sich entfernten.

Entermesser, Becher und Weinflasche hatten die Kerle mitgenommen, die Kette nicht, die war wieder zwischen Türrahmen und Tür geschlungen und verhakt. Einen Moment später war die Tür auf, und Wiesel schlich vorsichtig hindurch. Es war kein großer Raum, eher eine mit Säcken, Kisten und Fässern vollgestellte Kammer, und in der Mitte hing von einem Haken in der niedrigen Decke eine junge Frau mit langen schwarzen Haaren, die eine ehemals kostbare, bestickte Robe aus Seide trug, jetzt war sie zerfetzt und mit Blut getränkt. Wiesel gelang es gerade noch, den zusammengebundenen Füßen auszuweichen, als die Frau sich in der Luft wand und nach ihm trat – und das, obwohl sie wie ein Paket verschnürt war.

Mandelförmige Augen blitzten ihn im schwachen Licht seines Leuchtsteins an, und wenn sie nicht brutal mit einem Lederband und einer Kette geknebelt gewesen wäre, hätte sie wohl auch noch ein paar wenig freundliche Worte für ihn übrig gehabt.

Für einen Moment stand Wiesel nur sprachlos da und schaute die Frau ungläubig an, dann schüttelte er überrascht den Kopf.

Denn es war niemand anderes als jene Frau, die ihm damals auf der Mauer seinen Glückbringer geschenkt hatte – mit einem Wurf mitten in die Schulter.

»Den Göttern zum Gruß«, sagte er höflich, als er einen seiner Ersatzdolche aus dem Ärmel schüttelte. Sie funkelte ihn nur an. »Ich bin auch erfreut, Euch zu sehen«, fuhr Wiesel fort, als er sich ihr vorsichtig näherte. »Was haltet Ihr davon, wenn ich Euch befreie?«, fragte er, doch die Art, wie sie trotzig das Kinn hob, zeigte ihm, dass sie ihn nicht verstand oder ihm nicht traute. Diesem mörderischen Blick folgte der nächste Tritt, dem Weisel diesmal leichter ausweichen konnte. Schließlich wusste er, dass er kommen würde.

Wiesel zögerte nicht mehr, er trat breit grinsend an sie heran und hielt sie dabei mit einer Hand fest. Die Klinge seines Dolchs war rasiermesserscharf, und wenn sie zappelte, konnte er sie leicht verletzten. Er schnitt mit drei raschen Schnitten die Knoten durch und sprang dann zurück, während sich das Seil langsam um sie löste und sie sich darin zu winden begann wie ein nasser Aal. Einen Moment später fiel sie wie eine Katze auf alle viere. Danach drückte sie sich brutal die Kette über ihren Kopf – sie war so straff gespannt, dass es ihr einen Mundwinkel aufriss, aber das war ihr offenbar gleichgültig. Schließlich stieß sie etwas in ihrer Sprache aus. Es klang faszinierend, aber wohl kaum freundlich gemeint, denn im nächsten Moment fegte ihm ihre Ferse beinahe den Kopf von den Schultern.

Wiesel trat hastig einen weiteren Schritt zurück, ließ den Dolch verschwinden, hob die Hände mit den Handflächen zu ihr und bemühte sich um sein offenstes Lächeln. »Ich nichts tun! Ich dir helfen! Wir gehen zusammen von Schiff.«

Sie hielt inne und legte den Kopf auf die Seite. »Ich verstehe deine Sprache besser, wenn du sie nicht verhunzt«, antwortete sie und spuckte Blut. »Du gehörst nicht zu denen, oder?«

»Äh«, meinte Wiesel und versuchte, schnell genug umzudenken. »Nein. Ich bin hier, weil ich wissen will, was sie vorhaben. Der Kapitän des Schiffs war ein Nekromant, ein Seelenreiter, also kann es nichts Gutes sein.«

»Still!«, zischte sie und glitt zur Seite. Als der Mann von der Besatzung die Tür aufstieß und mit einem breiten Grinsen hereinkam, sah er nur Wiesel, der ihn freundlich anlächelte.

»Sagt, guter Mann, fährt dieses Schiff nach Bessarein?«

Der Mann verlor sein gehässiges Grinsen und glotzte unverständig, dann war es auch schon zu spät für ihn.

Ganz genau vermochte Wiesel es nicht zu verfolgen, dazu ging es zu schnell. Für ihn sah es aus, als ob die Frau schnell wie eine Natter zuschlug, erst beidhändig einen Schlag mit den flachen Händen von hinten auf die Ohren des Mannes führte, der ihm die Augen hinauszutreiben schien, dann stand sie auch schon vor dem Kerl und stieß ihm zwei schlanke Finger bis zum letzten Knöchel in eben diese Augen. Sie zog die Finger wieder heraus, wischte sie an seinem Hemd ab und nahm ihm das Entermesser aus der einen leblosen Hand und die Laterne aus der anderen.

Der Mann polterte wie ein Sack vor ihr auf die Planken, und

dann stellte sie die Laterne ab und schaute schnell durch die Tür. Es war wohl niemand zu sehen, denn sie gab Wiesel ein Zeichen, ihr zu folgen. Doch dann griff sie sich überraschend an den Bauch und schloss schwer atmend die Augen, während sie langsam an der Wand hinabrutschte. Wiesel fing sie auf. Der Grund für ihre Schwäche war jetzt im Schein der Laterne leicht zu erkennen.

Die zerrissene Seidenrobe klaffte an genügend Stellen auseinander, um ihm zu zeigen, wie brutal die Seile sie gebunden hatten. Schwere Abschürfungen und Blutergüsse entlang der tiefen Abdrücke des Seils machten das deutlich, dazwischen waren überall wässrige Wunden wie von tausend kleinen Schnitten zu sehen. Unter ihrer Hand tropfte Blut aus einem tiefen Stich und etwas, das ihm wie Eiter vorkam. Die dunkle Pfütze, in der die Seile lagen, die sie gehalten hatten, verriet, wie viel Blut sie bereits verloren haben musste. Ihre Augenlider flatterten. Einen Moment lang schaute er in ihre dunklen Augen, erkannte den fragenden Blick darin, dann sah er nur noch das Weiß ihrer Augäpfel, als sie in seinen Armen erschlaffte.

Im nächsten Moment wäre Wiesel beinahe gefallen, denn das Schiff legte sich etwas zur Seite und schien unter seinen Füßen aufzusteigen, dann erst fiel ihm auf, dass sich die Geräusche des Schiffs verändert hatten. Das regelmäßige Knarren, als es sich an der Mole rieb, war nicht mehr zu hören, stattdessen stöhnte das Holz.

In der Nacht wurden keine Schiffe aus dem Hafen geschleppt, so viel wusste auch Wiesel. Zudem konnte die kleine Mannschaft kaum das Schiff in der kurzen Zeit seeklar gemacht haben. Dennoch lag es unbestreitbar nicht mehr fest. Auch wenn er keine Möglichkeit hatte, sicher zu sein, sein Magen sagte ihm, dass es, unmöglich oder nicht, gerade langsam Fahrt aufnahm. Er sah auf die blutige Schönheit in seinen Armen herab und grinste freudlos.

»Ich glaube, Prinzessin, es ist Zeit von hier zu verschwinden.«

Was auch immer das Geheimnis dieses Schiffs war, Wiesel dachte nicht daran, noch länger an Bord zu verweilen. Was hatte der eine vorhin gesagt? Dass sie hier in dieser Kammer ertrinken würde?

Die Frau war nicht schwer, dennoch hatte er es nicht einfach, im Dunkeln den Weg zurückzufinden. Doch er erreichte die Luke, durch die er gekommen war, ohne Schwierigkeiten. Vorsichtig legte er seine kostbare Last ab und schlich die steile Stiege hoch, aber diesmal öffnete sich die Luke nicht. Das Klirren von Kettengliedern verriet ihm den Grund. Jemand hatte die Tür von außen gesichert.

Wiesel fluchte leise und zögerte einen Moment, dann musterte er die Messingscharniere der Luke, die mit breiten stabilen Schrauben im Aufgang festgemacht waren. Auf beiden Seiten war der Scharnierstift plattgeschlagen, also war es nicht ganz so einfach, zudem beschlich ihn das Gefühl, dass ihm die Zeit davonrannte.

Also trat er mit aller Kraft gegen die Luke. Im Moment war es ihm einerlei, ob es jemand hörte oder nicht. Nach drei Tritten brach das Holz, weitere Tritte erlaubten ihm, einen Arm hindurchzustecken und dann den Kopf. Und wo Kopf und Arm hindurchpassten, passte auch ein Wiesel, einen Atemzug später stand er auf dem Deck und löste die Kette, die mit einem schweren Schekel gesichert war. Im Mondlicht konnte er das Achterkastell sehen. Dort ging gerade die Mannschaft über Bord, nur ein Mann stand noch am Ruder. Hastig duckte sich Wiesel wieder in den Aufgang, eilte die Stiege hinunter und warf sich die bewusstlose Frau über die Schulter.

Sein Magen hatte ihn nicht getäuscht. Das riesige Schiff glitt tatsächlich über die dunklen Wasser des Hafens, und das, ohne auch nur einen Fetzen Segel gesetzt zu haben. In der kurzen Zeit, seitdem er die erste Bewegung gespürt hatte, war es überraschend weit gekommen. Es war auch nicht unentdeckt geblieben, rechterhand glitt langsam das Gebäude der Hafenwacht an ihm vorbei, und dort waren einige Seeschlangen fieberhaft damit beschäftigt, eines der Jagdboote zu Wasser zu lassen. Ein anderer gab Fackelsignale hoch zu den Hafentürmen. Noch während Wiesel zögernd dastand, schlug ein massiver und doppelt mannslanger Ballistenbolzen knapp neben dem Schiff ins Wasser ein. Die Mannschaften oben auf den Hafentürmen hatten wohl etwas dagegen, dass es ihnen entkam. Doch das schwarze Schiff hielt nicht auf die Hafeneinfahrt zu, sondern auf den schmaleren Kanal, der zum Werfthafen führte.

Keine Zeit zum Verweilen mehr, dachte Wiesel. Mit einem schnellen Gebet fasste er die bewusstlose Frau fester und sprang über Bord.

Unter Wasser war es heller als erwartet. Das Mondlicht ließ die Luftblasen silbern glänzen, als er und die Frau im Wasser einschlugen und unter die Oberfläche gerieten. In diesem Moment wusste Wiesel drei Dinge: Das Wasser war zu kalt für ihn, er hasste es, nass zu werden, und es gab diese Ungeheuer, von denen alle redeten, wirklich.

Denn dort schwammen sie, Dutzende, nein, Hunderte von ihnen, an den Rumpf des Schiffs gepresst, endlos viele, Reihe um Reihe von Echsen, unwirklich und geisterhaft im mondscheinbeschienenen Wasser. Jede von ihnen war um die Hälfte größer als ein Mensch, grün geschuppte Ungeheuer mit einem langen kräftigen Schwanz, massiven krallenbewehrten Hinterbeinen, einem furchteinflößenden Gebiss und goldenen, senkrecht geschlitzten Augen. Er und die Frau waren direkt vor dreien dieser Ungeheuer im Wasser gelandet.

Wiesel konnte einem dieser Biester direkt in die Augen sehen und wusste nicht, wer erstaunter glotzte, er selbst oder dieses fremdartige Wesen

Einen Moment lang dachte er, die Bestie würde sich auf ihn stürzen, doch das geschah nicht. Das Biest hielt sich nur weiter mit den vorderen Klauen an dem rostigen Bolzen fest, der dort in die Außenwand des Schiffs getrieben war, und strampelte, wobei es zusammen mit den anderen Ungeheuern das mächtige Schiff weiter durchs Wasser schob, während Wiesel seinen Schrecken überwand und nun selbst hastig anfing zu schwimmen, bevor es sich die Biester noch anders überlegten.

Als er die Wasseroberfläche durchbrach, erschien ihm das schwarze Schiff selbst wie ein riesiges Meeresungeheuer, wie es lautlos und gespenstisch davonglitt. Im nächsten Moment packten ihn harte Krallen, er schrie gurgelnd auf und versuchte sich loszureißen, doch es half nichts... Aber es waren keine Krallen, sondern menschliche Hände, sie zogen ihn auch nicht wie befürchtet unter Wasser, sondern über die niedrige Bordwand eines Jagdboots.

Eins war sicher, dachte Wiesel. Noch nie war er so erfreut gewesen, die Seeschlangen zu sehen!

Jemand hielt eine Laterne in sein Gesicht.

»Das ist Wiesel!«, rief der Marineinfanterist ungläubig.

»Jetzt stiehlt der Kerl schon ganze Schiffe!«, hörte er einen anderen rufen.

Vielleicht war die Freude doch etwas voreilig, dachte Wiesel und versuchte noch hastig etwas zu sagen, aber dann traf ihn auch schon ein Lederknüppel hart am Hinterkopf und er dachte gar nichts mehr.

37

Fefre gähnte und lehnte sich gegen die Wand. Er war schon viel zu lange auf den Beinen, und es wurde Zeit, dass er abgelöst wurde. Aber es störte ihn nicht sonderlich, er war ohnehin davon ausgegangen, dass der Dienst in den nächsten Tagen etwas härter werden würde.

Er sah wieder zu seinem Gesprächspartner, der von einem Haken an der Decke der Zelle herabhing. Da Fefre nichts anderes tun musste, als gegen die schwere Tür zu klopfen, damit sie sich für ihn öffnete, störte es ihn nicht, dass er selbst mit eingesperrt war.

»Weißt du, Wiesel«, sagte Fefre im Plauderton. »Eigentlich habe ich dich immer bewundert. Jeder weiß, dass du ein Dieb bist, aber wir haben dich nie erwischen können. Früher oder später erwischen wir sonst jeden, aber bei dir dachte ich, wir würden dich nie kriegen, weil du die Ausnahme bist: ein schlauer Dieb.«

Wiesel sagte nichts dazu.

»Immerhin hast du offenbar niemals jemandem etwas getan, keine Morde, keine blutigen Betten. Und du hast den Leuten nie das gestohlen, was ihnen wehtat. Du hast die kleinen Leute in Ruhe gelassen und die Pfeffersäcke geschröpft. Das war klug.«

»Hhmmpf!«, meinte Wiesel.

»Aber das hier? Keine Ahnung, was du mit dem Schiff zu tun hast, aber das Xiang-Mädchen … Dafür wirst du auf dem Block landen. Wie kann man so ein süßes Ding nur so schinden?«

»Hng mhn nnsg nmpf!«

Fefre stand auf, nahm seinen Knüppel und stieß ihn Wiesel in den Bauch.

»Habe ich etwa mit dir geredet?«

»Hhnnpf!« Wiesel pendelte noch etwas nach.

»Sie ist im Tempel, habe ich gehört, und mit der Götter Glück und Hilfe wird sie überleben. Selbst wenn sie überlebt … Du brauchst gar nicht erst zu hoffen, diesmal bekommen wir dich auf jeden Fall dran.«

Wiesel hatte aufgehört zu pendeln, also schlug Fefre noch einmal zu.

»Nnngh!«

»Weißt du, weshalb ich so wütend auf dich bin? Weil ich Respekt vor dir hatte! Hörst du? Respekt! Du hast immer nur Gold gestohlen, wenigstens dachte ich das. Da gab es ganz andere, die wir viel lieber auf den Block geworfen haben. Aber jetzt stellt sich heraus, dass du eines von den ganz miesen Schweinen bist. Wie lange machst du das schon, junge Frauen einfangen und so schinden? Macht dir das Spaß, ja?«

»Uu-Umpf!«, meinte Wiesel, als Fefre wieder zuschlug.

»Es gibt da eine Frau, die ich sehr mag. Und wenn ich daran

denke, dass Kerle wie du ihr auflauern könnten, dass so ein Schwein das mit ihr tut…«

»Nnnnnngh!«, meinte Wiesel, als er sich an der Kette drehte.

»Ich hoffe, es macht dir auch Spaß«, sagte Fefre. »Mir schon. Wann bekommt man schon die Gelegenheit, so ein mieses Drecksstück zu erwischen? Und weißt du was? Ich habe gehört, dass die Maestra vom Turm sich um dich kümmern wird. Das wirst du ganz bestimmt genießen. Angeblich hat sie eine ganz besondere Vorliebe für solche Dreckskerle wie dich.«

»Hm-hmpf-n?«

»Sie hat sich im Moment um Wichtigeres zu kümmern als um dich, Wiesel. Du läufst ihr nicht weg. Garantiert nicht«, meinte Fefre fröhlich. »Sie kommt erst morgen.«

»Mmmpfe!«

Fefre musterte Wiesel. Keiner wusste so richtig, inwieweit die Legenden über ihn stimmten. Angeblich konnte er in die am besten gesicherten Schatzräume einsteigen, und sowohl Schwertsergeant Hartung als auch Fefre hätten es schade gefunden, wenn ihr Gast am nächsten Morgen gegangen wäre.

Also stellten sie sicher, dass er in diesen gastlichen Räumen verbleiben würde. Wiesel hing nackt und waagerecht in der Luft, mit schweren Ketten zu einem Bündel verschnürt. Seine Daumen steckten auf seinem Rücken in einem Daumenjoch, und er war mit einem Kettenknebel über Hals und Ferse fixiert. Wenn er zu sehr zuckte, schnürte er sich die Luft ab. Eine Lederkapuze verhinderte, dass er etwas sah. Über die ganze Packung hatten Fefre und Hartung noch einen großen Ledersack gezogen, diesen auch noch ordentlich verschnürt und dann an den Haken gehängt.

Wenn Wiesel es schaffte, von hier zu entkommen, so meinte Sergeant Hartung, dann hatte er es sich verdient. Aber damit genau das nicht geschah, saß Fefre mit in der Zelle und sorgte dafür, dass Wiesel nicht aus purer Langeweile auf dumme Gedanken kam.

»Bis sie morgen kommt, haben wir zwei noch viel Zeit, uns näher kennenzulernen.«

»Hmmpfe!«

»Hör auf zu fluchen, Wiesel, das gehört sich nicht!«

Da Wiesel nicht erfreut schien und schon wieder nicht mehr pendelte, half Fefre nach.

»Hhnnpf!

»Gib es einfach zu«, sagte Fefre. »Du magst mich doch auch!«

»Hnnpghf!«, stöhnte Wiesel und pendelte noch etwas weiter.

»Hey, Fefre!«, rief Hartung von draußen. »Lass den Kerl am Leben und hör auf mit dem Mist. Die Maestra braucht den Dreckskerl wahrscheinlich noch.«

»Ay«, rief Fefre und schubste Wiesel noch mal mit der Hand. Ganz sanft.

»Dann sage ich mal gute Nacht!«, meinte er mit einem breiten Grinsen und machte es sich auf der Pritsche bequem. Er sah zu dem Bündel hinüber. »Möchtest du, dass ich dir ein Nachtlied singe?«

»Hngpf!«

»Dachte ich es mir doch. Schlaf gut, Wiesel!«

Irgendwie musste Fefre eingeschlafen sein. Er wachte auf, als er von der Pritsche fiel.

Der Grund dazu saß nun selbst auf der Pritsche, trug seine, Fefres, Uniform und grinste ihn an. Wiesels Wange und das linke Auge waren geschwollen, aber das schien seine Laune wenig zu trüben.

»Aber…«, meinte Fefre fassungslos. Mehr konnte er auch nicht tun, denn er war gefesselt.

»Hast du ein Glück, dass ich nicht nachtragend bin«, sagte Wiesel.

»Du kommst hier nicht weg!«, schwor Fefre. »Selbst wenn, wir kriegen dich!«

»Ich will gar nicht weg. Ich bleibe ganz brav hier. Aber ich finde die Pritsche bequemer.«

Fefre sah ungläubig von dem Dieb hoch zu dem Haken an

der Decke und den Ketten und dem Sack, die darunter auf dem Boden lagen.

Nicht alle Ketten lagen dort, eine fesselte ihn selbst. Wiesel beugte sich vor, schob Fefre den Knebel in den Mund und zog ihn fest.

»Man sollte meinen, dass Seeschlangen bessere Knoten machen können«, meinte er. Er griff den Soldaten, wuchtete ihn mit überraschender Kraft hoch und hängte ihn an den Haken.

»Zwei Dinge noch, Korporal Fefre«, meinte er dann freundlich. »Zum einen, ich habe der Frau nichts getan, ich habe sie gerettet! Ich bin also keiner dieser Dreckskerle.«

Er schubste Fefre leicht an, sodass er in der Kette pendelte.

»Das ist auch der Grund, warum ich nicht nachtragend bin. Ich an deiner Stelle hätte mich bei so einem Kerl nicht so zurückgehalten. Wenn mir so einer in die Finger kommt, würde er es nicht überleben. Soweit klar?«

»Hnngf«, meinte Fefre.

»Aber ich hoffe, du verstehst, dass ich es nicht einfach so durchgehen lassen kann, Korporal«, sagte Wiesel.

»Hnng?«

»Es ist eine Frage des Prinzips«, erklärte er. Er nahm Fefres Knüppel und schlug dem Korporal damit hart in den Magen.

»Hmpfe!«, meinte Fefre dazu, die Ketten klirrten, und er pendelte ein wenig hin und her.

»Siehst du«, sagte Wiesel. »Das habe ich doch schon die ganze Zeit gesagt.«

Dann legte sich Wiesel auf die Pritsche und schloss die Augen.

Er hoffte nur, dass sich Desina nicht zu viel Zeit ließ. Es könnte sonst schwierig werden, das alles den Seeschlangen zu erklären.

38

Santer gähnte, streckte sich, öffnete die Augen und blinzelte. Im Vergleich zu gestern oder der Koje an Bord eines Schiffs war das hier der reinste Luxus. Vor allem war das Bett groß genug.

Der Adjutant der Prima der Eulen besaß eine eigene kleine, möblierte Zimmerflucht im Turm – mit Schlafzimmer, Arbeitsraum und sogar einem Bad mit einer großen Steinwanne, die im Boden eingelassen war. Das Klosett befand sich direkt daneben. Wenn er seine Räume verließ, stand er nach wenigen Schritten in der Küche. Entweder kochte er sich dort selbst einen Kafje, oder er ging zum Frühstück hinüber in die Messe der Zitadelle.

Fefre hatte recht, es hatte sich alles zum Besten gewendet. Viel besser ging es gar nicht.

Der Winkel des Sonnenlichts, das durch die Spalten der Fensterläden fiel, sagte ihm, dass es noch früh am Morgen war. Dennoch, er hatte schon lange nicht mehr so gut geschlafen. Trotz des überraschenden Besuchs in der Nacht.

Das war eine merkwürdige Sache gewesen. Santer hatte sich gerade bettfertig gemacht, als der Maestro durch die Tür kam. Wohlgemerkt, durch die geschlossene Tür. Es war ohne Zweifel ein Maestro, denn er trug die blaue Robe, die Kapuze war tief ins Gesicht gezogen, und das schlanke Schwert der Eulen prangte an seiner Seite. Der Mann war groß und hager, fast so groß wie Santer und mit breiten knochigen Schultern.

Es war schwer zu sagen, wer überraschter war, Santer oder sein unerwarteter Besucher. Wie bei Desina konnte Santer auch bei diesem Mann spüren, wie er ihn durch den Stoff seiner Kapuze hindurch ansah.

Das, was Santer vom Gesicht des Gastes sehen konnte, waren tiefe Falten, von Entbehrungen und Alter gezeichnet, dazu einen schmalen, fast schon grausam wirkenden Mund, der sich nun zu einem überraschten, verlegenen Lächeln formte.

Der Maestro musterte Santer, der mit dem Schwert in der Hand in seinem Unterzeug neben dem Bett stand, verbeugte sich – und tat einen Schritt zurück durch die geschlossene Tür.

Einen Moment später hatte Santer den Riegel zurückgezogen und die Tür aufgerissen. Nur die dunkle Halle lag vor ihm. Von dem Maestro gab es keine Spur. Santer ging kopfschüttelnd wieder ins Bett.

Nun, nach dem Aufstehen, griff er sich seine Hose, zog sie an und wanderte in die Halle, hinüber zu dem Bild der Eule, das dort an der Wand hing. Er musterte es mit gefurchter Braue.

Es war der gleiche Mann, daran gab es keinen Zweifel, nur dass der Maestro auf dem Bild nicht diese tiefen Falten besaß und der schmale Mund bei weitem nicht so grausam wirkte. Aber das war sein nächtlicher Besucher.

»Guten Morgen, Santer«, tönte es fröhlich von der Treppe her. Dort stand Desina auf der untersten Stufe und lächelte ihn an. Sie war barfuß und trug wieder das einfache Kleid, das sie gestern Morgen getragen hatte, als er sie in der *Silbernen Schlange* beim Frühstück vorfand. Ihr langes rotes Haar, das ihr bis zur Hüfte ging, war wirr und verwuschelt, und sie wirkte noch etwas verschlafen. Sie rieb einen Fuß an dem anderen und lächelte verlegen, als sie seinen Blick bemerkte.

»Seht mich nicht so an, Santer. Ich sagte es schon, ich bin kein Nachtisch!«

Santer lächelte zurück. »Ich weiß.« Er wies mit dem Daumen auf das Bild hinter sich. »Sagt, wer ist dieser Kerl?«

»Der *Kerl* war der letzte Primus der Eulen. Einer der besten Maestros, die es jemals gab. Viele meinen, er sei kaum weniger machtvoll gewesen als der Ewige Herrscher selbst. Sein Name war Balthasar.«

Santer mustere das Bild erneut. »Ich nehme an, das Bild ist älter?«

»Schon. Nicht ganz siebenhundert Jahre.«

Santer legte den Kopf zur Seite. »Also kann man davon ausgehen, dass er nicht einfach so hier zur Tür hereinkommt?«

Die Maestra lachte. »Was ist denn mit Euch los, Santer? Ihr habt seltsame Ideen!«

»Vor dem Frühstück bin ich immer seltsam.« Er gönnte dem Bild einen letzten Blick. »Mögt Ihr Pfannkuchen?«

»Dafür bin ich bereit, jemanden umzubringen«, verkündete sie. »Sagt bloß, Ihr könnt kochen?«

»Nein. Ich kann Wasser erwärmen und Pfannkuchen machen. Das ist es. Aber mehr brauche ich ja auch nicht.«

»Ihr könnt Euch vorher noch ankleiden«, teilte ihm die Maestra milde mit.

Santer sah an sich herab und stellte fest, dass er nur die Hose seiner Uniform trug. »Sicher«, meinte er hastig und floh in sein Zimmer.

Noch während er sich ankleidete, hörte er die Glocke vor dem Turm läuten. Er griff seinen ledernen Brustpanzer und legte ihn an; wieder war es diese störrische Lederschnalle, die ihm Schwierigkeiten machte. Er fluchte leise, atmete aus und zog den Bauch ein. Diesmal gelang es ihm, den Riemen durch die Schnalle zu ziehen und das letzte Loch zu finden. Er warf sich seinen Umhang über, griff sein Schwert und eilte hinaus.

In der Halle traf er die Maestra, die gerade die Treppe hoch eilen wollte. »Keine Zeit für das Frühstück«, teilte sie ihm mit. »Wir müssen hinunter zum Hafen, bevor noch ein Unglück geschieht. Ich kleide mich nur rasch um.«

»Was ist denn los?«, fragte Santer überrascht.

Sie hielt auf der Treppe kurz inne und schaute zurück. »Die Seeschlangen haben Wiesel und sind der Ansicht, dass er etwas mit diesem Schiff zu tun hat!« Im nächsten Moment war sie fort, Santer hörte nur noch ihre raschen Schritte auf der Treppe.

»Welchem Schiff?«, fragte Santer verblüfft, doch nur der Mann im Bild schien ihm noch zuzuhören.

39

»Er sprang von dem Schiff, kurz bevor es in den Werftkanal einfuhr«, erklärte Schwertmajorin Rikin der Maestra, während sie im Quartier der Majorin warteten, dass der Gefangene gebracht wurde. Die Maestra und die Majorin saßen, während Santer rechts von der Tür stand. Es war das Quartier der Offizierin, dennoch war es die schlanke Gestalt in tiefem Blau, die den Raum zu füllen schien. Noch auf der Treppe und noch bevor Stabsleutnant Remark sie begrüßte und bat, einen Moment zu warten, hatte sie ihre Kapuze wieder ins Gesicht gezogen, und Santer war bei dem Gedanken, was sie in diesem Raum spüren könnte, etwas unbehaglich. Auch die Schwertmajorin hatte der Maestra einen langen Blick zugeworfen, bevor sie ihn mit ihren braunen Augen ansah, ein Blick, den er nur schwer hatte deuten können. »Die Besatzung eines Jagdboots hat ihn aus dem Wasser gezogen.«

»Ihr könnt doch nicht ernsthaft glauben, dass dieser Dieb ein solches Schiff gestohlen hat, um es dann in den Werftkanal zu steuern?«, fragte die Maestra mit einem leicht amüsierten Unterton in der Stimme, der Rikin nicht zu gefallen schien, denn ihre Augen zogen sich zusammen.

»Nein. Aber er hatte eine junge Frau dabei, die ganz offensichtlich gefoltert worden war. Sie wurde zum Tempel der Astarte gebracht. Die gute Kunde ist, dass sie sich auf dem Weg der Besserung befindet. Wir gehen davon aus, dass dieser Mann, der im ganzen Hafen als Wiesel bekannt ist, für den Zustand der Frau verantwortlich ist«, fuhr die Schwertmajorin fort. »Diesmal ist er zu weit gegangen.«

»Wie kommt Ihr darauf?«, fragte die Maestra.

»Bei ihm wurde ein Dolch sichergestellt, der dieser jungen Frau gehört. Eine außergewöhnliche und sehr wertvolle Waffe, deren Verlust das Haus des Tigers schon vor drei Jahren gemeldet hat. Es wurde eine hohe Belohnung auf die Ergreifung des

Täters ausgesetzt. Jetzt wissen wir, dass es dieser Dieb war, der die Waffe damals gestohlen hat.« Die Schwertmajorin lehnte sich zurück und lächelte hart. »Diesmal haben wir ihn. Es gibt zwei Dutzend Zeugen, die gesehen haben, wie er vom Schiff sprang. Es liegt nahe, dass er es war, der die Frau gefoltert hat, und selbst wenn nicht, bekommen wir ihn wegen des Dolches dran. Er hat uns lange genug gefoppt!«

»Habt Ihr den Dolch sichergestellt?«, fragte die Maestra.

Die Majorin nickte. »Ich habe ihn hier«, sagte sie und wies mit ihrem Kopf auf eine Kiste unter dem Fenster. »Dort findet Ihr die Besitztümer des Diebs. Darunter auch eine Tasche mit Diebeswerkzeugen, die beweisen, dass er mit unlauterer Absicht unterwegs war.«

»Absichten allein stellen noch kein Verbrechen dar«, meinte die Maestra mit ruhiger Stimme.

»Das wird Inquisitor Pertok etwas anders sehen«, entgegnete Rikin. »Seitdem er Wiesel einmal laufen lassen musste, ist er sehr interessiert an den Aktivitäten des Mannes.«

Es klopfte an der Tür.

»Herein!«, rief die Majorin, während sich die Maestra erhob.

Es waren Fefre und Sergeant Hartung, die Wiesel hereinbrachten. Beide trugen unbewegte Gesichter und hielten Wiesel fest an seinen Armen.

Es war eher so, dass sie ihn hereintrugen. Selten hatte Santer so viel Metall an einem Mann gesehen, stählerne Manschetten und schwere Ketten erlaubten es dem Dieb kaum, einen einzigen Schritt zu gehen. Wiesel war bis auf einen Lendenschurz nackt und sah aus, als wäre er unter die Räder eines Frachtwagens geraten. Sein Gesicht war voller Blutergüsse, ein Auge war zugeschwollen und schillerte in allen Farben, und obwohl ihm Blut aus dem Mundwinkel tropfte, schien sein schiefes Grinsen unbeeindruckt.

Selbst die Schwertmajorin war überrascht von seinem Anblick.

»Was ist hier passiert?«, fragte die Maestra in einem kalten Tonfall, den Santer noch nie von ihr gehört hatte.

»Ich bin gefallen, Maestra«, nuschelte Wiesel, bevor einer der beiden Soldaten etwas sagen konnte. »Die beiden Herren hier halfen mir nur wieder auf.« Er deute mit dem Kinn zu Fefre hinüber und grinste schief. »Mehrfach.«

»So sieht es auch aus«, sagte die Maestra kalt. Ihr Mund war zu einer schmalen, verärgerten Linie zusammengezogen, und obwohl sie noch immer genau so still dastand wie zuvor, schien sie plötzlich geradezu bedrohlich anzuwachsen.

»Ich kann das alles erklären«, vermeldete Wiesel, und das eine Auge, das nicht zugeschwollen war, blickte von ihr zu Santer und musterte den Stabsleutnant mit überraschendem Interesse.

»Löst die Fesseln«, befahl die Maestra.

Die beiden Soldaten sahen zu Rikin hinüber, die mit unbewegter Miene nickte.

»Fefre, Hartung«, sagte Santer. Es war das erste Mal, dass er überhaupt sprach, seitdem sie das Quartier der Majorin betreten hatten. »Nehmt den Mann, bringt ihn zum Feldscher, damit der ihn sich mal ansieht, dann helft ihm, sich zu waschen und anzukleiden. Die Kiste dort enthält seine Besitztümer, nehmt sie mit. Achtet darauf, dass er nicht wieder… hinfällt.«

Die beiden Soldaten schauten ihn überrascht an, auch die Majorin hob eine Augenbraue. Dann nickte sie erneut. »Tut, was der Stabsleutnant euch befohlen hat«, sagte sie.

»Danke«, verkündete die Maestra, zu wem, blieb unklar. »Allerdings will ich seine Waffen hier auf dem Tisch sehen.«

Während der Sergeant Wiesel stützte, trat Fefre an die Kiste heran, öffnete sie und entnahm ihr drei Dolche in ihren Scheiden, die er auf den Tisch der Majorin legte. Dann klemmte er sich die Kiste unter den Arm und salutierte, bevor er dem Sergeanten half, den Gefangenen wieder hinauszubringen. Wiesel hatte nichts weiter gesagt, nur sein Blick war ständig zwischen der Maestra, Santer und Rikin hin und her gesprungen.

Die Majorin wartete, bis sich die Tür hinter dem Gefangenen geschlossen hatte, dann funkelte sie Desina an. »Darf ich fragen, was das bedeuten soll?«, fragte sie mit schneidender Stimme.

Bei den Göttern, dachte Santer, so zornig hatte er sie schon lange nicht mehr erlebt. »Das ist unser Gefangener, und Ihr könnt nicht einfach …«

»Bitte, Schwertmajor Rikin«, sagte die Maestra sanft. »Es ist ein Irrtum. Bitte glaubt mir einfach, wenn ich Euch sage, dass Wiesel der Reichsstadt gegenüber genauso loyal ist, wie Ihr es seid. Erst gestern Nacht erwies er der Stadt einen großen Dienst.«

»Ihr meint, Wiesel ist…«, fragte die Schwertmajorin fassungslos und war damit nur einen Hauch schneller als Santer.

»Ich sage, dass Wiesel loyal zur Reichsstadt ist«, wiederholte Desina mit einem Lächeln.

Die Schwertmajorin seufzte. »Also gut, Maestra, er gehört Euch.«

»Danke«, sagte Desina. Sie ging hinüber zu dem Tisch der Majorin und nahm Wiesels silbernen Dolch. Sie betrachtete ihn sorgfältig, strich mit dem Daumen über die Klinge, um ihre Schärfe zu prüfen, wog sie noch einen Moment nachdenklich in ihrer Hand und legte sie wieder hin. Rikin und Santer hatten sie dabei beobachtet und sahen sie beide fragend an.

»Es ist nichts«, sagte Desina mit einem feinen Lächeln. »Das ist ein sehr ungewöhnlicher Dolch, ich habe ihn mir nur angesehen.« Sie wandte sich an die Schwertmajorin. »Eine andere Frage. Wisst Ihr schon etwas darüber, wie lange es dauern wird, das Schiff zu bergen?«

»Auf jeden Fall war es reichlich ungeschickt, es mitten im Kanal zu versenken«, fügte Santer hinzu, der froh war, dass sich die Spannung zwischen den beiden Frauen etwas gelegt hatte.

»Wir haben es nicht versenkt«, stellte die Majorin richtig. »Es wurde nur dreimal von einer Balliste getroffen, das hätte nicht gereicht, es zu versenken. Es ging von allein unter, denn es lag schon tief im Wasser, als es in den Kanal einlief.«

Bevor sie weitersprechen konnte, klopfte es an der Tür. Santer öffnete, und Wiesel wurde hereingeführt, dann schloss Fefre die Tür von außen und Wiesel stand da und rieb sich die wunden

Handgelenke. Er sah noch immer mitgenommen aus, aber deutlich besser als eben.

»Danke«, meinte er. »Diese Ketten sind verdammt unbequem.« Er sah fast schon hilfesuchend die Maestra an und schien ein wenig irritiert davon, dass er den größten Teil ihres Gesichts nicht sehen konnte. Santer störte es nicht mehr, mittlerweile kannte er die Maestra gut genug, um sich ihr Gesicht und den Ausdruck in ihren Augen vorzustellen.

»Setzt Euch«, sagte Desina formell und wies auf den Stuhl, auf dem sie vorhin gesessen hatte. »Ich hoffe, Ihr könnt Licht in die Angelegenheit bringen.«

»Die Maestra hat mich darüber informiert, dass Ihr ein Agent des Reichs seid und nur Eure Pflicht getan habt«, teilte die Majorin Wiesel mit. »Ich bitte, Euren… Sturz zu entschuldigen.«

»Tatsächlich?«, fragte Wiesel und warf Desina einen überraschten Blick zu, der auch der Majorin nicht entging.

»Was habt Ihr herausgefunden?«, fragte die Maestra knapp, als sich Wiesel gesetzt hatte.

»Mehr als uns allen lieb sein kann«, antwortete er und lehnte sich vorsichtig zurück, um dann schmerzhaft das Gesicht zu verziehen, als sein Rücken mit der Stuhllehne in Berührung kam. »Ich befürchte, dass es meine Schuld ist, dass das Schiff dort im Kanal liegt.«

»Also doch!«, rief Rikin.

Wiesel hob abwehrend die Hand. »Der Kapitän des Schiffs war ein Seelenreiter. Zwischen ihm und mir kam es zu einem Kampf. Ich erschlug ihn, und das führte offensichtlich dazu, dass ein vorbereiteter Plan ausgeführt wurde, allerdings etwas früher als geplant.«

»Ein Seelenreiter?«, fragte Rikin fassungslos.

»Ja«, sagte die Maestra. »Ich erwähnte bereits, dass er dem Reich einen Dienst erwiesen hat. Fahrt fort.«

»Ein Teil des Plans ist es gewesen, das Schiff genau da zu versenken, wo es jetzt liegt«, fuhr Wiesel mit einem Blick auf die

Majorin fort. »Ich glaube nicht, dass etwa dreihundert Echsen das Schiff nur zufällig dorthin geschoben haben …«

»Echsen? Bei Boron, was sagt Ihr da?«, entfuhr es der Majorin, und Santer fluchte.

»Wiesel!«, rief die Maestra aufgebracht. »Solche Scherze mag ich gar nicht!«

»Es ist kein Scherz«, beharrte Wiesel todernst.

»Und ich fange an, ihm zu glauben«, sagte Rikin, was ihr einen überraschten Blick der Maestra eintrug. Sie beugte sich vor und fixierte den Dieb mit einem harten Blick. »Fangt besser ganz von vorn an!«

40

Prustend kam der Taucher wieder an die Wasseroberfläche. Zwei andere Seeschlangen zogen ihn hastig an Bord eines der beiden Jagdboote, die hier miteinander vertäut im Kanal schwankten. Die schlanken Buge der Boote ragten über das versunkene Deck des schwarzen Schiffs, inmitten vereister Takelage und der Masten. Die Lippen des Tauchers waren blau, und er zitterte wie Espenlaub, während zwei andere Soldaten sich beeilten, ihn in Decken zu hüllen und ihn abzurubbeln. Dennoch dauerte es einen Moment, bevor der völlig durchfrorene Mann imstande war, mit steifen Fingern eine Schale heißen Tee entgegenzunehmen, und noch länger, bevor er etwas sagen konnte.

Rikin, Santer, Wiesel und die Maestra sowie ein stämmiger Mann in der Tracht eines Zimmermanns standen am Rand des Hafenkanals und warteten mehr oder weniger geduldig. Der Kanal, ein Wunderwerk der Baukunst des Alten Reichs, war wie mit einem Messer aus dem Gestein geschnitten worden, gute vierzig

Schritte breit und dreißig Schritte tief. Santer wusste, dass der Kanal zweimal im Jahr mit Schleppbaggern ausgebaggert wurde. Einer dieser großen Kähne schwamm bereits über dem Bug des untergegangenen Schiffs, auch wenn Santer sich fragte, was dies denn bringen sollte. Das Wasser hier war trüb, seltsam milchig und grau, als würde das Schiff unter Wasser einen Nebel erzeugen, der es zu verbergen suchte. Dennoch war es einigermaßen zu erkennen.

Das Hauptdeck des Schiffs lag gut vier Mannslängen tief unter Wasser, Vorder- und Achterkastell nur etwas über zwei.

»Geht es wieder?«, rief Rikin zu dem Taucher hinunter. Der war dabei, sich das Fett aus dem Gesicht zu wischen, mit dem er sich eingeschmiert hatte. Der Mann war nicht viel länger als fünf Dochte im Wasser gewesen, dennoch schien er total erschöpft. Verständlich, dachte Santer, so kalt wie das Wasser war, nahm es dem Körper jede Energie. Wenn man länger drinblieb, starb man.

»Ay«, antwortete der Taucher. »Es sti-stimmt…« Weiter kam er vorerst nicht, weil es ihn so stark schüttelte, dass seine Zähne vernehmlich klapperten. »Es sind… Bo-bolzen unter der Wasserli-linie angebracht, Hun-hun-hunderte sind es…«, fuhr er mit Schwierigkeiten fort. »Die Pla-planken lösen sich sch-schon von den Spanten… das Schiff b-bricht… be-bereits aus-aus-ausein-einander.«

Rikin nickte nur. Wiesel hatte von der Ladung berichtet, die das Schiff aufgenommen hatte. Wenn Reis nass wurde, quoll er auf. Hatte er keinen Platz dazu, war er imstande, auch die stabilsten Planken bersten zu lassen. »K-keine… Echsen… weit und b-breit«, fügte der Mann noch hinzu. Keine Überraschung, denn auch wenn das Wasser um das Schiff herum trübe war – das kam wahrscheinlich vom Reis –, hätten sich so große Ungeheuer, wie Wiesel sie beschrieben hatte, nur schwer verbergen können.

Rikin sah Wiesel an, dem es bereits wieder etwas besser zu gehen schien. »Ihr habt wohl doch die Wahrheit gesagt.« Wiesel nickte nur. »Können wir bald gehen?«, fragte er Desina.

»Gleich«, antwortete die Maestra. Sie sah nachdenklich auf

das versunkene Schiff herab und wandte sich an den Zimmermann. »Meister Johnten, was meint Ihr, wie lange wird es dauern, das Schiff zu bergen?«

»Das kann ich Euch noch nicht sagen«, antwortete Meister Johnten, der Werftmeister der kaiserlichen Werft. »Ziemlich lange auf jeden Fall. Das Schiff hat Tonnen von Ballast aufgenommen, und der Reis bricht es auf. Wenn wir es zu heben versuchen, wird es nur zerbrechen, selbst wenn wir schwere Kräne aufbauen. Ich befürchte, wir müssen es mühsam in Teilen bergen, und das wird ohne Taucher nicht möglich sein.« Er sah in Richtung des Tauchers, der sich nur langsam erholte. »Ihr seht ja, wie es dem armen Mann erging. So wie es aussieht, wird es Wochen, vielleicht Monate dauern, und wir können nicht viel tun, solange das Wasser nicht wärmer wird. Wir können mit viel Mühe die Masten und die Takelage entfernen, vielleicht auch Teile des Achter- und Frontkastells, sodass wir eine oder zwei Mannslängen Tiefgang gewinnen können. Kleinere Schiffe und Boote können dann passieren. Aber…« Er sah zurück zur Werft, wo man schon von hier aus zehn Walfische aus Holz in den großen Slips liegen sah. »Kommandant Keralos wird nicht erfreut sein«, stellte er fest. »Wir können weiterbauen, aber seine schönen neuen Schiffe werden den Werfthafen nicht verlassen können. Und es wird hier voll werden. Die Rüstdocks liegen im Haupthafen, wir werden die Schiffe auch nicht ausrüsten können.«

»Danke«, sagte die Maestra und wandte sich an die Schwertmajorin. »Ich glaube Wiesel jedes Wort. Auch seinen Bericht von diesen Echsen. Sie müssen mit diesem Schiff gekommen sein, sind intelligent und tragen offenbar Waffen. Sie sind ohne Zweifel gefährlich und uns feindlich gesinnt. Auch wenn sie unter Wasser atmen können und ihnen die Kälte nichts ausmacht, müssen sie sich irgendwo verstecken. Aber wo sind sie?«

Die Schwertmajorin blickte mit steinerner Miene zum Haupthafen hinaus. »Lasst das meine Sorge sein, Maestra. Der Hafen gehört den Seeschlangen, und diese Echsen werden das auch noch lernen!«

»Ich hoffe es«, sagte die Maestra.

Plötzlich rief einer der Soldaten an Bord der Jagdboote etwas und deutete hoch zu den Hafentürmen. Die Arme der Semaphore dort hoben und senkten sich in raschem Wechsel. Jede Seeschlange lernte diese Signale zu lesen, doch Santer kannte den Tageskode nicht und musste wie jeder andere warten, während Stabsleutnant Remark hastig mitschrieb. Dann sah er mit geweiteten Augen auf.

»Der Tenetier auf dem Turm berichtet, dass da draußen gerade die *Haldar* angegriffen wird! Von Echsen! Es müssen Hunderte sein!«

Das Gesicht der Maestra versteinerte sich, und nicht nur Rikin fluchte.

»Nun, jetzt wissen wir also, wo die Echsen sind«, stellte die Maestra mit harter Stimme fest. Sie sah zu Santer hinüber. »Hier geht etwas vor, das mir ganz und gar nicht gefällt!«

Santer nickte nur. Ihm kam es so vor, als hätte jemand Askir den Krieg erklärt, ohne vorher Bescheid zu sagen. Dann erwachten laute Rufe vom Seetor her seine Aufmerksamkeit.

Im Haupthafen kam die *Hildfas Wacht* mit schäumenden Rudern aus dem Militärhafen herausgefahren. Selten hatte Santer ein Schiff gesehen, dass so schnell über die Wasseroberfläche glitt. Dennoch, so wie er die Lage einschätzte, würde sie wohl zu spät kommen, um der *Haldar* zu helfen. Wäre er nicht zu den Eulen abgestellt worden, dann wäre er jetzt an Bord. Überrascht stellte er fest, dass er es nicht bedauerte, jetzt eine Eule zu sein.

Die Maestra sah ein letztes Mal hinauf zu der Semaphore und schaute dann fragend zu Rikin hinüber.

Die seufzte und nickte. »Ich werde mich um alles kümmern«, versprach sie und legte eine Hand auf das Heft ihres Schwerts. »Jemand wird das hier bereuen!«

»So«, sagte die Maestra zu Wiesel, als sich das Tor des Militärhafens hinter ihnen schloss. »Und jetzt sagst du mir, was du verschwiegen hast.« Wie üblich war der Hafen voll von Menschen, und es war, zumindest für den Moment, schwer, schneller voranzukommen.

Wiesel sah zu Santer hinüber und zog eine Augenbraue hoch. Desina seufzte, als sie anhielt um einen Eselskarren passieren zu lassen. »Er wird es für sich behalten.«

»Ich traue keinen Seeschlangen«, sagte Wiesel.

»Danke«, meinte Santer trocken. »Dafür traue ich keinen Wieseln.«

»Gut«, entgegnete Wiesel. »Dann sind wir uns ja einig.«

»Ihr könnt auch beide sofort wieder damit aufhören«, sagte Desina, doch sie lächelte dabei.

Sie hielten kurz an, um zu warten, bis einer der großen Kräne ein Netz voller Tonnen über sie hinweggeschenkt hatte. Wie jeder andere hier musterten sie das Netz misstrauisch, es war nicht ungewöhnlich, dass solche Behältnisse rissen, oft konnte dann nur ein beherzter Sprung die Rettung bringen. Nicht nur Santer atmete auf, als das Netz über sie hinweg war, um auf einen schweren Ochsenkarren abgesenkt zu werden.

Von der Nordseite des Hafens bis zur *Gebrochenen Klinge* war es ein gutes Stück, Zeit genug für Wiesel, die ganze Geschichte zu erzählen. Die Maestra unterbrach ihn nicht, hörte nur zu. Erst als er den Wolfskopf erwähnte und das, was Mama Maerbellinae dazu gesagt hatte, mischte sie sich ein.

»Unterscheidet sich dieser Wolfskopf irgendwie von dem, den wir schon haben?«

»Vom Aussehen her nicht. Allerdings ist er deutlich wärmer als handwarm, sehr schwer, mir scheint sogar, dass er schwerer ist als Blei oder Gold, und wenn man ihn berührt, dann kribbelt es durch das Leder des Beutels in den Fingerspitzen.«

»Es kribbelt in den Fingerspitzen?«, fragte Desina.

»Wenn man ihn berührt, selbst durch das Leder, gibt es im Dunkeln sogar kleine Funken.«

»Damit unterscheidet sich dieser Wolfskopf erheblich von dem anderen«, sagte Desina aufgeregt. »Hast du ihn dabei?«

»Ich habe ihn Istvan gegeben. Ich wollte nicht riskieren, ihn zu verlieren«, sagte Wiesel. »Du kannst ihn gern haben, er ist mir unheimlich.«

41

Schwertmajorin Rikin sah mit steinernem Gesicht zu, wie drei Jagdboote die *Hildfas Wacht* in den Hafen schleppten. Die stolze Galeere hatte bestimmt zehn Grad Schlagseite und lag tief im Wasser. Die einzige Bewegung an Bord kam von den zwei Dutzend Seeschlangen, die dort an Deck die Lenzpumpen bedienten. Das stetige *Klack-Klack* der Pumpen tönte bis zu ihr herüber. Das Wasser, das nach draußen gepumpt wurde, war auch auf diese Entfernung deutlich sichtbar gerötet. Zwei Seeschlangen hingen über der Reling, die Arme baumelten leblos herab, ein weiterer hing kopfüber in der Takelage. Rikin konnte noch mehr leblose Körper erkennen, wenn eine Welle unter dem Schiff hindurchlief und es leicht gieren ließ. Jede Welle ließ die Galeere mehr Wasser aufnehmen, als die Ruderöffnungen überspült wurden.

Ein anderes Jagdboot fuhr neben Rikin auf die schräge Rampe auf, die hier ins Wasser reichte, es trug die wenigen Überlebenden der *Hildfas Wacht*. Elf Männer und zwei Frauen. Dreizehn Überlebende aus einer Besatzung von etwas über einhundertundachtzig. Die meisten von ihnen waren schwer verletzt. Kaum dass das Jagdboot sicher lag, eilten andere Soldaten mit Bahren heran, um sie so schnell wie möglich ins Krankenrevier der Garnison zu bringen. Dort warteten schon die Feldscher auf sie, ein Läufer war auch schon hoch zu den Tempeln geschickt worden. Einer der leichter verletzten Soldaten war ein drahtiger, grauhaariger Mann, dessen aufgerissene Lederrüstung über und über mit Blut beschmiert war. Er half, die anderen Verwundeten zu bergen, dann erst kam er schwerfällig die Treppe hoch, um sie zu begrüßen. Sie kannte ihn, es war Schwertadmiral Jilmar, der auf seiner linken Schulter überraschenderweise nur die zwei Sterne eines Stabsleutnants trug. Vielleicht hatte er sich die Rüstung nur hastig irgendwo geliehen.

»Der Götter Schutz mit Euch«, begrüßte er die Majorin.

»Und mit Euch, Admiral«, antwortete Rikin.

Der Admiral verzog das Gesicht und lächelte schmerzlich. »Es sieht aus, als ob sie mir heute beigestanden hätten. Diesen Tag werde ich so schnell bestimmt nicht vergessen!«

»Ihr seid verletzt«, sagte die Majorin besorgt. »Solltet Ihr nicht…«

»Bah!«, stieß Jilmar aus. »Das meiste von dem Blut ist nicht meines, sondern gehört den götterverdammten Echsen. Die bluten genauso rot wie wir.«

Der grauhaarige Admiral wandte sich an Stabsleutnant Remark, der neben der Majorin stand und genauso fassungslos schien. »Gebt Signal hoch zur Zitadelle, dass ich überlebt habe und mich dorthin begeben werde, um meinen Bericht abzugeben. Und besorg mir ein Pferd, mein Junge.«

»Ay, Ser!«, rief Remark, salutierte und eilte davon.

»Was ist geschehen, Admiral?«, fragte Rikin gepresst, während die *Hildfas Wacht* langsam und schwerfällig in den Militärhafen einlief.

»Es war eine Falle. Die *Haldar* war schon erledigt, als wir ankamen, sie haben nur noch auf uns gewartet. Bevor wir noch wussten, was geschah, sind diese Biester über die Ruder hochgestürmt und waren schneller an Bord, als ich es jemals für möglich gehalten hätte. Die Hälfte der Männer starb noch auf den Ruderbänken. Sie gingen konzentriert vor, ein Trupp ist direkt hoch zum Achterdeck und griff den Rudergänger und die Offiziere dort an. Ein anderer Teil schwärmte hoch in die Wanten und kümmerte sich um die Scharfschützen.« Der Admiral verzog das Gesicht zu einem grimmigen Lächeln. »Mit Grund. Im Nahkampf sind diese Biester nur schwer zu besiegen. Sie sind deutlich größer und stärker als wir, und ihre Säbel sind länger und geben ihnen eine größere Reichweite. Sie tragen so etwas wie einen Nagelschuh an ihrer Schwanzspitze und wissen auch damit umzugehen. Dieser Schwanz ist kräftig genug, um einen Mann mit einem Schlag gut drei bis vier Schritte zurückzuschleudern. Wenn man davon getroffen wird, geht es nicht ohne gebrochene Knochen ab.« Der Admiral tastete seine Seite ab und zog eine schmerzhafte Grimasse. »Drecksbiester! Aber sie sind nur leicht oder gar nicht gerüstet. Auch ihre Schwerter sind nicht aus Metall, sondern aus Knochen, von Tiefseeungeheuern würde ich meinen, und wenn sie ihre Speere schleudern, erweisen sie sich nicht als die besten Werfer. Tatsächlich habe ich gesehen, wie eines dieser Biester einen Soldaten mit seinem Speer auf vier Schritte verfehlte. Sie hatten Schwierigkeiten, hoch zu den Schützenplattformen zu kommen, die besten Kletterer sind sie auch nicht.«

Jede kaiserliche Galeere besaß auf der Spitze des Hauptmasts eine gedeckte Plattform für die Scharfschützen. Es war eine Kunst, von dort oben aus bei Seegang überhaupt etwas zu treffen, aber eine Kunst, in der sich die meisten Seeschlangen übten. Zu den Scharfschützen zu gehören, galt zum einen als eine Ehre, und zum anderen war es weitaus sicherer, dort oben zu sitzen und Bolzen auf Feinde herabregnen zu lassen, als zu versuchen, bei unruhiger See ein Schiff zu entern.

»Diesen Waffengang haben wir verloren«, fuhr der Admiral grimmig fort. »Aber nicht ohne den Echsen blutige Nasen zu bescheren. Im Nahkampf sind sie fürchterlich, aber wenn man an sie herankommt, sind ihre Schuppen kein Hindernis für eine scharfe Klinge. Das ist der Trick, man muss sofort nah heran, dann vergessen sie ihre Waffen und kämpfen mit ihren Krallen. Schlimm genug, aber gutes Leder schützt etwas, und wenn man ihnen den Bauch aufschlitzt, verlieren sie genau wie wir das Interesse am Kampf.« Er atmete tief durch, und seine Augen sahen durch die Majorin hindurch, als er fortfuhr. »Es sind die Scharfschützen gewesen, die den Biestern die größten Verluste zugefügt haben. Von den Plattformen aus konnten sie ins Wasser sehen und haben schon dort und auf den Rudern einige erwischt, und dann viele während des Kampfs. Ich würde sagen, dass die Echsen gut zwei Dutzend Tote haben und das Doppelte an Verletzten.«

Und wir haben einhundertsiebzig Mann verloren, dachte Rikin grimmig. Dass auch die Echsen Verluste hatten, würde die Witwen wohl kaum trösten.

»Wie habt Ihr überlebt, Admiral?«

»Wir hatten unerwartete Hilfe.« Der Admiral lächelte, aber es war ein hartes Lächeln, seine Zähne seltsam weiß in seinem blutbeschmierten Gesicht. »Das Blut im Wasser hat Ungeheuer angelockt. Das wird einer dieser Tage sein, an dem Legenden entstehen! Seeschlangen, Rikin! Ein Pärchen mit einem Jungen. Das Blut hat sie angelockt, und sie fanden reichlich Beute im Wasser. Schade nur, dass sie so schnell satt waren, aber es waren, so wahr ich hier stehe, Seeschlangen, die uns den Arsch gerettet haben!« Er schaute auf den Hafen hinaus bis zum Seetor. »Man kann sagen, was man will, diese Echsen sind tapfer. Sie gerieten nicht in Panik, und sie nahmen den Kampf gegen die Seeungeheuer auf. Eine Gruppe beschäftigte die Ungeheuer, während die andere einen geordneten Rückzug einleitete. Sie nahmen ihre Toten und Verletzten mit und schwammen zum Hafen zurück. Sie müssen hier irgendwo ein Versteck haben.«

»Das haben wir auch schon befürchtet. Aber wir werden sie finden«, sagte die Majorin.

Der Admiral nickte grimmig. »Es wird unter Wasser liegen, Rikin«, sagte er. »Das Auffinden dürfte der leichteste Teil der Aufgabe sein. Bei den Göttern, was sind das bloß für Wesen, und wo kommen sie her?«

Darauf wusste Rikin auch keine Antwort.

Remark erschien mit einem Pferd, das scheute, als es das Blut roch. Der Admiral sah zu dem Tier hoch und dann zu Rikin.

»Das Biest hat recht«, bemerkte er grimmig und fing an, sich der Reste seines blutigen und zerfetzten Brustpanzers zu entledigen. »Wenn ich so durch den Hafen reite, geraten die Leute noch in Panik. Ich darf mir Stabsleutnant Remark noch mal ausleihen, Rikin?«

Die Majorin nickte. Allerdings befürchtete sie, dass die Panik wohl kaum mehr zu vermeiden war.

»Helft dem Admiral, Stabsleutnant«, befahl sie. »Und besorgt ihm eine neue Uniform.«

»Ay!«, antwortete Remark und half dem Admiral mit den Schnallen seines blutigen Brustpanzers.

Sie sah etwas im Wasser, die Strömung hatte einen Körper in lindgrüner Uniform durch das Seetor in den Hafen getrieben.

»Lanzenkorporal«, rief sie hinunter zu dem Jagdboot. »Macht das Boot klar und bergt den Mann!«, befahl sie. »Die Götter mit Euch«, sagte sie zum Admiral gewandt und salutierte.

»Die werden wir auch brauchen«, antwortete er, schaute auf den Hafen, wo der Tote trieb, erwiderte den Salut und ging langsam in Richtung der Hafenwacht davon, eine Hand an die Seite gepresst. Ganz so ungeschoren wie er tat, war er wohl doch nicht davongekommen.

»Gebt her«, sagte Rikin und streckte die Hand aus. Remark reichte ihr die Zügel des noch immer scheuenden Pferds und eilte dem Admiral nach.

»Ist schon gut, Brauner«, sagte die Schwertmajorin zu dem Tier, das sich langsam wieder beruhigte und gegen ihre Hand schnaubte. Sie sah grimmig zu, wie zwei Seeschlangen den Toten über die niedrige Bordwand hoben. »Ist schon gut.«

42

Zum ersten Mal seit Jahren war das schwere Tor von Istvans *Gebrochener Klinge* geschlossen, und auf dem Wehrgang des alten Garnisonsgebäudes standen zwei Knechte mit Armbrüsten. Jemanden mit einer Armbrust zu sehen, der nicht die Rüstung einer Seeschlange oder eines Bullen trug, bereitete Santer immer Bauchschmerzen. Die Bullen mit ihren schweren Rüstungen mochten das gelassen sehen, Santer in seinem Leder jedoch nicht. Der Besitz von Langbögen oder Armbrüsten war in Askir nicht verboten, sie zu spannen oder zu laden war es sehr wohl. Einer der Leute auf dem Wehrgang gab ein Zeichen nach unten, und noch bevor die Maestra und Santer das Tor erreicht hatten, wurde es schon für sie geöffnet.

Santer warf einen Blick zurück zum Hafen. Wenn hier eine Echse aus dem Wasser kommen würde, hätte sie gut vierzig Schritte hinter sich zu bringen – mehr als genug Zeit, ihr einen Bolzen zu verpassen.

Baugleich mit der Hafenwacht im Norden des Hafens, war Istvans Herberge einer der sichersten Orte hier, und ganz offensichtlich wussten seine Gäste das zu schätzen, denn selbst der Hof war gut gefüllt, sogar drei Handelswagen standen dort.

Santer bemerkte, dass die Maestra nach ihrer Kapuze griff, einen Moment sah es aus, als wolle sie sie sich ins Gesicht ziehen, doch dann ließ sie es bleiben.

Santer kannte Istvan schon seit Jahren, auch wenn er in letzter Zeit wenig Gelegenheit gehabt hatte, die *Klinge* zu besuchen. Eigentlich hätten sie ihre letzte Partie Shah, die sie vor zwei Jahren begonnen hatten, zu Ende führen müssen, aber heute schien Santer dafür nicht der rechte Zeitpunkt. So voll hatte er die *Klinge* noch nie erlebt, vor allem, wenn man bedachte, dass es noch vor der vierten Glocke war. Vor dem Mittag war es hier meist leerer, und die Knechte und die Mägde beschäftigten sich damit, den großen Gastraum zu säubern oder andere Arbeiten am Hof durchzuführen. Heute nicht. Es war proppevoll.

Dennoch war es eigenartig ruhig, denn die meisten Gäste waren auf ihren Bänken zusammengesunken und schnarchten mehr oder weniger laut, nur einige Hartgesottene hielten sich an ihren Bierkrügen fest.

Istvan begrüßte Santer nur mit einem neugierigen Blick, während er die Maestra umarmte. »Sina«, sagte er. »Das wurde aber auch langsam Zeit! Ich habe mir schon Sorgen gemacht.«

»Lass mich runter, du… du… großer Ochse!«, rief sie. »Ich bekomme schon wieder keine Luft.«

»Du scheinst genug Luft zu haben, um dich zu beschweren«, entgegnete der Wirt, ließ sie los und fuhr ihr mit einer Hand liebevoll übers Haar. »Du bist ungekämmt«, stellte er dann fest. »Eine Frau sollte niemals…«

»Istvan!«, rief sie empört, und viel hätte wohl nicht gefehlt und sie hätte mit dem Fuß aufgestampft. Santer erkannte schnell, dass dies ein Spiel zwischen ihnen war.

Wer von den Gästen nicht seinen Rausch ausschlief, betrachtete das Schauspiel interessiert. Von der Eule hatten wohl die meisten mittlerweile etwas gehört, zu bekannt war die Legende der alten Maestros, um ihre Wiedergeburt zu ignorieren, aber dass eine dieser legendären Gestalten von Istvan so vertraulich begrüßt wurde, überraschte doch.

»Und du, Santer«, sagte der Wirt, »schuldest mir seit Jahren eine Revanche.«

»Die wird es geben«, antwortete Santer. »Wir müssen nur vorher noch ein paar Kleinigkeiten erledigen.«

»Ein paar Kleinigkeiten?«, fragte Istvan und zog eine Augenbraue hoch.

»Istvan«, sagte Desina leise, »Wiesel hat dir etwas für mich gegeben…?«

»Ja«, bestätigte Istvan. »Kommt mit.« Er führte sie in eine Kammer, die als Vorratsraum diente. »Du suchst sicherlich das hier«, sagte er, griff in seine Lederschürze und nahm einen schweren Lederbeutel heraus. Er öffnete ihn, um ihr den Inhalt zu zeigen. Desina musterte die schwarze, faustgroße primitive Skulptur neugierig und streckte dann vorsichtig die Hand aus. In dem Moment, in dem ihre Fingerspitzen die Skulptur berührten, geschah etwas Seltsames: Zum einen schien es Santer, als wären kleine bläuliche Funken von der Skulptur zu ihrer Hand gesprungen, zum anderen kam es ihm so vor, als ob eine durchscheinende, blau schimmernde Welle von dem Stein aus durch ihn hindurchlief und sogar für einen Moment den Boden schwanken ließ. Istvan fluchte und zuckte zurück, beinahe wäre der Wolfskopf hingefallen, doch Desina hatte den Beutel aufgefangen und stand nun da, ihre Augen geweitet und ihre Lippen zu einem erstaunten O geformt.

»Was bei Soltars Robe war das?«, entfuhr es Santer. Seine ganze Haut kribbelte, und er hatte ein leises Pfeifen im Ohr, das jedoch im nächsten Moment schon wieder verschwand. »Hat der Boden eben tatsächlich geschwankt?«, fragte er.

Istvan schaute ihn verwundert an und schüttelte den Kopf. »Nein, aber ich schwöre, das Ding hat mich in den Finger gebissen, als sie den Stein berührte … Sina?«

Die Maestra schüttelte den Kopf wie ein benommener Hund und lächelte, etwas mühsam, wie es Santer schien. »Alles in Ordnung«, sagte sie, während sie den Beutel sorgfältig in ihrer Robe verstaute. »Bei diesem Stein gibt es wohl kein Zweifel, dass er magisch ist.«

»Wieso?«, fragte Istvan. »Ist der andere nicht genau so?«

»Er sollte es sein, nicht wahr?«, sagte Desina nachdenklich. »Aber er ist es nicht. Der Stein, für den Jenks starb, war in etwa so magisch wie ein Stück trockenes Brot.«

»Also nichts, wofür es sich zu sterben lohnt«, stellte Santer fest. »Das scheint bei diesem hier anders zu sein.«

»Ja«, bestätigte Desina leise. »Der hier ist deutlich anders! Er ist ein Artefakt mit enormen Kräften. Und jetzt kann ich auch glauben, dass von diesen Steinen eine Gefahr ausgeht!«

»Aber was ist mit dem, den Wiesel von Jenks hat?«, fragte Istvan.

»Das ist eine gute Frage«, antwortete Desina.

»Gibt es nur zwei Steine?«, fragte Santer nachdenklich. »Den hier, voller Magie, und den anderen, ohne? Oder gibt es doch zwei magische Wolfsköpfe, und uns fehlt noch immer einer?« Er schüttelte den Kopf. »Irgendetwas wissen wir noch nicht.«

»Es dürfte eine ganze Menge sein, was wir noch nicht wissen«, stellte Desina nachdenklich fest. Sie sah ihn ernst an. »Istvan, ich muss zurück, der Kommandant erwartet mich. Die Götter mögen dich schützen.«

»Und dich, Sina. Grüß den alten Rabauken von mir«, sagte Istvan, als er ihr den Kompass reichte. »Aber wage es nicht zu gehen, bevor du mir nicht eine Frage beantwortet hast!«

»Und welche?«, fragte Desina und hielt inne.

»Wie kommt es, dass du mit dem Kerl hier zusammen bist?«, meinte Istvan und warf Santer einen schwer deutbaren Blick zu. »Er ist ein Nichtsnutz und Frauenheld und eine Schande für seine Uniform«, fügte er in falschem Groll hinzu.

»Das weiß ich«, entgegnete die Maestra. »Deswegen ist er ja mein Adjutant.«

»So. Dein Adjutant.« Istvan musterte Santer. »Pass auf sie auf, Santer. Sie ist etwas ganz Besonderes.«

»Stimmt«, gab Santer zurück. »Sie ist ganz besonders eigensinnig.«

»Santer!«, mahnte Desina von der Tür her. »Wir müssen los.«

»Und etwas herrschsüchtig. Aber man gewöhnt sich daran«, fügte Istvan hinzu.

Santer grinste, als Desina die Augen verdrehte, und eilte ihr nach.

Istvan verließ die Kammer, schloss die Tür hinter sich und sah den beiden nach, wie sie sich durch die Gaststube drängten. Zum einen war er erleichtert darüber, zu erfahren, dass es Wiesel gut ging. Zum anderen brannte er darauf, herauszufinden, was eigentlich los war. Das alles mochte gut für sein Geschäft sein, aber dennoch war Istvan besorgt.

Wenn es noch weitere Seelenreiter in der Stadt gab, dann fürchtete er um Desina. Und nicht nur um ihr Leben.

43

Fefre warf einen Blick auf das Jagdboot, das den Schleppbagger langsam durch den Hafen zog. Nur ein Teil der vierzig Mann dort ruderte, gut die Hälfte von ihnen war mit langen Spießen oder auch Armbrüsten bewaffnet und beobachtete misstrauisch das Wasser um sie herum. Mit ihnen wollte er nicht tauschen, dachte Fefre. Da war ihm hier an Bord des Schleppbaggers schon wohler.

Der Bagger war eine große, rechteckige Konstruktion, ein übergroßer Kahn mit schweren Winden und Untersetzungen aus eisernen Zahnrädern an jeder Ecke. Üblicherweise wurde er verwendet, um den Werftkanal freizubaggern, und lief an schweren Trossen den Kanal entlang, einen riesigen stählernen Rechen hinter sich herziehend. Zwei Kräne gab es auch an Bord, manchmal wurde die schwimmende Plattform eingesetzt, um kleinere Schiffe zu bergen. Ohne den schweren Rechen schwamm der Schleppbagger hoch im Wasser, und selbst den Echsen sollte es schwerfallen, die gut zwei Mannslängen hohen Bordwände schnell zu erklimmen, zumal auch dort Seeschlangen mit langen Spießen und Armbrüsten auf sie warteten.

Seit dem Überfall am Morgen hatte es keine weiteren Vorkommnisse gegeben, und Fefre war froh darum. Was er gehört hatte, beruhigte ihn nicht sonderlich.

Der Grund, warum dieses ungelenke Schiff hier im Haupthafen von einem Jagdboot übers Wasser geschleppt wurde, lag in einer Besonderheit seiner Konstruktion. Im Boden des Kahns waren vier Fenster eingelassen, aus dickem polierten Glas und gut zwei Schritte breit und einen Schritt hoch. Das Glas war dick und nicht an allen Stellen klar, aber weil es kurz vor der vierten Glocke war und die Sonne hoch am Himmel stand, erlaubte es dennoch einen Blick in die Tiefen des Hafens, der Fefre trotz seiner langen Dienstjahre gänzlich fremd und unbekannt war.

Der Sinn dieser Fenster war es, den großen Rechen zu beobachten, wenn er über den Grund des Werftkanals gezogen wurde, jetzt dienten sie einem anderen Zweck. Es galt herauszufinden, wo sich die Echsen versteckten.

Also knieten nun an jedem der Fenster zwei Soldaten. Fefre hatte den Auftrag, das Bugfenster zu beobachten.

Was er durch die dicke, nur leicht verschlierte Scheibe sah, war eine faszinierende Landschaft, die er niemals dort vermutet hätte. Wie jede andere Seeschlange wusste auch Fefre, dass der Hafen der Reichsstadt sehr tief war, an manchen Stellen bestimmt dreißig Mannslängen oder mehr. Der Ask, der südlich des Korntors in den Hafen mündete, war kein kleiner Fluss, und durch das Glas konnte man erkennen, dass sich die Mündung weit unter dem Meeresspiegel fortsetzte. Das Land hier war felsig, die Stadt lag nahe den Ausläufern des Norfingebirges, und der Hafen war einst ein Fjord gewesen, bevor die Baumeister des Imperators ihm seine jetzige Form gegeben hatten.

Fefre war es unverständlich, wie es ihnen gelungen war, so tief unter Wasser die mächtigen Fundamente für die Seemauern zu setzen, doch unverkennbar hatten sie es geschafft. Selbst am Grund des Hafens waren die Fundamente aus behauenem Stein zu sehen, mächtige Felsblöcke, bei denen er sich wunderte, wie man sie überhaupt dorthin hatte bringen können. Es musste die höchste Mauer der Welt sein. Die gut zwanzig Mannslängen, die beide Seemauern aus dem Wasser ragten, waren nichts im Vergleich zu den fast dreißig Mannslängen, die unter dem Wasser verborgen lagen! Der Ask bezog seine Wasser zum größten Teil aus den Flüssen, die ihn aus dem Norfingebirge speisten, und war selbst im heißesten Sommer kühl. In den Tiefen dort unten war das Wasser auch im Sommer eisig, und in der Kälte verrottete nur wenig. Davon konnte Fefre sich gerade selbst überzeugen. Im Lauf der Jahrhunderte waren auch im Hafen immer wieder Schiffe gesunken, und sie zerfielen in den eisigen Wassern nur langsam. Die Strömung des Ask hatte sie zwischen dem Fundament des Seetors zusammengeschoben, so dass sie dort einen

Damm aus ineinander geschobenen, verrottenden Rümpfen bildeten, mit ihren Masten und alter Takelage heillos ineinander verkeilt. Direkt unter ihm lag eine Kriegsgaleere des Reichs auf Grund, die vor gut dreißig Jahren hier gesunken war. Sie stand aufrecht auf ihrem Kiel und wirkte beinahe unversehrt, sogar die Reste eines Segels wehten noch in der unsichtbaren Strömung. Im Lauf von Jahren oder Jahrzehnten würde sie ihre langsame Reise zu den anderen Schiffen am Seetor fortsetzen, jetzt jedoch bohrte sich der noch immer glänzende Rammsporn in den Schlick, als wäre dieser die See, auf der das mächtige Schiff fuhr.

Was Fefre jedoch am meisten faszinierte, waren die Ruinen eines älteren kleineren Hafens, nein, einer ganzen Stadt dort unten, die sich an den steilen Stein drückte. Sie lag vielleicht in fünfzehn Mannslängen Tiefe: eine Stadt mit Molen, Gebäuden und Lagerhäusern, die zum Teil noch standen, sowie eine niedrige Stadtmauer mit einem einzelnen, offen stehenden Tor. Hinter der Mauer waren die Ruinen einer versunkenen Burg zu erkennen, die wohl einst diesen Hafen geschützt hatte. Weiter in Richtung Seetor fand Fefre sogar eine versunkene kaiserliche Wachstation, die halb begraben im Schlick noch fast völlig intakt wirkte. Selbst die schweren Fensterläden hingen noch in ihren Angeln, nur der Flaggenmast auf dem Turm war abgebrochen und in die Tiefe gesunken. Ein Jagdboot zerfiel mit gebrochenem Rückgrat vor der versunkenen Mauer, als wäre es dorthin zurückgekehrt.

Vermoderte und geborstene Hölzer, Fässer und auch schwere Ballen von Ladung, Kisten und Truhen, all das war auf den Grund des Hafens gesunken, Netze, Seile und schwere Trossen kreuzten sich und verknoteten sich in der Tiefe zu einem Durcheinander. Hier und da sah Fefre auch bleiches Gebein, zum Teil im Schlick begraben, und manchmal bemerkte er auch Reste einer lindgrünen Uniform.

Vor dieser gespenstischen Kulisse spielte sich tief unter ihm ein Drama ab. Fefre hatte von den Seeungeheuern gehört, die der *Hildfas Wacht* zur Hilfe gekommen waren. Wenn es stimmte, was man sich erzählte, dann hatten sie sich mit gut einem halben Dutzend der Echsen den Bauch vollgeschlagen. Und zumindest eines der Ungeheuer schien auf den Geschmack gekommen zu sein und die Echsen in den Hafen verfolgt zu haben.

»Götter!«, entfuhr es Fefre. »Leute, das müsst ihr euch ansehen!« Die Soldaten scharten sich um die Fenster und blickten mit ihm zusammen in die Tiefe.

Eine Feder hatte Fefre vor langer Zeit als grünem Rekruten erklärt, dass die Seeschlangen, die den Marinesoldaten ihren Namen liehen, keine Ungeheuer seien. Sie wären lediglich eine besondere Art von Raubfischen, verwandt mit den Steinhaien, die es weiter südlich an der Küste gab. Seeschlangen sah man nur selten an der Oberfläche, ihre Heimat waren die tiefen Gewässer, aber solche gab es hier in der Nähe auch. Nur wenige hundert Schritte vom Seetor entfernt fiel eine steile Unterwasserklippe in endlose Tiefen hinab, und dort unten, wo niemals ein Licht hinfiel, war die Heimat der Ungeheuer.

Es war das erste Mal, dass Fefre eine Seeschlange in ihrem Element sah. Ein breiter, fast vier Schritte breiter Kopf, ein flacher Kegel, dessen untere Hälfte fast nur aus Reihen messerscharfer Zähne bestand, mächtige Kiemen, die sich gelassen öffneten und schlossen, davon abgehend farbige Bänder, die langsam pulsierend ihre Farben zu wechseln schienen, dann ein langer, endlos langer, fahler schlanker Körper mit gezackten dreieckigen Flossen und einem hohen schrägen Schwanz, der ebenfalls in diesen leuchtenden Bändern endete und das Meeresungeheuer mit fließenden farbigen Mustern schmückte.

In den dunklen Tiefen, so hatte die Feder ihm erklärt, dort, wo sich kein Licht befand, leuchteten diese Bänder und lockten die Beute der großen Schlangen in ihr Verderben. Warum man sie Schlangen nannte, war auch leicht zu erkennen, denn dieser schlanke Körper wirkte genau so und wand sich elegant durch das Wasser, schneller, als man es bei der Größe hätte glauben wollen.

Die Echsen, die in dieser Tiefe klein wirkten und so erst die Größe des Ungeheuers betonten, hatten Mühe, den Tiefseeräuber auf Distanz zu halten. Immer wieder stachen die intelligenten Reptilien mit ihren langen Knochenspeeren auf das Ungeheuer ein, doch die mannslangen Waffen wirkten wie Nadeln gegen diese mächtige Flanke. Die Seeschlange selbst mochte gut dreißig Schritte lang sein und damit länger als der Schleppbagger, von dem aus Fefre atemlos das Geschehen verfolgte.

Wieder öffneten sich die mächtigen Kiefer, und diesmal war eine der Echsen nicht schnell genug, Luftblasen stiegen auf, ein Stück des linken Hinterbeins und des Schwanzes lösten sich blutend, und da war der Rest der Echse auch schon ganz und gar in dem mächtigen Maul verschwunden.

Rotes Blut zog Fahnen und Nebel dort unten. Gerade sank noch eine weitere Echse inmitten von Blut und Luftblasen langsam zum Grund des Hafens, noch immer zuckte sie und versuchte mit den Vorderklauen ein Bein zu halten, das ihr über dem Knie abgetrennt worden war. Noch eine Echse fiel dem Ungeheuer zum Opfer, dann wandte sich der Räuber gemächlich ab und schwamm aus dem Hafen hinaus, den tiefen Wassern entgegen.

Die überlebenden Echsen jedoch, es mochten knapp ein Dutzend sein, verschwanden in einer dunklen Toröffnung, die dort in eine steile Steinwand führte. Über dem Tor war im Fels das Relief eines Drachen eingemeißelt, der eine Schlange zu Boden drückte. Das kaiserliche Wappen, das sich überall in der Stadt finden ließ und auch die Flagge auf der Zitadelle schmückte.

»Wir haben ihr Versteck gefunden«, sagte ein anderer Soldat atemlos mitten in das Geraune hinein, das entstand, als die Soldaten sich aufrichteten und in die Welt oberhalb des Wassers zurückkehrten, eine Welt, in der solche Ungeheuer nichts zu suchen hatten.

»Noch etwas wissen wir«, fügte eine Feder, die das Ganze beobachtet hatte, hinzu. »Habt ihr gesehen, wie die Luftblasen aufstiegen? Keinem ist vorher aufgefallen, dass diese Echsen keine Kiemen haben. Sie atmen also Luft wie wir, aber sie können sie länger anhalten. Demnach muss ihr Versteck Luft für sie bereithalten.«

»Wie ist das möglich?«, fragte ein anderer Soldat. »Dieses alte Tor liegt gut fünfundzwanzig Schritte unter Wasser.«

»Das weiß ich nicht«, antwortete die Feder. »Ich wusste nicht einmal, dass es dort unten ein Tor gibt.«

Fefre sah ein letztes Mal hinab und beobachtete, wie die tote Echse langsam auf den Boden sank, während die Strömung sie in Richtung des Seetors trug. Sie hatten das Versteck der Echsen gefunden, aber was half es ihnen?

44

»Ich halte die Panik im Hafen für unangebracht«, sagte Admiral Jilmar gerade, als es an der Tür des Besprechungsraums klopfte. Er, Schwertobrist Kelter, Stabsobrist Orikes und der Kommandant standen um einen schweren Holztisch herum, auf dem eine Karte des Hafens ausgebreitet war.

Der Kommandant richtete sich auf. »Herein!«, rief er, ohne den Blick von der Karte zu nehmen.

Zwei Soldaten des Fünften Bullen hielten vor der großen Doppeltür Wache, und als sie den gedämpften Ruf vernahmen, zogen sie für die Maestra und Santer die Tür auf. Die Maestra trat ein, und als sie nichts weiter sagte, folgte Santer. Wenn es den hohen Herren nicht passte, dachte er, dann konnten sie ihn ja wieder hinausschicken.

»Gut, dass Ihr da seid, Maestra«, sagte der Kommandant ohne Umschweife. Er gönnte Santer nur einen kurzen Blick und wandte sich dann wieder der Karte zu. »Der Admiral hat uns bereits von dem Angriff auf die *Hildfas Wacht* berichtet, aber es schadet wohl nichts, wenn Ihr es kurz noch einmal zusammenfasst, Admiral.«

»Gern«, antwortete der drahtige Admiral und nickte ihnen

freundlich zu. Ihn kannte Desina wohl auch, dachte Santer und verbarg ein Schmunzeln. Offensichtlich kannte sie eine Menge wichtiger Leute, aber Kelter gehörte wohl nicht dazu, denn der Mann musterte sie auffällig missbilligend.

»Kommandant, Admiral, Stabsobrist«, begrüßte sie die Runde, dann wandte sie sich dem Lanzenobristen zu. »Obrist.«

»Ihr kommt zu spät, Maestra«, sagte der kühl. Die Antwort schien sogar den Kommandanten zu überraschen, denn er sah stirnrunzelnd auf. Keralos war ein großer, grauhaariger Soldat in einer unauffälligen, schmucklosen, dunklen Robe. Ein Veteran, der offenbar nicht viel auf Prunk und die Zurschaustellung seiner Macht gab. Das war auch nicht nötig, denn er besaß eine natürliche Autorität, die ihn ganz von selbst zum Zentrum in diesem Raum machte.

»Tut mir leid, ich musste noch etwas Dringliches erledigen«, erklärte Desina mit einem freundlichen Lächeln. Santer hatte seine Zweifel, ob es so freundlich gemeint war, denn ihre Stimme trug einen kühlen Unterton. Der Obrist sah sie nur aus kalten grauen Augen an und nickte förmlich.

»Jetzt ist sie ja da, Kelter«, sagte der Kommandant knapp und gab dem Admiral ein Zeichen. »Können wir beginnen?«

Admiral Jilmar räusperte sich, und in kurzen, knappen Worten erzählte er, was sich an Bord der *Hildfas Wacht* zugetragen hatte. »Diese Echsen sind zähe Biester, aber sie sind nicht halb so gefährlich, wie es einem zuerst erscheint. Sie haben uns überrascht, das wird nicht noch einmal geschehen. Sie sind schlecht oder gar nicht gerüstet, ihre Waffen sind aus Knochen und können gute Rüstung nicht durchschlagen. Sie sind schlechte Kletterer und nicht zielsicher, wenn sie einen ihrer Speere werfen.« Er sah zu Kelter hinüber. »Ich denke nicht, dass die Bullen Probleme mit diesen Echsen haben werden, solange sie sich von ihnen nicht ins Wasser ziehen lassen.«

»Glaubt mir, Admiral«, antwortete Kelter mit einem knappen Lächeln, »kein Bulle würde das zulassen.«

Es gab ein altes Sprichwort, dass Bullen ein Gewässer nicht

durchschwammen, sondern auf dem Grund hindurchmarschierten. Zum Teil war etwas Wahres daran, sie übten es sogar, denn manchmal gab es keine andere Möglichkeit, um einen kleineren Fluss zu überqueren.

»Ich will hoffen, dass es so ist«, sagte der Kommandant. »Dennoch bleibt Folgendes: Wir werden angegriffen, und im Hafen herrscht Panik. Letzteres bereitet mir mehr Sorgen. Es herrscht dort ein heilloses Durcheinander, erst wollten die meisten Schiffe in See stechen, jetzt trauen sie sich nicht mehr aus dem Hafen. Wir müssen die Schiffe dort herausbekommen, sonst wird er bald hoffnungslos überfüllt sein.«

»Ich habe bereits Anweisung gegeben, die Ruderbänke der Galeeren mit Speeren zu ergänzen und die Bordwände mit Netzen zu erhöhen«, teilte Admiral Jilmar mit. »Sobald das geschehen ist, werden jeweils zwei Schwertschiffe die Händler auf hohe See eskortieren. Schwertschiffe, keine Galeeren. Die Ruder sind wie eine Einladung für diese Echsen.«

»Haben wir denn genug Schwertschiffe dafür?«, fragte der Kommandant, und Jilmar nickte. »Zur Not werden wir einige requirieren.«

Schwertschiffe waren kleinere Handelschiffe, die zwar nicht sehr große Laderäume besaßen, aber schnell und wendig waren, vor allem aber hochseetüchtig. Auch wenn sie gerudert werden konnten, waren sie keine Galeeren. Schwertschiffe waren weit verbreitet und bildeten abgesehen von den schweren Handelskoggen das Rückgrat des Seehandels der Reichsstadt.

»Was machen wir, wenn die Echsen aus dem Wasser kommen oder versuchen, die angelegten Schiffe zu versenken?«, fragte Kelter.

»Wir verstärken die Patrouillen im Hafen«, entschied der Kommandant. »Gemischte Patrouillen, Seeschlangen mit Armbrüsten und Bullen mit Hellebarden. Netze an den Seetreppen oder Rampen. Und die Leute sollen zehn Schritte Abstand vom Wasser halten.«

»Das tun sie ohnehin«, sagte der Admiral grimmig. »Näher

trauen sie sich im Moment nicht heran. Auch die Lademannschaften wagen sich kaum mehr in die Nähe der Schiffe. Einige Besatzungen sind sogar von Bord geflohen.« Er wandte sich an Desina. »Kurz bevor Ihr kamt, Maestra, erhielten wir ein Signal vom Hafen. Die Seeschlangen haben die Echsen gefunden. In doppelter Hinsicht.«

Er berichtete kurz, was die Soldaten auf dem Schleppbagger beobachtet hatten.

»Wir erhalten Hilfe von den Seeungeheuern?«, fragte Kelter ungläubig.

»Es scheint so«, sagte Admiral Jilmar mit einem feinen Lächeln.

»Wichtiger scheint mir, dass die Echsen atmen müssen. Also brauchen sie Luft.« Der Kommandant sah nachdenklich auf die Karte vor ihnen auf dem Tisch herab. »Der alte Hafen also«, sagte er und schüttelte den Kopf. »Ich hätte nicht gedacht, dass davon noch etwas steht.« Er bemerkte die fragenden Blicke der anderen. »Bevor der Ewige Herrscher Askir so erbauen ließ, wie wir es heute kennen, war es eine kleine Küstenstadt, in den Steilhang gebaut, der heute den größten Teil des Hafens ausmacht. Vor Jahrhunderten ist das Wasser gestiegen. Erst dann entstand der Hafen, so wie er heute ist.« Er lächelte. »Auch Askir wurde nicht an einem Tag erbaut. Es dauerte Jahrhunderte.«

»Wenn das Wasser langsam stieg und einige der Höhlen und Katakomben keine Verbindung zur Oberfläche haben, dann ist es gut möglich, dass sich in ihnen Luftblasen gebildet haben«, sagte die Maestra nachdenklich. »Ich frage mich zwei Dinge: Zum einen, woher wissen diese Echsen von diesen alten Gebäuden und Gemäuern? Zum anderen: Sind sie immun gegen die Taucherkrankheit?«

Kelter sah sie fragend an, doch es war der Admiral, der es erklärte. »Nehmt einen Becher, dreht ihn um und drückt ihn unter Wasser. Es wird sich eine Luftblase darin bilden. Es entspricht einer Taucherglocke. Je tiefer Ihr den Becher unter Wasser drückt, desto mehr wird das Wasser die Luft darin zusammenpressen.

Vor meiner Zeit, vor etwas mehr als vierzig Jahren sank die *Letira Saran* kurz hinter dem Seetor. Sie trug dreihundert Barren Gold an Bord, eine Ladung, die auch einen hohen Aufwand rechtfertigte, um sie zu bergen. Wir versuchten es mit diesen Taucherglocken. Doch als wir die Männer dann nach oben holten, starb gut ein Drittel von ihnen unter Qualen, andere wurden blind oder blieben ihr Leben lang gelähmt. Das Gold liegt noch immer da unten… bis uns etwas Besseres einfällt.« Der Admiral zuckte mit den Schultern. »Warum das so ist, weiß niemand. Wenn die Echsen so tief unten ein Versteck gefunden haben, steht die Luft dort unter Druck wie in einer Taucherglocke. Wenn sie wieder auftauchen, könnte es sein, dass sie das gleiche Problem haben. Darauf spielt die Maestra an.«

»Wenn sie allerdings einfach nur sehr gut tauchen können und einen hohen Ort gefunden haben, oder gar einen Weg an die Oberfläche, dann haben sie dieses Problem nicht«, ergänzte Desina. Sie wandte sich an den Kommandanten. »Ser, wisst Ihr, ob es noch irgendwo Pläne der alten Stadt und ihrer Anlagen gibt?«

Der schüttelte nur den Kopf. »Ich glaube nicht.« Er sah Orikes fragend an.

»Ich glaube, ich kenne die Archive wohl am besten von uns allen«, sagte dieser. »Doch ich kann mich auch nicht daran erinnern, jemals solche Pläne gesehen zu haben. Ich wusste nicht einmal, dass es im Hafen eine versunkene Stadt gibt.«

»Ich schon«, sagte Desina. »Ich habe einen Teil meiner Kindheit darin verbracht, wie viele andere auch. Es ist ein Versteck der Diebe.« Sie blickte mit einem verlegenen Lächeln in die Runde. »Es gibt in der Kanalisation noch Schächte und Zugänge, die in die alte Stadt hinunterführen, bei Ebbe kann man erstaunlich weit in diese Gänge vordringen. Wenn das Verstreck der Echsen einen Zugang zur Kanalisation hat, können sie überall auftauchen.«

»Ich dachte, die Tunnel wären mit Gittern gesichert?«, fragte Orikes erstaunt.

Desina schüttelte den Kopf. »Früher einmal. Aber mittlerweile haben die Diebe diese Gitter bezwungen. Ein sicherer Weg unter den Füßen der Wachen hindurch in andere Teile der Stadt war ihnen die Mühe allemal wert.«

»Im schlechtesten Fall gibt es also keinen Ort in der Stadt, an dem sie nicht angreifen können«, stellte Schwertobrist Kelter nüchtern fest. »Ich verstehe nur nicht, was das alles soll. Befinden wir uns in einem Krieg, von dem wir nichts wissen?«

»Nein«, sagte der Kommandant bestimmt. »Aber ich denke, wir werden herausfinden, wer es ist, der es wagt, den Drachen am Schwanz zu ziehen.« Er wandte sich an Desina. »Konntet Ihr etwas in Erfahrung bringen, Maestra?«

»Ja«, antwortete sie. »Es besteht kein Zweifel daran, dass der Kapitän des Schiffs, das nun den Werftkanal blockiert, ein Nekromant war. Zudem bin ich sicher, dass sich noch weitere Seelenreiter in der Stadt aufhalten.«

Mit knappen Worten erklärte sie, was sie alles herausgefunden hatte und dass sie jetzt einen Wolfskopf in den Händen hielten, der anders als der erste tatsächlich von der Macht der Magie erfüllt war. Die anderen Männer hörten ruhig zu, nur an einer Stelle wurde sie in ihren Ausführungen unterbrochen.

»Wie ist dieser Wolfskopf denn in Eure Hände gelangt?«, fragte Kelter in einem scharfen Tonfall. »Gibt es etwas, das Ihr vor uns verbergt?«

Santer bemerkte, wie der Admiral und der Kommandant überraschte Blicke tauschten, dann wandte sich der Admiral an den Obristen.

»Eine ganze Menge, würde ich vermuten, Schwertobrist Kelter«, sagte Jilmar kühl. »Aber ich für meinen Teil denke, dass sie ihre Gründe hat, das nicht näher auszuführen.« Der Blick, den er dem Obristen zuwarf, machte deutlich, dass er keine weiteren Fragen zu stellen hatte.

Der Mann nickte knapp. »Wenn Ihr es so wünscht«, sagte er und deutete eine leichte Verbeugung vor der Maestra an.

»Fahrt bitte fort, Maestra«, sagte der Kommandant, und Desina nahm den Faden wieder auf. Als sie fertig war, hatte der Kommandant seine Stirn in tiefe Falten gelegt.

»Eins wissen wir jetzt«, sagte er dann bitter. »Es gibt tatsächlich eine Bedrohung für uns, und wir müssen sie ernst nehmen.« Er sah Desina an. »Ihr seid diejenige von uns, die sich wenigstens einigermaßen auskennt. Findet diese Verfluchten und vernichtet sie. Ich werde Euch alle Mittel der Reichsstadt zur Verfügung stellen, aber diese Bedrohung muss abgewendet werden.«

»Ich werde mein Möglichstes tun«, sagte die Maestra, und der Kommandant nickte.

»Das werden wir wohl alle.«

45

Nun, dachte Tarkan, der Gang hinunter zum Hafen hatte sich gelohnt. Immerhin hatte er Taride wiedergefunden, die auf einem Baumwollballen saß und mit vier Äpfeln jonglierte.

Sie saß am Rand des Hartmarkts, der ihm nicht weniger voll erschien als sonst, auch wenn einige der farbenprächtigen Stände geschlossen waren. Aber vielleicht kam es ihm auch nur so vor, denn immerhin drängte sich nun alles und jeder im hinteren Bereich des Hafens und ließ einen breiten Streifen zum Wasser frei.

Sie hatte auch ihn gesehen und lächelte ihn an, derart ermutigt trat er einen Schritt näher heran und verbeugte sich formvollendet vor ihr. »Die Gnade der Götter mit Euch«, begrüßte er sie. »Habt Ihr denn keine Angst vor diesen Meeresechsen?«

»Jetzt, wo Ihr hier seid, um mich zu beschützen?«, antwortete sie mit einem Lächeln. Sie fing geschickt die Äpfel auf, um ihm einen davon zuzuwerfen.

Heute trug sie ein dunkelrotes Kleid mit goldenen Bändern, ihre Haare wurden nur von einem silbernen Stirnreif gehalten. Sie wirkte sowohl elegant als auch etwas verrucht, denn der Ausschnitt ihres Kleids konnte nur als gewagt bezeichnet werden.

Eine filigrane Halskette aus feinstem Silber betonte ihren langen Hals und lenkte Tarkans Blick in dieses verführerische Tal... was sie sehr wohl bemerkte.

»Ihr seht bezaubernd aus«, sagte er und hob seinen Blick. »Aber das tut Ihr ja immer.«

»Ihr seid ein Schwerenöter«, entgegnete sie und warf wieder einen Blick hinaus auf den Hafen. »Nein, allzu viel Angst habe ich nicht. Die Echsen werden sicher noch Ärger machen, aber viel werden sie nicht mehr unternehmen.«

»Wieso denkt Ihr das?«

»Wie könnten sie? Seht.« Sie wies mit einem schlanken Arm auf eine Gruppe von Bullen in Rüstungen, die am Hafenrand schwere eiserne Stangen anbrachten und in Löcher an der Mole versenkten. Ein Loch war wohl verdreckt, und ein Soldat kniete sich hin, um es mit seinem Dolch zu säubern, zwei andere hielten schützend schwere Hellebarden über den Hafenrand. Er stand auf, zwei andere setzten die Eisenstange ein und rüttelten daran, sie war fest genug. Wieder andere rollten nun ein schweres Netz aus, das sie zwischen dieser und der nächsten Stange verspannten.

»Ich habe gehört, dass diese Echsen groß sind und schnell, außerdem sehr kräftig«, sagte er. »Vielleicht halten die Netze sie nicht auf. Was hindert sie daran, sie einfach zu zerschneiden?«

»Nichts. Es wird allerdings den Seeschlangen Zeit geben, ihre Armbrüste zu laden«, sagte sie und wies auf einen kleinen Trupp Marinesoldaten hin, der etwas abseits stand. Zwei der vier Soldaten trugen zusätzlich zu ihren Rapieren noch Speere, die anderen beiden Armbrüste. Gespannt waren sie schon, es lagen nur keine Bolzen auf.

»Seht Ihr den Schleppbagger dort?«, fragte sie, und Tarkan folgte ihrem Blick. Mitten im Hafen schwamm ein seltsamer, flacher Kahn mit zwei Kränen darauf.

»Ja, was ist mit ihm?«

»Er ist seit heute Morgen dort. Mittlerweile wurde die Besatzung gewechselt. Einer der Soldaten war so freundlich, mir zu erzählen, was sie dort tun. Dieser Kahn hat Fenster im Boden, durch die man ins Wasser schauen kann. So haben sie das Versteck der Echsen gefunden. Aber sie waren nicht die Einzigen.«

»Wie meint Ihr das?«

»Zwei Seeschlangen kreisen geduldig vor dem Eingang des Verstecks. Ich würde zurzeit ungern im Hafen schwimmen. Besonders wenn ich eine Echse wäre.« Sie schauderte delikat, dann bemerkte sie seinen verständnislosen Blick und lachte. »Zwei echte Seeschlangen. Meeresungeheuer! Ein weibliches Tier und ein Junges.«

»Es sind Ungeheuer im Hafen?«, fragte er überrascht. Sie nickte. »Es ist nicht das erste Mal. Vor ein paar Jahren hat man hier sogar eine gefangen. Aber ich glaube nicht, dass man das im Moment vorhat.«

Sie sah hoch zu ihm und zeigte weiße Zähne, als sie lächelte. »Jeder hier weiß, dass es ab und zu Seeschlangen im Hafen gibt. Ich habe sogar das Gefühl, dass man stolz darauf ist. Es spricht sich herum, und die Leute kehren zum Hafen zurück. Sie fühlen sich von den Ungeheuern beschützt.« Sie schüttelte den Kopf und lachte. »Das gibt es nur in Askir.«

»Also droht keine Gefahr?«, fragte Tarkan ungläubig.

»Keine so große, wie man zuerst dachte. Zwischen den Seeschlangen im Wasser und unseren hier an Land ...« Sie schüttelte den Kopf. »Die Echsen wären dumm, es zu versuchen. Trotzdem sind alle vorsichtig. Und es wird natürlich wild spekuliert, wo diese Ungeheuer herkommen und was sie hier wollen.«

Tarkan sah zum Hafen hinaus. Richtig, was für ein Interesse konnten intelligente Echsen an dieser Stadt haben? Ein Raubzug? Ein Versuch, ausgerechnet Askir von See her anzugreifen?

Ihre Stimme riss ihn aus seinen Gedanken. »Ich habe noch etwas über das nachgedacht, was mir Jenks alles erzählte.«

»Habt Ihr Euch noch an etwas anderes erinnern können?«, fragte Tarkan.

»Ja«, sagte sie. »Ich weiß nur nicht, ob es wichtig ist.«

»Sera, es scheint alles wichtig zu sein, was mit Ser Jenks zusammenhängt«, sagte Tarkan leise. »Ich hörte vom Hafenmeister, dass er Interesse an dem schwarzen Schiff hatte. Und seht, was daraus geworden ist. Hättet Ihr nur früher etwas gesagt!«

»Legt nicht eine Last zu meinen Füßen, die Ser Jenks gebührt«, widersprach sie. »Er hatte dieses Wissen, er wäre gut beraten gewesen, sich der Maestra zu offenbaren, und nicht, sich mitten in der Nacht mit einem Seelenreiter zu treffen.« Sie legte den Kopf schräg und sah ihn mit diesen faszinierenden Augen an. »Wollt Ihr denn nun wissen, was mir eingefallen ist, oder mir vielleicht weitere Vorhaltungen machen?«

»Natürlich, Sera«, sagte Tarkan und deutete eine leichte Verbeugung an. »Bitte sagt es mir.«

»Ich erwähnte ja schon, dass Ser Jenks den schönen Künsten zugetan war.«

»Ja. Ein neues Rätsel?«

Sie schüttelte den Kopf. »Nein. Es ging um die Kunst, und Ser Jenks fragte mich, ob ich einen guten Bildhauer kennen würde. Ich nannte ihm den Namen von Meister Revanstin, er besitzt eine Werkstat drüben im Viertel der Handwerker.«

»Hm«, meinte Tarkan nachdenklich. »Ein Bildhauer? Wie hängt das denn mit allem zusammen?«

»Das weiß ich auch nicht«, teilte ihm die Bardin stirnrunzelnd mit. »Ich habe darüber nachgedacht und denke, dass es einen Zusammenhang geben muss, denn sonst hätte Ser Jenks mich sicher nicht gefragt, ob Meister Revanstin denn auch diskret wäre.«

»Wofür brauchte Ser Jenks einen diskreten Bildhauer?«

Taride blickte ihn an, lächelte und zuckte mit den Schultern, als ob sie sagen wollte, dass es seine Aufgabe wäre, das herauszufinden.

»Danke, Sera. Vielleicht hilft es weiter«, sagte Tarkan höflich und sah zu, wie sie sich aufrichtete und leichtfüßig von dem Ballen sprang.

»Sagt, Baronet, habt Ihr von dem Ständefest gehört, das heute Abend im Händlerviertel stattfindet?« Sie warf ihren Apfelbratzen in hohem Bogen zwischen zwei Schiffen hindurch in das Hafenwasser und leckte sich wie eine Katze die Finger ab.

»Ja, sicher. Das Fest ist ein Höhepunkt des Jahres. Warum?«, fragte Tarkan.

»Ich spiele dort auf«, sagte sie. »Vielleicht treffen wir uns ja. Der Götter Schutz mit Euch, Baronet.« Sie schenkte ihm ein strahlendes Lächeln, griff ihr Rapier und eilte leichtfüßig davon, noch bevor er etwas sagen konnte.

Ein Barde war immer wohlberaten, sich mit der Wacht gut zu stellen, dachte Taride, als sie nach ihrem nächsten Opfer Ausschau hielt. Als sie vorhin ein Marinesoldat angesprochen hatte und sie bat, mit zur Hafenwacht zu kommen, und ihr dort die Schwertmajorin zwei ganze Goldstücke dafür geboten hatte, die Geschichte von den Seeungeheuern im Hafen zu verbreiten, hatte sie nicht Nein gesagt. Warum denn auch? Gold war Gold. Außerdem war sie erleichtert darüber, dass die Seeschlangen sie wohl nicht mit diesem kleinen Zwischenfall in der Gasse in Verbindung brachten.

Dort drüben baute ein Händler seinen Stand ab, und obwohl sie ihn nur ein einziges Mal in einer ihrer Vorführungen gesehen hatte, schenkte sie auch ihm ein strahlendes Lächeln, das er verlegen erwiderte.

»Ich sehe, Ihr baut Euren Stand wieder auf«, meinte sie. »Habt Ihr auch gehört, dass …«

46

Santer war schweigsam und nachdenklich, als er der Maestra aus der Zitadelle zum Turm der Eulen folgte. Es fiel auch ihr auf. »Worüber grübelt Ihr, Santer?«, fragte sie, als sie den Turm betraten.

»Über Kommandant Keralos«, antwortete Santer und wurde

plötzlich von einem anderen Gedanken abgelenkt. »Wollten wir nicht zur Botschaft von Aldane und den Botschafter befragen?«, sagte er dann.

»Sobald wir hier fertig sind«, sagte sie, schlug mit einem Seufzer der Erleichterung ihre Kapuze zurück und fuhr sich mit beiden Händen durchs Haar. »Was ist mit dem Kommandanten?«

»Er schien mir wenig überrascht von der Nachricht, dass sich weitere Seelenreiter in der Stadt aufhalten.«

Sie ging auf die Treppe zu, die hoch in den Turm führte, hielt aber auf der untersten Stufe inne, um zu ihm zurückzusehen. »Das liegt daran, dass er ganz und gar nicht überrascht *war*. Jeder wusste es. Sogar Kelter war nur mäßig überrascht.« Sie sah, dass er noch weitere Fragen hatte, und schüttelte den Kopf. »Gleich Santer. Gebt mir einen Moment.«

Mit diesen Worten verschwand sie die Treppe hinauf und ließ Santer in der Halle zurück. Er warf einen Blick zu dem Maestro auf dem Bild, hängte sein Schwert aus und ging in die Küche. Auch ohne Magie war es nicht schwer, die Glut im Ofen wieder zu entfachen. Die Schwengelpumpe quietschte und klapperte laut und zog am Anfang nur Luft, erst als Santer den Rest des Tees von gestern hineinschüttete, zog sie, und nach einigen weiteren Pumpenschlägen floss klares, kaltes Wasser in das Becken aus poliertem Stein.

Santer nickte zufrieden, füllte den Teekessel, setzte ihn auf den Herd und lehnte sich an die Fensternische, von wo aus er einer Gruppe Bullen zusehen konnten, die Waffentraining hatten. Meist übten die Bullen mit ihren Zweihandschwertern, dieses Mal jedoch schliff sie der Stabssergeant mit langen Spießen.

Er dachte an Rikin, die in der Hafenwacht alle Hände voll zu tun hatte, während er hier Tee kochte in einem Quartier, das ihm dem Dienstgrad nach nicht zustehen dürfte. Santer kannte einen großen Teil der Besatzung der *Hildfas Wacht*. Vor drei Jahren war er auch einmal für drei Monate auf ihr gefahren. Knapp ein Dutzend von hundertachtzig hatte überlebt. Es war seit Jahren der größte Verlust, den die Seeschlangen erlitten hatten. Er hatte

Kameraden da draußen, die auf offenen Jagdbooten den Hafen patrouillierten, und er wusste genauso gut wie sie, wie leicht diese Boote kentern konnten. Wenn das geschah, waren sie den Echsen hilflos ausgeliefert. Er ließ den Kopf gegen das kühle Mauerwerk sinken und schloss die Augen.

Die Maestra brauchte ihn nicht. Und da draußen begaben sich seine Kameraden in Gefahr, während er hier Tee kochte.

»So ist es nicht, Santer«, sagte eine weiche Stimme hinter ihm.

»Lest Ihr meine Gedanken?«, fragte er, ohne die Augen zu öffnen.

»Ja«, antwortete sie, und er drehte sich um. Sie stand in der Tür zur Küche und trug wieder eines dieser einfachen Leinenkleider, diesmal eines in dunklem Grün, das ihr hervorragend stand und das Leuchten ihrer Katzenaugen betonte.

»Ich dachte, das könnt Ihr nicht. Ihr tragt nicht einmal Eure Robe.«

»Das ist keine große Kunst. Ihr kommt Euch nutzlos vor. Vorhin bei der Besprechung habt Ihr keinen Ton gesagt, aber die ganze Zeit über trugt Ihr einen Gesichtsausdruck, in dem zu lesen stand: Was tue ich hier, ich bin hier falsch.«

»Was ja auch stimmt«, sagte Santer. »Jeden Moment kann ein Signal vom Hafen kommen, dass wieder Kameraden gestorben sind. Und ich laufe hinter Euch her wie ein Hund.«

Sie stellte Teeschalen auf den Tisch, warf Tee hinein, nahm den Kessel vom Herd und goss das Wasser ein, bevor sie sich setzte.

Sie schaute hoch zu ihm und dann zu der Teeschale. Mit einem Seufzer löste er sich von der Wand und setzte sich.

»Ihr seid eine Eule, Santer«, sagte sie dann.

»Mitnichten«, antwortete er. »Ich bin eine Seeschlange und werde das wohl immer sein.«

Sie griff an ihren Beutel, nahm eine goldene Münze heraus und legte sie vor sich auf den Tisch. Es war diejenige, die Santer den Zugang zum unteren Teil des Turms ermöglichte. »Der Sinn dieser Münzen ist nicht nur, dem Träger Zugang zum Turm zu gewähren, sondern auch, dass die Maestros im Turm immer wissen, wo sich der Träger der Münze aufhält.« Sie zuckte mit den schlanken Schultern. »Sie waren vielleicht etwas misstrauisch, aber diese Mauern hier bergen Geheimnisse, die geschützt werden müssen. Heute Morgen, in der Hast unseres Aufbruchs, habe ich bemerkt, dass Ihr Eure Münze nicht dabei habt.«

»Ja?«, fragte er. Er verstand nicht ganz, worauf sie hinauswollte.

»Ich dachte, es macht keinen Unterschied. Ich dachte, dass wenn wir zurückgehen, ich ja Eure Münze holen und sie Euch geben kann, damit Ihr den Turm betreten könnt. Aber ich vergaß es. Es fiel mir eben wieder ein, als ich hörte, wie Ihr Wasser gepumpt habt. Ich spürte, dass die Münze noch immer in Eurem Zimmer lag. Ihr besitzt das Talent eines Maestros, Santer, sonst wärt Ihr nicht in der Lage gewesen, den Turm ohne die Münze zu betreten. Aber hier sitzt Ihr, in voller Größe.« Sie lachte leise, als sie seinen überraschten Gesichtsausdruck sah.

»Das ist nicht möglich. Ich habe so viel magisches Talent wie diese… diese Teeschale hier!«, antwortete Santer fassungslos. Und dennoch war das seine Münze, die dort lag…

»Der Turm irrt sich nicht«, sagte Desina leise. »Genau das Gleiche dachte ich auch von mir. Um den Turm zu betreten, braucht man eine solche Münze oder muss das Talent eines Maestros besitzen. Man darf kein Nekromant sein. Andere Türen öffnen sich nur, wenn man den Eid geschworen hat. Mehr Möglichkeiten gibt es nicht. Seit Jahrhunderten versucht man in den Eulenturm zu kommen, nur um Zugang zu den Archiven der Eulen zu erhalten. Alles war vergeblich, der Turm schützt seine Geheimnisse zu gut. Glaubt mir, Santer. Wenn Ihr ohne die Münze imstande seid, diesen Turm zu betreten, dann seid Ihr eine Eule.« Sie schaute ihn mit ihren grünen Augen an, während ihr Lächeln immer strahlender wurde. »Zwölf Jahre habe ich darauf gehofft, dass endlich jemand durch diese Tür hereinkommt und ich nicht mehr allein bin, Santer. Zwölf Jahre habe ich hier in diesem Turm die Bücher studiert, ohne eine menschliche Stimme zu hören. Und gestern Nacht, als ich zu meinem Quartier hochging, dachte ich, dass ich es gern gehabt hätte, wenn Ihr mir hättet folgen können.« Sie lachte laut auf und schüttelte den Kopf, als sie seinen Blick bemerkte.

»Nein, *daran* habe ich nicht gedacht! Es gibt dort oben einfach nur gemütliche Räume, wo man sitzen kann und über den Tag reden oder über Dinge, die nur die Maestros vom Turm wissen. Ich weiß gar nicht, wie oft ich etwas in den alten Texten fand und es mir in der Seele brannte, mit jemandem darüber zu sprechen, Dinge zu diskutieren, gemeinsam mit jemand anderem den Geheimnissen auf die Spur zu kommen, die diese Mauern so überreichlich bewahren.« Sie nahm die Münze wieder an sich und sah ihn direkt an. »Santer, Ihr werdet nie wieder eine Seeschlange sein. Ihr seid eine Eule. Deswegen hat mir mein Gefühl aufgetragen, Euch zu meinem Adjutanten zu machen und in den Turm zu holen.« Sie hob die Hand, als er den Mund öffnete. »Sagt, was Ihr wollt, Santer, doch spart es Euch, diese Tatsache verneinen zu wollen. Ihr besitzt das Talent eines Maestros, ob es Euch gefällt oder nicht. Dieser Turm wird uns an sich binden, bis wir vor Soltars Toren stehen. Das ist so, und weder ich noch Ihr können etwas daran ändern.«

Santer schüttelte protestierend den Kopf. »Ich bin keine Eule. Das ist nicht möglich«, beharrte er ungläubig.

»Sagte ich nicht eben gerade, dass Ihr Euch diese Worte sparen könnt? Ihr seid fast so stur wie jemand anders, den ich kenne.«

»Müsste ich dann nicht auch das sehen, was Ihr seht? Diese Ströme der Magie?«

Sie schmunzelte. »Denkt Ihr, es ist einfach so da? Nein, Santer, es ist etwas, das Ihr lernen müsst. Wie ein Kind lernt zu verstehen, was es sieht. Ich fürchte, Ihr werdet so viel lernen müssen, dass Ihr den Tag verflucht, an dem Ihr mich kennengelernt habt.«

Er seufzte, schüttelte den Kopf und lächelte. »Das bezweifle ich allerdings.«

»Das war nett gesagt, aber wir werden es ja sehen.«

»Was geschieht jetzt?«, fragte er. Egal was sie sagte, allein der Gedanke, dass er ein Maestro sein könnte, kam ihm derartig fremd vor, dass er immer noch geneigt war zu glauben, dass sie sich täuschte. Aber sie schien felsenfest davon überzeugt.

»Für den Moment? Wenig. Ihr habt den Vorteil, dass Ihr die Dinge nicht selbst herausfinden müsst. Ich kann Euch viele meiner Irrtümer ersparen. Dennoch wird es nicht möglich sein, Euch einfach so beizubringen, wie Ihr Euer Talent nutzen könnt. Ich denke, dass Ihr das, was ich in zehn Jahren gelernt habe, in zwei bis drei Monaten lernen könnt. Und ab dann werden wir gemeinsam herausfinden müssen, wie es weitergeht. Aber vorerst werden wir niemandem mitteilen, dass auch Ihr das Talent eines Maestros besitzt.«

»Warum?«, fragte er. »Warum nicht?«

Sie musterte ihn mit ihren Katzenaugen. »Weil ich das Gefühl habe, dass es so besser ist.«

Für jemand anderen wäre diese Antwort nicht ausreichend, für Santer schon. Er hielt viel von diesem Gefühl, diesem Instinkt, der ihm schon oft genug das Fell gerettet hatte.

»Allerdings, Santer, können wir Euch nun wirklich nicht mehr in dieser Uniform herumlaufen lassen.«

Santer war schon immer gewohnt, wegen seiner Größe die Blicke auf sich zu ziehen, aber jetzt schien es ihm so, als ob alle hinschauten. Vorher war er nur eine übergroße Seeschlange gewesen, jetzt, als er neben der Maestra durch das Zitadellentor ging, spürte er auch die Blicke der Soldaten am Tor und der Passanten, als wären es Berührungen. Vielleicht fühlte es sich so ähnlich an, die blaue Robe einer Eule zu tragen.

Santer war jedenfalls froh, dass er diese Robe noch nicht trug. Vorerst bereitete ihm diese neue Rüstung schon genug Probleme.

Es war jetzt kurz vor der fünften Glocke, früher Nachmittag, und die Straßen waren voll mit Menschen, die ihrer Wege gingen. Auch am Tor gab es wieder eine Menschentraube, und noch bevor sie sie erreichten, schlug die Maestra die Kapuze ihrer Robe zurück und seufzte.

Ein Tenetier der Wache sah sie kommen und wies die Leute an, den Eulen Platz zu machen.

»Es wird nicht besser?«, fragte er leise, während der Tenetier vor ihr salutierte und einen Händler anherrschte, endlich seinen Wagen zu bewegen, damit die Eulen passieren konnten.

»Langsam«, antwortete sie. »Nur langsam. Aber es wird besser, ich lerne mehr und mehr, mich dagegen zu verwahren, nur noch das wahrzunehmen, was ich wahrnehmen will. Doch jetzt gerade … ist es, als ob tausend Stimmen in meinem Kopf hallen würden.« Sie gönnte ihm ein kurzes Lächeln. »Vielleicht macht es mich nicht verrückt, aber der Kopfschmerz reicht mir schon.« Dann grinste sie. »Habt Ihr gehört, Santer? Der Tenetier sprach von den Eulen und meinte damit auch Euch.« Sie warf einen schelmischen Blick hoch zu ihm. »Ihr seht aber auch beeindruckend aus!«

»Hrmpf«, meinte Santer. »Meine alte Uniform wäre mir lieber.«

Allein schon deshalb, weil die Leute ihm nicht hinterherstarrten, wenn er das Lindgrün trug. Jedenfalls nicht so.

Es gab genügend Bilder von den Eulen in ihren Roben. Die Balladen und Tafelsänger beschrieben sie gut genug. Jeder wusste, dass sie eine blaue Robe und ein Schwert trugen, aber viel mehr brauchte man auch nicht zu wissen, um die Maestra zu erkennen. Dass sie eine goldene Eule über der linken Brust trug, räumte die letzten Zweifel aus. Wie Rüstung und Uniform des Adjutanten des Primus aussahen, das wusste hingegen niemand, auch Desina nicht. Es hatte etwas gedauert, bis Desina in den Katakomben des Eulenturms die Ausrüstungskiste eines Adjutanten gefunden hatte. Santer hatte seine Zweifel gehabt, ob die Rüstung ihm auch passen würde, aber sie hatte nur gelacht.

»Ich glaube, diese Kisten sind magisch und passen den Inhalt dem an, der sie braucht.«

Jetzt stand die Kiste in seinem Quartier, und er trug seine neue Rüstung. Dabei fragte er sich, wie lange es wohl dauern würde, bis er sich an sie gewöhnt hatte.

Die Rüstung bestand aus einem langen Kettenmantel, einer Kettenhose und einem Umhang aus einem schweren, dunklen Stoff, weicher als Leder, aber von ähnlicher Konsistenz, mit einer Kapuze, die er ebenso tief ins Gesicht ziehen konnte wie die Maestra die ihre. Mit dem Unterschied, dass er dann nichts mehr sah.

Die hohen Stiefel waren aus dem gleichen Material wie der Umhang, ebenso die Handschuhe, deren Stulpen tief unter die Ärmel des Kettenmantels reichten. Als Unterzeug gab es schweres Leinen und Leder.

Angezogen ergab es ein ähnliches Bild wie die Robe der Maestra, nur dass die Eule auf seiner linken Brust aus Silber bestand und nicht aus Gold und der Kragen des Kettenmantels ihm fast bis an die Ohren reichte. Er war zwar elastisch und biegsam, weigerte sich jedoch beharrlich, gefaltet und gelegt zu werden.

Ein Schwertgurt aus schwerem Leder mit einem halben Dutzend verschließbarer Taschen sowie ein schlankes schwarzes Schwert ähnlich dem der Maestra ergänzten die Ausrüstung, ebenso ein Dolch mit einer mit Silber eingelegten Klinge.

Die Kettenglieder der Rüstung waren um ein Vielfaches kleiner als das, was er von Kettenhemden kannte, und deutlich leichter, sodass Kettenhose, Hemd und Mantel eher an einen sehr schweren Stoff erinnerten als an eine Kettenrüstung.

Im Verhältnis zu anderen Rüstungen war sie leicht, das wusste Santer, aber er hatte jahrelang nur Leder getragen, aber das Gewicht auf seiner Schulter – vor allem das der breiten Träger, die die Kettenhosen hielten –, war ungewohnt und unbequem.

Hier und da waren der schwarze Stoff und die feine Kette von zurückhaltenden silbernen Zierstreifen eingefasst. Es gab Besonderheiten an dieser Rüstung, die Desina und er erst hatten entdecken müssen. Alle Teile, ob nun Handschuhe, Stiefel oder Umhang, waren mit breiten Bändern aus Leder verbunden und diese wiederum mit Drähten aus Silber und Gold durchwoben.

Und die Schnallen besaßen keinen Dorn, sondern klemmten sich mit Rollen aus Silber und Gold fest.

»Es dient vermutlich dazu, Euch Schutz vor magischen Angriffen zu geben«, hatte Desina gesagt. »Eine andere Erklärung weiß ich auch nicht.«

Auf jeden Fall war es keine Rüstung, die sich leicht anziehen oder tragen ließ, das ungewohnte Gewicht und die Schöße des Mantels, die mit Bändern und Schnallen an den Stiefeln befestigt waren, ließen ihn jede Bewegung deutlich spüren.

»Sie gefällt mir nicht«, hatte Santer gesagt, als er sich das erste Mal voll gerüstet im Glas sah. »Irgendwie wirkt sie …« Er suchte nach dem richtigen Wort. »Arrogant und unnahbar. Sie lässt mich nach mehr aussehen, als ich bin.«

»Die Rüstung ist voller Magie, Santer«, hatte sie ihm mitgeteilt. »Vor allem jetzt, da alle Bänder miteinander verbunden sind. Aber ich habe nicht die leiseste Ahnung, was das für eine Magie ist und was sie bewirkt. Fühlt Ihr Euch anders? Hat sich etwas für Euch verändert?«

Er war auf und ab gegangen und hatte in sich hineingehorcht, hatte aber keinen Unterschied bemerken können. Jetzt, als sie durch die dicht bevölkerten Straßen in Richtung der Botschaft gingen, wusste er, was anders war.

»Die Rüstung … Sie umschließt mich wie eine unsichtbare Wand«, sagte er zu Desina. »Sie scheint mir das Gegenteil Eurer Robe zu sein. Als ob sie dazu gedacht wäre, dass mich nichts berühren kann.« Er bemerkte ihren Blick und blieb stehen. »Was ist, Desina?«, fragte er.

»Ich dachte, es macht bei dieser Rüstung keinen Unterschied, ob Ihr nun über das Talent eines Maestros verfügt oder nicht«, sagte sie, während sich die Falte auf ihrer Stirn vertiefte. »Doch jetzt bin ich mir nicht mehr so sicher. Die Magie wird stärker und stärker, als ob Ihr sie speisen würdet, Santer. Und noch immer kann ich nicht erkennen, welcher Art diese Magie ist.« Sie schaute ihn an. »Sollen wir umkehren? Vielleicht ist es doch besser, wenn Ihr Eure alte Rüstung tragt, bis Ihr die Robe erhaltet.«

»Nein«, entschied Santer nach kurzem Überlegen. »Es kribbelt nur hier und da, vielleicht ist sie einfach nur ungewohnt. Es gibt keinen wirklichen Grund, mich zu beschweren. Sie ist nur einfach… ungewohnt.« Er sah die Straße hoch. »Es ist nicht mehr weit zur Botschaft. Schauen wir, was wir dort herausfinden können«

»Mal sehen, ob der Baronet anwesend ist«, sagte sie. »Ich habe gehört, er hätte ungewöhnlich strahlend blaue Augen.«

»Hrmpf«, meinte Santer und dachte nicht mehr über die Rüstung nach, sondern darüber, was dieses feine Lächeln auf den Lippen der Maestra zu bedeuten hatte.

47

Als sie die Botschaft erreichten, mussten sie einen Moment am Tor warten, während ein königlicher Gardist sie meldete. Doch es war nicht der Botschafter, der mit großen Schritten herauskam, um sie zu begrüßen, sondern Baronet von Freise. Der Mann, dessen Börse Santer unlängst aus den Händen eines Diebs gerettet hatte. Auch von Freise erkannte den großen Marinesoldaten wieder und schien erfreut, ihn zu sehen, doch seine Augen lagen mehr auf der Maestra.

»Der Götter Gnade mit euch«, begrüßte er die beiden und stellte sich vor. Er hatte sich mit großer Sorgfalt gekleidet, und wahrscheinlich hatte er Hilfe gebraucht, um in die enganliegende Hose zu steigen, die in polierten, kniehohen Schaftstiefeln endete. Dazu trug er ein gebleichtes Hemd aus feinstem Leinen, das am hohen Kragen und an den Ärmeln mit dezenten Rüschen versehen war, darüber eine Lederweste, die genau wie das Hemd nicht ganz geschlossen war und der Maestra einen Blick auf seine männliche Brust erlaubte. »Ich freue mich, euch kennenzulernen.« Er musterte die Maestra neugierig. »Ich habe schon viel von Euch gehört.«

Santer rief sich in Erinnerung, dass er den Mann eigentlich mögen sollte und dass das freudige Lächeln, mit dem der Baronet sie begrüßte, echt und ungekünstelt aussah.

Wahrscheinlich war es das sogar, seufzte Santer bei sich. Wenn diese strahlend blauen Augen nicht nur so auf der schlanken Gestalt der Maestra verharren würden.

»Es ist nicht die beste aller Zeiten, um Euch unsere Aufwartung zu machen«, entgegnete die Maestra. »Ich befürchte allerdings, dass es für solche Besuche niemals einen guten Zeitpunkt gibt.«

Der Baronet nickte und begrüßte nun den Stabsleutnant mit überraschender Freundlichkeit. »Ist das eine neue Rüstung? Ich muss sagen, sie ist von außergewöhnlichem Schnitt und wahrlich beeindruckend. Ich glaube, ich habe noch nie einen Kettenmantel mit solch feinen Ringen gesehen. Sind sie denn auch stabil?«, plapperte der Baronet, während er die Besucher in den Hof der Botschaft bat.

»Ich nehme es an«, antwortete Santer. »Ausprobieren will ich es allerdings ungern.«

»Das kann ich verstehen«, sagte Tarkan und runzelte die Stirn, als die Maestra im Hof innehielt und sich langsam umsah. Tarkan folgte ihrem Blick hinauf zu dem Balkon.

»Weiß der Botschafter, dass er gestern Nacht Besuch in seinem Quartier hatte?«, fragte sie.

»Wovon sprecht Ihr?« Der Baronet war überrascht.

»Ein Gardist war gestern Nacht im Quartier des Botschafters und hat die Geldtruhe des Grafen durchsucht«, erklärte Desina ihm mit einem Blick zu dem Gardisten, der ein paar Schritte entfernt neben der Tür zum eigentlichen Gebäude der Botschaft Wache stand.

»Wirklich?«, fragte Tarkan.

»Wirklich«, antwortete sie. »Er suchte einen Wolfskopf.«

»Woher wisst Ihr das? Wie könnt Ihr solche Dinge wissen?«, fragte Tarkan verblüfft.

»Weil alles, was wir tun, im Gefüge der Welt Spuren hinterlässt«, antwortet die Maestra. Sie sprach leise, und obwohl sie fünf Schritte entfernt stand, war sie gut zu verstehen. »Es gibt eine Form von Magie, die es mir erlaubt, Dinge zu sehen, nein, zu fühlen, die an einem Ort geschehen sind, wenn sie nicht zu lange zurückliegen.«

Außerdem half es ungemein, dachte Santer schmunzelnd, als der Baronet sie ungläubig ansah, dass Wiesel das Geschehen so genau geschildert hatte.

»Aha«, sagte der Baronet, aber es war offensichtlich, dass er mit der Erklärung der Maestra wenig anzufangen wusste. »Dem Botschafter wird es peinlich sein, davon zu hören. Die Angelegenheit mit dem Diener irritiert ihn ohne Ende. Es scheint, dass Ser Jenks ein guter Diener gewesen ist. Der Botschafter empfindet die ganze Angelegenheit als lästig und wünscht, dass sie alsbald zu Ende gebracht werden soll.« Der Baronet lächelte. »Zudem wirft es ein schlechtes Licht auf die Botschaft und meine schöne Heimat.«

»Das kann niemandem gefallen«, sagte die Maestra in neutralem Tonfall. »Sagt, Baronet, kanntet Ihr den Mann gut, diesen Ser Jenks?«

»Flüchtig. Ich habe ihn nur ein einziges Mal gesehen, kurz nachdem ich in Askir angekommen war.«

»Habt Ihr eine Idee, wie es sein kann, dass ein Diener zwanzig prägefrische Münzen bei sich trug?«

»Vielleicht bezahlte ihn der Botschafter gut«, schlug Tarkan vor. Er sah die ungläubigen Blicke. »Kann doch sein.«

»Wenn dem so wäre, bewerbe ich mich als Kammerdiener Eures Herrn Botschafters«, meinte Santer trocken. »Sagt, was zahlt Ihr denn Euren Dienern in Aldane?«

Der Baronet zuckte mit den Schultern. »Ich weiß es nicht. Ich müsste den Seneschall meines Vaters fragen«, antwortete er freundlich. »Um solche Dinge mache ich mir keine Gedanken.«

Santer schaute in das offene Gesicht des Aldaners und in die blauen Augen, die ihn zwar irritieren, ihm aber bis jetzt immer freundlich gesinnt schienen. Er unterdrückte einen Seufzer. Der Mann war ein aldanischer Ritter, Sohn des Regenten und Vertrauter des Prinzen. Zurzeit galt er zudem noch als der beste Schwertkämpfer des Königreichs von Aldane, und doch kam es Santer so vor, als ob der Mann sich eine gewisse Unschuld bewahrt hatte. War er so naiv? Vielleicht schon, dachte Santer. In manchen Dingen vielleicht.

In anderen sicherlich nicht, und es wäre ein Fehler, ihn zu unterschätzen. Um Schwertmeister zu werden und sich mit blankem Stahl einem anderen zu stellen, brauchte es mehr als nur ein Talent. Es gehörte auch der unbedingte Wille zum Sieg dazu.

»Sagt, wie schwer ist die Börse, die ein Schwertmeister erhält, wenn er das königliche Turnier gewinnt?«, fragte Santer neugierig.

»Einhundert Goldstücke und ein kleines Lehen mit einhundert Hektar und einem Haus darauf«, antwortete der junge Adlige bereitwillig. »Ich habe das Turnier schon zweimal gewonnen«, fügte er bescheiden hinzu.

Ein Goldstück, vierzehn Silberstücke, das was der Sold, den Santer jetzt als Offizier in einem Monat verdiente. Es war ein guter Sold. Für eine Börse von hundert Goldstücken würde jeder sein Bestes geben. Es war wortwörtlich genug, um dafür zu sterben.

»Verzeiht, Baronet von Freise«, unterbrach die Maestra seine Gedanken, den Blick noch immer hoch zum Balkon gerichtet. »Ist der Botschafter bereit, uns zu empfangen?«

Der Baronet deutete eine Verbeugung an. »Selbstverständlich. Bitte folgt mir.«

48

»Die Götter mit Euch«, begrüßte der Botschafter die Gäste. Der stämmige Mann saß hinter seinem Schreibtisch und musterte die beiden Eulen mit zusammengezogenen buschigen Brauen, er schien ganz und gar nicht erfreut, sie hier zu sehen. »Ich empfinde solche Untersuchungen als störend und unangemessen. Es missfällt mir, dass wir gezwungen sind, meinen Diener unbegraben zu lassen. Und es sagt mir ganz und gar nicht zu, dass der Kommandant darauf besteht, dass Ihr, Sera, mit den Untersuchungen beauftragt seid.« Die Lehne des massiven Stuhls knarrte, als sich der Botschafter zurücklehnte und die Hände über seinem Bauch verschränkte. »Stellt Eure Fragen, tut, was getan werden muss, damit diese unangenehme Angelegenheit möglichst schnell ihren Abschluss findet.«

Es war überdeutlich zu erkennen, wie sehr es ihm missfiel, Vertretern der Reichsstadt Rede und Antwort zu stehen.

»Was geschehen ist, wissen wir bereits, Botschafter«, sagte die Maestra, die kerzengerade zwei Schritte vor dem Schreibtisch des Botschafters stand, Santer an ihrer Seite, der Baronet zwei Schritte weiter, neben der Tür. »Es bleibt zu klären, *warum* es geschehen ist.«

An den Wänden des Raums standen zu beiden Seiten jeweils zwei bequeme, mit Leder bezogene Stühle, aber sie waren an die Wand gerückt und wurden offensichtlich nur willkommenen Gästen angeboten.

»Dann klärt mich auf, Sera«, sagte der Botschafter unbewegt, sein eines klares Auge unverwandt auf die Maestra gerichtet.

»Euer Kammerdiener war ein Mitglied der Weißen Flamme«, begann Desina und ignorierte den überraschten Blick, den ihr der Baronet zuwarf. »Er wollte ein magisches Artefakt an den Seelenreiter übergeben, vermutlich an den gleichen, der ihn dann im Hafen getötet hat.« Sie musterte ihn durch den Saum ihrer Kapuze. »Wisst Ihr etwas über ein solches Artefakt? Es soll die Form eines Wolfskopfs haben und aus dunklem Stein gefertigt sein. Eine primitive Arbeit.«

»Von so etwas weiß ich nichts«, entgegnete der Botschafter steif.

»Euer Diener, Ser Jenks, starb wegen dieses Wolfskopfs«, sagte Desina eindringlich. Sie wusste bereits, dass der Mann log. Nicht nur, weil Wiesel den echten Wolfskopf aus der Schublade des Botschafters gestohlen hatte, sondern auch, weil sie es fühlte. Der Botschafter log, und er hatte Grund dazu, denn im Hintergrund schwelten Angst und Panik. Der Graf war bewundernswert gut darin, diese Gefühle zu verbergen, aber so nah wie Desina ihm stand, konnte sie es deutlich genug spüren.

»Es ist ein Artefakt, das angeblich dazu in der Lage ist, die Reichsstadt in die Knie zu zwingen. Auch der Seelenreiter trachtete danach. Dass er es nicht erhielt, war wahrscheinlich der Grund, weshalb Euer Mann so grausam sterben musste.«

»Wieso seid Ihr sicher, dass es ein Nekromant war?«

»Weil sein Fluch der Leiche Eures Dieners anhaftet. Aber viel mehr interessiert mich die Frage, warum jemand, der sich dem Kult der Weißen Flamme verschrieben hat, ausgerechnet einem Todfeind des Kults, eben diesem Seelenreiter, die Tür zu Eurem Quartier geöffnet hat, um sich hier mit ihm zu treffen.«

»Ein Verfluchter traf sich hier mit jemandem aus der Botschaft? Das soll ich Euch glauben?«, fragte der Botschafter scheinbar spöttisch, doch durch ihre Robe fühlte Desina, dass ihn jedes ihrer Worte wie Hammerschläge trafen. »Verratet Ihr mir auch den Namen des Mannes?«

»Es war einer Eurer Gardisten«, sagte Desina. »Sagt, nehmt Ihr zum Schlafen ein Pulver? Es ging hier laut genug zu, dass Ihr hättet erwachen müssen.«

»Es geht Euch nichts an, Maestra, aber ich erleide den Kopfschmerz in einem Maße, dass er mir den Schlaf raubt«, antwortete er, und diesmal sprach er die Wahrheit.

Desina sah ihn sich genauer an. In dem Geflecht von magischen Strömen gab es eine Störung, einen dunklen Fleck, der sich um das eine Auge des Botschafters wand. Kein Einfluss des Namenlosen, sondern eine Krankheit hatte das Auge befallen. Es war mehr als der graue Star, der da zu erkennen war, es lag tiefer in ihm.

»Ihr solltet Euch zum Tempel begeben«, sagte Desina leise. »Vielleicht kann man Euch heilen.«

»Ich bete zu meinen Göttern«, antwortete der Botschafter unwirsch. »Ich verlange nichts von ihnen. Was hat das mit dem toten Diener zu tun, das frage ich Euch? Haltet Eure Fragen nahe dem Kern Eures Begehrens, andere Fragen sind nicht erwünscht.«

»Gut«, seufzte Desina. Wenn der Botschafter nicht zu einem Tempel gehen wollte, dann war das seine Entscheidung. Und sein Problem.

»Hat Euer Diener sich in letzter Zeit ungewöhnlich verhalten?«

»Nein.«

»Ist Euch aufgefallen, dass er in der letzten Zeit öfter des Nachts unterwegs war?«

»Ja.«

»Wisst Ihr, wohin er ging?«

»Er sagte es mir nicht.«

»Ihr habt auch nicht gefragt?«

»Nein. Was der Mann in seiner Freizeit trieb, interessierte mich nicht«, meinte der Botschafter unwirsch.

»Habt Ihr eine Idee, woher dieses Artefakt stammen könnte?«

»Nein.«

»Sagte er Euch, was genau der Kult mit diesen Artefakten zu tun beabsichtigt?«

»Nein.«

Sie seufzte. Jede der Antworten war eine glatte Lüge gewesen. »Botschafter, Graf Altins. Das ist kein Verhör, ich bitte Euch doch nur um Eure Hilfe. Diese Nekromanten sind eine Bedrohung nicht nur für die Reichsstadt, sondern für alle Menschen in den sieben Reichen. Wir brauchen jede Hilfe, um uns dieser Bedrohung zu stellen. Meine Fragen dienen nicht dem Zweck, Euch zu erzürnen, sondern dem, herauszufinden, was hinter dieser Tat steckt.«

»Es ist kein Verhör?« Der Botschafter lachte bitter. »Da habe ich aber anderes gehört. Ihr seid hier, um mich zu vernehmen, so höflich Ihr auch tut. In Euren Augen ist mein Schicksal schon besiegelt. Aber sagt mir eins: Warum schickt der Kommandant eine Frau, um Männerarbeit zu tun? Ihr seid in meinen Augen nicht mehr als ein Kind, das sich mit einer Robe schmückt, die nur bestätigt, dass Ihr weder Maß noch Vernunft kennt, sonst würdet Ihr Euch nicht in diesen abartigen Praktiken üben. Diese Audienz ist nun beendet, und da es kein Verhör ist, ersuche ich Euch, nun zu gehen. Ihr seid hier nicht erwünscht.« Er erhob sich.

»Ihr seid deutlich, Botschafter«, sagte sie leise.

»Weniger deutliche Worte hat das Kaiserreich nie verstanden, Sera«, antwortete er in kaltem Tonfall. »Aldane steht treu zu seinen Verpflichtungen, Sera, aber es ist ein Königreich mit einem eigenen Herrscher. Und als Botschafter dieses Reichs bin ich nicht verpflichtet, Euren Anblick noch länger zu ertragen.«

Der Baronet zog scharf die Luft ein. »Botschafter ...«, begann er.

»Schweigt, Baronet. Hier gibt es weiter nichts zu sagen. Die Sera und ihr Lakai können gehen.«

»Ihr seid ausfallend, Botschafter«, sagte Desina sanft, denn sie spürte die Angst und die Panik, die wie in Wogen von dem Grafen ausgingen.

»Ich nenne die Dinge beim Namen, Sera! Ihr überschreitet das Maß meiner Geduld. Nehmt Euch und Eure dunklen Künste und abartigen Praktiken und geht mir aus den Augen!«

»Mein Titel ist der einer Maestra«, korrigierte Desina sorgfältig. »Ich übe mich nicht in abartigen Praktiken, sondern in einer Wissenschaft. Mein Eid gilt nicht nur der Reichsstadt, sondern allen Reichen. Nicht ich bin die Bedrohung, Botschafter, sondern diese Unheiligen sind es.«

»Von denen sehe ich hier keinen«, sagte er grimmig. »Nur ein Kind in einer Robe, das unsinnige Behauptungen aufstellt. Ein Verfluchter, hier, in meinen Räumen? Lächerlich! Es ist so durchschaubar, Sera! Eine Bedrohung für uns alle, gegen die wir bestehen können, wenn wir uns nur der Führung der Reichsstadt anvertrauen? Geht, bevor ich mich gezwungen sehe, Euch mit Gewalt entfernen zu lassen.«

Der Botschafter schaute mit einem funkelnden Auge zu von Freise hinüber. »Geleitet die Sera und ihren Begleiter hinaus, Baronet. Jetzt und auf der Stelle!«

»Ich muss mich für den Botschafter entschuldigen«, sagte Baronet von Freise, als er die beiden Eulen zum Tor geleitete. »Ich verstehe es selbst nicht. Sagt, was geschieht mit dem Kammerdiener?«

»Er liegt im Schrein des Soltar bei der Hafenwacht. Sobald die Untersuchung beendet ist, wird man die Botschaft informieren. Der Graf kann dann entscheiden, wie mit dem Leichnam weiter zu verfahren ist.«

»Der Botschafter wird das als blasphemisch empfinden, Maestra.«

»Ein Priester Soltars wird zugegen sein«, sagte Santer knapp.

Der Baronet schaute blinzelnd zu Santer, das Sonnenlicht blendete ihn. »Ihr verbergt Eure Verstimmung schlechter als die Maestra, Freund«, befand er.

»Weil ich den Botschafter nicht verstehe. Mit Verlaub, ihr Aldanen seid ein abergläubisches Volk, und auch der Botschafter ist bekannt dafür, dass er die Tempelriten immer genau einhält.«

»Den Göttern zu dienen, ist kein Aberglaube«, antwortete der Baronet steif.

»Das nicht, Baronet«, erklärte Santer. »Es ist nur ein Indiz dafür, wie sehr man sich von der Welt bedroht sieht, die man nicht sehen kann.«

»Was er sagen will, Baronet«, unterbrach ihn die Maestra, »ist, dass der Botschafter eigentlich kein Mann ist, der eine Bedrohung durch den Namenlosen leichtfertig als ein Ränkespiel abtun würde.« Sie schlug ihre Kapuze zurück und trat näher an den Aldaner heran. »Er verspürt Angst, große Angst. Die Frage, die ich nicht stellen konnte, aber über die Ihr nachdenken solltet, Baronet, lautet: Warum ist das so? Wieso hat der Botschafter solche Angst?«

»Vielleicht fürchtet er Euch, Maestra. Vielleicht sind es Eure Magien, die ihn mit Furcht und Schrecken erfüllen.«

Sie sah ihn überrascht an und lachte amüsiert. »Habt Ihr ihm nicht zugehört? Ich bin eine Frau, gar ein Kind in seinen Augen! Er käme nicht einmal auf diesen Gedanken! Nein. Baronet von Freise, er hat Angst, das ist sicher, aber nicht vor mir. Findet besser heraus, wovor.« Sie neigte den Kopf. »Der Götter Schutz und Gnade für Euch und den Botschafter«, fügte sie leise hinzu, schlug ihre Kapuze wieder hoch und ging davon.

Tarkan von Freise sah ihr nach und fragte sich, inwieweit sie mit ihren Worten recht hatte. Sollte der Botschafter solche Angst haben, dann hatte er es erstaunlich gut verbergen können. Nun, dachte er grimmig, das ließ sich ja herausfinden.

49

»Was haltet Ihr von dem Botschafter?«, fragte Santer, als sie wieder zur Zitadelle hinaufgingen.

»Wie ich schon sagte, er lügt«, antwortete Desina. »Es bleibt nur die Frage zu beantworten, warum er es tut. Ich denke, er wird gezwungen.«

»Hättet Ihr ihn dann nicht auf die Probe stellen müssen?«, fragte Santer. »Es könnte wichtig sein!«

Sie blieb stehen und sah ihn direkt an. Hier unter den vielen Menschen trug sie die Kapuze nach hinten geschlagen.

»Es ist mit Sicherheit wichtig«, sagte sie. »Santer, bevor mich Istvan aufnahm, war ich eine Diebin. Ich weiß, wie es ist, Angst zu haben, und ich weiß auch, dass ich niemandem etwas erzählt hätte, dem ich nicht vertrauen würde. Uns vertraut der Botschafter nicht. Aber von Freise vertraut er.«

»Dem Baronet?«, fragte Santer erstaunt. »Es hörte sich nicht gerade so an, als stünden die beiden auf bestem Fuße.«

»Das nicht. Aber er vertraut ihm«, sagte Desina lächelnd. »Außerdem habe ich deutlich die Entschlossenheit des Baronets gespürt, herauszufinden, was mit dem Botschafter nicht stimmt. Glaubt mir, Santer, er wird uns sobald wie möglich informieren.«

»Ihr seid gewitzt, Maestra«, bekannte Santer. »Seit zwei Tagen kenne ich Euch nun, Desina. Hätte man mich vorher gefragt, was ich von einer Maestra erwarte ...«

»Blitz und Donner, einen Feuersturm, der Attentäter zu Asche verbrennen lässt? Dass die Erde erzittert, wenn ich über sie schreite?«, fragte sie.

Santer lachte. »So ähnlich.«

»Der Strom der Welten fließt erst seit wenigen Wochen wieder. Ich habe zuerst die kleinen Dinge gelernt, solche, die wenig oder gar keine Magie benötigen. Die wahrscheinlich jeder lernen kann. Ich bin daran gewöhnt, mit wenig auszukommen.«

»Vielleicht hätte der Botschafter Euch ernster genommen, wenn Ihr ein paar Blitze geworfen hättet?«

»Vielleicht«, meinte sie. »Aber ich bezweifle es. Vergesst nicht, ich bin eine Frau.« Sie warf ihm einen schelmischen Blick zu. »Ich überlasse es gerne Euch, die Erde unter Eurem Schritt erzittern zu lassen. Darin habt Ihr mehr Übung.«

Santer lachte ebenfalls, doch im nächsten Moment hatte sie ihn gegriffen und zog ihn in einen Hauseingang hinein.

»Sagt«, fragte sie leise, »der Mann dort drüben in der braunen Robe, ist das nicht Schwertobrist Kelter?« Santer folgte ihrem Blick. Sicher war er sich nicht, er hatte den Mann ja erst vorhin kennengelernt, aber es kam ihm auch so vor. Dann sah er die Uniformstiefel unter der Robe und nickte. »Ihr habt recht,

Maestra, es ist der Schwertobrist. Aber warum versteckt er sich unter dieser Robe?«

»Genau das würde mich auch interessieren«, sagte sie und duckte sich tiefer in den Hauseingang, als sich Kelter umsah. Als der Schwertobrist weiterging, wartete sie, bis er fast außer Sicht war, bevor sie wieder aus dem Hauseingang hinaustrat.

Beide waren zu auffällig gekleidet und erweckten zu viel Interesse, um mehr zu tun, als dem Schwertobrist in großem Abstand zu folgen. Aber das hier war das Handelsviertel, und es gab genügend Stände, hinter die sie sich ducken konnten, wenn Kelter zurückschaute.

»Er ist nicht sehr geübt darin«, stellte Desina nachdenklich fest. »Er geht einen direkten Weg, achtet zu wenig auf seine Umgebung, und er hat es eilig.«

»Also ist es ungewohnt für ihn. Warum … Wartet!«

Kelter drehte sich um und schaute wieder zurück, aber er schien sie nicht gesehen zu haben. Zumindest nicht Desina; bei Santer, der mit seiner Größe aus der Masse herausragte, war das womöglich anders, aber vielleicht war er schnell genug zur Seite getreten. Kelter jedenfalls schien nichts bemerkt zu haben. Er zögerte einen Moment und verschwand dann in einer schmalen Seitengasse.

Diesmal hätten sie ihn beinahe verloren. Es war Santer, der gerade noch sah, wie eine braune Robe durch eine Tür in einer Mauer verschwand. Santer trat an die Mauer heran, die vielleicht anderthalb Mannslängen hoch war, sprang kurz hoch, hielt sich für einen Moment an der Mauerkrone fest, um dann wieder federnd zu landen. »Ein Garten. Und ja, es ist Kelter, er wird gerade durch die hintere Tür eingelassen, ein bewaffneter Wächter begleitet ihn.«

»Wisst Ihr, wem das Haus gehört?«, fragte die Maestra, während sie das Gebäude studierte. Häuser wie dieses, eine Villa mit einem von einer Mauer umgebenen Garten, waren in der Reichsstadt eher unüblich.

Santer schüttelte den Kopf. Wenn er Wachdienst gehabt

hatte, dann meist unten im Hafen, nicht hier im Händlerviertel. Er wusste, wem das eine oder andere Haus gehörte, meist waren es Handelsherren oder andere bekannte Persönlichkeiten, aber er konnte nicht ernsthaft behaupten, diesen Teil der Stadt zu kennen.

Aber es ließ sich leicht herausfinden.

Schräg gegenüber befand sich ein Stand, an dem eine ältere Frau Töpfe verkaufte. Sie pries sie lautstark an, offenbar waren sie aus einem besonderen Kupfer und zudem noch von Astarte gesegnet. Wenn man ihr glauben konnte, sorgte eine Suppe, die man in diesen Töpfen kochte, dafür, dass die Liebe nie verging.

»Die Götter mit Euch, Sera«, fragte Santer höflich, als er an den Stand herantrat. Sein Anblick ließ die Frau augenblicklich verstummen und ängstlich dreinschauen. Töpfe klapperten, als sie vor Schreck gegen ein Gestell stieß.

Santer seufzte und hielt einen Kupfergroschen hoch. »Der hier gehört Euch, wenn Ihr mir sagen könnt, wer in dem Haus dort wohnt.«

Sie blinzelte kurzsichtig. »Ist das eine Eule auf Eurer Brust?«, fragte sie.

»Ja, Sera«, sagte Santer geduldig. »Was ich …«

»Eulen tragen blaue Roben und keine Rüstungen«, fuhr sie in vorwurfsvollem Tonfall fort. »Wie konntet Ihr eine alte Frau nur so erschrecken! Wenn Ihr überhaupt eine Eule seid!«

»Sera, ich bin der Adjutant der Eule«, erklärte Santer. »Wenn …«

»Hättet Ihr das nicht wenigstens sagen können, anstatt einfach so vor meinen Stand zu treten und die Sonne zu verdunkeln? Ihr seid zu groß geraten, junger Mann!«

»Wollt Ihr den Groschen nun oder nicht?«, fragte Santer genervt.

»Der Becher kostet drei Groschen.«

»Ich will keinen Becher kaufen.«

»Ihr könnt auch einen Topf kaufen. Kauft lieber den Becher, er ist billiger. Das ist das Mindeste, was Ihr tun könnt, wenn Ihr mich schon so erschreckt!« Sie legte den Kopf zur Seite und blinzelte zu ihm hoch. »Er ist gesegnet, trinkt Euren Wein daraus, und Eure Manneskraft wird Euch nie im Stich lassen.« Sie hielt ihm einen Becher aus getriebenem Kupfer entgegen. »Drei Groschen.«

»Das ist Wucher«, begehrte Santer auf. »Am Hafen bekommt man so einen Becher für zwei Groschen… Und ich will keinen Becher kaufen, ich will eine Auskunft!«

Sie blinzelte weiter zu ihm hoch. »Warum sollte ich Euch eine Auskunft geben, wenn Ihr nichts kauft?«

»Gut«, seufzte Santer. »Gebt mir den Becher.«

»Drei Groschen.«

Santer legte wortlos drei Kupfergroschen auf den Teller, und sie reichte ihm den Becher. »Das ist ein guter Becher«, erklärte sie ihm. »Aus dem besten Kupfer und…«

»Schon gut, Sera«, unterbrach sie Santer. »Wer wohnt in dem Haus dort?«

»Habt Ihr nicht etwas von einem Groschen gesagt?«

»Ich habe den Becher gekauft!«

»Richtig. Für drei Groschen.«

Er beugte sich in den Stand hinein. »Sagt mir, wer in diesem Haus wohnt!«

»Droht Ihr mir?«

»Nein!«, rief Santer erbost.

»Dann werdet nicht laut!«, fauchte sie. »Wenn Ihr eine Eule seid, dann ist es Eure Aufgabe, mich zu schützen, und nicht, mich zu ängstigen.«

Santer atmete tief durch, griff in seinen Beutel, nahm einen weiteren Kupfergroschen heraus und legte ihn auf den Zählteller. Doch er hielt den Finger darauf.

»Das Haus gehört einer reichen Witwe. Sera Asela. Aber sie ist keine Witwe, das behauptet sie nur. Wisst Ihr was? Sie ist nichts Besseres als eine Kurtisane! Sie tut nur so, als wäre sie wer, aber in Wirklichkeit öffnet sie ihre Pforten für jeden, der sie bezahlen kann. In den Tempel geht sie auch nie, opfert nicht mal etwas an unserem Schrein.« Die Empörung der alten Frau war deutlich. »Wenn sie schon Astarte dient, dann sollte sie doch mindestens am Schrein spenden, nicht wahr? Sie ist verdorben bis aufs Blut. Ihr solltet sehen, wie hochnäsig sie hier herumläuft, mit ihrer Jugend und Schönheit protzt und ihre Waren feilhält. Sie hüllt sich in einen Umhang, aber an ihrem Busen scheint sie nie zu frieren. Sie gibt euch Männern immer genug zu gaffen.«

»Ich …«, begann Santer.

»Ihr braucht gar nicht erst zu glauben, dass sie Euch erhören wird«, fuhr sie wütend fort. »Sie vergibt ihre Gunst gegen Gold, auf keinen Fall weniger als das. Wenn Ihr allerdings Gold habt, dann nimmt sie Euch auch, wenn Ihr bucklig seid.«

»Danke, Sera«, sagte Santer höflich. »Ich werde …«

»Wie könnt ihr Männer nur bei Frauen liegen, die nicht in den Tempel gehen? Ehrbare Frauen gehen in den Tempel, selbst wenn sie Huren sind.« Sie funkelte ihn vorwurfsvoll an. »Könnt Ihr mir das erklären, junger Mann? Bei der holt Ihr Euch doch nur die Falsche Jungfer!«

»Ich habe nicht die Absicht …«, begann Santer, überlegte es sich aber anders, verbeugte sich kurz und floh.

Er fand Desina auf der anderen Straßenseite, sie hustete und schien sich verschluckt zu haben, dann bemerkte Santer, dass sie nur mit Mühe ein Lachen unterdrücken konnte.

»Damit haben wir das Geheimnis gelüftet«, meinte er, als sie weitergingen. »Es wird ihm einfach nur peinlich sein … deshalb der Umhang.«

»Vielleicht«, antwortete Desina und sah noch einmal zum Haus der Kurtisane zurück. Dann schaute sie zu ihm hoch und lächelte unschuldig. »Ich bin neugierig. Werdet Ihr mir berichten, ob er wirkt?«

»Ob wer wirkt?«, fragte Santer verwirrt.

»Der Becher«, sagte sie. »Er ist etwas schlicht für drei Groschen, aber wenn man bedenkt …«

50

Asela sah den beiden nach, dann ließ sie den Vorhang wieder fallen. »Ihr seid unvorsichtig, Schwertobrist«, sagte sie zu dem Mann, der sich stöhnend und schweißgebadet auf dem Bett räkelte. Er bot einen seltsamen Anblick dabei.

Merzek, der mit einer Tasse Tee nahe einem Schreibpult an der Wand lehnte, zog eine Augenbraue hoch. »Was ist?«, fragte er.

»Mir scheint, als ob unser Freund die Eule und ihren tumben Affen hierher geführt hat«, antwortete sie. »Aber sie haben keinen Verdacht geschöpft, sonst wären sie nicht so offen weitergegangen.«

»Seid Ihr sicher, Sera?«, fragte Merzek.

»Sicher genug. Lasst uns weitermachen.«

Merzek nickte, setzte die Tasse ab und öffnete die Klappe des Schreibpults. Er nahm eine Feder heraus, zog sein Messer und schärfte den Kiel.

»Ich weiß nicht, wie Ihr das macht, Sera«, sagte er mit Bewunderung in der Stimme. »Glaubt er denn tatsächlich, dass er bei Euch liegen würde?«

Sie lachte. »Ich erfülle ihm jeden seine Wünsche, seien sie noch so seltsam«, bestätigte sie. »Er zahlt ja auch genug dafür. Für ihn ist es real, was er sieht…«

»Das ist offensichtlich«, sagte Merzek, als der Schwertobrist wollüstig aufstöhnte.

»Einige seiner Fantasien sind sogar recht anregend«, meinte sie und befeuchtete sich mit der Zungenspitze die Lippen, während sie Merzek aus dunklen Augen ansah. »Habt Ihr auch Interesse?« Ihre Finger spielten mit dem Anhänger aus Gold und Obsidian.

»Nein, danke«, sagte Merzek und schaute hastig zur Seite.

Sie lachte und ging an das Bett, wo der Schwertobrist eben zu keuchen anfing. Sie strich ihm leicht über die Stirn, und mit einem letzten Stöhnen lag er still.

»Liebster, wer war bei dieser Besprechung anwesend? Was genau wurde gesagt?«

»Anwesend waren der Kommandant, Stabsobrist Orikes, Admiral Jilmar. Jilmar berichtete von dem Überfall der Echsen auf die Wacht, dann kamen die Eule und ihr Adjutant hinzu…«

Langsam, Wort für Wort, berichtete der Obrist, begleitet vom Kratzen der Feder auf dem Pergament.

51

Diesmal wartete Tarkan nicht, bis der Botschafter ihn hereinbat, sondern stieß die Tür zu den Gemächern auf, noch bevor er es sich anders überlegen konnte. Graf Altins stand an seiner üblichen Stelle am Fenster und drehte sich überrascht um, als die Tür hinter Tarkan zufiel.

»Was soll dieses ungebührliche Benehmen, Baronet?«, fragte er und hob eine Augenbraue. »Ich kann mich nicht erinnern, Euch hereingebeten zu haben.«

»Das habt Ihr auch nicht«, sagte Tarkan scharf. »Ich habe nicht geklopft. Mit Verlaub, Graf, seid Ihr denn von allen guten Geistern verlassen?«

»Was wollt Ihr, von Freise?«, sagte Altins scharf. »Meint Ihr, ich müsse Euch Rede und Antwort stehen?«

»Genau so ist es«, antwortete Tarkan kalt. »Habt Ihr vergessen, um was es hier geht? Ihr wollt Euch einen Diplomaten nennen? Ihr habt die Maestra beleidigt! Sie sind unsere Verbündeten!«

»Aber nicht unsere Freunde«, knirschte der Botschafter. »Ich habe dieser Maestra nichts weiter zu sagen.«

»Aber mir«, sagte Tarkan gefährlich leise. »Aber mir, Botschafter, sonst schicke ich noch heute eine Depesche an den Prinzen, in der ich ihm Eure Ablösung empfehle. Ich sorge zudem dafür, dass Ihr noch heute abreisen werdet.«

»Das könnt Ihr nicht tun!«, rief der Botschafter und stieß den schweren Stuhl nach hinten. Er kam um den Schreibtisch herum und stand nun vor Tarkan. »Ihr wisst nicht, was Ihr da von mir verlangt!«

Mit Verwunderung stellte Tarkan fest, dass die Augen des Mannes feucht waren, und verstand plötzlich, dass der Graf nicht wütend, sondern verzweifelt war.

»Mir scheint, da habt Ihr recht, Graf«, sagte Tarkan etwas ruhiger. »Also sagt es mir! Was geschieht hier, und was sollte mich daran hindern, dem Prinzen Eure Ablösung vorzuschlagen?«

Der Botschafter schaute ihn mit seinem klaren Auge lange an, nickte dann und seufzte. »Ich werde es Euch erzählen, von Freise«, sagte er und wirkte auf einmal müde und erschöpft. »Vielleicht könnt Ihr mir sogar helfen, im Moment bin ich verzweifelt genug, nach jedem Strohhalm zu greifen.« Er öffnete eine Schublade seines Arbeitstischs und nahm zu Tarkans großer Überraschung eine grob gearbeitete Skulptur in der Form eines Wolfskopfs heraus.

»Es geht um diese Statuetten«, erklärte der Botschafter grimmig. »Jenks erhielt sie von einem Mitglied des Kults der Weißen Flamme, er wiederum hatte den Auftrag, sie an jemanden anderen zu überbringen. Ich habe eher zufällig die Übergabe belauscht und stellte Jenks zur Rede. Ich mag kein Freund der Magie sein, aber den Kult kann ich nur verabscheuen. Ich hatte vor, Jenks in Ketten zu legen, aber er überraschte mich. Ich wusste nicht, dass mein Kammerdiener kein Diener, sondern ein Ritter war. Ein tapferer Mann. Ein Agent der Königin und später dann ein Agent des Regenten. Sein Auftrag war es, nach dem zu suchen, der die Königin hat ermorden lassen, denn alle Spuren führen hierher nach Askir.« Er musterte Tarkan eindringlich mit seinem guten Auge. »Ich sehe, ich erzähle Euch nichts Neues.«

»Doch«, antwortete Tarkan leise. »Dass Jenks Euch vertraut hat, ist mir neu.«

»Nicht in allen Dingen, nur in manchen. Und das auch nur, weil ich ihn dazu nötigte.« Der Botschafter seufzte und sah vielsagend auf den Dolch, den der Baronet noch immer in seinem Gurt trug. »Ich nehme an, im Griff Eures Dolches befindet sich ein Röhrchen?«

Der Baronet nickte knapp. »Also wusstet Ihr von Anfang an, was mein eigentlicher Auftrag hier ist?«

Der Botschafter sah beinahe empört aus. »Natürlich. Ich mag zwar alt sein, aber noch bin ich nicht ganz blind.«

Tarkan seufzte. »Was geschah dann?«

»Es gab zwei Wolfsköpfe«, sagte er leise. »Jenks erzählte mir eine unglaubliche Geschichte. Demnach hätte man im Grab einer Eule aus dem Alten Reich zwei magische Artefakte gefunden, deren Macht so groß sei, dass sie die Reichsstadt zerstören könnten. Nun kann ich nicht behaupten, dass ich diese Stadt mag, aber es kann nicht in unserem Interesse sein, wenn sie untergeht. Er erzählte mir von der geplanten Übergabe und dass er Vorbereitungen getroffen hätte, damit die Steine nicht in falsche Hände gerieten. Ein Dieb sollte sie stehlen, wenn es so weit war. Ich konnte dem nicht zustimmen, nicht solange niemand wusste, was es mit diesen Wolfsköpfen auf sich hat. Vor allem konnte ich nicht zulassen, dass das Schicksal der Reichsstadt und damit auch unseres Landes in den Händen eines gemeinen Diebs liegt. Jenks bestand zwar darauf, dass dieser Dieb ein Agent der Reichsstadt wäre, aber das machte für mich keinen Unterschied.« Der Botschafter sah Tarkan gequält an. »Ich wollte sichergehen, also schickte ich Jenks los, um zwei Kopien der Wolfsköpfe anfertigen zu lassen. Er sollte einen vertrauenswürdigen Bildhauer dafür finden. Aber selbst für viel Gold gelang es dem Bildhauer nicht, beide Köpfe fertigzustellen.«

Endlich verstand Tarkan. »Bei Meister Revanstin?«

»Richtig«, sagte der Botschafter und sah ihn überrascht an. »Woher wisst Ihr das?«

»Ich habe es kürzlich erst herausgefunden«, seufzte Tarkan. »Alle diese Geheimnisse … Hätte man von Anfang an die Maestra vom Turm hinzugezogen, würde Jenks vielleicht noch leben.«

»Beide Wolfsköpfe gehören Aldane!«, protestierte der Botschafter. »Man fand sie in einem Grab nahe der Kronstadt, sie sind unser Erbe. Sollen wir denn der Reichsstadt alles geben, was unser ist?«

»Ich hörte eben von Euch, dass die Wolfsköpfe aus dem Grab einer Eule stammen«, sagte Tarkan. »Die Eulen sind ein Teil von Askir. Diese Wolfsköpfe haben niemals uns gehört.«

»Vielleicht habt Ihr recht, von Freise«, gab der Graf stockend und mit belegter Stimme zu. »Die Geschehnisse der letzten Zeit scheinen Euch jedenfalls Recht zu geben. Ich habe alles falsch gemacht und vielleicht sogar mein Land verraten.«

»Vielleicht«, sagte der Baronet hart. »Jetzt erzählt erst, wie es weiterging, lasst Euch nicht so bitten!«

»Also gut«, sagte der Botschafter. »Das Original und diesen Stein erhielt ich erst heute Morgen per Bote von dem Bildhauer, aber da war es für Jenks bereits zu spät. Der Bildhauer konnte in der Eile nur einen der Wolfsköpfe fertigstellen. Ich nahm Jenks das Original ab und zwang ihn, sich mit dem Mann mit nur einer Kopie zu treffen, er sollte sich herausreden und sagen, dass er den anderen morgen nachliefern würde.«

»Jenks hatte also nur die Kopie eines magischen Artefakts dabei?«, fragte Tarkan. »Wo befand sich das Original?«

»In meiner Nachttischschublade«, sagte der Botschafter. »Ich dachte, ein Dieb würde eher in der Schatztruhe nachsehen als dort. Wie es scheint, habe ich mich geirrt, dieser eine Stein wurde mir gestern Nacht gestohlen, noch während ich schlief.« Er hob den Wolfskopf an und setzte ihn wieder mit einem harten Schlag auf dem Tisch ab. »Ich weiß nur nicht, warum. Sie sind nicht viel mehr als Steinbrocken.«

»Ich verstehe nicht«, sagte Tarkan, während er ungläubig auf den Wolfskopf starrte. »Warum habt Ihr ihn nicht der Maestra gegeben, als sie hier war?«

»Ihr eilt voraus, Baronet«, sagte der Botschafter. »Es gibt mehr zu berichten. Jenks starb grausam in dieser Nacht. Es war meine Schuld, dass er starb. Wegen eines verfluchten Steins! Er starb, weil ich ihm seinen durchdachten Plan durchkreuzt habe.«

»Es war der Nekromant, der ihn umgebracht hat, nicht Ihr«, sagte Tarkan ruhig.

Der Botschafter schaute gequält zu ihm auf. »Ihr habt die Entscheidung ja nicht getroffen. Jenks sagte mir sogar rundheraus, dass ich Ihn in den Tod schicken würde…«

»Botschafter«, meinte der Baronet, »fahrt einfach fort mit Eurem Bericht.«

»Wie Ihr wollt«, sagte der Graf mit belegter Stimme. »Also, heute Morgen erhielt ich dann per Bote den anderen Stein und die Kopie von dem Bildhauer. Und vor zwei Kerzenlängen erhielt ich das hier.«

Er nahm aus derselben Schublade eine kleine Schachtel heraus, die er dem Baronet reichte. Er sagte nichts, aber jetzt liefen ihm die Tränen übers Gesicht.

Tarkan zögerte einen Moment und öffnete die Schachtel. Darin lag ein blutiger, schlanker Finger. Er trug einen kunstvollen, filigran gearbeiteten Ring, den Tarkan schon einmal gesehen hatte, auch wenn ihm jetzt nicht einfiel, wo und wann das gewesen sein sollte. Daneben, gefaltet, ein blutiges Pergament.

»Ich habe diesen Ring meiner Tochter letztes Jahr zum Tempelfest geschenkt«, sagte Graf Altins. »Lest den Zettel…«

Sachte stellte Tarkan das Kästchen neben dem Wolfskopf auf die blank polierte Oberfläche des Schreibtischs und fischte mit spitzen Fingern die Nachricht heraus. Sie war kurz.

Eure Tochter im Tausch gegen den Wolfskopf.

Tarkan ließ den blutigen Zettel wieder in die Schachtel fallen und sah den Botschafter betroffen an. »Eure Tochter wurde entführt?«

Der Botschafter nickte. »Sie war mit einer Dienerin zusammen auf dem Markt, aber sie kehrte nicht zurück.«

»Wann habt Ihr diese Botschaft erhalten?«

»Kurz bevor die Maestra kam. Vielleicht eine halbe Kerze vorher.« Der Botschafter zögerte. »Es war Ditros.«

Der Name war Tarkan von irgendwoher bekannt, sagte ihm aber nichts weiter. »Wer ist das?«

»Einer meiner Leibgardisten«, informierte ihn der Botschafter. »Er sagte, dass man jeden meiner Schritte beobachten würde ... Ein Fehler, und meine Tochter würde darunter leiden.«

»Götter!«, fluchte Tarkan. »Das bedeutet ...«

»Ja«, sagte der Botschafter »Sie ist in den Händen der Weißen Flamme. Und ich bin es auch.« Er sah Tarkan flehend an. »Ihr müsst mir helfen, Baronet. Ihr müsst sie finden ... und mir dann helfen, diese Pestilenz hier in der Botschaft auszurotten.«

»Graf«, sagte Tarkan leise. »Wenn jemand zu solchen Mitteln greift, dann ist dieser Wolfskopf wichtig. Dann ist es möglich, dass Euer Diener die Wahrheit sagte und diese Statuetten eine Bedrohung für die Reichsstadt darstellen.«

»Ich weiß«, sagte der Botschafter und senkte den Blick. »Aber ich konnte nicht anders.«

»Wie meint Ihr das?«, fragte Tarkan.

»Ich habe den Wolfskopf Ditros gegeben.«

»Aber ...?«, fragte Tarkan überrascht, denn dort stand der Wolfskopf ja noch. »Götter«, sagte er dann. »Welchen Wolfskopf habt Ihr nun diesem Ditros gegeben?« Aber Tarkan befürchtete, dass er die Antwort schon kannte.

»Den echten«, verkündete der Botschafter gequält.

»Seid Ihr sicher?«, fragte Tarkan betroffen und sah zu dem Wolfskopf hinunter, der zwischen Ihnen auf dem Tisch stand. »Vielleicht habt Ihr sie verwechselt?«

Der Botschafter schüttelte verzweifelt den Kopf.

»Nein, das habe ich nicht. Der echte Wolfskopf ist schwerer als die Kopie. Selbst der Bildhauer wusste nicht, was es für ein Stein war. Der Kopf hier ist ausgehöhlt und mit Blei ausgegossen, aber immer noch leichter als der echte. Wenn man beide in den Händen hält, merkt man es sofort.«

»Also hat der Feind jetzt beide echten Wolfsköpfe«, stellte Tarkan fest. »Das war gewiss eine schwierige Entscheidung«, sagte er und schaute auf den abgetrennten Finger hinab. »Ich will nur hoffen, dass Ihr sie nicht bereuen werdet.«

»Ich bereue sie schon jetzt«, meinte der Botschafter. »Ich bete jede Sekunde, aber ich fürchte, dass es ein Fehler war.« Er sah mit Tränen in den Augen zu Tarkan. »Sie hielten sich nicht an ihr Versprechen, denn sie haben mir meine Tochter nicht wiedergegeben.«

Tarkan sah einen alternden, aber stolzen Mann, der nun gebrochen war und bitterlich weinte. Selten hatte er sich so hilflos gefühlt. Sorgsam nahm er den Deckel und legte ihn wieder auf die Schachtel mit dem Finger. Er nahm sie, ging zur Tür und warf einen Blick zurück auf den Botschafter, der ihn gar nicht mehr wahrzunehmen schien. Dann zog er leise die Tür hinter sich zu.

52

Zurück im Eulenturm, hatte Santer es eilig, die Rüstung auszuziehen. Der schwere Kettenmantel rutschte über seinen Kopf und landete wie ein dunkler Wasserfall vor seinen Füßen. Er atmete erleichtert auf.

»Was jetzt?«, fragte er, als er sich aufrichtete und mit den Schultern rollte. Desina hatte ihm geholfen, jetzt trat sie einen Schritt zurück.

»Ich will herausfinden, ob es stimmt, was ich über den Wolfskopf vermute.«

»Was vermutet Ihr denn?«, fragte Santer.

»Dass es sich um einen Fokusstein handelt.«

»Aha.«

Sie lachte leise. »Ich werde es Euch später erklären«, sagte sie. »Erst einmal will ich Euch den Rest des Turms zeigen. Es dürfte interessant sein.«

»Das glaube ich gern«, meinte Santer. »Wie viele Eulen lebten hier eigentlich?«

»Der Turm hält sechsunddreißig Quartiere für die Eulen bereit«, erklärte Desina, als sie die Treppe erklommen. »Meist standen einige leer«, fuhr sie fort. »Auch in der Zeit des Alten Reichs gab es selten genügend Eulen, auch damals schon war das Talent selten. Viele waren auch jahrelang unterwegs. Ihr könnt Euch eines der Quartiere aussuchen.«

Sie hielt an und stieß eine der reichverzierten Türen auf, die von der Halle hier im ersten Stock abgingen. Santer sah Fliesen aus Marmor, kostbare Teppiche, elegante Möbel aus Rosenholz und kunstvolle Schmiedearbeiten, die Globen aus reinstem Kristall hielten. Hier im Turm der Eulen leuchteten die Globen noch, sie erstrahlten in weichem, weißem Licht, wenn man sie mit dem Finger berührte. Wenn man das ein zweites Mal tat, erloschen sie. Der Luxus dieser Quartiere war für Santer nur schwer zu erfassen: große, mit Seide bezogene Betten, Bäder, in denen seit Jahrhunderten das Wasser warm und stets kristallklar war, ein Abort auf jedem der Stockwerke, der weiß gekachelt war und einen Stuhl aus Marmor, Gold, Silber und Obsidian enthielt. Desina lachte, als sie sein Gesicht sah.

»Was meint Ihr, wie ich geschaut habe, als ich zum ersten Mal einen dieser Throne erblickte«, sagte sie. »Ich glaube, es dauerte Jahre, bis ich mich getraut habe, sie auch zu benutzen.«

»Es gibt Könige, deren Thron nicht so kunstvoll gearbeitet ist«, staunte Santer und schüttelte nur fassungslos den Kopf.

Sie lachte fröhlich. »Ihr werdet es nicht glauben, aber wenn ich den Büchern im Archiv trauen kann, war das eine der größten Leistungen der Eulen. Die kostbaren Materialien wurden nicht zur Zierde verwendet, sie mussten so erschaffen und geformt werden, um einen gewissen Fluss der Magie zu ermöglichen. Es funktioniert tatsächlich. Alles verschwindet vollständig. Es ist immer sauber und riecht nicht. Jeder dieser Aborte beinhaltet eine derartig komplexe magische Strömung, dass mir ganz schummerig wird, wenn ich versuche, sie zu verstehen.«

Santer warf dem Abort einen letzten skeptischen Blick zu und folgte der Maestra weiter nach oben.

»Ich glaube, ich bleibe unten in dem Häuschen. Ich werde mich da wohler fühlen«, sagte er, und die Maestra lachte erneut.

Sie stiegen weiter die Treppe empor, im vierten Stockwerk bat Desina Santer, eine der geschlossenen Türen zu öffnen. Als er den Knauf berührte, zuckte er zusammen: Der Knauf hatte ihn gestochen!

»So geht es mir andauernd«, sagte sie nur und rieb unwillkürlich ihre Hand. »Manche dieser Türen prüfen immer, ob man sie passieren darf... Wartet einen Moment.«

Mit einem leisen Klicken sprang die Tür auf und gab den Blick in eine Bibliothek frei, in der zwei Tische vor einem hohen Fenster standen, durch das man auf den Zitadellenhof hinaussehen konnte. Hohe Bücherregale säumten die Wände links und rechts, bequeme Sessel, mit einem unbekannten Leder bezogen, luden dazu ein, es sich hier bequem zu machen.

»Das sind die Bücher des ersten Zirkels«, sagte sie, als sie mit Santer hineinging. »Die Geschichte der Eulen, Grundlagen der magischen Theoreme, Beobachtungen über das Wesen der Welt im Großen und im Kleinen.« Sie legte eine Hand auf eines der Regale, in dem gewichtige, in Leder gefasste Bände ruhten.

»Wie viele sind es?«, fragte Santer fasziniert. »Das müssen Hunderte sein!«

»Es sind einhundertunddrei«, antwortete Desina. »Ich habe sie alle gelesen, viele von Ihnen mehrfach, und manche verstehe ich bis heute nicht. In diesen Texten steht, wie Ihr lernen könnt, das Wesen der Magie zu erkennen, auch die Übungen, von denen ich sprach, sind hier genau beschrieben. Bis auf den Übungsraum ist das die einzige Tür, die sich für Euch öffnen wird, Santer. Wenn etwas Ruhe eingekehrt ist, werdet Ihr wohl am Anfang den größten Teil Eurer Zeit hier verbringen.« Sie sah zu ihm hoch.

»Ihr könnt kein Buch entfernen, denn wenn sich eines davon näher als einen Schritt an der Tür befindet, wird sie verschlossen bleiben. Genauso ist es, wenn mehr als drei Bücher den Regalen entnommen wurden.«

»Es scheint, als ob die Eulen Wert auf Ordnung gelegt haben«, sagte Santer.

»In manchen Dingen, ja, in anderen Dingen nicht. Ich fand hier das eine oder andere Quartier vor, das von seinem Vorbesitzer doch recht unaufgeräumt zurückgelassen wurde«, sagte Desina. Sie lächelte nicht. Santer wusste auch, weshalb, sie hatte es ihm ja bereits erklärt. Die meisten der Eulen starben im Fanal, nachdem der Weltenstrom versiegt war.

»Kommt mit«, bat sie ihn.

Er folgte ihr in einen Raum, der zum größten Teil leer war und keine Fenster enthielt. Hier entsprang das Licht nicht einem dieser Leuchtgloben, sondern hellen Bändern, die in den Ecken der Decke eingelassen waren. Wände, Böden und Decke selbst waren mit kunstvollen Linien aus Silber, Gold, Obsidian und zum Teil auch Quarz verziert, die wie in einem riesigen fließenden Mosaik den Raum einschlossen und den Blick des Betrachters in das Zentrum lenkten, wo sich eine Art Tisch befand. Auch der war reich und wertvoll mit wellenartigen Mustern eingelegt.

»Bei den Göttern«, entfuhr es Santer. »Dieser Raum muss die Reichtümer ganzer Nationen gekostet haben!« So war es auch, sein suchender Blick fand Edelsteine und Halbedelsteine, Blutstein und Meteorit … alles in einem Muster aus Wellen und Strudeln zusammengefügt, das ihn immer wieder zu diesem Tisch zurückführte. »Was ist das für ein Raum?«

»Ich sagte es schon«, meinte Desina. »Der Übungsraum. Und diese Reichtümer hier dienen nur einem einzigen Zweck: alle Energien auf diesen Tisch zu lenken, der sie dann harmlos ableitet.« Sie zog eine kleine Kerze unter ihrer Robe hervor, stellte sie in die Mitte des Tischs und ging zurück zu Santer, der den Raum noch nicht betreten hatte und an der massiven Tür auf sie wartete.

»Seht Ihr diese beiden goldenen Plaketten auf dem Boden?«, fragte sie, und Santer nickte. »Dort stellt man sich hin. Das ist wichtig, Santer, denn solltet Ihr einen Fehler machen, werden überschüssige Magien abgeleitet, bevor das Fanal Euch erfasst.«

Santer zog eine Augenbraue hoch. »Wisst Ihr, Desina, der Gedanke, mich aus Versehen selbst in eine Fackel zu verwandeln, gefällt mir ganz und gar nicht. Ich habe nie viel von Magie gehalten.«

»Es ging mir nicht anders. Aber jetzt ist es so, dass ich wachse, je mehr ich von der Magie verstehe. Es ist, als ob die Luft klarer wird, die Farben bunter, die Gerüche intensiver.«

Santer lachte. »Wenn Ihr wie ich monatelang eingepfercht auf See unterwegs gewesen wärt, würdet Ihr es nicht klingen lassen, als ob das erstrebenswert wäre.«

»Ihr wisst, was ich meine«, sagte Desina. »Auf jeden Fall ist es so, dass dieser Raum dafür gebaut wurde, sich ohne Gefahr in der Magie zu üben. Das Fanal kann Euch hier nicht ereilen, und alles, was an Magie fließt, wird ungefährlich auf diesem Tisch verpuffen.« Sie sah hoch zu ihm. »Es ist die erste Prüfung. Man stellt sich dort hin, konzentriert sich, sammelt den Willen ... und die Kerze fängt an zu brennen.«

»Was sind die anderen Prüfungen?«, fragte Santer.

»Die zweite ist, eine steinerne Murmel in der Luft schweben zu lassen, die dritte, in einem silbernen Becher Wasser gefrieren zu lassen«, sagte sie. Sie bemerkte seinen Blick und schmunzelte. »Habt Ihr schon wieder an Blitze gedacht?«

»Irgendwie schon«, antwortete er. »Was ist die nächste Prüfung?«

»Ich habe es erst kürzlich herausgefunden«, antwortete sie. »Und bislang habe ich nicht die geringste Idee, wie es möglich sein soll, das zu schaffen. Ich muss eine leere Schale mit Wasser füllen.«

»Ein Krug könnte dabei hilfreich sein«, schlug er vor.

»So einfach ist es nicht. Es gilt, das Wasser über der Schale aus der Luft zu ziehen. Es in die Schale regnen zu lassen.«

»Hier in diesem Raum?«, fragte Santer.

Sie nickte.

»Welches Wasser?«, fragte er verwundert. »Luft ist Luft. Wasser ist Wasser. Ich verstehe das nicht.«

»Ich auch nicht«, sagte sie mit einem entwaffnenden Lächeln. »Diese Prüfungen bergen alle einen Sinn in sich, der sich erst später offenbart. Vielleicht finden wir es zusammen heraus.« Sie sah ihn schelmisch an und wies dann auf die Kerze. »Na los, Santer, versucht es.«

Er sah sie skeptisch an, tat einen Schritt in den Raum hinein, stellte sich auf die beiden Plaketten und fixierte die Kerze mit gerunzelter Stirn.

Geh an!, dachte er.

Die Kerze blieb, wie sie war.

Brenne!

Nichts.

Desina sah enttäuscht aus, doch Santer zuckte nur mit den Achseln. »Ich glaube, ich lese erst einmal die Bücher.«

»Das solltet Ihr«, sagte die Maestra. »Ihr könnt damit jetzt gleich anfangen. Ich muss weiter hoch in den Turm, und dorthin könnt Ihr mir nicht folgen, ohne den ersten Grad erreicht zu haben. Es wird ein wenig dauern, aber nicht lange. Ich klopfe an die Tür, wenn ich fertig bin.«

Santer nickte und betrachtete skeptisch die Tür zum Leseraum, die sich schon wieder geschlossen hatte.

»Ist es so, wie ich befürchte?«, fragte er.

Sie nickte bloß.

Er seufzte, legte die Hand auf den Türknauf und wurde prompt erneut gestochen.

53

Für Desina war der Kartenraum einer der faszinierendesten Räume im Turm. Es gab dort einen sehr großen Tisch, auf dem die Welt lag, so wie sie die Kartografen des Kaisers vorgefunden hatten. Allein diese Karte zeigte, wie viel an Wissen verloren gegangen war. Als sie noch ein Kind war, hatte sie die ganzen kleinen Figuren und Symbole für Spielzeug gehalten. Heute wusste sie es besser. Es gab ein Buch, das zu dieser Karte gehörte. Desina hatte es schon so häufig in der Hand gehalten, jede einzelne der Seiten schon ein Dutzend Mal angesehen, und immer wieder fand sie etwas darin, das sie noch nicht kannte.

Es dauerte nicht lange, bis sie fand, was sie suchte, und es war auch keine Überraschung zu sehen, wer diesen Absatz geschrieben hatte. Es war ein Name, der oft in den Büchern auftauchte. Balthasar, ein genialer Geist, der mehr als jeder andere das Wesen der Magie verstand – und außerdem die Kunst beherrschte, dieses Verständnis in klaren Worten niederzuschreiben.

Mehr als andere Texte waren es seine Werke gewesen, die Desina erlaubten, nach und nach einen Zugang zur Magie zu finden.

Sie hatte recht: Hier in diesem Buch hatte sie das erste Mal von diesen Wolfsköpfen gelesen, ihre Erinnerung hatte sie nicht getrogen. Noch einmal las sie den Text sorgfältig durch und ließ dann das Buch sinken. Es erklärte so vieles. Nur eins blieb noch zu tun: Sie musste überprüfen, ob ihre Vermutung richtig war.

Sie öffnete eine Schublade und entnahm ihr die Schachtel mit dem Symbol, das sie eben im Buch gefunden hatte. Wenn man die ersten fünf Zahlen der Magie zusammenaddierte, ergab sich eine andere Zahl: 1-3-5-7-13 war zusammen neunundzwanzig.

Eine Zahl der Macht.

Wie konnte es auch anders sein, dachte Desina. Wenn es stimmte, was sie vermutete… Sie atmete tief durch, öffnete das

Kästchen mit den neunundzwanzig Kristallen, von denen jeder einen eingravierten Wolfskopf trug, und trat an die Karte heran.

Sie musste lange suchen, bis sie jedes einzelne Symbol gefunden hatte. Die Karte war sehr groß, und es gab Tausende von Symbolen darauf. Erst als sie sah, wie sich ein Muster ergab, ging es schneller. Endlich waren alle Kristalle gesetzt.

Sie trat vom Tisch zurück, suchte in einer anderen Schublade nach einem bestimmten Kristall, der ebenfalls das Wolfssymbol trug, und setzte diesen in den großen gewölbten Spiegel ein, der über dem Tisch hing.

Etwas abseits vom Tisch befanden sich drei Stangen, die über Getriebe mit Kurbeln verbunden waren. Mit der einen Kurbel öffnete sie den Lichtschacht hoch über sich, mit den beiden anderen Kurbeln stellte sie den großen Spiegel auf dem Dach des Turms auf die Sonne ein, bis ein gleißend heller Strahl durch das Loch über dem gewölbten Spiegel fiel, von dem Kristall wieder zum Spiegel geworfen wurde und sich dort das größte Wunder enthüllte, das dieser Raum zu bieten hatte: eine durchscheinende, schimmernde Kugel, die in der Luft über dem Kartentisch schwebte.

Um diese Kugel herum wogte ein schillerndes Band von Farben. Wenn man genau hinsah, konnte man erkennen, dass sich das Band zu beiden Seiten des Äquators an neunundzwanzig Orten mit sich selbst verband.

Atemlos trat Desina an den Tisch heran. Zögernd entfernte sie einen der Kristalle mit der Gravur von der Karte.

Der schillernde Strom wogte und veränderte sich. Es war der falsche Kristall gewesen. Sie setzte ihn wieder ein und nahm einen anderen. Wieder wogte der Strom der Welten.

Es dauerte seine Zeit, bis sie gefunden hatte, was sie suchte. Drei Orte.

Drei Orte, an denen man, wenn man die Symbole herausnahm, den Strom der Welten auf sich selbst zurückwerfen konnte, sodass er sich einen neuen Weg suchen musste.

Als damals der Weltenstrom versiegt war, kam es für die meisten Eulen überraschend und ohne Vorwarnung. Desina hatte die Tagebücher gelesen und wusste, wie verzweifelt sie damals waren und wie sie nach den Ursachen der Katastrophe geforscht hatten. Doch der eine von ihnen, der die Antwort hätte geben können, war bereits gefallen.

Wenn Balthasar noch gelebt hätte, hätte er nicht lange suchen müssen, um herauszufinden, was geschehen war. Er war es ja selbst, der diesen Strom vermessen und die Symbole sorgfältig eingetragen hatte. Sie sah von dem Buch zu der schimmernden Kugel über dem Tisch und schüttelte traurig den Kopf. So allmählich verstand sie das Ausmaß seines Genies und wie schwer sein Verlust tatsächlich wog.

Wenn man an diesen drei Stellen die Symbole herausnahm, dann zeigte sich, dass der Strom der Welten auf sich selbst zurückgeworfen wurde. Entfernte man diese drei Symbole, wurde das Gebiet des Alten Reichs nur noch schwach vom Weltenstrom berührt, dafür band er sich an anderen Orten neu, denn nach dem Gesetz der Magie ging nichts verloren.

Fast schon zögernd trat Desina an den leuchtenden Globus heran und suchte den Ort, an dem sich der Strom nun doppelt traf.

Sie fand ihn in Form einer unwichtigen kleinen Insel weit im Südosten, fast außerhalb des normalen Verlaufs des Stroms. Ein Name war sauber neben dieser Insel eingetragen. Thalak. Lange musterte sie den Ort, runzelte die Stirn, überlegte, wo sie den Namen schon einmal vernommen hatte, doch es fiel ihr nicht ein.

Entfernte man an den drei speziellen Stellen die Symbole, kreuzten sich in Thalak fünf Bänder der Magie, während über das Alte Reich nur noch ein einziges Band schwach hinwegfloss, um den Knotenpunkt hier im Turm, tief unter ihren Füßen, zu kreuzen. Fügte man die Symbole wieder hinzu, kreuzten sich fünf Ströme unter dem Turm der Eulen, und nur noch ein einzelnes Band streifte diese ferne Insel. Aber wie auch immer man die Symbole setzte und obwohl das schimmernde Band sich dabei bewegte, gab es drei Orte auf dem leuchtenden Globus, an denen sich immer mindestens drei Ströme, manchmal sogar sieben kreuzten. Es waren genau die drei Orte, die den Weltenstrom im Alten Reich versiegen ließen, wenn man aus ihnen das Symbol herauslöste.

Wer die Tempel an den Knotenpunkten erbaut hatte, war noch immer ungewiss, doch eins war sicher: Die Erbauer wussten viel von der Magie. Jedenfalls genug, um den Weltenstrom in geordnete Bahnen zu lenken und der Magie die Wildheit zu nehmen, die sie einst so unbeherrschbar gemacht hatte. Wenige dieser alten Tempel waren je gefunden worden, sie befanden sich oft tief unter der Erde oder an anderen unzugänglichen Orten.

Um ganz sicher zu gehen, las sie noch einmal nach. Es war wirklich so. Bislang hatte man an jedem dieser Orte, sofern man sie überhaupt gefunden hatte, einen solchen Wolfskopf mitten im Fokus des Weltstroms entdeckt. Ein Artefakt, das sich über die Jahrhunderte oder Jahrtausende in diesem magischen Strom befunden hatte und über das Gesetz des Kleinen und des Großen einen dieser Knotenpunkte symbolisierte.

Desina beugte sich über die Karte. Sie kannte einen dieser Orte bereits und wusste, was die Figuren dort bedeuteten. Das eine war das Symbol eines Turms, er stand für eine Feste. Der Turm hatte dreifach gestaffelte Zinnen. Dieser Feste wurde damit eine Wichtigkeit zugeordnet. Drei Ringe bedeuten, dass diese Festung niemals fallen durfte. Die beiden anderen Symbole waren kleine Figuren: eine Lanze mit der Zahl zwei auf dem Wappen und ein Stein, der eine Eule repräsentierte.

Beide Figuren hatte sie nie berührt. Sie standen dicht an dicht, denn Balthasar war der Zweiten Legion zugewiesen worden. Festung, Legion und Eule. Alle drei waren vor fast siebenhundert Jahren an die Barbaren verloren gegangen.

Dort also war der Weltenstrom versiegt. Dort war Balthasar gefallen.

Sanft berührte sie mit einer Fingerspitze das Symbol der Feste. Vor siebenhundert Jahren war der Strom der Welten versiegt, weil genau dort, wo sich unter ihrem Finger pulsierende Ströme kreuzten, jemand den Fokusstein entfernt und den Strom der Welten auf sich selbst zurückgeworfen hatte.

Deshalb also hatte der Ewige Herrscher seine beste Legion in dieses ferne Land geschickt und deshalb hatte er den Soldaten Balthasar mitgegeben.

Was war dort in der Ferne nur geschehen? Wie konnte es sein, dass die Legion den Barbaren unterlag? Sie musste zumindest diese eine Schlacht verloren haben, die Schlacht um den Knotenpunkt, den Wolfstempel. Denn damals hatte unzweifelhaft jemand den Strom der Welten unterbrochen, der zu der Reichsstadt floss, und damit die Eulen zu einem frühen Tod durch das Fanal verdammt.

Vor wenigen Wochen hatte der Weltenstrom in seine alte Bahn zurückgefunden, floss die Magie wieder unter ihren Füßen hindurch. Jemand musste den Fokusstein wieder eingesetzt haben. Deshalb erwachte die Magie der Reichsstadt langsam wieder zum Leben, und nur deshalb war es ihr überhaupt möglich gewesen, die dritte Prüfung zu bestehen. Doch die Magie war noch immer nur ein Bruchteil dessen, was einst hier durch den Turm geflossen war.

Hastig griff Desina wieder nach dem Buch und las noch einmal nach.

Wie es einen Grund dafür gegeben hatte, dass der Ewige Herrscher seine Legion in dieses ferne Land geschickt hatte, so gab es einen Grund, warum er seine Stadt hier errichtet hatte.

Einst waren fünf mächtige Ströme der Magie unter diesem Turm hindurchgeflossen. Doch nicht der Wolfskopf lenkte die Ströme, denn es waren mächtige Kristalle und magische Schalen gewesen, die den Fluss der Welten steuerten.

Dennoch war der Wolfskopf nötig, denn er verband die Ströme miteinander, nahm auf, glich aus und gab ab und hielt das, was so schwer zu bändigen war, in einem Gleichgewicht. Er band die Ströme an diesen Ort.

Drei Orte. Drei Wolfstempel.

Einer unterhalb der Nordfeste, in den fernen Kolonien.

Ein anderer unterhalb der Zwingburg in Aldane.

Und der letzte… hier. Der Tempel unterhalb des Eulenturms

Nur wenn auch hier der Wolfskopf entfernt wurde, dann war es möglich, den Strom der Magie in Askir so komplett versiegen zu lassen, wie es einst der Fall war.

Jede Eule, die den ersten Grad erreichte, konnte diesen Kartenraum betreten, dieses Buch lesen und das tun, was Desina gerade tat: den Fluss des Weltenstroms studieren. Jede der Eulen von einst hatte mehr gewusst als Desina. Jede von ihnen musste also auch gewusst haben, warum das Fanal sie ereilte.

Ein einziger Wolfskopf hatte gereicht, um den Fluss der Welten wieder fließen zu lassen. Dort in diesem fernen Tempel hatte ihn jemand wieder eingesetzt.

Um das Schicksal der Eulen zu wenden und die Magie der alten Reichsstadt zu erhalten, hätte es nichts anderem bedurft, als den Wolfskopf wieder einzusetzen, der gestohlen worden war.

Auch hier, im Tempel unter ihren Füßen.

Langsam ließ sie das Buch sinken. Nicht nur dort in den fernen Kolonien war dem Alten Reich die Magie verloren gegangen, sondern auch hier in Askir.

Jemand hatte das Alte Reich verraten und den Wolfskopf gestohlen, der zu dem Tempel unter dem Eulenturm gehörte.

54

»Dein Eheweib mag mich nicht«, verkündete die reich gekleidete Sera, als sie mit einem Rascheln ihrer Röcke auf den Balkon hinaustrat, der einen guten Blick über den Ständeplatz bot. Ihre makellose Schönheit, ihre schneeweiße Haut und ihr kunstvoll aufgestecktes, rabenschwarzes Haar beeindruckten die meisten

Männer. Nicht aber ihren Gastgeber, der ihr nur einen kurzen Blick zuwarf, um dann wieder auf den Ständeplatz hinabzusehen, wo fieberhaft die letzten Vorbereitungen für die Eröffnungsfeierlichkeiten des Abends getroffen wurden. Schon jetzt herrschte dort unten eine ausgelassene Stimmung.

»Du hättest nicht herkommen sollen, Asela«, sagte der hochgewachsene Mann. »Es ist kein Wunder, dass sie dich nicht mag, du legst es darauf an, sie zu reizen.«

»Du hast sie nur nicht im Griff«, sagte Asela spöttisch und spielte mit ihrem Anhänger.

»Lass das meine Sorge sein«, meinte der Mann leise, aber in seiner Stimme schwang ein Unterton mit, der ihr eine Warnung war. Sie schluckte. Asela war es nicht gewohnt, dass Männer sie nervös machten, doch Feltor war anders. Er sah aus, als hätte er die fünfzig Jahre knapp erreicht, und doch war sein Haar so schwarz wie das ihre, nur an den Schläfen wurde es grau. Er stand aufrecht und gerade wie ein Soldat, und wenn man genauer hinsah, erkannte man an seinen Händen die feinen Narben, die unausweichlich waren, wenn man sich mit scharfen Klingen in der Kriegskunst übte. Er war nach der neuesten Mode gekleidet, trug enge schwarze Hosen, die seine Beine vorteilhaft betonten, polierte Schaftstiefel und ein weißes Seidenhemd mit einer schwarzen, reichbestickten Weste. Sie war froh, dass er sie nicht ansah, denn seine Augen brachten immer etwas in ihr ins Wanken. Als ob er so sehr viel mehr sehen würde, als sie ihm gestatten wollte.

Der kühle Wind vom Hafen schien ihn wenig zu stören. Sie folgte seinem Blick und sah zu, wie ein Tenetier der Bullen am Haupttor der Gildenhalle letzte Anweisungen gab.

»Sie ahnen etwas«, stellte Feltor fest und schaute jetzt doch zu ihr herüber. »Wenn du mich schon besuchst, dann hoffe ich, dass du mir auch etwas Wichtiges zu sagen hast.«

»Einer meiner Liebhaber«, sagte die Sera, »hat mir von der letzten Besprechung in der Zitadelle berichtet. Sie haben die richtigen Schlüsse in Bezug auf das Schiff gezogen, doch sonst tappen sie noch völlig im Dunkeln.« Sie spielte weiterhin mit ihrem Anhänger, und nun fiel sein Blick doch in das Tal ihres Busens.

»Du bist zu angespannt, Asela«, sagte er und ließ seinen Blick über sie gleiten wie ein Händler, der überlegt, ein Pferd zu kaufen. Für einen Moment sah sie in seinen Augen etwas aufglimmen. Hastig ließ sie ihren Anhänger los und wäre beinahe zurückgewichen.

»Ist das der einzige Grund, warum du mich belästigst, oder gibt es mehr? Du willst mir doch nicht etwa mitteilen, dass sich der Wolfskopf noch immer nicht in deinem Besitz befindet?«

»Nein«, sagte sie. »Der Botschafter hat uns den Wolfskopf gegeben.«

»Gut«, sagte Feltor. »Was ist mit seiner Tochter?«

»Sie befindet sich noch in meinem Gewahrsam. Sie ist hübsch, und ich kann sie gebrauchen.«

»Treib dein Spiel nicht zu weit«, warnte Feltor. »Deine Gelüste sind hier fehl am Platz.«

»Es besteht keine Gefahr«, antwortete sie mit einem feinen Lächeln. »Niemand wird sie finden.«

»Ich hoffe für dich, dass es kein Fehler war«, sagte Feltor. Er hob eine Hand, um mit einem Finger leicht über ihre Wange zu streichen. Ein sengender Schmerz folgte der Spur seines Fingers, und sie zog scharf die Luft ein, als ihre Wange blutrot aufklaffte und sich im nächsten Moment wieder schloss. »Ich hoffe, du bist dir im Klaren darüber, was dir droht, wenn du versagt.«

»Ja«, sagte sie, auch wenn ihrem leicht geöffneten Mund ein leises Stöhnen entwich und sie fast unmerklich zitterte.

Er hob seinen Finger, betrachtete den roten Blutstropfen darauf und leckte ihn genüsslich ab. »Du weißt, was zu tun ist. Ich verlasse mich auf dich, Asela.«

»Ich bin mir sicher, ich …«, begann sie, und er fuhr mit dem Finger ganz leicht über ihre Schläfe. Nur mit Mühe konnte sie ein Stöhnen unterdrücken.

»Kein Wort mehr. Worte habe ich genug von dir gehört. Enttäusch mich einfach nicht. Es wäre schade um dich, nicht wahr?«

»Es wird alles geschehen wie geplant.« Ihr Busen hob und senkte sich schwer. »Niemand«, hauchte sie, »niemand beherrscht die Pein besser als du.« Ihre Lippen verzogen sich zu einem wollüstigen Lächeln, und in ihren Augen stand eine andere, dunklere Glut, während die blutrote Linie auf ihrer Wange langsam verblasste.

»Es war nicht als Belohnung gedacht, Teuerste«, teilte er ihr mit, »sondern als Warnung.«

»Ich weiß«, sagte sie leise.

»Gibt es sonst noch etwas zu berichten?«, fragte er.

»Wenig. Die Bergung des Golds ist bald abgeschlossen.«

»Ich dachte, das wäre wegen der Meeresungeheuer schwieriger geworden?«

»Sie stellen kein Problem mehr dar«, teilte sie ihm mit einem Lächeln mit. »Ich habe festgestellt, dass ihr Hunger mit ein bis zwei Sklaven gesättigt ist. Ich reite sie direkt bis in das Maul der Ungeheuer…« Ein Zittern durchlief sie, und sie schloss die Augen. »Ihre Angst, der Unglaube, dass sie dem Fisch ins Maul schwimmen, ihre Verzweiflung… und dann der Schmerz… Sie sind zäh genug, dass ich über den ersten Biss hinaus in ihnen drinbleiben kann.« Sie sah ihn mit strahlenden Augen an. »Es ist… unbeschreiblich«, hauchte sie.

»Du fütterst sie mit Sklaven, damit die anderen arbeiten können? Und genießt ihren Tod?« Feltor schüttelte ungläubig den Kopf. »Er hat dich wahrhaftig bis ins Mark verdorben.«

»Nein«, widersprach sie. »Er hat mich gerettet!«

»So siehst du es«, sagte Feltor. »Aber ich erinnere mich daran, wie du vorher warst.«

»Ich will mich nicht erinnern.«

»Das weiß ich«, sagte er leise. »Wie gehen die Ausgrabungen voran?«

»Besser, jetzt da Hiras tot ist«, sagte sie. »Er war zu nachlässig. Wir haben sieben der neun Steine aus dem alten Tor geborgen. Ich erwarte die letzten beiden bald.«

»Gut«, sagte Feltor.

»Was ist mit der Eule? Wird sie uns gefährlich werden können?«, fragte sie.

»Sie kann denken, allein das macht sie gefährlich. Also wäre es ein Fehler, sie noch mehr auf uns aufmerksam zu machen. Wir werden sie ignorieren. Selbst wenn sie mehr als nur ein paar kleine Tricks kennen sollte, was ich bezweifle, wird sie uns nicht aufhalten können.« Er wandte sich wieder dem Platz zu. »Nun geh. Und sei höflich zu meinem Weib.«

55

Wo anfangen?, dachte Santer und betrachtete die Bücher im Regal zu seiner Linken. *Macht es einen Unterschied?* Er zog einen der schweren Bände heraus, setzte sich in einen Sessel und las den Titel. *Von der Waage der Dinge.*

Aha. Santer öffnete den Folianten und fing an zu lesen.

Stellt man einen Kessel mit Wasser auf den Herd und schürt darunter das Feuer, wird das Wasser zu sieden anfangen. Das siedende Wasser wird wieder erkalten, wenn man den Kessel vom Feuer nimmt. Die Antwort auf die einfache Frage, warum dass Wasser zu sieden anfängt und wieder erkaltet, führt zu einem der Grundsätze der Magie und ist weitaus komplexer, als es den Anschein hat.

Santer sah ungläubig auf das Buch herab und klappte es wieder zu. Zweihundert schwere Seiten aus bestem Pergamentpapier, auf denen in feiner, kaum lesbarer Handschrift darüber sinniert wurde, warum Wasser kochte. Er stand auf, nahm das Buch mit und stellte es zurück ins Regal. Er zog ein anderes heraus und schlug es in der Mitte auf.

… also folgt, dass, wenn ein Stein von einem Turm fällt, er schneller fällt als ein anderer, den man aus seiner Hand zu Boden fallen lässt, weil der Stein vom Turm mehr Zeit zum Fallen hat…

Santer stöhnte und klappte das Buch zu.
Plötzlich spürte er, wie sich ihm die Nackenhaare aufstellten. Langsam, noch immer mit dem Buch in der Hand, drehte er sich um und sah sich dem Maestro gegenüber. Dem, der ihn in der Nacht zuvor erschreckt hatte. Dem Maestro, dessen Bild unten in der Halle hing.
Balthasar, der letzte Primus der Eulen.
Er schien so solide wie alles andere in diesem Raum, und doch war er es nicht. Die Sonne stand bereits tiefer am Himmel und warf Schatten durch das Fenster an das Regal, vor dem Santer stand. Nur ein Schatten zeichnete sich dort ab, einer, der ein Buch in den Händen hielt.
Ein anderer Hinweis auf die Natur seines Besuchers war offensichtlicher: Die Eule stand mit einem Fuß in dem Sessel, aus dem Santer gerade aufgestanden war.
Der schmale Mund des Geists verzog sich zu einem amüsierten Lächeln, als er auf das Buch in Santers Händen herabsah.
Santer seufzte und stellte das Buch in das Regal zurück. »Solltet Ihr nicht in der Nacht wandeln, Maestro?«, fragte er und zog eine Augenbraue hoch.
Allein der Gedanke, dass es so etwas wie Geister gab, dass es solche gab, die den Weg zu Soltars Tor nicht fanden, ließ dem Stabsleutnant das Blut in den Adern gerinnen. Aber das war noch lange kein Grund, seinem Besucher zu offenbaren, wie sehr er ihn ängstigte.
Der Geist tat nichts Bedrohliches, er trat nur durch die geschlossene Tür zurück in die Halle, wie schon in der Nacht zuvor.
Doch als Santer diesmal hastig die Tür aufriss, sah er den Geist, wie er die Treppe hinabging. Santer eilte ihm nach, folgte ihm hinab ins Erdgeschoss des Turms, wo der Geist in der Wand verschwand, die hinter der Wendeltreppe die Halle abschloss.
»Und nun?«, fragte Santer laut. »Könnt Ihr mir verraten, wie ich durch diese Wand gehen soll? Ich bin kein Geist.«
Mit einem leisen Klicken sprang einer der Steine in der Wand

hervor. Santer sah sich misstrauisch um und wartete, ob der geisterhafte Maestro wieder erscheinen wurde, doch es blieb alles still. Vorsichtig trat er an die Wand heran und öffnete den Stein weiter, der sich als eine dünne Klappe entpuppte. Dahinter fand er in einer Vertiefung einen silbernen Knauf in die Wand eingelassen.

In dem Moment, in dem er das Silber berührte, knirschte es in der Wand, Staub rieselte herab, und eine im Mauerwerk verborgene Tür schwang auf. Sie gab den Blick frei auf einen kleinen Vorraum mit einer weiteren Tür aus massivem Stahl und mit schweren Riegeln.

Ein Tisch stand in dem Vorraum, mit einem bequemen Stuhl dabei sowie ein kleines Regal aus schwerem Eichenholz mit Schubladen. Ein ausgetrocknetes Tintenfass, Feder und Streusand sowie ein dickes Buch lagen auf dem Tisch.

Neben der Tür war ein dunkler Quader aus poliertem Quarz in die Wand gesetzt, darunter ein Räderwerk mit goldenen Skalen und kleinen Hebeln.

Ein kleines Fenster aus dickem, überraschend klarem Glas war in diese andere Tür eingelassen. Santer trat neugierig an das Fenster heran. Acht kleine leuchtende Steine in der Decke spendeten genügend Licht, um ihm einen leeren, achteckigen Raum zu zeigen. Der Boden bestand aus dunklem, poliertem Marmor, darin konzentrisch in den Boden eingelassen ein großes Acht- und ein Zwölfeck aus fingerbreitem Gold. In den Ecken erweiterte sich dieses goldene Band zu handtellergroßen Flächen, in denen Vertiefungen zu erkennen waren. Im Zentrum des Raums befanden sich vier weitere in Gold gefasste Vertiefungen, eine in der Mitte, drei andere im Dreieck um dieses Zentrum herum angeordnet.

Mehr war nicht zu erkennen.

Santer fluchte leise, sah sich in ein letztes Mal in dem kleinen Vorraum um, zuckte die Schultern und verließ ihn wieder. Er sah kopfschüttelnd zu, wie sich die Wand hinter ihm schloss. Götter, was waren diese Eulen nur für Geheimniskrämer! Warum konnten sie nicht einfach eine normale Tür in die Wand setzen?

»Warum müsst ihr nur alles verstecken, könnt ihr mir das mal verraten?«, rief Santer empört in die Halle hinein. »Magische Schlösser, die einem das Blut aussaugen, Throne zum Scheißen, wo selbst ein König nicht mehr als ein Loch im Boden braucht, und dicke Bücher über Dinge, über die selbst ein Kind Bescheid weiß!« Er warf Balthasars Bild einen bösen Blick zu. »Und Ihr? Habt Ihr nichts Besseres zu tun? Siebenhundert Jahre alt, und Ihr treibt noch immer diesen Schabernack?«

»Ganz so alt bin ich nicht, Santer«, sagte Desina mit einem Lächeln von der Treppe und sah ihn verwundert an. »Was hat Euch so erzürnt?«

»Dieser Kerl hier!«, rief Santer und wies anklagend auf das Gemälde des letzten Primus. »Erst kommt er gestern Nacht in mein Zimmer und erschreckt mich fast zu Tode, und jetzt kommt er in den Leseraum des ersten Zirkels und führt mich hierher, um mir eine geheime Tür zu zeigen. Mir ist das alles nicht recht, Desina. Ich mag Magie nicht, ich mag keine Geheimnisse, und ich mag es nicht, von Geistern überrascht zu werden.«

Sie lachte. »Ich habe auch oft das Gefühl, dass er anwesend ist«, sagte sie. »Ihr müsst wissen, dass ich mir seine Räume zum Schlafen ausgesucht habe. Es wäre schön, wenn er noch da wäre, aber es ist nichts als Eure Einbildung, Santer. Als ich ein Kind war, sah ich hier auch in jeder Ecke einen Geist…«

Das Bild an der Wand schien ihn auszulachen.

»Das hier ist etwas anderes«, sagte Santer und erzählte ihr, wie der alte Primus ihn hierher geführt hatte.

»Seid Ihr ganz sicher, dass Ihr Euch das nicht eingebildet habt?«, fragte die Maestra skeptisch.

Wortlos drehte sich Santer um, ging hinüber zu der Wand und drückte auf den Stein. Knirschend schwang die verborgene Tür auf.

Ihre Augen weiteten sich. »Santer!«, rief sie. »Wisst Ihr, was das ist?«

»Nein«, sagte er stur. »Ich weiß auch nicht, ob ich es tatsächlich wissen will.«

»Es ist der Torraum des Turms«, teilte sie ihm mit vor Begeisterung strahlenden Augen mit. »Das muss das Eulentor sein! Ich habe von ihm gelesen und wieder und wieder nach ihm gesucht.« Sie eilte auf Santer zu und umarmte ihn voller Freude. »Ist das nicht großartig?«

Sanft löste er sich aus ihren Armen. »Der Raum ist leer«, sagte er beruhigend. »Was ist so großartig daran? Und ich habe ihn nicht gefunden, er wurde mir gezeigt…«

Sie schaute ihn mit strahlenden Augen an. »Wisst Ihr, was das bedeutet?«, fragte sie.

Er warf dem Bild einen letzten Blick zu und seufzte. »Ihr werdet es mir bestimmt gleich verraten«, murmelte er.

»Es ist ein magisches Tor! Von hier aus kann man mit einem Schritt die gesamte bekannte Welt bereisen. Ich habe davon gelesen und fand es faszinierend. Entlang der Ströme der Magie kann ein solches Tor einen in einem Augenblick an einen anderen Ort der Welt bringen.«

»Wie soll das gehen?«, fragte Santer skeptisch.

»Ich glaube, die Magie formt sich zu einem Sack um einen herum, der sich dann an einer anderen Stelle wieder ausstülpt«, antwortete sie ihm mit leuchtenden Augen.

»Ein magischer Sack«, wiederholte Santer langsam.

»Ay«, nickte sie. »Oder so ähnlich.«

Er sah sie ungläubig an und wies dann mit einem anklagenden Finger auf die massive Tür. »Eines kann ich Euch versprechen!«, rief er empört. »Ich werde mich niemals freiwillig in einen magischen Sack begeben! Und Ihr, Maestra, seid beileibe nicht stark genug, mich dort hineinzuschieben!«

»Ihr würdet mich allein lassen?«, fragte sie unschuldig und sah ihn verloren und mit großen Augen an.

»Lasst das«, sagte Santer, wider Willen amüsiert.

»Es ist ungefährlich, Santer«, verkündete sie. »Man muss nur darauf achten, dass nichts über den Rand hinausragt, das würde abgeschnitten werden wie von der schärfsten aller Klingen.«

»Vor allem Letzteres klingt sehr vertrauenerweckend«, grummelte Santer. »Ich brauche jetzt frische Luft.« Er verließ die Halle und ging nach draußen. Mit Erleichterung stellte er fest, dass die Maestra ihm folgte und sich die Wand dann wieder hinter ihr schloss. Er schaute hoch zum Turm, der weiß und unberührt dastand. »Mehr und mehr fange ich an, diesen Turm nicht zu mögen.«

»Man gewöhnt sich daran«, sagte die Maestra lächelnd. »Seht es als einen besonderen Reiz, seine Geheimnisse zu lüften.«

»Es spukt da drin«, sagte Santer vorwurfsvoll, doch sie lachte nur.

»Ich lebe seit zwölf Jahren dort, und wenn es Balthasar war, dann ist er wenigstens ein freundlicher Geist.«

»Habt Ihr etwas über den Wolfskopf herausfinden können, Maestra?«, fragte er, auch um das Thema zu wechseln. In der Tat, ein magischer Sack und ein Geist, das waren für ihn erst einmal genügend Geheimnisse für einen Tag.

»Ay«, sagte sie, und ihre Miene verdüsterte sich. »Diese Wolfsköpfe sind Fokussteine, die an den Knotenpunkten der magischen Ströme sitzen, die den Weltenstrom bilden. Ohne einen solchen Fokusstein gibt es keinen Knotenpunkt, sie wirken auf Magie wie ein Magnetstein auf den anderen. Bringt man ihn in die Nähe magischer Ströme, zieht er sie an sich heran und erlaubt es, die Bahn des Stroms zu lenken.«

»Mit diesen Wolfsköpfen kann man die Ströme der Magie bewegen?«

»Ay«, bestätigte sie. »Aber nur wenn man weiß, wie. Es gehört ein lenkender Geist dazu. Und eine starke Begabung, wie sie nur wenige Maestros jemals besessen haben. Ich habe aber noch mehr herausgefunden.«

»Und was?«

»Das Alte Reich wurde verraten. Jemand hat den Wolfskopf gestohlen, der hier zum Turm gehört. Außerdem zwei weitere, die ebenfalls Ströme der Magie hierher gelenkt haben. Das ist der Grund, warum der Weltenstrom versiegt ist.«

»Askir wurde verraten?«, fragte Santer überrascht.

»Alles weist darauf hin.« Sie seufzte. »Was damals geschah, wer den Wolfskopf stahl, werden wir wohl nie erfahren. Aber ich bin sicher, dass es so war.«

»Ich verstehe nur eins nicht, Maestra«, sagte Santer nachdenklich. »Wenn der Wolfskopf hier gestohlen wurde... Sagtet Ihr nicht, dass dieser Strom hierher zurückgekehrt wäre?«

»Ay«, antwortete sie. »Einer dieser drei Wolfsköpfe wurde wieder an seinem Ort eingesetzt, und der Strom fließt erneut. Aber er ist ein Rinnsal im Vergleich zu früher.« Sie sah mit einem neugierigen Funkeln in den Augen durch die offene Tür in die Halle des Turms zurück, wo der Portalraum auf sie wartete. »Aber es dürfte genug sein, das Portal wieder nutzen zu können.«

»Fangt nicht wieder davon an!«, knurrte Santer. »Aber bedeutet das nicht, dass, wenn Ihr den Wolfskopf wieder an seinen Ort hier im Turm einsetzt, noch mehr von diesem Weltenstrom fließen wird?«

»Richtig«, sagte sie. »Aber ich kann das nicht. Der Zugang ist durch eine Tür gesichert, die sich nur einem Maestro öffnen wird, der den siebten Grad beherrscht.«

»Sie ist magisch verschlossen, und Ihr könnt sie nicht öffnen?«, fragte Santer nach. »Wir haben einen Wolfskopf, der diese magischen Ströme aktiviert, aber es ist uns nicht möglich, das zu bewerkstelligen?«

»Genau«, stimmte die Maestra frustriert zu.

»Etwas verstehe ich noch immer nicht«, sagte Santer. »Wir besitzen nun zwei Wolfsköpfe. Gehört der zweite zu diesem dritten Tempel, von dem Ihr gesprochen habt?«

Desina schüttelte den Kopf. »Das glaube ich nicht. Jetzt wo ich beide Wolfsköpfe miteinander vergleichen konnte, wurden die Unterschiede deutlich. Der eine ist schwerer und fühlt sich warm an, der andere ist aus normalem Stein.« Sie griff in ihre Robe, zog einen Beutel heraus und öffnete ihn. »Diese Skulptur hier ist nichts anderes als eine Kopie ohne jedwede magische Eigenschaft.«

»Eine Kopie?«, fragte Santer erstaunt. »Wieso eine Kopie? Was ergibt das für einen Sinn?«

»Das kann ich Euch sagen«, hörten sie die Stimme des Baronet von Freise hinter sich. Sie waren so vertieft in ihr Gespräch gewesen, dass sie ihn gar nicht bemerkt hatten. Er lächelte, doch seine Augen waren ernst. »Es wird Euch nur nicht gefallen.«

56

»Das«, sagte Desina verbittert, »hat uns gerade noch gefehlt.« Sie sah den Baronet vorwurfsvoll an. »Wisst Ihr, dass sich das meiste hätte verhindern lassen, wenn Euer Mann sofort zu mir gekommen wäre?«

»Ja«, entgegnete der Baronet mit unbewegtem Gesichtsausdruck. »Sogar der Botschafter weiß es mittlerweile. Aber die Dinge sind, wie sie sind. Es geht um seine Tochter.«

»Vielleicht verlieren andere Väter ihre Töchter, weil er so entschieden hat«, sagte Desina. »Ich kann den Mann verstehen, aber… bei den Göttern!«

»Vielleicht habt Ihr recht und seine Entscheidung führt zu einer Katastrophe.« Santer musterte den Aldaner prüfend. »Aber es kann uns vielleicht auch nützlich sein. Wenn wir seine Tochter finden, kennen wir den Weg zu dem, der den Wolfskopf in den Händen hält.« Er schaute den Baronet fragend an. »Ihr habt dem Grafen Altins Euer Wort gegeben, und dennoch seid Ihr hier. Was ist es, was Ihr wollt, Baronet von Freise?«

»Ich bitte Euch um Hilfe. Wie es ein Freund tun würde«, sagte er mit ernster Miene.

»Sind wir denn Freunde?«, fragte Desina nachdenklich.

»Ich hoffe es«, entgegnete der Baronet. »Ich werde es wohl gleich wissen.« Er griff in sein Wams und nahm eine kleine

Schachtel heraus. »Ich habe gehört, dass Ihr den vermissten Soldaten gefunden habt und das nur anhand eines Bildes. Vielleicht…« Er hielt ihr die Schachtel entgegen. Zögernd nahm Desina sie. Sie trug ihre Robe, und auch ohne die Worte des Baronets hätte sie ahnen können, was sich in der Schachtel befand, zu groß war das Echo des Schmerzes.

»Sie lebt«, sagte Desina leise.

»Das wisst Ihr, ohne die Schachtel zu öffnen?«

»Was zusammengehört, wird auch getrennt eine Bindung haben«, erklärte sie leise. »Eine Art Bestimmung, eine feste Fügung dessen, was sein sollte und nun falsch ist.« Sie sah zu dem Aldaner auf. »In gewisser Hinsicht ist der Finger noch immer ein Teil von ihr, und es gibt nur eine Stelle, an der er sein sollte, an der Hand dieser jungen Frau.«

Sorgsam löste sie den Deckel der Schachtel und sah auf den bleichen und blutigen Finger hinab. Als sie ihn berührte, spürte sie, wie sich etwas in ihr regte. Etwas Altes, Mächtiges, etwas, das ganz tief in ihr wohnte. Ein schwaches rötliches Leuchten entstand um den Finger herum, ein langsames Pulsieren, wie von einem Herzschlag.

Es war nicht das Wissen der Eulen, das sie trieb, es war ein tieferer Instinkt, ein Gefühl, etwas, das den Eulen des Alten Reichs schon immer suspekt gewesen war. Etwas, das sich nicht so leicht mit den Wissenschaften erklären ließ.

Blutmagie. Die Art von Magie, die, wenn Balthasar in seiner Vermutung Recht behalten sollte, die Grundlage der Nekromantie darstellte. Unheilig. Unrein. Aber machtvoll und verführerisch. Doch was, wenn es einem guten Zweck diente?

Einen Moment noch zögerte sie, dann griff sie nach dem hauchfeinen, blutigen Faden, der Finger und Körper noch immer verband.

»Es hat keinen Sinn, sich zu sträuben, mein Kind«, sagte die Frau in dem eleganten Kleid, als sie sich über Melande beugte. »Es ist dein Schicksal.«

»Mein Schicksal liegt nicht in Eurer Hand!«, fauchte die Tochter des Botschafters mit trotzigem Blick. »Ich werde dafür sorgen, dass man Euren schönen Körper in tausend Teile zerlegt und diese wilden Hunden zum Fraß vorwirft.«

»Danke für das Kompliment, mein Kind.« Die Frau mit der alabasterweißen Haut und den pechschwarzen Haaren lächelte. »Aber so weit wird es nicht kommen. Wir denken gleich, du und ich.« Sie beugte sich über die junge Frau, die mit festen Lederriemen an ein schweres Bettgestell gefesselt war. »Seht, einen Anfang haben wir bereits gemacht.« Sie strich zuerst sanft über den Stumpf des Fingers, bevor sie dann hart zudrückte. »Ihr dürft ruhig schreien«, fügte sie mit einem heiteren Lächeln hinzu.

Melande stöhnte auf, ein Zittern lief durch ihren Körper, und Schweißperlen entstanden auf der jugendlichen Stirn, doch ihre Augen hielten dem Blick der Verfluchten stand.

»Ich bin die Tochter eines aldanischen Ritters«, brachte Melande gepresst hervor. »Tut, was Ihr tun müsst, ich werde Euch nicht den Gefallen tun, zu brechen.«

»O doch, das wirst du, mein Kind«, sagte die Frau. »Das wirst du. Aber ich tue dir nichts. Das werden andere übernehmen, vielleicht sogar welche, die du kennst, schließlich verkehrst du in den besten Kreisen. Du denkst, du weißt schon alles über die Menschen, mit denen du dein Leben teilst, aber in Wahrheit sind sie schwach und verdorben und haben sich schon längst verführen lassen.« Sie strich noch einmal über den Fingerstumpf. »Ich werde dich Stück für Stück verkaufen, Gelenk für Gelenk, an Leute, die eine hohe Summe zahlen, um ihren Gelüsten ungestraft nachkommen zu können. Je stolzer die Frau, desto mehr werden sie es genießen.«

Die Augen der jungen Aldanerin weiteten sich, als sie verstand, was die andere ihr sagen wollte. »Ihr seid wahrlich verflucht«, hauchte sie leise. »Ihr habt recht, Ihr werdet mich brechen. Mir graust davor, und mir ist ganz elend bei dem Gedanken, was Ihr mir antun werdet. Und doch will ich mein Schicksal nicht mit dem Euren tauschen, Sera, denn Ihr seid wahrlich verflucht. Ihr seid ein Ungeheuer in liebreizender Form, aber schlimmer als alles, was die Schöpfung der Götter entstehen ließ.«

»Ich mag deine Komplimente, mein Kind.« Die blutroten Lippen der Frau formten sich zu einem kalten Lächeln. »Aber in einem irrst du. Die Götter schufen uns, wie wir sind, dich und mich. Einst dachte ich wie du und wäre mit den gleichen Worten auf den Lippen gestorben.« Die wunderschöne Frau richtete sich auf und strich ihr Kleid glatt. »Aber du wirst nicht sterben, noch lange nicht. Vielleicht auf Jahre nicht, denn wir werden dir Zeit geben zu heilen. Immer und immer wieder ...«

Als die Frau den goldenen Anhänger mit dem Obsidian berührte, rollte eine Welle der Verzweiflung über die Tochter des Botschafters hinweg. Eine Verzweiflung so groß, so abgrundtief, dass Melande es nicht langer ertragen wollte und sich dankbar der Dunkelheit der Ohnmacht ergab. Ein letztes Mal bäumte sie sich auf, die Augen weit aufgerissen, stemmte sich mit fast übernatürlicher Kraft gegen die Fesseln, dann fiel sie kraftlos zurück und lag still in ihrer Ohnmacht.

»Ja, ruh dich nur aus, mein Kind«, flüsterte die Frau spöttisch. »Du wirst deine Kräfte brauchen.«

»Götter«, hauchte Desina, als sie die Augen öffnete und die besorgten Gesichter von Santer und dem Baronet über sich gebeugt sah. Es war keine große Überraschung für sie, dass sie sich im Gras vor dem Turm der Eulen liegend wiederfand.

Blutmagie. Nichts, was in den Büchern der Eulen stand, hatte sie darauf vorbereitet. Es war eine Magie, die sie nicht verstand, nur Gefühl und Instinkt konnten sie hier leiten. Primitiv, alt und zugleich mächtig, etwas, das tief aus ihrem Innern kam und dem Ruf des Bluts Folge geleistet hatte.

Aber was sie in ihren Grundfesten erschüttert hatte, war das grausame Schicksal, dass diese Sera der jungen Aldanerin zugedacht hatte.

Selbst wenn sie nicht die Tochter des Botschafters gewesen

wäre, hätte sie handeln müssen, ihr Eid und ihr ganzes Wesen verlangten es.

»Eure Augen«, sagte Santer leise. »Sie haben einen roten Rand um die Pupillen! Geht es Euch gut?«

»Es ist ein Effekt dieser Form von Magie«, erklärte Desina ausweichend. »Mir geht es gut. Der Tochter des Botschafters jedoch nicht… Man hat ihr ein grausames Schicksal zugedacht und es ihr soeben eröffnet. Wir müssen sie retten. Jetzt!«

Sie nahm die Hand, die Santer ihr hinhielt, und zog sich daran hoch. Noch immer fühlten sich ihre Knie an, als wären sie aus weichem Wachs.

»Ich habe durch ihre Augen gesehen. Ich sah die, die sie gefangen hält, und Melande hat recht: Es ist ein Ungeheuer in menschlicher Gestalt.« Sie schaute zu Santer und dem Baronet hoch. »Wir werden sie finden.«

»Sie lebt also noch?«, fragte Tarkan erleichtert.

»Ay. Aber wir werden Hilfe brauchen. Und, Santer«, wandte sie sich an den großen Stabsleutnant, der sie prüfend musterte. »Ihr hattet ebenfalls recht, die Tochter des Botschafters hat uns direkt zu einem der Verfluchten geführt.«

»Ich hoffe, Ihr wollt den Ort nicht von Bullen stürmen lassen«, warnte Tarkan.

»Oh, das wird nicht nötig sein«, antwortete Desina lächelnd, doch ihr Blick war hart.

57

Der pochende Schmerz in ihrem Finger zerrte an der dunklen Zuflucht, in die sich Melande geflüchtet hatte. Sie spürte, wenn sie erwachte, müsste sie sich der Verzweiflung stellen, also blieb sie lieber hier, wo nichts sie erreichen konnte.

»Ihr müsst aufwachen, Melande«, hörte sie eine rauchige, sanfte Stimme im Dunkel neben sich. »Ich brauche Euch, um Euch zu helfen.«

In ihr nahm eine Frage Gestalt an.

»Ich bin die Maestra vom Turm. Nein, es ist keine Einbildung. Ich bin hier, um Euch zu helfen, aber Ihr müsst es mir erlauben.«

Es war zu spät, sie konnte das Dunkle nicht mehr halten und wachte auf. Sie schaute sich mit weit geöffneten Augen in dem fensterlosen, aber prächtig ausgestatteten Zimmer um. Die Fesseln hielten sie genau wie vorher, der Schmerz in ihrem verlorenen Finger pochte und zerrte an ihrem Willen. Und sie war allein.

»Also doch nur Einbildung«, hauchte sie enttäuscht.

»Nein«, kam die Antwort von der gleichen Stimme. Sie spürte die Freundlichkeit in ihr. »Ich bin hier, bei Euch, und wenn Ihr es mir erlaubt, kann ich Euch helfen.«

»Warum tut Ihr es nicht einfach?«, flüsterte Melande.

»Es ist auch für mich neu, ich bin ungeübt darin und möchte es nicht ohne Eure Erlaubnis tun.«

»Wenn Ihr mich befreien könnt, dann habt Ihr die Erlaubnis, Maestra vom Turm«, antwortete Melande und lachte leise. »Wenn das meine Einbildung ist, dann ist sie wenigstens ungewöhnlich genug, um mir Mut zu geben. Aber was wollt Ihr tun? Ihr seid doch nur ein Geist oder eine Einbildung.«

Melande spürte sie jetzt, die andere, die junge Maestra. Sie konnte sie beinahe sehen, eine junge Frau kaum älter als sie selbst, mit feuerroten Haaren und den freundlich lächelnden Augen einer Katze. Plötzlich bemerkte sie farbige leuchtende Bänder um sich herum, ein Schimmern und ein Glimmen in allen Farben der Welt und solchen, die sie noch nie gesehen hatte. Jedes Ding im Raum hatte sein eigenes Strahlen und sein eigenes Pulsieren.

»Das hier werde ich tun«, antwortete die Maestra, und die Farben verbanden sich, drehten und wanden sich, schlangen sich um die festen Lederbänder, die Melande an das Bett gebunden hielten, sammelten sich dort und wurden gleißend hell, sodass sie den Kopf abwenden wollte – aber über ihre Bewegung bestimmte eine andere. Die Lederbänder bröckelten und brachen, und Melande richtete sich auf, voller Staunen, was hier mit ihr geschah.

Feurige Bänder sammelten sich an ihrem Fingerstumpf, nur von fern spürte sie das Brennen, dann ließ der Schmerz nach und wich einem langsamen Pulsieren. »Was habt Ihr getan?«, fragte sie.

»Der Finger war zu lange von Euch getrennt, als dass man ihn hätte retten können«, kam die überraschende Antwort. An eine solche Möglichkeit hatte Melande bisher gar nicht gedacht. »Ich habe die Gefäße verbrannt und die Enden Eurer Nerven abgetötet, die Euch Schmerz bereitet haben.« Während dieser Antwort bewegte sich Melandes Körper vorwärts zur Tür, die mit Leder und groben Stoffen dick gepolstert war.

Die Tür schimmerte in einem fahlen Licht und zeigte in dunklen Farben die eisernen Riegel auf der anderen Seite. Ein Wasserfall von dunklen Farben wand sich um das Eisen und zog beide Riegel zur Seite; lautlos und ohne dass Melande sie berührt hatte, schwang die Tür zur Seite. Der Gang, der nun vor ihr lag, hatte auf der linken Seite ein Fenster, an einem Seil kam etwas herabgeschwebt, ein Bündel mit Kleidung und ein Gurt mit einem schlanken Langschwert. Etwas brachte Melande dazu, innezuhalten.

»Ich … wir können durch das Fenster fliehen«, sagte die Maestra in Melandes Gedanken. Eben hatte Melande gesehen, dass sich dieses Fenster drei Stockwerke über dem Grund befand, aber sie spürte die Sicherheit in der Stimme der anderen. »Oder aber Ihr helft mir, diesen Übeltätern das Handwerk zu legen.«

Melande öffnete den Beutel und kleidete sich schnell an. Es war ein einfaches schlichtes Kleid, aber besser als die Blöße. Zwei Unterarmscheiden mit Dolchen folgten, zuletzt legte sie den Schwertgurt an.

»Ich will zwei Köpfe«, antwortete Melande mit der kühlen

Entschlossenheit, die ganze Generationen von aldanischen Rittern ihr hinterlassen hatten. »Aber ich weiß nicht, ob meine Hand das Schwert halten kann.«

»Ich … wir werden es mit der linken Hand führen.« Sie spürte das Lächeln der Maestra und zog die Klinge, die in dem Feuerwerk an Farben ein fahler Schein war, der die roten Fäden in der Luft in sich zu sammeln versuchte. Ein pochender Schmerz entstand hinter Melandes Augen, dann verschwanden die seltsamen Farben.

»Verzeihung«, hörte sie die Stimme der Maestra. »Ich wusste nicht, dass Ihr die Farben der Magie auch sehen könnt.« Die Maestra lachte leise. »Das wird Santer einiges erleichtern, sofern er mir erlaubt, seinen Dickschädel zu betreten.«

Ein neugieriger Gedanke, und Melande sah einen sehr großen Mann vor sich stehen. Er trug ein verwegenes Grinsen auf dem Gesicht und den Schalk in den Augen.

»Ich verstehe, warum Ihr ihn mögt«, sagte Melande lautlos, während sich ihr Körper geschmeidig den Gang hinab bewegte. Sie fühlte die Überraschung der Maestra, dann ein verlegenes Lachen.

»Also funktioniert es in beide Richtungen.«

Sie hielt vor einer Tür inne. Aus der Ferne – von unten – kam ein seltsam gedämpftes Geräusch, als ob etwas Schweres hingefallen wäre.

»Seid Ihr bereit?«

»Ja«, antwortete Melande mit bitterer Entschlossenheit. »Tut, was Ihr könnt, selbst wenn es mein Ende sein sollte.«

»Das wird es nicht sein«, flüsterte die Maestra in Melandes Gedanken. »Aber einen Muskelkater kann ich Euch versprechen.«

Sie stieß die Tür auf und sah sich zwei Männern gegenüber, einer von ihnen reich gekleidet, ein Handelsherr, den Melande entfernt kannte, und ein anderer, der ihr unbekannt war, hochgewachsen, mit schmalem, hartem Gesicht und dunklen Augen, der soeben sein Schwert zog und eine Hand in ihre Richtung hielt.

Mit der blutigen rechten Hand wies sie dem Handelsherrn den Weg. »Geht!«, rief sie in einer Stimme, die nicht ganz ihre eigene war. »Und Ihr«, sagte sie zu dem anderen, »werdet hier sterben, Verfluchter!« Denn das war der Mann, der Melande ihren Finger abgeschnitten hatte.

»Wie soll das gehen?«, fragte der Verfluchte ruhig. »Wenn Ihr Euch doch nicht bewegen könnt? Wenn Eure Glieder schwer sind wie Blei und Eure Hände zu schwach, dieses Schwert zu halten? Es ist zu groß und zu schwer für ein kleines Mädchen. Ihr seid doch ein kleines Mädchen, nicht wahr? Lasst den Stahl fallen und ergebt Euch in das Schicksal, das Euch vorbestimmt ist.«

Der Ser hatte recht, dachte Melande traurig. Es war so sinnlos, sich überhaupt gegen ihr Schicksal zu wenden, wie sollte sie denn gegen einen wie ihn überhaupt bestehen können?

»Das müsst Ihr nicht«, hörte sie die Stimme der Maestra. »Das übernehme ich.« Melande hob das Schwert und lächelte grimmig.

Kurz war Überraschung im Blick des Verfluchten zu erkennen, dann hob er die Hand und sengendes Feuer strömte fauchend auf Melande zu.

Sie spürte die Hitze, die sie verbrennen sollte, fühlte, wie die Maestra das Feuer suchte und an sich band. Die Todeshitze war nun nichts weiter als ein feuriger Schimmer, der sie einhüllte.

Melande sprang vor, das Schwert zum Schlag erhoben, doch es war ein Finte, sie duckte sich unter der Klinge des anderen hindurch, rollte vorbei und trat mit dem blanken Fuß seitlich gegen das Knie des Verfluchten, das mit einem lauten Knirschen brach. Zugleich flog ein Dolch heran und bohrte sich in den Hals des Gegners. Einen Moment stand er überrascht da, dann wich er dem nächsten Schlag der Maestra aus und zog dabei den Dolch aus seinem Hals. Das zerstörte Knie hielt den Sprung zu Seite mühelos aus.

Melande hörte die Maestra auf eine Art fluchen, die selbst einen Seemann hätte erbleichen lassen.

»Ein Welpe mit Zähnen«, sagte der andere. »Mir scheint, Ihr

habt uns gut getäuscht. Aber jetzt werdet Ihr sterben, denn Stahl kann mir nichts anhaben.«

»Vielleicht, vielleicht auch nicht«, hörte Melande den Gedanken der Maestra.

Funken stoben auf, als Stahl auf Stahl prallte. Melande war nichts als eine Zuschauerin in diesem ungewöhnlichen Kampf und spürte die kühle Kalkulation, als die Maestra die rohe Kraft des Gegners in einem präzisen Winkel am Stahl ihrer eigenen Klinge abführte.

Ausfall, Vorstoß, Finte, das Schwert wechselte kurz in die schwächere Hand, ein anderer Dolch flog und fand sein Ziel in der Schulter des Gegners, dann befand sich die fahle Klinge wieder in ihrer Linken und wob ein Netz aus Stahl. Vielleicht war es so, dass der Verfluchte jede Wunde sofort heilte, doch der Dolch behinderte seine Bewegungen, und als endlich ein Moment günstig erschien, griff er nach ihm, um ihn aus der Schulter zu ziehen, während eine Woge aus Feuer auf Melande zurollte. Wieder stand sie in diesen höllischen Flammen, doch diesmal drehte sich das Feuer zu einem Strick, der sich um den anderen legte. Die Hose und das Wams des Verfluchten waren aus schwerem Leinen, dennoch barst beides in den Flammen, während zugleich ein gleißender Blitz von Melandes freier Hand zu dem Verfluchten übersprang und ihn in blaues Licht tauchte, während ein Donnerschlag die enge Kammer erschütterte.

Er schlug hart gegen die Wand hinter ihm, Melande griff nun mit beiden Händen das Heft der fahlen Klinge und schlug zu. In einer blutigen Fontäne sprang der Kopf des Verfluchten von seinen Schultern, einen ungläubigen Ausdruck auf dem Gesicht, als in rascher Folge andere Gesichter über dem kopflosen Rumpf erschienen und sogleich wieder vergingen. Schließlich rutschte der Körper zuckend an der Wand zu Boden.

»Von wegen, Stahl kann ihm nicht schaden! So, da habt Ihr Euren ersten Kopf, Melande«, sagte die Maestra in kühler Genugtuung. »Das war gar nicht so schwer.«

Ein Geräusch hinter ihr warnte sie, sie duckte sich unter einem blauen Schimmer hindurch und wirbelte herum. Ihre Klinge schlug einen Dolch zur Seite, und für einen Moment standen sich Melande und ihre Peinigerin tatenlos gegenüber.

Dann zuckte Melandes Schwert vor und durchbohrte die rechte Brust der schwarzhaarigen Schönheit. Die taumelte zurück und hielt sich die Wunde, während ein Schauer über sie lief und sie leise aufstöhnte, bevor sie sich schwer atmend aufrichtete und ihr eigenes Blut von ihrer Hand leckte.

Der nächste Schlag der Maestra endete vor der Verfluchten in einer schimmernden Wand. Sie lachte leise. »Das war ein guter Streich«, sagte sie mit einem wollüstigen Lächeln, als sie mit einer Hand den Anhänger auf ihrer Brust berührte. »Aber jetzt gehörst du mir.«

»Das bezweifle ich«, kam der kühle Gedanke der Maestra als Antwort. Eine Welle von dunkelster Verzweiflung überrollte Melande, wie schon zuvor fühlte sie die Bollwerke ihres Geistes bröckeln. Doch diesmal war sie nicht allein, ein anderer Wille schob sich dazwischen, und beinahe erschien es ihr, als ob sie diese glitzernde Wand aus einem Willen so hart wie Diamant vor sich sehen würde.

Plötzlich fühlte sie sich in die Luft erhoben, dann mit Macht nach hinten geworfen, aber der harte Aufprall an die Wand kam nicht, ein Luftstoß fuhr dazwischen und bremste sie ab. Ein schillerndes Band aus Farben floss von ihrer lächelnden Peinigerin zu Melande, versuchte sich um sie zu wickeln. Fast wäre es gelungen, und dort, wo das Band den Stoff des geliehenen Kleids berührte, wurde das Leinen braun und zerfiel zu Staub.

Melandes Klinge zuckte vor und hoch und durchtrennte dieses schillernde Band. Aus ihrer freien Hand schoss ein Blitz wie der, der eben den anderen Verfluchten zu Boden geworfen hatte, doch die einzige Wirkung, die er jetzt hatte, war, dass bläuliche Funken in den Haaren der Gegnerin tanzten.

Sie lachte lauthals. »So viel Spaß hatte ich schon lange nicht mehr, mein Kind!«, rief Melandes Peinigerin und tat einen Schritt nach vorn.

Der nächste Schlag der Maestra wurde von einem schlanken Arm geblockt, als ob Fleisch gegen Stahl bestehen könnte. Eine schillernde Kugel schoss auf sie zu und verfehlte Melande nur knapp, als sie wie eine Katze zur Seite rollte. Hinter ihr schlug die Kugel in die Wand ein und hinterließ einen weißleuchtenden Punkt. Der Stein begann zu tropfen.

Was folgte, war eisige Kälte, Dunkelheit, Verzweiflung und ein Donnerhall, dann merkte Melande, wie ihr die Luft genommen wurde, wie das Atmen ihr schwerer und schwerer fiel, bis ein neuer Donnerschlag die Gegnerin zurückwarf und die fahle Klinge beinahe ihr Ziel fand. Aber weil die Nekromantin sich zurückwarf, wurde nur ihr Ohrläppchen angeritzt.

Ein Stoß mit der flachen Hand schleuderte Melande gegen die Wand, diesmal gab es nichts, das den Aufprall dämpfte. Fast schwanden ihr die Sinne, als plötzlich die Tür an ihrer Seite barst und ein Riese mit kahlem Kopf und einer gewaltigen Axt den Rest der Holzes zertrat.

Viel schneller, als man es bei einem Mann dieser Größe vermuten könnte, stand er im Raum, seine Axt beschrieb einen Bogen, der die andere allein durch die Wucht seines Schlags zur Seite warf, auch wenn der scharfe Stahl nur einen Teil des kostbaren Kleids zerfetzte, das sie trug. Die bleiche Haut darunter blieb unverletzt, obwohl der Schlag sie hätte spalten müssen. Die Augen der Gegnerin weiteten sich, als sie den Riesen vor sich stehen sah. Erst war Unverständnis darin zu lesen, dann Unglaube und zum Schluss Angst. Im nächsten Moment war sie nicht mehr da, verschwunden, innerhalb eines Lidschlags war sie vor Melandes überraschten Augen verblasst.

»Verfluchte Natter«, sagte der Riese mit Abscheu in der Stimme und wandte sich nun Melande zu. Ein breites Grinsen erschien auf diesem harten Gesicht. »Selbst in dieser Verkleidung erkenne ich dich an deinen Bewegungen«, meinte der Riese, und Melande hörte sich vor Erleichterung selbst lachen. Hunderte von Szenen flogen an ihrem geistigen Auge vorbei, Bilder, die nicht aus ihrer eigenen Erinnerung kamen: ein junges

Mädchen, dem der Riese geduldig Buchstaben beibrachte ... ein Mädchen, das zuhörte, wie der Riese mit traurigen Augen von ihrer verschwundenen Schwester sprach ... Der Stahl fiel laut scheppernd aus ihrer kraftlosen Hand. Mit zitternden Fingern löste sie den breiten Schwertgurt und ließ ihn dort fallen, wo sie stand.

»Er wird Euch in Sicherheit bringen«, hörte sie noch einmal die Stimme der Maestra, dann stand sie da, mit Gliedern, die brannten, als wären sie in Feuer getaucht, mit einem Schädel, der klopfte, als wäre ein Hämmerwerk darin errichtet worden, und glühenden Augen ... Aber sie stand, und als der Riese sie in den Arm nahm, sagte sie nichts, sondern lehnte sich nur gegen seine breite Brust und weinte.

Sie wurde herausgetragen und in eine Sänfte gelegt. Kurz bemerkte sie einen grinsenden, blonden drahtigen Mann, der sie an ein kleines Raubtier erinnerte, wie er mit einer Kiste unter dem Arm aus dem Haus herausspaziert kam. Dann meinte sie sogar für einen Moment den Baronet von Freise zu sehen, der in der Begleitung einer wunderschönen Frau auf der anderen Straßenseite stand und ihr höflich zunickte. Als diesmal das Dunkel kam, war es keine Zuflucht, sondern nur Erschöpfung, diesmal wusste sie, dass sie nicht mehr voller Angst erwachen würde.

»Askirs bekannteste Kurtisane«, sagte Wiesel kopfschüttelnd. »Wer hätte das denn ahnen können?« Er lehnte an der Wand des Raums, in dem Istvan Melande gefunden hatte, einen Fuß angezogen und gegen die Wand gestellt, auf dem Knie balancierte er eine flache Kiste mit Dokumenten, die er rasch durchsah. Einen Raum weiter sprach Taride mit einer der Zofen der Sera Asela, die mit schluchzender Stimme beteuerte, von alldem hier nichts gewusst zu haben. Der Rest des Hauses wurde von fast einem Dutzend Federn durchsucht. Dumpfe Schläge aus dem Keller erschütterten das Gebäude, wo zwei Bullen mit einer Ramme aus Stahl versuchten, eine stabile eiserne Tür einzuschlagen.

»Heute Morgen erst habe ich mich nach der Sera erkundigt«,

sagte Santer nachdenklich und musterte fasziniert die Spuren der Zerstörung im Raum, die kopflose Leiche, die verkohlten Fußabdrücke im kostbaren Teppich, die Tropfen von geschmolzenem Stein an den Wänden. Verkohlt oder von mächtigen Schlägen zertrümmert, hatte keines der kostbaren Möbelstücke den Kampf überlebt, und dort hinten saß noch immer ein reicher Handelsherr wimmernd in der Ecke. Er reagierte nicht auf Ansprache, hielt die Augen fest geschlossen und betete zitternd zu Boron, während der dunkle Fleck an seiner Hose immer größer wurde.

Der Kerl sollte sich besser überlegen, dachte Santer, an wen er da seine Gebete richtete. Boron hatte die Angewohnheit, zuzuhören.

»Was ist hier nur geschehen?«, grübelte er laut und bückte sich, um den Schwertgurt der Maestra aufzuheben, den Melande dort hatte fallen lassen. Auch das Schwert lag dort, Santer hob es auf und schob es zurück in die Scheide, seine Fingerspitzen kribbelten, als er den dunklen Stahl berührte.

Wiesel sah kurz auf. »Ich habe hier etwas Interessantes«, sagte er und sah sich dann um, als würde er die Verwüstung erst jetzt bemerken. »Ich vermute, dass Desina wütend war«, sagte er dann abwesend, während er die dichtbeschriebenen Bögen in seiner Hand ein zweites Mal durchlas. »Ein Wunder, dass das Haus noch steht.«

»Ich dachte, ihre magischen Fähigkeiten wären eingeschränkter Natur«, meinte Santer, und Wiesel sah erstaunt zu ihm auf.

»Wer sagt denn so etwas?«

»Sie selbst.«

Wiesel lachte. »Sie hat auch recht damit, denn sie vergleicht sich mit keinem Geringeren als dem letzten Primus der Eulen. Einem gewissen Balthasar, einem Maestro, der die Magie wie kein anderer beherrschte, sieht man ab vom Ewigen Herrscher selbst.«

»Aber sie ist doch erst im dritten Grad.«

»Würdet Ihr ein Schwert mächtiger nennen als einen Dolch?«, fragte Wiesel.

Santer zögerte kurz und nickte dann. »Im Prinzip, ja.«

»Nun, Desina beherrscht das Schwert der Magie noch nicht, aber sie ist eine Künstlerin mit dem magischen Dolch«, erläuterte Wiesel. Er wies mit seinem Kinn auf die kopflose Leiche am Boden vor der Wand. »Der da war ein Nekromant. Ich fühle es jetzt noch in meinen Knochen, es haftet noch immer etwas Dunkles an ihm. Diese Tochter des Botschafters … wie heißt sie? Melande? Sie hatte keinen Kratzer. Das einzige Mal, als ich einem Nekromanten begegnet bin, hat der mich fast zu Brei geschlagen. Und dabei bin ich richtig gut«, meinte er bescheiden.

»Ich verstehe das nicht«, sagte Santer verwundert. »Ich habe sie nur selten Magie wirken sehen.«

»Wofür Magie benutzen, wenn man sie nicht braucht?«, meinte Wiesel. »Sie sagt das ständig, nicht wahr? Dass sie sie gar nicht braucht.« Wiesel nutzte die Dokumente in seiner Hand für eine Geste, welche die ganze Zerstörung in dem Raum einschloss. »Hier hat sie wohl einen Grund gefunden, etwas mehr zu tun als sonst.« Er kratzte sich nachdenklich am Hinterkopf. »Ich muss zugeben, der Trick, ihren Geist zu der jungen Sera zu schicken, war auch mir neu.«

»Mir auch«, sagte Desina von der geborstenen Tür her und nahm den Schwertgurt entgegen, den Santer ihr wortlos reichte. Sie schnallte ihn um ihre Hüfte, zog die Kapuze ihrer Robe tiefer ins Gesicht und musterte den toten Nekromanten mit einem kalten Lächeln.

»Sina«, sagte Wiesel leise. »Zeig mir deine Augen.«

Sie zögerte einen Moment, dann schlug sie die Kapuze kurz zurück. Noch immer waren ihre Pupillen von einem klaren Grün, doch das, was weiß sein sollte, glühte dunkel in einem unheilvollen, blutigen Rot. Santer zog scharf die Luft ein, als er diese Augen sah. Im nächsten Moment zog sie die Kapuze wieder tief ins Gesicht.

»Es ist nichts«, sagte sie leise. »Mir geht es gut …«

»Es sieht nicht gut aus«, meinte Wiesel besorgt. »Du selbst hast mir gesagt, dass Blutmagie eine verfluchte Abart wäre …«

»Ich hielt auf dem Weg hierher beim Schrein des Boron an und bat den dortigen Priester, zu sehen, ob er etwas an mir entdecken könnte, das Unheil bringen kann. Er sagte, es wäre nichts zu erkennen, und er spüre, dass ich stark im Glauben sei.« Sie lächelte leicht. »Das habe ich vor kurzem schon einmal gehört. Es besteht kein Grund zur Sorge, Wiesel, ich verwandle mich nicht in ein Ungeheuer.«

»Kannst du das bei jedem tun? Vielleicht auch gegen seinen Willen?«

»Gib mir ein blutiges, vor kurzem abgetrenntes Körperteil, das noch die Verbindung fühlt, die es halten sollte, dann ja«, antwortete Desina. »Gegen den Willen? Ich weiß es nicht. Was geschieht, wenn ich mich durchsetze? Wenn ich den anderen Willen zur Seite drücken muss oder gar bekämpfen? Bleibt ein Schaden, oder zerstöre ich gar etwas?« Sie sah zu Santer hoch. »All das habe ich mich selbst gefragt, und nur eines weiß ich mit Sicherheit: Ich werde es nicht tun, denn es kommt dem gefährlich nahe, was auch die Nekromanten betreiben.« Sie sagte einen Moment nichts, schien sich zu sammeln, bevor sie weitersprach. »Es hat einen Nachteil, Wiesel. So wie ich in den anderen sehen kann, sieht er in mich. Melande und ich waren beschäftigt und hatten anderes im Sinn, dafür bin ich dankbar. Hätte sie es gewollt, würde sie nun alle meine Geheimnisse kennen.«

»Wo habt Ihr eigentlich diese… Blutmagie gelernt?«, fragte Santer neugierig. »Steht das auch in den Büchern?«

Desina schüttelte den Kopf. »Nein. Ich… Dort im alten Palast am Hafen habe ich auch nicht die Magie der Eulen verwendet, es war zu fremd, zu falsch, zu…« Sie sah die beiden hilflos an. »Auch wenn ich es nicht verstand, konnte ich dem Wirken dort einen großen Teil seiner Kraft nehmen. Aber nicht mit dem, was ich im Turm gelernt habe. Es scheint, als habe ich für diese Blutmagie ein besonderes Talent, eine Fähigkeit, die ich erst in diesem alten Palast und angesichts der blutigen Opfergaben entdeckt habe. Sie folgt auch nicht meinem Verstand, sondern meinem Instinkt. Ich verstehe nur sehr wenig von dem, was ich da tue…«

»Aber … so wie Ihr das beschreibt, kommt dieses Talent denn nicht dem der Verfluchten gefährlich nahe?«, fragte Santer.

»Doch«, sagte Desina. »Das tut es, in der Tat. Ihr könnt Euch nicht vorstellen, wie froh ich war, zu erfahren, dass kein dunkler Schatten auf mir liegt.«

»Gut so«; sagte Wiesel erleichtert. »Aber warum bist du hier? Ich dachte, du wärst bei Melande.«

»Tarkan und Taride kümmern sich um sie«, sagte Desina. »Ich bin hier, um eine Spur dieser Kurtisane zu finden, irgendetwas, das mich zu ihr führen könnte.«

»Sie hatte Glück, dass sie nicht zu Hause war, als du ihr diesen kleinen Besuch abgestattet hast«, meinte Wiesel, aber Desina schüttelte den Kopf.

»Sie war hier, und wir haben Freundlichkeiten ausgetauscht.«

»Ihr habt gekämpft?«, fragte Santer überrascht und sah sich suchend um, als ob er irgendwo eine tote Frau übersehen hätte.

»Ay«, sagte Desina und warf einen Blick zu der kopflosen Leiche hinüber. »Der da war nicht schwer. Er verstand es nicht, Schwert und Magie zu koordinieren. Diese Sera Asela … Ich habe sie tödlich im Herzen getroffen, aber sie starb nicht. Und sie vermochte es, sich meiner Magie zu entziehen. Sie sammelte Magie um sich herum und öffnete ein Tor.« Sie schaute zu Santer auf. »Einen magischen Sack, der sie an einem anderen Ort brachte. Diese Kurtisane ist eine Nekromantin und eine Maestra. Sie hat die Form der Wand verwendet, um mein Schwert abzuwehren, und die Form der Klinge in ihrem ersten Angriff. Ich war ihr hoffnungslos unterlegen.«

»Ich glaube nicht, dass sie es so empfunden hat«, meinte Wiesel. »Sonst wäre sie sicher nicht geflohen.«

»Istvan hat sie überrascht, das ist alles«, antwortete Desina ernst. »Das nächste Mal wird es anders ablaufen, dann ist sie vorgewarnt.«

»Wenn wir schon von vorgewarnt reden«, sagte Wiesel und hielt die Dokumente hoch, die er soeben gelesen hatte. »Schau dir das mal an.« Er reichte die Papiere an Desina weiter.

»Götter!«, fluchte die Maestra. »Das ist eine Mitschrift unserer Besprechungen in der Zitadelle! Jemand hat uns belauscht! Wie ist das möglich?«

Santer hielt ihr die Hand entgegen, und Desina reichte die Papiere an den großen Stabsleutnant weiter. Er warf nur einen kurzen Blick darauf und nickte dann, als habe er nichts anderes erwartet. »Nicht belauscht«, sagte er. »Verraten. Kelter. Wir sind ihm hierher gefolgt, erinnert Ihr Euch?«

Desina schüttelte vehement den Kopf. »Er mag mich nicht, das ist nur allzu bekannt. Aber er ist kein Verräter. Das hätte er nicht vor mir verbergen können.«

»Trotzdem war er es. Er beschreibt uns und die anderen, und nur einer bleibt unerwähnt, weil er in der Ich-Form berichtet. Das hier sind die Worte des Schwertobristen.«

58

»Du siehst verändert aus«, stellte Feltor fest, während er an einer Säule in der Gildenhalle lehnte.

Die Frau neben ihm war gut, aber nicht aufreizend gekleidet, die Haut von dunklem Teint, als käme sie aus dem Süden des Reiches, vielleicht aus Bessarein. Ihr braunes Haar war zu einem strengen Zopf zurückgebunden.

»Vielleicht auch ein wenig erhitzt.« Feltor hielt einen Becher aus getriebenem Gold in der Hand, nun nahm er einen Schluck vom gewässerten Wein, während er zusah, wie Steinmetzgesellen die Statuen der acht größten Gildenmeister in der großen Halle aufstellten. Eine davon trug die Züge von Meister Oldin, etwas, das dem alten Mann wohl gefallen wird, dachte Feltor, bevor er sich Asela zuwandte.

»Wir haben die Maestra unterschätzt«, sagte Asela leise und

sah zu, wie zwei Arbeiter Girlanden zwischen den Säulen aufhängten, welche die hohe Decke der Halle trugen. In der Mitte wurde ein Podest errichtet, auf dem die Vertreter der Stände heute Abend sprechen würden. Es sollten auch Barden singen, die für den Abend geladen waren. »Sie hat die Tochter des Botschafters aufgespürt und ihren Geist in sie übertragen. Damit war nicht zu rechnen.«

»Die Form der Transferenz?«, fragte Feltor überrascht. »Es gab nie viele, die das beherrschten. Es ist eine Form des sechsten Zirkels, nicht wahr?«

»Allerdings«, sagte Asela irritiert. »Also hätte sie es nicht tun können sollen!«

»Es gibt viele Dinge, die unmöglich sein sollten und dennoch geschehen«, sagte Feltor. Er sah auf die Frau herab. »Ich habe dich gewarnt, dass deine Gelüste dir zum Verhängnis werden könnten.«

»Ich weiß. Spar dir die Vorwürfe, ich mache mir selbst welche.«

»Sei's drum«, sagte Feltor. »Befolge in Zukunft meinen Rat genauer.«

»Das werde ich tun.«

»Hast du sie getötet?«, fragte Feltor nun wie nebenbei und nickte einem Gildemeister zu. Der Mann grüßte höflich zurück, warf Asela einen neugierigen Blick zu und ging weiter.

»Nein. Sie ist erstaunlich diszipliniert, und ihr Geist ist gefestigt.« Asela schüttelte ungläubig den Kopf. »Ich vergaß, wie es ist, gegen einen der Unsrigen zu kämpfen. Ich dachte, sie trägt nur die Robe, aber es ist mehr in ihr, Feltor, viel mehr! Ich habe mich zurückgezogen, denn selbst wenn ich das Mädchen erschlagen hätte, hätte es die Maestra nicht berührt. Es gab keinen Grund weiterzukämpfen.«

»Eine vernünftige Entscheidung von *dir*?«, fragte Feltor übertrieben ungläubig. »Du siehst mich überrascht.«

»Vorher hat sie Miram im offenen Kampf erschlagen«, sagte Asela, ohne auf Feltors Worte einzugehen.

»Das ist bedauerlich«, entgegnete er. »Es wird die Echsen unruhig machen.«

»Sollen sie dort unten verrotten oder gefressen werden. Sie sind nicht mehr von Nutzen«, sagte sie nachlässig. »Die Maestra bereitet mir mehr Sorgen. Sie hielt ohne Mühe gut ein Dutzend verschiedener Formen aufrecht, sie ist schnell und sicher mit der Klinge, und ihr Talent leuchtet wie eine lodernde Flamme.«

»Was erneut die Frage aufwirft, wie sie dem Fanal entkommen konnte«, sagte Feltor bedächtig. »Aber egal, wie groß ihr Talent oder ihr Wissen auch ist, auch sie wird nun nichts mehr tun können. Denn sieh, dort ist Merzek…«

Beide sahen sie zu, wie Merzek in der Kleidung eines Steinmetzes einen der Bodensteine aus Marmor anheben ließ, bevor auf sein Zeichen hin die anderen Steinmetze die schwere Statue absenkten. Das Podest der Statue passte genau in die Aussparung am Boden. Doch bevor sich das Podest herabsenkte, war dort für einen kurzen Moment eine Vertiefung in einem goldenen Rahmen im Boden unter der Steinplatte zu erkennen.

Die anderen Steinmetze bauten das Dreibein mit dem Flaschenzug ab und lösten die Seile von der Statue. Ihre Arbeit für heute war getan. Merzek sah sich um, dann öffnete er eine Klappe in der Rückseite der Statue und legte einen gut faustgroßen, rotschimmernden Edelstein mit zwölf sauber geschliffenen Facetten in die Vertiefung, bevor er das Podest wieder schloss.

Selbst Feltor und Asela hatten Schwierigkeiten, den Vorgang zu beobachten, denn dies war eines von Merzeks Talenten: unauffällig zu sein

»War das der Letzte?«, fragte Asela.

Feltor nickte und sah zu dem Podest hinüber, das nun von schwerem, golden gefärbtem Stoff eingehüllt wurde. »Bis auf den Zentralstein. Merzek wird ihn legen, wenn es so weit ist.«

Die Statuen bildeten nun ein perfektes Achteck um den Innenbereich der Halle herum, mit dem Podest genau in der Mitte.

Vor dem Podest wurden nun die Stühle aufgebaut, auf denen alle Platz nehmen würden, die in der Reichsstadt Rang und Namen hatten, vom Kommandanten bis hin zu den Gildenmeistern und mächtigen Handelsherren.

»Der Kopf des Drachen«, sagte Asela leise.

»Ja. Wir werden ihn mit einem Schlag von seinem Rumpf trennen«, sagte Feltor bitter. »Ein Streich, und der Drache wird fallen.«

»Es ist ein gewagter Plan«, meinte Asela beeindruckt. »Wenn er gelingt, wird unser Herr dich reich entlohnen.«

»Was schert mich die Belohnung«, sagte Feltor rau. »Er wird mich niemals gehen lassen.«

»Dennoch wirst du Ruhm und seine Gunst ernten«, beharrte Asela, woraufhin er sie mitleidig ansah.

»Manchmal wenn ich dich sehe, Asela, möchte ich weinen«, sagte er, und die Frau schaute ihn verwundert an.

»Warum, Feltor? Ich bin glücklich.«

»Ja«, sagte er. »Glücklich, seine Hündin zu sein. Warum muss er euch Frauen brechen, euch in Ketten legen mit dieser falschen Liebe?«

»Er hat mich nicht in Ketten gelegt, sondern mich befreit. Ich sagte es dir bereits.«

»Ja«, meinte Feltor. »Das hast du. Ich wünschte mir nur manchmal, ich könnte vergessen, wer du einst gewesen bist.« Er massierte sich die Schläfen. »Selbst auf diese Entfernung spüre ich seinen Unwillen über meine Gedanken. Und er ist sich dessen, was er tut, nicht einmal bewusst. Sag, denkst du noch an Balthasar?«

»Nein«, sagte sie entschieden. »An den Verräter verschwende ich keinen Gedanken mehr.«

»Er ist der Einzige, der ihm je entkommen ist.«

»Er ist nicht entkommen, er wurde getötet.«

»Entkommen oder tot, wo ist der Unterschied?« Feltor seufzte, sah sich ein letztes Mal in der Halle um und nickte dann. Es war alles bereit.

»Dein Teil ist getan, Asela. Trotz deiner Indiskretionen wird er zufrieden mit dir sein, letztlich war er es ja, der seine Hündin dazu dressiert hat. Du solltest gehen, warte einfach, bis es vorbei ist…«

»Ist das Rücksicht, was ich in deinen Worten höre?«, fragte sie spöttisch und erwartete beinahe, dass er sie dafür bestrafen würde.

Er schaute sie mit seinen Augen an, eines hell und klar, das andere dunkel wie die Nacht, und schüttelte dann langsam den Kopf. »Nein. Es ist die Erinnerung daran, dass ich dich damals geliebt habe, nicht mehr. Und eine gewisse Wehmut. Zu sehen, wie wir all das zerstören, für das wir einst gelebt haben.«

»Jetzt leben wir für ihn«, sagte Asela mit Inbrunst. »Das ist eine größere Belohnung als alles andere.«

»Ich weiß, dass du es so sehen musst«, sagte Feltor rau. »Geh. Oder bleib. Versteck dich, oder genieß den letzten Akt. Aber komm mir heute nicht noch einmal zu nahe.« Sein Blick bohrte sich in ihren, und sie schluckte, als sie den Hass, die Wut und die Verzweiflung darin lodern sah. Er lachte bitter, als sie zurückwich.

»Ja, Asela, das hat er mir gelassen! Ich darf hassen, was er uns angetan hat. Und er ließ mir die Freiheit, deine Anwesenheit als unerträglich zu empfinden. Geh mir nun aus den Augen und freu dich darauf, die Belohnung unseres Herrn zu empfangen.«

»Ich werde ihn bitten, mich dir zu geben«, meinte sie schwer atmend. »Deinen Hass zu fühlen… den Schmerz in jeder deiner Berührungen… Niemand bereitet mir größere Pein als du, nicht einmal er vermag das.«

»Geh einfach«, sagte Feltor mit belegter Stimme.

Sie sah ihn an, dann drehte sie sich um und ging davon.

Feltor schaute ihr nach und nahm einen letzten Schluck aus dem Becher.

War noch genug von ihr übrig, dass sie wusste, warum er allein es war, der ihr diesen Schmerz zufügen konnte? Wusste sie noch, dass auch sie einst geliebt hatte?

»Wenn es die Götter gibt, o Herrscher über die Welten, dann hoffe ich, dass sie Euch dafür strafen werden«, flüsterte Feltor.

Er sah hinaus durch das Haupttor der Gildenhalle und bemerkte, dass der Abend nahte. So wie es schien, hatten die Götter den Moment verschlafen, es war nun alles getan. Nichts würde den verwegenen Plan jetzt noch aufhalten können.

Feltor nahm seine ganze Kraft zusammen, bündelte seinen Willen und versuchte erneut das Joch zu brechen, das ihn schon so lange niederdrückte. Nur wenige Schritte bis hin zu dem Schwertmajor der Bullen dort drüben, ein paar einfache Worte, und die Katastrophe wäre abgewendet.

Die Anstrengung war vergebens, er konnte es nicht.

Vielleicht hatte Asela es doch besser getroffen, dachte Feltor bitter. Sie hatte vergessen, wer sie einst gewesen war, und hatte schon vor Jahrhunderten den Kampf aufgegeben.

59

»Also, was auch immer ich erwartet habe«, sagte Santer überrascht, »das ist es nicht!«

Desina, Santer und Wiesel standen im Keller vor der zerschmetterten Tür. Wiesel gab ihm wortlos recht, er selbst hätte eine Folterkammer erwartet oder einen dunklen Altar, aber nicht das.

Das Zimmer war leer bis auf einen großen Tisch und vier Öllampen an der Decke, die dem weiß getünchten Kellerraum Licht spendeten. Alle betrachteten verblüfft das, was auf dem großen Tisch stand.

»Das ist ein Model«, stellte Desina fest. »Manchmal fertigen Baumeister sie an. Ich habe schon welche von einzelnen Häusern gesehen, aber noch nie von einer ganzen Stadt.«

Es war tatsächlich eine Stadt, mit Häusern und Straßen und einem Hafen, der in einen Fjord hineingebaut war, alles so präzise und so realistisch gefertigt, dass man meinen könnte, man schwebe wie ein Vogel über dieser Stadt.

»Wie ist es möglich, so viele kleine Dinge mit solcher Präzision zu fertigen?«, fragte Wiesel beeindruckt und beugte sich vor, um ein Haus genauer anzusehen. Es war nicht viel größer als das vordere Glied seines Daumens, und dennoch war jeder einzelne Balken, jedes Fenster des Fachwerkhauses sauber ausgeführt, bis hin zu einer Fackelhalterung an der Ecke.

»Hier war kein Schnitzmesser am Werk. Das Ganze wurde mit Magie geformt, aus einem leichten Holz, das man tief im Süden finden kann.« Desina beugte sich vor und deutete dann auf ein Symbol an der unteren linken Ecke des Modells. »Das hier ist das Zeichen des Ewigen Herrschers. Das Modell ist von Askannon selbst angefertigt worden.«

»Der Mann war ein Künstler«, sagte Taride vom Eingang.

»Die Zofe weiß von nichts«, erklärte die Bardin, als sie näher trat. »Diese Kurtisane war gut darin, Dinge verborgen zu halten.«

»Das kann nicht sein«, widersprach Desina. »Ich kann mir nicht vorstellen, dass nur Melande dieser Sera zum Opfer fiel.«

Die Bardin seufzte. »Von den Spielarten der Lust und anderen Dingen, die hier in diesem Haus vorgefallen sind, weiß die Zofe genug, um sie vor den Inquisitor zu bringen. Was ich meinte, ist, dass sie niemals etwas gesehen hat, das darauf hinweisen könnte, dass diese Sera Asela eine Verfluchte ist.« Sie beugte sich über das Modell und sah dann bewundernd auf.

»Ich wusste, dass es solche Dinge gibt«, sprach sie. »Aber ich habe so etwas noch nie erblickt. Es ist ein Kunstwerk, ein wahres Wunder. Aber warum befindet es sich im Keller dieser Verfluchten?«

»Das ist eine gute Frage«, sagte Desina. »Es ist eine kleine Hafenstadt, kaum größer als ein Dorf. Vielleicht fünfhundert Häuser. Eine kaiserliche Wachstation und eine Feste auf dem Felsen hoch über der Stadt und dem Hafen, mit dem imperialen Drachen auf dem Fahnenmast. Also eine Stadt des Reichs.« Sie schaute die anderen fragend an. »Ich bin nie aus Askir herausgekommen«, sagte sie dann. »Santer, Taride, ihr seid beide weit gereist, kennt ihr den Ort?«

»Ich war schon in jedem Hafen des Reichs«, antwortete Santer und schüttelte bedächtig den Kopf. »Doch ich kenne den Hafen nicht. Der Fluss, dieser tiefe Fjord, die Steinformation und auch diese lange Mole… Ich müsste den Hafen eigentlich erkennen, aber er ist mir unbekannt.«

Alle sahen nun Taride an, die das Modell mit gerunzelter Stirn betrachtete. »Ich bin weit herumgekommen auf meinen Reisen. Aber ich muss ebenfalls sagen, dass ich diese Stadt nicht kenne. Vielleicht ist es eine, die erst noch errichtet werden sollte?«

Desina schüttelte den Kopf. »Seht euch Askir an. Der Ewige Herrscher hat die Reichsstadt geplant, und überall, wo es nur ging, gibt es breite, gerade Straßen. Diese verwinkelten Gassen und Wege… Die Stadt hier ist gewachsen, weil die Menschen die Häuser bauten, wie sie konnten…«

»Eigenartig«, sagte Wiesel langsam. »Ich weiß, dass ich diese Stadt nicht kenne, ich bin bislang ebensowenig aus Askir herausgekommen wie Desina. Und doch habe ich das Gefühl, als ob ich sie kennen müsste.«

»Da geht es mir nicht anders«, bekundete Santer. Er tippte mit dem Finger leicht gegen den Trutzturm der Feste, die hoch auf einem Felsen über der Stadt stand. »Ich habe den Eindruck, dass ob ich zwar die Stadt nicht kenne, wohl aber diese Festung.«

»Bei den Wachstationen wäre das verständlich«, sagte Desina nachdenklich. »Sie sehen überall gleich aus. Aber die Festung ist anders, vom Stil her erinnert sie mich an aldanische Burgen, mit diesen hohen Zinnen und den groben Steinen. Alles, was der Ewige Herrscher bauen ließ, baute er aus glatten Quadern, nicht aus halbbehauenen Felsen.« Sie schaute in die Runde. »Ich glaube auch, dass ich die Feste erkennen müsste, aber wie soll es möglich sein, die Burg zu kennen und nicht die Stadt?«

»Ich weiß, welche Stadt das ist«, sagte Wiesel mit einem Ausdruck von deutlichem Erstaunen auf seinem schmalen Gesicht.

»Und welche?«, fragte Desina ungeduldig. »Spann uns nicht auf die Folter!«

»Das hier ist nichts anderes als Askir«, antwortete Wiesel. »Und diese Festung hier ist die alte Seefeste oben auf dem Felsen hinter Istvans Herberge. Der Turm, der innere Hof, das Haupttor, es muss die alte Seefeste sein.«

»Wie soll das möglich sein?«, fragte Santer überrascht. »Es gibt diesen Fjord nicht, und der Ask verläuft nicht so.«

»Jetzt nicht mehr«, sagte Wiesel. »Erinnert Ihr Euch an die Seeungeheuer, die diese Echsen gefressen haben? Korporal Fefre hat es durch den Glasboden des Schleppbaggers beobachtet, und er erzählte mir von der versunkenen Stadt unter uns. Stellt Euch vor, das Wasser ginge bis hier oben...«

»Seit wann seid Ihr und Fefre Freunde?«, fragte Santer überrascht.

»Wir haben uns eine Nacht lang eine Zelle geteilt«, meinte Wiesel nachlässig. »So etwas verbindet.«

»Wirklich?«, fragte Santer skeptisch.

Beide ernteten dafür einen Blick von Desina, der sie deutlich zur Ordnung rief. Doch dann beugte sich die Bardin vor, um das Modell besser begutachten zu können. Sie nickte langsam.

»Er könnte recht haben«, meinte sie.

»Sag ich doch!«, bekräftigte Wiesel.

»Schon gut«, meinte Desina. »Ich glaube es jetzt auch. Die Seefeste ist unverkennbar. Ich staune nur gerade darüber, wie viel Stein abgetragen wurde und wie sehr sich alles verändert hat. Dann stammt dieses Modell also aus der Zeit, bevor der Ewige Herrscher Askir erbaute. Vielleicht verwendete er es zur Planung. Aber das würde bedeuten, dass er das ganze Land abgesenkt hat, damit das Meer so hoch steigen konnte.« Sie blickte von einem zum anderen. »Egal was für eine Macht man ihm zuschrieb, das geht weit über das hinaus, was dem größten Maestro möglich wäre.«

»Nicht das Land hat sich gesenkt«, bemerkte Taride. »Der Meeresspiegel stieg. Es gab vor langer Zeit eine gigantische Katastrophe, ein Himmelsstein fiel auf die Erde herab. Es kam zu einer gigantischen Flut.«

»Eine Flut läuft wieder ab«, merkte Santer an.

»Da habt Ihr recht«, sagte die Bardin. »Aber wenn ich mich korrekt an die alten Überlieferungen erinnere, führte die Katastrophe dazu, dass sich das Wetter wandelte und das Wasser langsam, im Lauf von über hundert Jahren, stieg.«

»Wo soll das Wasser dafür hergekommen sein?«, fragte Santer.

»Vielleicht hat es nur lange geregnet«, spekulierte Wiesel. »Ist das jetzt nicht egal?«

»Mag sein«, sagte Desina. »Vielleicht war das auch der Grund, weshalb der Ewige Herrscher die Stadt neu geplant hat, weil er wusste, dass das Wasser steigen würde. Aber das ist unnütze Spekulation. Es bleibt noch immer die Frage, warum wir dieses Modell hier finden. Es hat eine Bedeutung, dessen bin ich mir ganz sicher.«

Es war der neugierige Wiesel, der an dem Turm der Seefeste herumfingerte und feststellte, dann man ihn abnehmen konnte. Danach dauerte es nur einen Moment, bis sie erkannten, dass das Modell in Schichten gefertigt war und man es Scheibe für Scheibe abheben konnte.

»Ich ahne etwas«, sagte Wiesel, als er zusammen mit Santer eine weitere Schicht abhob. »Seht ihr?«, meinte er dann. »Hier ist das Tor im Wasser, in das sich die Echsen geflüchtet haben. Dieser Gang führt hier hoch … das muss die alte Kaiserhalle sein. Von Askannon selbst mit Magie in den Stein geschnitten, wie es in den alten Balladen heißt. Ich wette, die Echsen haben dort Zuflucht gefunden. Und schaut, hier sind alte Kanäle und Gänge, sie führen hoch zur Seefeste. Und das hier …« Er beugte sich vor und studierte einen großen Raum, der sich hinter der alten Kaiserhalle befand. Er rieb sich nachdenklich die Nase. »Was das für ein Raum sein könnte, weiß ich nicht.«

Desina beugte sich über das Modell, um besser sehen zu können, und schüttelte ebenfalls den Kopf. »Unmöglich zu erkennen, was der Sinn dieses Raums war. *Raum* ist wohl nicht ganz der richtige Ausdruck, es muss eine riesige unterirdische Halle gewesen sein, bestimmt fünfzig Schritte im Durchmesser.«

»Ich glaube, dass es einen Grund dafür geben muss, warum die Echsen sich im Kaisersaal befinden. Wie man hier sieht, gibt es andere Räume, die sie ebenfalls nutzen könnten«, überlegte Wiesel.

»Wenn sie noch existieren«, gab Santer zu bedenken.

»Ay. Wenn sie noch existieren.«

»Was auch immer es ist, das die Nekromanten wollen, es befindet sich dort in dem Raum«, sagte Wiesel plötzlich.

»Wie kommst du darauf?«, fragte Desina.

»Ich denke gerade über Folgendes nach: Der Wasserspiegel mag, wie Taride sagt, gestiegen sein, aber es muss noch eine andere Katastrophe gegeben haben. Desina und ich kennen diese alten Gänge und Katakomben, wir haben sie als Kinder gemeinsam erkundet. Es gibt überall Spuren schwerer Erschütterungen, eines Erdbebens, an manchen Stellen sind ganze Regionen zueinander verschoben und von tiefen Spalten durchzogen. Das wird auch der Grund sein, weshalb die alte Seefeste eine Ruine ist. Sie fiel während dieses Bebens zusammen.« Er sah die anderen an. »Der Kaisersaal selbst wurde von den Urgewalten geneigt und gedreht, eine Wand von einem tiefen Spalt durchzogen, und bei hoher Flut steht dieser Gang hier unter Wasser. Es muss ein heftiges Beben gewesen sein, und diese Halle hier hinten... Ich glaube nicht, dass sie das Beben unbeschadet überstanden hat.«

»Und?«, fragte Santer.

»Wie lange, meinst du, ist das Erdbeben her, das die alte Kaiserhalle zerstörte?«, fragte Wiesel Desina.

»Den Legenden nach ließ er den Bau der Stadt vor etwas über tausend Jahren beginnen«, gab Taride für die Maestra Antwort. »Allerdings weiß ich nichts von einem Erdbeben.«

»Es gab eins, das ist sicher«, sagte Desina. »Also zeigt dieses Modell die Kaiserstadt vor mindestens tausend Jahren. In einer solch langen Zeit kann viel geschehen«, überlegte sie und musterte spekulierend das Modell der alten Seefeste. »Was ist, wenn es eine Art Schatzraum ist? Wenn dort etwas verschüttet wurde, als das Erdbeben den Ort getroffen hat? Etwas, das die Nekromanten haben wollen oder brauchen?«

Wiesel nickte, während Santer und Taride das Gespräch zwischen den beiden gespannt verfolgten.

»Erinnerst du dich, wie ich dir von meiner Begegnung mit dem Nekromanten erzählt habe? Sie unterhielten sich über eine Ausgrabung. Diese Echsen und der Angriff auf das Schiff, das war nur Tarnung, um uns auf eine falsche Fährte zu locken. Ich kann dir sagen, für was die Nekromanten diese Echsen brauchen. Um zu graben! Ein paar Hundert Echsen mit Picken und Schaufeln. Und von der Kaiserhalle ist es nur ein kurzes Stück zu dieser Halle. Sie wollen sich dorthin durchgraben. Irgendetwas ist dort, was sie haben wollen.«

»Dann müssen wir nur noch herausfinden, was es ist«, sagte Desina.

»Sehen wir erst einmal, ob es hier noch mehr zu entdecken gibt«, meinte Santer und hob zusammen mit Desina die nächste Schicht des Modells ab.

»Und ob es das gibt!«, flüsterte Desina. »Seht!«

In dieser Schicht gab es nur wenige Gänge und Räume, einen davon fast am Rand des Modells, dort, wo auf der Oberfläche nur ein unbebauter Hügel war, ein anderer ein Stück weiter südlich. Beides waren große, achteckige Räume, die in den Fels hineingeschlagen waren. Sie wirkten alt und primitiv im Vergleich zu den glatten Ausschachtungen des Alten Reichs.

»Was sind das für Räume?«, fragte Wiesel neugierig.

»Ich glaube«, sagte Desina leise, »dass es Wolfstempel sind. Orte, an denen der Weltenstrom gebündelt floss. Ich dachte bislang, es gäbe nur einen davon.« Sie tippte mit dem Finger auf die massive Steinkonstruktion in einer roh aus dem Fels gehauenen Höhle. »Dieser Tempel hier befindet sich unterhalb des Eulenturms – hier auf diesem Hügel steht heute die Zitadelle. Der andere jedoch... der ist mir unbekannt.« Sie schaute die anderen an. »Der Ewige Herrscher muss den Fluss des magischen Stroms von diesem Tempel zu dem unterhalb des Eulenturms verlegt haben, um einen Ort zu schaffen, an dem sich mehr dieser Ströme kreuzten. Die Basis seiner Macht.« Sie schüttelte fassungslos den Kopf. »Wer hätte ahnen können, dass es auf so engem Raum zwei dieser Tempel gab?«

Santer nickte nachdenklich und sah sie dann grübelnd an. »Ihr habt mir erklärt, dass es um diesen Strom zu lenken eines Wolfskopfs bedarf. Diese Köpfe gehören zu den alten Tempeln. Und die Nekromanten wollten um jeden Preis die Wolfsköpfe in ihren Besitz bringen.«

»Was ihnen auch gelungen ist«, sagte Desina. »Also wollen sie etwas mit den alten Wolfstempeln erreichen. Der Tempel unterhalb des Eulenturms ist ihnen verwehrt, es gibt keine Möglichkeit, ihn zu erreichen. Aber dieser andere … Vielleicht gibt es noch einen Zugang zu ihm. Es sieht so aus, als ob die Nekromanten beabsichtigen würden, den Strom der Welten zu diesem anderen Tempel zu leiten.«

Wiesel rieb sich nachdenklich die Nase. »Also vermuten wir jetzt zwei Dinge. Zum einen, dass die Verfluchten etwas aus dieser alten Halle hier brauchen, zum anderen, dass sie den Weltenstrom zu diesem alten Tempel lenken wollen.« Er sah Desina fragend an. »Was geschieht eigentlich, wenn der Weltenstrom dorthin fließt?«

»Nicht viel«, sagte Desina. »Es wird etwas weniger Magie im Eulenturm geben, das ist alles. Es würde einen Unterschied machen, wenn ich einer der alten Maestros wäre. Sie konnten mit den magischen Strömen mehr anfangen als ich.«

»Was geschieht dort bei dem anderen Tempel, wo der Weltenstrom dann entlang fließen wird? Öffnet sich der Boden dort? Verbrennt die Magie alles um sich herum? Oder wird es irgendeine andere Art von Katastrophe geben?«, fragte Santer.

Die Maestra schüttelte den Kopf. »Nein. Die allermeisten Menschen sind vom Weltenstrom unberührt. Manche sind empfindlicher, sie bekämen womöglich Kopfschmerzen. Jemand, der magisch begabt ist, würde in ihm verbrennen, wenn er verrückt genug wäre, sich dem Knotenpunkt zu nähern, aber dazu müsste er genau dort stehen, wo der Wolfskopf hingehört. Ansonsten aber wird es keine Auswirkungen haben.«

»Aber eine Maestra, die dort stände, hätte einen Ort der Macht zur Verfügung«, sagte Santer langsam. »Diese Frau, die Kurtisane … Desina, sagtet Ihr nicht, sie wäre auch eine Maestra? Was kann ein geschulter Maestro mit einem solchen Ort der Macht anfangen?«

»In der Theorie fast alles«, antwortete Desina. »Aber in der Praxis ziemlich wenig. Der Weltenstrom barg auch für die Maestros vom Turm ein ewiges Geheimnis. Nur sehr wenige konnten es überhaupt wagen, sich solchen Knotenpunkten zu nähern. Die meisten Maestros vergingen im Fanal, weil sie zu viel an magischer Kraft durch sich hindurchführten.« Sie sah die anderen an. »Ihr könnt Euch nicht vorstellen, welchen Grad an Wissen und Kontrolle es bräuchte, um auch nur daran zu denken, diese Magien direkt zu kontrollieren.«

»Der Ewige Herrscher konnte es angeblich«, meinte Santer.

»Vielleicht«, sagte Desina. »Aber ich bezweifele es. Er arbeitete mit diesen Strömen, das ist unbestritten, aber auch er wird es nicht direkt getan haben. Aber es ist egal, wie viel Talent jemand besitzt, er bräuchte das Wissen, das die Eulen in ihrem Turm angesammelt haben. Und dieses Wissen ist seit Jahrhunderten unberührt.«

»Sagtet Ihr nicht, dass diese Asela eine Maestra wäre?«, fragte Santer.

Desina schaute ihn an und nickte. »In der Nähe des Knotenpunkts wird jeder Maestro mehr Macht haben als an anderen Orten, soweit macht es einen Unterschied, das ist richtig. Aber zugleich steigt das Risiko, einen tödlichen Fehler zu begehen. Ay, die Kurtisane ist nicht nur verflucht, sondern auch eine ausgebildete Maestra. Sie ist weitaus besser, als ich es jemals sein werde. Die Art, wie sie die Magien an sich band und wirkte, besaß eine Eleganz und Sicherheit, die ich niemals erreichen werde.« Desina lächelte. »Mich hat fast der Neid gepackt. Aber auch sie wird nicht imstande sein, direkt den Strom zu manipulieren.« Sie sah auf den Tempel herab. »Es muss etwas sein, das sie mithilfe des Weltenstroms erreichen wollen, ohne ihn direkt anzutasten. Alles andere würde nur zu einem feurigen Ende im Fanal führen.«

»Und was sagt uns das jetzt?«

»Ich denke, das ist klar«, sagte Desina. »Wir müssen den zweiten Tempel finden und überprüfen, ob diese Echsen dort unten etwas ausgegraben haben.« Sie schaute fragend zu Wiesel. »Findest du noch den Weg zur Kaiserhalle?«

»Schon«, sagte Wiesel. »Aber ich nehme lieber den anderen von der Seefeste aus. Ich glaube, ich weiß, wo er anfängt.«

»Also suchen wir anderen diesen Tempel«, sagte Santer. »Wir wissen immerhin, wo er sich befindet. Hier!« Er tippte mit einem Finger auf das Modell. »Es sollte möglich sein, herauszufinden, was dort heute steht.«

»Götter!«, rief Desina. »Ich weiß, was sich heute dort befindet! Wenn hier der Eulenturm steht und hier die Zitadelle und man in gerade Line nach Süden geht, dann entspricht das dem Lauf der Kaiserstraße. Hier geht die Kaiserbrücke über den Ask, dann folgt das Ständetor, und dahinter liegt der Ständeplatz. Es gibt nur diesen Platz dort, und genau in der Mitte steht die Gildehalle. Der Tempel wird sich unterhalb der Gildehalle befinden!«

»Dann hat Jilmar recht«, sagte Santer. »Es wird heute Abend dort etwas geschehen, was mit dem Tempel und dem Wolfskopf zu tun hat.« Er sah Desina an. »Bist du sicher, dass dort kein Maestro Unheil anrichten kann?«

»Also gut«, sagte Desina. »Nehmen wir an, ich wollte so wahnsinnig sein, das Fanal zu riskieren und mich dort in die Halle zu stellen und vielleicht Feuer, Blitz, Donner und Tod auf die geladenen Gäste regnen zu lassen. Denn nur sie können das Ziel sein, etwas anderes lohnt sich kaum. Also töte ich viele oder alle dort. Abgesehen davon, dass ich damit beschäftigt wäre, Armbrustbolzen abzuwehren oder schwer gepanzerte Bullen, die sich auf mich stürzen, und das alles kaum überleben würde, gibt es nur einen Moment, an dem es sinnvoll wäre.« Sie schaute zu Taride hinüber. »Heute um Mitternacht, wenn Taride die Ballade vom Drachen singt und ihr alle andächtig lauschen und abgelenkt sind.« Sie schaute sich um. »Dann haben wir noch über eine Glocke, also noch fast vier Kerzenlängen Zeit, es zu verhindern.«

Wiesel verbeugte sich. »Ich bin schon weg!«

60

»Seid Ihr sicher, dass Ihr das Fest aufsuchen wollt?«, fragte Tarkan den Botschafter, als er ihm den Vorhang seiner Sänfte aufhielt. Er warf einen besorgten Blick zu dessen Tochter. Melande saß schon in der Sänfte und trug ein Festgewand, das wesentlich weniger aufreizend war als die Kleider, die sie sonst trug.

»Ja«, sagte der Botschafter. »Es wird von uns erwartet, und auch Melande ist erpicht darauf.«

Melande sah Tarkans besorgten Blick und lächelte leicht. »Wenn ich zu Hause bleibe, würde ich es bereuen. Lieber schaue ich anderen beim Tanzen zu und freue mich über das Fest.«

»Bevor wir uns in den Trubel stürzen, Baronet, wollte ich mich noch bei Euch bedanken. Ich weiß nicht, wie Ihr das eingerichtet habt, aber obwohl jeder über die Kurtisane spricht, gibt es nicht einen Ton darüber, dass sich meine Tochter in ihrem Haus befand. Ihr Ruf, ihre gesamte Zukunft, all das wäre ruiniert gewesen.«

»Bedankt Euch bei Gelegenheit bei der Maestra«, sagte Tarkan. »Sie wird heute Abend auch auf dem Ständefest anwesend sein, vielleicht lernt Ihr auch noch die anderen kennen, die daran beteiligt waren.«

»Es würde mich freuen«, sagte der Botschafter. »Wir stehen tief in Eurer Schuld. Gibt es etwas, das ich für Euch tun kann?«

»Sagt mir Bescheid, wenn Ihr jemanden seht, der ein dunkles und ein helles Auge hat. Oder jemanden mit nur einem Auge«, sagte Tarkan.

»Das werden wir«, antwortete Melande für ihren Vater.

Tarkan nickte, ließ den Vorhang fallen und gab den Trägern ein Zeichen. Die Sänfte wurde angehoben und setzte sich in Bewegung. Tarkan folgte, tief in Gedanken.

Taride war beim Haus der Kurtisane zurückgeblieben, während er Istvan und Melande zur Botschaft begleitet hatte. Auf halber Strecke war die Tochter des Botschafters erwacht und hatte wissen wollen, wie es zu ihrer Rettung kam und wie gut er die Maestra kannte.

Ein paar Dinge hatte sie ihm auch darüber erzählt, was in dem Haus geschehen war. Ganz offensichtlich hatte Desina in der jungen Adligen eine neue Freundin gefunden.

Was sie erzählt hatte, ließ Tarkan allerdings grübeln. Die Maestra schien über wesentlich größere magische Talente zu verfügen, als er bislang angenommen hatte, wenn sie sich im Haus der Kurtisane mit gleich zwei Verfluchten angelegt hatte.

Die eine Nekromantin, eine Frau von beeindruckender Macht, war auf eine Art entkommen, die Desina wohl erkannt hatte, denn in dem Moment hatte sie ihre Gedanken ja noch mit Melande geteilt.

Die Kurtisane war zugleich auch eine Maestra und dabei wesentlich geschulter als Desina und im Besitz ungleich größerer Fähigkeiten.

Noch wurde ihr Haus durchsucht, in der Hoffnung, dass sich dort der Wolfskopf fand, aber niemand hegte große Hoffnungen. Also war die Statuette in den Händen der Gegner. Das beunruhigte ihn nicht wenig.

Er vertrieb die dunklen Gedanken, denn jetzt gab es anderes zu tun. Der Ständeball war neben dem Mittsommerfest, das zum Begin der Kronratsitzung abgehalten wurde, das wichtigste und größte Fest in der Stadt. Wer sich für etwas hielt, würde dort zu finden sein. Prinz Tamin erwartete, dass er Kontakte knüpfte und ihm den Weg ebnete.

Tausende von Menschen in Festtagsgewändern füllten jetzt schon die Straßen. Der Ständeplatz war groß, aber der Botschafter hatte erwähnt, dass beim letzten Ständefest alle Straßen um den Platz herum voll von Menschen gewesen seien. Der ganze Stadtteil war festlich geschmückt und Bestandteil des Fests.

Je näher die Sänfte des Botschafters dem Ständeplatz kam, umso dichter wurde das Gedränge, nur die Eskorte der Bullen erlaubte überhaupt noch eine Passage durch die Menge. Um die Gildehalle selbst hatte die Fünfte Legion einen breiten Kordon von gepanzerten Bullen gebildet, die darauf achteten, dass die Gäste freien Zugang erhielten.

Als die Sänfte anhielt, war Tarkan zur Stelle, um Melande galant herauszuhelfen. Ein junger Mann in der Uniform der Federn eilte schon herbei, um die Gäste zu begrüßen. Der Botschafter richtete sich auf, zog sein Wams zurecht und sah sich stirnrunzelnd um. »Ich kann mich nicht erinnern, jemals bei einem Ständefest so viele Menschen gesehen zu haben«, sagte er, als er seiner Tochter den Arm anbot. »Es ist überhaupt das erste Mal, dass es notwendig scheint, die Gildehalle mit Bullen abzuriegeln.«

Tarkan konnte dazu nichts sagen, er war zum ersten Mal hier. Der große Platz, die Halle, die mit ihrer grazilen Eleganz ihre eigentliche Größe verbarg, die Menschenmassen, die sich an den Ständen vorbeidrückten, die unzähligen Schausteller und Artisten ergaben zusammen einen überwältigenden Eindruck.

Der Schwertleutnant der Federn begrüßte die Delegation von Aldane höflich und formvollendet und führte sie persönlich an weiteren Wachen vorbei in das Innere der Gildehalle, die vergleichsweise ruhig und leer war. Dort gab es einen Bereich, einen ganzen Galeriebogen auf der Innenseite des Rundbaus, der mit aldanischen Flaggen geschmückt war. Vier Bedienstete der Botschaft eilten herbei, um es der Sera Melande und dem Botschafter bequem zu machen, auch Tarkan wurde ein Becher mit dem besten Wein, den Aldane zu bieten hatte, gereicht.

Bevor Tarkan den ersten Schluck trinken konnte, kamen auch schon die ersten Besucher herangeeilt. Beim zweiten Schluck war der Botschafter bereits tief in ein Gespräch mit einem reich gekleideten Händler vertieft, während ein Adliger, nach neuester aldanischer Mode gekleidet, der Sera Melande seine Aufwartung machte.

Tarkan sah sich um und trank sparsam seinen Wein. Er suchte die Menge ab, um einen Blick auf die Bardin Taride oder vielleicht auf die Maestra und ihren großen Adjutanten zu erhaschen, aber sie waren nirgendwo zu sehen.

»Wen sucht Ihr?«, fragte eine freundliche Stimme neben ihm, und Tarkan wandte sich dem alten Mann zu, der prachtvoll in der Tracht eines Gildenmeisters gekleidet war.

»Ich bin Meister Oldin«, stellte sich der Mann mit einem Lächeln vor. »Der Altmeister der Schmiedegilde hier in Askir. Der Botschafter und ich kennen uns schon seit Jahren, er ist ein harter Verhandlungspartner, wenn es um die Preise für das aldanische Erz geht.«

»Baronet Tarkan von Freise«, stellte sich Tarkan höflich vor. Der alte Mann schien noch immer rüstig, auch wenn eine von Altersflecken gezeichnete Hand auf dem Griff seines Krückstocks ruhte.

»Der Sondergesandte von Prinz Tamin«, stellte Meister Oldin fest. »Ist das Euer erstes Ständefest?«

»Ja«, sagte Tarkan vielleicht etwas kurz angebunden.

Meister Oldin lachte leise. »Das Fest ist da draußen, mein Junge«, sagte er. »Hier werden heute nur Geschäfte gemacht. Wenn Ihr aus dem Nordeingang hinausgeht, werdet Ihr zur rechten Hand ein großes Zelt sehen, das die Gilde der Barden aufgestellt hat. Wenn Ihr Musik und Tanz sucht, werdet Ihr dort fündig.« Die grünen Augen des Mannes funkelten amüsiert. »Aber ehrlich gesagt, Baronet, seht Ihr nicht so aus, als ob Ihr nach Vergnügen trachtet, sondern eher, als ob die Last der Welten auf Euren Schultern lastet. Wenn Ihr nicht bald aufhört, mit dem Griff Eures Schwerts zu spielen, als ob ihr jederzeit damit rechnen müsstet, dass Ihr es braucht, werdet Ihr mich auch noch unruhig machen.«

Tarkan schaute auf seine Hand herab, die fest um den Knauf seines Schwerts lag, und lachte leise. »Verzeiht«, sagte er. Er musterte den alten Mann. »Sagt, besteht die Möglichkeit, dass wir uns schon einmal irgendwo gesehen haben? Ihr kommt mir bekannt vor.«

Der Meister schüttelte sachte den Kopf. »Ich bin zwar alt, aber mein Gedächtnis trügt mich selten.«

»Es sind Eure Augen«, stellte Tarkan fest. »Mir fiel gerade ein, wer auch solche Augen hat.«

»Und wer, wenn ich fragen darf?«, wollte der alte Mann wissen.

»Die Maestra vom Turm.«

Der Gildenmeister sah ihn an und lachte dann leise. »Das habe ich auch schon oft gedacht. Ihr müsst sie gut kennen, wenn Ihr ihre Augen gesehen habt. Sie hält sich fern von Menschen, und seit neuestem trägt sie diese Kapuze. Ist sie es, die Ihr sucht?«

»Ja. Wir arbeiten gemeinsam an der Aufklärung eines Mordes.«

»Der Kammerdiener des Botschafters?«

»Eben der.«

»Hat das alles etwas damit zu tun, dass heute hier mehr Bullen stehen, als man sonst auf dem Exerzierplatz vorfindet?«

»Das kann ich Euch nicht sagen, Ser«, antwortete Tarkan höflich, und der Gildenmeister lachte.

»Also ja.«

Tarkan schüttelte amüsiert den Kopf, und auch der Gildemeister lächelte und strich sich dabei über die Schläfe, eine Geste, die Tarkan auch schon oft bei jemand anders gesehen hatte. Er runzelte die Stirn.

»Verzeiht«, sagte er leise. »Sagt … Nein, vergesst es«, fügte er hinzu, als ihn der alte Mann fragend ansah.

»Nur immer heraus mit der Sprache. Wenn man alt wird, weiß man eine gute Unterhaltung oft mehr zu schätzen als vieles andere. Ich beiße auch nicht mehr!«

»Es geht um die Maestra«, sagte Tarkan langsam. »Ist sie vielleicht nicht doch mit Euch verwandt?«

»Ich habe es mir oft gewünscht. Sie ist in dem Alter, in dem meine Enkelin sein könnte, und sie sieht meiner Tochter zum Verwechseln ähnlich. Aber sie ist nicht verwandt, nein.«

»Sein könnte?«, fragte Tarkan. Einer der Gründe, warum ihn Prinz Tamin auf diese Reise geschickt hatte, war seine Fähigkeit, sich Gesichter zu merken. Er vergaß nie eines. Eigentlich kam es so gut wie nie vor, dass er überhaupt etwas vergaß. Augen waren so gut wie einzigartig, nicht nur die äußere Form, sondern auch die Farbe und Musterung der Pupillen. Und Desinas Augen waren denen des alten Meisters verblüffend ähnlich. Auch die Bewegungen, die Art, wie der Mann den Kopf hielt, die langen, schlanken Finger, die mehr denen eines Barden glichen als einem Schmied… Tarkan glaubte nicht, sich zu täuschen.

Er konnte sich noch sehr gut an die Königin von Aldane erinnern und sah sie in jeder Geste, jedem Lächeln und Blinzeln seines Freundes, Prinz Tamin. Er hatte sehr wohl eine Vorstellung davon, wie sich die Unterschiede im Geschlecht auf ein Gesicht auswirken konnten. Je länger er den alten Mann ansah, desto stärker wurden die Ähnlichkeiten.

»Meine Tochter und mein Enkelkind kamen bei einem Brand in meinem Stadthaus um«, sagte der alte Mann leise. »Es ist nun schon gut zwanzig Jahre her.«

»Das Haus an der Kupferstraße?«, fragte Tarkan, und der alte Meister sah ihn überrascht an.

»Ja. Ich habe es nicht wieder aufbauen lassen. Ich konnte es nicht ertragen, mich um das Haus kümmern zu müssen.« Sein Ausdruck wurde schmerzlich. »Es war Brandstiftung und Mord, müsst Ihr wissen. Die Tat blieb lange ungeklärt, bis die Maestra gestern den Mörder fand, in dieser Taverne am Hafen, kurz bevor dort das Unglück geschah.«

»Der Wirt dort?«, fragte Tarkan, und der alte Mann nickte.

»Ich wollte, man hätte ihn verhören können, aber er nahm sich selbst das Leben, um sich der Befragung zu entziehen. Er wird im Auftrag gehandelt haben. Trotzdem lässt es mich leichter ruhen, zu wissen, dass der Mörder nun Borons Gerichtsbarkeit erfährt.« Er lächelte. »Ihr seht, ich bin selbst auf der Suche nach der Maestra. Ich will ihr dafür danken.«

»Gibt es eine Möglichkeit, dass Eure Enkeltochter vielleicht…«, begann Tarkan, doch der alte Mann schüttelte den Kopf.

»Mein Schwiegersohn besah sich die sterblichen Überreste meiner beiden Lieben. Ich konnte es nicht selbst tun, ich wurde von der Nachricht mit einem Herzkrampf niedergestreckt und wäre ihnen beinahe zu Soltars Toren gefolgt. Es dauerte Monate, bis ich mich erholt hatte. Rolkar sagt, es bestünde keinerlei Zweifel.« Der Meister lächelte sanft. »Aber ich stimme Euch zu, die Ähnlichkeiten sind verblüffend, und mehr als einmal, habe ich mich der Illusion hingegeben, sie wäre meine Enkeltochter. Als ich sie das erste Mal sah, dachte ich das Gleiche wie Ihr, Baronet. Ich habe sogar Rolkar gefragt, doch er bleibt dabei, schließlich hat das Kind das Armband getragen, das ihrer Großmutter gehörte. Ein Familienerbstück und so unverwechselbar, dass es keinen Zweifel geben konnte.«

»Wie hieß Eure Frau?«, fragte Tarkan.

»Besannáe«, antwortete der alte Mann mit einem Lächeln.

»Das ist ein guter aldanischer Name«, stellte Tarkan lächelnd fest.

»Das ist er«, sagte Oldin wehmütig. »Sie kam aus Eurem Land. Ich habe sie dort kennengelernt, als ich im Auftrag meines Meisters die Minen inspizierte. Ihr Vater enterbte sie, weil sie sich mit einem Schmiedegesellen abgab«, fügte er hinzu. »Ich war unter ihrem Stand, müsst Ihr wissen.« Sein Lächeln wurde breiter. »Die Maestra erzählte mir sogar, dass sie als Kind ein Band aus Silber getragen hat. Es gab mir wider alle Vernunft Hoffnung, und ich fragte nach, doch letztlich war es genau das, was dann doch die Hoffnung sterben ließ. Denn sie erwähnte, dass ihr Name darauf gestanden habe. Desina. Sie ist es nicht, aber ich würde alles darum geben, wenn sie es wäre.«

Tarkans Gedanken rasten. »Wartet bitte«, sagte er und eilte zum Botschafter, auf dessen Tisch Papier und Feder lagen. Er schrieb den Namen der Frau des Gildenmeisters auf das Blatt und eilte zu dem alten Mann zurück, der ihn neugierig ansah.

»Wie war der Name auf dem Band geschrieben?«, fragte Tarkan jetzt leise. »Auf Aldanisch oder auf Imperial?«

Oldins Augenbrauen zogen sich zusammen. »Ich hätte jetzt gesagt, auf Imperial, aber Ihr habt recht, das kann nicht sein, er muss auf Aldanisch geschrieben sein, denn meine Frau erhielt das Band von ihrer Mutter zum Namensfest.«

»Nun«, sagte Tarkan leise. »Seht Euch an, was ich geschrieben habe. Es ist der Name Eurer Frau in der alten Sprache. Die Schrift scheint sich auf den ersten Blick zu ähneln, aber dies ist ein B und kein D, und dies hier ein a und ein áe. Wenn man es auf Imperial liest, mit den Augen eines Kindes, das vielleicht selbst noch nicht richtig lesen kann… dann…«

Bevor der Baronet weitersprechen konnte, gab der alte Meister ein Seufzen von sich und brach dort, wo er stand, zusammen. Gerade noch konnte Tarkan ihn halten und verhindern, dass er zu Boden fiel.

»Götter!«, entfuhr es dem Baronet, und er schimpfte sich einen Idioten, während er mit einer Hand hastig eine Feder herbeiwinkte. »Meister Oldin braucht dringend einen Arzt«, teilte er dem Helfer mit. »Vor allem einen Ort, wo er sich ausruhen kann.« Er legte einen Finger an den faltigen Hals des alten Meisters und atmete erleichtert auf, als er dort einen Puls fühlte.

Zwei weitere Federn kamen herbeigeeilt, und es war schnell ein Ort für den alten Mann gefunden. Es dauerte auch nicht lange, bis ein Arzt der Federn kam und den Meister untersuchte.

»Es ist nichts weiter«, sagte der Feldscher mit einem Lächeln. »Meister Oldin ist alt, aber er hat einen Willen zum Leben, der ihn so schnell nicht gehen lassen wird. Er wird bald erwachen.«

Als der Arzt das Zimmer verließ, in dem der alte Meister ruhte, kam ein hochgewachsener Mann mit schwarzen Haaren herein und musterte Tarkan mit einem harten Blick.

»Ser«, sagte er. »Wollt Ihr mir vielleicht erklären, was mit meinem Schwiegervater geschehen ist?« Er runzelte die Stirn. »Was starrt Ihr mich so an? Ich habe gehört, dass er mit Euch gesprochen hat, als er zusammenbrach.«

Tarkan riss sich mit Gewalt zusammen und legte ein Lächeln auf seine steifen Lippen. »Ein Ohnmachtsanfall, nichts weiter, er wird bald zu sich kommen. Es besteht kein Grund zur Sorge. Ihr seid Rolkin, nicht wahr?«

»Meister Rolkar, Gildenmeister der Schmiedegilde«, korrigierte der Mann den Baronet herablassend. »Ich bin sein Nachfolger, aber er darf den Titel noch führen, solange er lebt.« Er warf einen Blick auf den Alten und schaute dann Tarkan wieder an.

»Sagt ihm, dass ich da war, dass mich aber Geschäfte rufen und ich seiner Tochter ausrichten werde, dass er nur Ruhe braucht.«

»Ich werde es ihm mitteilen«, meinte Tarkan mit schmerzenden Lippen und dem Pochen seines eigenen Herzschlags im Ohr. Der jüngere Meister nickte knapp, drehte sich auf dem Fuß um und verließ den Ruheraum, während Tarkan langsam ausatmete und versuchte, den Schock zu überwinden, den ihm der Mann namens Rolkar soeben versetzt hatte. Diesen Blick aus einem blauen und aus einem schwarzen Auge würde er nie wieder vergessen. So stellten sich die Varländer ganz gewiss ihren Göttervater vor.

Ein Schmied mit pechschwarzen Haaren und grauen Schläfen, ein Auge blau, das andere dunkel wie die Nacht. Mit einem Mal wurde ihm das Bild klar, das Jenks vor seinem Tod benutzt hatte und über das er und Taride gerätselt hatten. Tarkan hatte soeben mit dem Mann gesprochen, der seine Königin ermorden ließ.

61

Als Wiesel das Torhaus der alten Seefeste erreichte, die hoch auf einem steilen Felsen über dem Hafen thronte, war er nur leicht außer Atem, obwohl er die ganze Strecke vom Haus der Kurtisane bis hierher gerannt war. Jetzt, als er vor der Ruine der Burg stand, erlaubte er sich einen Moment, um die alte Festung mit neuen Augen zu sehen. Obwohl hier oben auf dem kargen Felsen kaum etwas wachsen sollte, hatten sich Bäume und Sträucher den alten Bau zurückerobert. Über Jahrhunderte hinweg hatte der Wind Erde in die Ecken und Kanten geweht, nur der alte Trutzturm war bis auf einen tiefen Spalt in einer Seite intakt geblieben. Die östliche Mauer mit den Katapulttürmen und eine Ecke der großen Halle waren noch erkennbar, andere Wälle, der Graben und ein kleinerer Turm bildeten flache Hügel und waren unter den Pflanzen nur noch zu erahnen.

Dennoch war der Pfad zur alten Feste hinauf gut ausgetreten. Für manche boten die Gemäuer noch immer Zuflucht in der Nacht, außerdem war es nicht ungewöhnlich, dass Liebespaare hier Abgeschiedenheit und Schutz vor allzu neugierigen Blicken suchten.

Jetzt fragte sich Wiesel, ob es ein Zufall gewesen war, dass der Kammerdiener sich hier mit ihm hatte treffen wollen. Der Treffpunkt war dort vor dem Kamin der alten Halle gewesen, ein Kamin groß genug, um zeitgleich zwei Ochsen darin zu braten.

Für ein geübtes Auge wie das von Wiesel war es sogar in der Nacht nicht schwer gewesen, die Kratzspuren in dem Jahrhunderte alten Ruß zu bemerken und zu erkennen, dass an dieser Stelle keine Flugerde angelagert war. Und es hatte auch nicht lange gedauert, den Mechanismus zu finden, der den Gang hinter dem Kamin öffnen würde.

In der Nacht vor dem Mord an dem Diener war es dunkel gewesen, jetzt ging die Sonne gerade erst unter. Teile von Askir lagen schon im Schatten der hohen Mauern, aber hier oben war das Licht noch gut.

Einen Moment zögerte Wiesel, dann legte er entschlossen den Hebel um, ein lautes Knirschen war zu hören, als ein Teil des Mauerwerks neben dem Kamin nach innen schwang. Breit war der Gang nicht, kaum mehr als zwei Schritte zwischen grob behauenem Stein, der Boden schien sogar aus dem Grundgestein gehauen zu sein, auf dem die Feste errichtet worden war.

Wasserräder entlang des Ask trieben riesige Steinsägen an, die in wenigen Atemzügen den kaiserlichen Quader aus dem Stein schneiden konnten, zwei Fuß breit und hoch, fünf Fuß lang, ein Maß, das immer noch überall Verwendung fand.

Auch die Bauweise hatte sich wenig geändert. Alte Gebäude schienen Wiesel auch heute noch nicht wirklich alt zu sein. Die meisten Gebäude in Askir schienen für die Ewigkeit gebaut. Der unbehauene Stein und der bröckelige Mörtel in dem Gang vor ihm behagten ihm hingegen gar nicht.

Auf dem Weg hierher hatte er zwei Fackeln gestohlen, jetzt zündete er eine mit seiner Zunderbüchse an. Es dauerte etwas, bis der pechgetränkte Stoff Feuer fing. Mit erhobener Fackel betrat Wiesel den Gang, vier, fünf Schritte brachten ihn zu dem Einsturz, den er vor drei Nächten schon gefunden hatte. Vor den Steinen, die den Weg versperrten, erkannte er die Reste alter Lager, mehr als einmal hatte hier schon jemand einen sicheren Platz für die Nacht gesucht.

Der Weg durch die alten Schächte, der Desina und ihn einst zur alten Kaiserhalle geführt hatte, war für einen Erwachsenen kaum passierbar, es musste einen anderen Weg geben. Das Modell hatte ihm einen Gang gezeigt, der im behauenen Fels steil nach unten führte. Die Frage war nur, ob es dieser Gang hier war.

Sorgsam musterte Wiesel den Einsturz im Licht der Fackel, die Spuren auf dem Boden und den größten der Steine, der den Weg ganz oben auf dem Trümmerhaufen versperrte. Dann stieg er über zwei der gefallenen Felsbrocken wie über eine Treppe herauf und zog an dem obersten Stein, bis er zur Seite wegschwang. Der Einsturz war gar keiner, sondern bloß eine Ablenkung, vielleicht schon so alt wie der Gang selbst. Er sah diese Vermutung bestätigt, als er auf der anderen Seite Treppenstufen vorfand. Er zog den ausgehöhlten Stein wieder hinter sich, lauschte in die Dunkelheit jenseits des Fackelscheins und ging dann beherzt weiter.

Bald fand er die Treppe, die steil und eng in die Tiefen des Felsens hinabführte; das andere Ende war ein dunkles Loch.

Die Stufen waren krumm und ausgetreten. Wenn man nicht auf seine Füße achtete, war es leicht möglich zu fallen. Je weiter er in die Tiefe stieg, desto feuchter wurde die Wand, und als er die kleine Kammer am Ende der Treppe erreichte, tropfte hier und da sogar Wasser von der Decke. Dutzende von Stalaktiten hatten sich gebildet.

Die Tür, die hier weiterführte, war einst stabil gewesen, Eiche mit schweren Eisenbändern verstärkt, jetzt war sie nur noch ein Haufen aus moderndem Holz und verrostetem Metall.

An der Wand befand sich das Relief des Drachen, an vielen Stellen war die Farbe schon abgeblättert, nur einige Schuppen glänzten noch golden, und ein Auge glühte in unheilvollem Rot. Ein Riss spaltete das Relief vom gehörnten Kopf bis zu der Klaue, die eine Schlange am Boden festhielt.

Wieder hielt Wiesel inne, um zu lauschen. Jetzt hörte er in der Ferne Geräusche, ein Zischen und Schnattern, schabende Laute und eine weibliche Stimme. Langsam und vorsichtig ging er weiter, und als er einen Fackelschein bemerkte, löschte er seine eigene und löste seinen Glücksbringer in der Nackenscheide.

Vor ihm sackte der Gang ab und wandte sich nach rechts. Einen guten Schritt weit war er nun nach unten und zur Seite versetzt, doch es gab Platz genug für Wiesel, die Stelle zu passieren. Ein vier Handspannen breiter Spalt trennte den Gang hier wie ein gewaltiger Axthieb, und der Geruch von Seewasser stieg unter ihm auf. Weit war der Meeresspiegel nicht mehr entfernt, also musste der Kaisersaal auch nahe sein.

Dann erahnte er mehr, als dass er sie sah, im Dunkeln eine eingeschlagene Tür aus Messing, die schief in den Angeln hing. Ornamente verzierten den Türrahmen aus Stein. Die schwere Metalltür war verzogen und stand offen, der Spalt mehr als groß genug, um sich geräuschlos hindurchzuwinden, ohne die Tür zu berühren.

Auf der anderen Seite richtete sich Wiesel auf und versuchte zu erkennen, was hier im Halbdunkel der großen Halle vor ihm lag.

Vor allem... Echsen. Dutzende von Echsen, die im unsteten Licht der zwei Fackeln, die die große Halle mehr schlecht als recht erleuchteten, in sich zusammengerollt, zum Teil allein, zum Teil wie Ratten in einem großen Knäuel, auf dem Boden schliefen. In einer Ecke des Saals, links von dem Podest, auf dem einst der Thron gestanden hatte, befand sich ein großer Metallkäfig mit verrosteten Gitterstäben, aber noch immer stabil. Darin lagen ein halbes Dutzend Frauen und ein junger Mann. Auf die Entfernung konnte er sich nicht sicher sein, aber sie schienen ebenfalls zu schlafen.

Am schlimmsten war der große Haufen blutiger Knochen und menschlicher Überreste am Fußende der Halle, wo aufgeschlagene Schädel von dem Schicksal kündeten, das den Gefangenen bevorstand. Gleich daneben erweckte ein fast hüfthoher Stapel aus Goldbarren, in der klassischen Schweineform gegossen, Wiesels Aufmerksamkeit und ließ ihn fast vergessen, weshalb er eigentlich hier war.

Der Schatz der gesunkenen *Letira Saran.* Die Echsen mussten ihn gehoben haben. Einen Moment überlegte er sich, was man mit nur einem einzigen dieser goldenen Schweine anfangen könnte, dann rief er sich zu Ordnung.

Langsam und lautlos glitt Wiesel zur Seite und suchte einen dunkleren Schatten, um sich darin zu verstecken. Wieder hörte er eine weibliche Stimme; sie kam aus einem Durchgang zu einem Nebenraum. Offenbar schliefen nicht alle Echsen, eine von ihnen kam gerade aus dem Raum heraus, geradewegs auf Wiesel zu, und marschierte in ihrer merkwürdigen Gangart knapp an ihm vorbei. Zum Aufatmen war es jedoch zu früh, denn die Echse blieb stehen, zog die Luft durch die Nüstern und nahm Witterung auf wie ein Hund.

Schatten und Stein, dachte Wiesel. *Schatten und Stein … ich bin nicht da, geh weg, du blödes Vieh!* Zum zweiten Mal sah er einem dieser Ungeheuer direkt in die Augen. Dann schnüffelte die Echse noch einmal und ging weiter.

»Wiesel!«, rief eine weibliche Stimme, und Wiesel zuckte zusammen. So sehr war er auf die Echse konzentriert gewesen, dass er die junge Frau nicht sah, die im Türrahmen des anderen Raums stand. Die Echse, die nur zwei Schritte weitergegangen war, wirbelte herum und zog mit einem schabenden Geräusch ihr Schwert. Selbst in dem schuppigen, ganz und gar unmenschlichen Gesicht sah Wiesel die Überraschung, als das Biest erkannte, dass dieser Schatten doch ein Mann gewesen war.

Wiesel hatte noch nie gegen eine Echse gekämpft, doch auch bei diesen Ungeheuern würde ein Stich in die weiche Kehle sicher genügend Schaden anrichten. Er rollte zur Seite, wich einer klauenbewehrten Kralle aus, duckte sich unter und in den Hieb des Ungeheuers hinein und stieß zu. Nur knapp verhinderte die Echse, dass die Klinge sie tödlich traf. Dabei brüllte sie auf, und jetzt regten sich überall geschuppte Körper!

Das, dachte Wiesel mit einem grimmigen Lächeln, das mehr einem Zähneblecken glich, könnte nun doch interessant werden! Er schüttelte seinen zweiten Dolch in die Hand, es waren fünf Schritte bis zum Eingang der Halle, vielleicht konnte es ihm ja doch gelingen …

»Wiesel, nein! Tu ihm nichts!« Ein Zischlaut folgte, aus einer anderen Kehle, die nicht menschlich war, und die Echse sprang mit erhobenem Schwert zurück, gerade rechtzeitig, um Wiesels zweitem Angriff zu entgehen. Groß mochten diese Viecher ja sein, dachte Wiesel grimmig, aber sie waren so erbärmlich langsam, dass sogar Hoffnung in ihm aufkeimte, hier wieder lebend herauszukommen.

»Wiesel! Halt ein!«, rief die Frau, und im nächstem Moment warf sie sich auf Wiesel. »Tu ihnen nichts an!«

Fassungslos sah Wiesel in Regatas geweitete Augen. Nur mit Schwierigkeiten löste er sich aus ihren Fingern, die sich in sein Wams gekrallt hatten, wich an die Wand zurück und stand nun da, Dolche in den Händen, um sie verständnislos anzustarren, sie und die Echsen, die in einem Halbkreis vor ihm standen.

»Ich ihnen?«, fragte Wiesel ungläubig.

Desinas verschwundene Ziehschwester war verdreckt und schmutzig, ihr Haar verfilzt und wirr, ihr Kleid an manchen Stellen eingerissen. Eine üble Prellung hatte ihre Wange anschwellen lassen, aber sie lebte, sie schien gesund, und vor allem war sie frei und stand inmitten dieser Echsen, ohne Angst zu zeigen.

»Was bei allen Göttern geht hier vor?«, fragte Wiesel schwer atmend. Er traute seinen Augen kaum, als Regata den Echsen ein Zeichen gab und diese langsam zurückwichen.

»Steck deine Dolche weg, dann will ich es dir gern erklären«, sagte Regata. »Sie sind nicht unsere Feinde!«

»Sind sie nicht?«, fragte Wiesel fassungslos. »Das da sagt mir aber etwas anderes«, rief er und zeigte anklagend auf den Haufen menschlicher Überreste in der einen Ecke der Halle.

»Das war nicht ihre Schuld … Man könnte es als ein Versehen bezeichnen«, sagte Regata. »Komm mit, dir wird alles klar werden. Aber steck die Dolche weg!«

»Ein Versehen?«, sagte Wiesel. »Das nennst du ein Versehen?«

»Sie ist die Brutmutter«, erklärte Regata leise, als sie Wiesel in den Nebenraum führte, wo auf einem Nest von alten Lumpen und Fetzen eine Echse auf ihren Hinterbeinen saß, größer als die Exemplare in der alten Kaiserhalle, aber von einem fahlen, fast schon leuchtenden Weiß und mit roten Augen, die Wiesel sorgsam musterten. Während er über die Geistesschärfe der anderen Echsen noch kein Urteil zu fällen wagte, lag hinter diesen Augen ganz ohne Zweifel ein wacher Verstand, aber einer, der so fremdartig war, dass es ihm kalt über den Rücken lief.

Da er nicht wusste, was von ihm erwartet wurde, verbeugte er sich höflich. »Sag ihr, dass ich … äh … ich bin erfreut!« Vor allem deshalb, weil es nicht aussah, als ob sie ihn fressen wollte.

Regata lächelte. »Sie kann dich hören und verstehen, aber …«

»Willkommen, Freund«, zischte und knurrte die Echse. Es klang angestrengt. Die kaum verständlichen Worte kamen aus einem Gehege voller scharfer Zähne, ein Gebiss, das Wiesel ordentlichen Respekt abnötigte. Er schaute von der weißen Echse zu Regata und wieder zurück. »Ich weiß ja nicht, was geschehen wäre, wenn sie an Land gekommen wären und uns so begrüßt hätten«, sagte er und kratzte sich am Kopf. »Aber es wäre wohl insgesamt ein besserer Anfang gewesen.«

»Wenn es nach ihr gegangen wäre, wären sie gar nicht hier«, erklärte Regata. »Dieses Land ist ihnen zu kalt, die Kälte macht sie so steif, dass sie sich kaum bewegen können. Sie haben eine furchtbare Angst vor den Seeungeheuern und würden nichts lieber tun, als wieder nach Hause zu fahren. Aber sie können es nicht, weil sie nicht wissen, wo ihr Land ist und wie sie dort hinkommen. Lass mich es dir erklären.«

»Wieso sprichst du für sie? Erklär mir das zuerst!«

Regata lachte leise. »Ich kann es selbst nicht fassen. Ich glaubte mich verloren, als ich in diesem Käfig dort erwachte. Es dauerte nicht lange, und ich wurde herausgezerrt, um von den Kriegern gefressen zu werden. Ich schrie und winselte um Gnade und hielt mir den Bauch … Und plötzlich ließen sie von mir ab und brachten mich zur Brutmutter.«

»Sie haben dich gefangen?«, fragte Wiesel. »Wir haben nach dir gesucht und dachten … Istvan ist …« Er brach ab.

»Ja, ich sollte ihnen als Futter dienen«, gab Regata Auskunft.

»Und sie haben dich verschont, weil du Bauchschmerzen hattest?«, fragte Wiesel verständnislos.

»Weil ich schwanger bin.« Regata lächelte.

»Ah«, sagte Wiesel überrascht. »Meinen Glückwunsch und Astartes Segen für dich und dein Kind. Aber was hat das jetzt für einen Belang?«

»Ich bin also auch eine Brutmutter. Woran erkennen wir, ob

wir andere Wesen verstehen können? Dass sie nicht bloß Tiere sind?«

»Na ja«, sagte Wiesel. »Es hat wohl etwas mit Verstehen zu tun. Wenn sie reden, dann beweist das genügend Geistesschärfe und zeigt, dass sie keine Tiere sind.«

»So ähnlich ist es bei ihnen. Krieger können zwar reden, aber sie haben keine Rechte, sie dienen nur der Brutmutter. Für die K'aah sind andere Wesen dann keine Tiere, wenn es Brutmütter gibt, die ihre Brut beschützen und reden können.« Sie lächelte. »Brutmütter können mit ihren Gedanken sprechen.«

»Wie, das kannst du auch?«

»Nein«, sagte Regata. »Aber es sieht so aus, als ob die Brutmutter meine Gedanken lesen kann. Ich kann sie hören.«

»Und damit wurdet ihr Freunde?«, fragte Wiesel skeptisch.

»Nicht ganz«, entgegnete Regata. »Schau, es ist eigentlich einfach. Die Krieger hören auf das, was die Brutmutter sagt. Sie sieht, fühlt und hört alles, was die Krieger erleben. Sie hilft ihnen beim Denken, trifft die Entscheidungen. Und unter den Nekromanten gab es einen, der das Talent besaß, die Brutmutter zu kontrollieren, ihr zu befehlen, was die K'aah tun sollten. Miram hieß er, und Desina hat ihn vorhin erschlagen. Die Brutmutter hat mir den Kampf aus seinen Augen gezeigt.« Sie strahlte ihn an. »Mir klingeln immer noch die Ohren von dem Triumphschrei der K'aah, als ihm der Kopf von den Schultern flog. Verstehst du, Wiesel? Damit waren die K'aah frei von den Nekromanten. Und von denen sollte sich hier nun besser keiner sehen lassen. Unser Hass ist nichts im Vergleich zu dem, den die K'aah verspüren. Eine Brutmutter ist heilig, eine Tochter der großen Mutter, und sie auch nur zu berühren, ist eine größere Blasphemie, als wir sie uns vorstellen können.«

»Desina erschlug diesen Nekromanten, und deshalb sind die Echsen nun keine Feinde mehr, sondern unsere Freunde?«, fragte Wiesel ungläubig.

Regata nickte. »Desina hat den Bann über sie gebrochen, ohne es zu wissen.«

Wiesel kratzte sich am Kopf und sah die Brutmutter an, die ihre Lefzen zurückzog, ihm messerscharfe, fingerlange Zähne zeigte und drohend zischte.

»Sie lächelt«, beeilte sich Regata zu erklären, als Wiesel aus Reflex nach seinem Glücksbringer griff. »Sie ist von deiner Geistesschärfe beeindruckt, du hast es schließlich schon beim ersten Mal verstanden.«

»Ah ... danke«, sagte Wiesel und warf der Brutmutter einen skeptischen Blick zu.

»Sie sagt, sie sei es nicht gewohnt, dass Männchen Dinge so schnell verstehen«, erklärte Regata. »Sie sagt zudem, dass sie beim nächsten Gelege ein paar Männchen ausbrüten will, die mehr Geistesschärfe besitzen. Sie will herausfinden, ob sie nützlich sein könnten.«

»Aha«, sagte Wiesel.

»Sie sagt auch, ich soll dir die Grabung zeigen, dann wüsstest du, was die Verfluchten hier wollen. Dann sollst du Desina sagen, dass die Brutmutter und alle ihrer Töchter auf ewig in ihrer Schuld stehen.«

»Äh ...«

»Und es wäre auch nett, wenn Desina ein paar weibliche Federn hierher schickt, um zu besprechen, wie das Weitere vor sich gehen soll«, verkündete Regata. »Und noch eins: So wie dieser Miram die Gedanken der Brutmutter kontrolliert hat, so hat sie auch ihn gespürt. Sie war nicht imstande, alles zu verstehen, aber eins weiß sie: Es geht den Verfluchten darum, einen Weg zu öffnen von ihrem Land zu unserem. Dort steht eine Armee bereit. Du sollst auch das Desina mitteilen.« Sie legte den Kopf auf die Seite. »Jetzt sagt sie, du sollst hier nicht dumm herumstehen, sondern das tun, was sie dir aufgetragen hat, damit die Verfluchten zerfetzt, in Stücke gerissen und ihre Knochen zu Staub zermalmt werden, sodass die Brutmutter anschließend auf sie urinieren kann!«

»Na, wenn das so ist«, sagte Wiesel und verbeugte sich höflich vor der großen weißen Echse mit den scharfen Zähnen. »Dann will ich mich wohl besser beeilen!«

62

Es war hauptsächlich Santer zu verdanken, dass sie sich überhaupt einen Weg durch die Menge bahnen konnten. Irgendwie wichen ihm die Leute aus, wenn er auf sie zukam, vielleicht lag es auch daran, dass es nicht so aussah, als ob er anhalten würde.

Als sie den gepanzerten Ring der Bullen erreichten, die um die Gildehalle herumstanden, atmete Desina erleichtert auf. Im Gedränge war es immer wieder vorgekommen, dass jemand sie berührt hatte, und ihr Kopf war voll von den Eindrücken aus anderen Leben, voll von den Hoffnungen und Ängsten der Menschen. Sie schaute sich um, sah die fast schon ausgelassene Menschenmenge, die ihre Angst vor den Geschehnissen der letzten Tage hinter einer ausgelassenen Fröhlichkeit verbarg, schaute in die beunruhigten Gesichter der Bullen, die ständig nach einer Bedrohung Ausschau hielten, die nirgendwo zu sehen war. Sie sah auch die weiße Gildehalle, die mit Laternen hell erleuchtet war und deren Dach von der untergehenden Sonne rötlich angestrahlt wurde, sodass es schien, als leuchte sie aus sich heraus.

Kaum waren sie aus der Menge herausgetreten, eilte auch schon ein Soldat der Federn herbei und salutierte vor der Maestra. »Maestra, Stabsleutnant, ich bin froh, euch zu sehen. Stabsobrist Orikes und Baronet von Freise erwarten euch dringend. Bitte folgt mir.«

Santer und Desina sahen sich gegenseitig fragend an und folgten dann der Feder hinauf in den zweiten Stock des Rundbaus, wo die Federn in der Registratur der Gildehalle Quartier bezogen hatten. An den schwarzen Tafeln, die in dem hohen und weiten Raum an der Wand hingen, wurden sonst immer Kornpreise oder die von Gold oder Fleisch notiert, die erwartete Ankunft von Schiffen oder Karawanen oder der Inhalt von Silos und Warenhäusern. Heute waren dort Wachtabellen eingetragen, oder

Bemerkungen über die Gäste, die schon da waren oder noch erwartet wurden.

Als Santer und die Maestra hereinkamen, sahen sie den Baronet in eine Unterhaltung mit Stabsobrist Orikes vertieft. Schwertobrist Kelter stand in voller Rüstung daneben und hörte mit angespanntem Gesichtsausdruck zu. An den zwei großen Türen, die in den Raum führten, standen jeweils zwei Bullen in Rüstung, an den Tafeln taten zwei Federn in Uniform Dienst. Sie arbeiteten konzentriert und wussten zugleich, dass alles, was sie auf die Tafeln schrieben, schon im nächsten Moment nicht mehr gelten würde. Draußen vor den Türen und auf der Galerie, von der aus man in die Halle hinabsehen konnte, standen zwei weitere Federn, die versuchten, die geladenen Gäste im Auge zu behalten.

»Das ist eine schwere Anschuldigung, die Ihr erhebt«, sagte Orikes gerade, als die Maestra herantrat und sich räusperte.

»Sie ist wahr«, entgegnete der Baronet gepresst. »Zumindest ist er der Mörder seiner Frau.«

»Nein«, widersprach Orikes. »Er hat die jüngere Tochter geheiratet. Es waren Lysanne, die ältere Tochter, und ihr Kind, die in den Flammen umkamen.« Er hob die Hand, als der Baronet etwas sagen wollte, und wandte sich kurz Desina zu. »Entschuldigt uns einen Moment, das hier ist wichtig!«

»Das ist das, was wir Euch zu berichten haben, auch«, sagte Desina. »Aber einen Moment wird es Zeit haben. Es geht um Meister Oldin?«, fragte sie, weil sie den Namen der ältesten Tochter des Meisters gehört hatte.

»Nicht direkt«, sagte der Baronet anstelle von Orikes. »Es wird sich gleich alles klären.« Er verbeugte sich knapp vor der Maestra und nickte Santer grüßend zu, bevor er sich wieder an den Obristen wandte.

Santer warf einen bedeutsamen Blick auf Schwertobrist Kelter und schaute dann Desina fragend an. Sie schüttelte fast unmerklich den Kopf.

»Es bleibt trotzdem Mord, dessen bin ich mir sicher. Wer war der Ehemann der älteren Tochter?«, fragte Tarkan.

»Ein Gelehrter hier aus Askir, ein Konstrukteur und Künstler. Er kam auf See um, bevor das Enkelkind geboren wurde.«

»Dann verstehe ich das Motiv zwar nicht«, sagte der Baronet, »bin mir aber dennoch sicher!« Er sah mit einem seltsamen Ausdruck in seinen Augen zu Desina hinüber. »Stabsobrist, der Mann hat Meister Oldin belogen, als er behauptete, die Leiche des Kindes habe ein Armband getragen! Denn das gleiche Armband befand sich, nach dem was ich gehört habe, am Handgelenk eines anderen Mädchens, das genau an dem Abend, als es brannte, in den Hafen hier in Askir geworfen wurde.«

Desinas Kopf schnellte überrascht zu dem Aldaner herum, der sie mit einem grimmigen Gesichtsausdruck ansah.

»Woher wisst Ihr das?«, fragte sie.

»Euer Wiesel hat die Geschichte oft genug zum Besten gegeben. Als ich Erkundigungen über Euch einzog, erzählte man sie mir.«

Sie amtete tief durch.

»Wieso ist dies alles jetzt von Belang? Gibt es jetzt nichts Wichtigeres zu tun, als über Vergangenes zu schwätzen?«, fragte sie etwas ungehalten.

»Es ist von Belang«, sagte er einfach. »Hier.« Er hielt ihr ein Blatt hin. »Sagt mir, was darauf geschrieben steht?«

»Das ist meine Name«, sagte Desina überrascht, und sie runzelte die Stirn. »Die Art, wie er geschrieben ist, erinnert mich an etwas.«

»Ihr habt dem Gildenmeister Oldin erzählt, dass Ihr ein Armband getragen habt, als man Euch in den Hafen warf. Dort sei Euer Name eingraviert gewesen.« Der Aldaner lächelte sanft. »Es ist ein übliches Geschenk, eine aldanische Tradition, ein Band zum Namensfest. Aber Euer Name ist ein unüblicher. Könnt Ihr Euch erinnern, ob er in dieser Art auf das Namensband geschrieben war?«

Desina nahm das Blatt, ging hinüber zu einem der Tische und nahm eine Feder, um ihren Namen darunter zu schreiben. Sie kehrte zurück und hielt es dem Baronet hin. »So schreibe ich meinen Namen noch heute«, sagte sie. »Es ist dem, was Ihr geschrieben habt, sehr ähnlich. Worum geht es hier eigentlich?«

»Verzeiht, wenn ich es so plump ausdrücke«, sagte der Baronet. »Ihr seid die Enkelin von Meister Oldin. Und es war Meister Rolkar, der Eure Mutter ermordet hat und Euch in das Hafenbecken warf.«

Desina war einen Moment lang sprachlos. »Aber warum?«, fragte sie dann. »Warum sollte er das tun?«

»Das kann ich Euch sagen«, meinte überraschend Schwertobrist Kelter, den Desina fast schon vergessen hatte. »Ich kannte Lysanne. Sie war eine Kunstschmiedin und entwarf zusammen mit ihrem Mann Glockenspiele und Himmelsuhren und andere wundersame Konstruktionen. Sie war eine Kunst-, Fein- und Grobschmiedin, und jeder wusste, dass sie die Nachfolge von Meister Oldin antreten würde, wenn er zu alt werden würde. Hätte sie überlebt, wäre Rolkar niemals der Gildemeister der mächtigsten Gilde der Reichsstadt geworden, ein Amt, das ihm fast alle Türen öffnet.« Noch nie zuvor hatte Kelter sie so freundlich angesehen. »Ich muss mich bei Euch entschuldigen«, sagte er weiter. »Es ist schlichtweg nicht möglich, dass schlechtes Blut in Euch fließt, wenn Ihr die Enkelin von Meister Oldin seid.«

»Ich verstehe nicht«, sagte Desina. »Ich kann das nicht glauben. Ich meine … Meister Oldin und ich sprachen darüber … und wir wären beide den Göttern dankbar gewesen, aber Meister Rolkar hat doch …«

»Gelogen«, sagte der Baronet hart. »Zudem hatte Jenks eine Beschreibung von dem Mann, einem führenden Mitglied des Kults der Weißen Flamme, der unsere Königin ermorden ließ. Sie passt auf Meister Rolkar wie auf keinen anderen. Auch habe ich zwischenzeitlich gehört, dass er und die Kurtisane Asela oft zusammen gesehen wurden.«

»Das ist nicht unüblich«, sagte Kelter. »Sie ist eine bezaubernde Frau, und jeder Mann kann sich glücklich schätzen, ihre Gunst zu erwerben, sei es auch nur für kurze Zeit.« Offenbar wusste er noch nichts davon, dass die Kurtisane eine der Verfluchten war.

»Ihr kennt die Sera auch, nicht wahr?«, fragte Santer, während Desina immer noch da stand, als hätte sie der Schlag getroffen. Zögernd nickte der Schwertobrist. »Es kostet mich einen großen Teil meines Solds, sie zu sehen, aber sie ist jedes Kupferstück wert, eine wahre Künstlerin der Leidenschaft und von Astarte gesegnet.«

»Das glaube ich nicht«, sagte Desina hart, als sie aus ihrer Lähmung erwacht war. »Sagt, habt Ihr jemals mit ihr über dienstliche Belange gesprochen?«

Die Augen des Obristen weiteten sich, und er stand kerzengerade da. »Ich weiß, dass ich nicht immer gerecht zu Euch war, Maestra, aber das geht jetzt entschieden zu weit! Für diese Worte würde ich jeden anderen fordern!«

Desina schaute ihn seltsam an. »Weshalb habt Ihr mich so verachtet, Schwertobrist?«

»Ich habe jemanden, den ich liebte, an das Mordgesindel im Hafen verloren«, sagte der Schwertobrist steif. »Ich hatte Schwierigkeiten zu ertragen, dass eine dieser Ratten aus dem Hafen nun im Turm der Eulen sitzt und mit Ehren überschüttet wird.«

»Ich bin noch immer eine Hafenratte«, sagte Desina leise. »Warum sollte meine Herkunft etwas daran ändern?«

»Weil Ihr nichts dafür könnt!«, platzte es aus dem Schwertobristen heraus. »Das ändert alles!«

»Die meisten der Kinder im Hafen können auch nichts dafür.«

»Jedes von ihnen kann etwas aus sich machen, der Weg steht allen offen. Sie müssen nicht morden und stehlen, sie können bei den Truppen anmustern oder ein Handwerk erlernen«, widersprach der Obrist mit geballten Fäusten. »Sie brauchen keine jungen Frauen in der Nacht zu überfallen und ihnen die Kehle durchzuschneiden.« Der Hass, den der Mann verströmte, war wie eine Woge, die um Desina brandete. Unwillkürlich wich sie einen Schritt zurück.

»Verzeiht«, sagte Kelter fast schon verschämt, als er ihre Reaktion bemerkte. »Ich konnte Euch nie leiden, aber ich habe mich dennoch bemüht, meine Arbeit zu tun. Ihr wart und seid eine Eule, und mein Eid bindet mich. Aber mögen muss ich Euch nicht.«

»Also gut, die Zeit drängt. Bei anderer Gelegenheit will ich mich mit Euch darüber in Ruhe unterhalten. Aber jetzt .... Habt Ihr eine Erklärung hierfür?«, fragte Desina, zog ein Bündel Papiere aus ihrer Robe und reichte sie dem Schwertobristen, der einen Blick darauf warf und erbleichte.

»Das kann nicht sein! Götter, wo habt Ihr das her?«

»Aus der Dokumentenkiste der Sera Asela. Es geht fast drei Jahre zurück. Zweimal in der Woche habt Ihr dieser Frau alle Geheimnisse anvertraut, zu denen Ihr Zugang hattet«, sagte Desina bitter. »Nichts habt Ihr zurückgehalten. Diese Frau ist besser informiert gewesen als die meisten Obristen der Reichsstadt. Vielleicht sogar besser als der Kommandant selbst. Als Befehlshaber der Fünften Legion seid Ihr es, der über die Sicherheit der Reichsstadt wachen muss, und Ihr habt uns alle verraten!«

»Nein!«, rief der Obrist verzweifelt und starrte ungläubig auf die Blätter in seiner Hand. »Das habe ich nicht! Nie würde ich meinen Eid brechen!«

»Und damit, Orikes«, sagte die Maestra leise zu dem Stabsobristen der Federn, der all das aufmerksam verfolgte, »sagt er nichts anderes als die Wahrheit. Er weiß nichts davon, nicht eine einzige Erinnerung hat er daran und nicht den geringsten Zweifel an seiner Aussage. Es steht fest, dass er es war, und doch hat er es nicht getan. Selbst Boron würde seine Unschuld bestätigen.«

»Aber wie ...?«, fragte Kelter.

»Die Sera Asela ist eine Verfluchte«, erklärte Desina. »Sie hat ein Talent genutzt, um Euch auszufragen, ohne dass Ihr es bemerkt habt.«

»Götter«, sagte der Schwertobrist bleich. »Was für eine Schlange! Ich habe mir sogar eingebildet, die Frau zu lieben!«

»Wenn es nach den Berichten in der Dokumentenkiste geht,

wart Ihr damit nicht allein. Es gab noch mehr, die alles verraten haben, was sie wussten«, sagte Desina tröstend. Sie war selbst noch ganz mitgenommen von dem, was der Baronet ihr eben eröffnet hatte, aber die Zeit drängte.

Mit kurzen, knappen Worten, schilderte sie dem Obristen, was sie herausgefunden hatten. »Es muss einen Zugang zu dem Wolfstempel unter uns geben«, schloss sie. »Vielleicht von den Kellern der Gildehalle aus. Wir brauchen den Hofmeister, der die Gildehalle betreut. Womöglich weiß er, wo wir suchen müssen.«

Orikes nickte langsam, er war bleich geworden, als er verstand, welche Gefahr drohte.

»Um Mitternacht, wenn die geladenen Gäste Platz nehmen«, wiederholte der Obrist der Federn leise. »Ihr habt recht, Desina, das wird der Zeitpunkt sein, an dem, was auch immer die Verfluchten planen, geschehen wird! Wir können nicht zulassen, dass die geladenen Gäste in Gefahr geraten. Götter!«, hauchte er. »Es ist fast jeder Gesandte anwesend, dazu noch die Handelsherren und Meister, nicht nur aus Askir, sondern auch aus den anderen Reichen und den Ländern, mit denen wir Handel treiben. Es wird einen Riesentumult geben.«

»Ich könnte da hilfreich sein«, sagte die Bardin Taride von der Tür. Sie trug ein elegantes, aber auch sehr gewagtes Kleid in Rot und Gold, den Farben Askirs, und Tarkan war erneut überwältigt von ihrem Anblick. Dennoch fragte er sich in einem Winkel seines Geistes, wie es sein konnte, dass sie nicht fror. Jetzt, wo die Sonne untergegangen war, war es frisch und fast schon kalt geworden. Die dünne Seide allein konnte die junge Frau gewiss nicht wärmen.

»Jeder Vorschlag ist willkommen«, sagte Stabsobrist Orikes und warf zugleich einen fragenden Blick zu Desina hinüber.

»Sie ist in größten Teilen eingeweiht«, erklärte die Maestra und schenkte der Bardin ein schnelles Lächeln. »Sie ist eine Freundin und … Man könnte auch behaupten, dass sie eine alte Verbündete der Reichsstadt ist.«

Der Stabsobrist zog fragend eine Augenbraue hoch, während

Tarkan Desina überrascht ansah, doch die Maestra sagte nichts weiter und lächelte nur.

»Die Gilde der Barden hat draußen auf dem Platz ein Zelt errichtet, das fast so groß ist wie die Halle«, erklärte Taride. »Man kann die Zeltbahnen an den Seiten hochziehen, sodass auch die Feiernden auf dem Platz einen Blick auf die Mächtigen des Reichs erhaschen können, wenn sie sich dort versammeln, wo jeder sie sehen kann. Eine Geste, die Einheit demonstriert und vielleicht vielen Menschen die Angst nehmen könnte, denn es ist nicht möglich, dort draußen einer Unterhaltung zu lauschen, in der die Worte *Verflucht* und *Echsen* nicht vorkommen.« Sie lächelte grimmig. »Außerdem sollte ich in der Lage sein, meine Stimme so weit tragen zu lassen, dass jeder auf diesem Platz sie hören wird.«

Tarkan sah sie ungläubig an, und sie lachte.

»Es ist Magie«, erklärte sie. »Und wenn es mir gestattet wird, werde ich meinen Auftritt mit dieser Magie unterstützen und den Leuten einen Abend schenken, den sie nie wieder vergessen werden. Ich warte seit Jahren auf eine Gelegenheit, das volle Maß meiner Kunst zu präsentieren.«

Während Tarkan sie noch verständnislos ansah, nickte der Obrist langsam.

»Wenn Ihr die Menschen auf dem Platz ablenken könnt, habt Ihr die Erlaubnis dazu. Wir wissen ja nicht, was geschehen wird, vielleicht hilft es sogar, eine Panik zu verhindern.«

Die Bardin lachte leise. »Stabsobrist, wenn ich anfange zu singen und meine Kunst entfalte, dann kann die Welt untergehen, ohne dass irgendeiner dem Beachtung schenken wird.«

»Taride«, sagte Tarkan bleich. »Als Ihr davon spracht, dass Euer Ehegemahl ein Opfer der Weißen Flamme wurde, weil sie eine Verbindung zwischen Menschen und Elfen nicht gestatten wollte … Nicht er war der Elf, oder?«

»Ja«, sagte die Bardin leise und sah den Aldaner bedeutsam an. »Er starb, weil er mich liebte. Ein Schicksal, das sich nicht wiederholen wird.«

Langsam nickte der Baronet, dann atmete er tief durch. Er

hatte verstanden, was die Bardin ihm sagen wollte, doch er war nicht mit ihr einer Meinung. Aber wenn es die Götter gestatteten, gab es später noch Gelegenheit, sie zu überzeugen. Jetzt jedoch stand anderes an.

»Zurück zu Meister Rolkar«, sagte er dann hart. »Er ist wahrscheinlich selbst einer dieser Verfluchten. Er ist der Kopf der Verschwörung, die meine Königin das Leben gekostet hat, er wird auch hier der Kopf des Ganzen sein. Er ist dort draußen in der Halle und geht seinen Geschäften nach. Lasst ihn uns ergreifen und zur Strecke bringen. Im Namen Aldanes, Stabsobrist Orikes, erlaubt es mir, den Mann zu richten! Ich bitte Euch inständig darum!«

»Eine Bitte, der die Reichsstadt gern entsprechen wird, dessen bin ich mir sicher«, sagte der Obrist mit einem harten Lächeln. »Doch nicht um den Preis, dass Ihr den Kampf verliert!«

»Ihr werdet Hilfe brauchen«, stimmte Desina dem Obristen zu. »Und Ihr werdet sie erhalten. Aber zuvor muss die Halle geräumt werden. Ich werde mich gleich auf die Suche nach dem Zugang zum Keller machen, doch zuvor: Sagt Baronet, wo finde ich Meister Oldin?«

»Ich werde gleich veranlassen, dass ...«, begann Schwertobrist Kelter, doch Orikes unterbrach ihn.

»Verzeiht, Kelter«, sagte er bedächtig. »Aber ich kann Euch im Moment nicht erlauben, das Kommando über die Fünfte Legion zu behalten. Ich weiß, dass Ihr keine Schuld tragt, aber niemand von uns weiß, wie groß der Einfluss der Verfluchten auf Euch ist. Vielleicht würdet Ihr in ihrem Sinne handeln, ohne es zu bemerken.«

Einen Moment sah es aus, als ob der Schwertobrist widersprechen wollte, dann nickte er knapp. »Ich verstehe, Stabsobrist«, sagte er. »Darf ich Stabsmajor Elkin als meinen Ersatz vorschlagen? Sie ist eine fähige Frau und wird der Aufgabe gewachsen sein.«

Orikes sah den bleichen Mann an und nickte. »Lasst sie rufen, Schwertobrist.«

»Maestra, ich bringe Euch zu Meister Oldin«, sagte Tarkan. »Danach werde ich sehen, ob ich diese Schlange finden kann.«

»Nicht allein«, widersprach Santer, der bislang alles wortlos verfolgt hatte. »Wenn wir ihn ergreifen, muss es mit Macht geschehen, er darf keine Gelegenheit haben, sich länger zu wehren. Die sicherste Methode wäre, ihn einfach zu erschießen.«

»Mag sein«, sagte Desina ruhig. »Aber noch haben wir keinen wirklichen Beweis, dass er ein Nekromant und Mörder ist.«

»Jenks hat ihn beschrieben«, sagte Tarkan verbittert. »Was brauchen wir mehr an Beweisen?«

»Was, wenn Ser Jenks sich getäuscht hat?«, gab Desina zu bedenken. »Ich glaube selbst, dass er einer der Verfluchten ist, es passt zusammen. Ich will ihn nicht schützen, glaubt mir das. Wenn Ihr recht habt, dann ist er der Mörder meiner Mutter und ich will ihn genauso tot sehen wie Ihr. Aber mein Eid verbietet mir, so etwas zu unterstützen, nicht ohne einen Beweis seiner Schuld.«

»Was wollt Ihr tun?«, fragte Tarkan. »Habt Ihr vielleicht vor, ihn zu fragen, ob er schuldig ist?«

»Nein«, sagte Desina und schüttelte den Kopf. »Ich kann die Verfluchten mittlerweile erkennen, wenn ich sie nur sehe …« Sie schaute die anderen an und lächelte verlegen. »Ich habe erst heute das erste Mal einem Verfluchten gegenübergestanden, ich musste es auch erst lernen. Aber jetzt braucht es nicht mehr als einen Blick von mir.« Sie nickte Santer zu. »Dann könnt Ihr gern Euren Schuss haben.«

»Wir dürfen auch nicht vergessen, dass er nicht allein ist«, gab Santer zu bedenken. »Die Sera Asela ist noch auf freiem Fuß, und weit wird sie gewiss nicht entfernt sein.«

63

Meister Oldin saß aufrecht auf dem Ruhebett und trank einen Tee, als Desina zögerlich den Vorhang zur Seite schob. Der alte Mann sah sie, lächelte sanft und winkte sie zu sich heran. Langsam kam Desina näher und suchte in seinen Zügen die Ähnlichkeiten, von denen Tarkan gesprochen hatte, doch sie fand sie nur in den Farben der Augen. Noch immer konnte sie nicht ganz glauben, was der Baronet meinte herausgefunden zu haben, doch offensichtlich war Meister Oldin davon überzeugt.

»Schau mich nicht so an«, meinte er mit einem Lächeln. »Es ist ja nicht so, dass wir nie darüber gesprochen haben. Aber wir wagten es nicht zu glauben.« Er stellte die Tasse Tee ab und öffnete seine Arme für sie. Ohne nachzudenken, kam Desina zu ihm und lehnte ihren Kopf an seine knochige Schulter. Er roch nach Mandelholz, und ein Lächeln schlich sich auf ihre Lippen, noch während sie weinte.

Am Eingang warf Tarkan einen letzten Blick auf die Maestra und den alten Mann, dann ließ er den Vorhang sinken und prüfte, ob sein Schwert locker saß. Er nickte Santer zu, der vor der Tür auf die Maestra wartete, und suchte als Nächstes den Botschafter auf, zog ihn zur Seite und erklärte ihm, warum er es für besser befinden würde, wenn die Sera Melande zur Botschaft zurückkehrte. Doch die junge Aldanerin besaß offenbar gute Ohren. Sie kam heran und schüttelte vehement den Kopf. »Ich habe einen Dolch dabei«, sagte sie entschlossen. »Vor diesem Pack renne ich nicht davon.«

Der Botschafter legte einen Arm um sie und zog sie an sich heran, ein stolzer Blick in seinem guten Auge. »Sie ist erwachsen«, teilte er Tarkan mit. »Außerdem kann ich noch immer mein Schwert führen.«

Tarkan nickte, er hätte wohl nicht anders gehandelt. »Wenn

Ihr Meister Rolkar seht, haltet Euch fern von ihm. Sucht nicht den Streit. Demnächst wird eine Feder kommen und Euch zum Zelt der Gilde der Barden begleiten.« Der Botschafter nickte, doch Tarkan sah den Blick in diesem Auge.

»Denkt nicht einmal daran«, sagte er leise. »Es braucht mehr als eine entschlossene Klinge, um diesen Mann zu richten. Das musste ich auch einsehen.«

Der Botschafter sagte nichts dazu, aber etwas anderes hatte Tarkan auch nicht erwartet.

Bemüht darum, wie jeder der anderen Gäste zu wirken, und mit einem hoffentlich glaubhaften Lächeln auf dem Gesicht, nahm Tarkan einen Becher von einem Tablett, das ein eifriger Diener ihm hinhielt, und mischte sich unter die hohe Gesellschaft von Askir. Obwohl es in Askir kaum Adel gab, fand Tarkan sich an die höfischen Gegebenheiten am Hof des Prinzen erinnert.

Die Reichen und Mächtigen waren überall gleich, dachte er, ob nun in der Kronburg von Aldane oder hier in Askir. Er sah dem Spiel um Macht und Einfluss eine Weile zu, und erst als er sicher war, dass der Schmied sich nicht unter den Gästen hier unten in der Halle befand, stieg er die Treppe zur ersten Galerie hoch, um dort nach ihm zu suchen. Aber da war er auch nicht zu finden.

Als sich hinter ihm der schwere Stoff hob, der den Fuß des Podests umkleidete, drehte sich Feltor langsam um, eine Augenbraue stieg nach oben, als er die junge Frau in der Uniform einer Feder sah.

»Sagte ich dir nicht, dass ich dich heute nicht mehr zu sehen wünsche?«, fragte er mit einem Blick auf Merzek, der an einem Spalt zwischen den Bahnen stand und die Menge beobachtete. Zu Feltor Füßen lag eine Bodenplatte aus Marmor, die aus dem Boden herausgenommen worden war, darunter war eine goldene Fassung zu erkennen, und ein faustgroßer schwarzer Edelstein lag dunkel schimmernd daneben.

»Wie kommt es, dass ich dich nie täuschen kann?«, sagte die Soldatin und zog eine Schnute, während ein Schimmer über sie hinweglief. Dann stand die Sera Asela dort, wo eben noch die Feder gestanden hatte.

»Ich kenne dich zu gut«, sagte Feltor knapp. »Was bringt dich dazu, meinen Unwillen zu erregen?«

»Ich dachte, es könnte dich interessieren, dass man dich enttarnt hat«, sagte die Sera. Das Lächeln auf ihren blutroten Lippen entbehrte nicht einer gewissen Genugtuung. »Offensichtlich hast du dir einen Fehler erlaubt, Meister Rolkar. Man sucht dich … und versucht, unseren Plan zu vereiteln.«

»Und woher weißt du das?«, fragte der Meister und trat nun selbst an eine Spalte im Stoff, um ihn ein wenig zur Seite zu schieben. Asela mochte recht haben, dachte er, denn auf den ersten Blick sah er keinen der hochrangigen Gäste mehr, die vor kurzer Zeit noch die Halle bevölkert hatten. Er bemerkte, wie eine Feder in Uniform mit einem Handelsherrn sprach, ein freundliches Lächeln im Gesicht und mit einer Handbewegung in Richtung des nächsten Ausgangs. Der Handelsherr folgte der Aufforderung und schien erfreut über das, was der Soldat ihm mitgeteilt hatte. »Es sieht beinahe so aus«, sagte er. »Ich muss ihnen zugestehen, dass sie es recht geschickt machen. Woher weißt du es?«

»Ich habe daneben gestanden und zugehört, wie sie darüber sprachen. Kelter, Orikes, die Maestra und dieser aldanische Baronet. Ich habe geholfen, den Einsatzplan der Bullen zu erstellen. Es ist immer das Gleiche, sie gehen methodisch vor und gründlich.« Sie runzelte die Stirn. »Ach ja, die Maestra hat ihren großen Soldaten dabei, der nur zuhörte und keinen Ton von sich gab. Er scheint mir etwas langsam zu sein.«

»Es wäre nicht das erste Mal, dass du dich irrst«, sagte Feltor. »Wird man die Feder nicht vermissen?«

»Keiner wird sie finden«, antwortete Asela mit einem harten Lächeln.

»Was genau geht vor sich?«

»Sie wissen, dass wir für die Mitternachtsstunde etwas planen. Sie wissen von dem Wolfstempel und davon, dass du Balthasars Frau und Kind ermordet hast. Sie wissen mehr als du, denn sie haben erfahren, dass seine Tochter noch lebt. Es ist die Maestra.« Sie zog eine Augenbraue hoch. »Diese Nachricht scheint dich nicht zu überraschen?«

»Ich wusste es von Anfang an«, sagte Feltor unbewegt. »Es war nachlässig von mir, nicht sicherzustellen, dass sie tot war, bevor ich sie in den Hafen warf.«

»Ich kenne auch dich«, sagte Asela. »Ich frage mich, wie weit deine Freundschaft zu unserem ehemaligen Mentor ging. Es wäre dir zuzutrauen, dass du diese Methode gewählt hast, weil es eine kleine Chance gab, dass jemand sie retten könnte. Eine weitaus größere Chance, als wenn du dem Kind den Hals umgedreht hättest. Ich erinnere mich, dass du mir untersagt hast, mich um sie zu kümmern ...«

»Denk, was du willst«, sagte Feltor knapp. »Es ändert nichts daran, wessen Kind sie ist.«

»Wie du meinst«, sagte Sera Asela. »Es tut nichts mehr zur Sache. Ich bin hier, weil es nun keinen Grund mehr gibt, nicht jetzt schon aktiv zu werden. Je länger wir warten, desto besser werden sie vorbereitet sein.«

»Es ist zu früh«, sagte Feltor. »Wenn ich das Tor jetzt öffne, werden unsere Truppen davon überrascht.«

»Das glaubst du selbst nicht, Feltor«, sagte Asela hart. »So wie ich unseren Herrn kenne, stehen sie schon seit Tagen in Reih und Glied vor dem Tor.«

»Es gibt noch einen anderen Grund«, sagte Feltor und bleckte die Zähne. »Weißt du, dass sich die Weltenkugel dreht? Dass sich die Ströme der Magie ändern, dass es eine Rolle spielt, wie die Monde stehen und auf welcher Seite die Sonne die Weltenkugel erwärmt? All das wirkt sich auf den Fluss der Welten aus. Wenn ich das Tor zur falschen Zeit öffne, wird es nicht dort erscheinen, wo es erscheinen soll. In der Nähe, ja, aber nicht am exakten Platz.« Er schaute sie an und deutete auf den schwarzen

Kristall. »Dort liegt der Stein, Asela. Nimm ihn und öffne das Tor. Wir werden sehen, was passiert.«

Die ehemalige Kurtisane verharrte wo sie stand.

»Ich sehe, du hast dir einen Rest Vernunft bewahrt«, meinte Feltor. »Ich danke dir für deine Kunde, aber es ändert nichts an meinen früheren Worten. Geh und genieß deinen Triumph, der gegen alles geht, was du einst geschworen hast.«

»Das ist fast schon Verrat«, sagte sie und sah ihn strafend an.

Feltor lachte bitter. »Verrat? Wie soll man ihn denn verraten, wenn er sich in jedem Winkel der Gedanken eingenistet hat? Du sprichst wirr.«

»Warum machst du mir dann diese Vorwürfe? Es ist nicht das erste Mal«, sagte sie steif.

»Ich mache dir keinen Vorwurf, ich wollte, ich könnte es! Ich kann es nur schwer ertragen, dass du so sehr die Hündin unseres Herrn bist, dass du nicht einmal siehst, wie groß die Tragweite seiner Handlungen sein wird. Das, was heute Nacht hier geschieht, wird den gesamten Weltenball erschüttern. Und du stehst hier und denkst nur daran, deinen erbärmlichen Lohn aus seiner Hand zu erhalten!«

»Du bist eifersüchtig«, stellte sie erstaunt fest.

»Nein«, sagte Feltor leise. »Ich bin der Diskussionen müde, es ist der falsche Ort und die falsche Zeit. Aber ich sage dir: Ich betrauere den Tod der Frau, die ich einst geliebt habe. Und nun, zum letzten Mal, geh, oder ich sorge selbst dafür, dass ich dich nie wiedersehen muss. Geh … ohne ein weiteres Wort.«

Sera Asela schaute ihn an, bemerkte den Blick in seinen zweifarbigen Augen und wusste, dass er es ernst meinte. Sie drehte sich um, hob den schweren Stoff an, und erst im letzten Moment erinnerte sie sich daran, wieder zur Soldatin zu werden.

Merzek betrachtete seinen Meister, der mit zu Fäusten geballten Händen dastand. »Verzeiht«, sagte er leise. Feltor blickte zornig zurück und atmete dann tief durch.

»Was wollt Ihr sagen, Merzek?«

»Dass sie schuldlos ist. Sie ist eine seiner Hündinnen.«

»Ihr braucht sie nicht zu verteidigen«, sagte Feltor. »Ich weiß das nur zu gut.«

»Es trifft jede Frau, die er jemals erblickt hat. Wisst Ihr, warum er eine solche Angst vor Frauen hat?«, fragte Merzek zögernd.

»Weil eine Priesterin ihm einst vorhergesagt hat, dass die Tochter des Drachen ihn zerdrücken würde wie der Drache die Schlange auf dem Wappen des Alten Reichs«, sagte Feltor rau. »Seitdem sorgt er dafür, dass keine Frau, die ihm jemals nahe kommt, über eigenes Denken verfügt.«

Glühende Klauen bohrten sich in seine Gedanken und zwangen ihn fast zu Boden, bevor der Schmerz langsam nachließ.

Merzek sah ihn überrascht an. »Was war das?«

»Er zeigt mir seinen Unwillen über derartige Worte«, sagte Feltor und wischte sich den Schweiß ab. »Er schläft noch. Er tut es sogar, ohne dass es ihm bewusst ist.«

»Er ist ein Gott«, sagte Merzek ergeben. »Es hat wenig Sinn, sich gegen seinen Willen zu stellen.«

»Er ist kein Gott. Noch nicht, auch wenn er selbst es glaubt«, sagte Feltor mit belegter Stimme. Er bleckte seine Zähne in einem schmerzhaften Lächeln. »Aber dennoch müssen wir seinem Willen folgen.« Er musterte den anderen Mann. »Ihr wisst, was Ihr zu tun habt?«

»Ja«, sagte Merzek und verbeugte sich vor Feltor. »Falls wir uns nicht wiedersehen … Es war eine Ehre, unter Euch zu dienen.«

»Früher, als solche Worte noch Bedeutung hatten, hätte ich auch Euch gelobt«, sagte Feltor. Ein Schimmern lief über ihn, und ein Mann in der Livree eines Dieners stand dort, wo eben noch Meister Rolkar gewesen war. Er zog den schweren Stoff zur Seite und verließ den Hohlraum unter dem Podest in der Mitte der Gildehalle.

64

Wiesel stand an eine der acht Statuen gelehnt und pickte eine Traube aus der flachen Schale, die er in der anderen Hand hielt, warf sie hoch und fing sie mit dem Mund auf, während sein Blick dem Diener folgte. Er war auf der Suche nach Desina gewesen, als er eine Frau unter dem Podest hervorkommen sah, die sich vor seinen Augen in eine Soldatin der Federn verwandelt hatte. Doch bevor das geschehen war, hatten Wiesels scharfe Augen den Anhänger aus Obsidian und Gold entdeckt, den die Frau um den Hals trug. Zudem hingen in dem Haus der Kurtisane drei Bilder, die sie in all ihrer verführerischen Schönheit und mit diesem Anhänger zeigten. Jetzt wusste Wiesel immerhin, wieso niemand sie bislang gefunden hatte. Kein Wunder, wenn sie so leicht ihre Gestalt verändern konnte. Er stellte die Schale ab und tat, als ob er seine Stiefel richten wollte, zugleich aber stieß er die kleine Tür im Podest der Statue auf. Dort lag wie erwartet ein faustgroßer Edelstein in einer goldenen Vertiefung.

Wiesel richtete sich auf und schlenderte hinüber zu dem Podest in der Hallenmitte. Dort angekommen, verschwand er unter dem schweren Stoff, als ob dieser ihn aufgesaugt hätte.

Unter dem Podest sah sich Merzek um, er war sich fast sicher, dass er eben etwas gehört hatte. Hier unter dem schweren Stoff war es dunkel, das Licht der großen Öllampen, die hoch an den Säulen der Gildenhalle hingen, drang kaum bis hierher vor.

Aber er war ja nicht nur auf seine Augen angewiesen, er besaß noch andere Möglichkeiten. Er öffnete seinen Geist, suchte wie ein Raubtier die Fährte und fand das Opfer innerhalb eines Lidschlags. Gier stieg in ihm auf, als er das starke Talent des Eindringlings erkannte … Dann erst wurde ihm klar, dass dieses Opfer direkt hinter ihm stand … Ein blendender Schmerz durchbohrte sein linkes Ohr, und er dachte gar nichts mehr.

Für einen Moment fürchtete Wiesel, dass die lodernde Flamme, die den Verfluchten verglühen ließ, das Podest in Brand stecken würde, aber genauso schnell, wie die Flamme kam, war sie auch wieder verschwunden – und hinterließ einen ausgeglühten Körper, der immer noch aufrecht stand.

Wenigstens, dachte Wiesel mit einem grimmigen Lächeln, hatte es keinen Unschuldigen getroffen. Desina, das wusste er, hätte das hier nicht so heimtückisch getan, aber er sah nicht ein, einem der Verfluchten auch nur die geringste Chance zu geben.

Wiesel hielt noch immer den Griff seines Glücksbringers in der Hand. Er hatte ihn auch nicht losgelassen, als der Nekromant aufloderte und fünf Seelen freiließ. Jetzt erst zog er den Dolch zurück und hielt einen ausgeglühten Schädel an der Messerspitze, während der Rest des Unheiligen in einer Wolke aus Asche und braunem Gebein zusammenbrach. So morsch war der Schädel, dass Wiesel seinen Dolch problemlos befreien konnte. Nachlässig warf er den Kopf zur Seite und beugte sich nieder, um den schweren schwarzen Kristall aufzuheben.

Er studierte die Vertiefung im Boden und kratzte sich nachdenklich am Hinterkopf.

Er verließ den Raum unter dem Podest. Es war langsam an der Zeit, Desina zu finden. Eine Feder wies ihm den Weg, und er traf die Maestra, als sie den Ruheraum verließ und etwas zu Santer sagte. Wiesel erkannte sofort die Spuren von Tränen auf ihrem Gesicht und fragte sich, was passiert war. Sie weinte sonst nie. Aber es gab andere, wichtigere Dinge.

»Hast du etwas herausgefunden?«, fragte sie ihn, noch bevor er etwas sagen konnte.

»Das kommt darauf an, was du mir über eine Halle sagen kannst, in der sich ein achteckiges Muster aus Gold im Boden befindet, an den Eckpunkten mit Aussparungen versehen, in die faustgroße Kristalle hineinpassen«, sagte Wiesel. »Denn das ist es, was die Echsen aus der eingestürzten Halle für die Nekromanten bergen mussten: neun dieser faustgroßen Edelsteine.«

»Götter!«, hauchte Desina. »Das ist es! Ein magisches Tor!«

»So eins wie im Eulenturm?«, fragte Santer verblüfft.

»Ay«, bestätigte Desina. »Aber viel größer! Diese magischen Tore … vor allem die großen, die für Fracht gebaut wurden … Es braucht eine enorme magische Kraft, sie zu betreiben. Dieses Tor muss eines der früheren gewesen sein, mit denen der Ewige Herrscher Truppen verlegen konnte. Vielleicht sogar das zentrale Tor. Das Modell ist alt, und ich weiß, dass der Ewige Herrscher bis zum Schluss an den Toren gearbeitet hat und sie verbesserte.« Sie schaute die anderen an. »Üblicherweise stellen die Tore eine Verbindung zwischen sich und einem anderen Tor her. Aber ich habe auch von einem gelesen, das so mächtig war, dass es eine Verbindung zu einem anderen Ort schaffen konnte, ohne dass sich dort ein anderes Tor befinden musste.«

»Wofür braucht es diese Steine?«, wollte Wiesel wissen.

»Sie geben in einem komplizierten Koordinatensystem den Zielpunkt vor«, erklärte Desina.

»Was passiert, wenn die Koordinaten falsch sind?«

»Das dürfte eine Katastrophe geben«, sagte Desina.

»Wenn die Nekromanten diese Kristalle suchten, wofür brauchen sie dann den Wolfskopf?«, fragte jetzt Santer, während Wiesels Grinsen fast schon heimtückisch wurde.

»Sie brauchen beides, die Kristalle und den Wolfskopf«, sagte Desina nach kurzem Überlegen. »Denn ein solches Tor braucht viel Kraft.« Sie atmete tief durch. »Bei einem offenen Tor, bei dem der Gegenpunkt nicht festlag, brauchte es ein enormes Verständnis der Magie und eine derart präzise Berechnung, dass es mir allein bei dem Gedanken schon graust. Der geringste Fehler wäre tödlich. Ich habe in einem Tagebuch gelesen, dass einmal jemand ein halbes Jahr für eine solche Berechnung benötigte. Ausgerichtet wurden die Tore mit speziellen magischen Kristallen, die die Kraft des Weltenstroms bündelten. Wenn man diese Tore benutzt, reist man auf dem Weltenstrom selbst. Als damals der Weltenstrom versagte, versagten auch die Tore. Ich habe darüber gelesen, dass Askannon selbst überall diese magischen Juwelen einsammelte, bevor er verschwand. Er selbst war es also, der verhinderte, dass man die Tore jemals wieder benutzen konnte.«

»Deshalb also mussten sie dieses Tor ausgraben«, stellte Santer beunruhigt fest. »Es wurde verschüttet, bevor der Ewige Herrscher abdankte und verschwand. Es muss ein anderes Tor geben, dass sie zu aktivieren suchen.«

»Da habt Ihr recht, Santer«, sagte Wiesel. »Es befindet sich hier, direkt in der Halle. Dort, wo die Statuen stehen, habe ich goldene Vertiefungen gefunden und darin Kristalle. Und in der Mitte, versteckt unter dem Podest, habe ich einen der Verfluchten entdeckt, der bereit war, einen letzten Stein in die mittlere Aussparung zu legen.« Wiesel grinste und zeigte Zähne. »Er wird es nicht mehr tun können.«

»Also will Rolkar ein Tor zu einem fernen Ort öffnen«, sagte Desina atemlos.

»Wollte. Er wird dazu nicht mehr in der Lage sein«, korrigierte Wiesel. »Jemand hat mir erzählt, dass er Truppen hindurchschicken will.«

»Wer hat das erzählt?«, fragte Santer.

»Regata«, erklärte Wiesel mit einem breiten Grinsen. »Ihr geht es gut, aber ihre Geschichte wird ihr kaum jemand glauben wollen.«

»Ich bin froh zu hören, dass sie lebt«, sagte Desina. »Aber Truppen? Dann hätte es ihm wenig genutzt, das Tor auf die normale Art zu verwenden.«

»Welche wäre das?«, fragte Santer.

»Dass das, was sich in zwei Toren innerhalb des Achtecks befindet, untereinander ausgetauscht wird. Wer hier ist, wird dort landen, wer dort ist, hier. Wenn auf der anderen Seite kein Tor existiert, muss man es auf die andere Art benutzen. Es braucht sehr viel magische Kraft. Dafür ist es dann ein richtiges Tor, eines, das einen Torbogen aufrechterhält, durch den man sogar in den fernen Teil der Welt schauen kann. Es ist wie ein Tor zwischen zwei fernen Orten.« Sie legte die Stirn in Falten. »Das bedeutet aber auch, dass die Gefahr nicht gebannt ist. Jetzt kann er das Tor nicht mehr einfach so verwenden, aber es ist nicht unmöglich, wenn er nur fähig genug ist und die magischen Ströme zur Verfügung hat, die er braucht.«

»Nun, direkt unter uns befindet sich ein Wolfstempel«, sagte Santer. »Damit dürfte ein Maestro genügend Magie zur Verfügung haben. Aber es muss ein Maestro sein, nicht wahr?«

»Ay«, sagte Desina zögernd. »Vor allem muss es jemand sein, der diese Tore kennt, sie versteht und studiert hat. Wenn das der Plan des Verfluchten ist, dann bleibt kein anderer Schluss übrig, als dass es sich um Eulen handelt.«

»Du meinst, sie sind beide Eulen? Dieser Meister Rolkar und die Kurtisane?«, fragte Wiesel fassungslos. »Aber wie kann das sein?«

»Das weiß ich nicht«, sagte Desina leise und mit belegter Stimme. »Aber so muss es sein. Der Turm der Eulen wurde einst verraten, ich fand das erst kürzlich heraus, und diese zwei müssen zu den Verrätern gehören.«

»Aber … das ist siebenhundert Jahre her«, protestierte Santer. »Das kann doch nicht sein!«

»Nekromanten können ihr Leben verlängern, sie brauchen dazu nur das Leben anderer zu rauben«, erklärte Desina mit Verachtung in der Stimme. »Es braucht unzählige Tode. Je älter ein Nekromant wird, desto öfter muss er töten, aber es geht … ich habe davon in den Tagebüchern gelesen. Es gab mit Sicherheit Nekromanten, die Hunderte oder gar Tausende Jahre alt wurden.«

»War es nicht so, dass Eulen keine Nekromanten sein können?«, fragte Santer ungläubig.

Desina lachte grimmig. »Es scheint, als hätten sie einen Weg gefunden, nicht wahr? Aber sie sind keine Eulen mehr, der Turm wird sie nicht einlassen.«

»Bei Borons Sandalen!«, fluchte Santer lautstark. »Nekromanten und Maestros! Aber wer hätte ahnen sollen, welche Maestros es sind, die diesen Krieg führen?«

»Das ist mir egal«, sagte Desina. Sie hob entschlossen das

Kinn und straffte ihre Schultern. »Ich werde meinen Eid gewiss nicht verraten. Wir werden diese Brut jetzt stellen. Wir lassen die letzten Zivilisten aus der Halle schaffen und dann… dann werden wir sehen!«

»Wie willst du sie besiegen?«, fragte Wiesel leise. »Sie wissen so viel mehr als du.«

Der Mund der Maestra formte sich zu einer schmalen, entschlossenen Linie. »Ich weiß genau, wie ich zumindest einen von ihnen besiegen kann. Vielleicht treibt es den anderen dann in die Flucht. Aber dieser eine wird der Wichtigere der beiden sein, eben jener, der versuchen wird, das Tor zu öffnen. Dann wird er sichtbar und verletzlich sein. Die benötigten Ströme sind so mächtig, dass auch jemand ohne Talent das Spiel der Magie wird sehen können.« Entschlossen ging sie aus dem Raum und suchte die nächste Feder auf. »Schwertsergeant, sucht den Obristen und teilt ihm mit, dass ich alle Zivilisten sofort aus der Halle verbannt haben will. Außerdem soll niemand mehr den Kreis betreten, der durch diese Statuen gebildet wird.« Sie drehte sich zu Santer und Wiesel um, während die Feder salutierte und davonrannte. »Das wird ihn herauslocken, er wird versuchen, etwas zu unternehmen, bevor es zu spät ist.«

»Ich glaube nicht, dass wir ihn herauslocken müssen«, sagte Wiesel leise und sah an Desina vorbei zu dem Mann, der ganz offen neben einer der Statuen stand. Es war Meister Rolkar, in den Roben eines Gildenmeisters, und er schaute sie alle mit einem schmalen Lächeln an.

»Irgendwie scheint er auf uns zu warten«, stellte Wiesel beunruhigt fest.

»Dann wollen wir ihn nicht enttäuschen«, sagte die Maestra und straffte ihre Schultern.

In der letzten halben Kerze hatte sich die Halle deutlich geleert, und es war kein Wunder, dass auch Tarkan den Mann dort stehen sah. Der Baronet erblickte die Maestra, den Stabsleutnant und Wiesel, der soeben geduckt zur Seite eilte, aber das war ihm egal.

Sein ganzes Augenmerk war ausschließlich auf Meister Rolkar gerichtet, der sich nun langsam umdrehte und ihn ansah, als er entschlossen auf ihn zukam.

»Meister Rolkar?«, fragte der Baronet hart, die Hand auf dem Knauf seines Schwerts.

»Mein Name ist in Wahrheit Feltor«, sagte der Mann mit einem feinen Lächeln und neigte leicht sein Haupt. »Aber ich bin der, den Ihr sucht.«

»Seid Ihr, der, der den Auftrag gab, die Königin von Aldane zu ermorden?«, fragte Tarkan mit kalter Stimme. Wie aus der Ferne hörte er den Ruf der Maestra, er solle zurückweichen, doch er konnte nicht auf sie hören, nicht jetzt, nicht in diesem Moment.

»Ich erhielt den Auftrag dazu … und ich brachte ihr den Tod«, sagte der Mann, noch immer mit diesem seltsamen Lächeln auf dem Gesicht. »Hört auf die Maestra, Baronet von Freise«, meinte er dann. »Diesen Kampf könnt Ihr nicht gewinnen.«

»Im Namen des Prinzen Tamin, im Namen der Königin, fordere ich Blutrache an Euch, Ser!«, rief Tarkan und zog sein Schwert. »Verteidigt Euch!«

Götter, dachte Wiesel, als er sich unter den schweren Stoff des Podests duckte. Diese Aldaner … zu viel Ehre und zu wenig Verstand! Er brauchte nicht lange, um das zu tun, was er sich vorgenommen hatte. Schon im nächsten Moment rollte er sich wieder unter dem Podest hervor, wohlweislich auf der dem Schmiedemeister abgewandten Seite. Der Kreis innerhalb der Statuen leerte sich, und auch Wiesel hatte es jetzt sehr eilig, den Bereich zu verlassen.

Am Rand angekommen, hielt er inne, wider Willen war auch er gebannt von dem Schauspiel, das sich vor seinen ungläubigen Augen abspielte.

»Wie Ihr wünscht, Baronet«, sagte Feltor höflich und formte mit einer nachlässigen Geste eine schillernde Wand um sich und den

Baronet. Gerade noch rechtzeitig, um in einem Funkenregen Santer zurückzuschleudern, der versucht hatte, die Gelegenheit zu ergreifen.

Das Knattern der Blitze und das helle Gleißen, das den Stabsleutnant einhüllte, ließen Desina für einen Moment lang das Schlimmste vermuten, doch dann schwand das Leuchten, und Santer stand unverletzt da, er schüttelte nur etwas benommen den Kopf. Ein Elmsfeuer lief noch einmal über seine Rüstung, um dann zu verschwinden.

Keiner der beiden Kontrahenten innerhalb dieser schillernden Kugel gönnte Santer auch nur einen Blick, der vor der magischen Wand stand und nicht mehr tun konnte, als hilflos seine Fäuste zu ballen.

Eine weitere Geste, und in der rechten Hand des Verfluchten erschien ein Langschwert, schlank und leicht, das Schwert einer Eule. Feltor hob die Klinge und salutierte vor dem Aldaner. Dennoch war es die Maestra, die er nun ansprach.

»Maestra«, sagte er. »Gebt ihm diesen Kampf, den er so lange gesucht hat. Ich werde seiner Klinge nur mit meiner eigenen begegnen, mit nichts mehr.«

»Warum?«, fragte Desina erstaunt.

»Weil es … gerecht ist«, sagte Feltor mit seinem seltsamen Lächeln. Sein zweifarbiger Blick bohrte sich in den des Aldaners. »Ihr dürft hoffen, dass er seinem Ruf gerecht wird.«

Er senkte das zum Salut erhobene Schwert und nickte dem Aldaner zu. »Führt Euren Streich aus, Baronet. Und sterbt.«

Mit einem letzten Gebet an Boron sammelte sich Tarkan und versuchte die Schwäche des anderen zu erkennen. Er fand keine, denn Feltors Haltung war perfekt. Also musste er die Schwäche im Tanz der Schwerter suchen. Schneller als eine Klapperschlange schoss Tarkans Schwert vor, die klassische Eröffnung und eine erste Prüfung für die Verteidigung des anderen. Der schlanke Stahl der anderen Klinge schlug Funken, Stahl fand Stahl, löste sich und fand sich erneut, während die Kämpfer sich wie Tänzer umeinander drehten. Jeder Schritt, jede Veränderung der Balance, jedes Atmen, jede Haaresbreite, um die sich eine Klinge senkte oder hob, all das spielte in den Tanz der Schwerter mit hinein. Schon Feltors erste Riposte war so schnell und präzise, dass die Spitze seines Schwerts einen Schnitt in das Wams des Baronets setzte. Der nächste Schlag trieb den jungen Adligen zurück, und hätte der Verfluchte nachgesetzt, wäre es um den Baronet bereits geschehen gewesen, doch Feltor hob nur das Schwert zu einem Salut und wartete.

Santer zog scharf die Luft ein, als er den ersten Schlagabtausch beobachtete. »Götter!«, sagte er leise. »Der Baronet mag gut sein, aber dieser Verfluchte … Noch nie habe ich so ein Schwertspiel gesehen!«

Die Maestra biss sich auf die Lippen, als das Geräusch von Stahl auf Stahl erneut die Halle ausfüllte. »Der Baronet kann nicht mehr tun, als uns Zeit zu verschaffen«, sagte sie. »Ich weiß, was ich tun werde, aber solange er so nahe an dem Verfluchten ist, kann ich es nicht wagen.«

»Ob nun der Baronet in Gefahr ist oder nicht, der Verfluchte darf das Tor nicht öffnen! Und seht, er weicht zurück und bewegt sich in das Tor hinein!«

In der schillernden Kugel schlug Feltor den nächsten Angriff des Baronets ab und hob die Hand, ein Zeichen an jemanden, und einen Augenblick später duckte er sich unter einem Streich des Aldaners hindurch und gab sich dennoch keine Blöße, als er zu dem Podest zurücksah, unter dem er Merzek vermuten musste.

Als nichts geschah und er seinen Plan durchkreuzt sah, reagierte der Verfluchte unerwartet: Er lachte fast schon fröhlich auf und grinste breit.

»Götter, der Mann muss krank im Geiste sein!«, fluchte Santer, doch Desina war sich dessen nicht so sicher. Mit atemloser Spannung verfolgte sie den Kampf zwischen dem Verfluchten und dem Baronet, und sie musste Orikes Recht geben: Sie hätte gegen den Baronet keine fünf Atemzüge lang bestanden. Trotzdem war es abzusehen, dass der Aldaner unterliegen würde.

Tarkan, der gehofft hatte, dass seine Jugend und bessere Kondition den Tag für ihn gewinnen würden, fand sich indes eines Besseren belehrt, der Verfluchte atmete noch immer ruhig, seine Paraden waren so präzise, dass sie weit weniger Kraft erforderten als Tarkans Angriffe, und in einem Winkel seines Verstands bedauerte der junge Adlige es ernsthaft, niemals einen solchen Lehrer gefunden zu haben.

Er wusste bereits jetzt, dass er verloren hatte, denn bislang hatte der Verfluchte kaum mehr getan, als seine Angriffe zu parieren. Was, wenn er zur Attacke überging? Die Antwort folgte auf dem Fuße, denn da kam auch schon der erste Angriff Feltors, perfekt ausgeführt, eine erweiterte Riposte, die Tarkan eine feurige Spur über seinen linken Oberarm zog, ein kleiner Schnitt nur, aber er wusste, was das zu bedeuten hatte, noch bevor der nächste Schnitt ihm die Seite öffnete.

Der Schmerz war erträglich, der Blutverlust auch, aber es würde ihn mehr und mehr schwächen, irgendwann würde auch der Griff seines Schwerts rutschig vor Blut sein – ein langsamer Tod, während der Verfluchte mit dem Schwertmeister von Aldane spielte, als wäre er nicht mehr als ein Rekrut.

Aber das war er nicht. Jeder Kämpfer hatte seine Technik, und Tarkan lernte von seinem Gegner, noch während er um sein Leben kämpfte. Drei weitere kleine Schnitte hatte der Verfluchte ihm zugefügt – der letzte quer über seine Stirn, der ihm Blut in die Augen laufen ließ –, als Tarkan das erste Mal den Angriff des anderen parierte und es seine Schwertspitze war, die in die Schulter des anderen eindrang. Triumphierend spürte der Baronet, wie sein Schwert am Knochen abglitt. Damit war der andere geschlagen, denn kein Kämpfer hielt mit einer solchen Wunde lange stand.

Doch Feltor ignorierte die Verletzung, und mit dem Stahl seines Gegners in der Schulter trat er näher an den Baronet heran, und da erst begriff Tarkan, dass die schlanke Klinge des Verfluchten sich knapp unterhalb des Herzens in seine eigene Brust gebohrt hatte.

Schon verlor der Baronet die Kraft in seinen Fingern, und sein Schwert fiel scheppernd auf den Steinboden der großen Halle.

»Ein guter Kampf, Baronet«, sagte Feltor leise. »Zwei Jahrhunderte Übung, und Ihr wärt ein guter Gegner gewesen. Nun aber empfehle ich Euch der Gnade Eurer Götter.«

Mit einer wuchtigen Bewegung schleuderte der Verfluchte Tarkan zurück, mit solcher Kraft, dass der Baronet aus dem Kreis der Statuen rutschte und zwei Schritte jenseits des magischen Schirms bewegungslos liegen blieb.

Ein Feuerwerk von Funken regnete auf den Verfluchten herab, als auf Santers Zeichen hin die Armbrustschützen auf den Galerien ihre Bolzen auf Feltor abschossen. Aber jedes einzelne Geschoss verglühte in der schillernden Kugel, die den Mann umschloss.

Feltor sah auf, und Bögen aus Feuer schossen aus seinen Händen, wanden sich wie Schlangen um die Armbrustschützen dort oben, warf sie brennend hoch, sodass sie wie feurige Kometen bis fast zur Decke der Halle aufstiegen, um von dort brennend und schreiend in den Tod zu stürzen.

Santer gab Desina ein Zeichen, und sie trennten sich voneinander. Während Santer in gerader Linie auf den Verfluchten losging, eilte Desina um Feltor herum, um in seinen Rücken zu gelangen. Ein Donnerschlag erschütterte die Halle, als Desina ihre Hände zusammenschlug und ein gleißendes Blitzgewitter die schillernde Kugel umhüllte.

Die Kugel verblasste für einen Moment, und Santer nutzte seine Chance. Schneller, als man es bei seiner Größe jemals für möglich gehalten hätte, stürmte er vor, und einen Moment lang sah es so aus, als ob der magische Wall seinem Ansturm widerstehen könnte, dann griff Santer mit seinen behandschuhten Händen in die magische Wand, und zog sie auseinander, als ob er Stoff zerreißen wollte. Die Kugel flackerte und erlosch.

Santer trat einen Schritt vor und schlug mit seiner Faust zu, bevor der andere reagieren konnte. Wie eine Puppe flog der Verfluchte zurück, selbst Desina hörte das Knacken, als das Genick des Mannes brach und er hart auf dem Boden aufschlug, wo er still liegen blieb.

Santer setzte nach, denn er traute dem Anblick nicht. Doch er war zu langsam, denn schon drehte sich der Kopf des Gegners mit lautem Knirschen in seine vorherige Position zurück. Im nächsten Moment war der Verfluchte wieder aufgesprungen, und diesmal war er auf den großen Krieger vorbereitet. Bevor Santer an ihn herankommen konnte, traf ihn Feltors Faust mit der Wucht eines Schmiedehammers, zugleich hüllte ein gleißendes Band den Stabsleutnant ein und ein Donner erschütterte die Halle, sodass sogar die schweren Scheiben im Dach laut klirrten.

So machtvoll war die Entladung gewesen, dass sie Santers Ende hätte sein müssen, aber der große Mann stand da und schüttelte sich benommen wie ein nasser Hund. Desina nutzte die Gelegenheit. Diesmal wurde ihr Blitz nicht von einer schimmernden Kugel aufgehalten und ließ das kostbare Gewand des Verfluchten in Flammen aufgehen, die im gleichen Moment wieder erloschen, als eine unsichtbare Hand die Maestra ergriff, sie hochhob und sogleich wieder auf den Boden der Halle schmetterte, wo sie für einen Moment benommen liegen blieb.

Ein Bulle rannte mit erhobenem Schwert auf den Verfluchten zu, aber es war nur eine Geste Feltors nötig, um den tapferen Soldaten zurückzuschleudern. Er flog im hohen Bogen bestimmt zwölf Schritte weit durch die Luft, um dann quer auf eine Säule zu prallen und mit gebrochenem Rückgrat herabzufallen.

Ein Ball aus Feuer umhüllte nun auch Santer, doch der Stabsleutnant hob die Hand, und das Feuer floss in sie hinein, um sich dort zu einem glühenden Punkt zu sammeln, den er dem Verfluchten wieder zurückwarf. Diesmal schrie Feltor auf, als sein eigenes Feuer ihn verbrannte, und erst im letzten Moment konnte er es von sich wenden.

Für einen Lidschlag sah Santer das verkohlte Gesicht des Mannes, die bleichen Knochen darunter und das gekochte, aufgeplatzte linke Auge, aber schon einen Lidschlag später mussten Desina und Santer hilflos zusehen, wie das Fleisch des Nekromanten sich über der Verletzung schloss, als wäre sie nie da gewesen. Aber noch war das Auge nicht wieder geheilt. Das war vielleicht die letzte Chance, dachte sich Santer und stürzte sich auf den Verfluchten, um ihm das Genick zu brechen.

Doch kurz bevor der Stabsleutnant den Nekromanten zu fassen bekam, vollführte dieser eine Geste, und Santer wurde wie von einer mächtigen Hand zurückgeschleudert, rutschte quer über den Boden und prallte gegen den Fuß einer Säule. Benommen richtete er sich auf, doch eine schwere Blumenvase aus Marmor folgte einer weiteren Geste des Nekromanten und schmetterte Santer zu Boden.

Desina hatte sich wieder aufgerichtet und stand nun dem Nekromanten gegenüber, der sie fast traurig ansah.

»Ihr könnt nicht siegen gegen mich«, sagte Feltor so leise, dass nur die Maestra ihn hörte. »Und es gibt gewiss niemanden, der das mehr bedauert, als ich. Rettet Euch, Maestra ... Es ist nur eine Schlacht von vielen.«

»Ihr wisst, dass ich mich gegen Euch stellen muss und Euch nicht gewähren lassen kann«, sagte Desina. Sie war verwundert über das Verhalten des unheiligen Nekromanten.

Feltor schaute sie an und seufzte. Wenn das gespielt war, dann war ein Barde an ihm verloren gegangen. Ihre Robe bedeutete Desina, dass der Mann jedes Wort ernst meinte.

»Ich hatte etwas anderes erhofft, aber nicht erwartet«, sagte er. »Ihr ahnt nicht, wie sehr ich das bedaure.« Mit diesen Worten hob er die Hände über seinen Kopf, und eine gleißende Säule aus Licht stieg in der Mitte der Halle aus dem Boden auf, während um ihn herum sich wieder die schillernde Kugel aufbaute.

»Ich brauche keine Torsteine«, sagte er keuchend. »Wenn man entschlossen genug ist, reicht der Wille eines Einzigen.« Langsam breitete er die Hände aus, und die Säule aus Licht teilte sich vor ihm. Im Hintergrund, zuerst schemenhaft und dann immer klarer, waren Reihen schwer gewappneter Soldaten zu sehen, die ihre Schilde und Schwerter anhoben, während Kriegbestien, die nur den Albträumen kranker Geister entstammen konnten, unter den Zügeln ihrer Reiter mit gepanzerten Hufen scharrten und drohend mannslange, stahlbewehrte Hörner hoben. Endlose Reihen von Soldaten auf einem Platz, der sich unter der fernen Nachmittagssonne erstreckte, so weit das Auge reichte…

Hier war es nun kurz vor der ersten Glocke, kurz vor Mitternacht. Sie hatte Recht behalten, dachte Desina wie betäubt: Dieses Tor reichte wahrlich bis ans Ende der Welt!

Jetzt blieb ihr tatsächlich nur noch eine Möglichkeit, dachte sie entschlossen und sammelte die Magie, die so überreichlich dem Knotenpunkt unter ihren Füßen entsprang, zog sie an sich und in sich, während sie auf den gegnerischen Maestro zuging, der sie alarmiert ansah.

Denn sie zog die Magie nicht direkt aus dem Knotenpunkt, sie zog sie aus dem Tor, das sich eben öffnete, zog sie aus den Magien, die Feltor selbst durch sich bündeln musste, zog sie durch ihn… Und je mehr sie abzweigte, desto mehr musste er durch sich selbst hindurchführen.

»Was… was… tut Ihr da?«, presste Feltor zwischen seinen Zähnen hervor, während seine Wangenmuskeln sich vor Anstrengung verkrampften.

»Es gibt zwei Grundsätze«, erklärte Desina keuchend, als sie näher an ihn herantrat. Noch nie hatte sie solche Mengen Magie durch sich hindurchgeleitet. Sie hätte niemals gedacht, so etwas zu bewerkstelligen und es überleben zu können.

»Der… eine heißt: Jedes Wirken hat seinen Preis«, stieß sie hervor, während eine seltsame Ruhe sie befiel, als die Magie mehr und mehr von ihr Besitz ergriff und sie fast schon fühlen konnte, wie ihr Blut in den Adern zu kochen anfing.

»Der… andere lautet: Niemand… entkommt dem… Fanal!«

»Das ist Wahnsinn«, presste der andere hervor, während Teile seiner Kleidung zu leuchten anfingen, um dann in einem Wirbel glühender Farben zu vergehen.

Mit lautem Kriegsgeschrei stürmten die ersten der feindlichen Truppen durch das leuchtende Tor. Zwei mächtige Tiere, die einem bulligen Pferd glichen, mit kurzen Beinen, einem mächtigen Kopf und einem Horn darauf, stürmten voran. Ihr Ziel war leicht auszumachen, in zwei bis drei Lidschlägen würden sie die Maestra unter ihren mächtigen Hufen zertrampeln.

Verzweifelt zog Desina noch mehr von der tödlichen Magie, die sie unweigerlich verbrennen musste. Sie sah zwar, dass der andere Maestro Mühe hatte, die Last der Magie zu halten, aber er brach dennoch nicht unter ihr zusammen. Er war stärker als sie, und durch das gleißende Licht der magischen Ströme begegneten sich ihre Blicke. In den Augen des anderen las sie ein seltsames Bedauern. Dann stürmte die Kriegsbestie heran, und das mächtige Haupt senkte sich, um sie auf sein stählernes Horn aufzuspießen.

Mit einem Lichtstrahl, der durch die hohe Decke schoss, und einem Donnerschlag, der die Halle bis in ihre Grundfesten erschütterte, verschwanden der unheilige Maestro, die Vorhut der Armee und auch die massive Kriegsbestie.

Nur ein handlanges Teil des Horns fiel vor Desina auf den Boden, auf dem nicht eine einzige Marmorplatte mehr lag, sondern nur schwarzes, poliertes Obsidian mit goldenen Linien darin. In die Mitte der Halle fiel ein grauweißer Hagel nieder und verursachte Staubwolken, während unerklärlicherweise alte, verkohlte und verbrannte Balken von irgendwoher niederregneten.

Der Rückschlag der Magie ließ Desina nun selbst gleißend leuchten, und hilflos musste sie zusehen, wie die Magie sie ergriff und anhob, sie in der Halle aufsteigen ließ, bis es sie in den Mittelpunkt der Magie zog, dorthin, wo der Strom der Welten langsam verebbte. Dutzende Augenpaare verfolgten fassungslos, wie sie dort schwebte, die Macht der Magie fast durchsichtig erscheinen ließ! Ihre Kapuze hatte sich gelöst, ihr Haar schwebte, als würde es von einer gleißenden Strömung umspült werden … den Kopf zurückgelegt, als sie lautlos schrie … ein letzter, gleißend heller Blitz folgte, ein Donnerschlag, der die Halle ein weiteres Mal erschütterte … dann sank sie langsam zu Boden, genau neben den roten Kristall, der in der zentralen Kuhle des magischen Tors lag.

Ein letztes Funkenspiel tanzte in ihren Haaren, dann lag sie still.

»Sina?«, rief eine ferne Stimme. »Bei den Göttern, Sina, das darfst du mir nicht antun!« Ein brennender Schmerz auf ihrer Wange riss Desina aus dem Nebel, der sie gefangen hielt, und ihre linke Hand schoss hoch und fing Wiesels Hand ab.

»Eine Ohrfeige verzeihe ich«, sagte sie leise und hustete, während im gleichen Moment ihre Augen anfingen zu brennen. »Was ist geschehen? Und was ist das für ein Staub?«

Sie lag an der Seite der Halle, und über sie gebeugt erkannte sie Wiesel, der kreidebleich war, daneben angeschlagen und blutig Santer, der sie besorgt anstarrte.

»Der Staub...« Wiesel zuckte hilflos mit den Schultern. »Ich kann es nicht erklären, aber ich schwöre, es ist ein riesiger Haufen Vogelscheiße, vermischt mit verkohlten Balken und altem Holz. Wo der herkommt, wissen nur die Götter.«

»Vogelscheiße?«, fragte Desina schwach. Sie war sicher, dass sie sich verhört haben musste.

Doch Wiesel nickte. »Richtig. Genau das. Ich kann es auch kaum glauben. Aber vielleicht stammt es ja auch aus dem anderen Tor. Wie geht es dir?«

»Ich lebe. Welches andere Tor?«

»Nun, ich habe die Steine untereinander ausgetauscht. Die vom Tor. Einfach den einen hierhin, den anderen dorthin. Und dann, als der Kerl das Tor ganz weit offen hatte, dachte ich, was soll's, und habe dort am Rand den letzten Stein in die Kuhle fallen lassen. Dann gab es diesen Schlag, der Kerl war fort, die Armee auch. Dafür gab es dann diesen Haufen Vogelscheiße, der so fürchterlich staubt, dass er vollständig ausgetrocknet sein muss. Die ganze Halle ist von dem Zeug durchzogen.«

Desina nahm die Hand, die Santer ihr reichte, und richtete sich mühsam auf. Mit tränenden Augen musterte sie den Vogelkot, der sich großflächig in der Mitte der Halle verteilt hatte, genau dort, wo es sie selbst eben niedergestreckt hatte.

Kein Wunder, dass sie über und über mit dem Zeug bedeckt war. Mühsam hielt sie sich aufrecht und sah verständnislos zu, wie ein gutes Dutzend Soldaten bereits dabei war, den Vogeldreck wegzufegen, während an anderen Stellen die Federn die gefallenen Armbrustschützen auf Bahren luden.

Desina strich sich mit zitternden Händen den Dreck von ihrer blauen Robe. Nichts blieb an ihr haften, denn die Magie der Robe duldete keine Verschmutzung. Die Maestra schluckte, es brannte auch in ihrer Lunge, und sie musste wieder husten, dann schüttelte sie fassungslos den Kopf.

»Du hast sie mit dem Tor woanders hin geschickt? Irgendwohin?«, fragte Desina ungläubig.

Wiesel zuckte mit den Schultern. »Mir ist nichts Besseres eingefallen. Der Kerl wird jetzt irgendwo stehen und dumm aus der Wäsche gucken, hoffe ich.«

»Das glaube ich nicht«, sagte sie mit heiserer Stimme. »Wo auch immer der Dreck herkam, es ist zu wenig, um aus einem Frachttor zu stammen, deshalb wurde er auch hier überall verteilt. Es muss ein kleines Tor sein, eins für Personen. Und alles, was von hier nach dort gebracht wurde, fand sich in einem viel zu kleinen Raum wieder. Die Vorhut der Armee, diese Kriegsbestien… Sie wurden in einen Raum gedrückt, der nicht mehr als sechs Schritt Durchmesser haben dürfte.«

Wiesel blinzelte. »Ein Wal in einem Sardinenfass?«

»Das dürfte es in etwa treffen«, meinte Desina und lachte und hustete. »Was ist mit Euch, Santer?«, fragte sie.

Der Stabsleutnant winkte mit einem Grinsen ab. »Die Rüstung hat mich gut gegen die Magie geschützt, also sind es nur ein paar gebrochene Rippen, mehr nicht. Im Moment bin ich so froh, am Leben zu sein, dass mich das wenig stört.«

»Der Baronet?«

»Das sieht übler aus«, sagte Wiesel. »Er lebt noch, aber der Stich ging tief, und obwohl sich die Priester bereits um ihn bemühen, sieht es nicht so aus, als ob er es schaffen wird. Aber vielleicht haben die Götter ja ein Einsehen mit ihm.«

Desina nickte müde, während Santer ihr half, sich zu einer der Bänke zu bewegen, und Wiesel den Rest des Vogeldrecks von ihrer Robe klopfte.

»Was geschieht hier?«, fragte Desina verwirrt. Immer noch schien es ihr so, als müsste sie jeden einzelnen Gedanken durch einen dichten Nebel ertasten. »Was machen die Leute da?«

»Aufräumen«, sagte Wiesel. »Außerhalb der Halle hat kaum jemand etwas davon mitbekommen, nur der letzte Lichtstrahl war für jeden sichtbar. Und dann kam jemand auf die Idee, es Taride in die Schuhe zu schieben und zu behaupten, es wäre ein Teil ihrer Vorstellung gewesen. In wenigen Momenten wird man die Türen öffnen und mit dem offiziellen Teil des Festes fortfahren.«

»Du meinst, kaum jemand hat da draußen etwas mitbekommen?«, fragte Desina ungläubig.

Wiesel und Santer nickten nur.

Desina schaute die beiden mit weiten Augen an, dann hustete sie, doch der Husten wurde zu einem Lachen, und so sehr sie sich auch bemühte, sie konnte nicht aufhören – bis Wiesel ihr eine weitere Ohrfeige verpasste.

»Ich sagte doch«, keuchte sie, während sie versuchte, schmerzfrei Luft zu bekommen, »dass ich nur eine Ohrfeige verzeihen werde!« Sie zog die Kapuze vor ihr Gesicht.

Wiesel zuckte mit den Schultern. »Was, soll ich eine wirksame Methode ändern?«, fragte er möglichst unschuldig. Dann sah er ihr Gesicht, als sie die Kapuze wieder langsam zurückschlug. »Was ist los Sina?«, fragte er leise und besorgt. »Hast du dir doch irgendwo etwas getan?«

»Nein«, entgegnete sie. »Ein paar Prellungen, und meine Schulter ist gezerrt. Das ist es nicht«. Sie sah mit großen Augen zu Santer und Wiesel hin. »Ich konnte eben nicht mehr durch den Saum der Robe blicken«, meinte sie. »Dann versuchte ich herauszufinden, ob die Magie der Robe vielleicht Schaden genommen hat, aber das ist es auch nicht.« Sie holte tief Luft. »Ich kann keine Magie mehr fühlen. Da, wo vorhin noch alle Farben des Weltenstroms für mich zu sehen waren, ist jetzt nichts mehr. Ich bin für die Magie blind geworden!«

»Das hier«, sagte Wiesel und tippte auf das Zeichen der Eule auf ihrer linken Schulter, »sagt etwas anderes. Sie wird zu dir zurückkehren, Desina. Du bist die Maestra!«

Desina nickte langsam und sah zu, wie der tote Bulle, der vorhin gegen den Nekromanten angestürmt war, weggetragen wurde. Dann suchte ihr Blick die Stelle, wo Tarkan gerade unter den Gebeten zweier Priester vorsichtig auf eine Bahre gelegt wurde. Die Bardin Taride kniete neben ihm und hielt seine Hand, beugte sich über ihn, als ob sie ihm etwas mitteilen wollte.

»Ich weiß gar nicht«, sagte sie. »Ob ich das überhaupt noch sein will.«

65

Eine Soldatin der Federn stand nahe dem Eingang und sah aus hasserfüllten Augen durch die Halle der kleinen Gruppe zu. Es war für sie unfassbar, dass der Plan fehlgeschlagen war. Eben noch hatte sie die Truppen ihres Herrn gesehen, wie sie stolz durch das magische Tor schritten, hatte mit großen Augen bewundert, wie Feltor ungeheuerliche Magien in sich band und kontrollierte, war von einem unbändigen Stolz darüber erfüllt gewesen, dass Männer wie Feltor ihrem Herrn dienten… Und dann war innerhalb eines Lidschlags alles vorbei!

Für einen Moment spürte sie die Genugtuung, als der Rückschlag der Magie des alten Knotenpunkts die Maestra ergriff und in einem Fanal in die Höhe hob. Sie sah schon fast die feurige Säule, in der die Maestra hätte vergehen sollen, aber dann entließ die Magie sie sanft aus ihrem Griff, ohne sie verbrannt zu haben.

»Das ist nicht gerecht!«, flüsterte sie hasserfüllt. »Wir haben das nicht verdient!«

»Nein, das hast du nicht«, hörte sie eine leise Stimme in ihren Gedanken. »Keiner von uns konnte etwas dafür. Nun ja, vielleicht waren wir etwas überheblich. Aber du kannst nichts dafür. Es ist nicht deine Schuld, dass du heute hier stehst und bedauerst, dass Kolaron verloren hat.«

Asela wirbelte herum. Niemand war zu sehen, aber... vielleicht dort, im Schatten der Säule... Ihre Augen weiteten sich, als eine durchscheinende Gestalt vor ihren Augen Form annahm.

»Das kann nicht sein«, hauchte sie. »Du bist tot!«

»Der Tod ist, wie ich mittlerweile gelernt habe, ein dehnbarer Begriff.« Bevor sie verstand, was geschah, trat die schattenhafte Gestalt einen Schritt auf sie zu und *in sie hinein*, dann spürte sie nur noch die Eiseskälte, als er sich ihres Körpers bemächtigte.

Verzweifelt versuchte sie, sich dagegen aufzubäumen, aber es war vergebens. Er war zu stark.

»Ich war schon immer zu mächtig für dich, meine Liebe«, sagte der Geist sanft in ihren Gedanken. »Vor allem jetzt, wo dein Wille nur noch ein Bruchteil dessen ist, was er einst war. Feltor hat recht, die Frau, die er liebte, ist schon fast vergangen.«

»Was willst du von mir?«, fragte sie verzweifelt. »Du hast kein Recht...«

»Das ist nicht richtig«, sagte der Geist sanft. »Erinnerst du dich an den Eid, den wir geschworen haben? Aber lass uns ein Stück gehen, bevor wir hier noch Aufmerksamkeit erregen.«

Hilflos musste sie zulassen, dass sich ihr Körper in Bewegung setzte. Zuerst taumelte sie ein wenig, dann ging sie gerade.

»Es gibt zwischen Mann und Frau einen Unterschied in der Art des Gehens«, erklärte der Geist ihren Gedanken erheitert. »Aber so schwer ist es nicht zu lernen.«

»Was willst du von mir?«, fragte sie, aber sie erhielt bereits ihre Antwort, als sie eine Hand ausstreckte und ein Teil der Wand vor ihr zur Seite glitt, um einen steilen Abgang in die Tiefe zu offenbaren. Ein Licht erschien vor ihr, langsam und vorsichtig ging der Geist mit ihr hinab, während sich hinter ihr die Wand wieder schloss.

Es ging tief hinunter. Ohne zu zögern, wischte der Geist die Spinnweben ab, die ihnen den Weg versperrten, dann erreichten sie den alten Wolfstempel. Eine Geste von ihr, und ein gutes Dutzend Fackeln brannten und tauchten den alten Tempel in ein flackerndes, düsteres Licht.

Ein massives Tor aus Stein, mit dem Relief eines Wolfs darauf, versperrte ihnen den Weg. Eine weitere Geste, und der Stein glitt zur Seite.

Die schimmernden Bänder des Weltenflusses tanzten vor ihren Augen, als Aselas Hand nacheinander die goldene Schalen schloss, die den Weltenstrom hier bannten. Dann trat sie in die Mitte des Raums, vor die Säule, in der der Wolfskopf ruhte.

»Was willst du damit?«, fragte sie widerspenstig. »Du bist tot!«

»Kein Grund, Unordnung zu hinterlassen«, sagte der Geist, und sie spürte sein Lächeln. Er nahm den Wolfskopf und steckte ihn ein, dann gingen sie gemeinsam wieder die Treppe hoch, durch die mittlerweile offene Tür der Gildehalle hinaus. Nur einmal noch ließ er ihren Körper anhalten und zurückschauen zu der fernen Gestalt in der blauen Robe, die dort zwischen ihren Freunden erschöpft auf einer Bank saß.

Dann gingen sie weiter, ein Schimmern lief über sie, und sie war eine Eule, die mit tief ins Gesicht gezogener Kapuze über den Platz schritt. Die Menschen traten beiseite, bestaunten sie oder lächelten sie an.

»Erinnerst du dich daran, wie es war, als die Menschen dich so bewundernd und respektvoll angesehen haben?«, fragte der Geist sanft.

»Warum sollte ich?«, gab sie scharf zurück und begehrte erneut gegen seinen Willen auf, doch er hielt sie wie mit einer eisernen Faust. »Sie respektieren Macht, um nichts anderes geht es.«

»Hör, was sie sagen. Es gibt schon ein Gerücht. Das geht

schnell hier in Askir«, sagte der Geist. »Es wird von einem Kampf gesprochen und dass die Eule die Verfluchten besiegt hat. Aber niemand weiß, wie ihr das gelingen konnte.«

»Es ist ihr auch nicht gelungen«, sagte Asela bitter.

»Richtig. Ihr Freund war es. Ein ganz gewöhnlicher Dieb, der für sie gestorben wäre. Freunde eben. So, wie wir es einst waren. Du, Feltor, ich, Serafine und Jerbil. Erinnerst du dich? Wir wären füreinander gestorben.« Die Stimme des Geists wurde bitter. »Wir *sind* füreinander gestorben. Wir beide sind die Letzten. Wenn es Feltor nicht doch irgendwie gelang, sich zu retten, was ich jedoch zu bezweifeln wage.«

Die Soldaten am Tor der Zitadelle salutierten, als sie durch das Tor gingen, dann lenkte der Geist Aselas Schritte in Richtung des Eulenturms.

»Der Turm ist mir verwehrt«, sagte Asela gehässig. »Was auch immer du vorhast, es wird dir nicht gelingen.«

»Der Turm ist nicht dir verwehrt, Asela«, sagte der Geist sanft. »Sondern einem Nekromanten. Also lassen wir die Seelen frei, die du geraubt hast...«

»Nein!«, rief sie, als sie spürte, wie er in ihren Gedanken suchte und die Bindungen fand. Hilflos musste sie mitansehen, wie die Beute, die sie so sorgsam über all die langen Jahre hinweg gesammelt hatte, ihr genommen wurde.

»So viele?«, sagte der Geist betrübt. »Das müssen über hundert gewesen sein. Möge Soltar ihnen Frieden schenken und sie im nächsten Leben für die Qualen entschädigen, die du ihnen zugefügt hast.«

»Keiner von ihnen verdiente sein Talent, noch wussten sie damit richtig umzugehen«, sagte sie. »Das war meine Beute, die du mir eben genommen hast!«

»Nein. Es war die Beute deines Herrn, dessen Hündin du bist.«

Sie waren vor dem Eingang des Turms angekommen. Vor Aselas Augen schimmerte die schwere Tür, die ihr den Zugang zum Turm versperrte, bedrohlich in einem dunklen Rot. Ein paar

Schritte näher, und die alte Magie des Ewigen Herrschers würde sie vernichten.

»Wir alle haben daran mitgewirkt, dass kein Verfluchter den Turm betreten kann. Auch du. Und jetzt stehen wir hier.« Er zögerte einen langen Moment. »Es tut mir leid, dass ich das jetzt tun muss. Ich muss die Bande lockern, die dein Herr dir auferlegte. Du wirst erkennen, was er dir angetan hat.«

Eingesperrt in ihren eigenen Gedanken schrie die gequälte Seele auf, als Maestra Asela vom Turm der Eulen aus ihrer langen Gefangenschaft erwachte und die Erinnerung wiederkam.

»Balthasar«, hauchte sie. Sein harter Griff um ihren Körper konnte sie nicht davor bewahren, weinend zusammenzubrechen. »Was habe ich getan?«

»Nichts«, sagte der Geist sanft, während er ihr erlaubte, sich die Tränen abzuwischen, und sie wieder aufstehen ließ. »Du warst es nicht, du warst ein Opfer, wie all die, die unter deinen Händen starben. Aber ich merke, ich kann den Zwang nicht ganz von dir nehmen. Du bist noch immer seine Sklavin, seine Hündin. Noch immer haucht sein Atem auf deine Seele und verwehrt dir und mir den Zugang zum Turm. Verstehst du, was ich dir sage?«

»Ay, Primus«, sagte Asela leise in ihren Gedanken. »Ich verstehe. Meinst du, Feltor hat überlebt?«

»Ich fürchte, nein«, sagte Balthasar, der Primus der Eulen, sanft. »Aber wenn er lebt, werde ich ihm ausrichten, dass dein letzter Gedanke der war, wie sehr du ihn geliebt hast.«

Mit all seiner Kraft und so schnell es ihm nur möglich war, riss der Primus der Eulen Aselas Seele aus ihrem eigenen Körper. Für einen Moment meinte er sogar, sie zu sehen, mit diesem schiefen Lächeln, das nicht nur er an ihr geliebt hatte. Dann war sie gegangen. Mit jeder Faser seines Wesens hoffte er, dass Soltar sie aufnehmen würde und ihre Seele jetzt endlich vor dem Namenlosen sicher war.

Allein in ihrem Körper, atmete Balthasar tief durch, und als er ihr diesmal die Wangen abwischte, waren es nicht ihre Tränen.

Das Tor war ihm nun nicht mehr verschlossen. Langsam ging er hinein, blieb kurz vor dem Gemälde dort stehen und schüttelte sachte den Kopf, dann schritt er weiter, die Treppe hinab, tiefer und tiefer, bis zum untersten Fundament des Turms, wo eine mächtige Tür mit dem Relief des Drachen ihm den Weg versperrte.

Nur ein Maestro des siebten Grades vermochte sie zu öffnen. Doch das war Asela gewesen. Er legte ihre schlanke Hand auf den Knauf, spürte den Biss, als das Schloss ihr das Blut nahm, dann schwang die Tür langsam zurück und gab den Blick frei auf den größten Wolfstempel, der jemals gefunden worden war.

Balthasar ging weiter bis dorthin, wo der Wolfskopf in der zentralen Säule fehlte – und stellte den Kopf an seinen angestammten Platz.

Ein fahles Schimmern erfüllte den Raum, als die Magie des Weltstroms zum ersten Mal nach Jahrhunderten wieder hier gebunden wurde. Ein Lichtstrahl zuckte auf, schoss die Achse des Turms entlang, um für einen langen Moment die ganze Zitadelle in ein gleißendes Licht zu hüllen, dann formte sich ein hagerer Körper im Licht und fiel schwer zu Boden.

Balthasar beugte sich über den Körper, legte schlanke Finger an die Kehle des Mannes und suchte dort wider alle Hoffnung einen Puls.

Aber der Körper, der dort lag, war alt und verbraucht, schrecklich verbrannt und unbeseelt, wenn überhaupt, konnte ihn nur eine treibende Kraft wecken. Und jeder Atemzug, den er zögerte, verringerte die Aussicht auf Erfolg.

Er legte sich in Aselas Körper neben den seinen, ließ sie los und suchte den Weg zurück. Er berührte das, was einst sein Körper gewesen war, nur um erschreckt zurückzuzucken. Fast schon erleichtert kehrte er in die weibliche Hülle zurück und seufzte tief.

Mühsam drehte er den männlichen Körper auf die Seite und sah jetzt die Spur, welche die Magie gezogen hatte, als sie ihn in jenem fernen Tempel verbrannte. In diesem Körper konnte sich kein Leben mehr halten.

Der Körper der Frau kniete dort, schaute auf das herab, was einst Balthasar gewesen war, und seufzte erneut. Ein schiefes Lächeln zeichnete sich auf ihren blutroten Lippen ab.

Er hoffte, dass Boron ihr verziehen hatte und dass Soltar ihr die Zeit gewährte, herabzusehen und zu erkennen, dass auch er, der Primus, nicht unfehlbar war. Und ja, er hoffte und betete, dass sie ihm verzieh.

Vielleicht lachte sie ihn ja jetzt auch aus. Zu oft hatte er sie aufgezogen wegen ihrer Schönheit, wegen der Leichtigkeit, mit der sie Männern die Herzen rauben konnte, wegen ihrer Sprunghaftigkeit und weil sie manchmal einfach nicht ernst bleiben konnte. Frauen, hatte sie gesagt, dürfen das, es macht sie liebenswert.

Jeder hatte sie geliebt, aber es war Feltor gewesen, der ihr Herz gewann.

Hier, so nahe an der Quelle der Macht, brauchte es nur eine Geste und einen Gedanken.

Balthasars toter Körper leuchtete auf und verging in einem hellen Gleißen. Eine Träne fiel von der Wange der Frau, aber sie weinte nicht um ihn.

Lange kniete der Körper dort. Woher hätte er denn wissen sollen, dass ihre Erinnerungen blieben, die alten wie auch die der letzten Jahrhunderte? Der Körper zuckte und bebte, als er ihre Erinnerungen durchforstete und erkannte, was ihr alles angetan worden war. Stück für Stück schloss er diese Erinnerungen weg, sorgfältig darauf achtend, dass die Türen auch geschlossen bleiben würden. Denn wenn er diesen Erinnerungen erlaubte, in ihm zu verweilen, würden sie ihn mit Sicherheit in den Wahnsinn treiben.

Endlich war es getan, und er atmete auf und wischte sich die Tränen von den Wangen. Dann zögerte er nicht länger, sondern stand auf und legte eine Hand auf eine goldene Schale, die einen großen Kristall in sich barg, der imstande war, den Weltenstrom zu lenken.

Ein Muster gab es, das für diesen Tempel richtig war, er musste nicht einmal darüber nachdenken, zu sehr war es in seiner Erinnerung eingebrannt, in seiner und in ihrer. Fünfmal klappte die schlanke Hand eine goldene Schale zurück, bis nach langen, endlosen Jahren wieder fünf schillernde Bänder von Magie durch den Wolfskopf flossen.

Einen Moment noch stand er da und betrachtete das pulsierende Wogen des Weltenstroms, dann drehte er sich um und ging in Aselas Körper hinaus. Lautlos schloss sich die mächtige Tür hinter ihm, als die langsamen Schritte auf der Treppe verhallten.

Fern vom Turm der Eulen, in der alten Schmiede, begann ein mächtiges Rad zu summen. Dann fing es an, sich zu drehen, mit einem lauten Knirschen und einem Poltern, das die mächtigen Fundamente der alten Schmiede erschütterte.

Personen

Asela	das zweite Tuch der Nacht
Feltor	eine Eule
Balthasar	eine Eule
Lanzenobrist Kelter	Kommandeur der Fünften Legion
Stabsleutnant Remark	Ordonanz für Majorin Rikin
Stabsmajor Maestra Desina	Eule von Askir
Kommandant Keralos	Statthalter von Askir
Stabssergeant Hartung	Zellenmeister der Hafengarnison
Jenks	Kammerdiener des Botschafters
Istvan	Wirt der *Gebrochenen Klinge*
Lanzenkorporal Fefre	
Admiral Jilmar	
Mama Maerbellinae	Göttin Ne'fahte'Al
Wiesel	kein gewöhnlicher Dieb
Graf Altins	Botschafter von Aldane
Tarkan von Freise	Sondergesandter von Aldane
Prinz Tamin	zukünftiger König von Aldane
Taride	eine Bardin
Schwertmajorin Katja Rikin	
Regata	eine Ziehtochter Istvans
Herzog Haltar von Bergen	Regent von Aldane
Oldin	ein Gildenmeister
Rolkar	ein Gildenmeister
Balantera	ein Wein
Arensteiner Bergwacht	ein Wein
Aldane	eines der sieben Reiche
Sertina	eines der sieben Reiche
Varlande, auch Norlande genannt	
Bessarein	